시적 진실의 인식과 미적 체험

시적 진실의 인식과 미적 체험

초판인쇄일 | 2009년 5월 29일
초판발행일 | 2009년 6월 11일

지은이 | 김종윤
펴낸곳 | 도서출판 황금알
펴낸이 | 金永馥

주간 | 김영탁
실장 | 조경숙
편집 | 칼라박스
표지디자인 | 칼라박스
주 소 | 110-510 서울시 종로구 동숭동 201-14 청기와빌라2차 104호
물류센타(직송 · 반품) | 100-272 서울시 중구 필동2가 124-6 1F
전 화 | 02)2275-9171
팩 스 | 02)2275-9172
이메일 | tibet21@hanmail.net
홈페이지 | http://goldegg21.com
출판등록 | 2003년 03월 26일(제300-2003-230호)

값 17,000원

ISBN 978-89-91601-65-9-03810

시적 진실의 인식과 미적 체험

김종윤 평론집

황금알

머리말

학생들에게 시를 가르칠 때 마다 "시를 알아야 세상의 아름다움과 진실이 보인다."고 힘주어 말하곤 했다. 그러다보니 내가 하는 문학 강의나 문학 연구의 목적은 늘 학생들에게 문학을 알고 즐기게 해주고, 문학을 통해 자신의 삶의 가치관 형성에 도움을 얻게 하는데 초점을 맞추게 된다. 이 책도 그런 의도의 결과물이다.

시인은 현실적 삶에서 체험하게 되는 객관적 진실들을 포착하여, 이를 시적 상상력에 의해 작품으로 형상화함으로써 독자에게 전달되어 감동을 줄 수 있는 시적 진실로 창조한다. 그러므로 작품에는 자신이 속한 사회가 앓고 있는 모순과 부조리에 대한 정직하고도 치열한 비판정신과, 구성원들의 고통을 위로하고 삶의 가치를 인식시켜 바람직한 세상으로 이끄는 지성과 감성이 내포되게 마련인 것이다. 독자들은 그러한 시적 진실에 공감함으로써 고통스러운 정서의 카타르시스나, 인간과 삶에 대한 폭넓은 이해를 통해 미적 만족의 상태에 도달하는 체험을 하게 된다.

따라서 문학비평이나 연구는 독자들이 미적 만족의 상태에 도달할 수 있도록 도와줄 수 있어야 한다. 그러나 안타깝게도 문학 연구 논문이나 문학 비평문의 상당수가 오히려 작품을 추상적인 용어나 설익은 이론으로 치장된 난해의 장막 속으로 끌고 들어가 작품을 제대로 이해하고 즐기는데 장애를 초래하는 경우가 많다. 문학 연구자나 비평가들은 이점을 유념하여, 자신의 논리나 평가 결과를 독자에게 강요하거나 이론의 함정에 빠져 정작 작품 감상에는 방해가 되는 오류를 범하지 말아야 한다.

본서에 실린 다양한 논문에는 필자의 이러한 인식이 관류하고 있다. 즉, 주제가 무엇이든 독자들로 하여금 작품 속에 내장되어 있는 시적 진실을 파악하고 이해하는데 도움을 주어, 문학 작품에 대한 감동을 미적 체험으로 승화시킬 수 있도록 함으로써 시 읽기가 고통스러우면서도 즐거운 체험임을 터득하게 하려는 것이다.

제1장에서는 독자들에게 감동을 줄 수 있는 25편의 시 작품을 선정하여

각각의 작품에 내포된 시적 진실을 파악하고, 그것들이 어떻게 미적 체험을 유발하는지를 고찰했다.

제2장에서는 한국전쟁이라는 민족적 시련기에 이 땅의 시인들이 시대의 진실을 증언하기 위해 한계상황 속에서 어떻게 고통을 받고 절망하며 대응했는지, 그 구체적 모습을 성찰해 봄으로써 동시대의 역사적 진실을 규명해 보고자 했다.

제3장에서는 몇 명의 문제적 시인들의 작품세계를 분석함으로써 그들이 역사적 진실을 어떻게 시적 진실로 형상화했는지를 고찰했다.

제4장에서는 전쟁을 소재로 하는 문학 작품에 나타나는 삶에 있어서 매우 중요한 체험적 요소들을 추출하여 분석해보았다.

제5장은 발표되어 문단의 화제를 불러일으켰던 시집들에 대한 간결한 비평을 통해 시 읽기의 즐거움을 피력한 글이다.

문학작품을 읽을 때마다 깨닫는 것이기는 하지만, 분석 작업을 통해 독자들에게 진실을 인식시키지 못하는 작품은 결코 미적 체험을 유발할 수 없다는 결론에 도달하게 된다. 즉 좋은 작품들은 다양한 방법으로 삶의 진실을 드러냄으로써 독자들에게 눈물겨운 감동과 아울러 미적 만족의 상태로 고양되는 체험을 얻게 하는 것이다. 필자에게도 작품 분석 작업이 시 읽기의 고통스러움과 행복함을 함께 즐길 수 있는 시간이었다.

온 세계가 경제 불황으로 어려움을 겪고 있는 요즈음, 책을 만들어 이윤을 창출하기가 불가능한 여건 속에서도 좋은 책을 만들어 주신 출판사 관계자 여러분께 감사드리며, 책의 편집과 교정을 도와준 후배 교수들과, 늘 꿈을 성취하는 인생을 살도록 격려해주는 아내의 사랑에도 고마운 마음 가득 전하고 싶다.

2009년 5월
김종윤

차례

제1부

시적 진실의 인식과 미적 체험

시적 진실의 인식과 미적 체험

Ⅰ. 서론

시를 읽는 행위는 지식을 얻거나 교양을 넓히기 위한 독서 행위와는 매우 다르다. 책에 기술된 내용을 일방적으로 수용하기보다는, 자신이 지니고 있는 삶의 체험과 지식, 그리고 상상력을 동원하여 작품 속에 내장된 진실을 파악하고 이해하려는 적극적 노력이 필요하며, 나아가 그에 대한 감동을 통해 미적 체험으로 승화시키는 과정이 수행되어야 하기 때문이다. 따라서 시 읽기는 고통스러우면서도 결국은 즐거워질 수 있는 행위이기도 하다.

동서양의 고전적 시관들은 대부분 인생과 관련된 효용론적 기능을 중요시하고 있다. 『論語』에 나오는 "그대들은 왜 詩를 배우지 않는가? 詩는 감흥을 일으키고 사물을 보게 하며 대중과 어울리게 하며 은근히 비판하게 한다. 가깝게는 부모를 섬기게 하고 멀리는 임금을 섬기게 하며 조수와 초목의 이름을 알게 한다. (小子何莫夫詩 詩可以興 可以觀 可以羣 可以怨 邇之事父 遠之事君 多識於鳥獸草木之名)"[1]라는 견해나, Matthew Arnold가 "詩는 基本的으로 人生의 批評이다. 詩人의 偉大性은 그의 人生에 대한 강력하고 아름다운 思想의 作用에 있다."[2]라고 한 주장 속에는 이런 효용론적

---

1) 尹在根, 『詩論』, 둥지, 1990, 199쪽에서 재인용.
2) 鄭漢模, 『現代詩論』, 普成文化社, 1982, 7쪽에서 재인용.

인 입장이 내포되어 있다. 이는 문학의 본질적 기능이 인간으로 하여금 삶의 의미와 가치, 아름다움을 깨닫게 하고, 그의 삶을 고통스럽게 만드는 사회의 구조적 모순과 부조리를 드러내어 치유와 극복의 방법들을 제시하는 데 있음을 입증하는 것이다. 그런 점에서 시 읽기는 인간과 삶에 대한 인식과 체험의 확장을 통해 보다 의미 있고 아름다운 삶을 살기 위한 필수적인 생존행위라고도 할 수 있을 것이다.

시를 알면 진실과 아름다움에 대한 인식을 통해 삶의 질적 차원이 변화될 수 있다. 이를테면 대상에 대해 막연한 사랑의 감정만을 지닌 사람과 그 사랑의 감정을 시로 표현할 수 있는 사람이 지닌 사랑의 열도는 사뭇 다르며, 그로 인해 삶의 내용이나 태도도 다를 수밖에 없다. 이것을 뒤집어 말하면 시를 모르는 사람의 삶은 세상의 아름다움과 가치를 제대로 누리지 못하고 살아가는 다소 무미건조한 삶이 되기 쉽다는 것이 될 것이다. 따라서 시를 읽어야 하는 당위성은 바로 자신의 삶의 질적 향상을 위한 필수조건이라는 점에서 찾을 수 있다. P. B. Shelley가 한 "詩는 가장 幸福한 心性의 最高悅樂의 瞬間을 표현한 記錄이다."[3]라는 말에도 이런 점이 시사되어 있다.

이러한 인식을 바탕으로 본 연구에서는 시 읽기의 기쁨과 즐거움을 나누기 위해 독자에게 감동을 줄 수 있는 작품들을 선정하여 이에 대한 분석을 시도하고자 한다. 즉 꼼꼼한 시 읽기와 분석 작업을 통해, 작품에 내포된 삶의 진실들을 포착하고, 그것이 어떻게 미적 체험으로 승화되는지를 보여주고자 하는 것이다.

시중에 출간되어 독자들로 하여금 시를 이해하는 데 도움을 주고 있는 각종 시 해설이나 감상과 관련된 책들도 다 이러한 의도를 지닌 것들이라고 할 수 있다.[4] 필자도 이미 『시적 감동의 자기체험화』[5]란 저서를 통해 이런 작업을 시도한 바 있다. 이런 일관된 노력들은 모두가 독자들이 시적 감동을 향유하도록 도와주려는 의도의 산물이다. 어쩌면 이는 문학 연구와 비평

---

3) 같은 책, 7쪽에서 재인용.
4) 정효구, 『시 읽는 기쁨 1-2』, 작가정신, 2003은 그 대표적인 예다.
5) 김종윤, 『시적 감동의 자기 체험화』, 鳳鳴, 2004

의 본질적인 기능이라고 할 수 있다. 그런데 상당수의 문학 연구 논문이나 문예비평이 현학적인 태도와 지적인 과시 욕구에 의해 오히려 작품의 올바른 이해를 방해하는 난해한 추상론에 빠짐으로서 독자들이 시로부터 멀어지게 하는 시의 소외현상을 초래하고 말았다. 본 연구에서는 이런 점을 유념하여 작품 속에 내포된 보편적이고 공감할 수 있는 시적 진실을 파악하는 구체적 방법들을 보여줌으로써, 독자들이 시 읽기를 큰 즐거움으로 생각할 수 있도록 도와주고자 한다.

II. 시적 진실과 미적 체험

1. 시적 진실이란?

시를 읽는 독자들에게 감동을 유발하는 가장 본질적 요소는 과연 무엇일까? 하나의 시 작품은 다양한 요소들이 시인의 상상력에 의해 유기적인 구조 속으로 통합됨으로써 완성된다. 이러한 다양한 요소들의 유기적 결합을 이해하기 위해서는 다음 글을 음미해 볼 필요가 있다.

하나의 문학 작품이 독자에게 정서적 감동을 유발시킬 수 있는 예술적 가치를 갖게 하기 위해서는 시인의 상상력 속에 내재하는 인간의 보편적 인식행위를 통한 형상화 내지는 미적 질서화 과정이 선행되게 마련이다. 즉 시인은 자신의 주위 환경에서 지각하게 되는 무수한 사물 중에서, 또는 잠재의식 속에 침몰해 있는 다양한 체험들 중에서 하나의 주제를 포착하여 독자의 심금을 울리는 한편의 시를 만들어내기 위해서 자신의 상상력 내부에서 은밀하게 미적 질서화 작업을 수행하는 것이다. 그런데 이런 미적 질서화 과정에서 시인은 필연적으로 언어나 형상화 방법에 대한 몇 가지 의식적, 무의식적 선택을 하게 된다.[6]

위에서 말한 미적 질서화 과정에서 시인이 행한 의식적, 무의식적 선택의

---

6) 같은 책, 13쪽.

결과가 바로 시의 구조적 특성이나 언어적 특성, 리듬의 특성, 그리고 비유와 상징, 이미지, 아이러니 등으로 나타난다고 할 수 있는데, 이런 선택을 결정하는 데 영향을 주는 절대적인 요소가 바로 시인이 의도하고 있는 시적 주제이다. 따라서 시적 감동을 유발하는 본질적 요소는 바로 시인이 의도하고 있는 시적 주제라고 할 수 있다.

그런데 시적 주제는 삶의 의미와 가치, 그리고 아름다움을 성찰할 수 있는 시인의 치열한 시정신에 의한 현실 인식의 소산이라고 할 수 있다. 즉 자신의 삶이 영위되는 사회가 앓고 있는 구조적 모순과 부조리의 질환들을 직시하고, 그 아픔과 상처의 치유를 위해 노력하고 있는 시인에 의해 파악된 삶의 진실들인 것이다. 이렇게 터득한 삶의 진실들을 독자들에게 효과적으로 전달하여 감동을 유발하기 위해 시인은 다양한 방법들을 시도하게 된다. 이것이 바로 미적 질서화 과정이며, 시세계에 나타나는 언어와 운율, 구조, 비유와 상징, 이미지, 아이러니 등의 기법들은 다 이런 노력의 구체적 실현인 것이다. 이렇게 삶의 진실이 시로 구현된 것이 바로 시적 진실이다.

그러다 보니 모든 뛰어난 작품들은 시인 나름대로의 고유하고 특징적인 세계를 창조하게 마련이다. 발자크는 "나의 작품은 자신의 지리(地理)를 갖고 있다. 마찬가지로 자신의 족보와 자신의 식구들, 자신의 장소들과 사물들, 자신의 인물들과 자신의 사실들을 갖고 있다. 또한 그것은 자신의 문장(紋章)을 소유하며 자신의 귀족과 시민, 자신의 수공업자와 농민, 자신의 정치가와 신사, 자신의 군대를 소유한다. 한마디로 자신의 세계를 소유한다."[7]라고 말했다. 모든 문학 작품은 개별적이고 독창적인, 그래서 때로는 현실과도 매우 상이한 세계를 창조함을 강조한 것이다. 이런 성격을 예리하게 통찰한 루카치는, 그럼에도 불구하고 예술작품은 결코 현실의 반영으로서의 성격을 폐기하는 것이 아님을 주장하면서 다음과 같이 말하고 있다.

---

7) 게오르그. 루카치, 「예술과 객관적 진리」, 『리얼리즘美學의 기초이론』 이춘길 편역, 한길사, 1991, 53쪽에서 재인용.

현실의 예술적 반영의 객관성은 총체적 연관관계의 올바른 반영에 근거한다. 세부의 예술적 정확성은, 개별성으로서의 그것에 현실 속에서의 그러한 개별성이 일치하는가 그렇지 않은가와는 전적으로 무관하다. 예술작품 속에서의 개별성은, 그것이 예술가에 의해서 삶 속에서 관찰되었던 것이든 아니면 예술적 상상력에 의해서 직접적인 혹은 간접적인 생활체험으로부터 창조되었던 것이든 상관없이 객관적 현실 전체과정의 올바른 반영의 하나의 필연적 계기일 때, 그것은 하나의 현실의 올바른 반영이다. 여기에 반해 삶에 사진적으로 일치하는 세부의 예술적 진리는 전적으로 우연적이고 자의적이며 주관적이다.[8]

이러한 주장 속에는 훌륭한 작가의 작품은 어떤 방식으로든 객관적 현실을 올바로 반영하고 있어야 한다는 의미가 내포되어 있다. 그가 "시문학이 그 인물·상황·행위에서 단순히 개별적인 인물·상황·행위를 모방하는 것이 아니라 그들 속에서 동시에 합법칙적인 것, 보편적인 것, 전형적인 것을 표출한다."[9]라는 아리스토텔레스의 생각에 공감하는 것도 같은 논리의 연장으로 이해할 수 있다. 이것이 바로 시적 진실을 현실적 삶의 진실로 받아들일 수 있는 이유이기도 하다. 이처럼 시인은 현실적 삶 속에 내장되어 있는 객관적 진실들을 포착하여 시적 상상력에 의해 작품으로 형상화함으로써, 독자에게 전달되어 공감할 수 있도록 하기 위해 고통스러운 노력을 기울이는 것이다.

이러한 시인의 노력은 내용뿐만이 아니라 형식에 의해서도 구현된다. 내용과 형식의 상호관계를 규정한 헤겔의 "내용은 다름아닌 형식의 내용으로의 전화이며 형식이란 다름아닌 내용의 형식으로의 전화이다."[10]라는 다소 추상적인 표현 속에는 그런 의미가 내포되어 있다. 루카치도 이러한 점을 인식하여 다음과 같이 말하고 있다.

하나의 예술작품이 '보다 비인위적'이면 비인위적일수록, 그것이 보다 삶으

---

8) 같은 글, 60쪽.
9) 같은 글, 63쪽.
10) 같은 글, 62쪽에서 재인용.

로서, 자연으로서 작용하면 할수록, 그 속에서는 그만큼 명확하게 다음의 사실, 즉 그것이 바로 자신의 시대의 집중적 반영이라는 사실, 그 속에서 형식은 오직 삶의 이러한 객관성, 이러한 삶의 반영을 동적인 모순의 심오한 구체성과 명쾌함 속에서 표출하는 기능을 담당하고 있다는 사실이 전면적으로 부각된다.[11]

이는 시인이 파악한 객관적 현실, 즉 삶의 진실들이 작품의 내용과 형식으로 동시에 형상화됨을 언급한 것이다. 따라서 독자는 이러한 내용과 형식의 유기적 관계에 유념하여 그들이 상호적 전화에 의해서 창조해내는 의미의 세계를 제대로 인식할 수 있을 때 비로소 미적 체험에 도달하게 되는 것이다.

2. 미적 체험이란?

시적 진실의 인식이 어떻게 미적 체험으로 승화될 수 있는지를 이해하기 위해서는 몇 가지 미학이론을 참조하는 것이 매우 유용하다.

일반적으로 미의식을 그 활동형식으로 파악할 때는 미적 향수 혹은 미적 관조와 예술 창작이라는 두 가지 측면을 고려한다. 그런데 비록 미의식의 수동적·수용적 태도이기는 하나, 미학이론의 중심은 미적 관조와 향수에 놓인다. 왜냐하면 전자는 광범위한 일반 대중의 체험인 반면에, 후자는 예술가의 전문적이고 특수한 체험이기 때문이다.

또한 미의식은 감각, 표상, 연합, 상상, 사고, 의지, 감정과 같은 심적 요소의 복합체이다. 이런 미의식이 가진 창조적 기능을 충분히 발휘하도록 만들기 위해서는 특수한 미적 태도, 즉 마음의 준비가 필요하다. 특수한 미적 태도란 다양한 의식작용을 규제하고, 미적 의미방향의 실현을 지향하는 것이기 때문이다. 이때 미적 의미방향이란 자아가 외적 대상에 집중됨에도 불구하고 객체의 의미는 도리어 순수한 주관상태 속으로 몰입되어 세계가 완전히 자아화 되는 경우를 말한다.[12] 이를 시 감상과 관련하여 설명한다면,

---

11) 같은 글, 69쪽.
12) 편집부 엮음, 『미학사전』, 논장, 1988, 307~312쪽의 내용에서 간추림.

한 편의 시를 제대로 이해하기 위해서는 우선 시에 대한 그릇된 편견이나 고정관념을 버리고, 작품의 세계로 몰입하여 작품 세계와 일체화가 될 수 있는 마음의 평정과 균형된 감각이 전제되어야 함을 가리킨 것이라고 할 수 있다.

미적 체험의 전제조건이 되는 미적 만족에 대해서 칸트는 '미족 만족은 대상의 현실적 존재에는 전적으로 무관심한 정관적인 태도에서 성립하는 것'임을 강조한다. 그런데 미의식은 정관적이면서도 창조성을 지니고 있기 때문에, 립스의 말처럼 '관조자가 미적 객체의 표면에 머무르지 않고 깊은 곳까지 파고 들어가 인간적으로 가치가 있는 것을 파악하고 인격내용을 감정이입'하게 된다. 다음 인용은 미적 체험의 본질을 이해하는 데 긴요하다.

> 미적 체험의 깊이는 순수한 개별적 쾌감으로 가득찬 미에서보다도 오히려 숭고함과 비장함과 같은 불쾌감의 요소를 지닌 미에서 더 한층 두드러지게 나타나지만, 어떠한 미적 범주에서라도 미의식은 전체적으로 볼 때 쾌감으로 물드는 것이 그 하나의 특징이다. 물론 미의식을 일종의 쾌감으로 돌리는 것은 천박한 오류이지만, 그것에 고유한 조화성·정관성·창조성 등이 각각의 의미에서 저절로 쾌감을 가져오는 것이기 때문에 이 점에서도 미의 체험은 다른 가치체험이나 실생활의 의식과는 다르다고 말해야 좋을 것이다.[13]

좋은 시를 읽을 때, 때로는 고통스러운 정서에 휩싸이기도 하지만 마침내는 시적 감동에 의한 카타르시스에 도달하게 되는 소이연이 바로 미적 체험에 의한 것임을 알 수 있다.

뿐만 아니라 미의식은 무의식적인 요소도 개입하기는 하지만, 단순한 관조의식에 그치지 않고 일종의 평가적 의식을 지님으로써 미적 판단에 의해 폐쇄적인 개인적 체험의 영역을 뛰어넘어 초개인적 성격을 띄게 된다. 그러기 때문에 귀요는 미의식 자체 속에서 사회적 성질을 인식하고 미적 감정을 사회적 연대성의 보편적 공감이라고 파악하는 것이다.[14]

---

13) 같은 책, 314쪽.
14) 이상의 내용은 같은 책 307~316쪽의 '미의식'을 참조한 것임.

따라서 좋은 시를 읽고 잔잔한, 때로는 전율할 것 같은 감동을 느끼거나, 고통스러운 정서의 카타르시스를 체험하는 것은 결국 시 속에 내포된 삶의 진실들을 인식하고 그것에 공감함으로써, 인간과 삶과 세계에 대한 깊고 폭넓은 이해를 통해 미적 만족의 상태에 도달하게 됨을 말하는 것이다.

III. 시적 진실의 인식과 미적 체험의 실제

1. 존재의 비극성에 대한 시적 성찰

풀이 눕는다
비를 몰아오는 동풍에 나부껴
풀은 눕고
드디어 울었다
날이 흐려서 더 울다가
다시 누웠다

풀이 눕는다
바람보다도 더 빨리 눕는다
바람보다도 더 빨리 울고
바람보다 먼저 일어난다

날이 흐리고 풀이 눕는다
발목까지
발밑까지 눕는다
바람보다 늦게 누워도
바람보다 먼저 일어나고
바람보다 늦게 울어도
바람보다 먼저 웃는다
날이 흐리고 풀뿌리가 눕는다
        ― 김수영, 「풀」

위에 인용한 작품은 해방이후의 한국 현대시사에서 가장 강력한 영향력을 행사하고 있는 김수영의 마지막 발표작이며, 많은 평자들에 의해 그의 대표작으로 추천되고 있는 작품이기도 하다. 그런데 「풀」은 김수영의 절창이기는 하나 그의 시세계의 전모를 드러내는 대표작으로 평가하는 것에는 다소 이의가 제기될 수 있다. 폭로적인 자기 분석을 통해 소시민적인 삶의 일상성 속에서 왜소화되고 있는 동시대인들의 정신적 태도를 각성시키고자 하는 통렬한 비판과 풍자의 언어를 구사한 그의 시세계와는 다소 거리를 두고 있는 시이기 때문이다. 그가 살아서 더 많은 작품을 썼다면 아마도 「풀」이 형상화하고 있는 세계로 나아갔을지도 모른다는 예감을 가능케 하는 작품이기도 하다. 세상에 대한 할 말을 정직하고 곧은 일상적 언어로 거침없이 쏟아내는 김수영의 화법으로 볼 때, 간결하게 압축되어 언어의 절제를 보여주는 「풀」은 그의 작품 중에서는 다소 이채롭기 때문이다.

「풀」은 3연 18행으로 구성된 매우 짧고 간결한 형식을 지닌 시인데, 작품의 구조적 특성을 이루는 핵심은 바람의 강도에 따라 흔들리며 누웠다 일어서기를 반복하는 풀의 모습을 의인화한 한 개의 상징적 이미지이다. 바람에 흔들리는 풀의 모습이 시인의 상상력에 의해 때로는 울고, 때로는 웃는 모습으로 포착되면서, 바람과 풀의 대립적 긴장 관계의 해소과정을 드러내는 상징적 이미지로 형상화되어, 매우 효과적으로 시적 주제를 암시하고 있다. 즉 강가에 나가면 쉽게 목격할 수 있는, 그래서 우리에겐 매우 익숙한, 강바람에 흔들리는 풀의 모습을 통해 존재의 비극적인 모습을 성찰하게 하는 것이다.

따라서 시에 구사되고 있는 핵심 시어들은 모두 강한 상징성을 지닌다. ‘풀’과 ‘바람’, ‘눕는다’와 ‘일어난다’, ‘울었다’와 ‘웃는다’ 등에서처럼 대립적인 긴장관계에 있는 시어들에 내포되어 있는 상징적 의미를 제대로 파악할 수 있어야 시적 주제가 전달하고자 하는 진실을 인식할 수 있다. 또한 이런 고도의 상징성이 1연에 나타나는 리듬의 반복이나, 시적 결말로 가면서 점점 가속되는 리듬과 결합되면서 정서적 긴장을 증폭시키는 효과를 거두고 있다.

1연에서는 '비를 몰아오는 동풍에 나부껴', '울다가', '누웠다' 등의 시어를 통해 바람의 힘에 의해 흔들리다 쓰러지는 풀에 대한 절망적 부정적 인식을 드러낸다. 이는 삶의 현실적 조건들에 압도당하여 고통스러워하는 존재의 비극적인 모습이기도 하다. 그런데 '비를 몰아오는 동풍'은 바람이라는 삶의 현실적 조건들이 존재를 유린하는 폭력적인 것만이 아니라 '비'를 가져다 '풀'에 생명의 근원을 공급하는, 즉 존재의 생명과 풍요로운 삶을 가능케 하는 근원적인 힘을 내포하고 있는 상징임을 암시한다.

2연에서는 '바람보다도 더 빨리 눕는다', '더 빨리 울고', '먼저 일어난다' 등의 표현을 통해 '바람'이라는 삶의 현실적 조건에 저항하며 극복하려는 '풀'에 대한 희망적 긍정적 인식을 보여준다. 이는 자신을 유린하려는 온갖 외적인 힘에 맞서려는 존재의 의지적인 모습이기도 하다. 따라서 1연과 2연은 '풀'로 상징되는 존재에 대한 부정적 인식과 긍정적 인식을 드러냄으로써 서로 변증법적인 대립관계에 놓이게 한다. 이는 삶의 현실적 조건들 속에서 고통받고 있는 존재의 비극적인 모습에 대한 모멸과 연민의 이중적 정서로 인해 갈등하고 있는 의식의 양면성을 드러내는 것이기도 하다.

3연에는 '풀'과 '바람', 즉 존재와 삶의 현실적 조건 사이의 대립적 긴장관계가 해소되는 과정이 제시되고 있다. '날이 흐리고'는 비를 예감시킨다. 이것은 '풀이 눕는다'는 행위가 1연에서처럼 단순한 쓰러짐이나 절망적 상태로의 추락이 아니며, '발밑까지 눕는다'는 것이 비바람에 의해 일시적으로 쓰러지더라도 생명적 가치의 수용을 통해 다시 일어나기 위한 준비임을 암시한다. 따라서 '바람보다 늦게 누워도 / 바람보다 먼저 일어나고 / 바람보다 늦게 울어도 / 바람보다 먼저 웃는다'는 절망하여 쓰러지면서도 끝내 그 절망을 딛고 일어서고야마는 존재의 저항적 의지적 모습을 형상화한 것이다.

이렇게 반복되며 고조되어 온 대립적 긴장관계는 결말 행에서 '풀뿌리가 눕는다'는 표현을 통해 해소된다. 즉 '바람'으로부터 '풀'을 지탱하기 위해 흙에 의지하여 잔뜩 버티고 있던 '풀뿌리'가 '풀'과 '바람' 사이에 완전한 화해가 이루어짐에 따라 편안한 휴식을 위해 눕고 있는 듯한 시적 이미지를 창조하고 있는데, 이는 존재와 삶의 현실적 조건 사이의 대립적 긴장관계가 변증법적으로 해소되어 평화로운 공존이 가능해진 시적 상황을 암시하는 것이다.

따라서 작품 「풀」은 현실이라는 삶의 외적 조건을 그 부조리성과 모순, 폭력성 때문에 부정하면서도, 동시에 그것이 삶을 가능하게 하는 본질적 가치를 내포하고 있는 것이기에 긍정하고 화해할 수밖에 없는 존재의 비극성을 성찰하여 형상화한 시라고 할 수 있다. 이것은 또한 삶의 완성을 향해 변증법적 질서에 의해 전개되어 가는 인간의 행동양식과, 절망과 극복의 반복과정을 통해 어떻게 세계와의 화해에 도달하는지를 보여주려는 그의 치열한 시정신의 구현이기도 한 것이다.

강바람에 흔들리며 쓰러지고 일어서기를 반복하고 있는 풀의 모습, 모진 비바람과 혹독한 계절의 변화에도 소멸되지 않고 더욱 끈질기게 생명을 번성시키는 풀의 모습이 현실적 삶의 조건에 압도되어 고통받고 있는 우리에게 뭉클하게 삶의 진실에 대한 깨달음을 주고 있다.

2. 세계와의 화해를 위한 사랑의 가치에 대한 인식

> 욕망이여 입을 열어라 그 속에서
> 사랑을 발견하겠다 都市의 끝에
> 사그러져가는 라디오의 재갈거리는 소리가
> 사랑처럼 들리고 그 소리가 지워지는
> 강이 흐르고 그 강건너에 사랑하는
> 암흑이 있고 三월을 바라보는 마른 나무들이
> 사랑의 봉오리를 준비하고 그 봉오리의
> 속삭임이 안개처럼 이는 저쪽에 쪽빛
> 산이
>
> 사랑의 기차가 지나갈 때마다 우리들의
> 슬픔처럼 자라나고 도야지우리의 밥찌끼
> 같은 서울의 등불을 무시한다
> 이제 가시밭, 덩쿨장미의 기나긴 가시가지

까지도 사랑이다

왜 이렇게 벅차게 사랑의 숲은 밀려닥치느냐
사랑의 음식이 사랑이라는 것을 알 때까지

난로 위에 끓어오르는 주전자의 물이 아슬
아슬하게 넘지 않는 것처럼 사랑의 節度는
열렬하다
間斷도 사랑
이 방에서 저 방으로 할머니가 계신 방에서
심부름하는 놈이 있는 방까지 죽음같은
암흑 속을 고양이의 반짝거리는 푸른 눈망울처럼
사랑이 이어져가는 밤을 안다
그리고 이 사랑을 만드는 기술을 안다
눈을 떴다 감는 기술 ─불란서혁명의 기술
최근 우리들이 四·一九에서 배운 기술
그러나 이제 우리들은 소리내어 외치지 않는다

복사씨와 살구씨와 곶감씨의 아름다운 단단함이여
고요함과 사랑이 이루어놓은 暴風의 간악한
信念이여
봄베이도 뉴욕도 서울도 마찬가지다
信念보다도 더 큰
내가 묻혀사는 사랑의 위대한 도시에 비하면
너는 개미이냐

아들아 너에게 狂信을 가르치기 위한 것이 아니다
사랑을 알 때까지 자라라
人類의 종언의 날에
너의 술을 다 마시고 난 날에
美大陸에서 石油가 고갈되는 날에
그렇게 먼 날까지 가기 전에 너의 가슴에
새겨둘 말을 너는 都市의 疲勞에서

배울 거다
이 단단한 고요함을 배울 거다
복사씨가 사랑으로 만들어진 것이 아닌가 하고
의심할 거다!
복사씨와 살구씨가
한번은 이렇게
사랑에 미쳐 날뛸 날이 올 거다!
그리고 그것은 아버지같은 잘못된 시간의
그릇된 瞑想이 아닐 거다

        - 김수영, 「사랑의 變奏曲」

 김수영의 후기 시의 내용적 특성을 이루는 두 가지 주류는 세계와의 화해를 위해 대상을 긍정하려는 사랑의 정신과, 인간의 자유로운 삶을 억압하는 현실의 악마적인 모순과 불합리성에 저항하려는 비판의 정신이다. 현실의 부조리에 고통받고 저항하며 절망하면서도, 생명이나 삶 자체의 고귀한 가치를 결코 포기할 수 없는 것이 바로 존재의 비극성이다. 사랑의 정신과 비판의 정신은 이런 존재의 비극성이 시로 방전되는 두 개의 극이라고 할 수 있다. 그런데 시인의 사랑의 정신이 극적으로 표출된 절창이 바로 위에 인용한 「사랑의 變奏曲」이다.

 요즈음의 젊은 시인들에게서는 흔하게 볼 수 있는 다소 난해하면서도 당혹스럽게 만드는 언어나 비유, 이미지들의 폭력적 결합을 통해 새로움을 부각시키는 수사적 방법은 김수영의 시적 영향권에 있다고 볼 수 있다. 김현이 "金洙暎의 새로움의 詩學은 모더니즘이 한국시에 수용된 이후 가장 날카로운 표현을 본 詩論이다."[15]라는 평가나, 김영무의 "김수영은 어쩌면 서정주와 더불어 오늘날까지의 한국시문학사에서 가장 만만치 않은 영향을 남기고 있는 시인이다."[16]라는 평가, 그리고 조남현의 "韓國 詩史에 있어서 하나의 의미깊은 원형질"[17]이라는 평가는 모두 이런 시적 특성도 고려된 것이

---

15) 金允植·김현, 『韓國文學史』, 民音社, 1973, 274쪽.
16) 金榮茂, 「金洙暎의 영향」, 『世界의 文學』, 1982년 겨울호, 317쪽.
17) 曺南鉉, 「70年代 詩壇의 흐름」, 『現代詩』, 1984년 여름호, 124쪽.

라고 볼 수 있다.

시가 길어진 것은 그만큼 사랑에 대해 할 말이 많다는 것을 나타낸다. 또한 일상적 어법을 깨뜨리고 있는 행의 배열에 의한 파격적인 리듬과 당혹스런 언어 결합에 의한 익숙치 않은 수사적 표현들은 일상적 논리를 초월하는 사랑의 위대함을 드러내려는 시인의 의도를 감지시킨다. 빈번하게 사용되는, 때로는 어색하게 느껴질 정도로 남용된 '사랑'이라는 시어는 사랑의 힘에 대한 깨달음이 준 감동으로 인한 의식의 도취상태를 여실히 보여주고 있다. '왜 이렇게 벅차게 사랑의 숲은 밀려닥치느냐', '난로 위에 끓어오르는 주전자의 물이 아슬 / 아슬하게 넘지 않는 것처럼 사랑의 節度는 / 열렬하다', '사랑에 미쳐 날뛸 날이 올 거다!' 등의 구절이 이러한 의식의 도취상태를 드러내고 있다.

1연에서 시인은 '사랑'이 대상의 가치를 발견하고 긍정함으로써 그 대상을 소유하거나 즐기려는 '욕망'의 일종임을 인식하고 '욕망이여 입을 열어라 그 속에서 / 사랑을 발견하겠다'라고 선언하고 있다. 사랑하는 사람의 눈에는 모든 것이 사랑스럽게 보이기 마련이다. 이러한 사랑의 본질에 대한 인식이 '라디오의 재갈거리는 소리'가 소음이 아니라 사랑의 속삭임처럼 들리게 하고, '강건너에' 아스라한 풍경도 '사랑하는 암흑'으로 보이게 하고, 추위를 견디며 '三월을 바라보는 마른나무들이' 새봄에 꽃피울 '봉오리를 준비하고' 있는 그 은밀한 태동을 '강가에' '안개처럼 이는' '속삭임'으로 느껴지게 한다.

2-3연의 '사랑의 기차가 지나갈 때마다 우리들의 슬픔처럼 자라고'는 슬픔이라는 고통스러운 정서가 사랑의 상실에 의해 촉발되는 것임을 암시하고, '도야지우리의 밥찌끼 / 같은 서울의 등불을 무시한다'는 사랑이 더럽고 추악한 현실을 망각시켜서 끝내는 '가시밭, 덩쿨장미의 가시가지'가 상징하는 삶의 고통까지도 가슴 벅찬 희열로 전환시키는 동적 능력임을 인식시킨다. 그런 사랑을 깨닫게 되는 순간 세상은 사랑으로 가득 찬 '숲'이 되고, 아울러 사랑은 사랑에 의해 더욱 성장하고 확장됨을 알게 된다.

4연에서는 사랑은 '열렬하'면서도 결코 한계를 벗어나지 않는 스스로 '節度'를 지닌 것이며, 우리의 인생은 끊임없는 사랑의 연속임을 말한다. 또한 그것은 '죽음같은 암흑 속'까지도 꿰뚫어 볼 수 있는 '고양이의 반짝거리는 푸른 눈망울' 같은 예지이다. 사랑은 이러한 節度와 예지에 의해 완성되는 기술이기도 하다. '四 · 一九'를 통해 열렬한 사랑의 절도와 예지를 습득하게 됨으로써 '소리내어 외치지 않는' 사랑의 기교를 터득하게 되는 것이다.

5연에서는 '복사씨와 살구씨와 곶감씨의 아름다운 단단함' 속에 잉태되어 있는 생명과, '고요함과 사랑이 이루어놓은 暴風'이 내포하는 시인의 내면세계의 진통을 통해 형성된 '信念'을 대비시키면서, 우주의 생명현상이나 인간의 정신활동이 모두 사랑의 행위이며, 사랑의 위대함을 드러내는 지극히 작은 부분임을 말하고 있다.

6연에서는 사랑의 위대함과 가치를 인식한 시인이 그 체험을 아들에게 가르쳐주려는 의도가 나타나 있다. 그런데 이런 사랑의 위대함은 가르쳐질 수 있는 것이 아니라, 성장하면서 '都市의 疲勞' 즉 삶의 체험을 통해서 스스로 터득하게 되는 것임을 말한다. 사랑은 오랜 忍苦의 고통을 통해 여문 복사씨의 '단단한 고요함' 속에 잉태되어 있는 생명 같은 것이며, '人類의 종언의 날'까지 지속될 영원한 가치이다. 이러한 사랑의 위대함에 도취된 시인의 감성이 '복사씨와 살구씨가 / 한번은 이렇게 / 사랑에 미쳐 날뛸 날이 올 거다!'라는 영탄을 자아내게 하는 것이다. 아울러 사랑은, 아버지의 그런 가르침이 '잘못된 시간의 / 그릇된 瞑想'으로 의심하지 않고 받아들일 수 있도록 아들에게 긍정적 태도를 확립시켜 준다.

사랑은 세계와의 화해를 가능하게 함으로써 인간의 자유로운 삶을 확장하는 원동력을 제공한다. 김수영은 이 시를 통해 사랑이야말로 삶의 원동력이며 인간다운 삶을 보장해 줄 수 있는 영원한 가치임을 노래하고 있다. 그가 한 산문에서 "사랑의 마음에서 나온 자유는 여하한 행동도 방종이라고 볼 수 없지만, 사랑이 아닌 자유는 방종입니다. 그리고 사랑은 호흡입니다. 사랑은 눈에 보이지 않습니다. 그것이 행동으로 나타날 때에도 오늘날과 같은 복잡한 사회환경에서는 여간 조심해서 보지 않으면 분간해내기가 어렵습니다. 사랑이 순결하면 순결할수록 더 그렇습니다."[18]라고 말하고 있는 점은 사랑의 가치에 대한 그의 인식이 매우 섬세하면서도 확고한 것임을 알게 한다. 그는 자신을 괴롭히고 있는 삶의 현실적 조건들이나, 그로 하여금 갈등과 긴장을 고조시키는 온갖 적들과의 싸움을 사랑의 정신 속에 포용함으로써 세계와의 완벽한 화해에 도달하고자 하는 것이다.

이러한 사랑의 정신에 의해 세계와의 화해를 시도하는 시인의 눈물겨운 노력은 세상의 허위성 속에 내포되어 있는 악마적 모순이나 불합리성과 끊임없이 충돌하게 된다. 현실의 모든 것을 이해하고 긍정함으로써 적들과의 조화로운 공존과 세계와의 화해를 시도하는 시인의 노력을 조소하는 세상의 허위성은 시인으로 하여금 분노와 저항의 대결의식을 촉발시킨다. 시인이 견지하고자 하는 사랑의 정신의 역방향에는 현실의 부조리성을 탄핵하려는 준엄한 현실비판 정신이 놓이게 되는 것이다. 결국 시인의 삶은 대상을 사랑하려는 정신과 비판하려는 정신의 변증법적 전개과정이라고 할 수 있으며, 그 두 가지의 종합에 의해 삶은 완성되는 것이다. 그것은 곧 우리 자신의 삶의 진실이기도 하다.

3. 전쟁의 폐허 위에서 부른 우울한 노래

한 잔의 술을 마시고
우리는 버지니아 울프의 생애와
木馬를 타고 떠난 淑女의 옷자락을 이야기한다
木馬는 주인을 버리고 거저 방울소리만 울리며
가을 속으로 떠났다 술병에서 별이 떨어진다
傷心한 별은 내 가슴에 가볍게 부서진다
그러한 잠시 내가 알던 少女는
정원의 草木 옆에서 자라고
문학이 죽고 인생이 죽고
사랑의 진리마저 愛憎의 그림자를 버릴 때

---

18) 김수영, 「요즈음 느끼는 일」, 『金洙暎全集2』, 民音社, 1981, 35쪽.

木馬를 탄 사랑의 사람은 보이지 않는다
세월은 가고 오는 것
한때는 孤立을 피하여 시들어 가고
이제 우리는 작별하여야 한다
술병이 바람에 쓰러지는 소리를 들으며
늙은 여류작가의 눈을 바라다보아야 한다
……燈臺에……
불이 보이지 않아도
거저 간직한 페시미즘의 미래를 위하여
우리는 처량한 木馬 소리를 기억하여야 한다
모든 것이 떠나든 죽든
거저 가슴에 남은 희미한 의식을 붙잡고
우리는 버지니아 울프의 서러운 이야기를 들어야 한다
두 개의 바위 틈을 지나 청춘을 찾은 뱀과 같이
눈을 뜨고 한 잔의 술을 마셔야 한다
인생은 외롭지도 않고
거저 잡지의 표지처럼 通俗하거늘
한탄할 그 무엇이 무서워서 우리는 떠나는 것일까
木馬는 하늘에 있고
방울소리는 귓전에 철렁거리는데
가을바람 소리는
내 쓰러진 술병 속에서 목메어 우는데
　　　　　　　　　　　－ 박인환, 「木馬와 淑女」

　필자가 「木馬와 淑女」라는 시를 좋아하고, 나아가 박인환이라는 시인을
사랑하게 된 것에는 각별한 추억이 있기 때문이다. 조국근대화라는 거창
한 기치 아래 우리도 천형 같은 가난에서 벗어나 잘살아보자는 민족적 염원
이 물결치던 1960년대 중반에 필자는 동해안의 소도시 강릉에서 고등학교
를 다녔다. 모두가 가난했던 그 시절에도 내 고향의 중심가에는 조그마한
헌책방이 몇 군데 있었다. 말이 헌책방이지 사실은 문제집이나 교과서를 일
반 서점에서보다는 좀 헐값에 살 수 있는 곳이었다. 용돈이 늘 궁한 우리는
신학기가 되면 부모님에게 새 교과서를 살 돈을 타내서 그곳에 가, 상급

생들이 팔아먹은 헌 교과서를 사고 남은 돈으로 「學園」이라는 청소년 잡지를 사거나 찐빵집에 가서 허기를 달래곤 했다. 그 헌책방에 교과서와 문제집을 사러 갔다가, 우연히 뽑아 든 시집에서 제목이 멋있는 것 같아 제일 먼저 읽은 시가 바로 「木馬와 淑女」이다. 가난한데다가 공부도 시원치 않아 대학진학에 대한 불안감으로 시달리고 있는 나에게 그 시는 마치 감전되는 듯한 전율을 일으켰다. 시어를 제대로 이해한 것도 아닌데, 도무지 알 수 없는 떨림이었다. 이 떨림의 정체는 한참 후에 시를 본격적으로 공부한 후에야 알 수 있었다. 그것은 바로 실존적 불안의식에 의해 나의 예민한 사춘기 감수성에 드리워져 있는 우수와 고독과 애상의 정서가 바로 그 정체였던 것이다. 그 후 나는 박인환이라는 시인을 사랑하게 되어 시인론까지 쓰기도 했고, 한편으로는 그의 한계에 대한 깨달음이 김수영의 시세계로 빠져 들어가는 원인이 되기도 했다. 모더니즘 시 운동을 함께 주도했으면서도 서로에 대한 콤플렉스로 특별한 애증관계에 있던 두 시인을 모두 각별히 사랑하게 된 것에는 이처럼 운명적인 만남이 계기가 된 것이다.

박인환이 생존했던 1926년에서 1956년에 이르는 기간은 식민지 탄압과 해방의 혼란, 그리고 전쟁의 참혹한 비극으로 이어지는 민족적 시련기이다. 또한 이 시기는 밀려들어오는 서구문화에 무방비 상태로 감염되어 가는 문화적 전환기이기도 했다. 핵심을 파악하기 어렵게 만드는 시의 난해성은 근원적으로는 이성적으로 감당하기 어려운 비극을 견디고 있는 한국사회가 놓인 역사와 현실의 불가해성에서 기인한다고 볼 수 있다. 즉 역사와 현실의 불가해성이 시의 난해성으로 형상화되어 있는 것이다.

박인환의 대표작으로 평가되기도 하는 「木馬와 淑女」는 전후의 폐허를 반영하는 황량한 풍경과 애수의 정조로 인해 많은 사람들에 의해 애송되는 작품이기도 하다. 다소 감상적이고 사랑과 죽음, 문학과 인생이라는 거대한 명제들을 가볍게 처리함으로써 진지성이 결여된 점이 느껴지기도 하나, 유연한 리듬의 시적 효과는 우수와 고독의 정서 유발에 성공함으로써 독자로 하여금 시적 분위기에 저항 없이 빠져들게 한다. 사실 시에는 사상과 의미가 중요시 되는 작품이 있는가 하면, 분위기나 정조가 중요시 되는 작품이 있다. 즉 시적 주제의 전달보다는 이미지와 리듬의 유기적 결합에 의한 정서의 전달에 성공함으로써 문학적 감동을 유발하는 작품도 있는 것이다. 「木馬와 淑女」가 바로 이런 시의 대표적인 예이다. 전후의 시대적 분위기와 실존적 불안의식에 시달리고 있는 동시대인들의 우수와 고독에 찬 정서를 자아내는 데 탁월한 성공을 거두고 있는 작품이기 때문이다.

단연으로 구성된 32행의 이 시는 의미가 전개되는 단계에 따라 크게 세 부분으로 나누어 볼 수 있다. 1행에서 11행까지는 시의 서두 부분이다. 시적 화자가 직면하고 있는 불안하고 절망적인 현실이 암시되면서, 시의 전편을 물들이는 애상의 정조와 분위기가 제시되고 있다. '한 잔의 술을 마시고'는 절망적인 현실을 견디기 힘들어 하는 시인의 정신적 위상을 잘 드러낸다. 투신자살로 생을 마감한 '버지니아 울프의 생애' 가시적 화자의 동경의 대상이 되고 있는 것에는, 삶의 고통으로 인해 시적화자가 늘 죽음을 예감하며 살아가고 있다는 현실이 투영되어 있다. '문학이 죽고 인생이 죽고 / 사랑의 진리마저 愛憎의 그림자를 버릴 때 / 木馬를 탄 사랑의 사람은 보이지 않는다'에는 시적화자의 삶을 지탱하는 모든 중요한 요소들의 부재 상태를 나타낸다. 이것이 바로 실존적 불안의식의 근원인 것이다.

12행에서 25행은 시인의 정신적 위상을 적나라하게 보여주는 본론 부분이다. 본론 부분의 진술은 모두 '작별하여야 한다', '바라다보아야 한다', '기억하여야 한다', '들어야 한다', '마셔야 한다'는 표현들처럼 당위적 표현으로 위장한 체념적 표현으로 되어 있다. 이는 신념과 의지가 실종되고, 현실적 고통에 압도된 정신적 패배의식의 노정이기도 하다. 현실적 고통으로부터 도피하기 위해 세상에 '작별'을 고할 수밖에 없으며, 이것이 '술병이 바람에 쓰러지는 소리를 들으며'가 암시하는 그런 마비된 정신으로 죽음으로의 도피를 선택한 '여류작가'의 일생에 대한 동반자 의식으로 연결되고 있다. 그에게는 미래도 밝은 내일을 약속하는 희망의 미래가 아니라 '페시미즘의 미래'이다. 이처럼 현실에서의 위안도, 미래에 대한 희망도 기대할 수 없는 실존적 불안의식이 그로 하여금 죽음이나 '술'로 상징되는 도취적 관능과 향락의 세계로의 도피를 꿈꾸게 하는 것이다.

26행에서 32행까지가 결말 부분이다. '인생은 외롭지도 않고 / 거저 잡지의 표지처럼 通俗하거늘'에서처럼 인생에 대해 달관한 듯한 정신의 경지를 보여주면서도, '한탄할 그 무엇이 무서워서 우리는 떠나는 것일까'라는 자조적 물음이 암시하듯 현실적 고통의 실체를 파악하지 못하고 있는 의식의 미궁을 드러내기도 한다. 이는 한편으로는 자신의 삶에 대한 반성적 물음이며, 현실적 삶의 모순과 부조리를 잘 인식하고는 있으나, 그 가혹성에 압도되어 미래에 대한 전망을 상실한 채 방황하는 정신을 나타내는 것이기도 하다.

한편 시에서 애상적 분위기와 우수와 고독의 정서를 환기시키는 데 기여하고 있는 결정적 요소는 바로 시에서 빈번하게 사용되고 있는 소멸적 이미지들이다. 즉 '주인을 버리고', '가을 속으로 떠났다', '별이 떨어진다', '가벼웁게 부서진다', '문학이 죽고 인생이 죽고', '사랑의 사람은 보이지 않는다', '시들어 가고', '작별하여야 한다' 등에서처럼 소멸적 이미지들의 합주에 의해 유발된 애상적 정조가 독자들로 하여금 우수와 고독의 정서 속으로 빠져들게 하는 것이다.

전쟁의 폐허 속에서 신음한 1950년대는 냉혹하고 고통스러운 현실만이 엄연히 존재할 뿐, 모든 것이 불확실한 시대였다. 특히 현실적 삶의 고통을 견딜 수 있게 하는 미래에 대한 희망의 불확실성이야말로 가장 심각한 심리적 억압체로 작용하게 된다. 「木馬와 淑女」는 그러한 시대의 어둠을 견디고 있는 동시대인들의 실존적 불안의식이 잘 형상화된 작품이다. 때로는 서구 모더니즘의 아류로서 실패한 감상주의 문학이라는 혹평을 받기도 했지만, 전쟁의 폐허 위에서 실존적 불안의식으로 신음하고 있는 동시대인들의 삶의 비애를 가장 정직하게 보여준 작품이라고 할 수 있는 것이다.

4. 전쟁의 비극성과 실존적 불안의식

機銃과 砲聲의 요란함을 받아 가면서
너는 세상에 태어났다 주검의 세계로
그리하여 너는 잘 울지도 못하고

힘없이 자란다.

엄마는 너를 껴안고 3개월간에
일곱 번이나 이사를 했다.

서울에 피의 비와
눈바람이 섞여 추위가 닥쳐오던 날
너는 입은 옷도 없이 벌거숭이로
貨車 위 별을 헤아리면서 南으로 왔다.

나의 어린 딸이여 고통스러워도 哀訴도 없이
그대로 젖만 먹고 웃으며 자라는 너는
무엇을 그리우느냐.

너의 호수처럼 푸른 눈
지금은 멀리 敵을 격멸하러 바늘처럼 가느다란
機械는 간다. 그러나 그림자는 없다.

엄마는 전쟁이 끝나면 너를 호강시킨다 하나
언제 전쟁이 끝날 것이며
나의 어린 딸이여 너는 언제까지나
행복할 것인가.

전쟁이 끝나면 너는 더욱 자라고
우리들이 서울에 남은 집에 돌아갈 적에
너는 네가 어데서 태어났는지도 모르는
그런 계집애.

나의 어린 딸이여
너의 고향과 너의 나라가 어데 있느냐
그때까지 너에게 알려 줄 사람이
살아 있을 것인가.
— 박인환, 「어린 딸에게」

문학은 시대 상황에 가장 민감하게 반응하는 예술이다. 또한 그것은 민족이 처한 역사적 상황을 투시하는 가장 치열한 정신의 산물이기도 하다. 한국문학사에서 가장 충격적이고 중요한 의미를 지닌 역사적 사건인 한국전쟁은 국토의 대부분을 폐허화했고, 민족을 절박한 생존의 고통에 시달리게 했으며, 윤리의식을 마비시키는 정신의 황폐화를 초래했다. 인간의 이성적 사고의 세계를 넘어서는 엄청난 비극 앞에 무기력하게 노출된 동시대의 작가들은 인간 존재의 극한 상황을 미학적으로 수용할 응전력을 갖추지도 못한 채 그저 개인의 생존에만 급급할 수밖에 없었다. 그러나 그들의 절규와 신음의 언어들은 동시대의 역사에 대한 생생한 증언이다. 그들의 시를 통해 우리는 기록된 역사에 가려 있는 민족의 고통을 체험할 수 있으며, 결코 반복되어서는 안 될 비극의 전모를 이해할 수 있다.

전쟁으로 인한 상처와 고통의 심각성은 물질적 파괴나 경제적 손실에 의한 것보다는 인간의 정신과 영혼의 파괴로 인해 끊임없이 실존적 고통에 시달리게 되는 점이 더 크다. 전쟁으로 인한 물질적 파괴는 복구가 가능하나 정신의 황폐화는 복구가 불가능하기 때문이다. 또한 전쟁은 인간이 이룩한 모든 전통이나 문화를 파괴함은 물론, 인간다움을 보장하는 일체의 도덕적, 윤리적 규범으로부터의 일탈을 가능하게 함으로써 인간성 상실의 비극을 초래한다. 전장에서는 이성적 윤리적 존재로서의 인간이 아니라, 오로지 자신의 생존을 지키기 위한 본능적이고 동물적인 존재로서의 인간일 뿐이기 때문이다.

『경향신문』 종군기자로 전쟁이 휩쓸고 간 참혹한 폐허나 격렬한 전투가 벌어졌던 살육의 현장을 답사할 기회를 가질 수 있었던 박인환이 쓴 전장시들에는 그 처절한 풍경들이 잘 나타나 있다. 그의 눈앞에 전개되는 처참한 폐허의 풍경들은 시적인 논리를 초월하는 비극이었으며, 그저 망연자실할 수밖에 없는 한계상황이었다. 이러한 전쟁의 현장 체험은 그의 시세계를 관류하는 실존적 불안의식의 動因으로 작용하게 되는 것이다.

위에 인용한 시에는 인간의 능력으로는 감당할 수 없는 이러한 전쟁의 비극성과 폭력성이 전쟁 속으로 내팽개쳐진 딸의 운명을 걱정하는 시적 화자의 진술을 통해 잘 표현되어 있다. 전쟁의 폭력성 앞에 '입은 옷도 없이 벌거숭이로' 노출되어 있는 무기력한 딸의 운명은 바로 전쟁을 겪고 있는 동시대인들 모두의 운명이다. '機銃과 砲聲의 요란함', '주검의 세계', '서울에 피의 비와 / 눈바람이 섞여 추위가 닥쳐오던 날' 등의 시구에는 전쟁 상황의 가혹성이 잘 암시되어 있다. 그런 가혹성 앞에 벌거숭이로 노출되어 '잘 울지도 못하고 / 힘없이 자라'고 있는 딸에 대한 연민은 바로 전쟁으로 인해 극한의 고통을 견디고 있는 민족 모두에 대한 연민이기도 하다. 이러한 연민의 정서가 '고통스러워도 哀訴도 없이 / 그대로 젖만 먹고 웃으며 자라는 너는 / 무엇을 그리우느냐'에 나타나는 반어법적 진술에 의해 더욱 증폭된다. 이는 민족의 운명을 말살해 가고 있는 전쟁에 속수무책으로 당하고 있는 무기력한 동시대인들을 바라보고 있는 시인의 절망적인 시선을 감지시킨다.

이러한 연민의 정서가 전쟁의 공포성에 압도당하게 됨으로써 미래에 대한 전망마저 상실한 실존적 불안의식으로 심화된다. 이와 같은 불안의식의 심화과정이 '엄마는 전쟁이 끝나면 너를 호강시킨다 하나 / 언제 전쟁이 끝날 것이며 / 나의 어린 딸이여 너는 언제까지나 / 행복할 것인가.'라는 미래에 대한 불확실한 전망과, '너의 고향과 너의 나라가 어데 있느냐 / 그때까지 너에게 알려 줄 사람이 / 살아 있을 것인가.' 에 나타나는 강한 부정적 회의를 통해 여실히 드러나고 있는 것이다.

구원이나 미래에 대한 전망을 상실한 인간은 불안과 공포의 세계로 추락할 수밖에 없다. 박인환은 전쟁의 폐허 속에서 이러한 절망과 불안과 공포로 신음하고 있는 민족의 고통을 증언하기 위해 시를 쓴 것이다. 그러므로 「어린 딸에게」를 읽는 것은 매우 고통스러운 체험이다. 그러나 이런 고통스러운 체험이 전쟁의 비극성에 대한 명료한 인식을 통해 전쟁을 예방할 수 있는 휴머니즘의 세계로 나아가게 된다면, 이는 지적 쾌락을 유발하는 미적 체험으로 승화될 수 있는 것이다.

5. 골수에 사무친 恨을 풀어내는 悽悵한 가락

울어 피를뱉고 뱉은피 도루삼켜
평생을 원한과슬픔에 지친 적은새
너는 너른세상에 서름을 피로 새기러오고
네눈물은 수천 세월을 끊임없이 흐려놓았다
여기는 먼南쪽땅 너 쫓겨 숨음직한 외딴곳
달빛 너무도 황홀하여 후젓한 이새벽을
송기한 네울음 천길바다밑 고기를 놀래이고
하늘가 어린별들 버르르 떨리겠고나
몇 해라 이三更에 빙빙 도―는 눈물을
슷지는 못하고 고힌그대로 흘리웠느니
서럽고 외롭고 여윈 이몸은
퍼붓는 네 술잔에 그만 지늘꼈느니
무섬증 드는 이새벽가지 울리는 저승의 노래
저기 성밑을 돌아나가는 죽음의 자랑찬 소리여
달빛 오히려 마음어둘 저 흰등 흐느껴가신다
오래 시들어 파리한마음 마조 가고지워라
비탄의넋이 붉은 마음만 낱낱 시들피나니
짙은봄 옥속 春香이 아니 죽였을라듸야
옛날 王宮을 나신 나희어린 임금이
산골에 홀히 우시다 너를 따라가시었느니
古今島 마조보이는 남쪽바닷가 한많은 귀향길
千里망아지 얼렁소리 쉰 듯 멈추고
선비 여윈얼골 푸른물에 띄웠을제
네 恨된울음 죽엄을 호려 불렀으리라
너 아니울어도 이세상 서럽고 쓰린 것을
이른봄 수풀이 초록빛들어 풀 내음새 그윽하고
가는 대닢에 초생달 매달려 애틋한 밝은어둠을
너 몹시 안타가워 포실거리며 훗훗 목메었느니
아니 울고는 하마 지고없으리 오! 불행의넋이여
우지진 진달래 와직지우는 이三更의 네 울음
희미한 줄山이 살풋 물러서고

조고만 시골이 홍청 깨여진다. [19]

— 김영랑, 「杜鵑」

고인이 되신 박두진 선생님께서 강의 시간에 김영랑의 「두견」을 낭송해 주신 적이 있었다. 잠시 숨을 고르시고 목을 가다듬은 다음, 조용하고 낮은 음계와 구성진 어조로 깊은 울림을 주며 낭송해주시던 목소리가 지금도 귓가에 맴도는 듯하다. 그 때 내 마음 깊은 곳에서도 원인을 알 수 없는 한의 정서가 용솟음치는 것 같았다. 처창한 가락으로 절규하는 듯한 한의 쏟아냄이 내 영혼을 사로잡는 것 같아, 나도 이 시를 암송하기 위해 노력하여, 어느 술자리에선가 노래를 대신하여 읊은 적도 있다.

두견의 울음소리에 대한 시인의 정서적 반응을 이해하기 위해서는 김영랑이 쓴 아래의 글이 매우 유용하다.

> 빈 그릇 들고 새암으로 허청걸음을 바삐 걷다 말고 나는 새 움 나와 하늘하늘 한 백일홍 나무 곁에 딱 붙어서고 말았다. 내 귀가 째앵 하니 질린 까닭이로다. 밝은 달은 새벽 같지도 않다. 좀 서운하리만큼 자리를 멀리 옮겼을 뿐 하늘은 전혀 바람과 공기가 차 있지를 않다.
> 온전히 기름만이 흐르고 있는 새벽, 아— 운다, 두견이 운다. 한 5년 기르던 두견이 운다. 하늘이 온통 기름으로 액화되어 버린 것은 첫째 이 달빛의 탓도 탓이려니와 두견의 창연한 울음에 푸른 물 든 산천초목이 모두 흔들리는 탓이요, 흔들릴 뿐 아니라 모두 제가끔 푸른 정기를 뽑아 올리는 탓이다. 두견이 울면 서럽다. 처연히 눈물이 고인다. [20]

위의 글은 1939년 5월 20일, 24일자 『朝鮮日報』에 게재된 것이다. 따라서 "두견이 울면 서럽다. 처연히 눈물이 고인다."라고 토로하게 되는 원인에는 민족의식이 강했던 영랑이 겪은 식민지 백성으로서의 설움이 크게 작용하고 있을 것으로 추측된다. 아울러 어린 나이에 부모들의 정혼에 의해

---

19) 맞춤법이나 띄어쓰기는 원문대로 함.
20) 김학동 편저, 「杜鵑과 종다리」, 김영랑, 『한국현대시인연구 3』, 문학세계사, 1993, 107쪽.

결혼했지만, 1년도 채 못 되어 사별한 어린 아내에 대한 애틋한 사랑도 그가 품고 있는 한의 원형질적 요소였을 것으로 유추해 볼 수 있다.

문학의 중요한 기능 중의 하나는 정서를 표현함으로써 그러한 정서의 압박으로부터 해방될 수 있는 점이다. 즉 고통스러운 정서가 있을 경우, 그런 고통스러운 정서를 시로 형상화함으로써 격렬한 정서의 과잉상태를 적절히 진정시켜 조화로운 균형상태를 회복할 수 있는 것이다. 아리스토텔레스가 그의 『詩學』에서 강조한 카타르시스도 바로 이런 점을 인식한 진술이다.

영랑은 동양의 詩史에서 恨의 정서가 육화된 신화적·원형적 인물로 재현되고 있는 蜀王 望帝 杜宇의 고사를 배경으로 삼아, 두우의 亡魂이 전화된 두견에 자신의 한을 투사하고 있다. 그리하여 '울어 피를뱉고 뱉은피 도루삼켜 / 평생을 원한과슬픔에 지친 적은새'라고 두견을 규정하고 있는 것이다. 아울러 '비탄의 넋'이며 '불행의 넋'이기도 한 두견이 '달빛 너무도 황홀하여 후젓한 이새벽'에 우는 소리가 '천길바다밑 고기를 놀래이고 / 하늘가 어린별들 버르르 떨리게'할 정도로 강한 정서적 충격으로 표현되고 있다.

시인은 지금 '먼南쪽땅' '古수島 마조보이는 남쪽바닷가'에 은둔하여 '서럽고 쓰린' '이세상'의 삶을 살고 있다. 그런 고통스러운 삶으로 인해 '서럽고 외롭고 여윈 이몸'과 '오래 시들어 파리한 마음'을 '퍼붓는 네 술잔'으로 달래며 견디고 있는 것이다. 이런 정신 상태는 늘 죽음에 대한 강박관념에 시달리게 한다. 따라서 두견의 울음소리가 '저승의 노래'나 '죽음의 자랑찬 소리'로 들리거나 '죽엄을 호려 불'르는 소리로 인식되는 것이다.

한편 골수에 사무치는 한의 정서를 표출하는 데에는 리듬에 대한 배려도 크게 기여하고 있다. 즉 정상적인 띄어쓰기를 무시하고 운율과 호흡을 배려하여 시구를 배열함으로써 비애의 정조를 증폭시켜 극대화하는 효과를 거두고 있다. 남도지방의 사투리와 억양이 판소리의 진양 장단과 계면조의 운율에 의해 구성진 어조와 결합됨으로써 한을 퍼올리는 명창들의 소리가락을 연상시킨다. 실제로 영랑은 임방울이나 이화중선의 가락을 몹시 사랑했으며, 그의 사랑채에서는 國唱들이 함께 놀았을 정도로 국악에 심취했다고 한다.

恨의 정서는 단순한 비애의 정서가 아니다. 오히려 골수에 사무친 한의 정서를 풀어버리고, 그 고통스러운 정서로부터 해방되려는 노력이 전통 예술이나 시문학을 가능하게 한 역동적인 에너지의 원천이기도 한 것이다. 영랑은 강진이라는 반도의 남쪽 구석, 초야에 묻혀 살아가고 있는 식민지 백성으로서의 설움과 한스러운 심정을 두견의 울음소리에 투사하여 처창한 가락으로 형상화하고 있으며, 그 속에 죽음을 예비하는 결연한 지사적 정신 자세를 내포시킴으로써 독자에게 큰 울림을 일으키고 있는 것이다.

6. 궁핍한 시대의 가난과 허기를 달래는 노래

모밀묵이 먹고 싶다.
그 싱겁고 구수하고
못나고도 素朴하게 점잖은
촌 잔칫날 팔모 床에 올라
새 사둔을 대접하는 것.
그것은 저문 봄날 해질 무렵에
허전한 마음이
마음을 달래는
쓸쓸한 食慾이 꿈꾸는 飮食
또한 人生의 참뜻을 짐작한 者의
너그럽고 넉넉한
눈물이 渴求하는 쓸쓸한 食性
아버지와 아들이 兼床을 하고
산물을
곁드려 놓고
어수룩한 산기슭의 허술한 물방아처럼
슬금슬금 세상 얘기를 하며
먹는 飮食
그리고 마디가 굵은 사투리로
은은하게 서로 사랑하며 어여삐 여기며

그렇게 이웃끼리
이 세상을 건느고
저승을 갈 때
보이소 아는 양반 앙잉기요
보이소 웃 마을 李生員 앙잉기요
서로 불러 길을 가며 쉬며 그 마지막 酒幕에서
걸걸한 막걸리 잔을 나눌 때
절로 젓가락이 가는
쓸쓸한 飮食.
- 박목월, 「寂寞한 食慾」

　전쟁으로 인한 폐허 위에서 정신적, 육체적 상처와 생존의 고통으로 시달리며 피폐해져 있는 국민들이 정신을 추스르고 희망의 열린 세계를 향해 나아가도록 하기 위해서는 위로와 격려의 언어가 필요하게 된다. 절망에 빠진 민족을 다독거려 재기의 용기를 북돋을 수 있는 동력을 제공하는 언어가 필요하게 되는 것이다. 전후에 쓰여진 시들 중에서 전통적이고 향토적인 정서를 환기시켜 주는 시들이 바로 그들이다.

　왜냐하면 향수는 인간을 슬픔의 정서에 함몰시켜 무기력하게 만드는 부정적 요소로 작용하기도 하지만, 실의나 절망에 빠진 사람에게는 삶의 의욕을 불러일으키는 기폭제가 되기도 하기 때문이다. 실향민들로 하여금 고달픈 타향살이를 견디게 하는 원초적인 힘은 바로 고향에 대한 그리움과 귀향의식이다. 이처럼 우리 민족의 집단무의식 속에 원형질적 요소로 내재해 있는 전통적이고 향토적인 정서들은 아늑하고 포근한 고향집에 대한 그리움처럼 가난과 배고픔으로 고통스러워하고 있는 민족의 상처를 어루만져 주고, 허기를 달래주는 치유의 기능을 갖는 것이다.

　전후 사회가 안고 있는 가장 절박한 문제는 바로 생존의 필수 조건인 먹는 문제의 해결이었다. 전 국토와 산업시설이 폐허화함으로써 경제적 생산 능력을 상실한 사회 구성원들은 극한의 가난과 굶주림으로 허덕일 수밖에 없었다. 그런데 배고픔은 인간을 가장 서럽고 고통스럽게 만들며, 그로 인해 때로는 범죄행위나 비윤리적 행위도 서슴지 않을 정도로 정서적 긴장을 유발하는 치명적인 요소이다. 위에 인용한 「寂寞한 食慾」은 궁핍한 시대를 살아가고 있는 민족의 고통과 이를 위로하려는 시인의 의도가 잘 나타나 있다.

식욕은 인간을 살아 움직이게 하는 에너지의 섭취를 위한 본능적 욕망이므로 곧 삶의 의욕과 직결된다. 그러므로 '먹고 싶다'는 말은 곧 삶을 의욕하고 있다는 징표가 된다. 그런데 왕성해야 할 식욕이 '적막한' 또는 '쓸쓸한' 이유는 현실이 그만큼 궁핍하고 고통스럽기 때문이다. 그럼에도 불구하고 현실적으로는 너무도 절박한 생존의 필수조건이기 때문에 그것은 '눈물이 갈구하는 쓸쓸한 食性'일 수밖에 없는 것이다.

시적 화자의 그런 '쓸쓸한 食慾이 꿈꾸는 飮食'도 결코 산해진미의 진수성찬이 아니라 '못나고도 素朴하게 점잖은' '모밀묵'이다. 가난한 시절 허기를 달래며 맛있게 먹었던 향토적인 음식을 통해 잠재의식 속에 고여 있는 향수를 자극하여 퍼 올리고 있는 것이다. 가난한 시절 '촌 잔칫날 팔모 床에 올라 / 새 사둔을 대접하'던 음식이며, '아버지와 아들이 兼床을 하고' '슬금슬금 세상 얘기를 하며 / 먹는 飮食'인 '모밀묵'은 바로 '허전한 마음이 / 마음을 달래는' 음식이기도 하다. '마디가 굵은 사투리로' '걸걸한 막걸리 잔을 나누'며 '싱겁고 구수하고 / 못나고도 素朴하게 점잖은' 메밀묵을 먹는 모습이야말로 우리의 추억 속에 갈무리된 정겨운 모습이다.

시인은 궁핍한 시대를 견디고 있는 동시대인들을 그런 소박한 음식이나마 함께 먹으며 '허전한 마음이 마음을 달래는'듯이 '은은하게 서로 사랑하며 어여삐 여기며 / 그렇게 이웃끼리 / 이 세상을 건'너 가듯이 현실의 고통을 잠재우고 희망의 세계로 나아가도록 이끌고 있다. 즉 시의 내면에는 그렇게 생존을 위해 허덕이고 있는 민족의 고통을 위로하고 격려하고자 하는 시인의 의도가 내포되어 있는 것이다.

슬픔이나 고통은 혼자 견디어야 할 때는 버겁고 힘들지만, 그것을 누군가와 함께 공유하고 있다는 것을 알게 되면 그 강도가 약화되어 견디기가 수월해진다. 전후의 참혹한 세상살이를 견디면서 민족의 가슴마다에 한의 정서로 응결되어 있던 가난과 배고픔의 비애는 국민들로 하여금 미래에 대한 희망을 좌절시키는 심각한 부정적 요소였다. 이를 극명하게 인식하고 있는 시인으로서 민족과 고통을 공유하며 그 애처로움을 달래주려는 사랑의 정신이 눈물겨운 감동을 준다.

7. 절망의 시대를 살아가는 인간의 비극적인 모습

언제부터인지 모른다
우리가 이러기 시작한 것은
언제까지일지 모른다
우리가 이러고만 있을 것은

찌그러진 바위를 뚫고
불을 뿜는 숲을 지나
抽象의 洞窟을 내려다보며
죽은 놈의 팔둑같은 넘늘어진 거리를 건너

우리들 옆의 누구나처럼
우리들이 이렇게 기어엎대어
쑥스러운 눈길로 서로의 얼굴들을 치어다보며
해맑은 胴體를 끄을게 된 것은

언제부터인지 모른다
언제까지일지 모른다.

子宮에서부터 기어나와
무덤에까지 기어들어야 할
우리들의 匍匐은 혹은 삶과 죽음의
가로 세로 交叉하는 點의 炸裂일지 모른다.

히이얀 陽光이
白痴같은 얼굴을 내밀고 있는

엉뚱한 장마철에

옆구리로는 검은 피를 쏟으며
굼돌아 비트는 지렁이같이

知覺이 눈시울과 함께 붙어버린 우리들의 網膜에
風船같은 不滿을 안고 기어들 구멍이 없는 것은

죽음의 豫感이 맴도는 十月의 海岸에
복징어알을 줏어먹고 나와앉은 야윈 少年을
보았기 때문이다.
우리들에게는 슬픔이란 게 없다
슬프다는 것은
즐거웠던 시절을 가져본 적이 있는 사람들의
입실이다.

우리들에게는 가을도 없고 겨울도 없다
소슬한 가을바람에 떨어뜨릴 잎새 한잎 익혀볼
여름을 우리들은 가진 적이 없고
꽃 한포기 피워볼 봄을 기다릴 구실을 우리들의 겨울은
가진 적이 없다.

우리들에게는 憂愁라는 사치스런 挿畵가 없다.
우리들의 懺悔錄엔 새까만 粘液, 골째기마다
失踪者의 발자취만 남루하기 때문이다.

차라리 꺼지지 않을 信號燈,
미묘한 바람결에도 굼돌아 비트는
빛의 隊列이다, 隊列,
차알삭 땅바닥에 기어엎대어
소리없이 匍匐하라, 소리없이,
오만한 밤의 장막을 진 우리들의 生存은
숨찬 凝視다, 凝視.

혹은 소리없는 혓바닥을 날름거리고
혹은 소리나지 않는 입을 멍충히 열고
우리들의 沈默은 어느 아우성보다 더 높은 목청으로
歷史의 문지기를 두드려깨운다.

風景은 현명한 우리들의 예편네들을 닮아
고요한 위험에 파랗게 질렸고

소리라는 소리는 모두 바람의 方向을 거슬러
博物館에 갇혔다.

돌아다보면 아아 기어가는 이웃이 있고
이웃너머 이웃이 그 이웃너머 또다른 이웃이
기어가는 이웃이 있다, 우리들처럼.

우리들이 죽지 않는 것은 苛酷한 하늘을
이고 있기 때문이다.
　　　　　　　　　　－ 장호, 「爬蟲類의 思想」

　시를 읽고 있으면 혀를 날름거리며 교활하고 사악한 눈을 가진 징그러운 뱀의 기어가는 모습이 아니라, 측은한 생각 때문에 연민의 정을 금치 못하게 하는 불쌍한 뱀의 모습이 연상된다. 성서에서 인간을 원죄의 구렁텅이에 빠지도록 유혹한 뱀은, 인간의 음흉하고 교활함을 닮은 생태적인 습성 때문에 늘 공포와 저주의 대상으로 인식되어 왔다. 즉 생명체로서의 고유한 가치와 활동은 무시되고, 인간의 악마적이고 부정적인 속성이 투사된 생명체로서 늘 증오의 대상으로 치부되는 것이다.

　시인은 이러한 뱀의 기어가는 모습에서 전후의 궁핍한 사회에서 구차스러운 삶을 살아가고 있는 인간의 비극적인 모습을 추론해내고 있다. 즉 그처럼 저주스럽고 형벌같은 생존을 계속하고 있는 파충류의 생태를 전후사회라는 피폐하고 혼란스러운 공간 속에서 영위되는 인간의 처절한 삶의 모습으로 상징화하고 있는 것이다.

1-4연에서 시인은 시작도 끝도 알 수 없는 민족의 고난의 역사에 대해 성찰한다. '찌그러진 바위를 뚫고 / 불을 뿜는 숲을 지나 / 抽象의 洞窟을 내려다보며 / 죽은 놈의 팔둑같은 넘늘어진 거리를 건너'에는 아득한 천지 창조와 신화의 시대로부터 시작하여, 이데올로기의 갈등으로 인한 전쟁의 비극에 이르는 시간이 압축되어 있다. 그런 긴 고난의 세월은 '기어엎대어 / 쑥스러운 눈길로 서로의 얼굴을 치어다보며 / 해맑은 胴體를 끄을'며 살 수밖에 없는 고통의 연속이었다. 그런데 신의 저주를 받은 그런 고통스러운 삶이 '언제부터인지 모른다 / 언제까지일지 모른다.'에서처럼 도대체 시작과 끝을 알 수 없다는 점이 비극성의 강도를 극대화하고 있다. 이것은 전후의 고통스러운 시대를 살고 있는 인간의 비극적인 생존 모습에 대한 은유이기도 하다.

5-9연에서는 이러한 비극적인 모습이 더욱 구체적으로 제시된다. '子宮에서부터 기어나와 / 무덤에까지 기어들어야 할' 삶의 과정은 매 순간 '삶과 죽음'이 '交叉하는 點의 炸裂'처럼 위태롭다. 이런 위태로움이 장마철에 흔하게 볼 수 있는, 땡볕 속에서 '옆구리로는 검은 피를 쏟으며 / 굼돌아 비트는 지렁이'와, '十月의 海岸에 / 복징어알을 줏어먹고 나와앉은 야윈 少年'에 의해 극적 상황으로 제시되는 것이다.

전후의 불안한 시대를 살고 있는 인간의 비극적인 모습과 위태로운 삶에 대한 인식은 10-12연에서의 반어법적인 진술에 의해 더욱 심화된다. '우리들에게는 슬픔이란 게 없다'라던가, '憂愁라는 사치스런 揷畵가 없다'는 말은 궁핍하고 가혹한 현실 때문에 그만큼 삶이 피폐해져 있음을 의미한다. 계절의 변화를 음미할 수 있는 삶의 여유도 없고, 낭만이나 희망을 꿈꿀 수도 없는 절망적인 현실이 슬픔과 즐거움을 변별할 수 있는 정서마저 고갈시켜버린 것이다. 이러한 현실에 대한 인식이 동시대의 역사를 '골째기마다 / 失踪者의 발자취만 남루'한 인간 존재의 가치와 의미를 가늠할 수 없는 시대로 단정하게 한다.

13-16연에는 가혹한 현실을 견디며 살아가는 인간의 모습들이 제시되고

있다. '미묘한 바람결에도 굼돌아 비트는 / 빛의 隊列'은 시대적 변화에 예민하게 반응하는 민중을 암시한다. 그들은 현실의 가장 밑바닥에서 '소리없이 匍匐' 하지만, 생존을 위한 필사적인 몸부림으로 '오만한 밤의 장막'이 상징하는 시대의 어둠을 '숨찬 凝視'로 지켜보고 있다.

'혹은 소리없는 혓바닥을 날름거리고 / 혹은 소리나지 않는 입을 멍충히 열고 / 우리들의 沈默은 어느 아우성보다 더 높은 목청으로 / 歷史의 문지기를 두드려깨운다.'에는 가혹하고 절박한 현실을 살아가기 위해서는 교활하거나, 어리석거나, 침묵해야 하는 상황이 암시되고 있다. 그러나 '歷史의 문지기'인 지식인들의 목소리는 현실 타협에 익숙한 '예편네들'처럼 '고요한 위험에 파랗게 질려' '博物館에 갇혀'버렸다. 이는 지식인들의 저항적 발언들이 용납되지 않는 폭압적인 사회상황을 암시한다.

17연은 가혹한 현실에 적응하여 살아가고 있는 동시대인들의 처절한 모습과, 이를 바라보는 시적 화자의 연민의 정서가 감지된다. '돌아보면 아아 기어가는 이웃이 있고 / 이웃너머 이웃이 그 이웃너머 또다른 이웃이 / 기어가는 이웃이 있다, 우리들처럼.'에서는, 인간에게 원죄를 유혹한 죄로 신의 저주를 받아 음습한 땅바닥을 기어 다닐 수밖에 없는 뱀의 숙명을 인간 자신의 비굴한 생존의 모습으로 형상화하고 있다.

이런 절망적 현실에도 불구하고 인간은 결코 존재를 멈출 수 없다. 죽음은 곧 모든 가치와 의미의 소멸을 동반하는 것이기 때문이다. 결말연의 '우리들이 죽지 않는 것은 苛酷한 하늘을 / 이고 있기 때문이다'라는 운명을 야유하는 듯한 진술은 바로 시인의 비극적 세계관의 토로이기도 하다. 그렇게 비굴하면서도 처절한 생존의 상태일망정 결코 포기할 수 없는 삶에의 의지야말로 인간다움을 지키는 마지막 수단인 것이다.

「爬蟲類의 思想」과 같은 시를 읽는 것은 고통스럽다. 인간의 삶이 신의 저주를 받은 뱀의 생존 모습으로 비교된다는 것이 결코 유쾌한 상상이 될 수 없기 때문이다. 그러나 그것이 전후의 폐허 속에서 실존적 불안의식에 시달리며 처절한 생존의 고투를 벌리고 있는 인간의 모습을 증언하려는 시인의 의도임을 파악하게 되면, 우리는 새로운 진실의 세계에 눈뜰 수 있다. 그리

하여 가혹한 현실을 견디어낸 인간의 삶에 대한 의지의 처절함에 눈물겨워
하게 되는 것이다. 진실이야말로 우리를 미적 체험의 세계로 이끌 수 있음
을 확인하게 되는 작품이다.

8. 경제 성장의 혜택으로부터 소외된 노동자들의 日常

모두 서둘고, 侵略처럼 활발한 저녁
내 손은 외국산 베니어를 만지면서
歸家하는 길목의 허름한 자유와
뿌리 깊은 거리와 食事와
거기 모인 구리빛 건강의 힘을 쌓아둔다.
톱날에 잘려지는 베니어의 纖細,
快樂의 깊이보다 더 깊게
파고 들어가는 노을녘의 技巧들,
잘 한다 잘 한다고 누가 말했어.
한 손에 夕刊을 몰아 쥐고
빛나는 구두의 偉大를 남기면서
늠름히 돌아보는 젊은 아저씨.
역사적인 집이야, 조심히 일하도록.
흥, 나는 도무지 엉터리 손발이고
밤이면 건방진 책을 읽고 라디오를 들었다.
함마 소리, 자갈을 나르는 아낙네가 십여 명,
몇 사람의 남자는 鐵筋을 정돈한다.
순박하고 땀에 물든 사람들,
힘을 사랑하고, 배운 일을 경멸하는 사람들,
저녁상과 젊은 아내가 당신들을 기다린다.
일찍 돌아간다고 당신들은 뱉어내며
그러나 어딘가 거쳐서 헤어지는
그 허술한 空腹,
어쩌면 번쩍이는 누우런 戀愛.
거기엔 입, 입들이 살아 있고 天才가 살아 있다.
아직은 숙달되지 못한 노오란 나의 飮酒,

친구에겐 단호하게 지껄이며
나도 또한 帝王처럼 돌아갈 것이다.
늦도록 잠을 잃고 기다리던 내 아내
문밖에 나와 서 있는 그 사람
비틀거리며 내 방에 이르면
구석 어딘가에 저녁이 죽어 있다.
아아, 내 톱날에 잘려지는 외국산 나무들,
외롭게 잘려서, 얼굴을 내놓은 김치, 깍두기,
차고 미끄러운, 된장국 時間.
베니어는 잘려 나가고
무거운 내 머리, 어제 읽은 페이지가 잘려 나간다.
허리 부러진 흙의 이야기
活字들도 하나씩 기어서 달아나는
딩구는 낱말, 그 밥알들을 나는 먹겠지.
상을 물리고 건방진 책을 읽기 위하여
나는 잠시 아내를 멀리하면
바람이 차네요. 그만 주무셔요.
퍽 언짢은 紫色 이불 속에 누워
아내는 몇 차례 몸을 뒤채지만
젊은 아내여 내가 들고 오는 도시락의 무게를
구멍난 내 바지 가랑이의 時代를
그러나 나는 읽고 있다.
모두 서둘고, 침략처럼 활발한 저녁
鐵筋工, 십여 명 아낙네, 스스로의 解放으로 사라진 뒤,
빈 공사장에 녹슨 西風이 불어 올 때
나도 일어서서 가야 한다면
계절은 몰래 와서 잠자고, 미움의 짙은 때가 쌓이고
돌아볼 아무런 歷史마저 사라진다.
목에 흰 수건을 두른 저 거리의 일꾼들
담배를 피워 물고 뿔뿔이 헤어지는
저 떨리는 民主의 一部, 市民의 一部.
우리들은 모두 저렇게 어디론가 떨어져 간다.
— 이성부, 「우리들의 糧食」

1960년대 이후 조국근대화의 기치 아래 추진된 각종 경제 개발 계획의 성공과 풍요로운 한국 사회의 건설은 산업 현장에서 땀 흘린 근로자들의 노력 덕분이다. 그러나 그들의 피땀 흘린 노력과 경제 성장의 주역으로서의 공적이 공정한 분배나 사회 복지제도에 의해 보상되지 못함으로써, 근로자들은 여전히 궁핍하고 고통스러운 현실에서 벗어나지 못하는 소외계층으로 전락하고 말았다. 물론 여기에는 한국사회의 정치적 후진성이 크게 작용하고 있다. 그러다 보니 1970년대 후반기로 오면서 노동자들의 열악한 삶의 현실에 대한 담론을 담고 있는 현실 참여적인 시들이 문단의 전면에 대거 등장하게 된다. 이성부도 이런 시인들을 대표하는 시인 중의 한 사람으로 볼 수 있다.

그러나 이성부의 시는 이데올로기적인 편향성을 지닌 것이 아니라, 노동하는 사람들의 삶의 일상과 의미에 대한 성찰에 집중되고 있다고 할 수 있다. 김재홍도 이성부론에서 다음과 같이 말하고 있다.

> 이성부 시의 또 다른 가치축은 노동하는 삶에 대한 신뢰의 정신에 기초를 둔 노동사상이며 공동체의식에 근거한 민중적 세계관이라고 할 것이다. 그의 시에는 오랜 동안 공리공론으로 점철해 온 이땅 역사에 대한 본능적인 혐오와 함께 온몸으로 실천하는 삶에 대한 애정과 신뢰가 담겨 있기 때문이다.[21]

따라서 이성부의 시에 나타나는 다소 비관적이고 부정적인 현실 비판은, 그러한 고통스러운 현실에도 불구하고 건강한 삶의 의지를 불태우는 근로계층의 눈물겨운 노력을 형상화하려는 의도의 일부이다. 이런 점이 잘 드러난 작품이 바로 위에 인용한 「우리들의 糧食」이다.

인용한 시에서 시인은 건축공사장에서 쓰임새에 맞도록 목재를 절단하는 일을 하는 노동자의 일상을 통해 경제 성장과 풍요로운 사회로부터 소외되어 있는 그들의 삶의 의미를 추적하고 있다. 건축 공사가 벌어지는 현장은 한국사회가 고도 경제성장을 이룩하는 과정을 압축하여 보여주는 상징적

---

21) 金載弘, 「李盛夫論」, 『韓國現代詩硏究』, 民音社, 1989, 542쪽.

공간이다. 그들이 짓고 있는 '역사적인 집'은 바로 경제성장을 통한 풍요로운 사회인 것이다. 서두에서 시적 상황으로 제시되는, 하루 일을 마무리하고 귀가를 서두르는 저녁 무렵의 건축공사장은 바로 경제성장을 위해 전력하고 있는 한국사회의 모습이 집약되어 있는 현장이기도 하다.

시적 화자로 등장하는 노동자는 비록 고달픈 일상이지만 건강하게 삶을 가꾸어 가고 있는 시민의 한 사람이다. 그는 스스로를 '도무지 엉터리 손발'이라고 폄하하고 있지만, '歸家하는 길목의 허름한 자유'를 기다릴 줄 알며, '구리빛 건강의 힘'을 지니고 있으며, 현장 감독으로부터 '잘 한다'는 말을 들을 정도로 톱날로 섬세하게 베니어를 자르는 '技巧'를 터득하고 있고, 그 일을 '快樂'으로 즐기며 하는 매우 평범하면서도 건장한 근로자이다. 함께 일하는 사람들도 '함마'질이나, '자갈을 나르'거나, '鐵筋을 정돈하'는 일을 하며, '순박하고 땀에 물든 사람들 / 힘을 사랑하고, 배운 일을 경멸하는 사람들, / 저녁상과 젊은 아내가 당신들을 기다리'는, 비록 학력은 보잘 것 없어도 건강하고 성실한 근로자들이다.

그들의 퇴근길도 '허술한 空腹'을 달래기 위해 '어딘가 거쳐서 헤어지'기 십상이며, 그네들끼리 '戀愛'도 하고, 익숙지 않은 '飮酒'로 '단호하게 지껄이'기도 한다. 그리고 가벼운 취기로 '帝王처럼' 집으로 돌아가, '문밖에 나와 서 있는' '아내'의 부축을 받으며 방으로 들어가, '김치, 깍두기'와 식은 '된장국'으로 차려진 저녁을 먹는다. 여기까지가 평범한 노동자의 하루 일과이다.

시의 후반부는 시적 화자의 의식 내부에서 벌어지는 자신의 일상에 대한 성찰에 집중되고 있다. 즉 '상을 물리고'난 후 '무거운 내 머리'로 고통스러운 농촌 생활을 암시하는 '허리 부러진 흙의 이야기'와, 노동자들의 소외된 궁핍한 삶을 암시하는 '내가 들고 오는 도시락의 무게'와 '구멍난 내 바지 가랑이의 時代'에 관한 내용을 담고 있는 '건방진 책'을 읽으며 삶의 의미를 성찰하고 있다. 즉 그는 고도 경제 성장으로부터 소외된 근로자들의 어둡고 좌절된 꿈의 세계에 대해 통찰하고 있는 것이다. 그리하여 산업 현장의 근로자들이야말로 성장의 혜택을 누려야 할 가장 큰 공로자들이나, 오히려 고통스러운 삶을 계속해야 하는 사회의 부조리와 구조적 모순에 대한 인식에 도달하게 된다.

근로자들이 떠난 '빈 공사장에 녹슨 西風이 불어 올 때 / 나도 일어서서 가야 한다면'에는 좀처럼 나아질 것 같지 않은 미래에 대한 체념적 사고가 내포되어 있으며, 그러한 자신의 삶에 대한 분노가 '미움의 짙은 때'로 쌓이게 된다. 이런 분노로 인해 역사의 법칙마저 회의하게 됨으로써 '돌아볼 아무런 歷史마저 사라진다'는 탄식을 하게 되는 것이다. 그런 의식에도 불구하고 시인은 '목에 흰 수건을 두른 저 거리의 일꾼들'이야말로 '民主의 一部, 市民의 一部'임을 극명하게 인식하고 있다. 즉 지금은 비록 정당한 대접을 받고 있지 못하지만, 그들이 바로 민주주의와 시민사회를 이룩한 중추적 계층임을 단언하는 것이다.

자신의 행복에만 급급해 살아가고 있는 산업사회의 인간들은, 자기들의 삶을 윤택하게 해 주는 근원이 근로자들의 건강한 노동에 있다는 사실을 간과하기 쉽다. 뿐만 아니라 근로자들의 궁핍한 삶을 측은한 시선으로 바라볼 뿐, 그들을 고통스럽게 만드는 장본인이 바로 자기 자신들이라는 사실도 외면해버린다. 시인이 꿈꾸는 세상은 근로자들이 정당한 대접을 받는, 즉 자신들의 삶의 의미와 가치를 인정받으며 행복하게 살 수 있는 사회다. 「우리들의 糧食」에는 소외된 근로자들의 삶에 대한 긍정과 신뢰가 내포되어 있으며, 그들의 강인한 생명력과 극복의지가 우리 사회를 지탱하는 동력이라는 진실이 형상화되어 있는 것이다.

다소 엉뚱한 생각이나 이미지들을 폭력적으로 결합하는 당돌한 어법이 시의 문맥을 모호하게 만들기도 하나, 한편으로는 대상에 대한 인식의 새로움을 제시하는 신선함으로 미적 효과를 거두고 있다. 시를 음미하고 난 후부터는 일상생활에서 만나게 되는 다양한 근로자들의 삶의 모습들을 측은한 시선이 아니라, 새롭게 건강하고 아름다운 삶의 모습으로 바라보게 된다.

9. 사무치는 그리움으로 부르는 토속적인 연가

1

바람은 구름을 몰고
구름은 생각을 몰고
다시 생각은 대숲을 몰고
대숲 아래 내 마음은 낙엽을 본다.

2

밤새도록 댓잎에 별빛 어리듯
그슬린 등피에는 네 얼굴이 어리고
밤 깊어 대숲에는 후둑이다 가는 밤소나기 소리.
그리고도 간간이 사운대다 가는 밤바람 소리.

3

어제는 보고 싶다 편지 쓰고
어젯밤 꿈엔 너를 만나 쓰러져 울었다.
자고나니 눈두덩엔 메마른 눈물자죽,
문을 여니 산골엔 실비단 안개.

4

모두가 내것만은 아닌 가을
해지는 서녘구름만이 내 차지다.
동구밖에 떠드는 애들의
소리만이 내 차지다.
또한 동구밖에서부터 피어오르는
밤안개만이 내 차지다.

하기는 모두가 내것만은 아닌 것도 아닌
이 가을,
저녁밥 일찌기 먹고
우물가에 산보 나온
달님만이 내 차지다.

물에 빠져 머리칼 헹구는
달님만이 내 차지다.
　　　　　－ 나태주,「대숲 아래서」

　1971년 『서울신문』 신춘문예의 당선작으로 「대숲 아래서」를 선정한 박목
월은 나태주를 "1960년대의 한국 현대시가 지닌 난해성과 건조성을 탈피하
고 70년대 벽두에 전통적인 서정시를 현대적인 감각으로 세련시키고 발전
시켜 현대시의 혼매함을 극복할 수 있는 길을 보여준 시인"[22]이라고 극찬
했다. 즉 1960년대에 추진된 경제 성장과 급속한 도시화의 결과, 한국사회
의 산업사회화와 더불어 사회적 문화적 변동이 가속화됨으로써 문학도 당
대의 풍속과 정신적 특성을 반영하게 된다. 그 결과 시문학도 서구의 현대
시를 모방하거나 흉내낸, 설익은 실험적인 작품들이 주류를 이루게 됨으
로써 서정성을 잃어버리고 난해한 관념의 세계 속을 헤매게 된다. 따라서
1970년대로 들어서면서 이를 극복하고 서정성을 회복하려는 시적 노력이
시도되는데, 나태주의 등장은 그 가능성을 열어주는 역할을 담당하게 되는
것이다.

　이 시를 읽노라면 고려가요인 「청산별곡」을 물들이고 있는 비애의 정조가
떠오르며, 실연의 아픔과 사무치는 그리움을 견디고 있는 시적 화자의 아
린 마음이 마치 내 것처럼 절절한 그리움으로 다가온다. 한국인의 정서 속
에 고여 있는 토속적인 정서를 퍼 올려 잊혀지거나 떠나간 것들에 대한 강
한 향수를 불러일으키는 것이다. 시에서 묘사되고 있는 정경들은 모두가 우
리들의 추억 속에 묻혀 있는 정겨운 풍경들이다. 사무치는 그리움으로 인해
우리를 슬프게 하는 것들이기에 오히려 더욱 정겹게 느껴진다.

　전체가 4 부분으로 구성된 시의 1-3 부분은 매 연이 각각 4행으로 조직
되어 있으며, 각 행은 시적 화자의 지각에 의해 감지되는 독립된 이미지를
제시하고 있다. 반면에 결구를 이루는 4 부분은 2연 13행으로 구성되어 있
으며 대상을 바라보는 시적 화자의 의식의 흐름을 기술하고 있다.

---

22) 朴仁基,「서정과 그리움」,『韓國代表詩說』, 文學世界社, 1988, 651쪽에서 재인용.

1 부분에는 시의 배경을 이루는 대숲의 정경이 역동적 이미지로 제시되고 있다. 대숲에 이는 바람이 구름과 낙엽을 몰고 가듯이, 바람 소리에 의해 유발되는 그리운 생각의 연쇄작용을 '구름은 생각을 몰고 / 다시 생각은 대숲을 몰고 / 대숲 아래 내 마음은 낙엽을 몬다.'라고 표현하고 있는 것이다.

2 부분에서는 사무치는 그리움으로 잠 못 이루는 시적 화자의 예민한 감각에 지각되는 대숲의 밤이 시각적, 청각적 이미지에 의해 제시되고 있다. '밤새도록' '그슬린 등피에' 어리는 그리운 사람에 대한 상념으로 뒤척이는 시적 화자에게, 대숲에 '후둑이다 가는 밤소나기 소리'나 '사운대다 가는 밤바람 소리'는 그리움의 정서를 더욱 증폭시키는 역할을 하고 있다.

3 부분에는 대상에 대한 그리움이 소박한 정서적 수준이 아니라 시적 화자의 삶을 지배하는 절대적 요소임을 제시하고 있다. '어제는 보고 싶다 편지 쓰고'에서처럼 현실 생활에서의 그리움이, '어젯밤 꿈엔 너를 만나 쓰러져 울었다.'에서처럼 꿈속에서의 삶까지 지배하고 있으며, 이는 또 '자고나니 눈두덩엔 메마른 눈물자죽'에서처럼 현실로 돌아온 시적 화자에게 고통스러운 갈등의 흔적을 남기고 있다. 그의 삶은 온통 대상에 대한 그리움으로 지새는 나날인 것이다. 이런 고통스러운 정서를 몰아내기 위해 '문을 여니 산골엔 실비단 안개'가 가득 차, 미궁 속을 헤매는 시적 화자의 정서 상태를 더욱 심란하게 할 뿐이다.

4 부분에서는 고통스러운 그리움의 정서로부터 해방되려는 시적 화자의 정신적 노력을 보여준다. '모두가 내것만은 아닌 가을'은 시적 화자가 그리움의 대상이 더 이상 자신의 것이 아니라는 현실적 인식에 도달했음을 암시한다. 그리하여 그런 그리움의 사슬로부터 벗어나 '해지는 서녘구름'과 '동구밖에 떠드는 애들의 / 소리'와 '동구밖에서부터 피어오르는 / 밤안개'와 같은 것들이 상징하는 현실적 삶의 요소들에 대해 관심과 애정을 기울이려고 하는 것이다.

이런 정신적 노력은 '하기는 모두가 내것만은 아닌 것도 아닌 / 이 가을'이라는 이중의 부정에 의해 변증법적으로 해탈의 경지로 전환된다. 시적 화자를 번민 속에 빠트려 대숲이라는 폐쇄된 공간에 갇혀 있게 했던 그리움으로부터의 해탈이 '저녁밥 일찌기 먹고 / 우물가에 산보'를 가능하게 하는 것이다. 그리고 그리움도 실연의 아픔을 준 대상으로부터 '물에 빠져 머리칼 헹구는 / 달님'으로 완전히 전이됨으로써 비로소 그 고통스러운 정서로부터 해방되는 것이다.

시인은 실연의 아픔과 그리움을 극복하기 위해, 자신을 절망에 빠트리는 그 고통스러운 정서로부터 해방되기 위해 시를 쓴다. 사무치는 그리움으로 잠 못 이루는 시인의 예민한 정서를 자극하는 대숲에 이는 바람 소리가 우리의 귓가에도 들리는 듯하다. 우물가에 쏟아져 내리는 휘황한 달빛이 잠재의식 속에 가라앉아 있는 알 수 없는 그리움과 외로움을 퍼 올려 우리의 영혼을 흠뻑 적신다. 「대숲 아래서」는 시인이 혼자 숨어서 부르는 노래가 아니라, 사무치는 그리움을 앓고 있는 모든 사람들의 연가인 것이다.

10. 도시인들의 꿈 속에 흐르는 시골 물소리

除隊를 하고 大學을 졸업하면
나는 개나리꽃이 한닷새 마을의 봄을 앞당기는
山蘭草 뿌리 풀리는 조그만 시골에서
詩나 쓰는 가난한 書生이 되어 살려고 생각했다.
고급將校가 되어있는 국민학교 同窓과
개인회사 重役이 되어있는 어릴적 친구들이 모두 마을을 떠날 때
나는 혼자 다시 이 마을로 돌아와 탱자나무 울타리를 손질하는
樵夫가 되어 살려고 생각했다.
눈 속에서 지난해 지워진 쓴냉이 잎새가 새로 돋고
물레방앗간 뒤쪽에 비비새가 와서 울면
간호원을 하러 독일로 떠난 여자친구의 航空葉書나 기다리며
느린 下學鐘을 울리는 낙엽송 校庭에서
잠처럼 조용한 風琴소리를 듣는 二級정교사가 되어 살려고 생각했다.
용서할 줄 모르는 시간은 물처럼 흘러갔고
놀 속에 묻히는 봄보리들의 침묵이 나를 무섭게 위협했을 때

慣習의 신발 속에 맨발을 꽂으며 나는
눈에 익은 수많은 돌멩이들의 情分을 거역하기 시작했다.
염소들 불러모우는 鼻音의 말들과
부피가 작은 몇권의 國定敎科書를 거역했다.
뒷산에 홀로 누운 祖父의 산소를 한번만 바라보았고
그리고는 뛰는 버스에 올라 都市 속의 먼지가 되었다.
봄이 오면 아직도 그 골의 물소리와 아이들의 자치기 소리가
도시의 옆구리에 잠든 나의 꿈 속에
배달되지 않는 葉信으로 녹아 문지방을 울리며 흐르고 있다.
                                        ― 이기철, 「離鄕」

　염무웅은 이기철의 시를 해설한 글에서 「離鄕」과 같은 뛰어난 작품들을
읽게 된 것을 행복하게 생각한다고 말하면서, "드물게 정직하면서도 놀랍
도록 차분하게 자기 현실을 순화된 예술적 형상 속에 담아낸 이 작품들에서
필자는 말할 수 없는 깊은 감동을 받았다."[23]라고 찬탄했다. 이기철의 시편
을 읽으면 필자도 늘 마음이 편안해진다. 그의 시편들에는 우리들이 공유하
고 있는 삶의 체험들이 매우 정직하면서도 실감나게 형상화되어 있기 때문
이다.

　유년시절을 전쟁이 휩쓸고 간 동해안의 바닷가 소도시에서 자란 우리 또
래들은, 고향을 빙 둘러싸고 있는 태백의 준령들을 바라보며, 출세하기 위
해 대관령을 넘어 서울로 갈 수 있는 날을 늘 꿈꾸었다. 구차하고 가난한 삶
이 싫었을 뿐만 아니라, 그런 시골에서는 고기를 잡거나 농사를 짓는 일 이
외에는 무슨 성공할 만한 일거리가 없었기 때문이다. 더군다나 소꿉놀이하
던 여자애가 서울로 전학을 가버린 이후에는 남대천 제방에 나가 돌팔매질
을 하며 나도 서울로 가서 성공할 것을 다짐하곤 했다. 시인처럼 '뛰는 버스
에 올라 都市 속의 먼지가 되'는 삶을 동경해마지 않은 것이다.

　이기철은 경남 거창 출신이다. 지리산 자락에 있는 상당히 오지에 속하는
그곳에서 그는 고등학교까지 다녔다. 시 「離鄕」에는 그 시절부터 동경하던

---

23) 李起哲, 『靑山行』, 民音社, 1982, 144~145쪽.

그의 미래의 삶에 대한 꿈으로부터의 이탈 과정이 서술되고 있다.

비록 상고를 다니기는 했지만 그는 이미 고등학교 시절에 시적 재능을 인정받아 군에서 주는 예술상을 받기도 했다. 그의 첫 번째 꿈이 '山蘭草 뿌리 풀리는 조그만 시골에서 / 詩 나 쓰는 가난한 書生이 되어 살려고 생각'하고, '다시 이 마을로 돌아와 탱자나무 울타리를 손질하는 / 樵夫가 되어 살려'는 매우 소박하고 낭만적인 것도 아마 이런 시적 재능에서 연유할 것으로 보인다. 사실 그는 '느린 下學鐘을 울리는 낙엽송 校庭에서 / 잠처럼 조용한 風琴소리를 듣는 二級정교사가' 되기 위해 교대로 진학했었다.

그러나 '마을을 떠나' '고급將校가 되어있는 국민학교 同窓과' '개인회사 重役이 되어있는 어릴적 친구들'로부터 느끼게 되는 소외감과, '간호원을 하러 독일로 떠난 여자친구'에 대한 그리움은 결국 그에게 離鄕을 결심하게 만들고 만다. '놀 속에 묻히는 봄보리들의 침묵이 나를 무섭게 위협했을 때'에는 그렇게 소외되어 있는 인간이 가지게 되는 외로움과 열등감이 얼마나 견디기 어려운 것인지에 대한 인식이 내포되어 있다. '용서할 줄 모르는 시간은 물처럼 흘러갔고'는 바로 그런 인식에 도달하게 되는 통과의례적인 세월의 흐름을 의미하는 것이다.

그리하여 그는 시골 마을에서의 생활의 일부가 된 '눈에 익은 수많은 돌멩이들의 情分을 거역'하고, '염소들 불러모으는 鼻音의 말들과 / 부피가 작은 몇권의 國定敎科書를 거역'하게 된다. 그를 괴롭히는 외로움과 열등감을 극복하기 위해 시골생활로부터의 탈출을 시도하게 되는 것이다. 그러나 불행하게도 그러한 탈향의 결과는 '都市 속의 먼지'와 같은 생활일 뿐이다. 그와 같은 도시생활에서의 좌절과 피로가 시골생활에 대한 강한 향수를 불러일으킴으로써, '봄이 오면 아직도 그 골의 물소리와 아이들의 자치기 소리가 / 도시의 옆구리에 잠든 나의 꿈 속에 / 배달되지 않는 葉信으로 녹아 문지방을 울리며 흐르고 있'게 되는 것이다.

이시에는 다분히 신화적인 요소가 내포되어 있다. 즉 立身揚名을 위해 고향을 떠나 미지의 세계로 나아가서 성공하여 錦衣還鄕하거나, 좌절과 실패로 인해 낙향이나 실향의식에 시달리게 되는 과정이 바로 그것이다.

시인은 출세를 위해 고향을 떠나는 친구들에 대해 부러움과 원망의 이중적 감정을 가지고 있지만, 스스로를 위로하며 그런 양가치적 정서를 극복하려는 의지를 천명한다. 그러나 떠나간 사람들로 인한 소외감과 그리움이 시골 생활로부터의 탈출을 꿈꾸게 하는데, 이는 순수 자아와 현실적 자아의 갈등을 의미한다. 즉 시골생활의 고독감, 적막감, 고립감을 견디지 못하고 탈향을 시도하게 되는 것이다. 이는 순수 자아가 도시생활에 대한 현실적 자아의 욕구에 압도되어 시골생활에 대한 부정적 인식이 심화됨을 의미하는 것이기도 하다. 그런데 탈향의 결과 도시생활자가 되었으나 시골생활에 대한 향수와 그리움에 시달리게 된다. 타락된, 좌절된 현실적 자아의 욕구로 인해 순수 자아의 세계를 다시 그리워하게 되는 것이다.

인간은 현실적 삶의 고통에 시달리게 되면 누구나 과거의 순결한 시간들, 즉 고향과 유년시절을 추억하며 스스로를 위로하는 심리적 방어기제들을 발동시킨다. 차분하고 회상적인 어조로 자신의 離鄕 과정을 진술하고 있는 시 「離鄕」에는 우리 모두가 체험한 탈향과 귀향의식이 감동적인 언어로 형상화되어 있다.

11. 절망과 희망의 변증법

희망이란 말도
엄격히 말하자면
외래어일까
비를 맞으며
밤중에 찾아온 친구와
절망의 이야기를 나누며
새삼 희망을 생각했다
절망한 사람을 위하여
희망은 있는 것이라고
그는 벤야민을 인용했고
나는 절망한다 그러므로

나에게는 희망이 있다고
데카르트를 흉내냈다
그러나 절망한 나머지
스스로 목숨을 끊은 그 유태인의
말은 틀린 것인지도 모른다
희망은 결코 절망한
사람을 위해서가 아니라
희망을 잃지 않은
사람을 위해서 있기 때문이다
그렇다면 희망에 관하여
쫓기는 유태인처럼
밤새워 이야기하는 우리는
이미 절망한 것일까 아니면
아직도 희망을 잃지 않은 것일까
통금이 해제될 무렵
충혈된 두 눈을 절망으로 빛내며
그는 어둠 속으로 사라졌다
그렇다 절망의 시간에도
희망은 언제나 앞에 있는 것
어디선가 이리로 오는 것이 아니라
누군가 우리에게 주는 것이 아니라
싸워서 얻고 지켜야 할
희망은 절대로
외래어가 아니다

　　　　　　　　　　－ 김광규, 「희망」

　인간에게 가장 힘과 용기를 주는 단어가 바로 '희망'일 것이다. 어떠한 시련과 역경에 처하더라도 그 고통을 참고 이겨낼 수 있는 것은 바로 보다 나은 내일에 대한 희망이 있기 때문이다. 희망이 사라지는 순간 인간은 절망의 나락으로 떨어질 수밖에 없으며, 결국 생명까지도 포기하게 되는 비극적 상황에 직면할 수도 있다. '희망'이야말로 인간의 삶과 죽음을 선택하는 결정소인 것이다.

김광규의 「희망」은 우리가 결코 포기해서는 안 되는 '희망'이라는 단어의 의미와 가치를 결연한 목소리로 들려준다. 유종호는 김광규의 시세계를 평한 글에서 "익숙한 말씨와 정다운 어조로 얘기하듯 전개되는 金光圭 시는 行間의 침묵의 공간이 비좁은 대신 작품 전체가 지키고 있는 침묵과 함축의 공간은 넓다."고 하면서, 그의 시에 나타나는 자기상실과 왜소화과정에 대한 개탄은 "자신과 자신을 형성하며 조종하고 있는 생활세계의 여러 제도와 조직과 이념에 대한 폭발적이고 충격적인 깨달음으로 이어지고 이 깨달음은 자기소외와 자기상실을 넘어서는 가치에 대한 갈망으로 이어진다."[24]고 말하고 있다. 이런 점을 고려하여 시를 음미해보면 「희망」은 폭압적인 시대 상황으로 인해 절망하고 있는 지식인들에게 커다란 울림을 주는 작품이라고 할 수 있다.

「희망」은 쉽게 단정할 수 없는 진실에 대한 끊임없는 회의와 복잡한 사고의 얽힘을 드러내기 위해 단연으로 처리되어 있다. 또한 휴지를 자주 두어 천천히 음미하며 읽도록 하기 위해 짧은 행으로 구성했으며, 질문에 대한 답변을 사유하는 시간을 필요로 하는 설의법도 휴지를 길게 하는 효과를 준다. 시 전체적으로 동일한 리듬과 어조의 반복이 급격한 사고와 정서의 변화를 방지하며 사고과정이 자연스럽게 진행되도록 하고 있다.

시에 구사되고 있는 문체도 사유의 폭과 깊이를 드러내는 지적인 무게를 느끼게 하는, 도시 교양인의 말씨를 드러내는 문체이다. 이는 지적인 독자를 염두에 두고 있는 언어 구사임을 알게 하며, 나아가 반체제적인 지식인을 격려하는 시처럼 들리게 한다. 즉 고통스러운 현실의 중압을 함께 견디고 있는 시적 화자가 그러한 시적 청자에게 끝까지 희망을 가지고 싸우도록 독려하는 의도가 내포되어 있음을 감지시키는 것이다. '비를 맞으며 / 밤중에 찾아온 친구'와 '쫓기는 유태인처럼', '통금이 해제될 무렵 / 충혈된 두 눈을 절망으로 빛내며 / 그는 어둠 속으로 사라졌다'가 이를 뒷받침해 준다. 그렇다고 해서 이 작품을 반체제적인 지식인의 저항시로만 읽을 필요는

---

24) 柳宗鎬, 「시와 의식화」, 『반달곰에게』, 民音社, 1983, 30쪽.

없다. 희망과 절망 사이에서 고뇌하는 우리들 모두의 긴장과 갈등을 잘 형상화하고 있기 때문이다.

이 시는 부정을 통해 진실에 도달하는 부정의 변증법을 잘 보여준다. 시의 의미구조를 지탱하는 명제들이 부정의 부정을 통해 종합되고 있는 것이다. 시를 압축하면 세 개의 명제(한정 모티프)로 요약될 수 있는데, 다소 긴 이 시의 나머지 부분은 바로 세 개의 명제에 대한 보충 설명이나 장식적 어구(자유 모티프)이다.

첫 부분에서 시인은 '절망한 사람을 위하여 / 희망은 있는 것'이라는 명제를 진술한다. 그런데 이 명제는 둘째 부분에서 '그러나'라는 연결어구에 의해 부정됨과 동시에 '희망은 결코 절망한 / 사람을 위해서가 아니라 / 희망을 잃지 않은 / 사람을 위해서 있기 때문이다'라는 반대 명제가 진술된다. 이 반대 명제도 '그렇다면'이라는 연결어구에 의해 부정적인 의문이 제기되면서, 셋째 부분에서 '그렇다 절망의 시간에도 / 희망은 언제나 앞에 있는 것'이라는 명제에 의해 부정된다. 그렇지만 이러한 부정에 대한 거듭 부정이 결코 첫째 명제로의 복귀가 아니라, 첫째와 둘째 명제의 변증법적 종합으로 지양된다. 즉 희망이 수동적으로 주어지는 것이 아니라 '싸워서 얻고 지켜야 할' 것임을 강조함으로써 '절망한 사람'이나 '희망을 잃지 않은 사람'이나 모두의 것임을 확인시키고 있는 것이다. '희망은 / 절대로 / 외래어'처럼 우리에게 낯선 언어가 아니라 '언제나 앞에 있는' 절대로 잃어버려서는 안 되는 언어인 것이다.

김병익은 김광규의 시를 "70년대 후반에 대단한 주목을 받으며 발표된 金光圭의 시들이 이같은 아류의 난해시들을 비판하고 극복하고자 한 새로운 방법론의 유일한 실천자라고까지 말하기 어렵다 하더라도, 가장 중요한 성취였다고 평가하는 데는 그리 주저할 필요가 없을 것이다."[25]라고 하면서, 그가 그 시대의 한국시단에서 '쉬운 시'로의 싱싱한 움직임의 시작이 된다고 주장한다. 인용한 작품도 쉽기에 독자에게 그만큼 더 잘 전달되며,

---

25) 金炳翼, 「정직과 단순성의 詩」, 『韓國代表詩評說』, 文學世界社, 1983, 674쪽.

독자에게 환기시키는 시적 감동도 더 커지게 마련이다.

희망이라는 단어만 보면 떠오르는 추억이 있다. 대학을 졸업하고 초급장교로 복무하던 시절이었다. 휴가를 내어 오랜만에 고향에 들러 친구들과 술을 마시게 되었다. 한창 객기가 넘치던 나이라, 세상 돌아가는 꼴에 개탄하면서도 우리들은 서로의 꿈에 대한 믿음을 호언장담하며 술잔을 비워댔다. 고향의 대포집들을 몇 차례 순례하며 취기와 호기가 오른 우리는 마지막임을 다짐하며 역전의 유흥가로 몰려갔다. 왜 그렇게 외로움을 위로받아야 할 사람들이 많은지, 그곳 술집은 늦은 시간임에도 손님들이 넘쳐 홀에는 자리가 없었다. 그래서 단골인 친구의 주선으로 우리는 접대부들이 기거하는 안방에서 술상을 받게 되었다. 구두끈을 풀고 방에 들어서려는, 비틀거리는 내 시선에 그녀들이 화장하는 화장대 바로 위에 표구되어 있는 액자가 들어왔다. 거기에는 "생명이 있는 한 희망은 있다"라는 말이 쓰여 있었다. 그 글을 읽는 순간 취기가 확 달아나며 전율할 것 같은 감동이 용솟음쳤다. 도저히 그런 신념을 가진 여자들과 노닥거리며 술을 마실 용기가 나지 않았다. 그녀들이 단순히 술 따르는 색시가 아니라 순결한 영혼을 지닌 성녀들로 보였기 때문이다. 결국 나는 화장실에 다녀오겠다고 핑계를 대고는 바로 도망쳐 나왔다. 집으로 걸어 오는 내내 "생명이 있는 한 희망은 있다"는 말이 귓가를 울리며 내 몽롱한 의식을 후벼 팠다. 희망은 결코 아무 때나 짓거릴 수 있는 소박하고 낭만적인 어휘가 아니라, 치열한 정신과 신념을 가진 자만이 소유할 수 있는 단어라는 생각이 아프게 다가왔기 때문이다.

12. 용서와 사랑을 실천하는 인간에 대한 꿈

1

예수가 낚싯대를 드리우고 한강에 앉아 있다. 강변에 모닥불을 피워 놓고 예수가 젖은 옷을 말리고 있다. 들풀들이 날마다 인간의 칼에 찔려 쓰러지고 풀의 꽃과 같은 인간의 꽃 한 송이 피었다 지는데, 인간이 아름다워지는 것을 보기 위하여, 예수가 겨울비에 젖으며 서대문 구치소 담벼락에 기대어 울고 이다.

2

술 취한 저녁. 지평선 너머로 예수의 긴 그림자가 넘어간다. 인생의 찬밥 한 그릇 얻어먹은 예수의 등 뒤로 재빨리 초승달 하나 떠오른다. 고통 속에 넘치는 평화, 눈물 속에 그리운 자유는 있었을까. 서울의 빵과 사랑과, 서울의 빵과 눈물을 생각하며 예수가 홀로 담배를 피운다. 사람의 이슬로 사라지는 사람을 보며, 사람들이 모래를 씹으며 잠드는 밤. 낙엽들은 떠나기 위하여 서울에 잠시 머물고, 예수는 절망의 끝으로 걸어간다.

3

목이 마르다. 서울이 잠들기 전에 인간의 꿈이 먼저 잠들어 목이 마르다. 등불을 들고 걷는 자는 어디 있느냐. 서울의 들길은 보이지 않고, 밤마다 잿더미에 주저앉아서 겉옷만 찢으며 우는 자여. 총소리가 들리고 눈이 내리더니, 사랑과 믿음의 깊이 사이로 첫눈이 내리더니, 서울에서 잡힌 돌 하나, 그 어디 던질 데가 없도다. 그리운 사람 다시 그리운 그대들은 나와 함께 술잔을 들라. 눈 내리는 서울의 밤하늘 어디에도 내 잠시 머리 둘 곳이 없나니, 그대들은 나와 함께 술잔을 들라. 술잔을 들고 어둠 속으로 이 세상 칼끝을 피해 가다가, 가슴으로 칼끝에 쓰러진 그대들은 눈 그친 서울밤의 눈길을 걸어가라. 아직 악인의 등불은 꺼지지 않고, 서울의 새벽에 귀를 기울이는 고요한 인간의 귀는 풀잎에 젖어, 목이 마르다. 인간이 잠들기 전에 서울의 꿈이 먼저 잠들어 아, 목이 마르다.

4

사람의 잔을 마시고 싶다. 추억이 아름다운 사람을 만나, 소주잔을 나누며 눈물의 빈대떡을 나눠 먹고 싶다. 꽃잎 하나 칼처럼 떨어지는 봄날에 풀잎을 스치는 사람의 옷자락 소리를 들으며, 마음의 나라보다 사람의 나라에 살고 싶다. 새벽마다 사람의 등불이 꺼지지 않도록 서울의 등잔에 홀로 불을 켜고 가난한 사람의 창에 기대어 서울의 그리움을 그리워하고 싶다.

5

나를 섬기는 자는 슬프고, 나를 슬퍼하는 자는 슬프다. 나를 위하여 기뻐하는 자는 슬프고, 나를 위하여 슬퍼하는 자는 더욱 슬프다. 나는 내 이웃을 위하여 괴로와하지 않았고, 가난한 자의 별들을 바라보지 않았나니, 내 이름을 간절히 부르는 자들은 불행하고, 내 이름을 간절히 사랑하는 자들은 더욱 불행하다.
― 정호승, 「서울의 예수」

　본격적인 산업사회로 진입한 1970년대의 한국사회가 직면하게 되는 의식구조와 가치관의 변화 중 두드러진 것들은 물질주의와 이기주의의 팽배, 도덕성과 인간성의 상실로 인한 비인간화, 전통적 가치관이나 기성 윤리의 붕괴로 인한 가치관의 혼란, 분배의 불균형이 가져온 계층 간의 갈등 심화 등을 들 수 있을 것이다. 아울러 유신체제의 공고화를 위한 정치적 억압은 사회 구성원들의 자유에 대한 심각한 위협이 됨으로써 민중의 저항과 충돌할 수밖에 없었다. 정호승은 이러한 산업화 사회가 안고 있는 여러 가지 삶의 모순과 부조리를 포착하여 시적 형상화에 성공한 시인 중의 한 사람이다.

　특히 그는 사회를 구성하는 중요한 다수이면서도 경제성장의 혜택으로부터 소외되어 고통스러운 삶을 살 수밖에 없는 계층들의 삶에 대해 애정과 관심을 기울였다. 그가 시를 통해 추구하게 되는 자유와 평등의 문제는 바로 이들의 삶과도 밀접히 관련된다. 그는 우리 시대의 모순과 부조리를 끌어안고 싸우기에는 다소 섬약한 시인이다. 그러나 그가 시를 통해 포착하고 있는 우리 사회의 환부와 그 아픔들은 현실인식의 날카로움을 잘 보여줌으로써, 우리 모두가 꿈꾸는 세상에 대한 희망을 잃지 않게 한다.

　정호승의 시적 관심은 주로 공동체적 나눔의 삶과 이를 위한 인간성 회복에 집중되고 있다. 이는 그의 신앙인 크리스천적인 사랑과 용서의 정신과도 밀접하게 관련된다. 산업사회의 산물인 고도 경제성장은 국민들의 전반적인 생활수준의 향상에는 크게 기여했지만, 부의 편중화 현상과 분배의 불균형이 가져온 상대적 빈곤감의 증폭현상은 계층 간의 갈등을 심화시켰다. 정호승은 산업사회가 갖는 이러한 모순과 부조리를 깊이 인식하고, 사회구성원 모두가 인간다운 삶을 영위할 수 있는 이상적 사회를 추구하게 된다. 그런데 이러한 이상사회는 사회 구성원 각자가 개인의 행복에만 집착하는 이기주의를 버리고, 모두가 더불어 잘 살고자 하는 공동체적인 나눔의 정신에 충실할 때 비로소 가능하다. 즉 불행한 사람들의 고통을 덜어주고자 하는, 자신이 가진 것을 나누려고 하는 인간성의 회복이 전제되어야 하는 것이다. 「서울의 예수」는 시인의 이러한 정신이 아이러니를 통해 매우 효과적으로 제시된 작품이다.

시에는 신적인 존재인 예수를 인간적인 존재인 예수로 등장시킴으로써 성서의 내용들을 패러디하여 제시하고 있는데, 이것이 아이러니를 생성하는 근원이 되고 있다. 즉 '낚싯대를 드리우고' 있거나, '담벼락에 기대어 울고 있'거나, '찬밥 한 그릇 얻어먹'거나, '담배를 피우'고 있는 예수는 신적 존엄성을 상실한 비천한 인간일 뿐인 것이다.

1연에서 이러한 예수의 존엄성에 대한 기대의 배반이 상황적 아이러니로 제시되고 있다. '겨울비에 젖으며 서대문 구치소 담벼락에 기대어 울고 있'는 모습은, 인간을 구원할 수 있는 능력을 지닌 신적 존재가 아니라 무력한 인간의 모습이기 때문이다. '들풀들이 날마다 인간의 칼에 찔려 쓰러지고 풀의 꽃과 같은 인간의 꽃 한 송이 피었다 지는데'라는 시구는 '서대문 구치소'와 결합되어, 인간이 인간을 처형하는, 그것이 방치되는 사회적 정치적 상황을 암시한다. 그리고 '인간이 아름다워지는 것을 보기 위하여, 예수가 겨울비에 젖으며 서대문 구치소 담벼락에 기대어 울고 있다.'는 시구도 시인의 의도나 시적 주제가 우리 시대의 사회적 정치적 죄악과 관련됨을 암시한다.

이러한 상황적 아이러니는 2연에서도 계속된다. '고통 속에 넘치는 평화, 눈물 속에 그리운 자유'는 시대적·현실적 상황의 가혹성을 내포하며, '인생의 찬밥 한 그릇 얻어먹은 예수'나 '예수가 홀로 담배를 피운다', 그리고 '예수는 절망의 끝으로 걸어간다.'는 동시대인들로부터 소외된 예언적 지성의 고통을 암시한다. 이는 '사람의 이슬로 사라지는 사람을 보며, 사람들이 모래를 씹으며 잠드는 밤'을 견디어야 하는 현실적 고통이며, 결국 그런 예언적 지성들도 절망할 수밖에 없는 현실상황의 비인간성에 대한 인식이기도 하다.

3연에서는 시적 화자가 변하고 있다. 즉 관찰자적인 시적 화자가 예수로 변하여 동일시되고 있는 것이다. 이는 현실상황의 절박성에 대한 인식의 변화를 의미한다. 즉 더 이상 방치할 수 없는 위기상황에 이른 현실을 극복하기 위해 예수가 직접 발언하기에 이른 것이다. '인간의 꿈이 먼저 잠'든 도시인 서울은 희망이 없는 도시이며, 성서에 나오는 소돔과 고모라처럼 의인이 없어 멸망의 길로 가는 도시이다. '밤마다 잿더미에 주저앉아서 겉옷만 찢으며 우는 자'는 정치적 억압이나 세속적 욕망으로 인해 무기력해진 위선적 지식인을 상징하며, 간음한 여인의 이야기를 패러디한 '서울에서 잡힌 돌 하나, 그 어디 던질 데가 없도다'는 모두가 죄인이어서 탓할 대상이 부재하는, 사랑과 믿음이 상실된 세상을 암시한다. 또한 '그리운 사람 다시 그리운 그대들은 나와 함께 술잔을 들라'와 '술잔을 들고 어둠 속으로 이 세상 칼끝을 피해 가다가, 가슴으로 칼끝에 쓰러진 그대들은 눈 그친 서울밤의 눈길을 걸어가라.'는 무기력한 지식인들에게 깨어나라는 당부이며, '악인의 등불'을 끄라는 용기 있는 행동의 요구이기도 하다. 그러므로 '아, 목이 마르다'는 서울을 꿈과 희망이 있는, 인간다운 삶이 보장되는 세상으로 만들고자 하는 시인의 염원을 암시하는 것이다.

4연은 이러한 시인의 염원이 보다 구체적으로 형상화되어 있다. '새벽마다 사람의 등불이 꺼지지 않도록 서울의 등잔에 홀로 불을 켜고 가난한 사람의 창에 기대어 서울의 그리움을 그리워하고 싶다.'는 크리스천적인 화해와 용서와 사랑을 실천하는 세상에 대한 시인의 열망과, 이를 위해 늘 깨어 있고자 하는 시인의 정신을 드러낸다.

5연은 시인의 이러한 의도를 종합하는 아이러니와 역설의 극치이다. 언어유희적인 진술이 오히려 상황인식의 심각성과 긴장을 고조시키는 효과를 주고 있다. 크리스천적인 사랑을 실천하고자 하는 사람들의 고통과 슬픔을 아우르면서, 위선적 지식인과 죄인들에 대해서는 경고의 말씀을 예언하고 있다. '나는 내 이웃을 위하여 괴로와하지 않았고, 가난한 자의 별들을 바라보지 않았나니'는 신마저 숨어서 침묵하는 듯한 시대적 절망감을 드러내고 있으나, 절망의 극복을 위한 방법은 결국 인간 스스로에게 있음을 '내 이름을 간절히 부르는 자들은 불행하고, 내 이름을 간절히 사랑하는 자들은 더욱 불행하다.'를 통해 암시하고 있다. 마치 결말은 유보되어 있는 것처럼 시는 종결되지만 이는 독자들 스스로의 각성을 위한 것으로 판단된다.

「서울의 예수」를 읽노라면 시대를 덮고 있는 어둠을 예리한 통찰력으로 직시하며, 인간들이 서로 화해하고 용서하며 사랑하는 세상을 꿈꾸는 시인의 무한한 애정과 관심이 느껴져 감동하지 않을 수 없다. 그것이 곧 예언적 지성인으로서의 시인의 사명이기도 한 것이다.

13. 우리를 눈물겹게 하는 그리운 아버지의 꿈

술국을 먹고
어둠 속을 털고 일어나
이제는 어디로 가야 하는 것일까
어린 두 아들의 야윈 손을 잡고
검은 산 검은 강을 건너
이 사슬의 땅 마른 풀섶을 헤치며
이제는 어디로 가야 하는 것일까
산은 갈수록 점점 낮아지고
새벽하늘은 보이지 않는데
사북을 지나고 태백을 지나
철없이 또 봄눈은 내리는구나
아들아 배고파 울던 내 아들아
병든 애비의 보상금을 가로채고
더러운 물 더러운 사랑이 흐르는 곳으로
달아난 네 에미는 돌아오지 않고
날마다 무너지는 하늘 아래
지금은 또 어느 곳
어느 산을 향해 가야 하는 것일까
오늘도 눈물바람은 그치지 않고
석탄과 자갈 사이에서 피어나던
조그만 행복의 꽃은 피어나지 않는데
또다시 불타는 산 하나 만나기 위해

빼앗긴 산 빼앗긴 사랑을 찾아
조그만 술집 희미한 등불 곁에서
새벽 술국을 먹으며 사북을 떠난다
그리운 아버지의 꿈을 위하여
오늘보다 더 낮은 땅을 위하여
　　　　－ 정호승, 「사북을 떠나며」

　삼십여 년쯤 전에 '철없이 또 봄눈'이 내리는 계절에 태백에서 선생을 하고 있는 친구를 만나러 광산지대인 그곳에 간 적이 있다. 석탄을 캐는 곳이기에 온통 '검은 산 검은 강'인 그곳에서, 검은 색 투성이인 아이들의 미술 작품도 구경했으며, 교대를 위해 인생의 막장을 들어가고 나오는, 석탄가루로 범벅이된 작업복을 입은 광부들과 시장통 '조그만 술집'에서 '새벽 술국'을 먹기도 했다. 내 눈에 비친 당시의 그곳의 삶은 세상에서 도망쳐온 사람들이 또 다시 떠나기 위해 잠시 머물고 있는 듯이, 세간살이도 변변한 것이 없이 견디고 사는 집들이 대부분이어서 매우 침울하고 어수선하며 위태로워 보였다. 차라리 세상의 가장 변두리로 쫓겨난 삶이라는 것이 더 적절할 것 같았다.

　「사북을 떠나며」를 읽으면, 그때 광산에서 만났던 광부들의 피곤하여 충혈된 눈 속에 빛나던 삶의 의지가 떠오른다. 그리고 배고파 우는 아들을 위해 결연히 일어서는 '아버지의 꿈'이 우리를 눈물겹게 한다. '사북'은 실제 지명이라기보다는 소외 계층의 고통스러운 삶의 현장을 지칭하는 상징적 공간이다. 즉 열악한 삶의 현장인 광산에서 행복한 삶에 대한 소박한 꿈을 이루고자 열심히 노력했으나, 질병으로 인해 실직하고, 보상금까지 가로챈 아내로부터 배신당한 광부가 처한 비극적이고 절망적인 상황이 연출되는 공간인 것이다.

　시적 화자인 광부는 지금 삶의 방향 감각을 잃고 있다. '이제는 어디로 가야 하는 것일까'는 그런 절망적 상황을 암시한다. '검은 산 검은 강'과 '이 사슬의 땅'으로 비유된 열악하고 고통스러운 삶의 터전마저도 떠나야 하는 그에게, '새벽하늘은 보이지 않'듯이 가서 살만한 목적지가 없는 것이다. 아울러 '배고파 울던 내 아들아'라는 비탄의 목소리가 시적 화자의 절망적 심사를 더욱 아프게 한다.

　이런 시적 화자의 절망을 극대화하는 것은 '병든 애비의 보상금을 가로채고 / 더러운 물 더러운 사랑이 흐르는 곳으로 / 달아난' 아내다. 탐욕과 이기심이 가득 찬, 인간성과 도덕성을 상실한 인간들이 모여 사는 공간, 즉 물질주의와 환락이 넘치는 병든 도시로 달아난 아내야말로 산업사회가 만들어낸 비인간성의 화신이다. 우리 사회를 위기로 몰아넣는 것은 결코 돈이나 물질이 아니라 인간다움을 보장하는 가치관의 상실이다. 도덕이나 윤리, 사랑과 믿음 등도 다 그런 인간다움을 보장하는 가치관의 범주에 속한다. 사랑하는 아내와 아들과 함께, 비록 가난하고 힘들지만 오순도순 정답게 살고자 하는 아버지의 소박한 꿈인 '석탄과 자갈 사이에서 피어나던 / 조그만 행복의 꽃'은 이런 비인간성에 의해 무참하게 짓밟혀버린 것이다.

　그런 절망적 상황에도 불구하고 '그리운 아버지의 꿈'은 결코 포기하거나 변경할 수 없는 순수하고 절대적인 것이다. 그것은 곧 서로 사랑하는 화목한 가정과 행복한 삶에 대한 꿈이며, 나아가 소외계층의 고통스러운 삶의 현실에 대한 사회적 관심을 촉구하여 서로 사랑을 나누며 고통을 위로해 주는, 그리하여 모두가 행복하게 살아갈 수 있는 세상에 대한 꿈이기도 하다. '날마다 무너지는 하늘 아래' '눈물바람은 그치지 않'지만, '또다시 불타는 산 하나 만나기 위해 / 빼앗긴 산 빼앗긴 사랑을 찾아' 떠나는 것은 바로 그런 그의 꿈을 이루기 위해서인 것이다.

　「사북을 떠나며」는 절망적 상황 즉 생존의 한계상황에 갇혀 있는 사람들의 방향성을 상실한 삶을, 광부의 삶을 통해 형상화한 작품이다. 여기에는 우리 시대의 상실된 인간성에 대한 고발도 내포되어 있다. 무엇보다도 절망적 상황에서도 삶에의 의지를 포기하지 않는 '그리운 아버지의 꿈'이 우리들의 마음을 촉촉이 적신다. 꿈을 이루고자 하는 치열한 정신이야말로 인간다움의 극치인 것이다.

14. 가난한 삶을 견디게 하는 내일에 대한 희망

춥고 가난한 겨울을 위해
남들은 다 버리는 무우청을 엮는다.
갈수록 쓰임새와 먹새가 늘어
가계부는 붉게 얼룩져도
아내는 부끄럼을 감추고
이웃집 것까지 거둬 모은다.
배추, 무우값이 똥값인데
요즘도 시래길 다 먹느냐며
수입식품만 먹는
기름진 이웃들 틈에서
우리는 자꾸만 난장이가 된다.
주눅이 들면 안 된다고
그래도 아내는 열심히 뛴다.
구수한 황토 냄새
고향 맛을 그대로 간직한 시래기가
진귀한 듯 진귀한 듯
바라보는 아이들 곁에서
나는 허리끈을 졸라매듯
매듭을 꼭꼭 조여 맨다.
내일, 내일, 내일……
아내와 내가 믿는 내일은
따습고 밝을 것인가
시래기국처럼 구수할 것인가
생각하며 무우청을 엮는다.
　　　　　　 － 임홍재, 「무우청을 엮으며」

　임홍재는 해방 이후에서 1970년대에 이르는 어둡고 절망적인 시대를 살
아야 했던 한국인들의 삶의 고통을 서정시로 형상화하는 데 성공한 시인 중
의 한 사람이다. 한국적 삶의 애환을 토속적 정서로 노래하는 일은 한국의
현대시가 감당해야 할 중요한 사명이다. 임홍재의 시에는 궁핍한 시대에 반

응한 우리의 정서가 살아 숨 쉬는 우리말로 표현되어 있어 진한 감동을 불러일으킨다. 그의 시는 그가 태어나서 자란 농촌마을과 가난에 찌든 삶, 그리고 혼란하고 어두웠던 사회상황과 밀접하게 관련된다. 그의 시에 제시된 서정적 자아의 체험세계는 바로 우리의 과거 속에 매몰되어 있는 역사적 진실들이다. 그의 시적 진술은 단순한 서정의 토로가 아니라 독자를 그의 시대에 대한 역사적 인식의 장으로 이끄는 장력을 지닌다. 또한 서구화, 산업화의 뒷전으로 밀려나고 있는 토속적 정서가 물씬 풍겨 나와 진솔하고 아름다운 우리 것에 대한 강한 향수를 불러일으킨다.

임홍재는 그가 이룬 시적 성과에 비해 문학적 연구나 비평의 대상으로서는 별로 주목을 받지 못했다. 시를 쓴다는 일이 세상의 관심거리가 되지 못하던 시절에 38세의 젊은 나이로 요절했기 때문이다. 김우창의 "任洪宰는 서민의 괴로운 삶을 진솔하고 다양한 공감력으로 표현하였다. 서민의 애환을 그만큼 있는 그대로 표현하고 또 선의의 필요를 강조한 시인도 많지 않을 것이다."[26]라는 말이 아니더라도 우리는 그의 시를 통해 그가 동시대의 역사 속에 내포되어 있는 삶의 진실들을 얼마나 탁월하게 서정시로 형상화하고 있는지를 확인할 수 있다. 그는 분명 서구적인 감각과 이론에 의한 시가 주류를 이루던 1970년대의 한국시단이 거둔 중요한 시적 성과의 한 부분을 차지한다고 볼 수 있다.

농사거리가 넉넉지 못한 빈농의 아들인 임홍재는 유년시절부터 몸서리치는 가난을 견디며 살아야 했다. 두 살 무렵의 사고로 인해 평생 병치레를 해야 했던 그 때문에 집안의 가계는 더욱 궁핍해질 수밖에 없었으며, 가난과 배고픔, 병마와 눈물로 점철된 유년시절의 절망의 체험은 그의 시의 원형질적 요소로서 그의 시를 관류하는 부정적 세계인식의 動因이다. 대학을 졸업하고 서울에서 마을문고 편집부에 근무하면서 木月의 주례로 결혼하여 가정을 이루지만, 도시의 변두리에서 여전히 가난하고 고달픈 생활을 영위할 수밖에 없었다. 「무우청을 엮으며」는 그 무렵의 그의 생활상을 여실히 보여

---

26) 金禹昌, 「任洪宰의 詩」, 『청보리의 노래』, 文學世界社, 1980, 22쪽.

준다.

그의 작품의 시적 화자는 대부분 '나'다. 따라서 시의 내용도 자아성찰적인 성격이 강하며, 자신의 생활에서의 절실한 체험을 진술하는 경우가 많다. 또한 가족 구성원들의 삶의 태도를 통해 현실의 부조리성을 면밀히 관찰하는 작품들이 많은데, 인용한 시에도 가난한 살림을 꾸려가고 있는 '아내'와 가난 때문에 주눅이 든 '아이들'과 더 나은 내일을 기약할 수 없는 자신의 삶으로 인해 실의에 빠져 있는 시적 화자인 '나'가 중요한 시적 대상이다.

무청을 말린 시래기는 가난한 시골에서는 매우 중요한 겨울 양식이었다. 그러나 고도 경제 성장을 통해 살림살이가 윤택해지면서 도시에서는 빈민들이나 먹는 반찬거리로 전락하고 말았다. 따라서 '춥고 가난한 겨울을 위해 / 남들은 다 버리는 무우청을 엮는다.'는 것은 시적 화자의 생활이 그만큼 궁핍하다는 것을 나타낸다.

그런데 시적 화자의 고통은 그런 가난보다는 이웃으로부터 모멸감을 느끼게 하는 상대적 빈곤감이다. '배추, 무우값이 똥값인데 / 요즘도 시래길 다 먹느냐며 / 수입식품만 먹는 / 기름진 이웃들 틈에서 / 우리는 자꾸만 난장이가 된다.'가 이를 입증하고 있다. 모두가 가난하던 시절에는 시래기를 먹는 것이 별로 부끄러운 일이 아니었지만, 시래기를 좀처럼 먹지 않게 된 세상에서는 '남들은 다 버리는' 그것을 가져다 먹는 것이 다소 부끄러울 수밖에 없는 것이다. 더구나 '수입식품만 먹는 / 기름진 이웃'을 부러운 눈으로 바라보는 아이들을 생각하면 가난과 자신의 무기력이 더욱 원망스럽게 된다.

이런 시적 화자의 고통을 더욱 눈물겹게 하는 것이 '부끄럼을 감추고 / 이웃집 것까지 거둬 모으'는 '아내'다. '주눅이 들면 안 된다고' '열심히 뛰'는 억척스러운 아내의 모습이 시적 화자가 감지하는 삶의 비애를 더욱 증폭시키는 것이다.

그러나 시인은 결코 가난에 좌절하지는 않는다. '구수한 황토 냄새 / 고향 맛을 그대로 간직한 시래기'의 '매듭을 꼭꼭 조여 매'면서 '따습고 밝을',

'시래기국처럼 구수할' 내일을 꿈꾼다. 비록 가난에 시달리지만 희망을 잃지 않고 성실하게 살아가는 시인의 생활 태도가 잘 드러나고 있는 것이다.

임홍재의 시는 토속적인 이미지의 효과적인 사용을 통해 恨을 견디며 살아가는 전형적인 서민의 삶을 형상화하는 데 성공하고 있다. 이에는 민중적 정서에 맞는 우리말의 미적 효과를 절묘하게 구사한 것도 크게 작용한다. 사실 그의 시는 유년시절부터 견디어 온 가난과 병마의 고통을 잠재우기 위한 한풀이적인 성격이 강하다. 대부분의 그의 시에서 그러한 억압적 정서로부터 해방되려는 의도를 감지할 수 있다. 「무우청을 엮으며」도 가난으로 인한 삶의 비애를 극복하고자 하는 자기 위안의 목소리를 느낄 수 있는 것이다. 그런데 이런 가난한 삶의 비애는 시인 개인에게 국한되는 것이 아니라 동시대인들 모두의 것이기에 우리를 공감시켜 눈물겹게 하는 것이다.

요즘은 오히려 시래기가 건강식품으로 각광을 받고 있다. 부자들의 식탁에도 건강식품과 향수식품으로 버젓이 오르는 세상이 된 것이다. 그런데 잘 살게 되면서 먹지 않던 시래기를, 더 잘살게 되면서 다시 먹게 된 아이러니컬한 음식 문화의 내면에는 가난한 시절의 따뜻하고 구수했던 인간미와 성실했던 삶의 태도를 음미하고자 하는 정신적 향수 때문일 거라는 추론을 해본다.

15. 삶의 고통과 슬픔을 풀어버리는 정화의식

> 흐르는 것이 물 뿐이랴
> 우리가 저와 같아서
> 강변에 나가 삽을 씻으며
> 거기 슬픔도 퍼다 버린다
> 일이 끝나 저물어
> 스스로 깊어가는 강을 보며
> 쭈그려 앉아 담배나 피우고
> 나는 돌아갈 뿐이다
> 삽자루에 맡긴 한 생애가

이렇게 저물고, 저물어서
샛강 바닥 썩은 물에
달이 뜨는구나
우리가 저와 같아서
흐르는 물에 삽을 씻고
먹을 것 없는 사람들의 마을로
다시 어두워 돌아가야 한다
　　　　－ 정희성, 「저문 강에 삽을 씻고」

　　1970~80년대에 이룩한 급격한 경제 성장은 국민들로 하여금 전쟁의 후
유증과 절대적 빈곤 상태에서 벗어날 수 있게 함으로써 전반적인 생활수준
의 향상에 크게 기여했다. 그러나 아직도 봉건적인 윤리의식이 지배하던 사
회가 미처 자본주의 경제 질서에 적응할 겨를도 없이 이룩한 경제 성장은
오히려 부의 편중화와 분배의 불균형을 초래하게 된다. 또한 이것이 비민주
적인 정치세력들에 의해 더욱 조장됨으로써 경제 성장의 주역이며 사회의
대다수 구성원인 민중 계층은 억압과 상대적 빈곤감에 시달리게 되고, 계층
간의 갈등도 심화된다. 정희성은 바로 이런 민중 계층의 고통스러운 삶과
슬픔을 노래한다. 이것은 한편으로는 그들에 대한 관심과 사랑을 통해 더
불어 잘 사는 사회를 이루고자 하는 시인의 꿈과 열망을 드러내는 것이기도
하다. 그의 다음 말은 이러한 생각을 잘 보여준다.

　　최근 몇 년 동안 나는 주로 내가 사는 시대의 모순과 그 속에서 핍박받는 사
　람들의 슬픔에 관해서 써왔지만, 그것이 진정한 신념과 희망과 용기를 주는 데
　이르지 못했음을 부끄럽게 여긴다. 이러한 성과가 하루 아침에 갑자기 이루어
　지는 것은 아니리라. 그러나 한 시대의 사회적 모순이야말로 바로 새로운 역사
　를 만드는 원동력이며 억압받는 사람들의 슬픔이 어느 땐가는 밝은 웃음으로
　꽃필 것을 나는 믿는다.[27]

---

27) 鄭喜成, 『저문 강에 삽을 씻고』, 創作과 批評社, 1978, 105쪽.

윗글에서 그는 시적 관심이 주로 자신이 사는 '시대의 모순과 그 속에서 핍박받는 사람들의 슬픔'에 집중됨을 스스로 밝히고 있다. 아울러 이러한 민중적 삶에 대한 관심이 단순히 슬픔의 정서에 의해 토로되는 절망적이고 부정적인 것이 아니라, '어느 땐가는 밝은 웃음으로 꽃필 것'이라는 믿음에 의해 희망의 긍정적인 세상을 지향한다는 점이 시적 감동을 유발하는 동인이 되고 있다.

「저문 강에 삽을 씻고」의 시적 화자는 공사 현장에서 일하는 육체 노동자이다. 그는 가난으로 인해 우울하고 실의에 빠진 소외된 인간으로, 현대시에 자주 등장하는 원형적 인물이다. 그런데 그는 비록 현실적 삶에 대해 수동적이며 절망적인 인식을 지니고 있지만, 오랜 고통의 체험을 통해 체념과 달관의 지혜를 지닌 인물이기도 하다.

'강변에 나가 삽을 씻으며 / 거기 슬픔도 퍼다 버린다'에는 삽을 씻는 행위가 하루의 노동을 마감하고 육체적인 휴식을 예비하는 행위인 동시에, 현실적 삶의 모순과 부조리로 주눅이 든 정신적 피로를 씻어냄으로써 일상적 삶의 고통과 슬픔을 해소하는 정화의식이기도 함이 내포되어 있다.

'쭈그려 앉아 담배나 피우고 / 나는 돌아갈 뿐이다'라는 시구는 현실적 삶의 고통에 대해 효과적이고 적절한 극복의 방법을 가지고 있지 못한 무력한 자신에 대한 모멸과 연민의 이중적 정서를 유발한다. 또한 '삽자루에 맡긴 한 생애가 / 이렇게 저물고, 저물어서 / 샛강바닥 썩은 물에 / 달이 뜨는구나'는 비천한 삶에서 벗어나지 못한 채 속절없이 저물어가는 자신의 인생에 대한 회한과 탄식이다. 그러나 이런 회한과 탄식 속에는 주어진 현실을 인정하고 수용하는 체념과 달관의 태도도 내포되어 있다.

결말 부분인 '먹을 것 없는 사람들의 마을로 / 다시 어두워 돌아가야 한다'에는 삶의 고통이 계속될 수밖에 없는 암담한 현실이 제시된다. 이런 시적 결말이 무기력한 자신에 대한 연민과 세상에 대한 분노를 내포함으로써 긴 여운을 남기게 되어, 소외계층의 고통을 외면하고 살아가는 사람들에 대한 각성을 촉구하는 효과를 거두고 있다.

이러한 시의 의미 구조가 강물의 흐름처럼 유연하게 흐르는 운율과 유기적으로 결합되어, 물의 흐름과 삶의 흐름이 일체화됨으로써 덧없이 저물어 가는 고달픈 인생에 대한 회한과 연민의 정서를 효과적으로 형상화하고 있는 것이다.

정희성이 경제 성장이 가져온 풍요로움이나 문화적 혜택을 누리지 못하고, 사회의 중심으로부터 소외되어 가난하고 고통스러운 삶을 살고 있는 민중계층에 대해 관심을 기울이는 이유는, 동시대인들로 하여금 그들에 대한 애정과 관심을 환기시켜 함께 행복하게 살 수 있는 세상을 실현하고자 하는 열망 때문이다. 이러한 열망이 좌절될 때, 그는 민중들의 고통스러운 삶을 방치하거나 외면하는 사회제도와 지배계층에 대해 분노와 저항의 시정신을 드러내기도 한다. 특히 그는 각종 문화적 창조행위가 엄격하게 규제되는 정치적 상황 속에서도 시대의 어둠을 꿰뚫어보는 예리한 저항적 지성으로 민중계층의 고통스러운 삶과 억압받는 정신의 시적 형상화에 성공한 시인으로 평가할 수 있다. 우리 시대의 진실을 증언하기 위해 그가 이룩한 시적 성과는 분명 한국 현대시사에 의미 있는 작업으로 자리매김 될 것이다.

16. 일상성에 의해 마비된 의식의 일깨움

그날 아버지는 일곱시 기차를 타고 금촌으로 떠났고
여동생은 아홉시에 학교로 갔다 그날 어머니의 낡은
다리는 퉁퉁 부어올랐고 나는 신문사로 가서 하루 종일
노닥거렸다 前方은 무사했고 세상은 완벽했다 없는 것이
없었다 그날 驛前에는 대낮부터 창녀들이 서성거렸고
몇 년 후에 창녀가 될 애들은 집일을 도우거나 어린
동생을 돌보았다 그날 아버지는 未收金 회수 관계로
사장과 다투었고 여동생은 愛人과 함께 음악회에 갔다
그날 퇴근길에 나는 부츠 신은 멋진 여자를 보았고
사람이 사람을 사랑하면 죽일 수도 있을 거라고 생각했다
그날 태연한 나무들 위로 날아 오르는 것은 다 새가
아니었다 나는 보았다 잔디밭 잡초 뽑는 여인들이 자기
삶까지 솎아내는 것을, 집 허무는 사내들이 자기 하늘까지

무너뜨리는 것을 나는 보았다 새占 치는 노인과 便桶의
다정함을 그날 몇 건의 교통사고로 몇 사람이
죽었고 그날 市內 술집과 여관은 여전히 붐볐지만
아무도 그날의 신음 소리를 듣지 못했다
모두 병들었는데 아무도 아프지 않았다
　　　　　　　　　　　　　　 ─ 이성복, 「그날」

　　이성복은 1952년 생으로 경북 상주 출신이다. 경기고를 거쳐 서울대 불
문학과를 졸업한 그는 초등학생 시절부터 글재주가 뛰어나 여러 백일장에
서 상을 타곤 했다. 문리대 문학회에서 활동하면서 황지우와도 친분이 두터
웠으며, 이때 김수영의 시에 심취했다고 한다. 그의 시에 나타나는 김수영
의 시풍은 바로 그 시절 받은 감명의 결과인 것이다.
　　황동규는 이성복의 시세계를 분석한 글에서, "李晟馥 의 시를 읽고 당황
한 사람도 많으리라 생각된다. 지난 십여 년간 우리가 길들여져 있는 몇 가
지 유형의 시 어느 것에도 맞지 않는 것이다. 표면적으로 그는 金洙暎과 비
슷하면서도 金洙暎에게서 볼 수 있는 思辨的인 요소를 극도로 줄이고 있다.
그보다는 자유로운 聯想과 그 연상을 따르는 意識이 그의 시의 主調를 이
룬다. 그 연상은 그러나 심리적으로 긴밀한 연결의 고리를 가지고 있는 연상
이다."[28]라고 하면서, 그의 시의 특징으로 당돌한 이미지와 생각들의 자연
스러운 연쇄반응과 그런 이미지의 연쇄반응이 일으키는 속도감을 든다. 아
울러 그런 연상 작용으로 인해 이성복을 초현실주의자로 부르기 쉽지만, 기
법에만 관심을 가지고 흉내 낸 서툰 말장난이 성한 초현실주의 시와는 구별
해야 함을 지적하고 있다. [29] 사실 이성복의 시에는 다분히 초현실주의적인
시풍이 느껴지는 작품이 많다. 자동기술법처럼 느껴지는 연상 작용을 통한
이미지의 나열이나 당돌한 어법과 수사, 환타지 소설 같은 이해하기 힘든 상
황 묘사와 이미지의 배열, 시에 대한 고정관념을 깨트리는 문법의 파괴 등이
그런 판단을 가능하게 하는 것이다. 그러나 그는 황동규의 평가처럼 결코 기

----

28) 黃東奎, 「幸福 없이 사는 훈련」, 『뒹구는 돌은 언제 잠 깨는가』, 文學과 知性社, 1983, 114쪽.
29) 같은 글, 116~117쪽 참조.

법을 흉내 내는 데만 관심을 가진 딜레탕트 초현실주의자가 아니다.[30]

작품 「그날」은 무의미하게 흘러가는 듯 한 일상적 삶에 대한 정밀한 관찰이다. 그러한 관찰을 통해 일상성에 너무도 익숙한 나머지 사회의 부조리와 모순을 감지하는 비판적 통찰력이 마비된, 시적 화자의 의식을 일깨우려는 의도가 드러난다. 작품에 구사된 운율과 문법의 파괴도 경화된 의식을 깨트리려는 의도가 반영된 기법으로 볼 수 있다.

전체적으로 시적 대상을 관찰하여 묘사하는 시적 화자의 어조는 매우 냉소적이다. '아버지' '여동생' '어머니'와 같은 가족 구성원들 간에도 애정이 결여된 관계처럼 기술하고 있다. 이것은 본질적으로 인간에 대한 불신이나 부정적 시각을 감지시킨다. '어머니의 낡은 / 다리는 퉁퉁 부어올랐고 나는 신문사로 가서 하루 종일 / 노닥거렸다'나 '아버지는 未收金 회수 관계로 / 사장과 다투었고 여동생은 愛人과 함께 음악회에 갔다'가 그 예다. '나'와 '여동생'이 '어머니'와 '아버지'의 고통에 무관심할 수 있다는 것이 바로 현대인의 비인간성을 암시하는 것이다. 이는 가족 구성원을 결속시키는 윤리의식의 붕괴를 드러내는 것이기도 하다.

시의 곳곳에 배치되어 있는 역설적 상황은 우리 사회의 모순과 부조리를 드러내는 극적 효과를 거두고 있다. '前方은 무사했고 세상은 완벽했다 없는 것이 / 없었다'는 진술과 병치되고 있는 '그날 驛前에는 대낮부터 창녀들이 서성거렸고 / 몇 년 후에 창녀가 될 애들은 집일을 도우거나 어린 / 동생을 돌보았다'는 진술은 앞의 진술이 언어적 아이러니임을 파악케 한다. 대낮부터 창녀들이 서성거리는 세상이 결코 무사하고 완벽한 세상이라고 볼수 없기 때문이다. 또 집안일과 동생을 돌보고 있는 성실한 소녀를 '몇 년 후에 창녀가 될 애들'로 단정한 것은 현대사회의 타락한 성문화에 대한 공격적 의도를 보여준다. '사람이 사람을 사랑하면 죽일 수도 있을 거라고 생각했다'라든가 '모두 병들었는데 아무도 아프지 않았다'도 그런 의도를 감지시킨다. 극심한 가치의 혼돈이 벌어지고 있는 세상은 분명히 병든 세상인

---

30) 같은 글, 117쪽 참조.

데, 그런 가치의 혼돈을 정당화하면서 모두가 아프지 않은 것처럼 살아가고 있는 것이다. 이는 평화로워 보이는 세상의 내부에서 벌어지고 있는 엄청난 비극이 방치되고 있는 현실에 대한 통렬한 풍자이기도 하다.

대부분의 소시민들은 현실적 삶의 고통에 압도된 나머지 그 고통의 원인에 대해서는 도무지 무관심한 사람처럼 살아간다. 이는 삶의 진실을 파악할 수 있는 능력이나 부조리하고 모순된 현실의 고통을 극복할 수 있는 방법이 결여되어 있기 때문이다. 이성복은 바로 이런 일상성 속에 매몰되어 있는 사소한 사건들의 의미를 포착함으로써 현대사회가 안고 있는 모순과 부조리를 드러내려는 것이다. '잔디밭 잡초 뽑는 여인들이 자기 / 삶까지 솎아내는 것을, 집 허무는 사내들이 자기 하늘까지 / 무너뜨리는 것을 나는 보았다'는 그런 모순과 부조리의 심각성을 인지하지 못하고 살아가고 있는 현대인들에 대한 경고이기도 하다.

'아무도 그날의 신음 소리를 듣지 못'하는 것은 그만큼 현대인들이 자신이 속한 사회의 병리적 현상에 대해 무관심하고, 자신의 행복에만 급급해서 살고 있다는 것을 암시한다. 시인은 우리 사회의 문제가 바로 이런 방관자적 태도와 극단적인 이기주의에 있음을 간파한 것이다. 그는 바로 그런 환부나 상처를 진단하기 위해 일상적 삶에 대한 면밀한 관찰을 시도한다. 그래야만 치유의 방법을 찾을 수 있기 때문이다.

「그날」의 시적 화자가 관찰하고 있는 일상적 삶은 바로 나 자신의 삶이다. 우리사회의 제반 병리적 현상과 타락한 가치관들을 명료하게 인식하고 있으면서도, 그런 것들과 아무렇지도 않게 타협하며 살아가고 있다. 그것이 내 '삶까지 솎아내는 것'이고 내 '하늘까지 / 무너뜨리는 것'임을 미처 인식하지 못하는 것이다. '모두가 병들었는데 아무도 아프지 않았다'는 시의 결구가 길고 깊게 내 양심에 여운을 남긴다.

17. 억압된 정서로부터 해방시키는 언어의 마력

이제 내 말은

나의 슬픔도 그대의 설움도
잠재우지 않는다
바람이 바람을 잠재우지 않고
슬픔이 슬픔을 잠재우지 않는다
슬픔을 위한 말,
슬픔을 꾸미는 말,
모든 어둠의 下手人인
슬픔에 봉사하는 말,
그대와 나의 가장 깊은 곳에 회오리치던
슬픔의 찌꺼기인 눈물도
나의 것이 아니다 이제 내 말은
슬픔을 알아버렸다
가슴 쥐어뜯는 사랑도
이별도 알아버렸다
내 말은 허공을 떠돌지 않고
내 말은 죽지 꺾인 물새처럼
바다로 가서 혼자 울지 않는다
이제 내 말은
더 이상 슬퍼하지 않는다
　　　　　　　　　－ 정희성, 「이제 내 말은」

　인간이 발명한 가장 유용한 도구는 언어라고 할 수 있다. 인간의 정신 활동, 나아가 문화적인 또는 사회적인 제반 활동을 가능하게 하는 것이 바로 언어에 의한 의사소통을 매개로 하기 때문이다. 그런데 인간이 발명한 도구인 언어가 때로는 인간의 사고나 정서에 매우 심각한 영향을 주기도 한다. 문학이 지닌 효용론적인 기능도 이와 관련된다고 볼 수 있다.

　사실 문학의 중요한 기능 중에 하나로 정서를 표현함으로써 그러한 정서의 억압으로부터 해방되거나 탈출하는 것을 들 수 있다. 아리스토텔레스가 문학이 격렬한 정서의 과잉상태를 적절히 진정시켜 정서의 조화로운 균형 상태를 회복시키는 카타르시스를 가져온다는 말은 고전적 정설이 되었다. 일상생활에서 우리는 답답하고 괴로운 문제에 직면했을 때 신뢰할 수 있는 사람과의 대화를 통해 심리적인 안정을 얻게 되는 경우가 흔하다. 즉 고통스럽게 하는 문제에 대해 말을 함으로써 그로 인한 고통스러운 정서로부터 다소 해방될 수 있는 것이다. 동서양에 공존하고 있는 다음 설화는 말이 주는 카타르시스 기능을 입증하는 좋은 예다.

> 왕이 왕위에 오르자, (왕의) 귀가 갑자기 길어져서 나귀의 귀와 같았다. 왕후와 궁인들은 다 알지 못하고 오직 幞頭匠 한 사람만 알고 있었으나 평생토록 말하지 않더니 그 사람이 죽을 때에 道林寺의 대밭 속 사람 없는 곳에 들어가 대를 향해 외쳤다. "우리 임금의 귀는 나귀의 귀와 같다." 그 후에 바람이 불면 댓소리도 "우리 임금의 귀는 나귀의 귀와 같다."고 하였다. 왕이 이 소리를 싫어하여 이에 대를 베어 버리고 대신 山茱萸를 심었더니, 바람이 불면 다만 "우리 임금의 귀는 길다."고만 하였다.[31]

> Apollo와 Pan이라는 神 사이에 벌어진 음악 경연대회의 심판으로 지명된 Phrygia왕 Midas는 Pan편을 들었다가 Apollo의 노여움을 샀다. Apollo는 Midas의 귀가 우둔하다 하여 그의 귀를 나귀의 귀로 변하게 했다. Midas는 특별하게 만든 모자로 그것을 감추지만 그의 머리를 깎는 하인은 그것을 보지 않을 수 없었다. 그 하인은 비밀을 결코 말하지 않을 것을 엄숙히 맹세하지만 그것은 그에게 참기 힘든 고통이었으므로, 그는 들판에 나가 구멍을 파고 그 안에 대고 나직히 "Midas왕의 귀는 나귀의 귀다."라고 말했다. 그러자 그는 해방의 안도감을 느끼게 되었고, 그 구멍을 메워버렸다. 그러나 봄이 되어 그곳에 갈대가 자랐으며 바람에 흔들릴 때마다 그 파묻힌 말을 소근거림으로써 그 가련하고 어리석은 Midas왕에게 어떠한 일이 일어났는지를, 또 신들이 경쟁할 때에는 강자의 편을 드는 것이 유일한 안전한 길이라는 진리를 인간에게 폭로했다.[32]

인용한 두 개의 설화는 동질적인 의미구조를 지닌다. 즉 자기만이 알고 있는 비밀을 누군가에게 말하고자 하는 욕망이 얼마나 절박한 것이며, 그러

---

31) 李丙燾譯,『三國遺事』卷二. 四十八 景文大王, 大洋書籍, 1980, 164쪽.
32) E. Hamilton,『The Mythology』, The New American Library, 1969, 278~279에서 발췌 번역한 내용임.

한 억압된 정서를 말로 표현하는 것이 카타르시스의 좋은 방법이라는 것을 보여주는 상징체계인 것이다.

정희성의 「이제 내 말은」이란 시는 '말'의 정서적 기능을 해명하는 데 매우 유용한 작품이다. 물론 이런 말의 정서적 기능을 제대로 이해하기 위해서는 시에서 사용되는 아이러니에 대한 정확한 해석이 필요하다. '이재 내 말은 / 나의 슬픔도 그대의 설움도 / 잠재우지 않는다'는 것은 시적 화자가 처한 특별한 상황으로 인해 '말'이 일종의 제약 속에 갇혀버림으로써 그 본질적 기능을 상실하게 되었음을 암시한다. 즉 정치적 억압이나 언론에 대한 규제로 인해 사회의 모순과 부조리에 대해 진실한 발언을 함부로 할 수 없는 시대 상황을 추론할 수도 있다. '슬픔'은 그런 시대상황을 인지하는 시인이 가질 수 있는 보편적 정서다. 그러므로 '슬픔을 위한 말, / 슬픔을 꾸미는 말,'이나 '슬픔에 봉사하는 말'은 모두 사회의 모순과 부조리에 대해 시인이 하고 싶은 말을 의미한다. 즉 자유를 억압하는 시대적 상황으로 인해 고통스러운 삶을 살고 있는 동시대인들의 슬픔을 위로하고자 하는 시인의 다양한 노력을 의미하는 것이다.

그런데 '그대와 나의 가장 깊은 곳에 회오리치던 / 슬픔의 찌꺼기인 눈물도 / 나의 것이 아니다'라는 것은 대사회적 발언을 하지 못하고 그저 슬퍼만 하는 행위는 무의미한 것임을 인식한 결과다. 즉 말하고 싶은 의지와 슬픔이라는 정서가 분리되어 있는 상태를 암시하는 것으로, 사회의 모순과 부조리에 대해 슬퍼하는 정서조차도 표현할 수 없는 현실의 폭압성을 내포한 진술로 볼 수 있다. 따라서 시적 화자는 '슬픔'과 '가슴 쥐어뜯는 사랑도 / 이별도 알아버'린 고통스러운 상황을 극복하기 위해 '허공을 떠돌'거나 '죽지 꺾인 물새처럼 / 바다로 가서 혼자 우'는 공허한 행동에서 벗어나, 세속적인 슬픔을 초월한 침묵의 경지로 몰입함으로써 '더 이상 슬퍼하지 않는' 깨달음의 세계에 이르는 것이다.

시인은 말을 부려서 인간을 감동시키는 마술사같은 존재라고도 할 수 있다. 우리가 살아가면서 직면하게 되는 다양한 시련과 고난의 시간들은 때로는 우리를 절망적인 슬픔의 정서 속으로 함몰시킨다. 그런데 좋은 시들은 우리에게 그런 절망적인 슬픔으로부터 헤어 나올 수 있는 용기와 힘을 주고, 미래에 대해 희망을 잃지 않도록 따뜻한 위로가 되기도 한다. 우리들의 '슬픔'과 '가슴 쥐어뜯는 사랑도 / 이별도 알아버'린 시인의 언어가 그런 고통스러운 정서로부터 해방될 수 있도록 우리의 영혼을 이끌게 되는 것이다. 그리하여 우리로 하여금 '더 이상 슬퍼하지 않는' 정서적인 안정과 균형 상태를 유지하게 하는 것이다.

18. 역사적 시간을 건너온 그리움과 恨

제1신

아직은 미명이다. 강진의 하늘 강진의 벌판 새벽이 당도하길 기다리며 죽로차를 달이는 치운 계절, 학연아 남해바다를 건너 牛頭峰을 넘어오다 우우 소울음으로 몰아치는 하늬바람에 문풍지에 숨겨둔 내 귀 하나 부질없이 부질없이 서울의 기별이 그립고, 흑산도로 끌려가신 약전 형님의 안부가 그립다. 저희들끼리 풀리며 쓸리어가는 얼음장 밑 찬 물소리에도 열 손톱들이 젖어 흐느끼고 깊은 어둠의 끝을 헤치다 손톱마저 다 닳아 스러지는 謫所의 밤이여, 강진의 밤은 너무 깊고 어둡구나. 목포, 해남, 광주 더 멀리 나간 마음들이 지친 봉두난발을 끌고와 이 악문 찬 물소리와 함께 흘러가고 아득하여라, 정말 아득하여라. 처음도 끝도 찾을 수 없는 미명의 저편은 나의 눈물인가 무덤인가 등잔불 밝혀도 등뼈 자옥이 깎고 가는 바람소리 머리 풀어 온 강진 벌판이 우는 것 같구나.

제2신

이 깊고 긴 겨울밤들을 예감했을까 봄날 텃밭에다 무우를 심었다. 여름 한철 노오란 무우꽃이 피어 가끔 벌, 나비들이 찾아와 동무해주더니 이제 그 중 큰 놈 몇 개를 뽑아 너와지붕 추녀 끝으로 고드름이 열리는 새벽까지 밤을 재워 무우채를 썰면, 절망을 썰면, 보은산 컹컹 울부짖는 승냥이 울음소리가 두렵지 않고 유배보다 더 독한 어둠이 두렵지 않구나. 어쩌다 폭설이 지는 밤이면 등잔불을 어루어 詩經講義補를 엮는다. 학연아 나이가 들수록 그리움이며 한이라는 것도 속절이 없어 첫해에는 산이라도 날려보낼 것 같은 그리움이, 강물이라도

싹둑싹둑 베어버릴 것 같은 한이 폭설에 갇혀 서울로 가는 길이란 길은 모두 하
얗게 지워지는 밤, 四宜齋에 앉아 시 몇 줄을 읽으면 세상의 법도 왕가의 법도
흘러가는 법, 힘줄 고운 한들이 삭아서 흘러가고 그리움도 남해바다로 흘러가
섬을 만드누나.

                 — 정일근, 「유배지에서 보내는 정약용의 편지」

  1985년 『한국일보』 신춘문예 당선작인 정일근의 「유배지에서 보내는 정
약용의 편지」는 매우 독특하다. 200여 년의 역사적 시간을 뛰어넘어 1801
년(신유년) 황사영백서사건으로 강진으로 유배가 있던 다산 정약용을 시적
화자로 등장시켜, 유배지의 외로움과 적막감, 그리고 가족에 대한 그리움과
선비의 한을 진술하고 있기 때문이다. 따라서 시를 제대로 이해하기 위해서
는 몇 가지 다산의 전기적 사실에 대한 지식이 필요하다.

  편지의 수신자인 '학연'은 다산의 장남이다. 1783년 9월생이니 다산이 강
진에 유배가던 1801년에는 열아홉의 청년이었다. 다산이 두 번째 거처인 보
은산방에 머물던 1805년 겨울에는 다산에게로 가서 함께 기거하며 周易과
禮記를 배우기도 했다.

  정약전은 다산의 둘째 형님으로 그의 학문을 알아주고 격려해주던 지기
이기도 하다. 그는 황사영백서사건으로 인해 다산과 함께 귀양길에 올라 흑
산도로 유배를 가게 되며, 그곳 적소에서 유명을 달리하게 된다.

  詩經講義補는 유배 기간에 쓴 시경에 대한 3권으로 된 책이다.

  四宜齋는 다산이 강진으로 유배를 가서 처음 4년을 기거한 오두막이다.
이에 대해서는 다음 글을 참고하는 것이 유용하다.

  강진에 도착했을 때, 유배초기인지라 인심은 싸늘했다. 한 늙은 주모의 도움
으로 머무른 곳이 동문 밖 주막(酒家)이었다. 이곳에서 1805년 겨울까지 약 4년
간 거처했다. 감시의 눈도 심했고 무고도 있었다.

  다산은 주막 골방에서 머물면서 주막집을 '동천여사(東泉旅舍)'라 일컬었는
데, 42세 때 동짓날 자기가 묵던 작은 방을 사의재(四宜齋)라 불렀다. 생각을
담백하게 하고, 외모를 장엄하게 하고, 언어를 과묵하게 하고, 행동을 신중하게

하겠다는 뜻이다.[33]

또한 다산은 유배 생활 중에도 개인적 불행을 비관하기보다는 나라와 백성들에 대한 근심이 더 많았다. 유배생활 중 이룩한 학문적 성취는 이런 그의 시대의식의 소산이다.

> 다산은 유배생활의 고초를 묵묵히 받아들이고 독서와 저술에 열중했다. 다산은 먼저 예학과 주역을 공부했다. 경학에 힘써 당시의 지배이데올로기였던 주자 성리학을 극복하고자 했다. 관념론이 아닌 실천론으로서의 경학이었다.
> 다산은 개인적 슬픔에 빠져 있지 않고 어두운 시대에 아파했다. 사실 다산이 겪는 고초는 개인의 잘못이 아니라 불의(不義)의 시대에 태어난 탓이었다. 그의 시문은 민초들의 고통을 그대로 담아내었다. 농민들의 착취와 압제의 실상을 목격하고, 농촌현실에 근거한 문제의식과 그 해결을 위한 저술에 몰두했다.[34]

이처럼 다산은 자신이 처한 시대의 모순과 부조리를 투철하게 인식한 한국사에서는 가장 탁월한 지식인이었다.

인용한 작품은 정일근의 첫 시집인 『바다가 보이는 교실』에 실려 있다. 그 첫 시집의 後記에서 그는 다음과 같이 말하고 있다.

> 시는 나의 발언이다. 내가 보고, 듣고, 느끼고, 생각한 모든 것을 시라는 형식을 통해 발언하는 것이다. 내가 살고 있는 이 시대에 대해 정직하게, 성실하게 발언하는 것이다. 나의 발언의 대부분이 슬픔과 절망, 좌절이 주조를 이루고 있지만 나는 이 발언을 멈추지 않을 것이다. 이 숭고한 작업은 이미 오래 전부터 많은 분들에 의해 오늘에 이어지고 있고 우리가 죽어 사라진 먼 훗날에도 또 누군가에 의해 끊임없이 이어질 것이다.[35]

시인은 동시대인들이 느끼는 슬픔과 절망과 좌절에 대해 발언하고자

---

33) http://www.edasan.or.kr의 다산연구소가 소개한 '다산의 생애' 중 '유배시절'에서 발췌한 내용임.
34) 앞의 글에서 인용한 내용임.
35) 정일근, 『바다가 보이는 교실』, 창비, 2005, 141쪽.

한다. 이런 시적 의도가 오랜 역사적 시간을 거슬러 올라가 한국사의 가장 탁월한 지식인이었던 정약용의 인간적인 슬픔과 절망에 대해 말하게 하는 것이다. 유배지에 갇힌 신세로서 고향에 있는 장남인 '학연'에게 보내는 편지 형식으로 되어 있는 시에는 가족에 대한 절절한 그리움과 현실 상황에 절망한 한이 절묘하게 교직되어 다산의 인간적인 면모를 잘 형상화하고 있다.

제1신에 나오는 '죽로차를 달이는 치운 계절'은 다산이 견디고 있는 고통스러운 현실을 암시한다. 그런 겨울 추위를 견디며 그는 '부질없이 서울의 기별이 그립고, 흑산도로 끌려가신 약전 형님의 안부가 그립다.'고 토로한다. '謫所의 밤'이 몰아오는 '깊은 어둠'과 외로움을 달래줄 수 있는 가족들의 안부와 세상 돌아가는 소식들을 조바심치며 기다리는 것이다. 그러나 기다려도 오지 않는 '기별' 때문에 '강진의 밤은 너무 깊고 어둡구나'라는 탄식을 하게 되고, '처음도 끝도 찾을 수 없는 미명' 속을 헤매게 되며, 결국 '바람소리 머리 풀어 온 강진 벌판이 우는 것 같구나'라는 비애의 정조 속으로 함몰하게 되는 것이다.

제2신에는 그런 비애를 극복하려는 다산의 구체적인 노력들이 제시된다. 외로움을 견디기 힘든 '긴 겨울밤들을 예감'하고 '봄날 텃밭에 무우를 심'고, '고드름이 열리는 새벽까지 밤을 재워 무우채를' 썬다. 그렇게 '절망을 썰면' '유배보다 더 독한 어둠이 두렵지 않'게 되는 것이다. '詩經講義補를 엮'고, '四宜齋에 앉아 시 몇 줄을 읽'는 것도 그런 노력의 일부이다. 다산은 그런 노력을 통해 마침내 '그리움이며 한이라는 것도 속절이 없'다는 달관과, '세상의 법도 왕가의 법도 흘러가는 법, 힘줄 고운 한들이 삭아서 흘러가고 그리움도 남해바다로 흘러가 섬을 만드'는 초월과 깨달음의 경지에 도달한다.

시를 읽노라면 200 여년의 시간을 거슬러 올라가 있는 아득한 시공간에서 이루어진 다산의 슬픔과 절망이 마치 나의 슬픔처럼 다가왔다. 다산초당에서 강진만을 하염없이 바라보며 가족에 대한 그리움과 세상에 대한 한을 삭히고 있는 다산의 모습이 떠올라 더욱 큰 감동을 느끼게 한다.

19. 우리 사회의 비인간성에 대한 분노

성호야, 그래 주먹을 쥐거라
눈물일랑 손등으로 썩썩 씻고
이제 그만 슬픔을 거두거라
자식 두고 죽은 놈은 나쁜 놈이라고
어른들은 아버지를 끌어 묻으며 그렇게 말했지만
돌아서서 삽날을 꽂으며
왜 동네 어른들이 하늘을 올려보고 땅을 내려 보는지
어디에 대고 어른들은 그렇게 무서운 욕을 해대는지
너도 자라면서 깨닫게 될 것이다
이렇게나 젊은 일손이 모자라는 산골짝에서
끝끝내 살아 지켜야 할 이 땅의 젊은 네 아버지가
파릇파릇 자라오르는 어린 모와 삭갈던 논을 팽개쳐두고
아직 거두지 않은 출렁이는 보리밭 바람에 맡겨두고
도토리 같은 어린 너희 형제들 남겨둔 채
어쩌면 그리도 황망히 목숨을 거두어 가고 마는지
노랗게 씨가 여무는 채마밭에 서서
성호야, 네 눈물을 마주 바라보고 있을 수가 없구나
우리가 여기서 태어났고 살아가야 할
이 땅의 이 붉은 흙 위에서
땀 흘린 만큼 우리는 웃음을 돌려받지 못하고
정직하게 노동한 만큼 보람이 거두어지지 않는
이렇게 비틀려진 답답한 논두렁길에서
아버지는 농약을 들이마시고 까맣게 살을 태우며 죽어갔지만
성호야 너는 절대로 울면서 이 땅을
떠나지 말아야 한다
팔뚝이 굵어지고 철이 들면은 격투기라도 가르쳐
널 약하게 키우지 않겠다고 늘상 그렇게 말하다가는
그리 몰강스럽게 가고 만 그런 약한 아버지는 되지 말고
삽날같이 가파르게 살아 이겨 이 땅을 지켜야 한다
넘실대는 저 보리밭처럼 가슴 설레는 나이가 되면
먼 도시로나 떠나갈 일부터 생각지 말고

너는 꼭 이곳에 남아 눈물로 씨뿌린 것들을
기쁨으로 거두는 이 땅의 주인이 되거라
어금니 사려물고 주먹 움켜잡고 네 삶을 지키거라
피땀 흘려 일하고 목청껏 노래하며
네가 씨뿌린 것들을 지키거라.
                        — 도종환, 「채마밭에 서서」

　도종환은 두 번째 시집인 『접시꽃 당신』이 발간 두 달 만에 10만부 이상 팔려, 시집도 베스트셀러가 될 수 있다는 것을 입증하여 우리 시사에 기록을 남긴 시인이다. 더불어 시집에 얽힌 아내에 대한 지고지순한 사랑의 이야기가 독자들의 심금을 울려, 물질주의와 쾌락주의로 더렵혀진 우리 시대의 타락한 사랑 문화에 경종을 울리기도 했다. 그런데 그렇다고 해서 도종환의 시세계를 그런 순애보적인 사랑의 상실이 주는 슬픔의 나락으로 추락해버린 감상적인 문학으로 치부해서는 결코 안 된다. 그에게는 「채마밭에 서서」와 같은 또 다른 작품 세계가 존재하기 때문이다.

　사실 도종환의 시가 저급한 대중문학으로 평가될 수 없게 하는 중요한 요소가 바로 그의 오랜 교직 생활 체험을 형상화한 작품들이다. 그는 전국 교직원 노동조합의 창립을 주도한 사람으로, 이로 인해 해직되는 아픔을 맛보기도 한 중학교 교사 출신이다. 시골학교 교사 생활을 통해 농촌사회의 해체 현상과 궁핍한 현실, 가난으로부터 벗어날 수 없는 농사일의 고통을 뼈저리게 느꼈을 뿐만 아니라, 학교 교육이 지닌 여러 가지 불합리하고 부조리한 문제들에 대한 투철한 인식이 그런 사회운동에 뛰어드는 동인이 된 것이다. 시 「채마밭에 서서」는 농촌사회의 비극적 현실을 바라보는 교사로서의 아픔과 슬픔을 통해 한국사회가 안고 있는 병리적인 요소를 드러내고 있는 작품이다.

　시적 상황은 농촌사회의 가난과 고통을 견디지 못하고 농약을 마시고 자살해버린 아버지의 무덤가에서 그의 아들에게 간절한 위로와 격려의 말을 전하는 것이다. 아이들을 가르치는 교사로서 죽은 농부의 아들에게 들려주는 조사 같은 시에는 농촌사회의 구조적 모순을 바라보는 시인의 통찰력과 그로 인한 분노와 아픔이 잘 드러나 있다.

'이렇게나 젊은 일손이 모자라는 산골짝에서 / 끝끝내 살아 지켜야 할 이 땅의 젊은 네 아버지가 / 파릇파릇 자라오르는 어린 모와 삭갈던 논을 팽개 쳐두고 / 아직 거두지 않은 출렁이는 보리밭 바람에 맡겨두고 / 도토리 같은 어린 너희 형제들 남겨둔 채 / 어쩌면 그리도 황망히 목숨을 거두어 가고 마는지', 그 이유는 '이 땅의 이 붉은 흙 위에서 / 땀 흘린 만큼 우리는 웃음을 돌려받지 못하고 / 정직하게 노동한 만큼 보람이 거두어지지 않는' 때문이다. 그런 농촌의 현실에 절망한 아버지는 아들 '성호'에게 '팔뚝이 굵어지고 철이 들면은 격투기라도 가르쳐 / 널 약하게 키우지 않겠다고 늘상 그렇게 말하'던 꿈도 포기한 채 세상을 버린 것이다.

시적 화자는 아직 그런 현실을 인식하고 있지 못한 아들 성호에게 다짐하듯 당부한다. '그리 몰강스럽게 가고 만 그런 약한 아버지는 되지 말고 / 삽날같이 가파르게 살아 이겨 이 땅을 지켜야 한다'고 말이다. 그러난 또한 시적 화자는 '성호'가 '넘실대는 저 보리밭처럼 가슴 설레는 나이가 되면 / 먼 도시로 떠나갈 일부터 생각'할지도 모른다는 것을 우려하고 있다. 이는 도시로 떠나가 버리는 청소년들로 인한 농촌사회의 해체현상을 예감하는 시인의 근심과 걱정을 드러낸 것이기도 하다.

그러기 때문에 '너는 꼭 이곳에 남아 눈물로 씨뿌린 것들을 / 기쁨으로 거두는 이 땅의 주인이 되거라 / 어금니 사려물고 주먹 움켜잡고 네 삶을 지키거라 / 피땀 흘려 일하고 목청껏 노래하며 / 네가 씨뿌린 것들을 지키거라.'는 간곡한 당부가 우리를 눈물겹게 하면서도 다소 공허하게 들리는 것이다. 그런데 이것이 오히려 비애의 정조를 증폭시키는 효과를 가져온다.

도종환의 시를 제대로 이해하는 데에는 김사인이 쓴 다음 글이 매우 유용하다. 그는 비통과 간절함을 그리고 있는 도종환의 시의 형식적 표현의 특징으로 평이함과 구체성을 들고 있다.

사실상 이 평이함과 구체성이야말로 목숨에 대한 경건하고 겸허한 인식이라는 주제에 대응하는 도종환의 형식적 본질이며, 그것은 또한 암암리에 더불어 사는 이웃들과의 일상적 차원에서의 연대를 전제하고 있는 것이기도 하다. 이러한 자기 절제의 형식은 고통스러운 작중의 정황과 긴장을 이루면서 시의 감동을 증폭시키고 있으며, 도종환으로 하여금 고통과 슬픔 속에서도 스스로를 감상과 자기연민, 체념과 비애에 몰아넣지 않고 새로운 자기 고양의 깨달음으로까지 이끌어가게 하는 토대를 이룬다. 또한 그러한 시적 특성에 매개되어서야 도종환은 아내의 죽음이라는 지극히 사적인 범주의 체험을 같은 어려움을 살아내고 있는 이름없는 많은 이웃들의 것으로, 다시 말해 이 시대의 평범한 이들이 가질 수 있는 체험의 전형으로 되살려내고 있으며, 나아가 개인적인 비탄과 넋두리를 넘어 스스로를 더 큰 공동체적 사랑의 깨달음에까지 도달시키고 있다.[36]

인용한 작품도 이런 평이함과 구체성이 잘 구현되고 있다. 시적 화자의 정서를 그대로 전달하여 수용하게 하는 평이한 언어와 수사법, 비통한 죽음을 구체적인 이미지로 제시하여 비애의 정서로 함몰시키는 형상력, 개인적인 비탄과 넋두리에 그치지 않도록 농촌에서의 삶에 대한 결의를 요구하는 시적 결말이 시적 감동을 크게 한다.

「채마밭에 서서」에 등장하는 자살한 아버지는 결코 특정한 개인이 아니다. 우리 사회의 곳곳에서 살아보기 위해 발버둥 치며 노력하다 쓰러지는 평범한 가장을 상징하는 인물이다. 중요한 것은 사회 구성원 모두가 '땀 흘린 만큼' '웃음을 돌려' 받을 수 있는, '정직하게 노동한 만큼 보람이 거두어지'는 사회가 되도록 노력하여야 한다는 점이다. 그리하여 이런 비극이 결코 방치되지 않는 공동체적 사랑이 실천되는 사회를 이룩해야 하는 것이다. 그것이 바로 시인이 꿈꾸는 세상이기도 하다.

자녀를 양육하고 교육시키면서 나도 시에 등장하는 아버지처럼 쓰러지지 않기 위해 성실하게 노력해 왔다. 그러나 현실은 늘 나의 노력을 무참하게 만들어 때로는 깊은 슬픔으로 절망 속에 허우적거리기도 했다. 그런 삶의 체험들이 '도토리 같은 어린 너희 형제들 남겨둔 채' '황망히 목숨을 거두어 가고' 만 아버지의 절망이 내 영혼을 아프게 울린다.

---

36) 김사인, 「참다운 슬픔의 힘」, 『내가 사랑하는 당신은』, 실천문학사, 1988, 120~121쪽.

20. 흐름의 완성과 삶의 완성

바다에 이르러
강은 이름을 잃어버린다.
강과 바다 사이에서
흐름은 잠시 머뭇거린다.

그때 강은 슬프게도 아름다운
연한 초록빛 물이 된다.

물결 틈으로
잠시 모습을 비쳤다 사라지는
섭섭함 같은 빛깔.
적멸의 아름다움.

미지에 대한 두려움과
커다란 긍정 사이에서
서걱이는 갈숲에 떨어지는
가을 햇살처럼
강의 최후는
부드럽고 해맑고 침착하다.

두려워 말라, 흐름이여
너는 어머니 품에 돌아가리니
일곱 가지 슬픔의 어머니.

죽음을 매개로 한 조용한 轉身.
강은 바다의 일부가 되어
비로소 자기를 완성한다.
　　　　　　　 － 허만하, 「낙동강 하구에서」

시인 허만하는 우리에겐 다소 익숙지 않은 이름이다. 1957년『문학예술』

지의 추천으로 문단에 등단하여 1969년에 첫 시집인 『海藻』를 상자한 이후, 30여 년 만에 두 번째 시집인 『비는 수직으로 서서 죽는다』를 펴냈다. 인용한 작품은 이 두 번째 시집에 실려 있다. 김우창은 이 시집을 해설한 글에서 다음과 같은 말을 하고 있다.

> 이번의 시집의 시들로 보건대 인간 상황을 저울질하는 데에 허만하씨에게 중요한 것은 삶을 에워싸고 있는 시공간의 거대함이다. 그것은 사람의 삶과 사람이 원하는 많은 것들을 작고 하찮은 것 그리고 허무한 것이 되게 한다. 공간의 무한함이 두려움을 준다고 한 파스칼의 말은 유명한 말이지만, 이러한 무한 공간은 사람을 하찮은 존재로 보이게 하면서 동시에 형이상학적 외포감을 불러일으켜 사람의 마음을 초월적인 것에로 이끌어간다.[37]

김우창의 이런 해설은 시 「낙동강 하구에서」에도 적용될 수 있을 것이다. 거대한 바다에 이르러 그 흔적조차 사라지며 흐름을 완성하는 강의 공간적 의미에서 인간의 왜소한 삶의 모습을 관조하는 시인의 시선이 바로 그것이다.

일반적으로 인간은 강물의 유연한 흐름에서 무상한 세월의 흐름을 유추하곤 한다. 한번 흘러가버리면 다시는 돌이킬 수 없는 흐름의 동질성이 그런 유추를 가능하게 하는 것이다. 그런데 허만하가 관조하고 있는 강물의 흐름은 그런 상투성에서 벗어나 있다. 그저 끊임없이 흘러만 가는 것이 아니라 흐름의 소멸과 동시에 그 흐름을 완성하는 과정에 대한 관조를 통해 흐름의 의미를 성찰하고 있는 것이다. 이것은 곧 삶의 과정으로 전이된다. 즉 삶의 과정은 소멸의 순간인 죽음을 통해 완성되는 것이기 때문이다.

'바다에 이르러 / 강은 이름을 잃어버린다. / 강과 바다 사이에서 / 흐름은 잠시 머뭇거린다.'에 묘사된, 바다와 만나면서 그 존재가 소멸되는 강의 흐름은 이승에서의 인연을 다 떨쳐버리지 못해 삶에 대한 미련을 간직하고 있는 죽음을 연상시킨다. 그리하여 '강은 슬프게도 아름다운 / 연한 초록빛

---

37) 김우창, 「보려는 의지와 시」, 『비는 수직으로 서서 죽는다』, 솔출판사, 2001, 148쪽.

물이' 되고, '섭섭함 같은 빛깔. / 적멸의 아름다움.'이 되는 것이다. 이는 곧 죽음의 순간을 예감하는 사람의 정서 상태를 드러내는 회상과 그리움과 한의 빛깔이기도 하다.

그런데 깊고 거대한 바다로 빨려 들어가 그 존재를 상실하는 '미지에 대한 두려움'을 '커다란 긍정'으로 수용함으로써 '강의 최후는 / 부드럽고 해맑고 침착하'게 된다. 이는 죽음에 직면한 인간의 심리과정이 처음에는 분노하다가, 분노와 협상과 우울의 단계를 거쳐 마침내 수용의 단계에 이르러 죽음을 긍정하고 내적 평화의 경지에 도달하는 과정과 유사하다.[38] 그러므로 '두려워 말라, 흐름이여 / 너는 어머니 품에 돌아가리니'라는 말을 할 수 있는 것이다. 즉 흐름의 종말이 고통스러운 것이 아니라 어머니의 품으로 돌아가는 매우 아늑하고 편안한 것임을 단언한다. 인간은 삶에 대한 본능과 동시에 죽음에 대한 본능도 가지고 있다. 생명체에게 가장 쾌적하고 편안한 공간이 바로 모태인데, 그 모태로 회귀하고자 하는 것이 곧 죽음에 대한 본능이기도 한 것이다.

인간의 삶은 죽음이라는 필연적인 결말을 지니고 있기에 더욱 고귀한 것이 될 수 있다. 죽음은 단순한 존재의 소멸이나 고통스러운 순간이 아니다. 인간의 삶은 어떤 방식으로든 죽음에 의해서 완성된다. 비록 상처투성이의 얼룩진 인생이라고 하더라도 죽음은 그 삶에 고귀한 가치와 의미를 부여한다. '죽음을 매개로 한 조용한 轉身'이 이루어지는 것이다. 그리하여 '강은 바다의 일부가 되어 / 비로소 자기를 완성' 하듯이 인간의 삶도 죽음에 의해 그 의미와 가치를 완성하는 것이다.

「낙동강 하구에서」를 음미하노라면 거대한 바다의 출렁이는 물결 속으로 흡입되어 소멸되는 유유한 강물의 흐름을 바라보고 있는 시인의 시선이 느껴진다. 그런 흐름의 소멸을 존재의 소멸로 보지 않고 흐름의 완성으로 인식하는 시인의 혜안이 감동적이다. 이것은 죽음을 거대한 공포로 여기고, 그것으로부터 벗어나기 위해 온갖 노력을 기울이며 발버둥치는 인간의 삶

---

38) 李時炯, 「臨床에서 지켜보는 죽음」, 『죽음의 사색』, 書堂, 1989, 283~286쪽 참조.

의 과정을 반성하게 한다. 죽음은 삶의 과정의 영원한 중단이나 존재의 소멸이 아니라, 삶의 의미와 가치를 완성하는 것이라는 점을 깨닫게 되기 때문이다.

돌아가신 어머니의 뼛가루를 뿌린 강의 하구에 가서 동해의 검푸른 파도 속으로 사라지는 강의 흐름을 하염없이 바라본 적이 있다. 그때 필자도 바다로 흘러가 싱싱한 생명으로 부활하는 어머니의 모습을 상상했었다. 그리고 끝없는 인고의 세월로부터 해방되어 영원한 안식의 세계로 승천한 어머니의 삶의 의미가 비로소 완성되었음을 깨달았던 것이다. 「낙동강 하구에서」는 그런 필자의 체험을 다시 환기시켜 흐름의 완성이 곧 삶의 완성이라는 동질적 인식에 도달하게 한다.

21. 타락한 시대에 꿈꾸는 진정한 사랑

내 몸 안에 러브호텔이 있다
나는 그 호텔에 자주 드나든다
상대를 묻지 말기를 바란다
수시로 바뀔 수도 있으니까
내 몸 안에 교회가 있다
나는 하루에도 몇 번씩 교회에 들어가 기도한다
가끔 울 때도 있다
내 몸 안에 시인이 있다
늘 시를 쓴다 그래도 마음에 드는 건
아주 드물다
오늘, 강연에서 한 유명 교수가 말했다
최근 이 나라에 가장 많은 것 세 가지가
러브호텔과 교회와 시인이라고
나는 온몸이 후들거렸다
러브호텔과 교회와 시인이 가장 많은 곳은
바로 내 몸 안이었으니까
러브호텔에는 진정한 사랑이 있을까

교회와 시인들 속에 진정한 꿈과 노래가 있을까
그러고 보니 내 몸 안에 러브호텔이 있는 것은
교회가 많고, 시인이 많은 것은
참 쓸쓸한 일이다
오지 않는 사랑을 갈구하며
나는 오늘도 러브호텔로 들어간다
　　　　　　　　　　　　　　 - 문정희, 「러브호텔」

　1947년 전남 보성 출생인 문정희 시인은 서울의 진명여고를 다니던 시절 스무 개가 넘는 문학상을 차지할 정도로 글재주를 인정받은 소녀였다. 동국대학교도 그 대학 주최 문예콩쿠르에서 장원을 하여 특례입학을 요청받아 들어갔다. 쾌활한 성격에 다소 오만할 정도의 열정과 젊음을 발산하던 대학 4년 초에 『월간문학』신인상에 당선되어 문단에 등단했다. 방송사와 잡지사 청탁으로 다양한 여행 체험을 담은 해외 문화탐방 기사를 쓰기도 했고, 뉴욕대학교 대학원에서 종교학 석사과정을 이수하기도 했다.[39] 주로 사랑에 관한 작품들이 주류를 이루지만, 예리한 사회의식을 드러내는 작품들도 많다. 인용한 시 「러브호텔」은 한국 사회가 안고 있는 제반 병리적 현상과 문정희의 이런 다양한 체험들이 복합적으로 드러나는 작품이다.

　한국 전쟁의 폐허를 딛고 일어선 눈부신 경제 성장은 사회 구성원들을 괴롭히던 극심한 가난과 배고픔으로부터 벗어나, 한국 사회를 선진국 수준의 풍요로움을 누리는 사회로 진입시켰다. 그런데 이런 급속한 경제 성장으로 인한 풍요로움의 그늘에는 독버섯 같은 여러 가지 병리적 현상들이 도사리고 있다. 육신의 배고픔을 충족시킨 인간에게 필연적으로 찾아오는 정신의 배고픔이 그것이다. 개인주의와 물질주의가 팽배하면서 전통적 가치관과 윤리의식이 붕괴되어 공허해진 한국인의 의식의 내면에는 설익은 서구 문화와 가치의식들이 물밀듯 몰려들어와 자리잡게 된다. 그 대표적인 요소가 바로 기독교적 세계관과 타락한 성문화이다.

---

39) http://blog.naver.com/bschun55/60015469476에 게시된 박상건의 「문정희론」을 참조한 내용임.

정신적인 공허함으로 삶이 황폐해진 인간들이 탐닉하게 되는 일차적인 대상이 바로 본능적이고 육체적인 쾌락을 충족시켜주는 성의 세계이며, 현실의 부조리와 모순에 저항할 능력을 갖추지 못했거나 이의 극복을 위해 정신적인 해방과 영혼의 허기를 충족시키고자 하는 인간들이 매달리는 것이 종교이며, 풍요로운 삶을 누리는 사람들의 영혼의 허전함을 달랠 수 있는 좋은 수단이 시 쓰기 같은 다양한 문화 활동이다. 문정희는 우리 사회의 이러한 모습을 예리한 시각으로 포착하여 「러브호텔」이라는 매우 쉬우면서도 심각한 의미를 내포하고 있는 작품으로 형상화하고 있다.

시를 읽는 것이 때로는 우리를 고통스럽게 만들기도 한다. 시인이 갈등하고 있는 자신의 내면세계를 정직한 목소리로 고백하는 시들인 경우, 마치 숨겨 놓은 나의 내면 세계를 들킨 것 같아 그런 상황에 직면하기 쉽다. 「러브호텔」도 시를 읽는 순간 복잡한 정서의 카타르시스보다는 씁쓸한 생각을 금할 수 없게 만든다.

작품의 구조를 형성하는 중추적 요소는 아이러니이다. 매우 심각한 주제를 다소 경박스러운 문체와 어조로 진술하는 기법이 그렇다. 심각한 주제를 가벼운 문체로 진술하는 것이 아이러니의 미적 효과를 극대화하는 기법이다. 우리 사회의 타락한 성문화와, 각종 비인간적인 범죄와 죄악이 범람하는 사회 속에서 늘어만 나는 교회와, 인간의 영혼을 구제하는데 무력한 지식인으로서의 시인들에 대한 탄식이 야유조의 희화화된 문체로 기술되고 있는 것이다.

'러브호텔'은 우리 사회의 온갖 비윤리적인 성문화가 실연되는 현장이다. 주로 성적 욕망을 충족시켜 육체적 쾌락을 얻고자 하는 인간들이 성을 팔고 사는 공간이기도 하다. 시적 화자가 '내 몸 안에 러브호텔이 있다 / 나는 그 호텔에 자주 드나든다'고 고백하는 것은, 자신도 그 만큼 타락된 성문화에 감염된, 또는 그런 장소에 드나드는 인간들과 동일한 성적 욕구를 가진 존재임을 고백한 것이다. 그러나 '상대를 묻지 말기를 바란다 / 수시로 바뀔 수도 있으니까'는 자신의 행동을 가리키는 것이 아니라, 그런 비윤리적인 성문화에 탐닉하는 인간들에 대한 야유와 조소이다.

그런 야유와 조소의 극치가 바로 잇달아 나오는 '내 몸 안에 교회가 있다 / 나는 하루에도 몇 번씩 교회에 들어가 기도한다 / 가끔 울 때도 있다' 이다. 이 사회에는 러브호텔에 드나드는 비윤리적인, 반율법적인 죄악을 저지르면서도 태연히 교회에 들어가 기도하고, 울기까지 하는 철면피한 인간들이 무수히 많다. 그런 아름답지 않은 세상을 아름다운 세상으로 노래해야 하는 시인들의 시이기 때문에 '마음에 드는 건 / 아주 드물' 수밖에 없는 것이다.

'최근 이 나라에 가장 많은 것 세 가지가 / 러브호텔과 교회와 시인'이라는 말은 우리 사회가 그 만큼 타락했다는 것을 시사한다. 시인은 '러브호텔에는 진정한 사랑이' 없듯이 '교회와 시인들 속에 진정한 꿈과 노래가' 없다는 것을 극명하게 인식하고 있다. 그러기 때문에 '나는 온 몸이 후들거'리는 두려움에 빠지게 되는 것이다. 또한 '내 몸 안에 러브호텔이 있는 것은 / 교회가 많고, 시인이 많은 것은' 그만큼 정신적으로 공허한 상태를 암시한다. 그러므로 다음 행에서 '참 쓸쓸한 일이다'라고 말하게 되는 것이다.

그런데 우리가 매우 조심해서 읽어야 하는 부분이 바로 시적 결말을 제시한 마지막 두 행이다. '오지 않는 사랑을 갈구하며 / 나는 오늘도 러브호텔로 들어간다'는 말은 결코 성적인 쾌락에 탐닉하겠다는 말이 아니다. '오지 않는 사랑'은 시인이 우리 사회에 넘치기를 갈구하는 진정한 사랑이다. 시인은 러브호텔로 진정한 사랑을 만나러 가는 것이다. 그리하여 우리 사회에 진정한 사랑으로 가득 찬 '러브호텔'이 많아지기를 간절히 꿈꾸는 것이다.

시를 표현된 대로 따라 읽다보면 시를 마치 시인 자신의 부도덕한 내면세계에 대한 자기성찰과 통렬한 반성으로 이해하기 쉽다. 그러나 시에 등장하는 '나'는 결코 특정한 개인이 아니다. 우리 사회의 타락된 문화와 타협하여 살아가고 있는 바로 동시대인 모두의 모습인 것이다. 시인은 폭로적인 자기분석을 통해 바로 함축적 청자인 동시대인들에게 진정한 사랑과 꿈과 노래를 요구하고 있는 것이다.

시를 처음 읽을 때에는 다소 고통스럽고 쓸쓸한 생각을 떨칠 수 없었지만, 아이러니의 정확한 해석을 통해 시인의 진실을 파악하는 순간 큰 감동이 밀려 왔다. 타락한 세상이 아름다워지기를 꿈꾸는 시인의 간절한 염원과 타락한 문화와 인간을 정화시켜야 하는 시인의 소명의식이 아프게 감지되었기 때문이다.

22. 효용 가치와 절대 가치에 대한 인식

> 시 한 편에 삼만 원이면
> 너무 박하다 싶다가도
> 쌀이 두 말인데 생각하면
> 금방 마음이 따뜻한 밥이 되네
>
> 시집 한 권에 삼천 원이면
> 든 공에 비해 헐하다 싶다가도
> 국밥이 한 그릇인데
> 내 시집이 국밥 한 그릇만큼
> 사람들 가슴을 따뜻하게 뎁혀 줄 수 있을까
> 생각하면 아직 멀기만 하네
>
> 시집이 한 권 팔리면
> 내게 삼백 원이 돌아온다
> 박리다 싶다가도
> 굵은 소금이 한 됫박인데 생각하면
> 푸른 바다처럼 상할 마음이 하나 없네
>   – 함민복, 「긍정적인 밥」

가끔 미래 사회는 모든 아름다움이나 가치의 척도가 화폐 가치로 환산되는 것은 아닐까 하는 상상을 하게 된다. 이를테면 무식한 사람들의 눈에는 별로 잘 그린 것처럼 보이지 않는 그림도 엄청 고가의 작품이라는 걸 알게 되면 갑자기 대단한 작품처럼 인지하게 되는 것이다. 또한 문화나 예술과 관련된 상이라는 것도 상금의 액수에 따라 상의 권위나 작품의 가치가 평가되는 경우가 많다. 특히 삶의 기본이 되는 의식주와 관련된 대부분의 상품들이 그것이 얼마짜리인가에 따라 그 상품의 가치를 인정하는 것이 우리 사회의 통념이 된지도 오래다. 더군다나 문학 작품도 그것이 얼마나 많이 출판되어 팔렸는지에 따라 베스트셀러를 집계하고, 그 결과에 의해 화제작으로 평가하는 독서 풍토도 이런 상상을 가능하게 하는 요인이 되는 것이다. 그러니 어쩌면 화폐 가치가 세상을 지배하는 시대가 도래할지도 모른다는 우려를 하지 않을 수 없다.

1962년 충북 중원군 노은면 출생인 함민복 시인은 지금은 강화도 동막리의 폐가에서 시를 쓰며 이웃 어부들과 어울려 살고 있다. 도시에서의 가난한 삶과 우울을 견딜 수 없어 광활한 뻘밭 풍경을 바라볼 수 있는 동막으로 이주한 것이다.[40] 그가 어느 정도의 가난을 견디고 살았는지는 시 「눈물은 왜 짠가」를 읽어보면 알 수 있다. 인용한 시 「긍정적인 밥」에도 고통스러운 가난의 체험으로 인한 돈에 대한 강박관념이 내포되어 있는 작품이다.

사물에는 절대 가치와 효용 가치가 있다. 절대 가치는 어떤 다른 가치로는 환산할 수 없는 사물 자체가 가지고 있는 본질적 가치를 말한다. 반면에 효용 가치는 일상생활에서 통용되는 그것의 쓰임새에 따라 환산될 수 있는 가치이다. 이 효용 가치는 대부분의 경우 화폐 가치로 환산되어 그 사물이 유통되도록 한다. 절대 가치가 효용 가치를 산출하는 근거가 되기는 하지만, 결코 효용 가치 즉 화폐 가치의 크고 작음을 결정할 수 있는 절대적 기준은 아니다. 절대 가치와 효용 가치는 터무니없이 어긋날 수도 있기 때문이다. 예를 들면 공기는 인간의 생명을 보장하는 무한한 절대 가치를 지닌 것이지만 일상생활에서의 유통을 가능하게 하는 화폐 가치는 없다. 더군다나 사랑이나 용서나 희생과 같은 정신적인 것들은 절대 가치는 엄청난 것이지만 효용 가치는 도무지 가늠할 수가 없다.

인용한 작품 「긍정적인 밥」에는 정신적 노동의 산물인 시를 화폐 가치로 환산한 다음, 그것의 절대 가치를 비유적 표현으로 비교한 내용이 제시되고 있다. 물론 여기에는 일상생활을 위협하는 가난의 고통으로 인한 돈

---

40) 조용호, "강화도 동막서 홀로 사는 시인 함민복", 「전원 속의 작가들」, 『세계일보』 2004. 6. 8. 참조.

에 대한 강박관념이 작용하고 있다. 시를 써서 밥을 먹고 살기가 참으로 힘들었기 때문이다. '시 한 편에 삼만 원'이라든가 '시집 한 권에 삼천 원', '시집 한 권이 팔리면 / 내게 삼백 원이 돌아온다'에서 그런 시인의 의식을 엿볼 수 있다. 그런데 이것은 곧 시의 효용 가치나 화폐 가치를 말한 것이기도 하다. 즉 시인은 시가 일상생활에서 그만한 값으로밖에 매겨질 수 없는 것을 서글퍼하고 있는 것이다.

이런 시의 하찮은 화폐 가치에 대한 슬픔을 시인은 그것의 절대 가치를 상상함으로써 자신의 정신적 노력에 대한 긍지와 자부심으로 극복하고자 한다. 즉 '너무 박하다 싶다가도 / 쌀이 두 말인데 생각하면 / 금방 마음이 따뜻한 밥이 되네'는 시의 절대 가치를 인식한 결과다. 시가 물질적인 화폐 가치는 형편없어도, 가난한 마음을 따뜻하게 해줄 수 있는 정신적인 절대 가치를 지니고 있다는 것을 깨달은 것이다. 또한 '든 공에 비해 헐하다 싶다가도 / 국밥이 한 그릇인데 / 내 시집이 국밥 한 그릇만큼 / 사람들 가슴을 따뜻하게 뎁혀 줄 수 있을까'에서도 그런 인식이 드러난다. 현실적 삶의 고통을 견디고 있는 사람들의 가슴을 따뜻하게 해주는 위로와 격려의 언어가 되는 시의 절대적 가치에 대한 인식인 것이다.

이런 인식이 마지막 연에서 가장 극적으로 표출된다. '시집이 한 권 팔리면 / 내게 삼백 원이 돌아온다 / 박리다 싶다가도 / 굵은 소금이 한 됫박인데 생각하면 / 푸른 바다처럼 상할 마음이 하나 없네'에는 시집 한 권의 궁극적인 화폐 가치는 삼백 원에 불과하지만, '굵은 소금' '한 됫박'을 생성하는 '푸른 바다'의 무한한 생명력과 포용력을 연상함으로써 '상할 마음이 하나 없'는 평정의 상태에 도달하게 된다. 이는 시를 쓰는 행위가 단순히 생계유지의 수단으로 전락해서는 안 되며, 시는 물질적 가치로는 환산할 수 없는 절대적 가치를 지닌 것이라는 인식을 암시한 것이다.

시인 허수경은 동서문학상 수상 소감에서 함민복의 시 「긍정적인 밥」을 독일에서 읽으며 혼자 운적이 있다고 하면서 다음 같은 말을 했다.

한 인간이 언어 장인의 길을 걸어가면서 그 길 위에서 자신이 먹는 일상의 밥을 생각하면 마음이 막막해지지요. 저 역시 그렇습니다. 그러나 우리들이 쓰는 시가 어느 소설에서 고종석씨가 쓴 대로 "인간의 역사는 연민의 역사를 넓혀 가는" 데에 한 걸음을 보탤 수 있을까, 라는 생각을 하면 마음은 더욱 막막해집니다. 밥과 길 사이에서 허름한 입성을 걸치고 가는 벗들을 생각하면서 오늘은 혼자 앉아 찬 술 한 잔 마셔야 할까 봅니다.[41]

시인도 인간이기에 살기 위해서는 밥을 먹어야 한다. 기력이 있어야 시도 쓸 수 있는 것이 아닌가. 그런데 시를 써서 생계를 꾸려나가기란 한국 사회에서는 불가능한 일이다. 혼자 입에 풀칠하기도 어려운데 하물며 가족의 생계를 책임져야 한다면 그야말로 막막할 수밖에 없다. 그런 막막함을 이겨내기 위해 다시 시를 쓰는 시인의 고투가 눈물겹다.

「긍정적인 밥」을 읽으면 그런 막막함을 견디고 있는 시인의 모습이 눈에 선하게 떠오른다. 제발 시인들이 밥 때문에 쓰러지지 않기를, 그래서 '사람들의 가슴을 따뜻하게 뎁혀 줄 수 있는' 시를 마음껏 쓸 수 있는 세상이 되기를 간절히 바란다.

23. 사라져가면서 빛나는 모성애적 삶의 의미

김천의료원 6인실 302호에 산소마스크를 쓰고 암투병중인 그녀가 누워 있다
바닥에 바짝 엎드린 가재미처럼 그녀가 누워 있다
나는 그녀의 옆에 나란히 한 마리 가재미로 눕는다
가재미가 가재미에게 눈길을 건네자 그녀가 울컥 눈물을 쏟아낸다
한쪽 눈이 다른 한쪽 눈으로 옮겨 붙은 야윈 그녀가 운다
그녀는 죽음만을 보고 있고 나는 그녀가 살아 온 파랑 같은 날들을 보고 있다
좌우를 흔들며 살던 그녀의 물 속 삶을 나는 떠올린다
그녀의 오솔길이며 그 길에 돋아나던 대낮의 뻐꾸기 소리며
가늘은 국수를 삶던 저녁이며 흙담조차 없었던 그녀 누대의 가계를 떠올린다
두 다리는 서서히 멀어져 가랑이지고

41) http://blog.naver.com/hangbok21/40019614673 의 허수경의 동서문학상 수상 소감에서 인용한 것임.

폭설을 견디지 못하는 나뭇가지처럼 등뼈가 구부정해지던 그 겨울 어느날을
생각한다
　그녀의 숨소리가 느릅나무 껍질처럼 점점 거칠어진다
　나는 그녀가 죽음 바깥의 세상을 이제 볼 수 없다는 것을 안다
　한쪽 눈이 다른 쪽 눈으로 캄캄하게 쏠려버렸다는 것을 안다
　나는 다만 좌우를 흔들며 헤엄쳐 가 그녀의 물 속에 나란히 눕는다
　산소호흡기로 들어마신 물을 마른 내 몸 위에 그녀가 가만히 적셔준다
　　　　　　　　　　　　　　　　　　　　　　　　　－ 문태준, 「가재미」

　문태준은 요즈음 시단에서 가장 관심의 대상이 되는 시인이다. 2003년엔
그의 시 「맨발」이, 2004년엔 「가재미」가 문인들이 추천한 올해의 가장 좋은
시로 선정되었으며, 도서출판 작가가 실시한 '2005 오늘의 시' 설문조사에
서 시집 『맨발』로 가장 좋은 시인과 시집 부문 1위에 오르기도 했다.[42] 1970
년 경북 김천 출신인 그의 시에는 성장과정에서 체험한 그의 고향 풍경과
가족 공동체에 관한 것들이 주류를 이룬다. 이희중이 시집 『맨발』을 해설한
글에서도 다음과 같이 말하고 있다.

　　시인의 영혼에 각인된 순정한 삶의 터전이 가족 공동체라는 사실은, 그가 성
　장한 가계의 내력과 지역의 문화적 특성, 그리고 개인적 성향이 두루 영향을 끼
　친 결과일 것이다. 그리고 강한 유대와 사랑으로 결속된 가족 공동체의 공간이,
　시의 풍경을 구성하는 중요한 소품 또는 주역으로 채택되는 일은 자연스럽다.
　살펴보면, 문태준이 살아 펄떡이는 물고기 같은 시를 건져 올리는 황금어장의
　중심에 '뒤란'이 있다. 그리고 이 상징적 공간의 중심에 '어머니'가 있음을 다시
　강조할 필요는 없을 것이다.[43]

　이는 문태준의 시 세계가 형성되는 시적 공간이 주로 가족 공동체의 공
간이며, 그 중심을 어머니에 대한 기억이 차지하고 있음을 언급한 것이다.

---

42) http://blog.naver.com/iamcrosseye/140010922108에 게시된 「문인들이 뽑은 가장 좋은 시
　　인은 문태준」 참조.
43) 이희중, 「풍경의 내력」, 『맨발』, 창비, 2004, 99쪽.

시 「가재미」도 이러한 범주를 벗어나지 않는다. 그런데 이 시에서도 중심적인 시적 대상으로 등장하는 '그녀'를 어머니로 상상하기 쉬우나, 어머니로 인지하기에는 다소 정서적 거리가 느껴진다. '그녀'의 죽어가는 과정을 바라보는 시적 화자의 시선에서 느껴지는 슬픔의 강도가 냉정할 정도로 객관화되어 있기 때문이다.

시를 제대로 이해하기 위해서는 우선 시의 서두에 나오는 '김천의료원 6인실 302호에 산소마스크를 쓰고 암투병중인 그녀가 누워있다'의 시적 정황을 파악해야 한다. 종합병원이라고 하더라도 도립이나 시립 병원인 경우 의료 장비나 시설이 낙후된 경우가 많다. 게다가 '6인실'처럼 공동 병실인 경우 환자의 치료를 위한 쾌적한 환경이라는 것은 기대하기 어렵다. 함께 입원해 있는 환자들이나 그 가족들의 고통과 슬픔을 늘 지켜보아야 할 뿐만 아니라, 자신의 괴롭고 헝클어진 모습이 병실을 드나드는 사람들에게 고스란히 노출될 수밖에 없는 환경이 환자를 더욱 고통스럽게 만들기 때문이다. 이런 병실의 환경을 상상할 수 있어야 '그녀' 죽음이 왜 더 애처롭게 느껴지는지를 이해할 수 있다. 평생을 가난한 살림을 꾸리며 인고의 세월을 살다가 이렇게 불치의 병에 걸렸음에도 불구하고 제대로 시설을 갖춘 좋은 의료 시설은 커녕 죽는 순간까지도 그런 열악한 시설에 수용될 수밖에 없는 신세가 더욱 가련하게 느껴지기 때문이다.

'바닥에 바짝 엎드린 가재미처럼 그녀가 누워 있다'는 고통스러운 삶의 무게에 짓눌린 그녀의 모습을 보여준다. 가자미는 치어 때까지는 다른 고기들처럼 헤엄치며 바닷물의 표층수에 살고, 두 눈도 머리를 중심으로 양쪽으로 한 개씩 있다. 그러나 성장하면서 차츰 왼쪽 눈이 머리의 배면을 돌아 오른쪽 눈에 접근하게 되며, 이 때부터 몸의 오른쪽을 위로하여 바닥에 누운 상태로 살아가고, 몸의 빛깔도 좌우가 달라지게 된다. 이는 바다 밑에서 수압을 견디며 살다보니 그렇게 진화해왔을 것으로 추측된다. '그녀'도 그처럼 삶의 중압을 견디기 위해 환경에 적응해온 결과, 시적 화자의 눈에 '가재미'의 형상으로 투사되었을 것이다.

'나는 그녀의 옆에 나란히 한 마리 가재미로 눕는다'는 그녀의 서러운 삶에 동화되고자 하는 노력을 나타낸다. 그래서 그녀의 고통을 위로하는 '눈길을 건네자 그녀가 울컥 눈물을 쏟아낸다'. 가련한 자신의 운명에 대한 서러움이 복받쳤을 것이다. 사실 죽음을 앞두고 있는 사람에게 위로의 말이란 별 도움이 되지 않는다. 시적 화자는 '그녀가 살아 온 파랑 같은 날들을' 말해주지만, '그녀는 죽음만을 보고 있'다.

'가늘은 국수를 삶던 저녁이며 흙담조차 없었던 그녀 누대의 가계'는 그녀가 견디어온 가난의 무게와 삶의 질을 드러낸다. 그런 현실적 삶의 고통으로 인해 '두 다리는 서서히 멀어져 가랑이지고 / 폭설을 견디지 못하는 나뭇가지처럼 등뼈가 구부정해'진 것이다. 그렇게 행복한 순간을 별로 가져본 적이 없는 그녀의 삶이 허망하게 끝나가고 있다. '숨소리가 느릅나무 껍질처럼 거칠어지'며, '죽음 바깥의 세상을 이제 볼 수 없'게 된 것이다.

그러나 빛이 사라져가며 잠시 더욱 빛나듯이, 한 인간의 죽음은 그 삶의 내용에 상관없이 삶의 의미를 완성하는 동시에, 아름답고 고귀한 것으로 승화된다. 이것은 인간의 존엄성에 대한 경의다. 시적 결말인 '산소호흡기로 들어마신 물을 마른 내 몸 위에 그녀가 가만히 적셔준다'는 그녀가 베푼 사랑의 폭과 깊이를 인식시킨다. 이는 자신의 생명을 유지하기 위해 필요한 마지막 부분까지도 내어놓는 아낌없고 무한한 사랑이다. 시인은 그녀가 살아오면서 실천한 사랑의 폭과 깊이를 헤아리게 됨으로써 비로소 '그녀'의 삶의 의미를 인식하게 되는 것이다.

필자도 어머니가 돌아가시기 직전 강릉의료원 중환자실에 혼수상태로 누워있던 모습을 보고 복받치는 울음을 금할 수 없었던 기억이 난다. 식민지 시절에서 해방의 혼란과 전쟁의 비극으로 이어졌던 그 힘든 세월을 가난한 살림을 꾸리며 살아온 어머니의 인생 역정이 결코 그렇게 돌아가셔서는 안 된다는 생각을 하게 만들어 더욱 서러웠다. 마음 편하게 식사 대접 한 번 제대로 못해드린 한이 아직도 불효자의 마음을 아프게 한다. 그러기 때문에 「가재미」를 읽다 보면 그런 필자의 체험을 환기시켜 더욱 눈물겹게 한다. 시는 그렇게 우리의 무의식 속에 침전되어 있는 기억들을 퍼 올려, 그 정서의 포로가 되게 하는 것이다.

24. 얼이 빠진 우리 사회의 문화적 풍속도

까페 겨울-나무로부터 봄-나무에로에 자주 오는
심혜진 닮은 기집애가 묻는다 황지우가 누구예요?
위대한 시인이야 서정윤씨보다두요? 켁켁
나무는 자기 몸으로 나무라는데 그게 무슨 소리죠
아, 이곳, 죽은 시인의 사회에 황지우의 시라니 아니, 이건 시가 아니라
삐라다 캐롤이 섹슈얼하게 파고드는 이, 색 쓰는 거리
대량 학살당한 배나무를 위한 진혼곡이다 나는 듣는다
영하의 보도블록 밑 우우우 무수한 배나무 뿌리들의 신음 소리를
쩝쩝대는 파리크라상, 흥청대는 현대백화점, 느끼한 면발 만다린
영계들의 애마 스쿠프, 꼬망딸레브 앙드레 곤드레 만드레 부띠끄
무지개표 콘돔 평화이발소, 이랏샤이마세 구정 가라, 오케
온갖 젖과 꿀과 분비물 넘쳐 질퍽대는 그 약속의 땅 밑에서
고문받는 몸으로, 고문받는 목숨으로, 허리 잘린
한강철교 자세로 이게 아닌데 이게 아닌데 이게 아닌데
틀어막힌 입으로 외마디 비명 지르는 겨울나무의 혼들, 혼의 뿌리들
바람부는 날이면 압구정 하늘에 뿌리고 싶다
나무는 자기 몸으로 나무다 푸르른 사월 하늘 들이받으면서
나무는 자기의 온 몸으로 나무가 된다— 일수 아줌마들이
작은 쪽지를 돌리듯 그렇게 저 말가죽 부츠를 신은
아가씨에게도 주윤발 코트 걸친 아이에게도 삐라 돌리고 싶다
캐롤의 톱날에 무더기로 벌목당한 이 도시의 겨울이여
저 혹독한 영하의 지하에서 막 밀고 올라오며 발버둥치는
혼의 뿌리들, 그 배꽃 향기 진동하는 꿈이여, 그러나
젖과 꿀이 메가톤급 무게로 굽이치는 이 거리,
미동도 않는 보도블록의 견고한 절망 밑에서
아아, 마침내, 끝끝내, 꽃피는 나무는
자기 몸으로 꽃필 수 없는 나무다
  - 유하, 「바람부는 날이면 압구정동에 가야 한다 3 —겨울-나무로부터 봄-
나무에로」

황지우의 시 「겨울―나무로부터 봄―나무에로」를 패러디하거나 인용했다는 설명이 첨부되어 있기는 하지만 유하의 「바람부는 날이면 압구정동에 가야 한다 3」은 사실 황지우의 시에서 시적 영감을 얻은 작품이다. 또한 두 작품은 각각 시인의 시집 제목이 된 작품이기도 하다.

유하는 전북 고창 출신으로 세종대 영문과를 졸업하고 동국대대학원에서 영화를 공부했다. 서울로 상경하여 주로 강남구 대치동에 기거하면서 학교도 다니고, 연애하다 실연도 하게 된다. 이런 전기적 사항은 그의 시를 이해하는 데에도 유용하다. 인용한 작품은 압구정 거리의 퇴폐적인 문화를 영화의 카메라로 들여다보듯이 정밀하게 관찰하고 있기 때문이다.

인용한 작품은 '혼의 뿌리'가 뽑힌 한국 사회의 문화적 위기를 성찰한 시이다. '압구정동'은 경제적인 풍요를 즐기는 타락한 인간들의 욕망이 '질퍽대는' 상징적 공간이다. 또한 원래 배나무밭들이었던 그곳이 아파트 건설을 위해 개발되면서 '대량 학살당한 배나무'처럼, 우리 문화를 송두리째 갈아엎고 서구의 퇴폐적 문화들을 이식하여 번성하게 만든 곳이기도 하다. '쩝쩝대는 파리크라상, 흥청대는 현대백화점, 느끼한 면발 만다린 / 영계들의 애마 스쿠프, 꼬망딸레브 앙드레 곤드레 만드레 부띠끄 / 무지개표 콘돔 평화이발소, 이랏샤이마세 구정 가라, 오케 / 온갖 젖과 꿀과 분비물 넘쳐 질퍽대는 그 약속의 땅'이란 한국인의 '혼의 뿌리'가 뽑힌 땅이다. 그러므로 '영하의 보도블록 밑 우우우 무수한 배나무 뿌리들의 신음 소리'와 '틀어막힌 입으로 외마디 비명 지르는 겨울나무의 혼들, 혼의 뿌리들'은 시인이 감지한 문화적 위기의식을 반영한다. 요설적이고 야유조의 문체도 그런 문화적 풍속도를 지켜보는 시인의 비판적인 정서가 내포된 것이다.

시도 제대로 읽을 줄 모르는 인간들이 본능적 쾌락을 탐하며 몰려드는 '죽은 시인의 사회'와 '색 쓰는 거리'를 바라보며, 시인은 '고문받는 몸으로, 고문받는 목숨으로, 허리 잘린 / 한강철교 자세로 이게 아닌데 이게 아닌데 이게 아닌데' 라고 비탄과 자조를 토하고 있다. 그럼에도 불구하고 '일수 아줌마들이 작은 쪽지를 돌리듯 그렇게 저 말가죽 부츠를 신은 / 아가씨에게도 주윤발 코트 걸친 아이에게도 삐라 돌리고 싶다'라고 말하는 이유는 '저 혹독한 영하의 지하에서 막 밀고 올라오려 발버둥치는 / 혼의 뿌리들'이 언젠가는 압구정동을 '배꽃 향기 진동하는' 공간으로 회복하는 것이 시인의 '꿈'이기 때문이다. 지금은 비록 '캐롤의 톱날에 무더기로 벌목당한 이 도시의 겨울'처럼 서구의 타락된 문화에 점령당한 사회이지만 '아아, 마침내, 끝끝내, 꽃피는 나무'처럼 우리 문화가 꽃피어 회복되는 날을 꿈꾸는 것이다.

「바람부는 날이면 압구정동에 가야 한다 3」은 아이러니의 미적 효과가 잘 드러난 작품이다. 한국 사회의 문화적 위기라는 심각한 주제가 다소 경박한 어조와 요설적이고 언어유희적인 문체로 진술되고 있기 때문이다. 비속어적인 표현이나 함부로 구사한 외국어들도 물질적, 성적 욕망들이 뒤엉켜 있는 타락한 모습을 적나라하게 보여주려는 의도가 개입된 것이다. 일상적인 어법을 깨뜨리는 언어 구사도 전통적 사회 규범이 무너진 문화적 풍속을 드러내려는 의도와 관련된다. 시인은 한국사회가 직면하고 있는 문화적 위기를 재치 있는 감각과 속도감 있는 문체로 형상화하여 독자들에게 큰 울림을 주고 있다.

전쟁의 폐허 위에서 가난과 배고픔과 추위에 떨어야 했던 한국인이 한강의 기적이라고 불리는 경제성장을 이룩함으로써 어느새 '젖과 꿀이 메가톤급 무게로 굽이치는 이 거리'에 살게 되었다. 그러나 경제적인 풍요가 곧 삶의 질을 결정하는 것이 아니다. 문화적인 선진화가 경제적인 선진화와 조화를 이룰 때만이 삶의 질도 향상될 수 있다. 퇴폐적이고 관능적인 문화에 대한 탐닉은 곧 타락과 멸망의 길로 가는 지름길이기 때문이다. 한국 사회가 뿌리 없는 문화의 전시장이 되지 않도록, 우리가 가꾸어온 고유한 문화와 '혼의 뿌리'들이 '자기 몸으로 꽃필 수' 있도록 하는 일은 모든 동시대인들의 사명이다. 시인은 우리에게 바로 이것을 역설하고 있는 것이다.

25. 시인이 꿈꾸는 세상

가을 하늘 트이듯
그곳에도 저렇게

얼마든지 짙푸르게 하늘이 높아 있고
따사롭고 싱그러히
소리내어 사락사락 햇볕이 쏟아지고
능금들이 자꾸 익고
꽃목들 흔들리고
벌이 와서 작업하고
바람결 슬슬 슬슬 금빛 바람 와서 불면
우리들이 이룩하는 詩의 共和國
우리들의 領土는 어디라도 좋다.
우리들의 하늘을 우리들의 하늘로
스스로의 하늘을 스스로가 이게 하면
진실로 그것
눈부시게 찬란한 詩人의 나라
우리들의 領土는 어디에라도 좋다.
샛푸르고 싱싱한 그 바다 —
지줄대는 波濤소리 波濤로써 돌리운
먼 또는 가까운
알맞은 어디쯤의 詩人들의 나라
共和國의 市民들은 詩人들이다.

아 詩人들의 마음은 詩人들이 안다.
진실로
오늘도 또 내일도 어제도
詩人들의 마음은 詩人들 만이 안다.
가난하고 수집은
水晶처럼 孤獨한
갈대처럼 無力한
어쩌면
아무래도 이 세상엔 잘못 온 것 같은
외따로인 鶴처럼 외따로인 사슴처럼
詩人은
스스로를 慰勞하고 스스로를 운다.
아 詩人들의 마음은 詩人만이 안다.

실로
獅子처럼 傲慢하고 羊처럼 謙虛한
크다란 걸 마음하며 적은 것에 齷齪하고
이글 이글
噴火처럼 끓으면서 湖沼처럼 잠잠한
서슬이 시퍼렇게 서리 어린 匕首,
匕首처럼 차면서도 꽃잎처럼 보드라운
우뢰를 간직하며 풀잎처럼 때로 떠는

詩人은 그러면서
오롯하고 당당한
美를 잡은 司祭면서 美의 求道者,
사랑과 아름다움 自由와 平和와의
永遠한 成就에의 타오르는 渴慕者,
그것들을 위해서 눈물로 흐느끼는
그것들을 위해서 피와 땀을 짜내는
또 그것들을 위해서
鬪爭하고 敗北하고 追放되어 가는
아 現實 一切의 拘束에서
날아나며 날아나며 自由하고자 하는
詩人은
永遠한 한 部族의 아나키스트들이다.

그 가난하나 多情하고
외로우나 자랑에 찬
詩人들이 모인 나란 詩의 共和國
아 달처럼 동그란
共和國의 詩人들은 綠色 모잘 쓰자.
초록빛에 빨간 꼭지
詩人들이 모여 쓰는 詩人들의 모자에는
새털처럼 아름다운 빨간 꼭질 달자.
그리고 , 또,

共和國의 기빨은 하늘색을 하자.
얼마든지 휘날리면 하늘이 와 펄럭이는
共和國의 기빨은 하늘색을 하자.

그렇다 비둘기,……
너도 나도 가슴에선 하얀 비둘기
푸룩 푸룩 가슴에선 비둘기를 날리자.
꾸룩, 구, 구, 구, 꾸룩!
너도 나도 어깨 위엔 비둘기를 앉히자.
힘 있게 따뜻하게,
어깨들을 겯고 가면 풍겨오는 꽃바람결,
우리들이 부른 노랜 스러지지 않는다.
詩人들의 共和國은 아름다운 나라다.
눈물과 외로움과 사랑으로 얽혀진
犧牲과 祈禱와 憧憬으로 길리워진
詩人들의 나라는 따뜻하고 밝다.

詩人이자 農夫가 農事를 한다.
詩人이자 建築家가 建築을 한다.
詩人이자 織造工이 織造를 한다.
詩人이자 工業家가 工業을 맡고,
詩人이자 園丁, 詩人이자 牧畜家, 詩人이자 漁夫들이,
고기 잡고 마소 치고, 꽃도 심고, 길도 닦고,
詩人이자 音樂家, 詩人이자 畵家들이,
彫刻家들이,
詩人들이 모여 사는 詩의 나라 살림을,
무엇이고 서로 맡고 서로 도와 한다.

詩人들과 같이 사는,
詩人들의 아가씨는 눈이 맑은 아가씨,
詩人들의 아가들도 詩人이 된다.
詩人들의 孫子들도 詩人이 된다.
아, 아름답고 부지런한,

代代로의 子孫들은
共和國의 시민,
詩人들의 共和國은 滅亡하지 않는다.
눈물과 孤獨, 쓰라림과 아픔의
詩人들의 마음은 詩人들만이 아는,
아, 詩人들의 나라에는 억눌음이 없다.
詩人들의 나라에는 搾取가 없다.
詩人들의 나라에는 도둑질이 없다.
詩人들의 나라에는 橫領이 없다.
詩人들의 나라에는 贈收賄가 없다.
詩人들의 나라에는 미워함이 없다.
詩人들의 나라에는 猜忌가 없다.
詩人들의 나라에는 僞善이 없다.
詩人들의 나라에는 背信이 없다.
詩人들의 나라에는 阿諂이 없다.
詩人들의 나라에는 陰謀가 없다.
아, 詩人들의 나라에는 黨派싸움이 없다.

詩人들의 나라에는 피흘림과 殺人,
詩人들의 나라에는 虐殺이 없다.
詩人들의 나라에는 强制收容所가 없다.
詩人들의 나라에는 恐怖가 없다.
詩人들의 나라에는 집없는 아이가 없다.
詩人들의 나라에는 굶주림이 없다.
詩人들의 나라에는 헐벗음이 없다.
詩人들의 나라에는 거짓말이 없다.
詩人들의 나라에는 淫亂이 없다.
그리하여 아, 절대의 平和, 절대의 平等,
절대의 自由와 절대의 사랑.
사랑으로 스스로가 스스로를 다스리고,
사랑으로 이웃을 이웃들을 받드는,
詩人들의 나라는 詩人들의 悲願
오랜 오랜 기다림이 이루어져야 할 것이다.

그러나 詩人 , 어쩌면,
이 세상엘 詩人들은 잘 못내려 온 것일가?
어디나 이 세상은 詩의 나라가 아니다.
아무데도 이땅 위엔 詩人들의 나라일 곳이 없다.
눈물과 孤獨과 쓰라림과 아픔,
사랑과 憐憫과 기다림과 祈禱의,
詩人들의 마음은 詩人들 만이 아는,
詩人들의 이룩하는 詩人共和國,
이땅 위는 어디나 詩人들의 나라이어야 한다.
　　　　　　　　　－ 박두진,「시인 공화국」

　우리집　거실에 있는 음악CD 꽂이 앞에는 특별한 추억을 떠올리게 하는 돌맹이가 하나 있다. 개천에서 흔하게 볼 수 있음직한 까만 돌맹이에는 남한강 어디에선가 수석 탐사를 하시던 혜산선생님의 섬세한 손때가 묻어있기 때문이다. 어느 설날인가 기억이 아련하지만, 동학들과 문안 세배를 마치고 다과를 나누는 자리에서 선생님은 작은 수석들을 여러 개 가지고 오셔서 세뱃돈으로 생각하고 하나씩 골라 가지라고 하셨다. 내 차례가 되어, 수석에는 문외한이라 어느 것을 집을까 주저하고 있으니 선생님이 그 돌을 집어 주셨다. 감사한 마음으로 외투 주머니에 넣어 집에 가지고와 지금 그 자리에 놓아둔 것이다. 그런데 그 작은 돌맹이가 신비하게도 먼지를 털거나, 음악 CD를 꺼낼 때마다 오랜 세월 그 돌을 다듬었을 강물의 유연한 흐름과 묻혀있던 모래톱과, 여울을 거슬러 오르는 물고기들의 몸놀림들이 떠오르는가 하면, 아늑한 고향 뒷동산 풍경 속으로 나를 이끄는 것이다. 심지어는 그 돌을 그윽하게 바라보고계시는 선생님의 모습이 연상되기도 하는 것이다.

　1981년 봄학기 대학원 현대시론 특강 수업에서 나는 혜산 선생님을 처음 만났다. 고등학교 시절 교과서에서 읽었던 청록파 시인의 강의를 직접 듣게 된다는 설레임으로 강의에 임했던 나는, 대시인의 꼿꼿한 자세와 뒷자리에 앉은 내 귀까지 도달하지 않는 조용한 목소리가 주는 부조화를 경이롭게 생각할 수밖에 없었다. 그러나 대상을 그윽하게 관조하는 조용한 침묵의 시간을 거쳐야 현실 속에 가려진 삶과 인간의 진실을 증언하는 우레같은 시어가 표출된다는 것을 깨닫는 데는 그리 오래 걸리지 않았다. 그것은 선생님같은 고수에게나 가능한 하나의 시적 경지였던 것이다. 김영랑의 「두견」을 손수 읊어 주시던 비장한 목소리가 아직도 귓가를 맴돌고 있다.

「詩人共和國」은 『現代文學』 1957년 11월호에 발표된 작품으로, 1962년에 간행된 시집 『거미와 星座』에 실려 있는 작품이다. 전쟁과 혁명의 소용돌이를 헤쳐 나오면서 박두진의 시는 커다란 변화를 보여준다. 즉 자연이라는 객관적 상관물의 세계 속에 은폐되어 있던, 시대와 사회를 응시하는 현실의식이 산문적 문체와 일상적 언어에 의해 시의 전면에 그대로 노출되는 경우가 많아지는 것이다. 이는 시인의 시정신이 혼란스러운 세상에 대해 할 말이 많아지고, 불의와 부정이 횡행하는 사회에 대한 분노의 정서가 고조됨을 반영하는 것이기도 하다. 시집의 서문에서 시인 자신도 다음과 같이 말하고 있다.

> 이 『거미와 星座』에는 六・二五, 四・一九로부터 五・一六에 이르는 동안에 우리가 겪은 時代的・民族的・社會的 變革의 苛烈한 激動과 陣痛이 變轉하는 深刻한 世界像과 더불어 짙은 색깔과 그지없는 울림과 억센 骨格으로 透影되고 主題化되어 있다. 이러한 激動과 맞서려는 意志의 姿勢와 몸부림은 그간의 내 피나는 一身上의 試鍊과 곁들여 때로는 스스로의 傷處의 出血을 혀로 핥는 양지의 猛獸처럼 때로는 거센 눈보라와 비바람을 헤쳐 가는 작은 새와 같은 모습으로 그 精神的 起伏의 淋漓한 자취가 생생하게 印刻되어 있다.
> 詩로써 그것과 對決하고 詩로써 그것을 超克해 온 내 스스로의 歷程을 나는 至極히 多幸하고 대견스러운 것으로 생각하고 있다.[44]

시인은 '六・二五, 四・一九로부터 五・一六에 이르는 동안에 우리가 겪은 時代的・民族的・社會的 變革의 苛烈한 激動과 陣痛이 變轉하는 深刻한

---

44) 朴斗鎭, 『朴斗鎭全集』, 汎潮社, 1982, 24쪽.

世界像'에 대해 시로 대결하고 초극하는 치열한 시정신을 작품으로 형상화하고 있는 것이다. 이 무렵에 쓴 「詩人共和國」은 가혹하고 부조리한 현실과 대결하며 온몸으로 견디고 있는 시인의 고통과, 그가 꿈꾸며 기다리고 있는 세상에 대한 그리움을 노래하고 있다.

우선 서두에서 시인이 꿈꾸는 세상이 자연이라는 객관적 상관물로 제시된다. '가을 하늘 트이듯' '짙푸르게 하늘이 높아 있고' '따사롭고 싱그러히' '햇볕이 쏟아지고' '능금들이 자꾸 익고 / 꽃목들 흔들리고 / 벌이 와서 작업하고' '금빛 바람 와서 불'고 '샛푸르고 싱싱한' '바다'와 '지줄대는 波濤소리' '둘리운' 곳이 바로 그곳이다. 초기시에서 자주 볼 수 있던 순결하고 평화로운 자연이 '詩의 共和國'으로 암시되고 있는 것이다. 그런데 어두운 현실은 '눈부시게 찬란한' 세계를 지향하는 이런 시인의 소박한 꿈을 용납하지 않는다. 그러기에 '아무래도 이 세상에 잘못 온 것 같은 / 외따로인 鶴처럼 외따로인 사슴처럼' '스스로를 慰勞하고 스스로를 운다.'고 말하는 것이다.

그렇다고 시인은 결코 현실과 타협하거나 안주하지 않는다. '噴火처럼 끓으면서 湖沼처럼 잠잠한' 그의 시정신 속에는 '서슬이 시퍼렇게 서리 어린 匕首'와 '꽃잎처럼 보드라운 우뢰를 간직하'고 있다. 침잠하듯 세상을 응시하는 시인의 정신 속에는 역사적 시간에 의해 담금질된 치열한 언어들이 들끓고 있는 것이다. 시인을 美의 '司祭면서' '求道者'이고, '自由와 平和'를 '成就'하고자 하는 '渴慕者'이며, '그것들을 위해서 눈물로 흐느끼는', '피와 땀을 짜내는', '그것들을 위해서 / 鬪爭하고 敗北하고 追放되어 가는' '아나키스트들'이라고 선언하는 것에는 현실과의 치열한 대결의지가 내포되어 있다.

그런데 그가 '눈물과 외로움과 사랑으로 얽혀진 / 犧牲과 祈禱와 憧憬으로 길리워진' '따뜻하고 밝'은 '시인의 나라'를 꿈꾸는 動因은 현실이 그만큼 춥고 어둡다는 인식 때문이다. 즉 시인이 살고 있는 세상은 '억눌음', '搾取', '도둑질', '橫領', '贈收賄', '미워함', '猜忌', '僞善', '背信', '阿諂', '陰謀', '黨派싸움', '피흘림과 殺人', '虐殺', '强制收容所', '恐怖', '집없는 아이', '굶주림', '헐벗음', '거짓말', '淫亂' 등 온갖 부정과 비리, 폭력이 횡행하는 세계이다.

그러므로 '시인들의 마음은' '눈물과 孤獨, 쓰라림과 아픔'으로 가득 찰 수밖에 없는 것이다.

현실이 춥고 어두울수록 따뜻하고 밝은 세상에 대한 그리움의 열도는 그만큼 더 강해지게 마련이다. 사회 구성원 모두가 시인인 '詩人共和國'은 부조리와 모순으로 가득 찬 현실을 견디며 초극하게 하는 시인의 꿈이다. 즉 그가 '現實 一切의 拘束에서 / 날아나며 날아나며 自由하고자 하는' 정신으로 지향하는 세상은 바로 '절대의 平和와 절대의 平等, / 절대의 自由와 절대의 사랑.'이 보장되는 '시인들의 悲願 / 오랜 오랜 기다림이 이루어'지는 세상이다. 결말 연에서 '아무데도 이땅 위엔 詩人들의 나라일 곳이 없다.'고 비관적인 전망을 하면서도, 끝내 절망하지 않고 '이땅 위는 어디나 詩人들의 나라이어야 한다.'고 단언하는 것도 그러한 꿈의 당위성에 대한 신념을 드러낸 것이다. 그런데 이러한 신념의 바탕에는 희생과 순교, 화해와 용서, 사랑과 구원을 핵심으로 하는 기독교적 세계관이 자리잡고 있다. 즉 시인이 견지하고 있는 구원에 대한 확고한 믿음이 그러한 꿈의 당위성을 가능하게 하는 것이다.

시집 『거미와 星座』 이후 그의 작품에는 현실과의 대결적 자세를 보여주는 작품들이 많아진다. 박두진 전집의 해설을 쓴 신동욱도 이런 경향을 언급하고 있다.

一九六二년에 大韓基督敎書會에서 刊行된 『거미와 星座』 및 一九六三년에 一潮閣에서 펴낸 『人間密林』의 두 作品集은 대체로 六·二五와 四·一九와 그 이후의 現實에 밀착된 詩人意識이 집중적으로 表現되고 있다. 이 詩人이 즐겨 그의 詩想의 매개를 높은 것과 밝은 것과 깨끗한 생명력을 상징하는 사물들에 의존하였었는데, 이 두 詞華集에 이르러 견고한 것과 날아오르는 것에 빙의하여 차츰 그의 항거와 겨룸의 詩想을 집중화해 가고 있음을 보게 되며, 격렬한 대결의 의지가 저력있게 지속되어 가기도 한다.[45]

45) 신동욱, 「해와 삶의 原理」, 『朴斗鎭全集』, 汎潮社, 1982, 306쪽.

그런데 이러한 시상의 변화는 시 형식에서 일상적이고 산문적 문체의 사용이 많아지는 것과 궤를 같이 한다. 이처럼 시대의 어둠을 응시하는 자신의 현실의식을 자연이라는 객관적 상관물들로 은폐하지 않고 일상적이고 산문적 문체로 그대로 전면에 노출시킨 것에서는 시인의 의도가 감지된다. 즉 사회적 상황의 심각성을 절박하게 인식하고 있는 시인으로서는 비유와 상징의 언어보다는 곧바로 전달이 가능한 일상어의 직접성에 의존할 수밖에 없었을 것이기 때문이다. 비슷한 무렵에 발표된, 현실과의 대결의지를 천명한 작품들에서는 이러한 시인의 의도를 파악할 수 있다.

또한 느리고 긴 호흡을 요구하는 행갈이와 동질적 리듬의 반복적 사용이 다소 시적 긴장을 이완시키기도 하지만, 치밀하게 계산된 낭송시적 운율이 시적 주제에 의해 조성되는 정서를 증폭시키는 효과를 거두고 있다. 이를 통해 독자는 시적 화자의 목소리에 감응하게 되고 시인이 이끄는 시의 세계로 몰입하게 되는 것이다.

「詩人共和國」은 바로 시인 박두진이 꿈꾸는 세상이다. 자신의 지성으로는 감당하기 힘든, 모순과 부조리로 가득 찬 사회적 상황이 시정신 속에 들끓고 있는 분노와 대결의 언어들을 토로하게 만든다. 인간은 현실을 견디기 위해 꿈을 갖는데, 사회 구성원 모두가 시인이 되는 세상이야말로 시인이 간절히 기다리는 구원의 세상인 것이다. 이는 결코 시인만의 외로운 꿈이 아니다. 「詩人共和國」은 우리 모두의 꿈이기도 한 것이다. 곧은 자세로 그윽하게 세상을 관조하며 시인의 나라를 그리워하는 선생님의 모습이 눈에 어른거린다.

Ⅳ. 결 론

우리는 세상의 아름다움이나 삶의 가치와 의미를 제대로 알아야 그것을 즐기며 살 수 있다. 그런데 시를 읽는 것은 인간의 삶에 대한 진실과 아름다움의 인식을 통해 삶의 질적 차원을 변화시킬 수 있다. 즉 시를 읽는 것은 인생을 제대로 즐기며 행복하게 살 수 있는 좋은 방법이 될 수 있는 것이다. 이는 문학의 본질적 기능이 인간으로 하여금 삶의 의미와 가치 그리고 아름다움을 깨닫게 하고, 인간의 삶을 고통스럽게 만드는 사회의 구조적 모순과 부조리를 드러내어 그 치유와 극복의 방법들을 제시하는 데 있기 때문이다.

시인은 현실적 삶 속에 내장되어 있는 객관적 진실들을 포착하여 시적 상상력에 의해 작품으로 형상화함으로써 독자에게 전달되어 감동을 줄 수 있는 시적 진실로 창조한다. 그리고 독자는 그러한 시적 진실에 공감함으로써 고통스러운 정서의 카타르시스나 , 인간과 삶에 대한 깊고 폭넓은 이해를 통해 미적 만족의 상태에 도달하게 되는데, 이것이 바로 미적 체험인 것이다. 이러한 인식을 바탕으로 본 연구에서는 독자에게 감동을 줄 수 있는 24편의 시 작품을 선정하여 분석하였다. 그리고 꼼꼼한 시 읽기와 분석을 통해 각각의 작품에 내포된 시적 진실을 파악하고, 그것이 어떻게 미적 체험을 유발하는지를 고찰했다.

「풀」은 현실이라는 삶의 외적 조건을 그 부조리성과 모순, 폭력성 때문에 부정하면서도, 동시에 그것이 삶을 가능하게 하는 본질적 가치를 내포하고 있는 것이기에 긍정하고 화해할 수밖에 없는 존재의 비극성을 잘 형상화한 작품이다.

「사랑의 變奏曲」은 사랑이야말로 삶의 원동력이며 인간다운 삶을 보장해 줄 수 있는 영원한 가치임을 노래하여 사랑에 대한 인식을 새롭게 해준다.

「木馬와 淑女」는 전쟁의 폐허 위에서 실존적 불안의식으로 신음하고 있는 동시대인들의 삶의 비애를 가장 정직하게 보여준 작품이다.

「어린 딸에게」는 전쟁의 폐허 속에서 절망과 불안과 공포로 신음하고 있는 민족의 고통을 증언하여 전쟁의 비극성을 극명하게 드러냄으로써 전쟁을 예방할 수 있는 휴머니즘의 세계로 나아가게 하는 작품이다.

「杜鵑」은 식민지 백성으로서의 설움과 한스러운 심정을 두견의 울음소리에 투사하여 처창한 가락으로 형상화한 작품이다.

「寂寞한 食慾」은 전후의 참혹한 세상살이를 견디면서 민족의 가슴마다에 한의 정서로 응결된 가난과 배고픔의 비애를 달래주려는 위로와 격려의 언어가 내포된 작품이다.

「爬蟲類의 思想」은 전후의 폐허 속에서 실존적 불안의식에 시달리며 처절한 생존의 고투를 벌리고 있는 인간의 모습을 증언하려는 시인의 의도가 내포된 작품이다.

「우리들의 糧食」에는 소외된 근로자들의 삶에 대한 긍정과 신뢰가 내포되어 있으며, 그들의 강인한 생명력과 극복의지가 우리 사회를 지탱하는 동력이라는 진실이 형상화되어 있다.

「대숲 아래서」는 실연의 아픔과 그리움을 앓고 있는 모든 사람들이 자신을 절망에 빠트린 그 고통스러운 정서로부터 해방시켜주는 토속적인 연가이다.

「離鄕」에는 고향과 유년시절의 추억을 통해 현실적 삶의 고통을 진정시켜주며, 우리 모두가 체험한 탈향과 귀향 의식이 형상화되어 있다.

「희망」은 현실적 삶의 고통으로 인해 희망과 절망 사이에서 긴장 갈등하고 있는 사람들에게 희망은 절대로 잃어버려서는 안 되는 언어임을 깨우쳐준다.

「서울의 예수」에는 시대의 어둠을 예리한 통찰력으로 직시하여, 인간들이 서로 화해하고 용서하며 사랑하는 세상을 꿈꾸는 시인의 무한한 애정과 관심이 잘 나타나 있다.

「사북을 떠나며」는 생존의 한계상황에 갇힌 사람들의 방향성을 상실한 절망적인 삶을 통해 우리시대의 상실된 인간성에 대한 고발과 포기해서는 안 되는 삶에의 의지를 잘 형상화한 작품이다.

「무우청을 엮으며」에는 가난에 시달리지만 희망을 잃지 않고 성실하게 살고자 하는 시인의 생활 태도가 잘 드러나 있다.

「저문 강에 삽을 씻고」는 경제 성장이 가져온 풍요로움이나 문화적 혜택을 누리지 못하고, 사회의 중심으로부터 소외되어 가난하고 고통스러운 삶을 살고 있는 민중 계층에 대한 애정과 관심을 촉구하는 시이다.

「그날」은 일상적 삶에 대한 정밀한 관찰을 통해, 그런 일상성에 너무도 익숙한 나머지 사회의 부조리와 모순에 대한 비판적 통찰력이 마비된 동시대인들의 의식을 일깨우는 작품이다.

「이제 내 말은」은 자유를 억압하는 시대적 상황으로 인해 사회의 모순과 부조리에 대해 진실한 발언을 함부로 할 수 없는 지식인들의 아픔을 형상화한 작품이다.

「유배지에서 보내는 정약용의 편지」에는 한국사에서 가장 탁월한 지식인인 정약용의 유배지에 갇힌 생활을 통해 가족에 대한 절절한 그리움과 현실 상황에 절망한 한이 절묘하게 교직되어 다산의 인간적인 면모가 잘 형상화되어 있다.

「채마밭에 서서」에는 좌절된 농민의 삶을 통해 정직하게 노동한 만큼 보람이 거두어 지는 사회와 그러한 비극이 방치되지 않도록 공동체적 사랑이 실천되는 세상에 대한 시인의 염원이 잘 나타나 있다.

「낙동강 하구에서」에서 시인은 바다로 유입되는 강의 흐름을 바라보며 그것이 흐름의 소멸이 아니라 흐름의 완성이라는 깨달음을 통해, 죽음이 존재의 소멸이 아니라 삶의 완성이라는 인식에 도달하고 있다.

「러브호텔」은 폭로적인 자기 분석을 통해 타락한 문화와 타협하여 살아가고 있는 동시대인들에게 진정한 사랑과 꿈과 노래를 요구하고 있다.

「긍정적인 밥」은 가난한 삶을 견디고 있는 시인의 삶을 통해, 시를 쓰는 행위가 단순한 생계유지의 수단으로 전락해서는 안 되며, 시는 물질적 가치로는 환산될 수 없는 절대적 가치를 지닌 것임을 확인시켜 준다.

「가재미」는 모성애적인 사랑을 지닌 존재가 살아오면서 실천한 사랑의 폭과 깊이에 대한 깨달음을 통해, 한 인간의 죽음은 그 삶의 내용에 상관없이 삶의 의미를 완성하는 동시에 아름답고 고귀한 것으로 승화됨을 보여준다.

「바람부는 날이면 압구정동에 가야 한다 3」은 경제적으로 풍요한 사회가 되면서 문화적으로는 혼의 뿌리가 뽑혀가고 있는 한국 사회에 대한 문화적 위기의식을 형상화한 작품이다.

「시인공화국」은 모순과 부조리가 가득 찬 사회적 상황을 극복하기 위한 시인의 꿈을 노래한 작품이다.

인용한 25편의 작품에 대한 분석을 통해, 진실을 인식시키지 못하는 시는 미적 체험을 유발할 수 없다는 결론에 도달했다. 즉 삶의 진실을 제대로 전달하는 시가 좋은 시이며 독자의 감동을 불러일으키는 것이다. 분석의 대상이 되었던 작품들은 다양한 방법으로 삶의 진실을 드러냄으로써 독자를 눈물겹게 하는 감동과 아울러 미적 만족의 상태로 고양되는 체험을 갖게 하는 것이다.

필자도 본 연구를 통해 시 읽기의 고통스러움과 행복함을 함께 즐길 수 있었다.

참고문헌

〈시집〉
김광규, 『반달곰에게』, 民音社, 1983.
김수영, 『金洙暎全集 I 詩』, 民音社, 1981.
나태주, 『대숲 아래서』, 예문관, 1973.
도종환, 『접시꽃 당신』, 실천문학사, 1986.
문정희, 『오라, 거짓 사랑아』, 민음사, 2001.
문태준, 『맨발』, 창비, 2004.
민영 외, 『한국현대대표시선 I ~ Ⅲ』, 창작과비평사, 1993.
박목월, 『나그네』, 미래사, 2003.
박인환, 『朴寅煥 全集』, 文學世界社, 1986.
유하, 『바람부는 날이면 압구정동에 가야 한다』, 文學과 知性社, 1991.
이기철, 『靑山行』, 民音社, 1982.
李晟馥, 『뒹구는 돌은 언제 잠 깨는가』, 文學과 知性社, 1983.
李盛夫, 『우리들의 糧食』, 民音社, 1995.
任洪宰, 『청보리의 노래』, 文學世界社, 1980.
章湖, 『爬蟲類의 合唱』, 시작사, 1957.
정일근, 『바다가 보이는 교실』, 창비, 2005.
鄭漢模 · 金容稷, 『韓國現代詩要覽』, 博英社, 1980.
鄭浩承, 『새벽편지』, 民音社, 1987.
　　『서울의 예수』, 民音社, 1991.
정희성, 『저문 강에 삽을 씻고』, 創作과批評社, 1978.
함민복, 『모든 경계에는 꽃이 핀다』, 창작과비평사, 1999.
　　『말랑말랑한 힘』, 문학세계사, 2005.

허만하, 『비는 수직으로 서서 죽는다』, 솔출판사, 2001.

〈단행본〉
甘泰俊 外, 『韓國現代文學史』, 現代文學, 1989.
강만길, 『고쳐 쓴 한국현대사』, 창작과비평사, 1994.
강만길 외, 『해방전후사의 인식 2』, 한길사, 1985.
게오르크 루카치, 『美學序說』, 홍승용 역, 실천문학사, 1987.
권영민, 『한국현대문학사』, 민음사, 1993.
귀 라루, 『사실주의 문학의 이해』, 조성애 옮김, 東文選, 2000.
金烈圭 外, 『現代文學批評論』, 學研社, 1987.
김윤식, 『한국 현대문학사론』, 한샘, 1988.
金允植 · 김현, 『韓國文學史』, 民音社, 1973.
金永三 편저, 『韓國詩大事典』, 乙支出版公社, 1994.
金容稷, 『現代詩原論』, 學研社, 2001.
金禹昌, 『궁핍한 시대의 詩人』, 民音社, 1978.
金允植, 『文學批評用語事典』, 一志社, 1978.
김재홍, 『한국 현대시의 사적 탐구』, 一志社, 1998.
김종윤, 『김수영 문학 연구』, 한샘출판사, 1994.
金埈五, 『詩論』, 도서출판 문장, 1984.
김학동 편저, 『김영랑, 한국현대 시인 연구 3』, 문학세계사, 1993.
杜幸俶 옮김, 『헤겔미학 1』, 나남출판, 1997.
루카치 外, 『리얼리즘 美學의 기초이론』, 이춘길 편역, 한길사, 1991.
사사키 겡이치, 『미학사전』, 민주식 옮김, 東文選, 2002.
蘇光熙 · 李錫潤 · 金正善, 『哲學의 諸問題』, 志學社, 1982.
아도르노, T.W. 『아도르노의 문학이론』, 김주연 역, 민음사, 1985.
홍승용 역, 『美學理論』, 文學과 知性社, 1984.
廉武雄, 『民衆時代의 文學』, 創作과 批評社, 1979.
尹弘老, 『韓國文學의 解釋學的 硏究』, 一志社, 1976.
이동하 편저, 『박인환』, 문학세계사, 1993.
李商燮, 『文學批評用語事典』, 民音社, 1980.
李昇薰, 『詩論』, 高麗苑, 1982.
이영섭, 『한국 현대시 형성 연구』, 국학자료원, 2000.
이해인 외, 『나를 매혹시킨 한 편의 시 ②』, 문학사상사, 1999.
쟈끄 마리땡, 『詩와 美와 創造的 直觀』, 성바오로출판사, 1982.
鄭良殷, 『社會心理學』, 法文社, 1981.
鄭漢模, 『現代詩論』, 普成文化社, 1982.
鄭漢模 · 金載弘 編著, 『韓國代表詩評設』, 文學世界社, 1988.
정효구, 『시 읽는 기쁨』, 작가정신, 2001.
　　　『시 읽는 기쁨 2』, 작가정신, 2003.
편집부 엮음, 『미학사전』, 논장, 1988.

하르트만, 『美學』, 田元培 譯, 乙酉文化社, 1983.
한영우, 『다시 찾는 우리 역사』, 경세원, 2001.

Abrams, M., 『A Glossary of Literary Terms』, Holt, Rinehart and Winston INC., 1971.
Booth, Wayne C., 『A Rhetoric of Irony』, The University of Chicago Press, 1974.
Borklunt, Elmer, 『Contemporary Literary Critics』, St. Martin's Press, 1977.
Cassirer, Ernst, 『인간이란 무엇인가?』, 최명관 역, 訓福文化社, 1969.
Danziger, M. K. and Johnson, W. S., 『An Introduction to Literary Criticism』, D.C. Health and Company, 1961.
Eagleton, Terry, 『Literary Theory』, Basil Blackwell, 1983.
Fowler, Roger ed., 『A Dictionary of Modern Critical Terms』, Routledtge & Kegan Paul Ltd., 1973.
Goldmann, Lucien, 『The Hidden God』, Trans. Lw Dieu Caché, Routledge & Kegan Paul Ltd., 1976.
Lukacs, Georg, 『Realism in Our Time』, Trans. John and Necke Mander, Harper Torchbooks, 1971.
Muecke, D. C., 『아이러니』, 文祥得 譯, 서울大學校 出版部, 1984.
Ogden, C.K. and Richards, I.A., 『The meaning of meaning』, Harcourt Brace Jovanovich, 1946.
Pollard, Arthur, 『諷刺』, 宋洛憲譯, 서울大學校 出版部, 1982.
Smith, Barbara H., 『Poetic Closure』, The Univ. of Chicago Press, 1974.

Stallmann, Robert W., 『The Critic's Notebook』, The Univ. of Minnesota Press, 1950.
Wellek, R. and Warren, A., 『Theory of Literature』, Penguin Books Ltd., 1970.
Wheelwright, Philip, 『Metaphor and Reality』, Indiana University Press, 1962.

제2부

한국전쟁의 비극적 체험과 문학적 응전

한국전쟁의 비극적 체험과 문학적 응전

A Study on the Tragic Experience of Korean
War and Literary Response

Ⅰ. 서론

전쟁이 발발하면 전투가 벌어지는 현장에서 처절하게 온몸으로 싸우며 그 고통을 직접적으로 감당해야 하는 사람은 군인들이지만, 전쟁의 비극은 결코 군인들만의 몫은 아니다. 전선에서 적과 싸워 전투를 승리로 이끄는 것이 군인들의 소명이라면, 전쟁의 폐허 속에서 불안과 절망으로 신음하는 국민들을 위로하고 격려하여 희망으로 이끄는 것은 문인들의 소명이다. 투철한 역사의식을 바탕으로 민족의 운명을 투시하고, 전쟁으로 인해 앓게되는 육체적 · 정신적 고통과 상처를 치유해 주며, 절망을 딛고 일어서 희망의 미래로 나아가게 하는 동력을 제공해 주는 것이 시인들이 감당해야 할 시대적 소명인 것이다.

同族相殘의 전쟁으로 인한 비극과 그 폐허 속에서 신음한 1950년대는 우리 민족사에서 가장 불안하고 절망적인 시대였다고 할 수 있다. 한국사에서 다시는 그러한 처참한 비극이 반복되지 않도록 하기 위해 우리는 1950년대의 역사적 진실에 대해 성찰하여 후손들이 영원히 잊지 않을 교훈으로 물려주어야 한다. 이러한 민족적 과업의 수행을 위해 동시대에 창작되어 발표된 문학작품들은 중요한 연구 대상이 될 수 있다. 문학작품은 민족이 처해 있는 시대 상황을 총체적으로 반영하여 그 시대의 진실을 드러내는 가장 적절한 문화적 장치이기 때문이다.

본 연구의 목적은 한국전쟁이라는 민족적 시련기에 이 땅의 시인들이 시대의 진실을 증언하기 위해 한계상황 속에서 어떻게 고통 당하고 절망하며 대응했는지 그 구체적 모습을 고찰해 봄으로써 동시대의 역사적 진실을 성찰해 보는 것이다. 이를 위해 본고에서는 1950년대에 창작되어 발표된 중요 시인들의 작품들을 몇 가지 내용으로 범주화하여 분석하고자 한다.

1950년대의 이 땅의 시적 지성들은 전쟁이라는 극한 상황에 대한 문학적 응전력을 제대로 갖추고 있지 못했다. 한국전쟁은 이성의 언어로는 표현 불가능할 정도로 지성의 한계를 넘어서는 처절한 비극이었다. 따라서 대부분의 문인들은 전쟁의 폐허 위에서 생존의 고통에 급급한 채 그저 절망과 탄식의 언어로 절규할 수밖에 없었다. 그럼에도 불구하고 그 시대 시인들의 작품은 1950년대의 역사적 상황과 동시대인들의 실존적 고통을 반영하는 하나의 거울이다. 우리는 그들의 삶과 문학을 통해 전쟁이라는 비극적 상황을 극복하려는 동시대인들의 노력과 그들이 견디어야 했던 고통과 절망의 무게를 가늠할 수 있기 때문이다.

1950년대의 문학에 대한 연구는 전쟁이 종료된 지 반세기가 경과했음에도 불구하고 동시대의 문화적 상황을 해명하기에는 아직도 미흡하다. 이에는 그간의 문학인들의 입지가 이데올로기의 갈등으로부터 자유롭지 못했으며, 시대의 진실을 입증할 수 있는 각종 자료들의 획득도 어려웠을 뿐만 아니라, 계속된 억압적이고 통제적인 사회적·정치적 상황의 영향도 크게 작용했다고 볼 수 있다. 따라서 한동안 문학사에서의 공백기처럼 취급되기도 했던 이 시기의 문학은 대부분 작가론 또는 작품론에서 단편적으로 언급되거나 현대문학사의 한 부분으로 기술되는 정도이다. 그러나 김재홍의『한국전쟁과 현대시의 응전력』, 문학사와 비평연구회편『1950년대 문학연구』, 구인환 등이 쓴『韓國 戰後文學硏究』, 한국문학연구회편『1950년대 남북한 시인연구』, 이지엽의『한국전후시 연구』등은 1950년대의 문학에 대한 본격적인 연구 업적들로서 그 시대의 문학을 이해하는데 좋은 참고자료가 될 수

있다.[46]

이러한 기존의 연구 업적들을 토대로 본고에서는 비극적인 시대상황을 동시대의 시인들이 어떻게 형상화하고 있는지를 분석하고자 한다. 그런데 이러한 작업은 개별 작품의 문학적 가치 판단이나 문학사적 의의 규명보다는 전쟁이라는 한계상황에 대한 시인별 응전의 양상을 범주화하여 그 의미를 논의하는데 초점을 맞추고자 한다.

이를 위해 먼저 1950년대의 사회적, 문화적 상황을 개관해 보고, 이 시기에 발표된 시작품들을 전투가 벌어진 전장에서의 처절한 현장 체험을 직설적 언어로 토로한 시, 미래에 대한 전망의 상실로 인한 실존적 불안의식을 형상화한 시, 종교적 정관을 바탕으로 하여 신의 섭리와 구원의식을 표현한 시, 실의와 절망에 빠진 민족을 위로하기 위해 전통적·향토적 정서를 노래한 시, 부조리하고 모순된 현실에 대한 비판적인 인식을 표현한 시, 시의 언어와 대상에 대해 새로운 인식과 시적 방법론을 시도한 시 등으로 범주화하여 기술하고자 한다. 이런 의도는 1950년대의 문학은 직접적이든 간접적이든 모두 한국전쟁의 비극성과 밀접하게 관련되어 있다는 판단의 결과이기도 하다.

II. 사회적·문화적 상황 개관

1950년대는 한국사에서 가장 불안하고 고통스러운 시기라고 할 수 있다. 해방 공간의 혼란 속에서 애초부터 극복하기 어려운 정치·사회·경제적 과제를 안고 출범한 정부는 1950년 5월 총선거에서 총 210석 중 여당이 56석밖에 차지하지 못할 정도로 국민으로부터 불신임을 당하고 있었다. 더욱

---

46) 김재홍, 『한국전쟁과 현대시의 응전력』, 평민사, 1980.
　　문학사와 비평 연구회 編, 『1950년대 문학연구』, 예하, 1991.
　　丘仁煥 外, 『韓國戰後文學硏究』, 三知院, 1996.
　　한국문학연구회 편, 『1950년대 남북한 시인 연구』, 국학자료원, 1996.
　　이지엽, 『한국전후시 연구』, 태학사, 1997.

이 김구 암살, 여순반란 등의 사회적 혼란과, 한국이 미국의 방위선 밖이라는 미국의 선언은 북한 공산주의자들에게는 적화통일을 위한 절호의 기회로 판단되었다. 이렇게 시작하여 "3년 1개월간 계속된 6 · 25전쟁은 쌍방에서 약 150만 명의 사망자와 360만 명의 부상자를 내고 한반도 전체를 거의 초토화한 채, 그리고 분단국가 사이의 국경선인 38선을 다만 휴전선으로 바꾸었을 뿐인 채 끝났다. 또 이 전쟁은 안으로는 민족분단을 더욱 확실히 하고 남북의 두 분단 정권이 독재체재로 나아가게 하는 계기가 되었다."[47] 이렇게 한국전쟁은 엄청난 인명과 물적 피해는 물론 국토의 대부분을 폐허화시켰고 오늘날까지도 생생한 고통으로 남아있다. 그것은 "統一된 民族으로서의 자각을 가진 韓國人에게 民族의 分裂에 대한 悲哀를 절감케 하였으며, 統一에 대한 희망을 더욱 어둡게 하였기 때문"[48]에 더욱 그렇다.

이처럼 1950년대는 전쟁에 의해 유린된 시대이다. 특히 전쟁기간을 통해 겪은 삶과 죽음의 허망함과 동족상잔의 죄의식은 치유될 수 없는 상처로 남아 민족의 실존적 고통을 가중시키는 한편, 식민지 체험 이상으로 약소민족으로서의 강박관념과 패배주의를 심화시켜 자주독립 국가에로의 발전에 결정적인 장애요소로 자리잡게 된다. 뿐만 아니라 전쟁의 결과인 민족 분단이 기정사실화 되고, 이로 인한 실향의식은 민족의 구성원들을 극도의 공산주의 혐오 증세로 이끌어감으로써 동족간의 극심한 이데올로기 대결의식을 조장하게 된다. 또한 사회 개방으로 인해 이 땅에 정착하기 시작한 합리적 · 실용적 사고의 대두와, 미군의 주둔과 더불어 기지촌 주위로부터 퍼져나간 윤리적 · 풍속적 변화의 파장은 기성세대들의 엄청난 당혹감과 우려에도 불구하고 한국사회를 사회적 · 문화적 변화의 소용돌이 속으로 밀어 넣게 된다.

이렇게 전쟁의 후유증으로 정치 · 사회 · 경제 전반에 걸쳐 혼란과 고통의 악순환이 계속된 1950년대는 시대의 어둠을 직시하고 있는 지식인들에게는 참으로 견디기 어려운 시절이었다. 궁핍한 현실과 이성적 인간으로서는

---

47) 강만길, 『고쳐 쓴 한국현대사』, 창작과비평사, 1994, 226쪽.
48) 李基白, 『韓國史新論』, 一潮閣, 1980, 445쪽.

용납하기 어려운 각종 사회악의 빈발이 그들의 양심에 이중의 고통을 강요했기 때문이다. 1959년에 발표된 미국의 「콘론보고서」는 당시의 한국사회를 다음과 같이 파악하고 있다.

젊은 사람들은 희망을 잃고, 부자는 점점 부자가 되고, 가난한 사람들은 점점 가난해지고, 또 양심이란 것을 지키는 사람은 전부 소외되거나 배척되고, 목적을 위해 수단방법을 가리지 않는 자들만이 출세하는 사회이기 때문에, 불원 한국사회는 심각한 상황이 벌어질 것……[49]

따라서 맨주먹밖에 가진 게 없는 국민이 부패한 독재정권을 타도하는 데 성공한 4월 혁명은 결코 돌연한 사건이 아니다. 그것은 해방이후 1960년에 이르기까지 한국의 정치·경제·사회면에 뿌리깊게 존재해 온 모든 부조리와 모순에 대한 총체적 결산이며, 위정자들의 부정부패에 대한 국민들의 강력한 응전이었다. 6·25전쟁이후 거창사건, 국민방위군사건, 부산정치파동, 발췌개헌 및 사사오입개헌, 정부 보유 중석불 불하 사건, 원면 도입 부정사건 등 헤아릴 수 없는 실정을 거듭하면서도 종신집권에 눈이 어두워진 이승만의 독재정치는 다음에서처럼 강화되고 있었다.

이승만의 독재체제는 그 추종자들의 '과잉충성'의 뒷받침을 받으면서 더욱 강화되어 갔다. 그와 함께 부통령으로 당선된 야당의 장면이 피격되는가 하면(1956.9.28), 대통령선거에서 이승만과 맞섰던 진보당 당수 조봉암이 간첩혐의로 처형되었다(1959.7.30). 또한 야당의 반대를 경찰력으로 저지하고 신국가보안법을 강제 통과시키는가 하면(1958.12.24.), 폭력단을 중심으로 반공청년단을 조직하여(1959.1.22.) 정치적으로 이용하고, 야당계의 〈경향신문〉을 폐간시켰다(1959.4.30.).[50]

정치 권력과 결탁하지 않고서는 기업을 유지·성장시킬 수 없는 현실 속에서 기업가들은 자유당 정권에 정치자금을 헌납하고 그 대가로 특혜조치를 받는 변

---

49) 심재택, 「4월혁명의 전개과정」, 4·19革命論 Ⅰ, 일월서각, 1983, 19쪽.
50) 姜萬吉, 『韓國現代史』, 創作과 批評社, 1958, 183쪽.

칙적인 방법으로 치부(致富)를 계속하였다.

　이와 같이 권력과 기업이 결탁한 부정부패가 심화되자, 민생은 도탄에 빠져 실업자는 수백만을 헤아리게 되었고 해마다 봄철이면 춘궁기(春窮期)를 초근목피(草根木皮)로 넘기는 참상이 곳곳에서 나타났다. 생활고를 견디다 못한 일가족 집단 자살 사건마저 생겨나게 되어서는 민심이 흉흉하지 않을 수 없었다.[51]

　부분적인 인용들이긴 하나 위의 사실들은 당시의 사회상을 이해하는데 시사하는 바가 크다. 위정자들이 독재정권의 연장에만 급급하고 있을 때 국민은 인플레의 압박 속에 고통 당하고 있었으며, 농민들은 여전히 영세농의 가난을 면치 못하고 있었고, 독재정권과 결탁한 소수 신흥재벌들의 경제적 독점은 사회의 불안을 점증시키고 있었다. 그런 가운데 실시된 부정선거가 민주 회복을 염원하는 국민들에 의해 전국적인 데모를 촉발시킴으로써 결국 이승만의 하야를 초래하게 되는 것이다.

　문학은 역사적 상황 속에 갇힌 민족의 고통과 환희에 가장 민감하게 반응하는 감각기관과 같은 것인 동시에 역사를 투시하는 가장 치열한 정신의 작업장이라 할 수 있다. 그러나 인간정신의 한계를 넘어서는 엄청난 비극과 혼란, 그리고 억압 속에서 동시대의 시인들은 이를 미학적으로 수용할 응전력을 제대로 갖추지 못한 채 개인의 생존에 급급할 수밖에 없었다. 1950년대의 시인들이 부조리하고 모순된 현실에 결연히 맞서지 못하고 문학의 순수성이나 상징 속으로 은폐하는 것은 그들에게 가해지는 현실적 질곡이 그만큼 고통스러웠음을 입증하는 것이기도 하다. 그러나 그들이 토로한 절망과 탄식의 언어들조차도 동시대의 역사에 대한 생생한 증언이다. 그들의 시를 통해 우리는 기록된 역사에 가려져 있는 민족의 고통과 비극의 깊이를 감지할 수 있기 때문이다.

---

51) 심재택, 앞의 글, 19쪽.

III. 전쟁의 현장 체험 시

1950년대의 시인들이 同族相殘의 전쟁이라는 거대한 폭력에 의해 야기된 공포와 절망, 그로 인해 민족이 앓고 있는 고통과 상처를 치유하기 위해 자신에게 부여된 시대적 소명을 어떻게 수행하였는지를 파악하기 위해서는 그들의 응전 양상을 몇 개의 범주로 나누어 고찰해보는 것이 유용하다.

한국전쟁의 비극성을 가장 적나라하게 드러내는 작품은 바로 전투가 벌어진 현장 체험을 형상화한 시들이다. 삶과 죽음이 교차하는 공포와 절망의 전투 상황에 직접 참가한 군인으로서, 또는 종군 작가나 기자로서 처참한 살육의 현장에 대한 생생한 체험을 기술한 시들이 바로 그것이다. 이들 시는 대부분 전쟁의 폭력성과 비극성에 압도된 나머지 시적 미학을 상실하고 비탄과 절규, 분노와 복수의 감정들이 직설적으로 표출되고 있다.

박인환이 종군기자로서 전투가 벌어진 현장의 체험을 형상화한 戰場詩들에는 전쟁을 온몸으로 겪고 있는 시인의 모습이 잘 나타나 있다.

> 高地奪還戰
> 제트기 박격포 수류탄
> 어머니! 마지막 그가 부를 때
> 하늘에서 비가 내리기 시작했다.
>
> 옛날은 화려한 그림책
> 한 장 한 장마다 그리운 이야기
> 만세소리도 없이 떠나
> 흰 붕대에 감겨
> 그는 남 모르는 토지에서 죽는다.
>
> 한 줄기 눈물도 없이
> 인간이라는 이름으로서
> 그는 피와 청춘을
> 자유를 위해 바쳤다.

음산한 잡초가 무성한 들판엔
지금 찾아오는 사람도 없다.
                        ─「한 줄기 눈물도 없이」

갈대만이 한없이 무성한 土地가
지금은 내 고향.

山과 강물은 어느 날의 繪畵
피 묻은 전신주 위에
태극기 또는 작업모가 걸렸다.
학교도 군청도 내 집도
무수한 포탄의 작열과 함께
세상엔 없다.

인간이 사라진 고독한 神의 토지
거기 나는 동상처럼 서 있었다.
내 귓전엔 싸늘한 바람이 설레이고
그림자는 망령과도 같이 무섭다.
                        ─「고향에 가서」

『경향신문』의 종군기자로서 전쟁이 휩쓸고 간 참혹한 폐허나 격렬한 전투
가 벌어졌던 살육의 현장을 답사할 기회를 가질 수 있었을 박인환이 쓴 전
장시들에는 그 처절한 풍경들이 잘 나타나 있다. 「한 줄기 눈물도 없이」에
는 치열한 고지 탈환 전투에서 죽은 한 무명 용사의 시신을 통해 전쟁의 잔
인성을 고발하고 있다. '음산한 잡초가 무성한 들판에' 방치되어 있는 용사
의 시체를 보면서 어머니를 부르며 처절하게 죽어갔을 그의 최후의 순간과
그가 그리워했을 과거의 일들을 회상하고 있다. 또한 '피와 청춘을 / 자유를
위해 바쳤' 지만 찾아와 통곡해 주는 사람도 없는 그의 죽음을 통해서는 전
쟁에 의해 야기되는 비인간성과 허망함을 드러내고 있다.

「고향에 가서」에는 전쟁으로 폐허화한 고향의 풍경이 제시되고 있다. '무
수한 포탄의 작열' 은 '학교도 군청도 내 집도' 모두 파괴해 버렸고, 시인의

유년의 꿈이 자라던 평화로운 마을을 '갈대만이 한없이 무성한' '인간이 사라진 고독한 神의 토지'로 만들어버렸다. 그러한 폐허 위에 '동상처럼 서 있'는 시인의 모습과 '싸늘한 바람'과 '그림자는 망령과도 같이 무섭다.'는 시구는 황량한 분위기를 더욱 증폭시키며 전쟁의 비정성을 강하게 표출하고 있다.

다소 시적인 논리를 벗어나 있거나 언어와 운율에서 시적인 미숙성이 나타나기는 하지만 그것이 오히려 전쟁의 비논리성과 비인간성을 고발하려는 시인의 정신의 황폐함을 반영하고 있다. 시인의 눈앞에 전개되는 처참한 폐허의 풍경들은 시적인 논리를 초월하는 비극이었으며, 그저 망연자실할 수밖에 없는 한계상황이었던 것이다. 이러한 전쟁의 현장 체험은 그의 시 세계를 관류하는 실존적 불안의식의 動因으로 작용하게 된다. 인간의 능력으로는 감당할 수 없는 전쟁의 폭력성과 비극성은 신의 구원이나 미래에 대한 일체의 희망을 차단한다. 인간을 절망의 어둠 속에 유기하게 되는 것이다.

또한 현역 장교로서 한국전쟁 기간 중 수많은 격전지에서 전투를 치른 바 있는 장호강의 시에는 전투 현장에서 겪은 체험들이 생생하게 묘사되어 있다.

> 肉重한 音響을 앞 세우고
> 지나칠대로 거만한 無限 軌道가
> 싸이트(照準鏡) 線內로 다가 왔다
> 로켓砲 射手의 날랜 손가락은
> 呼吸을 재여 VT信管 뒷통수를 때렸고
> 閃光과 哨煙이 제멋에 겨워 터져 올랐다
>
> 응당 깨어졌어야할 놈들의 탱크는
> 보라는 듯 성금 성금 기여 왔고
> 그날도 우리는
> 로켓彈이 訓練用인줄은 노상 몰랐다
>
> 이제는 손마다 手榴彈이 쥐여지고

뒤에 뒤를 이어
魚雷처럼 쏟아져 가는 생생한 살덩어리
目標는 쏘련製 탱크
그날 花郎들의 最後는 山脈을 이루었고
가장 싼 주검을 가장 빛나게 쌓아 올렸다

햇살 남김 없이 날러가고
칼날 산산히 부러진 그날
굶주린 탱크는 人間 山脈을 깔아 넘어
서울 길 피를 부르며 달려왔다
　　　　　　　　- 장호강, 「抗戰 六月의 하늘을 이고」

　　창동전투를 소재로 한 위의 시에는 전투가 벌어진 현장의 생생한 재현과
함께, 한국전쟁이 발발하던 당시에는 한국군의 전력이 북한군의 막강한 전
력에 비해 얼마나 형편없이 열세였는지가 잘 나타나 있다. 쏘련제 탱크를
향해 발사한 로켙포탄이 훈련용인지도 모르고 있는 로켙포 사수나, 돌진해
오는 탱크를 저지하기 위해 수류탄을 들고 탱크를 향해 어뢰처럼 돌진해 들
어가 장렬히 산화한 병사들이 바로 그런 상황을 비유하고 있는 것이다. 따
라서 시적 화자는 당시의 국군장병들의 조국애가 '가장 싼 주검을 가장 빛
나게 쌓아 올렸다'고 찬사를 보내면서도, 결국은 '지칠대로 고달픈 敗北者'
가 될 수밖에 없었던 통한을 '보내도 보내도 끊지 않는 懺悔가 되사러온다'
고 토로하고 있다. 이렇게 시를 통해 처참한 살육이 벌어지는 전투 현장에
서 국군 장병들의 보여준 殺身成仁의 희생정신과 조국애를 표현함으로써
시인은 독자에게 적군에 대한 적개심과 분노를 자극하여 결전의 의지를 강
화하고자 한다. 바로 이런 승전의식의 고취가 조국의 운명을 위기로부터 구
해내는 동력을 제공하는데 크게 기여하게 되는 것이다.
　　아래에 인용한 시편들에도 전쟁 현장의 참혹한 현실이 적나라하게 제시
되고 있다. 이미 서두에서 언급한 것처럼 전쟁의 폭력성과 비극성에 압도
된 나머지 시적 미학의 창조를 위해 절제되거나 다듬어지지 못하고 그저 비

탄과 절규, 분노와 복수의 감정들이 실린 언어들이 직설적으로 표출되고 있다.

> 包圍된지 사흘째
> 싸움에 지쳐서 將兵은 疲勞하고
> 인제는 食糧도 彈藥도 떨어졌다
> 죽엄을 避하려는 本能이
> 살 구멍을 찾으려고 헤메는 夜暗속에서
> 다만 白化될 頭蓋骨에서 꾸며낸
> 그 人間의 무서운 죽이는 科學만이
> 짖고 아우성쳐서
> 마침내 피와 더부러 으스러지는
> 肉體가 조각 조각 흩어지고
> 生命이 腐臭로 變하는 悲慘……
> 나무가지도 풀잎도
> 넋을 잃어 말 없고
> — 李永純, 「地靈」

> 武器도 彈藥도
> 붉게 타올랐던 물방울도 몸때기도
> 文字그대로 支離滅裂해
> 송두리채 흩어저 나가떠러지는
> 검붉은 피서린 살덩어리 뼈조각[52]
> — 楊明文, 「香爐峯에서」

육군종군작가단에서 간행한 『戰線文學』이나, 국방부정훈국에서 발간한 『戰時 韓國文學選 詩篇』, 이영순의 『연희고지』, 유치환의 『보병과 더불어』, 장호강의 『총검부』 등의 시집에서 흔하게 볼 수 있는 이러한 전장시들은 전쟁의 참상에 대한 적나라한 증언을 통해 그 비인간성과 악마성을 고발함으

---

52) 이 두 작품은 金宗文, 『戰時 韓國文學選 詩篇』, 國防部政訓局, 1955에 수록된 것을 원문대로 인용한 것임.

로써 전쟁 연출자들에 대한 응징과 조국과 민족에 대한 사랑과 희생을 요구하며, 나아가 휴머니즘의 회복을 부르짖는 목적시로서의 기능을 지니게 된다.

모윤숙의 다음 시는 이러한 목적시의 기능을 가장 잘 구현한 하나의 모범이다.

> 내 손에는 범치 못할 총자루, 내 머리엔 깨지지 않을 철모가 씌워져
> 원수와 싸우기에 한 번도 비겁하지 않았노라.
> 그보다도 내 핏속엔 더 강한 대한의 혼이 소리쳐
> 달리었노라, 산과 골짜기, 무덤 위와 가시 숲을
> 이순신같이, 나폴레옹같이, 씨이자같이
> 조국의 위험을 막기 위해 밤낮으로 앞으로 앞으로 진격! 진격!
> 원수를 밀어가며 싸웠노라.
> 나는 더 가고 싶었노라, 저 원수의 하늘까지
> 밀어서 밀어서 폭풍우같이 모스크바 크레믈린까지
> 밀어 가고 싶었노라.
> 내게는 어머니 아버지, 귀여운 동생들도 있었노라. 어여삐 사랑하는 소녀도
> 있었노라.
> 내 청춘을 봉오리지어 가까운 내 사람들과 함께
> 이 땅에 피어 살고 싶었었나니
> 아름다운 저 하늘에 무수히 나는
> 내 나라의 새들과 함께
> 자라고 노래하고 싶었노라
> 그래서 더 용감히 싸웠노라, 그러다가 죽었노라.
> 아무도 나의 주검을 아는 이는 없으리라.
> 그러나 나의 조국, 나의 사랑이여!
> 숨지어 넘어진 내 얼굴의 땀방울을
> 지나가는 미풍이 이처럼 다정하게 씻어주고
> 저 하늘의 푸른 별들이 밤새 내 외롬을 위안해주지 않는가!
> — 모윤숙, 「국군은 죽어서 말한다」

대부분의 전장시가 전쟁이 벌어진 현장의 참상을 묘사하여 전쟁의 비인

간성과 폭력성을 고발하고 있는데 비해, 위의 시는 군인들에게 승전의식을 고취하기 위해 원수에 대한 분노와 적개심을 일깨워 조국에 대한 충성과 희생을 요구하고 있다. 거침없이 흘러가면서 독자의 정서에 울림이 큰 공명현상을 일으키는 언어와 리듬, 강한 정서적 환기력을 지닌 비유법의 효과적 사용이 시적 감동을 유발하는데 크게 기여하고 있다.

이에 비해 조지훈의 다음 시는 전쟁이 휩쓸고 간 전투 현장의 참상을 바라보는 시인의 정서가 상당히 절제되어 있다.

彼我 攻防의 砲火가
한 달을 내리 울부짖던 곳
……중략……
조그만 마을 하나를
自由의 國土 안에 살리기 위해서는

한해살이 푸나무도 온전히
제 목숨을 다 마치지 못했거니

사람들아 묻지를 말아라
이 荒廢한 風景이
무엇 때문의 犧牲인가를……
……중략……
스스로의 뉘우침에 흐느껴 우는 듯
길 옆에 쓰러진 傀儡軍 戰士

일찍이 한 하늘 아래 목숨 받아
움직이던 生靈들이 이제

싸늘한 가을 바람에 오히려
간 고등어 냄새로 썩고 있는 多富院
— 조지훈, 「多富院에서」

시인은 지금 '彼我 攻防의 砲火가 / 한 달을 내리 울부짖던 곳'인 격전지 다부원에 서 있다. '한해살이 푸나무도 온전히 /제 목숨을 다 마치지 못'한 '荒廢한 風景' 속에서 '간 고등어 냄새로 썩고 있는' 무수한 군마와 괴뢰군 전사의 시체들을 바라보면서 시인은 '한 하늘 아래 목숨 받아 / 움직이던 生靈'들이 저지른 동족상잔의 전쟁의 참상과 비극성을 음미하고 있다. 조국의 자유를 수호하기 위한 죽음과 이데올로기에 희생된 죽음이 공존하는 현장에서 고귀한 목숨들의 허망한 모습을 제시함으로써 전쟁의 폭력성과 잔인성을 규탄하고 있는 것이다.

구상의 다음 시도 동족상잔의 전쟁이 남긴 고통과 상처의 깊이를 여실히 보여준다.

> 오호, 여기 줄지어 누웠는 넋들은
> 눈도 감지 못하였겠고나.
>
> 어제까지 너희의 목숨을 겨눠
> 방아쇠를 당기던 우리의 그 손으로
> 썩어 문드러진 살떵이와 뼈를 추려
> 그래도 양지바른 드메를 골라
> 고히 파묻어 떼마저 입혔거니
>
> 죽음은 이렇듯 미움보다, 사랑보다도
> 더 너그러운 것이로다.
> ……중략……
> 손에 닿을듯한 봄 하늘에
> 구름은 무심히도
> 北으로 흘러가고
>
> 어디서 울려오는 포성 몇발
> 나는 그만 이 恩怨의 무덤앞에
> 목놓아 버린다.
>
> — 구상, 「敵軍墓地」

시인은 지금 이데올로기에 희생된 적군의 묘지 앞에서 통곡하고 있다. 구상 자신이 월남한 시인이기에 동족끼리 피흘려 싸운 전쟁의 비인간성이 그만큼 더 절실하게 느껴졌을 것이다. '어제까지 너희들의 목숨을 겨눠 / 방아쇠를 당기던 우리의 그 손으로 / 썩어 문드러진 살떵이와 뼈를 추려 / 그래도 양지바른 드메를 골라 / 고히 파묻어 떼마저 입혔거니'에는 이데올로기를 초월한 동족에 대한 연민과 사랑 그리고 강한 휴머니즘적 정신이 잘 나타나 있다. '죽음은 이렇듯 미움보다, 사랑보다도 / 더 너그러운 것이'다. 시인은 전쟁이 휩쓸고간 처참한 현장을 바라보며 그 잔인성과 폭력성을 인식하고 통렬한 아픔을 토로하고 있다. '어디서 울려오는 포성 몇발 / 나는 그만 이 恩怨의 무덤앞에 / 목놓아 버린다.'에는 전쟁의 비극성에 대한 극명한 인식과 함께 이를 극복하고 치유하기 위해 휴머니즘의 회복에 대한 간절한 염원이 내포되어 있다.

이처럼 전쟁중의 시인들은 전쟁 현장에 대한 종군 체험을 바탕으로 전쟁의 비극성과 폭력성을 고발하여 휴머니즘의 회복을 노래하거나, 종군작가단에 참가하여 애국심과 승전의식을 고취하는 격시를 쓰기도 하며 시국강연, 문학의 밤, 시화전, 문인극, 군가 작사 등을 통해 군의 정훈활동에 적극적으로 참여함으로써 문인으로서 시대적 사명에 부응하고자 노력하기도 했다.

Ⅳ. 미래에 대한 전망의 상실과 실존적 불안의식

인간이 지닌 이성적 논리로는 감당하기 어려운 전쟁의 비극성이나 폭력성은 미래에 대한 희망을 차단한다. 무자비한 살육이 자행되는 전투 현장이나 처참한 폐허의 풍경들은 전쟁의 비인간성에 전율하게 하며, 신이나 인간에 대한 믿음을 상실하고 절망의 나락으로 추락하게 한다. 그런 어둠 속에 유폐된 인간들은 필연적으로 실존적 불안의식에 시달리게 된다. 1950년대의 시인들이 앓게 되는 이러한 실존적 불안의식은 그들의 시에 마치 배경

음악처럼 깔려있는데, 박인환의 시작품들은 이를 확인할 수 있는 전형적인
예가 된다.

> 機銃과 砲聲의 요란함을 받아 가면서
> 너는 세상에 태어났다 주검의 세계로
> 그리하여 너는 잘 울지도 못하고
> 힘없이 자란다.
> ……중략……
> 서울에 피의 비와
> 눈바람이 섞여 추위가 닥쳐오던 날
> 너는 입은 옷도 없이 벌거숭이로
> 貨車 위 별을 헤아리면서 南으로 왔다.
>
> 나의 어린 딸이여 고통스러워도 哀訴도 없이
> 그대로 젖만 먹고 웃으며 자라는 너는
> 무엇을 그리우느냐.
> 나의 어린 딸이여 고통스러워도 哀訴도 없이
> 그대로 젖만 먹고 웃으며 자라는 너는
> 무엇을 그리우느냐.
> ……중략……
> 엄마는 전쟁이 끝나면 너를 호강시킨다 하나
> 언제 전쟁이 끝날 것이며
> 나의 어린 딸이여 너는 언제까지나
> 행복할 것인가.
> ……중략……
> 나의 어린 딸이여
> 너의 고향과 너의 나라가 어데 있느냐
> 그때까지 너에게 알려 줄 사람이
> 살아 있을 것인가.
> ─「어린 딸에게」

위의 시에는 전쟁의 비극성이 딸의 운명을 걱정하는 시적 화자의 진술

을 통해 잘 표현되고 있다. 전쟁의 폭력성 앞에 '입은 옷도 없이 벌거숭이로' 노출되어 있는 무기력한 딸의 운명은 바로 전쟁을 겪고 있는 동시대인들 모두의 운명이다. '機銃과 砲聲의 요란함', '주검의 세계', '서울에 피의 비와 / 눈바람에 섞여 추위가 닥쳐오던 날' 등의 시구에는 전쟁 상황의 가혹성이 잘 암시되어 있다. 그런 가혹성 앞에 벌거숭이로 노출되어 '잘 울지도 못하고 / 힘없이 자라' 고 있는 딸에 대한 연민은 바로 전쟁으로 인해 극한의 고통을 견디고 있는 민족 모두에 대한 연민의 정서인 것이다. 이러한 연민의 정서가 '고통스러워도 哀訴도 없이 / 그대로 젖만 먹고 웃으며 자라는 너는 / 무엇을 그리우느냐.' 에 나타나는 반어법적인 진술에 의해 더욱 증폭된다. 이는 한편으로는 민족의 운명을 말살해 가고 있는 전쟁에 속수무책으로 당하고 있는 무기력한 동시대인들을 바라보고 있는 시적 화자의 시선을 감지시킨다.

이러한 연민의 정서가 전쟁의 공포성에 압도당하게 됨으로써 미래에 대한 전망을 상실한 실존적 불안의식으로 심화되게 된다. 이와 같은 의식의 전이과정이 '엄마는 전쟁이 끝나면 너를 호강시킨다 하나 / 언제 전쟁이 끝날 것이며 / 나의 어린 딸이여 너는 언제까지나 / 행복할 것인가.' 라는 불확실한 미래에 대한 전망과 '너의 고향과 너의 나라가 어데 있느냐 / 그때까지 너에게 알려 줄 사람이 / 살아 있을 것인가.' 에 나타나는 강한 부정적 회의를 통해 여실히 드러나고 있는 것이다.

구원이나 미래에 대한 전망을 상실한 인간은 불안과 공포의 세계로 추락할 수밖에 없다. 박인환은 이와 같이 전후의 폐허 속에서 불안과 절망으로 신음하고 있는 동시대인들의 고통을 증언하기 위해 시를 쓴 것이다. 그가 모더니즘의 시적 정신에 끌리게 되는 근원적인 이유도 그것이 "황폐와 광신과 절망과 불신의 현실이 가로놓인 오늘의 세계"와 그 안에서 불안의식에 시달리고 있는 현대인의 정신 세계를 반영하고 있기 때문이다.[53] 또한 그가 전후의 한국사회와 문화에 정신적으로 커다란 영향을 준 사르트르의 실존

---

53) 박인환, 「현대시의 불행한 단면」, 『박인환 전집』, 文學世界社, 1986, 167쪽에서 오든의 시를 소개하면서 그러한 세계 풍조의 묘사가 '후반기' 멤버의 당면한 의무라고 말하고 있다.

주의에 관심을 기울이게 되는 것도 같은 이유에서이다. 다소 피상적이기는 하나 사르트르의 실존주의를 소개한 글에서 "정치나 경제 뿐만 아니라 문화면에 있어서 전쟁이 던져 주는 영향은 재언(再言)할 바도 없이 막대한 것이다. 그것은 형태의 여하를 막론하고 전후의 불안을 반영 또는 표현하고 있다고 볼 수 있다."라고 한 말이나, "『구토』에 나타난 사르트르가 암시하는 것은 실존이란 무동기(無動機), 불합리, 추괴(醜怪)이며 인간은 이 실존의 일원으로서 불안·공포의 심연에 있다는 것이다."라고 한 언급에서 그의 이러한 의식을 엿볼 수 있다.[54] 박인환의 시세계는 바로 이러한 실존적 불안의식의 심화과정이다.

아무 잡음도 없이 멸망하는
도시의 그림자
무수한 印象과
전환하는 연대의 그늘에서
아 영원히 흘러가는 것
신문지의 傾斜에 얽혀진
그러한 불안의 格鬪.
　　　　　　　 - 「최후의 會話」

한 걸음 한 걸음 나는 허물어지는
靜寂과 硝煙의 도시 그 암흑 속으로……
명상과 또다시 오지 않을 영원한 내일로……
살아 있는 것이 있다면
流刑의 애인처럼 손잡기 위하여
이미 소멸된 청춘의 반역을 회상하면서
懷疑와 불안만이 다정스러운
모멸의 오늘을 살아나간다.
　　　　　　　 - 「살아 있는 것이 있다면」

---

54) 박인환, 「사르트르의 實存主義」, 『박인환전집』, 171~178쪽.

위에 인용한 시에는 박인환의 실존적 불안의식이 잘 나타나 있다. 「최후의 會話」에서는 '멸망하는 / 도시' 와 '전환하는 연대의 그늘에서' 전후 사회의 인간들은 '영원히' '불안의 格鬪' 만을 계속할 수밖에 없음을 말하고 있으며, 「살아 있는 것이 있다면」에서는 '허물어지는 / 靜寂과 硝煙의 도시 그 암흑 속'에서 '소멸된 청춘의 반역을 회상하면서 / 懷疑와 불안만이 다정스러운 / 모멸의 오늘을' 살아가고 있는 그들의 모습을 제시하고 있다. 또 실존적 불안의식의 심화를 시인은 '懷疑와 불안만이 다정스러운' 이라는 반어법으로 표현함으로써 전후 사회가 얼마나 암담한 상황에 놓여 있었는지를 효과적으로 제시하고 있는 것이다.

박인환이 이러한 실존적 불안의식에서 헤어나지 못하는 궁극적인 이유는 미래에 대한 전망의 부재에 있다. 미래에 대한 희망은 인간이 현실적 고통을 견딜 수 있게 하는 원동력이다. 따라서 보다 나은 내일에 대한 기대를 상실한 인간은 불안과 절망에서 헤어날 수 없는 것이다.

여윈 목소리로 바람과 함께
우리는 내일을 약속하지 않는다.
　　　　　　　　　　－「미래의 娼婦」

밤은 이 어두운 밤은
안테나로 형성되었다
구름과 感情의 經緯度에서
나는 영원히 약속될
미래에의 절망에 관하여 이야기도 하였다.
　　　　　　　　　　－「밤의 노래」

불이 보이지 않아도
거저 간직한 페시미즘의 미래를 위하여
우리는 처량한 木馬 소리를 기억하여야 한다
　　　　　　　　　　－「木馬와 淑女」

위에 인용된 시는 박인환의 미래에 대한 전망이 절망적임을 보여준다. 시적 화자가 '내일을 약속하지 않는' 이유는 자신이 미래에 대해 희망을 가질 수 없기 때문이다. '영원히 약속될 / 미래에의 절망'이나 '거저 간직한 페시미즘의 미래'가 시인의 그러한 의식을 여실히 반영한다. 이처럼 미래에 대한 전망마저도 상실한 실존적 불안의식은 박인환 시의 곳곳에서 죽음에 대한 강박관념으로 전이되어 나타나기도 한다.

> 날개 없는 女神이 죽어버린 아침
> 나는 폭풍에 싸여
> 주검의 일요일을 올라간다.
> —「영원한 일요일」

> 오늘 나는 모든 욕망과
> 사물에 작별하였습니다.
> 그래서 더욱 친한 죽음과 가까와집니다.
> 과거는 무수한 내일에
> 잠이 들었습니다.
> 불행한 神
> 어데서나 나와 함께 사는
> 불행한 神
> 당신은 나와 단둘이서
> 얼굴을 비벼대고 비밀을 터놓고
> 오해나
> 인간의 체험이나
> 孤絕된 의식에
> 후회ㅎ지 않을 겁니다.
> 또다시 우리는 결속되었습니다.
> 황제의 신하처럼 우리는 죽음을 약속합니다.
> —「불행한 神」

전쟁은 죽음에 대한 인간의 가치관을 경박하게 만든다. 윤리적 판단과는 무관하게 무자비한 살육이 저질러지는 전쟁의 폭력성 앞에 생명의 고귀성은 무의미해진다. 무수한 파괴와 살육의 현장 체험은 죽음에 대한 공포의 정서를 둔화시킴으로서 죽음을 고통스러운 현실적 삶의 도피 수단으로 쉽게 수긍해버리는 사고를 조장하게 되는 것이다. 위에 인용된 시에는 박인환이 가지고 있는 죽음에 대한 의식의 경박화 현상이 잘 나타나 있다.

미래에 대한 전망을 차단당한 실존적 불안의식은 시인으로 하여금 늘 죽음을 예감하는 강박관념에 시달리게 한다. 그의 시에 빈번하게 등장하는 죽음과 관련된 시어들은 바로 이런 강박관념의 소산이다. '女神이 죽어버린 아침', '주검의 일요일' 등에 남용되고 있는 죽음과 관련된 시어들도 시인이 지니고 있는 죽음에 대한 강박관념 때문이다. 그런데 문제는 박인환의 시에 나타나는 대부분의 죽음이 현실과의 대결을 통해 그 고통을 극복하고자 하는 결연한 의지의 천명이 되지 못하고, 패배주의적이고 현실 도피적인 성격을 지닌다는데 있다. 그에 있어서는 신도 행복이나 구원을 가능하게 하는 권능의 신이 아니라 죽음과 불행을 가져오는 재앙의 신이다. 이는 그가 실존적 불안의식을 극복하기 위해 의지할 수 있는 방법이 죽음으로의 도피 외에는 선택의 여지가 없다는 것을 뜻한다.

「불행한 神」은 박인환의 정신적 내면세계를 잘 드러내고 있는 작품이다. 그가 끊임없이 시달리게 되는 실존적 불안의식은 삶에 대한 의욕을 상실하게 한다. '모든 욕망과 / 사물에 작별하였습니다.' 라는 시구에는 이런 의미가 내포되어 있다. 또한 오늘보다 더 나은 미래에 대한 전망의 부재는 미래가 현재의 반복이나 보다 악화된 상태일 것으로 예감하게 되기 때문에 '과거는 무수한 내일에 / 잠이 들었습니다.' 라는 진술을 가능하게 하는 것이다. 박인환의 대부분의 시가 과거지향적인 정서로 일관하는 이유도 여기에 있다. 그러므로 전지전능하여 인간을 구원해주어야 할 신도 그에게는 죽음밖에 약속해 줄 것이 없는 '불행한 神'으로 인식될 수밖에 없는 것이다.

박인환이 지닌 극도의 실존적 불안의식이 한편으로는 관능적 세계에 대한 탐닉으로 표출되기도 한다. 현실에 대해 이성적, 논리적 대응 방법을 갖추지 못한 정신은 자칫 현실 도피의 수단으로 도취적인 세계를 지향하기 쉽다.

함부로 개최되는 酒場의 謝肉祭
黑人의 트럼펫
구라파 新婦의 비명
정신의 황제!
내 비밀을 누가 압니까?
체험만이 늘고
실내는 잔잔한 이러한
환영의 침대에서.
　　　　　　　　－「최후의 會話」

사랑하는 당신의 부드러운 젖과 가슴을 내 품안에 안고
나는 당신이 죽는 곳에서 내가 살며
내가 죽는 곳에서 당신의 출발이 시작된다고……
황홀히 생각합니다.
그리고 저기 무지개처럼 허공에 그려진
감촉과 향기만이 짙었던 청춘의 날을 바라봅니다.
　　　　　　　　－「밤의 未埋葬」

이 시간 전쟁은 나와 관련이 없다.
광란된 의식과 不毛의 육체…… 그리고
일방적인 대화로 충만된 나의 무도회.
나는 더욱 밤 속에 가랁아 간다.
石膏의 여자를 힘있게 껴안고
　　　　　　　　－「무도회」

　위에 인용한 시에서는 전쟁으로 인해 피폐해진 시인의 정신이 빠져드는 관능적 세계의 모습이 잘 나타나 있다. 「최후의 會話」에 나타나는 '酒場의 謝肉祭', '新婦의 비명', '환영의 침대' 등의 시구들이 어우러져 이루어내는 분위기는 바로 도취적인 관능의 세계이다. 그런데 이러한 도취적인 관능은 「밤의 未埋葬」에서처럼 죽음에 대한 강박관념과 결합되어 있다. 이는 관능적 세계에 대한 탐닉이 실존적 불안의식과 밀접히 관련됨을 입증하는 것이다. 관능적 쾌락의 세계에 대한 탐닉은 전쟁으로 파괴된 인간성의 회복을 꿈꾸는 시인의 본능적 노력의 일부일 수도 있다. 그것은 단순한 성적 욕구의 분출이나 저급한 퇴폐적 행위가 아니라 실존적 불안의식에 고통당하고 있는 자아가 자신의 존재를 확인하고 상실된 인간성을 회복하기 위해 시도하는 일종의 자기 구제 행위로 해석할 수도 있는 것이다. 그런데 박인환의 경우 그것은 자기 구제를 위한 적극적 노력이라기보다는 불안의식으로부터의 도피를 위한 충동적인 행위일 가능성이 크다. 역사를 투시할 수 있는 통찰력이나 전후의 정신적 위기 상황을 극복할 수 있는 예언자적 지성을 갖추지 못한 섬약한 그의 정신은 현실과의 대결보다는 도피를 선택하게 되는 것이다. 관능은 불안과 절망을 감지하는 의식의 촉각을 마비시킬 수 있기 때문이다. 「무도회」에 나타나는 '이 시간 전쟁은 나와 관련이 없다. / 광란된 의식과 不毛의 육체', '나는 더욱 밤 속에 가랁아 간다. / 石膏의 여자를 힘있게 껴안고'라는 시구에는 그러한 도피적 성향이 잘 드러나 있다.

그런데 이러한 관능적 세계에 대한 몰입을 보여주는 대담한 표현은 한편으로는 전통과 인습에 반역하려는 박인환의 시적 의도를 반영한 것으로도 볼 수 있다. 그것은 서구적인 모더니즘을 지향하는 그의 시정신이 유교적 윤리관을 중심으로 하는 전통적 가치관의 허구성을 야유할 수 있는 가장 효과적인 방법이기 때문이다. 이는 보들레르나 랭보의 시에 나타나는 관능적 요소에서도 어느 정도 영향받았을 것으로 짐작된다.

이상에서 박인환의 시 세계의 내용적 특성을 이루는 전쟁에 대한 비극적 체험과 이로 인해 시달리게 되는 실존적 불안의식에 대해 고찰해 보았다. 미래에 대한 전망을 상실한 실존적 불안의식은 죽음에 대한 강박관념으로 전이되게 되며, 이를 극복하기 위한 대결적 의지를 무산시키고 도취적인 관능의 세계로의 도피를 시도하게 하기도 한다. 이러한 시적 특성은 필연적으로 感傷과 허무의 정서를 동반하게 됨으로써 그를 저급한 센티멘탈리즘의 시인으로 폄하하는 빌미를 제공하게 되는 것이다. 그러나 몇 가지 시적 미숙성과 실패한 모더니즘에도 불구하고 우리는 결코 그의 시를 과소평가해서는 안 된다.

박인환의 문학은 결코 1950년대의 전후사회와 분리해서 생각할 수 없다. 그가 비록 서구 모더니즘의 시정신을 차용하고 있기는 하나 그의 시에 나타나는 불안, 허무, 갈등은 전쟁의 비극적 체험의 소산이다. 그의 시 속에 등장하는 시적 화자는 예외적 개인이 아니라 동시대의 진실을 드러내는 대표적 개인이다. 따라서 시에 나타나는 실존적 불안의식은 시인 개인의 불안의식이 아니라 민족 모두의 불안의식으로 해석할 때 우리는 그의 문학에 대한 온전한 이해에 도달하게 되는 것이다.

V. 종교적 靜觀과 구원의식

문학 작품은 시대나 사회의 역사적 상황과 분리되어 해석될 수 없다. 작가는 자신이 놓여 있는 삶의 환경으로부터 결코 자유로울 수 없으며, 그의 작품은 어떤 방식으로든 그 시대나 사회의 아픔과 은밀히 연결되어 있다. 전쟁의 고통과 상처, 그리고 그 후유증에 시달리며 생존에 급급해야 했던 1950년대는 한 인간으로서의 작가가 감당하기에는 너무도 버겁고 절박한 현실의 연속이었다.

이러한 절망과 불안의 시대를 견고한 신앙과 휴머니즘적인 시 정신으로 극복하려는 시인들이 있다. 즉 현실적 삶의 고통에 시달리는 국민들을 폐허와 절망 속에 유기하지 않고 종교적인 정관을 통해 미래에 대한 희망과 구원의 열린 세계로 나아가도록 이끄는 시들을 말하는데 그 대표적 시인이 바로 김현승이다.

성숙된 기독교 신앙을 토대로 한, 인간과 삶에 대한 종교적 정관은 현실의 폭압적 상황을 초극하는 김현승의 시적 대응 방법이다. 그는 현실적 삶의 고통에 좌절하거나 분노하기보다는 그것을 견고한 신앙의 자세로 겸허하게 받아들여 긍정함으로써 오히려 인간의 본질적 가치를 추구하는 계기로 삼는다. 1950년대에 쓰여진 김현승의 시는 이러한 인식과 태도를 바탕으로 절망의 시대를 초극하려는 시적 노력의 결과이다. 전후의 폐허 위에서 생존의 고통에 시달리고 있는 민족에게 필요한 것은 좌절과 체념, 또는 분노의 언어보다는 따뜻한 위로와 격려, 그리고 희망의 언어이다. 김현승은 바로 이러한 시대적 요구에 부응하여 가장 성실하게 시적 사명을 이행한 시인이라고 할 수 있다.

　김현승이 지닌 기독교적 세계관을 올바로 인식하지 못할 경우 자칫 그의 시가 1950년대의 한국사회가 직면하고 있는 비극적이고 절망적인 현실로부터 격리된, 비현실적이고 관념적인 시로 오독하기 쉽다. 기독교적인 구원관을 신봉하고 있는 그로서는 신이 결코 인간을 저버리지 않고 구원해 줄 것이라고 굳게 믿고 있기 때문에 고통스럽고, 타락된 세속적인 삶의 문제에 대한 논의는 무의미한 작업이라는 잠재의식을 지니고 있었던 것으로 보인다. 그는 현실적 삶에서 부딪히게 되는 비애와 절망에 좌절하지 않고, 그것을 오히려 종교적이고 신앙적인 차원으로 끌어올려 희망으로 전환시킨다. 즉 종교적인 정관을 통해 혼돈된 삶의 질서 속에서 오묘한 신의 섭리와 구원사업을 터득함으로써 고난에 처해 있는 동시대인들을 희망의 열린 세계로 이끌 수 있게 되는 것이다.

　　　그것이 반드시 생명의 근원에 궁핍을 가져 오는 것도 아니련만,
　　　그러면 나는 장난감 없는 나라의 초라한 아버지 —
　　　아기야, 오늘따라 그 값진 장난감 — 경쾌한 에메랄드빛 세단차와
　　　선연한 저 수은빛 날개들을 갖고파 조르는,
　　　못구멍난 깡통 따위는 인제는 그만 싫증나버린
　　　네 마음을 아버지는 알겠구나!

　　　그러나 너를 위하여 너에게 먼저 이 剩餘의 道具들보다
　　　저 보라빛 산둘레와 진달래빛 구름을 가리키는 아버지의 마음—
　　　그것은 떡을 달라 조르는 아들에게
　　　돌을 쥐어 주는 모진 아버지의 쓰라림일지도 모른다.

　　　그러나 아버지의 아들인 내 사랑하는 아기야,

너는 로우마의 폐허와 히로시마의 티끌 위에서 딩구는
한낱 깨어져 버린 장난감! 금속성의 파편을 사랑하기전
너는 먼저 저 자연의 완구들을 사랑할 줄을 알아라!

저 구름을 보아라, 저 구름 넘어 더욱 빛나는 얼굴들을 너는 보았느냐.
저 무지개를 보아라, 저 성문 밖에 열린 더욱 황홀한 나라들을 너는 보았느냐.
……중략……
아기야, 네가 그렇게 밤낮으로 조르던 그 트로이성의 목마도,
그 연통 고운 증기선도, Z機도,
그리고 그보다도 몇백배나 되는 더 많은 장난감들이 저절로 담겨져 있느니라.
아니, 우리가 모은 이 모든 제한된 보화를 저 자연의 풍성한 울안에 드리면,
그것은 땅에 떨어진 한낱 작은 이삭들에 지나지 않느니라!

— 김현승, 「슬픈 아버지」

위의 시는 현실적 삶에서 부딪히게 되는 비애와 절망을 종교적 정관에 의해 극복하는 시인의 정신을 잘 보여주고 있다. 시에는 물론 비애의 정서가 짙게 깔려 있기는 하지만 중요한 것은 그런 슬픔의 정서가 아니라 기독교적 세계관에 의해 비애와 절망을 극복하고자 하는 시인의 정신이다. 시인은 자신이 전쟁의 폐허 속에서 고통당하고 있는 '장난감 없는 나라의 초라한 아버지'라는 사실과, '떡을 달라 조르는 아들에게 / 돌을 쥐어주는 모진 아버지의 쓰라림'을 잘 알고 있다. 기독교 성서의 비유를 인유한 이런 구절 속에는 자식에게 기본적인 욕구조차도 해결해주지 못하는 아버지의 슬픔과 사랑이 내포되어 있다. 그러나 '장난감'이나 '떡'과 같은 인간의 본능적인 욕망의 대상들이 본질적으로 '생명의 근원에 궁핍을 가져 오는 것'이 아니라는 것을 시인은 극명하게 인식하고 있다. 바로 이런 종교적 정관과 인식에 의해 '한낱 깨어져 버린 장난감! 금속성의 파편을 사랑하기 전 / 너는 먼저 저 자연의 완구들을 사랑할 줄 알아라!' 하는 의식의 전환이 가능해지는 것이다. 이런 의식의 전환이 곧 절망의 초월이며, 그 결과 '아니, 우리가 모은 이 모든 제한된 보화를 저 자연의 풍성한 울안에 들이면, / 그것은 땅에 떨어진 한낱 작은 이삭들에 지나지 않느니라!'는 초월의 경지에 도달하게 되

는 것이다. 이렇게 피폐한 현실적 삶의 고통과 절망을 시인은 든든한 기독교 신앙에 의해 극복하면서 아울러 동시대인들의 고통까지도 위로하면서 희망의 열린 세계로 이끌고 있다.

　　무엇이 슬프랴.
　　무엇이 황량하랴.
　　歷史들 썩어 가슴에 흙을 쌓으면
　　희망은 묻혀 새로운 種子가 되는
　　지금은 樹木들의 體溫도 뿌리에서 뿌리로 흐른다.

　　피로 멍든 땅,
　　상처 깊은 가슴들에
　　사랑과 눈물과 햇빛으로 덮은
　　너의 하얀 축복의 손이 걷히는 날

　　우리들의 山河여,
　　더욱 푸르고 더욱 요원하랴!
　　　　　　　　　　　　　　　　　－ 김현승, 「新雪」

　눈 덮힌 겨울의 한 가운데, 즉 황량한 폐허의 시대에 처한 시인의 정신이 '무엇이 슬프랴/무엇이 황량하랴'고 외치고 있다. 이것은 결코 반어법이 아니다. '희망'이 '새로운 種子'로 차가운 눈 밑의 흙 속에 묻혀 있음을 시인은 잘 알고 있기 때문이다. 시인은 종교적인 정관에 의해 현실적으로는 보이지 않는 얼어붙은 흙 속까지도 투시하고 있다. 그리하여 '樹木들의 체온도 뿌리에서 뿌리로' 흐르고 있음을 명료하게 인식하고 있는 것이다. 지금은 비록 '피로 멍든 땅/ 상처 깊은 가슴들'이지만 언젠가는 '사랑과 눈물과 스미는 햇빛'에 의해 '더 푸르고 더욱 요원'한 산하가 되리라는 믿음을 굳게 견지하고 있음이 잘 나타나 있는 것이다. 이는 기독교적 구원관을 신봉하는 김현승의 종교적 신념과 직결된다. 다음 시는 이러한 그의 신념이 구체적으로 제시되어 있다.

봄빛이 스며드는 썩은 원수의 살더미 속에
彈痕을 헤치고 新生하는 金屬의 거리와 廣場들에
부활을 의미하는 참혹한 마지막 시간에
일으켜야 할 題目은
神聖과 自由이다.
……중략……
골짜기에
벼랑에
武器보다 빵보다
앞서가야 할 우리들의 긴밀한 보급로는
神聖과 自由의 마음들이다.

보라, 피로 물든 강기슭에
이그러진 황토 산비탈에
눈물로 세우는 모든 십자가의 題目도,
그리고 들으라.
우리들의 온갖 사랑과 정열과
모든 절망과 몸부림과 싸움의 동기를 역설하여 주는
폭탄과 같은 외침도
神聖과 自由이다.
                    ─ 김현승, 「神聖과 自由를」

위의 시에서 김현승은 전쟁의 참화와 그로 인한 절망에 빠져 있는 한국 사회에 가장 시급하고 절실한 것은 '武器보다 빵보다' '神聖과 自由'라고 역설하고 있다. 이는 그가 인간의 세속적, 현실적 삶의 고통보다는 파괴된 내면적 정신의 회복에 더 관심을 기울이고 있다는 징표이다. 매연마다 후렴처럼 반복되고 있는 구호적 성격의 이 구절은 신의 섭리와 구원에 대한 절대적인 신앙의 회복과, 신에 의해 모든 인간에게 평등하게 부여되어 있는 존재의 기본 조건으로서의 자유를 소망하는 시인의 의지의 열도를 반영한다. 모든 것이 결핍되어 있는 사회에서 인간은 결코 자유로운 존재가 될 수 없다. 신의 섭리와 구원에 대해 절대적인 믿음을 가질 때 비로소 인간은 모든 결핍이나 고통으로부터 자유로운 존재가 될 수 있다는 그의 기독교적 세계관이 신성과 자유의 회복을 부르짖게 하는 것이다.

김현승의 시에서 흔하게 볼 수 있는 신에 대한 기도나 호소, 또는 고백이나 감사의 시편들은 현실적 삶에서 느끼는 절망을 극복하기 위해 그만큼 신앙에 크게 의존하고 있음을 나타낸다.

> 산비탈과
> 먼 집들에 불을 피우시고
> 가까운 곳에서 나를 배회하게 하소서.
>
> 나의 공허를 위하여
> 오늘은 저 황금빛 열매를 마저 그 자리를
> 떠나게 하소서
> 당신께서 내게 약속하신 시간이 이르렀습니다.
>
> — 김현승, 「가을의 시」

> 사랑의 기름 부음 없이
> 꺼져가는 내 생명의 쇠잔한 횃불을
> 더 멀리 태워 나갈 수 없나이다.
> 사랑의 기름 부음 없이는……
>
> 배불리 먹고 마시고, 지금은 깊은 밤,
> 모든 知識의 饗宴들은 이 따위에
> 가득히 버려져 있나이다.
> 이제 우리를 풍성하게 하는 길은
> 한 사람의 깊은 신앙 사랑함으로 神의 이름을 부르는 것이외다.
>
> — 김현승, 「呼訴」

기도나 고백은 가장 순결한 언어이며 영혼의 목소리이다. 인간의 내면 속에 고여 있는 가장 순수한, 신에게 바쳐지는 제물과 같은 언어이다. 그것은 한편으로는 시련에 처한 인간들의 절실한 소망들의 표현이기도 하다. 위에 인용한 시들은 절망의 시대를 견디는 김현승의 견고한 신앙적 태도를 잘 보여주고 있다. 그는 우리 민족의 역사적 비극까지도 신의 섭리에 의한 것으로 인식하고 있으며 , 아울러 신이 결코 인간을 저버리지 않고 구원해 주리라는 확고한 신앙을 가지고 있다.

인간의 가슴 속에 응어리져 있는 고통의 정서는 그것을 언어로 표현함으로써 정화시킬 수 있다. 즉 가슴 속에 품고 있는 자신이 해결할 수 없는 고통스러운 문제들을 신뢰성이 있는 상담자에게 말함으로써 심리적인 안정을 회복할 수 있는 것이다. 견고한 신앙을 가진 사람으로써 전능한 신에 대한 기도는 바로 고통의 정서를 치유할 수 있는 효과적인 수단이다. 따라서 이 시기에 쓰여진 신에 대한 기도와 고백의 시는 김현승이 현실적 삶에서 느끼는 비애와 절망을 초극하는 방법으로 볼 수 있다. 그는 전후의 혼돈된 사회에서 고통스럽고 불안한 삶을 영위하고 있는 인간의 내면세계를 투시함으로써 현실적 삶의 고통과 절망을 초월할 수 있는 방법을 터득한 것이다. 나아가 종교적 정관을 통해 동시대인들에게 부조리와 모순으로 가득 찬 세계에서 신의 섭리와 구원 계획의 오묘한 질서를 깨닫게 함으로써 희망을 일깨우고자 하는 것이다.

비록 김현승이 1950년대의 비극적인 상황의 극복을 위해 기독교적 세계관에 크게 의존하고 있기는 하지만 기본적인 시정신은 늘 인간 중심의 휴머니즘을 지향하고 있음을 간과해서는 안된다. 그의 시는 결코 인간의 타락된 삶을 심판하고 단죄하는 위압적인 신을 노래한 것이 아니라, 인간이 처한 결핍되고 고통스러운 삶을 채워주고 어루만져 주는 무한한 사랑과 자비의 신에 대한 간절한 기도이기 때문이다.

김남조의 다음 시에도 현실적 삶의 고통을 극복하기 위해 절대자에게 의탁하려는 시인의 태도가 잘 나타나 있다.

> 잠든 솔숲에 머문 달빛처럼이나
> 슬픔이 갈앉아 평화론 미소되게 하소서

깎아세운 돌기둥에 비스듬히 기운 연지빛 노을의
그와같은 그리움일지라도
오히려 말없는 당신과 나의 사랑이게 하소서

본시 슬픔과 간난은 우리의 것이었습니다

짙푸른 水深일수록
더욱 연연히 붉은 산호의 마음을
꽃밭처럼 가꾸게 하소서

별그림자도 없는 어두운 밤이라서
한결 제빛에 요요히 눈부시는
수정의 마음을 거울삼게 하소서
……중략……
지금은 그저
돌과 같은 침묵만이 나의 전부이오니

잊음과 단잠속에 홀로 감미로운
묘지의 큰나무를 닮어

앞으론 묵도와 축원에 어려
깊이 속으로만 넘쳐나게 하소서
- 김남조, 「戀歌」

위의 시는 결코 사랑하는 이에게 바치는 노래가 아니라 현실적 삶에서 느
끼는 '슬픔과 간난'으로부터 벗어나기 위해 신의 자비와 은총을 구하는 기도
이다. '슬픔이 갈앉아 평화론 미소되게 하소서', '오히려 말없는 당신과 나의
사랑이게 하소서', '꽃밭처럼 가꾸게 하소서' 등의 시구에는 시적 화자의 간
절한 기도의 자세가 투영되어 있다. '짙푸른 水深'이나 '별그림자도 없는 밤'
과 같은 어두운 현실을 '돌과 같은 침묵'으로 견디고 있는 시인은 '꽃밭'과
'요요히 눈부시는 / 수정의 마음'을 꿈꾸며 신에게 '평화'와 '사랑'을 호소하

고 있는 것이다. 그리하여 현실적 삶의 문제에 얽매여 고통스러워 할 것이 아니라 '잊음과 단잠속에 홀로 감미로운 / 묘지의 큰나무'처럼 그것들을 초월하여 내적으로 사랑이 넘치는 삶을 살고자 한다. 이는 한편으로는 고통스러운 현실을 견디고 있는 모든 동시대인들에게 주는 시인의 위로와 격려의 언어이기도 하다.

이처럼 전쟁의 상처로 고통 당하고 있는 동시대인들에게 희망을 일깨우기 위한 종교적 정관의 시편들은 구상, 정한모 등의 시에서도 산견되는데, 이는 그만큼 1950년대의 현실적 상황이 인간의 논리로는 극복이 불가능할 정도로 암담했음을 시사하는 징표이다.

VI. 전통적 · 향토적 정서의 회복과 확산

전쟁이 인간에게 주는 가장 심각한 피해는 물질적인 파괴나 육체적인 손상이라기보다는 회복하기 어려운 정신적 상처라고 할 수 있다. 동족상잔의 죄의식과 이념의 갈등이 극대화시킨 증오심, 고향을 떠나온 사람들의 실향 의식, 어떻게든 먹고 살기 위해 벌리는 치열한 생존경쟁이 유발한 윤리적 파탄과 피해의식 등은 오랜 역사를 지탱해 온 미풍양속을 무너뜨리고 민족의 정서를 왜곡시키는 엄청난 후유증을 남기게 된다.

이렇게 전쟁으로 인한 폐허 위에서 정신적, 육체적 상처와 생존의 고통으로 시달리며 피폐해져 있는 국민들이 정신을 추슬러 희망의 열린 세계를 향해 나아가도록 하기 위해서는 위로와 격려의 언어가 필요하게 된다. 절망에 빠진 민족을 다독거려 재기의 용기를 북돋울 수 있는 동력을 제공하는 언어가 필요하게 되는 것이다. 전통적이고 향토적인 정서를 환기시켜주는 시들이 바로 그들이다.

향수는 인간을 슬픔의 정서에 함몰시켜 무기력하게 만드는 부정적 요소로 작용하기도 하지만, 실의나 절망에 빠진 사람에게는 삶의 의욕을 불러일으키는 기폭제가 될 수도 있다. 실향민들의 고달픈 타향살이를 견디게 하는 원초적인 힘은 바로 고향에 대한 그리움과 귀향의식이다. 이처럼 우리 민족의 집단무의식 속에 원형질적 요소로 내재해 있는 전통적이고 향토적인 정서들은 아늑하고 포근한 고향집에 대한 그리움처럼 실의와 절망으로 고통스러워하고 있는 민족의 상처를 어루만져주고, 아픔을 달래주는 치유의 기능을 갖는다.

　해방 공간 속에서 벌어진 극심한 이데올로기의 갈등과 전쟁의 비극을 온몸으로 체험한 기성시인들은 자신의 시세계를 재정립하면서 민족의 고통을 어루만져 줄 수 있는 순수 서정의 세계로 나아가게 된다. 김광균, 김광섭, 김상옥, 김용호, 노천명, 박남수, 박두진, 박목월, 서정주, 신석정, 신석초, 유치환, 장만영, 조지훈 등이 그들이다. 이들은 시단의 주류를 형성하면서 서정성의 회복과 확대를 추구하게 된다. 그 중에서 전통적이고 향토적인 서정을 노래한 대표적 시인으로는 서정주, 박목월, 박재삼, 이동주, 박용래 등을 들 수 있다.

> 가난이야 한낱 襤褸에 지나지 않는다.
> 저 눈부신 햇빛 속에 갈매빛의 등성이를 드러내고 서 있는
> 여름 山 같은
> 우리들의 타고난 살결, 타고난 마음씨까지야 다 가릴 수 있으랴.
>
> 靑山이 그 무릎 아래 芝蘭을 기르듯
> 우리는 우리 새끼들을 기를 수밖에 없다.
> ……중략……
> 어느 가시덤불 쑥굴형에 놓일지라도
> 우리는 늘 玉돌같이 호젓이 묻혔다고 생각할 일이요
> 靑苔라도 자욱히 끼일 일인 것이다.
>
> 　　　　　　　　　　　　　　　　－ 서정주, 「無等을 보며」

　주로 토속적인 정서와 불교를 토대로 한 설화적 세계에 관심을 기울여 온 서정주의 시세계는 전쟁이라는 혼란을 겪으면서도 지속된다. 오히려 언어와 운율이 더욱 세련되어 가면서 피폐한 현실을 바라보는 통찰력도 달관의

경지에 도달하게 된다. 위에 인용한 시에는 이런 시인의 정신적 위상이 잘 나타나 있다.

시에는 전후의 궁핍한 현실 속에서 가난한 삶에 지쳐 좌절하는 사람들에게 삶의 의미와 사랑의 정신을 일깨워 줌으로써 그들의 고통을 위로하고자 하는 시인의 애정이 내포되어 있다. '가난이야 한낱 檻樓에 지나지 않'을 뿐, 결코 삶의 진실이나 의미를 훼손시키는 것은 아니다. 비록 누추하고 가난한 삶일지라도 정성을 다해 자녀를 양육하며, 부부가 서로 위로하며 사랑을 나누는 삶이야말로 가치있는 인생임을 확인시켜 주고자 한다. '가시덤불 쑥굴형에 놓일지라도 / 우리는 늘 玉돌같이 호젓이 묻혔다고 생각할 일이요'에는 가혹한 현실을 견디고 있는 동시대인들에게 삶의 진실을 깨우쳐주고자 하는 시인의 의도가 나타나 있다.

전후 사회가 안고있는 가장 절박한 문제는 바로 생존의 필수조건인 먹는 문제의 해결이었을 것이다. 전 국토와 산업시설이 폐허화함으로써 경제적 생산 능력을 상실한 사회의 구성원들은 극도의 가난과 굶주림에 허덕일 수밖에 없다. 그런데 배고픔은 인간을 가장 서럽고 고통스럽게 만들며, 그로 인해 때로는 범죄행위도 서슴치 않게 만들 정도로 정서적 긴장을 유발하는 치명적 요소이다. 박목월의 다음 시는 궁핍한 시대를 살아가고 있는 동시대인들의 정서를 여실히 반영하고 있다.

> 모밀묵이 먹고 싶다.
> 그 싱겁고 구수하고
> 못나고도 素朴하게 점잖은
> 촌 잔칫날 팔모 床에 올라
> 새 사둔을 대접하는 것.
> 그것은 저문 봄날 해질 무렵에
> 허전한 마음이
> 마음을 달래는
> 쓸쓸한 食慾이 꿈꾸는 飮食
> 또한 人生의 참뜻을 짐작한 者의

너그럽고 넉넉한
눈물이 渴求하는 쓸쓸한 食性
　　　　　　　　　　－ 박목월, 「寂寞한 食慾」

　식욕은 인간을 살아 움직이게 하는 에너지의 원천이므로 곧 삶의 의욕
과 직결된다. 따라서 '먹고 싶다.'는 말은 곧 삶을 의욕하고 있다는 징표가
된다. 그런데 왕성해야 할 식욕이 '적막한' 또는 '쓸쓸한' 이유는 현실이 그
만큼 궁핍하기 때문이다. 그럼에도 불구하고 현실적으로는 너무도 절박한
생존 조건이기 때문에 그것은 '눈물이 갈구하는 쓸쓸한 食性'일 수밖에 없
는 것이다. 시적 화자의 그런 '쓸쓸한 食慾이 꿈꾸는 飮食'도 결코 산해진미
의 진수성찬이 아니라 '못나고도 素朴하게 점잖은' '모밀묵'이다. 시인은 궁
핍한 시대를 견디고 있는 동시대인들에게 그런 소박한 음식이나마 함께 먹
으며 '허전한 마음이 마음을 달래는' 듯이 현실의 고통을 잠재우고 희망의
세계로 나아가도록 이끌고 있다. 즉 시의 내면에는 그렇게 생존에 허덕이고
있는 민족의 고통을 위로하고자 하는 시인의 의도가 내포되어 있는 것이다.
　또한 이 시기에 등단하여 전통적이고 향토적인 정서의 형상화를 위해 노
력한 박재삼의 시에도 궁핍한 시대를 살아가고 있는 동시대인들의 삶에 대
한 비애의 정서가 잘 나타나 있다.

　　　마음도 한 자리 못 앉아 있는 마음일 때,
　　　친구의 서러운 사랑 이야기를
　　　가을 햇볕으로나 동무삼아 따라가면,
　　　어느새 등성이에 이르러 눈물나고나.

　　　제삿날 큰집에 모이는 불빛도 불빛이지만
　　　해질녘 울음이 타는 가을 江을 보겠네

　　　저것 봐, 저것 봐,
　　　네보담도 내보담도
　　　그 기쁜 첫사랑 산골 물소리가 사라지고

그 다음 사랑 끝에 생긴 울음까지 녹아나고
이제는 미칠 일 하나로 바다에 다 와가는
소리 죽은 가을 江을 처음 보겠네.
       － 박재삼, 「울음이 타는 가을 江」

슬픔이나 고통은 혼자 견디어야 할 때는 버겁고 힘들지만 그것을 누군가
와 함께 공유하게 되면 그 강도가 약화되어 견디기가 수월해진다. 전후의
참혹한 세상살이를 견디면서 민족의 가슴마다에 한의 정서로 응결되는 삶
에 대한 비애의 정서는 국민들로 하여금 미래에 대한 희망을 좌절시키는 부
정적 정서로 작용하기 쉽다. 박재삼의 비애의 정서에 대한 시적 천착은 그
러한 정서의 공유와 확산을 통해 정서적 카타르시스에 도달하고자 하는 의
도의 반영으로 볼 수 있다.

위의 시에서 '마음도 한 자리에 못 앉아 있는 마음일 때'에는 전후 사회의
불안의식이 드리워져 있다. 궁핍한 시대의 '친구의 서러운 사랑 이야기'는
결국은 동시대인들 모두의 사랑 이야기이기 때문에 시적 화자의 심금을 울
려 '눈물나고나' 라고 정서의 공유 상태에 도달하게 한다. 강물에 투영된 저
녁 노을이 '울음이 타는' 것으로 인식되는 이유도 그 근원은 궁핍한 삶에 대
한 비애의 정서이다. 그러나 '기쁜 첫사랑'의 격정도 '사랑 끝에 생긴 울음'
의 비탄도 모두 아우르며 유유히 흐르는 '소리 죽은 가을 강'에는 비록 가난
하고 고통스러운 삶이지만 기쁨과 슬픔을 서로 나누고 위로하며 살아야 하
는 세상살이의 지혜가 은유되어 있다.

박재삼은 비애의 정서에 대한 함몰을 통해 오히려 그 비애의 정서로부터
의 해방을 시도한다. 이를 효과적으로 수행하기 위해 그는 민족의 집단무의
식 속에 원형질적 요소로 내장되어 있는 전통적이고 향토적인 정서의 형상
화에 의존하는 것이다.

이러한 맥락에서 1950년대의 서정시들에 나타나는 비애의 정조는 단순
하게 감상적이거나 퇴폐적인 요소로 해석하는 오류를 범하지 말아야 한다.
그것이야말로 그 시대를 드러내는 진실이 될 수 있기 때문이다.

위에서 인용한 시들에서 볼 수 있는 것처럼, 전후의 한국 현대시의 주류를 형성하고 있는 전통적 서정시들은 전쟁으로 인해 정신적으로나 육체적으로 피폐해진 민족에게 따뜻한 위로와 격려의 언어로 전달됨으로써, 삶에 대한 의욕을 일깨우게 되는 것이다.

전후 시단에 등장한 새로운 시인들 중에서 구자운, 김관식, 김남조, 김종길, 박재삼, 박성룡, 박용래, 이동주, 이원섭, 이형기, 정한모, 한하운, 한성기, 이성교, 이유경, 황금찬, 장호, 박희진, 김윤성, 조병화, 유정, 김현승 등은 전통 서정시의 계보를 잇는 시인들로 분류할 수 있을 것이다. 이들 중에서 박재삼, 이동주, 박용래 등은 우리 민족의 집단 무의식 속에 원형질적 요소로 내재해 있는 고전적인 정서들, 즉 한을 주조로 하는 전통적이고 향토적인 정서의 형상화를 위해 노력했다.

Ⅷ. 현실에 대한 비판적 인식

전쟁으로 인해 삶의 기반이 폐허화한 궁핍한 환경 속에서 살아 남기 위한 치열한 생존경쟁은 전통사회가 지켜온 윤리나 도덕을 도외시하게 함으로써 부조리하고 혼탁한 사회적 분위기를 조장하게 되며, 결과적으로 국민들의 생계를 더욱 어렵게 하는 악순환이 계속되게 한다. 이러한 사회 현실을 직시하고 있는 시인들 중에는 서정적 세계에 안주하고 있는 시적 경향을 거부하고 새로운 시적 방법을 모색하는 시인들이 등장하게 되는데, 모더니즘 시운동을 계승하고자 한 〈후반기〉 동인들과 부조리한 사회 현실에 대한 적극적 관심과 비판적 인식을 형상화한 시인들이 그들이다.

〈후반기〉 동인은 전란 중에 부산에서 김경린, 조향, 박인환, 김규동, 김차영, 이봉래 등이 주축이 되어 결성되었다. 이들의 시적 경향은 "52년의 〈후반기〉 모더니즘 시운동은 정적인 세계에 대한 불만으로부터 출발하였다. 현실의 적극적인 반영 내지는 비평을 새로운 내적인 방법에 의하여 시도하며, 불안에 싸인 문명의 인상 내지는 인간의 내면의식을 현대적인 언어로 쓴다는 시도는 쉬르레알리즘 내지 다다정신의 도입에서 더욱 가능하다는 주장을 내세운 〈후반기〉 그룹의 출범은 그러나 그 전도가 용이한 것은 아니었다."[55]라고 한 김규동의 회고에 잘 나타나 있다. 그러나 이들은 서구 모더니즘의 정신과 방법에 대한 어설픈 이해와, 전쟁이라는 엄청난 비극을 견디고 있는 민족의 역사적 현실에 대한 피상적 인식으로 인해 실패한 실험적 시운동으로 끝나게 된다. 즉 서구의 모더니즘 시에 대한 수사적 모방에만 급급할 뿐, 문화적 차이와 역사적 현실을 고려한 창조적 세계로 나아가지 못함으로써 불안과 절망의 언어만 늘어놓는 시적 파탄에 직면하게 되는 것이다. 그러나 그들이 추구했던 전후사회의 불안한 풍경이나 도시 문명과 내면의식의 탐구는 시의 언어와 소재의 확대에 기여한 바가 크다.

한편 전후의 부조리하고 혼탁한 사회 현실 속에서 먹고 살기 위한 치열한 생존경쟁을 벌리고 있는 소시민들의 모습들은 시적 성찰의 중요한 대상이 된다. 김수영이 폭로적인 자기분석을 통해 쓴 소시민적 삶에 대한 모멸과 연민의 시들은 전후의 한국 사회에 대한 깊이 있는 지적 성찰의 결과이다. 김수영은 참담한 현실 속에서 생존을 위해 허덕이고 있는 자신의 삶의 모습에 대한 적나라한 관찰을 통해 부조리한 현실에 대한 예리한 비판의식을 보여준다.

부조리한 현실에 대한 비판적 성찰은 김수영으로 하여금 자신의 삶을 바라보는 태도를 양극화시킨다. 궁핍한 시대를 어떻게든 살아가기 위해 세상의 허위성과 철저하게 타협하고 있는 동시대인들의 삶의 모습들은 그에게 짙은 모멸감을 유발하는 한편, 자신과 그들의 삶이 결국은 동질적인 것이라는 인식이 강한 연민의 정서를 불러일으키게 되는 것이다. 이러한 양극화된 정서가 불안의 시대를 살아가는 자신의 삶의 태도에 대한 모멸과 연민이라는 야누스적인 모습으로 그의 시에 나타나게 된다. 이것은 현실을 부정하면서도 그것을 자신의 삶의 일부로 수락할 수밖에 없는 그의 비극적 현실인식에서 기인한다.

---

55) 권영민, 『한국현대문학사』, 民音社, 1993, 130쪽에서 재인용.

1950년대에 쓰여진 그의 시에서 흔하게 볼 수 있는 자학적이고 모멸적인 태도의 이면에는 상대적으로 자신의 서러운 삶에 대한 무한한 연민의 정서가 도사리고 있다.

> 함부로 흘리는 피가 싫어서
> 이다지 낡아빠진 생활을 하는 것은 아니리라
> 먼지 낀 잡초 우에
> 잠자는 구름이여
> 고생도 마음대로 할 수 없는 세상에서는
> 철 늦은 거미같이 존재없이 살기도 어려운 일
>
> 방 두간과 마루 한간과 말쑥한 부엌과 애처러운 妻를 거느리고
> 외양만이라도 남과같이 살아간다는 것이 이다지도 쑥스러울 수가 있을까
>
> 詩를 배반하고 사는 마음이여
> 자기의 裸體를 더듬어보고 살펴볼 수 없는 詩人처럼 비참한 사람이 또 어디 있을까
>
>   - 김수영, 「구름의 파수병」

> 한없이 풀어지는 피곤한 마음에도
> 너는 결코 서둘지 말라
> 너의 꿈이 달의 行路와 비슷한 廻轉을 하더라도
> 개가 울고 종이 들리고
> 기적소리가 과연 슬프다 하더라도
> 너는 결코 서둘지 말라
> 서둘지 말라 나의 빛이여
> 오오 人生이여
>
>   - 김수영, 「봄밤」

위에서 시인은 '낡아빠진 생활'이 자신의 의지와는 무관한, '고생도 마음대로 할 수 없는 세상' 탓임을 호소한다. 그러한 세상에서는 '철 늦은 거미같이 존재없이 살기도 어려운 일'이며, '외양만이라도 남과같이 살아간다는

것이' 매우 쑥스러운 일이다. 그리고 그는 그런 삶의 태도가 '詩를 배반하고 사는 마음'이라는 것까지도 잘 알고 있다. 그러나 시를 배반하고 살 수밖에 없는 현실의 가혹함을 절감하고 있는 그로서는 '詩人처럼 비참한 사람이 또 어디 있을까'라는 자기변호에 도달하게 되는 것이다. 자신의 삶에 대한 이러한 연민의 정서가 '한없이 풀어지는 피곤한 마음에도', '너의 꿈이 달의 行路와 비슷한 廻轉을 하더라도', '기적소리가 과연 슬프다 하더라도' '서둘지 말라 나의 빛이여 / 오오 人生이여' 라고 스스로에게 충고하게 만드는 것이다. 이는 꿈이 현실화되지 않는 데서 오는 정신적 피로와 현실이 주는 슬픔에도 불구하고 성실히 살고자 하는 시인 자신의 다짐이기도 하다.

1950년대에 쓰여진 김수영의 시의 대부분에 나타나는 삶에 대한 모멸과 연민의 이중적 태도는 불안한 시대를 살아가는 시인의 의지와 신념을 끊임없이 동요케 한다. 따라서 그의 시에 나타나는 내용적 특성의 하나인 강렬한 도덕성에의 지향은 바로 늘 불안하게 동요하는 자신의 삶에 대한 준거를 마련하려는 의도적 노력의 일부로 볼 수 있다. 그는 준엄한 도덕적 자기반성을 통해 바로 현실의 부조리한 모습을 드러내고자 시도하는 것이다.

도덕적 신념은 어떤 절대적 가치기준의 인식에 기초한 것은 아니다. 시대에 따라 도덕적 신념과 그에 의한 행동양식은 변화하게 마련이다. 한 시대의 도덕은 그 시대의 관습이나 규범이 동시대인이 지향하는 행동과 일치함으로써 성립되는 것이라고 할 수 있다. 따라서 도덕적 신념은 한 인간이 자기가 속한 사회 내에서 환경적인 요소들과 적절한 관계를 유지하며 살아가기 위한 하나의 준거가 될 수 있는 것이다. 그런데 도덕적 기준이라는 것은 쉽게 경화되므로 유연성 있는 태도나 때로는 타협을 요구하는 현실과는 항상 갈등을 일으키게 된다. 김수영의 시에 나타나는 도덕적 자기반성도 대부분 부조리하고 모순된 현실과의 갈등에서 연유한다.

멀리서 산이 보이고
개울 대신 실가락처럼 먼지나는
군용로가 보이는

고요한 마당 우에서
나는 나를 속이고 歷史까지 속이고
구태여 낯익은 하늘을 보지 않고
구렁이같이 태연하게 앉아서
마음을 쉬다
- 김수영, 「休息」

물에 빠지지 않기 위한
생활이 卑怯하다고 輕蔑하지 말아라
뮤우즈여
나는 公利的인 人間이 아니다
내가 괴로워하기보다도
남이 괴로워하는 양을 보기 위하여서도
나에게는 若干의 輕薄性이 必要한 것이다
智慧의 王者처럼
눈 하나 까딱하지 아니하고
도사리고 앉아서
나의 原罪와 悔恨을 생각하기 전에
너의 生理부터 解剖하여보아야겠다
뮤우즈여
- 김수영, 「바뀌어진 地平線」

시 「休息」에는 세상의 허위성에 속아 사는 예술가의 양심과 그로 인한 도
덕적 자의식이 드러나 있다. 시인은 지금 '나를 속이고 歷史까지 속이고'도
하늘을 우러러 한점 부끄럼도 없는 인간처럼 '구렁이같이 태연하게 앉아' 있
을 수 있는 자신의 위선성을 매도하고 있다. 도덕성을 지향하는 본질적 자
아와 일상적 삶의 세속성에 안주하고 있는 현실적 자아가 대립하고 있는 것
이다. 그런데 김수영 문학의 특성으로 제기되는 풍자와 아이러니는 바로 이
러한 김수영 자신의 강한 도덕적 자의식와 밀접하게 관련된다.
　시 「바뀌어진 地平線」에는 이런 아이러니의 속성이 잘 나타나 있다. 이 시
에는 두 개의 의미 층위가 존재한다. 즉 '물에 빠지지 않기 위한 / 생활', '卑

怯', '輕蔑', '公利的인 人間', '輕薄性', '原罪와 悔恨'이 가리키는 시인의 현실
적 삶의 모습을 드러내는 표면적 의미와, 모든 것을 부정하며 강한 도덕성
을 지향하는 시인의 양심을 드러내는 실질적 의미가 그것이다. 시인이 '解
剖'하려는 것은 뮤우즈의 '生理'가 아니라 현실의 중압에 압도당하여 시인으
로서의 양심을 유기한 채 살아가고 있는 자신의 비극적인 모습이다. 자칫
위선적 포우즈로 읽힐 수도 있는 자신에 대한 이러한 질책은 진실을 드러내
기 위한 시인의 정직한 의지의 결과임을 유념하여야 한다. 자신과 동시대인
들의 삶을 예의 관찰하고 그 위선성과 함께 현실의 부조리하고 모순된 상황
을 비판하려는 김수영의 치열한 시정신이 잘 나타나 있는 것이다.

시는 자기 실존의 싸움터인 동시에 끊임없이 시인 자신의 삶과 만나는 자
리이다. 1950년대에 쓰여진 김수영의 시는 혼란스런 세상을 살아가는 자
신의 삶의 모습을 투시하는 것에 주로 집중되고 있다. 구차스런 자신의 삶
에 대한 모멸과 연민은 바로 동시대인들의 삶을 바라보는 그의 시각이기도
하다. 그는 자신의 삶이 얼마나 잘못된 것인가를 보여줌으로써 불안한 전후
의 상황 속에 놓여 있는 동시대인들의 삶이 얼마나 고통스러운 것인가를 증
언하고 있는 것이다. 아울러 그러한 증언을 통해 그는 부조리하고 모순된
현실까지도 탄핵하려고 한다. 그의 초기시에 나타나던 관찰자적 태도도 이
시기에 오면서 점차 적극적인 참여적 태도로 바뀌게 된다. 부조리한 현실에
반응하는 감정의 정밀성을 통해 보여주는 준엄한 도덕적 자기반성은 시인
의 현실 비판을 정당화시켜 주는 전제 조건이라고 할 수 있다. 또한 그것은
불안하게 동요하는 시대를 살아가는 시인의 현실적 삶의 준거로서의 기능
을 갖게된다.

인간은 자기만이 고통을 당하고 있다는 생각 때문에 실의와 절망에 빠
지는 경우가 많다. 그러나 자신과 같은 고통을 겪고 있는 사람들이 많다는
사실을 인지하게 되는 경우는 그런 실의와 절망으로부터 다소 해방될 수
있다. 이 시기에 쓴 김수영의 시들은 그런 점에서 동시대인들의 관심의 대
상이 될 수 있는 것이다.

한편 1950년대에 등장하는 새로운 시인들은 전쟁으로 인한 비인간화 현

상과 만연하는 각종 사회적 부조리 현상에 대한 비판적 인식의 심화와 확대를 보여주기도 한다. 송욱, 김구용, 전영경, 신동문, 박봉우, 신동엽, 신경림, 고은, 민영, 정렬 등이 그들이다.

이들 중 송욱, 전영경의 시에는 빈발하는 각종 사회악에 대한 고발 의도가 강하게 나타나며, 이에 대한 자신의 무기력함이나 현실에 대한 야유와 조소가 요설적으로 표현되어 있다.

> 솜덩이 같은 몸뚱아리에
> 쇳덩이처럼 무거운 집을
> 달팽이처럼 지고,
> 먼동이 아니라 가까운 밤을
> 밤이 아니라 트는 싹을 기다리며,
> 아닌 것과 아닌 것 그 사이에서
> 줄타기하듯 모순이 꿈틀대는
> 뱀을 밟고 섰다.
> 눈 앞에서 또렷한 아기가 웃고,
> 뒤통수가 온통 피 먹은 白丁이라,
> 아우성치는 자궁에서 씨가 웃으면
> 亡種이 펼쳐가는 만물상이여!
> ……중략……
> 모두가 죄를 먹고 시치미를 떼는데,
> 개처럼 살아가니
> 사람 살려라.
> — 송욱, 「何如之鄕 1」

시적인 논리를 벗어나 있는 듯한 당돌한 언어와 이미지의 배열이 현실에 대한 비판적 태도의 정도를 감지시킨다. 전후 사회의 현실적 삶을 시인은 '솜덩이 같은 몸뚱아리'를 지닌 허약하고 무기력한 인간이 '쇳덩이처럼 무거운 집을 / 달팽이처럼 지고' '줄타기 하'고 있는 형국으로 비유했다. 그것은 가혹한 현실이 그만큼 삶을 버겁게 만들고 있기 때문일 것이다. 그런데 삶이 그렇게 버거운 이유는 '亡種이 펼쳐가는 만물상'처럼 세상이 부정부패로 가득 차 혼란스럽기 때문이다. 이런 사실이 '모두가 죄를 먹고 시치미를 떼는데, / 개처럼 살아가니'에 여실히 나타난다. '사람 살려라'라는 외침은 바로 그런 부조리한 현실의 폭압적 상황에서 벗어나고자 하는 동시대인들의 비명 소리이다. 야유와 자조와 역설이 어우러진 시를 통해 시인은 전후사회의 왜곡된 현실을 고발하고 있는 것이다.

> 이 강산 삼천리 삼팔선 철조망 휴전선을 끼고 금수강산 방방곡곡에서 수도 서울에서
> 종로에서 명동에서 미도파 근처 명천옥에서
> 재미 어때 재미 없으니 술이나 처먹으면서
> 인생과 세월을 보내면 아침은 오고.
> 청춘과 시간 그리고 직업을 떠나면서 황혼이 오면 인제 모든 것.
> 올 것이 오고 갈 것이 가서 살아서
> 늙어서 죽어서
> 별은 쏟아져 되지 못하게 밤인가.
> ……중략……
> 술이나 먹고 청춘을 이야기하고,
> 인생과 청춘 계절을 이야기하면서
> 떠나가기 전에 산에 가기 전에 다시 반 되만 더 먹고 속이 썩으니 또다시
> 반 되만 더 먹고 또 먹고 비료가 되어 몸이 비대할 수밖에 없다는
> 여보 그러면 우리들은
> 우선 돈이 없다는 죄밖에는 있소 돈이고 뭐구 우리들이 마시고 취하는 종로에서 명동에서
> 미도파 근처 명천옥에서
> 표준말부터 쓰자는 말이다.
> — 전영경, 「戲畵素描」

이 시기로 오면서 현실에 대한 비판적 인식을 보여주는 시들이 장시화하는 경향이 두드러지게 나타난다. 그것은 시인들이 부조리한 현실에 대해 하고싶은 말들이 그만큼 많아진다는 것을 입증한다. 위에 인용한 시에서 시적

논리나 미학을 파괴하고 횡설수설하듯 또는 말장난하듯 늘어놓는 언어들이 시적 화자의 의식의 마비상태를 보여준다. 그런데 이런 언어유희의 내면에는 곳곳에 현실을 바라보는 시인의 예리한 비판정신이 숨겨져 있다. 부조리하고 타락한 현실에 적응하며 살기 위한 노력이 결국 인간의 정신을 얼마나 타락시키게 되는지가 희화화된 풍경 속에 제시되어 있는 것이다.

술취한 주정뱅이의 넋두리처럼 두서없이 늘어놓은 장황한 시어들은 타락한 현실을 묘사하기 위한 장식들이다. 때로는 불쾌하고, 음탕하고, 우스꽝스럽기조차 한 언어는 바로 희화화를 위한 소도구들인 것이다. 맨정신으로는 바라보기 힘든 세상이 시적 화자로 하여금 술을 마시게 한다. 이것은 도취적이고 향락적 세계로의 도피가 아니라 현실의 폭압성을 드러내려는 시적 장치이다. '종로에서 명동에서 미도파 근처 명천옥에서 / 재미 어때 재미 없으니 술이나 처먹으면서 / 인생과 세월을 보내면 아침은 오고. / 청춘과 시간 그리고 직업을 떠나면서 황혼이 오면 인제 모든 것. / 올것이 오고 갈 것이 가서 살아서 / 늙어서 죽어서 / 별은 쏟아져 되지 못하게 밤인가.' 에는 현실의 폭압성에 압도되어 살아가고 있는 시인의 모습과 세상에 대한 분노가 내포되어 있다. 술에 취하여 마비되어 가는 시인의 정신은 부조리한 현실에 의해 길들여져, 결국은 현실과 타협하게 되는 동시대인들의 이완된 정신을 비유한 것이다. 시인은 이러한 요설적 문체와 현실의 희화화를 통해 타락하고 마비되어 가는 인간의 정신에 대한 신랄한 경고의 전언들을 토로하고 있는 것이다.

한편 1950년대 후반기로 오면서 분단의 비극성, 민족과 역사, 민중들의 삶에 관심을 기울이며 이를 형상화하고자 노력하는 시인들이 등장한다. 박봉우, 신동엽, 신경림이 그들이다.

산과 산이 마주 향하고 믿음이 없는 얼굴과 얼굴이 마주 향한 항시 어두움 속에서 꼭 한번은 천동 같은 화산이 일어날 것을 알면서 요런 자세로 꽃이 되어야 쓰는가.

저어 서로 응시하는 쌀쌀한 풍경. 아름다운 풍토는 이미 고구려 같은 정신도 신라 같은 이야기도 없는가. 별들이 차지한 하늘은 끝끝내 하나인데 · · · · · 우리 무엇에 불안한 얼굴의 의미는 여기에 있었던가.

모든 유혈은 꿈같이 가고 지금도 나무 하나 안심하고 서 있지 못할 광장. 아직도 정맥은 끊어진 채 휴식인가 야위어가는 이야기뿐인가.

언제 한번은 불고야 말 독사의 혀같이 징그러운 바람이여. 너도 이미 아는 모진 겨우살이를 또 한번 겪으라는가 아무런 죄도 없이 피어난 꽃은 시방의 자리에서 얼마를 더 살아야 하는가 아름다운 길은 이뿐인가.

－ 박봉우, 「休戰線」

위의 시에는 민족 분단의 비극적 상황에 대한 진지한 성찰이 잘 나타나 있다. '믿음이 없는 얼굴과 얼굴이 마주 향한 항시 어둠 속에서 꼭 한번은 천동 같은 화산이 일어날 것을 알면서 요런 자세로 꽃이 되어야 쓰는가.' 에는 휴전 상황의 불확실성과 전쟁에 대한 국민들의 불안의식이 암시되어 있다. '별들이 차지한 하늘은 끝끝내 하나인데'는 함께 행복하게 살아야 할 동족의식을 일깨우지만, 그런 동족끼리 서로의 가슴에 총부리를 댄 비극이 '모든 유혈은 꿈같이 가고 지금도 나무 하나 안심하고 서 있지 못할 광장'을 초래했음을 진술하고 있다. 이것은 휴전상황이 전쟁의 종결이 결코 아니며, '언제 한번은 불고야 말 독사의 혀같이 징그러운 바람'이나 또 한번의 '모진 겨우살이'가 은유하는 전쟁의 재발 가능성을 내포하고 있다는 사실에 대한 공포와 불안의식으로 연결된다. 이는 분단의 비극적 상황에 대한 성찰을 통해 이 땅에 다시는 참혹한 전쟁이 재발하지 않기를 염원하는 시인의 의지를 보여준다.

민족수난사를 소재로 투철한 역사의식을 서사시적인 호흡으로 노래한 신동엽의 초기시에도 전쟁으로 인해 파괴된 금수강산과 전통적 삶의 양식이 잘 묘사되어 있다.

길가엔 진달래 몇 뿌리
꽃 펴 있고
바위 모서리엔
이름 모를 나비 하나
머물고 있었어요
……중략……
남햇가,
두고 온 마을에선
언제인가, 눈먼 식구들이
굶고 있다고 담배를 말으며
당신은 쓸쓸히 웃었지요.
……중략……
길가엔 진달래 몇 뿌리
꽃 펴 있고
바위 그늘 밑엔
얼굴 고운 사람 하나
서늘히 잠들어 있었어요

꽃다운 산골 비행기가
지나다
기관포 쏟아놓고 가버리더군요.

기다림에 지친 사람들은
산으로 갔어요.
그리움은 회올려
하늘에 불 붙도록.
뼛섬은 썩어
꽃죽 널리도록.
― 신동엽, 「진달래 山川」

　　현실에 대한 비판적 인식을 보여주는 대부분의 시들이 도시적인 문화와
밀접하게 관련되어 있는 것에 비해 신동엽의 시는 향토적이고 민중적인 정
서에 뿌리를 두고 있다. 따라서 전쟁이 휩쓸고 간 폐허의 모습도 도시 문화

적인 속성을 지닌 것이 아니라 전통적이고 향토적인 삶의 양식과 관련된다. 위에 인용한 시는 그의 이런 특성을 여실히 보여준다.

위의 시는 산간지방에서 유격전을 벌리다 사살된 빨치산들의 처참한 최후를 묘사하고 있다. 진달래 피고 나비가 나르는 것은 전형적인 우리의 고향 마을의 평화스러운 봄 풍경이다. 그런 평화로운 고향 마을에도 전쟁이라는 대재앙이 밀어닥침을 '꽃다운 산골 비행기가 / 지나다 / 기관포 쏟아놓고 가버리더군요.'에 암시되어 있다. 또한 '남햇가, / 두고 온 마을에선 / 언제인가, 눈먼 식구들이 / 굶고 있다고 담배를 말으며 / 당신은 쓸쓸히 웃었지요.'에는 전쟁으로 인해 가난에 허덕이고 있는 민중들의 고통스러운 모습이 투영되어 있다. 시적 화자는 산기슭 잔디밭에, 과수원 모래밭에, 진달래 핀 바위그늘에 죽어 쓰러져 있는 빨치산들도 이데올로기에 희생된 같은 민족의 형제들임을 인식하고 그들에 대한 진한 연민의 정서를 드러내고 있다. 시인은 전쟁으로 인해 우리의 고향 마을마저도 이렇게 무참하게 유린되고 있음을 보여줌으로써 동족상잔의 전쟁의 비극성을 더욱 아프게 인지시키고 있는 것이다.

1950년대 시에 나타나는 현실에 대한 비판적 인식의 심화와 확대는 전쟁으로 인한 사회적 혼란과 경제적 궁핍화, 그리고 동족간의 갈등에 기인한다. 김수영의 시에 나타나는 삶에 대한 모멸과 연민의 이중적 정서와 도덕성의 지향, 송욱과 전영경의 시에 제시된 자신의 무기력함이나 현실에 대한 야유와 조소로 가득찬 요설적 표현, 박봉우와 신동엽의 시가 드러낸 민족 분단과 동족상잔의 전쟁의 비극성에 대한 성찰은 바로 민족사에 다시는 그런 참혹한 전쟁이 재발하지 않기를 염원하는 의도의 산물인 것이다.

Ⅷ. 시의 언어와 대상에 대한 새로운 인식

1950년대 후반기로 오면서 전쟁으로 인한 파괴와 혼란으로부터 조금씩 안정을 회복하게 되지만 한국사회는 급격한 사회적, 문화적 변화를 겪게 되는데, 이는 필연적으로 삶의 양식에도 변화를 초래한다. 전후 한국의 사회와 문화에 대한 다음 기술은 시대적 상황을 이해하는데 크게 도움이 된다.

자유당시절의 50년대는 남한사회의 전통적 사회질서가 밑바닥에서 해체되는 변화가 일어났다. 일제시대에도 유교전통이 강한 남한사회는 양반중심의 권위질서가 지방과 농촌에 남아 있었고, 북한은 남한과는 다른 서민적, 기독교적 기풍이 강했다. 그런데 수백만의 북한주민이 월남하여 남한사회의 각 분야에서 활약하고 지도자로 부상하면서 양반문화의 권위는 급속도로 붕괴하였다. 더욱이 한국전쟁 중 수백만의 서울시민이 남쪽으로 피난하여 서울문화의 지방확산이 촉진되어 이 또한 지방사회의 양반문화를 해체시키는 기능을 하였다. 이와 같이 민족대이동이 이루어지는 가운데 지방문화의 해체, 권위질서의 붕괴, 양반 지주계급의 소멸로 급속한 수평사회가 형성되었다. 이러한 변동은 사회발전의 활력소로 작용하였으나, 전통과 권위가 무너진 무질서와 가치관의 혼란을 가져오는 요인도 되었다.

미국의 경제원조와 함께 홍수처럼 밀려 들어온 미국문화도 남한사회의 가치관과 생활풍속을 크게 바꾸어 놓았다. 미국식 자유민주주의사상이 전통적 자치관을 해체시키면서 근대시민정신을 고양시킨 것도 사실이지만, 서양문화에 대한 숭배가 지나쳐서 전통을 총체적으로 비하하는 민족허무주의적 사고가 팽배함으로써 주체성의 상실을 가져왔다. 이는 일제 식민잔재를 청산하지 못한 남한사회의 문화풍토를 더욱 어둡게 만들었다. 당시 뜻있는 지식인들 사이에는 문화식민지를 우려하는 목소리가 높았다.[56]

전통적 가치관의 해체는 필연적으로 삶의 양식의 변화를 초래하고, 이는 또 인간이나 사물에 대한 새로운 인식과 정서를 요구한다. 따라서 이러한 사회적 혼란과 변화를 온몸으로 체험한 시인들 중에는 불안하고 절망적인 현실에 대한 관심과 성찰보다는 시의 언어와 대상에 대한 새로운 인식과 방법을 모색하는 시인들도 등장하게 된다. 김춘수, 신동집, 김종삼, 김광림, 문덕수, 성찬경, 김영태 등이 그들이다.

김춘수는 사물의 존재론적 의미를 언어를 통해 규명하고자 하며, 신동집도 휴머니즘에 바탕을 둔 인간의 존재의식과 언어에 대한 남다른 통찰을 보

---

56) 같은 책, 562~563쪽.

여준다.

> 내가 그의 이름을 불러주기 전에는
> 그는 다만
> 하나의 몸짓에 지나지 않았다.
>
> 내가 그의 이름을 불러주었을 때
> 그는 나에게로 와서
> 꽃이 되었다.
>
> 내가 그의 이름을 불러준 것처럼
> 나의 이 빛깔과 향기에 알맞는
> 누가 나의 이름을 불러다오.
> 그에게로 가서 나도
> 그의 꽃이 되고 싶다.
>
> 우리들은 모두
> 무엇이 되고 싶다.
> 너는 나에게 나는 너에게
> 잊혀지지 않는 하나의 意味가 되고 싶다.
> — 김춘수, 「꽃」

사물은 언어에 의해 명명됨으로써 비로소 존재의 장에서 빛나게 된다. 위의 시에는 이러한 하이데거의 존재론적 인식이 잘 나타나 있다. '내가 그의 이름을 불러 주었을 때 / 그는 나에게로 와서 / 꽃이 되었다.'에는 이름을 불러줌으로써 서로 의미있는 관계를 형성함이 암시되어 있다. 사물은 서로 의미있는 관계를 형성함으로써 존재의 가치를 구현하게 된다. '나의 이 빛깔과 香氣에 알맞는 / 누가 나의 이름을 불러다오'는 의미있는 관계의 형성에 대한 시적 화자의 소망을 표현한 것이다. '너는 나에게 나는 너에게 / 잊혀지지 않는 하나의 意味가 되고 싶다.'는 것은 그런 관계 속에서 비로소 존재가 사회적 의미를 구현하게 됨을 뒷받침한다.

위의 시에 등장하는 '그' '나' '너' '우리'와 같은 시적 대상들은 기존의 시에서처럼 시대상황과 관련된 의미를 지닌 시어들이 아니다. 존재의 본질적 모습을 상징하는 기호들일 뿐이다. 즉 일상적이고 현실적인 삶의 세계로부터 해방된 자유로운 순수 존재들인 것이다. 〈무의미의 시〉에로까지 확대되는 김춘수의 이러한 존재와 언어 탐구는 대상에 대한 시적 인식의 새로운 가능성을 열게 되는데, 이는 고통스러운 현실을 초월하여 관념의 세계로 나아가려는 시적 노력으로 볼 수 있다.

이런 시적 노력은 신동집의 시에서도 읽을 수 있다.

네가 좋아하던 나의 表情이
어떤 것인지
내가 좋아하던
너의 表情이
어떤 것인지
다 잊어버렸다고 하자

우리에게 남은
단 하나의 告白만은
영원히 아름다운
約束안에 살아 있다

風化하지 않는
어느 얼굴의 可能을 믿으며
참으로 많은 표정들 가운데서
나도 任意의 表情을 지운다

表情이 끝난 時間을랑
묻지를 말라
窓살 속에 갇히운
나의 노래를 위하여
　　　　　　　　　　　－신동집, 「表情」

위의 시에서 '表情'은 '나'와 '너'의 관계를 가능하게 하는 매개체다. 표정은 존재의 정서상태나 의미를 드러내는 상징이기 때문에 존재는 이를 통해 서로 관계를 형성하며 의사를 소통한다. '네가 좋아하던 나의 表情'이나 '내가 좋아하던 / 너의 表情'에는 이런 의미가 내포되어 있는 것이다. 이렇게 표정에 의해 소통되는 관계의 극치가 바로 '영원히 아름다운 / 約束'이다. 존재는 늘 그런 절대적 세계를 꿈꾸며 지향하여 나아가고자 한다. '風化하지 않는 / 어느 얼굴의 可能을 믿으며'에는 존재를 억압하는 시련에 굴하지 않고 절대의 세계로 나아가려는 소망을 피력한 것이다. '表情이 끝난 時間을랑 / 묻지를 말라'고 하는 이유는 그것이 곧 존재의 의미를 상실한 시간이기 때문일 것이다. 이 시도 일상적인 삶의 문제와는 상관없는 시적 대상인 '표정'에 대한 존재론적 의미를 추구한다. 표정은 존재의 관계를 가능케 하는 언어와 같은 기능을 가진 매체이다. 시인은 인간을 고통스럽게 하는 현실적 삶의 문제보다는 인간의 존재를 규정하는 근원적인 문제에 관심을 기울이고 있는 것이다.

한편 전봉건의 다음 시에서는 전후의 풍속을 바라보는 시인의 새로운 시각과 감성을 감지할 수 있다.

바다 기슭과 맞닿은
눈부신 하늘 기슭과
사랑을

그리고 五月이 찬란한 海峽과 꿀벌의 旅行을 계획하는 손과 손을
생각하였으면

〈바하〉의
두 개의 〈봐이올린〉을 위한
協奏曲을 들으면서
무수한 失意와 失念이 가시
돋친 鐵條網을 드리운 이 거리 밤
하늘에 추렁추렁 딸기같은 별들을

보았으면

그것은
虛僞의 나, 그리고 아름다운 理由와 價値없는 아름다운 投企이면

⋯⋯중략⋯⋯
진달래같은 은하가
씀바귀, 미나리 노래하며 메랑 달래랑 캐던 냇가와 언덕에 비는 나리고 砲彈
은 나리고, 쏟아지고, 나는 外人部隊라는 〈필립〉下士와 〈껌〉을 씹으며 장난을
치며
찢어 헤쳐진 四月의 破片속에 人間을 사냥하고 그러나 砲煙이

걷히었다 뭉키는, 걷히이는 바위 틈에 꿈처럼 은하처럼 하나 핀 진달래로 하
여 더 가까이 太陽을 느낀
새처럼
내가 휘파람을 불게한

라이나 · 마리아 · 릴케
단 한사람 薔薇의 가시에 찔리어서 죽은 樹木과 같이 자라나는 목소리의 당
신은 누구일까
오늘 詩를 쓰는 나는 무엇일까

               — 전봉건, 「銀河를 主題로 한 봐리아시옹」(2)

  후반기 동인들이 시도했던 모더니즘 시운동의 영향권 안에 있는 위의 시
에는 당돌하고 생경한 이미지들의 배치에 의해 전후사회를 살고 있는 지식
인의 분열하는 정신의 내면 풍경을 묘사하고 있다. 시인은 지금 은하가 펼
쳐진 밤하늘 아래에서 바하의 바이올린 협주곡을 들으며 시를 쓰기 위한 상
념에 젖어 있다. 그가 꿈꾸는 것은 '사랑'과 '五月의 찬란한 海峽과 꿀벌의
旅行'과 '라이너 · 마리아 · 릴케'의 시 같은 것들이다. 그러나 그것들은 '무
수한 失意와 失念이 가시 / 돋친 鐵條網을 드리운 이 거리'와 '비는 나리고
砲彈은 나리고, 쏟아지고', '찢어 헤쳐진 四月의 破片속에 人間을 사냥하고'
등의 시구에 나타나는 전쟁의 폭력성에 의해 무참하게 유린된다. 따라서 시

인은 '虛僞의 나'를 만날 수밖에 없으며, '오늘 詩를 쓰는 나는 무엇일까'라는 의문을 제기할 수밖에 없는 것이다.

그런데 혼란스러운 현실로 인해 분열하는 정신을 드러내기 위해 시인은 여러 가지 새로운 기법을 실험하고 있다. 일상적인 어법을 깨트리는 행과 연 구분, 자연스러운 리듬의 거부, 자유연상기법을 사용한 생경한 이미지의 배치, 지적 조작을 위해 문법을 무시한 언어와 문장, 서구적 문화와 토속적 요소의 폭력적 결합 등이 그것이다. 이는 모더니즘의 시적 방법론을 차용하여 시에서 새로운 감수성을 구현하려는 실험정신의 성과로 볼 수 있다.

김종삼, 김광림, 문덕수, 김영태 등의 시에서 흔하게 볼 수 있는 관념과 추상적 이미지에 의해 유발되는 애매모호성, 그리고 초현실주의적인 기법의 사용은 시적 대상에 대한 새로운 언어 감각의 소산이다. 그들은 부조리한 현실을 살아가고 있는 인간의 내면세계를 들여다보기 위해 언어에 대한 새로운 모색을 시도하는데, 이러한 노력은 시의 난해성을 심화시키는 역작용을 일으키기도 한다.

전후시에 나타나는 다양한 시도 중에서 주목되는 것은 연작시 작업과 장시화 경향이다. 김종문의 「불안한 토요일」, 송욱의 「何如之鄕」, 「海印戀歌」, 민재식의 「贖罪羊」 등이 그 예다. 이는 전후의 부조리한 현실을 총체적으로 파악하여 증언하고자 하는 치열한 정신의 산물이다. 시의 정형성이나 상투성으로부터 벗어나고자 하는 시인들의 자유로운 정신이 새로운 형식과 방법을 추구하게 되는 것이다. 즉 시의 언어와 대상에 대한 새로운 인식은 필연적으로 새로운 감수성의 창조를 지향하게 되고, 이는 새로운 형식과 방법을 시도하게 하게 만드는 것이다.

IX. 결 론

1950년대의 문학은 한국사에서 가장 고통스럽고 불행한 시대라고 할 수 있는 그 시대의 기록된 역사에 가려져 있는 동시대인들의 고통스러운 삶

의 실상을 이해할 수 있는 좋은 자료로서 사용될 수 있다. 그 시대의 문학
은 1950년대의 역사적 상황과 동시대인들의 실존적 고통을 불안과 절망의
언어를 통해 증언하고 있기 때문이다. 전쟁의 비극성은 국토의 폐허화나 물
질적, 경제적 손실보다는 사회적 혼란에 의해 야기되는 정신적 황폐화에
있다. 1950년대의 시는 전후의 폐허 속에서 민족이 견디어야 했던 정신적
황폐화 현상을 여실히 보여주고 있으므로, 그 시대의 문학에 대한 이해야말
로 전쟁의 비극성에 대한 역사적 교훈을 얻을 수 있는 훌륭한 역사 탐구가
될 수 있는 것이다.

　염무웅은 1950년대의 시를 개관한 글에서 "김기림이 주도한 모더니즘과
재래적인 서정시를 30년대의 우리나라 시단의 두 큰 흐름이라 볼 때, 그 흐
름에서 태어난 정지용·서정주 등은 강인한 역사의식의 뒷받침이 빈약한
대로나마 우리 시에 견고한 형상력을 부여했고 우리말에 의한 자유시의 가
능성을 확보하는 데 성공했다. 이들의 뒤를 이어 나타난 세대, 즉 6·25 전
후에 등장하여 50년대에 주로 활동한 시인들은 이상에 개괄적으로 살펴본
것처럼 앞시대의 유산 속에 안주하거나 그 표면적 형태를 답습하는 데 급급
하여 우리 시문학사상 가장 저조한 시대를 기록하였다."[57]라고 하면서 1950
년대의 시문학의 성과를 매우 부정적으로 평가했다. 그러나 우리는 결코 그
시대의 문학을 시대적 상황을 고려하지 않고 단순히 시작품의 내적인 문제
만으로 평가하려는 오류를 범하지 않도록 유의하여야 한다. 민족사의 가장
고통스럽고 불행했던 이 시기에도 어느 시대에 못지 않게 다양한 시적 노력
이 시도되고 있기 때문이다.

　전쟁이라는 광란과 한계상황 속에서 생존에 허덕이면서도 동시대의 시인
들은 그 비극적인 역사를 증언하고, 폐허 위에서 신음하고 절규하는 국민들
을 위로하여 정신적 상처를 치유하기 위해 다양한 시적 노력을 기울였다.
전쟁에 직접 종군하거나 종군작가단의 일원으로서 전투에 참가한 현장 체
험을 통해 전쟁의 비인간성과 악마성을 고발하고, 전쟁 연출자들에 대한 응

---

57) 廉武雄, 『民衆時代의 文學』, 創作과 批評社, 1979, 206쪽.

징을 위해 적에 대한 분노와 적개심을 북돋우고, 애국심과 승전의식을 고취시키는 한편 휴머니즘의 회복을 부르짖기도 한다.

또한 전쟁의 폐허 속에서 미래에 대한 전망을 상실하고 실존적 불안의식에 시달리는 민족의 고통을 형상화하기도 하고, 종교적 정관을 토대로 한 전지전능한 신에 대한 기도와 호소의 언어를 통해 절망적 삶을 영위하고 있는 동시대인들에게 신의 섭리와 구원의 오묘한 진리를 터득시키고 미래에 대한 희망을 확신시키려 노력하는 한편, 전통적, 향토적 서정의 시를 통해 실의와 절망에 빠진 민족에게 따뜻한 위로와 격려의 말을 전함으로써 삶에 대한 의욕을 일깨우기도 했다. 아울러 전후의 부조리하고 혼탁한 사회 현실에 대한 비판적 성찰을 보여주는 시인들은 절박한 생존경쟁에 시달리고 있는 동시대인들의 소시민적 삶에 대한 모멸과 연민의 정서를 형상화함으로써 좌절과 실의에 빠진 그들의 고통을 대변하고, 나아가 부조리한 사회 현실을 규탄하기도 한다.

한편 전쟁으로 인한 사회적 문화적 변화는 삶의 양식의 변화를 초래하게 되는 바, 이는 필연적으로 시의 언어와 대상에 대한 새로운 인식과 방법을 요구하게 된다. 따라서 시에서도 언어와 이미지, 시적 방법론 등에서 새로운 모색을 시도하게 되는 것이다.

이렇게 전쟁으로 인한 폐허 위에서 생존에 허덕이면서도 1950년대의 시인들은 그 비극적인 역사를 증언하고, 폐허 위에서 고통스러운 삶을 영위하고 있는 국민들을 위로하여 정신적 상처를 치유하기 위해 다양한 시적 노력을 기울였다. 이는 민족의 생존을 위협하는 전쟁이라는 위기상황에 대한 문학적 응전이다. 1950년대의 시문학은 작품의 질적 수준이나 문학사적 성과 위주로 평가할 것이 아니라, 전쟁이라는 극한상황 속에서 이루어진 시인들의 구체적이고 현실적인 시적 노력을 중요하게 고려할 때 정당한 평가가 가능해질 것이다.

참고문헌

〈시작품 자료집〉

金璟麟 外, 『새로운 都市와 市民들의 合唱』, 都市文化社, 1949.

金永三 편저, 『韓國詩大事典』, 乙支出版公社, 1994.

金宗文編, 『戰時 韓國文學選 詩篇』, 國防部政訓局, 1955.

金顯承, 『金顯承全集 1-3』, 시인사, 1985.

朴寅煥, 『選詩集』, 珊瑚莊, 1955.

박인환, 『朴寅煥 全集』, 文學世界社, 1986.

白鐵 등, 『韓國戰後問題詩集』, 新丘文化社, 1961.

陸軍從軍作家團, 『戰線文學 1-7輯』(영인본), 學研社, 1982.

李炳俊, 『韓國文學全集 35 詩集』, 民衆書館, 1959.

鄭漢模 · 金容稷, 『韓國現代詩要覽』, 博英社, 1980.

〈단행본〉

甘泰俊 外, 『韓國現代文學史』, 現代文學, 1989.

강만길, 『고쳐 쓴 한국현대사』, 창작과비평사, 1994.

강만길 외, 『해방전후사의 인식 2』, 한길사, 1985.

高銀, 『1950年代』, 民音社, 1973.

丘仁煥 外, 『韓國 戰後文學研究』, 三知院, 1996.

권영민, 『한국현대문학사』, 민음사, 1993.

金璟麟, 「모더니즘의 實像과 歷史的 發展過程」, 『모더니즘 詩選集』, 靑談文學社, 1986.

金烈圭 外, 『現代文學批評論』, 學研社, 1987.

金容誠, 『韓國現代文學史探訪』, 국민서관, 1973.

김윤식, 『한국 현대문학사론』, 한샘, 1988.

金允植 · 김현, 『韓國文學史』, 民音社, 1973.

김재홍, 『한국전쟁과 현대시의 응전력』, 평민사, 1980.

김재홍, 『한국 현대시의 사적 탐구』, 一志社, 1998.

김종윤, 『김수영 문학 연구』, 한샘출판사, 1994.

金埈五, 『詩論』, 도서출판 문장, 1984.

문학사와 비평연구회 편, 『1950년대 문학연구』, 예하, 1991.

白承喆, 「時代苦의 西歐主義」, 『心象』 1974년 2월호.

廉武雄, 『民衆時代의 文學』, 創作과 批評社, 1979.

와다 하루끼, 『한국전쟁』, 서동만 옮김, 창작과비평사, 1999.

이동하 편저, 『박인환』, 문학세계사, 1993.

이영섭, 『한국 현대시 형성 연구』, 국학자료원, 2000.

이지엽, 『한국전후시 연구』, 태학사, 1997.

鄭良殷, 『社會心理學』, 法文社, 1981.

陳德奎 外, 『1950年代의 認識』, 한길사, 1981.

한국문학연구회 편, 『1950년대 남북한 시인 연구』, 국학자료원, 1996.

한영우, 『다시 찾는 우리 역사』, 경세원, 2001.

韓完相, 『四・一九革命論』, 일월서각, 1983.

Booth, Wayne C., 『A Rhetoric of Irony』, The University of Chicago Press, 1974.

Borklunt, Elmer, 『Contemporary Literary Critics』, St. Martin's Press, 1977.

Eagleton, Terry, 『Literary Theory』, Basil Blackwell, 1983.

Fussell, Paul, 『The Great War And Modern Memory』, Oxford University Press, 1975.

Goldmann, Lucien, 『The Hidden God』, Trans. Lw Dieu Caché, Routledge & Kegan Paul Ltd., 1976.

Lukacs, Georg., 『Realism in Our Time』, Trans. John and Necke Mander, Harper Torchbooks, 1971.

Smith, Barbara H., 『Poetic Closure』, The Univ. of Chicago Press, 1974.

Stallmann, Robert W., 『The Critic's Notebook』, The Univ. of Minnesota Press, 1950.

Wellek, R. and Warren, A., 『Theory of Literature』, Penguin Books Ltd., 1970.

Wheelwright, Philip, 『Metaphor and Reality』, Indiana University Press, 1962.

제 3 부

역사적 진실과 시적 진실

박제된 인간과 시적 인간
A Stuffed Man and A Poetic Man

Ⅰ. 서론

역사서를 읽을 때마다 우리는 거대한 역사의 수레바퀴를 돌린 무수한 인물들을 만나게 된다. 사실 역사란 한 시대를 탁월한 능력으로 풍미하며 살아간 인물들에 대한 기록이라고 해도 과언은 아니다. 그 시대의 문화적 또는 사회적 성과는 바로 그들이 투신하여 이루어 낸 결과물들이기 때문이다.

그런데 불행하게도 우리는 역사서를 비롯한 과거에 대한 기록물들에서는 진실한 인간을 만나기 어렵다. 그러한 기록물들 속의 인간은 마치 역사박물관에 진열된 밀랍인형 같은 존재이기 때문이다. 즉 시대상황 속에서 사랑하고 그리워하거나, 고민하고 갈등하며 살아가는 참다운 인간적 면모는 증발해버린 박제된 인간의 모습만이 기술되고 있는 것이다. 더구나 봉건사회의 질곡 속에서 한 시대를 앞서가는 지식인으로서의 삶을 살았던 인물일수록, 그의 치열했던 일생에는 그만큼 더 크고 감당하기 어려운 인간적 갈등과 고뇌가 많았을 것이다. 그럼에도 불구하고 역사적 기록물 속에서는 도무지 참다운 인간으로서의 면모를 감지할 수 있는 내용들을 추출해내기 어렵다. 그것이 바로 역사적 기록의 한계이기도 하다.

모름지기 인간은 이성과 감성의 복합체이다. 만일 한 인간이 이성과 감성의 어느 한 가지만으로 활동한다면 그는 비정상적이고 기형적인 반쪽짜리 인간으로서의 삶을 살게 될 것이므로 온전하고 정상적인 인간이라고 할 수 없다. 따라서 역사적 기록물도 인물을 평가하고 그 객관적이고 보편적 진실을 기록할 경우 반드시 이성적 부분과 감성적 부분을 동시에 포착하여 기록하여야 진실을 증언할 수 있다. 그런데 한국사를 기술한 대부분의 역사적 기록물이 그렇지 못하다. 한 인물의 삶에서 감성적인 부분은 증발해버린 박제된 인간에 대해서만 기술하고 있는 것이다. 이것은 인간에 대한 기록으로는 반쪽짜리의 불구적인 인간에 대한 기록이므로 온전하고 정당한 기록과 평가로 인정하기 어려운 것이다. 본 연구는 바로 그러한 인식의 소산이다.

이러한 인식을 토대로 본고는 그러한 역사적 기록물 속에 박제된 인간이 한 시인의 탁월한 시적 상상력에 의해 어떻게 한 사람의 참인간으로 재현될 수 있는지를 고찰하기 위해, 그 전형적인 예로서 다산 정약용의 경우를 분석하고자 한다. 이러한 의도는 우연히 읽게 된 정일근의 시집『유배지에서 보내는 정약용의 편지』[58]에 실린 같은 제목의 시에 대한 감동에서 기인한다. 역사적 기록물 속에서는 도무지 느낄 수 없는 인간적인 진실들을 발견할 수 있었기 때문이다. 茶山의 유배생활을 형상화한 그 시에는 박제된 인간이 아니라 인간적인 정감이 물씬 풍기는 살아있는 인간을 만날 수 있었다. 이는 곧 역사를 재구하는 논리적 상상력과 시적 상상력의 차이에 대한 깨달음이기도 하다.

이를 위해 본고에서는 우선 역사적 기록물에 제시되는 해당 인물에 대한 설명을 예시하여 분석할 것인데, 그 텍스트는 주로 한국사를 기술한 역사서와 인물 한국사에 관한 책, 그리고 전문 사전류가 대상이 될 것이다. 이를 통해 역사적 기록물의 기술 한계를 가늠해 본 다음, 그들이 시인의 탁월한 시적 상상력에 의해 어떤 인간으로 재창조되는 지를 각 인물에 대한 시 작품 분석을 통해 고찰할 것이다.

필자 자신도 그동안 역사적 기록물에 의한 단편적 지식들로 인해 그들의 문화적 사회적 성취에 대해서는 인지하고 있었지만, 그들이 시대와 맞서기

---

58) 정일근, 『유배지에서 보내는 정약용의 편지』, 새로운 눈, 2004.

위해 얼마나 치열한 삶을 살았는지, 그 고뇌와 갈등의 무게와 깊이에 대해서는 도무지 가늠할 수 없었다. 살아 숨 쉬며 생활하는 인간이 아니라 늘 박제된 인간만을 대면해 왔기 때문이다. 따라서 본 연구는 시를 한갓 吟風弄月이나 한가한 지적, 정서적 유희 정도로 생각하는 통념들을 불식시키고, 시야말로 인간과 시대의 진실을 포착하는 가장 세련된 문화적 장치임을 자각하는 계기가 되기도 할 것이다.

II. 역사적 기록물 속의 茶山 丁若鏞

茶山은 우리 민족사에서 매우 중요한 인물이다. 봉건사회의 지식인으로서 그의 학문적 예술적 성취는 한국문화사의 귀중한 자산이기도 한 것이다. 그런데 그가 그러한 학문적, 예술적 성취를 이루기 위해서는 봉건사회의 각종 억압적 질서와 제도에 대한 갈등과 고뇌도 컸을 것으로 짐작된다. 실상 그가 이룩한 성취도 다 그런 갈등과 고뇌의 결과물이다. 그럼에도 불구하고 각종 역사적 기록물들은 그의 인간적 갈등과 고뇌는 철저히 배제한 채 그가 이룩한 성과에 대해서만 언급하고 있다. 이는 결코 한 인간을 평가하는 올바른 방법이라고 볼 수 없다. 인간성에 대한 성찰이 결여된 인물 평가는 결과로만 전체를 판단하는 오류를 범하기 쉽기 때문이다.

역사적 기록물들이 어떤 방식으로 그를 조명하고 있는 지를 살펴보기 위해, 그 전형적 예로 한국사를 기술한 책들과, 인물 한국사류들, 그리고 전문 사전류들을 분석해보고자 한다. 분량이 너무 방대할 경우는 주로 유배와 관련된 사항을 중심으로 간추릴 것이다.

1. 역사서의 경우

한국사를 기술한 역사서들의 경우는 저자의 의도와 각 저서의 규모나 분량에 따라 해당 인물에 대해 언급된 방식이나 분량이 다를 수밖에 없다. 따라서 본고에서는 李基白의『韓國史新論』과 한영우의『다시 찾는 우리 역사』

를 그 대표적인 예로 제시하고자 한다.

먼저『韓國史新論』에는 다산에 대한 기록이 다음과 같이 언급되어 있다.

경세치용의 학문을 집대성한 학자는 정조·순조 때의 丁若鏞이었다. 그는 순조 원년(1801) 辛酉邪獄으로 인하여 18년간 康津에서 유배생활을 하는 동안에 당시 조선사회의 현실에 대하여 직접적인 분석과 비판을 가하는 많은 저서를 남기어 실학 최대의 학자로 불리고 있다. 그는『經世遺表』에서 중앙의 정치조직에 관한 의견을,『牧民心書』에서는 지방행정에 대한 개혁을,『欽欽新書』에서는 형정에 대한 견해를 발표하였다. 이 삼부작 이외에도「湯論」·「田論」등에서 그의 사회개혁사상을 발표하였다.[59]

그 이후 많은 역사지리서가 나온 중에서 뛰어난 것은, ……, 丁若鏞이 지은『疆域考』등이다.[60]

정조가 돌아가고 순조(1800~1834)가 즉위하면서 대왕대비인 金氏(英祖妃)가 後見을 하자 서학에 대해서 혹독한 박해가 가해졌다. 이것이 辛酉邪獄이었다(순조 원년,1801). 이때에 李承薰을 비롯하여 李家煥, 丁若鍾 등과 周文謨가 사형을 당하고, 丁若銓·丁若鏞은 유형을 당하였다.[61]

丁若銓이 순조 15년(1815)에 지은『玆山魚譜』는 물고기에 대한 책으로서 특이하다. 이 책은 정약전이 黑山島에 유배되었을 때 그 근해에서 직접 채집 조사한 155종의 어류에 대한 명칭·분포·형태·습성·이용 등을 기록한 것이다. 그리고 醫學書로는 丁若鏞이 정조22년(1798)에 지은『麻科會通』이 있다. 이것은 중국의 麻疹書들을 두루 참고하여 麻疹(홍역)의 병증과 그 치료 방법을 기술한 것으로서, 여기서 種痘法이 처음 소개 되었다.[62]

공자의 본뜻을 실증적으로 찾아보려는 입장에서 경서를 독자적으로 해석한 학자로는 또 丁若鏞이 있었다.[63]

---

59) 李基白,『韓國史新論』, 一潮閣, 1990, 308쪽.
60) 같은 책, 312쪽.
61) 같은 책, 315쪽.
62) 같은 책, 316쪽.
63) 같은 책, 318쪽.

이 시기의 학문에서 우선 주목되는 것은 학문의 종합적 정리에 대한 노력이 두드러지다는 점이다. 다방면에 걸친 실학사상의 집대성자라고 할 丁若鏞의 사상이 무르익은 것은 이때였다.[64]

이상에서 살펴본 바와 같이 『韓國史新論』에는 정약용이 이룩한 학문적 성과에 대한 평가 중심으로 기록되어 있다. 그의 유배생활에 대한 언급도 한마디로 소개하고 있을 뿐, 그 구체적 내용에 대한 기술은 전혀 없다. 즉 그러한 학문적 성과가 어떤 갈등과 고뇌의 산물인지 전혀 제시되지 않을 뿐만 아니라, 그런 학문적 성과를 이루어낸 원천이 되는 그의 사람 됨됨이에 대한 기술도 전혀 없는 것이다. 이런 기술 태도는 『다시 찾는 우리 역사』도 마찬가지다.

정조는 비명에 죽은 아버지 사도세자의 명예회복이 자신의 정통성과 관련된다는 것을 깨닫고 아버지에 대한 효도를 극진히 하였다. 1796년(정조20)에 양주에 있던 아버지 묘소를 수원(水原)으로 옮겨 '현륭원'(顯隆園)이라 하고, 현륭원 북쪽의 팔달산 밑에 새로운 성곽도시로서 화성(華城, 지금의 수원)을 건설하였다(정조20,1976). 서양의 건축기구들을 참고하여 정약용 등 실학자들로 하여금 거중기, 녹로 등을 제작케 하여 당시로서는 최신의 과학적 공법으로 이룩된 화성(華城)에는 행궁(行宮)과 장용영(壯勇營)의 외영(外營)을 두었으며,……[65]

이익의 중농적 개혁사상은 후배인 정약용(丁若鏞)에게 영향을 주었으나, 정약용은 북학사상의 영향도 함께 받아들인 것이 이익과 다르다.[66]

정약용은 여러 마진에 관한 서적을 정리하여 『마과회통』(麻科會通,1798)을 저술하였다. 특히 그는 박제가 등과 더불어 종두법을 처음으로 연구·실험하였다.[67]

---

64) 같은 책, 335쪽.
65) 한영우, 『다시 찾는 우리 역사』, 경세원, 2001, 340쪽.
66) 같은 책, 369쪽.
67) 같은 책, 383쪽.

19세기 초 전라도 해안가 강진(康津)에서 유배생활을 하던 정약용(丁若鏞)이 감사와 수령, 그리고 향리들을 큰 도적과 굶주린 솔개에 비유하면서, 수령의 수신교과서인『목민심서』(牧民心書)를 쓰게 된 이유가 여기에 있었다.[68]

정조의 사랑을 크게 받았던 남인학자 정약용[茶山]은 천주교에 관여한 것이 문제가 되어 1801년 신유사옥때 유배를 당하여 전라도 강진에서 학문에 전념하다가 1818년 고향인 경기도 광주군 마현[지금의 남양주시 조안면 능내리]으로 돌아와『경세유표』(經世遺表)·『목민심서』(牧民心書)·『흠흠신서』(欽欽新書) 등의 명저를 남겼다.

그의 학문은 이익 등 선배 남인학자의 실학[고학]을 계승하면서도 이용후생을 강조하는 북학사상의 영향을 함께 받아 19세기 전반기의 학자로서는 가장 포괄적이고 진보적인 개혁안을 내놓았다.

먼저『경세유표』에서는『주례』에 나타난 주(周)나라 제도를 모범으로 하여 중앙과 지방의 정치제도를 개혁할 것을 제안하였다. 이에 의하면 정치적 실권을 군주에게 몰아주고, 군주가 수령을 매개로 민을 직접 다스리도록 하되, 민(民)의 자주권을 최대로 보장하여 아랫사람이 통치자를 추대하는 형식에 의해서 권력이 짜여져야 한다고 하였다. 그리고 중앙의 행정기구인 6조의 기능을 평등하게 재조정하고 이용감(利用監)을 새로 설치하여 과학·기술의 발전 등 북학(北學)을 수행할 수 있도록 바꾸며, 지방의 부유한 농민들에게 향촌사회에서의 공헌도에 따라 관직을 주어야 한다고 하였다.

정약용은 국가재정과 농촌경제의 안정을 위해 정전제도(井田制度)를 우리나라 현실에 맞게 시행할 것을 주장하였다. 즉 국가가 장기적으로 토지를 사들여 가난한 농민에게 나누어 주어 자영농을 육성하고, 아직 국가가 사들이지 못한 지주의 토지는 농민에게 골고루 병작권을 주자는 것이다.

정약용은 자신의 개혁사상을 학문적으로 뒷받침하기 위해 유교경전을 깊이 연구하면서 홍석주·신작(申綽) 등 학자들과 토론을 벌이기도 하였다. 그의 저술은 500여권에 달하는데, 지금『여유당전서』(與猶堂全書) 속에 수록되어 전해지고 있다.[69]

정약용은『아방강역고』(我邦疆域攷, 1811, 1833)를 써서 우리나라 고대사의 강

68) 같은 책, 395쪽.
69) 같은 책, 402쪽.

역을 새롭게 고증했다. 특히 백제의 첫 도읍지가 지금의 서울이라는 것과, 발해의 중심지가 백두산 동쪽이라는 것을 해명한 것은 탁월한 견해로서, 그의 지리 고증은 대부분 지금까지도 통설로 받아들여지고 있다.[70]

18세기 후반 정조때에 이르러 이익의 문인들을 중심으로 한 서울부근의 남인 학자들은 유교의 고경(古經)을 연구하는 가운데 하늘(天)의 의미를 주희와 달리 해석하면서 천주교의 천주(天主)를 옛 경전의 하늘과 접합시켜 받아들이게 되었다. 즉 자신의 유학을 천주교를 통해 보완하면서 차츰 신앙의 길로 들어서게 된 것이다. 그리하여 권철신(權哲身)·권일신·이벽(李蘗)·정약종·정약용·이가환(李家煥) 등 남인명사들이 천주교에 입교하였다. 이들은 지금 팔당호수 부근에 살고 있던 인사들이었다.[71]

정조의 뒤를 이어 순조가 즉위하고 노론벽파가 득세하자, 그들과 정치적으로 대립되어 있던 남인시파를 숙청하는 과정에서 대규모의 천주교도 탄압이 가해졌다. 1801년(순조1)의 대탄압을 '신유사옥'(辛酉邪獄)이라 하는데, 이때 이승훈·이가환·정약종·권철신 등 300여 명의 신도와 청나라의 신부(周文謨,1795년 입국)가 처형되고, 정약전(丁若銓)·정약용 형제가 유배되었다. 이와 더불어 서양 과학기술의 수입도 거부되었다.[72]

『韓國史新論』에 비해 정약용이 이룬 학문적 성취나 개혁사상의 내용들에 대한 설명이 좀 더 자세하게 기술되어 있기는 하나 정서적 인간으로서의 다산에 대한 기술이 전혀 없기는 마찬가지다. 또한 정조의 총애를 받았다거나 천주교에 입교한 죄로 강진으로 유배되었다는 사실에 대한 기술이 그의 기구한 삶의 편린을 감지하게 하지만, 그가 당대의 현실에 대해 얼마나 깊이 고뇌하고 갈등했는지에 대한 성찰은 전혀 없는 것이다.

이러한 현상은 근본적으로는 확인할 수 있는 사실만을 기술해야하는 역사학의 방법론에서 오는 한계라고 할 수 밖에 없다. 그러다 보니 봉건제도의 질곡 속에서 살며, 사랑하고 그리워한 감성적 인간으로서의 정약용은 사

---

70) 같은 책, 404쪽.
71) 같은 책, 406쪽.
72) 같은 책, 407쪽.

라지고, 오로지 그가 이룩한 지적, 학문적 성취의 내용들로만 평가되는 박제된 인간으로서의 모습만 남게 되는 것이다.

그도 결혼을 해서 부인이 있었으며, 자녀에 대한 사랑도 각별했다고 한다. 또한 그가 주장한 각종 사회개혁론은 지배계층의 苛斂誅求에 시달리는 백성들에 대한 연민과 불합리한 정치제도에 대한 투철한 현실인식의 결과이다. 즉 생활인으로서 당대의 현실에 대해 그만큼 깊이 고뇌하고, 백성들의 고통을 절감했기 때문에 그것을 극복할 수 있는 利用厚生의 실학사상도 개진할 수 있었을 것이다. 따라서 감성적 인간으로서의 다산에 대한 고찰이나 설명이 없이, 그의 사상과 학문을 논의하는 것은 인간의 외면만 보고 그 됨됨이를 평가하는 것과 다를 것이 없는 것이다. 역사학의 방법론은 바로 이런 점을 극복할 수 있도록 보완되어야 할 것이다.

2. 인물한국사의 경우

시대별로 중요한 인물들을 선정하여 그의 생애와 업적을 기술한 인물사의 경우는 일반 역사서의 경우보다 다소 감성적 인간에 대한 성찰이 가미되어 있다. 그 실상을 파악하기 위해 이현희의 『인물 한국사』와 이이화의 『이야기 인물한국사』의 경우를 예시하여 분석하고자 한다. 전문을 인용하여 분석하는 것이 바람직하기는 하나 분량이 너무 많으므로, 시 작품과 대응되는 부분인 유배와 관련된 사항 중심으로 발췌하여 검토하고자 한다.

먼저 이현희의 『인물 한국사』에서 유배와 관련된 기록을 간추리면 다음과 같다.

다산 정약용(丁若鏞:1762～1836)은 조선 왕조 후기 문예부흥기의 첫 개척자이며 개화와 민족의식 그리고 근대사상의 태동을 가져오게 한 인물이다. 그의 개혁과 이상사회 구현을 위한 저술은 어느 것 하나도 그대로 지나칠 수 없는 금과옥조가 되고 있는 것이다.

이런 훌륭한 역저가 거의 18년이란 강진 귀양살이 속에서 이루어졌다는 사실을 생각해 볼 때 그의 민권의식을 통한 우국일념과 현실을 개혁해서 선진조국을 건설하겠다는 그의 집념, 포부, 이상이 얼마나 크고 깊었던 것인가를 새삼 느끼게 한다.

1800년 천주교의 대박해가 일자 「요한」이라는 교명으로 세례를 받았던 착실한 남인 실학자요 천주교 신자인 다산도 귀양을 피할 수 없었다. 즉 서울에서부터 머나 먼 강진까지 유배되지 않을 수 없는 급박한 사정이 엄습하고 있을 때였다.

「할 수 없는 노릇이지. 천주님이 늘 우리와 동행하시니 뭐가 힘들며 외롭겠느냐」하면서 홀로 강진읍 성(城) 밖에 있던 조그만 목로 주막집에 이르러 몸을 의지하면서 살아가기 18년이나 되었다.

그는 어떻게 알았는지 다산의 신망을 듣고 찾아드는 어린 아이들에게 종래와는 다른 천자문 책을 만들어 열심히 가르치므로서 유배길의 소외감과 울분을 차분하게 정리하였다.

그의 명성과 신망이 주변에 널리 알려지자 많은 사람이 스스로 제자가 되겠노라고 구름같이 모여 들었으며 초의선사 등 스님과도 교유하면서 그의 학문세계를 넓혀 갔다. 조선 후기 실학의 발전과 그 집대성은 바로 이곳에서부터 이룩되었음을 알 수 있겠다. 그는 서재에서 제자들에게 자기가 연구하던 학문의 심오한 경지를 구술식으로 강의하여 적었다고 하니 뒷날『목민심서』는 바로 이 때 제자들에게 자기의 경륜, 포부, 이상 개척의 방향 등을 실현시키기 위해서 구술하였던 초본이기도 한 것이다.[73]

위의 인용문에는 다산의 정서적 상태의 편린을 보여주는 기술이 몇 군데 있다. "그의 민권의식을 통한 우국일념과 현실을 개혁해서 선진조국을 건설하겠다는 그의 집념, 포부, 이상이 얼마나 크고 깊었던 것인가를 새삼 느끼게 한다."라던가, "신망을 듣고 찾아드는 어린 아이들에게 종래와는 다른 천자문 책을 만들어 열심히 가르치므로서 유배길의 소외감과 울분을 차분하게 정리하였다." 등이 그것이다. 그러나 이러한 기록 역시 다산의 감성적 측면을 인식하기에는 너무 피상적이다. 고뇌의 깊이를 감지할 수 있는 감각적 표현들이 없어 생동감이 없는 것이다. 마치 밀랍인형의 표정처럼 말이다.

이이화의 『이야기 인물한국사』도 이런 수준을 크게 벗어나지 않지만, 다소 다른 기술 방식을 보여준다. 필요한 부분마다 다산이 쓴 시문이나 저서

---

73) 이현희, 『인물 한국사』, 청아출판사, 1986, 316~317쪽.

의 내용을 인용하며 설명하는 방식이 바로 그것이다.

　　어쨌든 1801년, 앞에서 말한 신유박해에서 그의 셋째 형 약종은 옥사했고, 둘째 형 약전과 함께 그는 기나긴 귀양살이길을 떠났다. 반대파들은 그도 죽일 것을 모의했으나 일부 동료들의 노력으로 귀양에 그쳤던 것이다. 강진 산정에서 지낸 그의 귀양살이는 단조롭기 짝이 없었다. 그는 그곳 주변의 선비들과 어울려 차를 마시며 담소를 즐겼고, 경세학과 목민학의 정리에 골몰했다. 그러면서 그는 결코 정치얘기 조정얘기는 입밖에 내지 않았다. 안동 김씨의 세도정치가 굳어진 조정에서 언제 그에게 엉뚱한 굴레를 씌워 사약 같은 것이 내려질지 모를 상황이었다.
　　정약용은 다만 이 지방 농민들의 참상을 날카롭게 관찰했다. 그는 암담한 농민의 참상을 몸소 겪고 보았다. 관리의 부정, 조정의 부패와 무능, 민생의 간고(艱苦)……. 이를 시로 읊기도 하고 책으로 정리하기도 했다. 이렇게 해서 나온 것이 수령의 부정을 막기 위해 쓴『목민심서』, 치도의 방책을 제시한『경세유표』, 공정한 형벌을 위한『흠흠신서』그리고 나라를 살찌울 경제관계의 저술들이었다. 이중에서 특히『목민심서』는 자신이 곡산부사로 있던 때의 경험과, 그곳의 현실을 겪으면서 씌어진 불후의 명저로 꼽힌다.[74]

'귀양살이는 단조롭기 짝이 없었다'나, '그곳 주변의 선비들과 어울려 차를 마시며 담소를 즐겼고, 경세학과 목민학의 정리에 골몰했다', '암담한 농민의 참상을 몸소 겪고 보았다' 등에는 다산의 생활상을 추측할 수 있는 내용들이 함축되어 있다. 그러나 이러한 기술 역시 다산의 감성적 측면을 이해하기에는 매우 미흡하다. 그의 유배생활 모습을 피상적으로 제시했을 뿐, 18년이라는 긴 유배생활의 고통과 외로움의 깊이는 전혀 감지할 수 없기 때문이다.
　　그런데 이 책의 기술 중에 인용된 다음 시는 다산의 정서 상태를 매우 효과적으로 보여준다.

　　대나무 몇 가닥에
　　새벽 달 걸릴 적에

---

74) 이이화, 『이야기 인물한국사 1』, 한길사, 1995, 179쪽.

고향이 그리워서
눈물이 줄줄이 맺히오[75]

위의 시는 이웃 고을에 귀양 와 있다가 먼저 해배되어 떠나는, 옛 동료이자 세도가 김조순의 일가붙이였던 김이교의 부채에 써 주었던 작품의 끝 구절이다. 또한 이 시를 읽은 김조순에 의해 마침내 유배에서 풀려나게 되는 계기를 만든 작품이기도 하다. 그런데 이 짧은 시에 함축된 의미가 유배생활 중에 있는 다산의 외로움과 그리움의 깊이를 매우 절절하게 느끼게 해준다. 고향을 그리워하는 인간으로서의 고뇌와 갈등이 잘 제시되고 있는 것이다. 이런 인간적인 측면을 인지할 수 있을 때 우리는 비로소 감성이 증발해버린 박제된 인간이 아니라 온전한 인간으로서의 다산을 만나게 되는 것이다. 이런 점에서 이이화의 『이야기 인물한국사』는 역사적 기록물 중에는 진일보한 것이라고 평가할 수 있다.

3. 사전류의 경우

대체로 전문 사전류의 경우, 인물에 관한 기록이 다른 역사 기록물보다 중요 사항 중심으로 압축되고 간추려 있게 마련이다. 그러다 보니 인물의 감성적인 측면은 거의 고려되지 않고 사실 중심으로 해당 인물이 성취한 업적을 소개하는 것이 일반적이다. 그러나 아래 예시되는 사전의 경우는 비교적 방대한 자료를 제공하고 있다. 한국정신문화연구원에서 편찬한 『한국민족문화대백과사전』과 國語國文學編纂委員會에서 編한 『國語國文學資料事典』이 그것이다.

먼저 정약용에 대해 생애와 사상, 각종 개혁론에 대해 방대한 자료를 제공하고 있는 『한국민족문화대백과사전』에 기술된 내용 중에서 유배기간과 관련된 사항을 인용하면 다음과 같다.

정약용의 생애에서 세 번째 단계는, 유배 이후 다시 향리로 귀환하게 되는

---

75) 같은 책, 185쪽에서 재인용.

1818년까지의 기간이다. 그는 교난이 발발한 직후 경상도 부근에 있는 장기로 유배되었다. 그러나 그는 곧 이어 발생한 '황사영백서사건(黃嗣永帛書事件)'의 여파로 다시 문초를 받고 전라도 강진(康津)에서 유배생활을 하게 되었다. 그는 이 강진 유배기간 동안 학문 연구에 매진했고, 이를 자신의 실학적 학문을 완성시킬 수 있는 기회로 활용하였다.

그의 강진 유배기는 관료로서는 확실히 암흑기였지만, 학자로서는 매우 알찬 수확기였다고 할 수 있다. 많은 문도를 거느리고 강학과 연구, 저술에만 전념할 수 있었기 때문이다. 그는 이 기간 동안 중국 진나라 이전의 선사(先秦) 시대에 발생했던 원시 유학을 집중적으로 연구함으로써 이를 기반으로 해서 성리학적 사상체계를 극복해 보고자 하였다.

또한 그는 조선왕조의 사회현실을 반성하고 이에 대한 개혁안을 정리하였다. 그의 개혁안은 『경세유표』·『흠흠신서』·『목민심서』의 일표이서를 통해 제시되고 있다. 이들 저서는 유학의 경전인 육경사서에 대한 연구와 사회개혁안을 정리한 것으로 가장 주목받고 있다. 정약용 자신의 기록에 의하면 그의 저서는 연구서들을 비롯해 경집에 해당하는 것이 232권, 문집이 260여 권에 이른다고 한다. 그 대부분이 유배기에 쓰여졌다.[76]

이상에서처럼 『한국민족문화대백과사전』에도 유배생활의 과정과 활동 내용과 학문적 성과에 대해서만 소개할 뿐, 그 기간의 고뇌와 고통에 대해서는 전혀 언급이 없다. 즉 '문초를 받고 전라도 강진에서 유배생활을 하게 되었다'는 기술만 있지, 그 문초가 얼마나 고통스러운 것이었고, 유배생활은 또 얼마나 외롭고 괴로운 것이었는지에 대해서는 도무지 언급이 없는 것이다. 생활이나 활동의 이성적 측면만 기술하고 있지, 감성적 측면에 대해서는 아무런 기술이 없는 것이다. 이러한 기술은 결코 한 인물에 대한 정당하고 완전한 설명이라고 할 수 없다. 이성과 감성의 복합체인 인간의 한 단면만을 부각시킨 것이기 때문이다.

이런 식의 기술은 『國語國文學資料事典』의 경우도 유사하다.

---

76) 한국정신문화연구원, 『디지털 한국민족문화대백과사전』, 동방미디어주식회사, 2001, 정약용 항에서 발췌.

1801년 2월 27일 출옥과 동시에 경상북도 장기로 유배되니 이로써 그의 제2
기인 유배생활이 시작되었다. 그해 11월에 전라남도 강진으로 이배될 때까지 9
개월간 머무르면서 『고삼창고훈』·『이아술(爾雅述)』·『기해방례변(己亥邦禮辯)』
등의 잡저를 저술하였으나 서울로 옮기던 중 일실하여 지금은 남아 있지 않다.
강진에 도착하자 첫발을 디딘 곳이 동문 밖 주가이다. 이곳에서 1805년 겨울까
지 약 4년간 거처하였고, 자기가 묵던 협실을 사의재(四宜齋)라 명명하기도 하
였다. 이 시절은 유배 초기가 되어 파문괴장 불허안접(破門壞墻 不許安接)할 정
도로 고적하던 시절로 기록되어 있으나 이 시기에 주가의 한 늙은 주모의 도움
이 있었고, 1803년 봄에 때마침 만덕사(萬德寺) 소풍길에 혜장선사(惠藏禪師)
를 만나 유불상교의 기연을 맺기도 하였다. 1805년 겨울에는 주역연구자료가
담긴 경함을 고성사(高聲寺)로 옮겼으니, 여기에는 그를 위한 혜장선사의 깊은
배려가 스며 있었고, 이로부터 두 사람의 인연은 날로 깊어갔다. 한편, 9개월만
에 다시금 목리(牧理) 이학래(爾鶴來) 집으로 옮겨 1808년 봄 다산초당으로 옮
기게 될 때까지 약 1년 반 동안 머물렀으니, 이때에 이학래로 하여금 다산역의
준공을 맞게 한 것을 보면 경함을 다시금 목리로 옮긴 사연을 짐작할 수 있다.
이로부터 다산초당은 11년간에 걸쳐서 다산학의 산실이 되었다. 『주역사전(周
易四箋)』은 1808년에 탈고하였고 『상례사전(喪禮四箋)』은 읍거시절에 기고하였
으나 초당으로 옮긴 직후 1811년에 완성하였다. 『시경』(1810)·『춘추』(1812)·『논
어』(1813)·『맹자』(1814)·『대학』(1814)·『중용』(1814)·『악경』(1816)·『경세유
표』(1817)·『목민심서』(1818)· 등을 차례로 저술하였고, 1818년 귀양이 풀리자
고향으로 돌아와서 『흠흠신서』와 『상서고훈』등을 저술하여 그의 6경 4서와 1표2
서를 완결지었다.[77]

'이 시절은 유배 초기가 되어 파문괴장 불허안접(破門壞墻 不許安接)할
정도로 고적하던 시절'이라는 설명이 유배생활의 외로움을 엿보게는 해주
나, 다산의 내적 정신세계를 보여주지는 못한다. 나머지 부분은 그의 학문
적 성과에 이르는 과정과 인연에 대한 기술로 일관하고 있어 이 또한 인물
의 생활상에 대한 진술로는 지극히 단면적이다.

이상에서 살펴 본 바와 같이 역사적 기록물에 기술된 정약용에 대한 설

---

77) 國語國文學編纂委員會 編, 『國語國文學資料事典』, 한국사전연구사, 2002, 2629쪽.

명은 대부분 그의 사상적, 학문적, 또는 예술적 성과에 초점을 맞춘 것이어서 한 인물에 대한 입체적인 조명에는 매우 미흡하다. 이미 몇 차례 언급했듯이 인간은 이성과 감성의 복합체인데, 한 인물에서 감성적인 활동 측면은 증발시켜버리고 이성적인 활동과 그 결과만을 기술하는 것은, 결국 반쪽짜리 인간에 대한 설명이 될 수밖에 없는 것이다. 이는 결코 인간에 대한 온전하고 정당한 평가라고 할 수 없다. 여기에 문학적 상상력의 개입이 필요한 소이연이 있는 것이다.

Ⅲ. 시적 상상력에 의해 재현된 茶山 丁若鏞

한 인간의 삶은 이성적 요소보다는 감성적 요소에 의해 좌우되는 경우가 더 많다. 어쩌면 한 인간이 이룩하는 학문적, 예술적 성취도 이성적 사고의 결과물이기보다는 감성적 사고의 결과물일 가능성이 더 크다. 특히 시대를 앞서가는 개혁사상일수록 사회제도의 모순과 부조리에 대한 투철한 인식을 바탕으로, 현실에 대한 절망과 고통을 극복하기 위한 치열한 노력에 의한 성과물이라고 할 수 있다.

다산 연구 전문가이며 다산연구소를 운영하고 있는 박석무는 그의 다산 연구 저서에서 다음과 같은 말을 하고 있다.

참으로 인간다운 다산이었다. 귀양지에서 어린 막내의 죽음을 듣고 한없이 눈물을 흘리며 목메어 울던 아버지 다산. 자신보다 더 훌륭한 학식과 인품을 지니고도 더 외롭고 쓸쓸하게 유배살이를 하다 세상을 떠난 둘째형 정약전의 부음에 통곡하며 형님이 그리워서 애태우던 다산. 병들고 굶어 죽어가는 백성들의 참담한 모습에 살고싶은 의욕마저 상실할 지경이라고 애태우던 다산. 그의 뜨거운 인간애에 대해서 한번쯤은 마음을 기울여야 한다.[78]

---

78) 박석무, 『다산 정약용 유배지에서 만나다』, 한길사, 2003, 32쪽.

위의 인용에는 다산의 인간적 면모가 잘 나타나 있다. 어쩌면 다산이 주장한 각종 개혁사상도 다시는 그런 슬픔과 고통의 상황에 빠지고 싶지 않은 정서적 충격이 동인이 되었을 가능성이 있다. 즉 억울한 귀양살이가 없는 세상, 학식과 인품에 따라 정당한 대접을 받는 세상, 백성들의 삶을 배부르고 편안하게 해주기 위해 노심초사하는 수령들로 가득 찬 세상에 대한 꿈은, 18년간의 유배생활을 통해 골수에 사무치게 느꼈을 서러움과 한으로 인해 형성되었을 것이기 때문이다. 그러므로 역사적 기록물들도 인물을 평가할 경우 반드시 감성적 측면을 고려해야 하는 것이다.

이제 시인의 탁월한 시적 상상력에 의해서 어떻게 한 역사적 인물이 시간과 공간을 초월하여 진실한 인간으로 재구될 수 있는지 고찰해보고자 한다. 다음에 인용한 작품은 이런 점을 분석해 볼 수 있는 좋은 예이다.

제1신

아직은 미명이다. 강진의 하늘 강진의 벌판 새벽이 당도하길 기다리며 죽로차를 달이는 치운 계절, 학연아 남해바다를 건너 牛頭峰을 넘어오다 우우 소울음으로 몰아치는 하늬바람에 문풍지에 숨겨둔 내 귀 하나 부질없이 부질없이 서울의 기별이 그립고, 흑산도로 끌려가신 약전 형님의 안부가 그립다. 저희들끼리 풀리며 쓸어가는 얼음장 밑 찬 물소리에도 열 손톱들이 젖어 흐느끼고 깊은 어둠의 끝을 헤치다 손톱마저 다 닳아 스러지는 謫所의 밤이여, 강진의 밤은 너무 깊고 어둡구나. 목포, 해남, 광주 더 멀리 나간 마음들이 지친 봉두난발을 끌고와 이 악문 찬 물소리와 함께 흘러가고 아득하여라, 정말 아득하여라. 처음도 끝도 찾을 수 없는 미명의 저편은 나의 눈물인가 무덤인가 등잔불 밝혀도 등뼈 자옥이 깎고 가는 바람소리 머리 풀어 온 강진 벌판이 우는 것 같구나.

제2신

이 깊고 긴 겨울밤들을 예감했을까 봄날 텃밭에다 무우를 심었다. 여름 한철 노오란 무우꽃이 피어 가끔 벌, 나비들이 찾아와 동무해주더니 이제 그 중 큰 놈 몇 개를 뽑아 너와지붕 추녀 끝으로 고드름이 열리는 새벽까지 밤을 재워 무우채를 썰면, 절망을 썰면, 보은산 컹컹 울부짖는 승냥이 울음소리가 두렵지 않고 유배보다 더 독한 어둠이 두렵지 않구나. 어쩌다 폭설이 지는 밤이면 등잔불을 어루어 詩經講義補를 엮는다. 학연아 나이가 들수록 그리움이며 한이라는 것도 속절이 없어 첫해에는 산이라도 날려보낼 것 같은 그리움이, 강물이라도 싹둑싹둑 베어버릴 것 같은 한이 폭설에 갇혀 서울로 가는 길이란 길은 모두 하얗게 지워지는 밤, 四宜齋에 앉아 시 몇 줄을 읽으면 세상의 법도 왕가의 법도 흘러가는 법, 힘줄 고운 한들이 삭아서 흘러가고 그리움도 남해바다로 흘러가 섬을 만드누나.

— 정일근의 「유배지에서 보내는 정약용의 편지」

1985년 『한국일보』 신춘문예 당선작인 정일근의 「유배지에서 보내는 정약용의 편지」는 매우 독특하다. 200여 년의 역사적 시간을 뛰어넘어 1801년(신유년) 황사영백서사건으로 강진으로 유배가 있던 다산 정약용을 시적 화자로 등장시켜, 유배지의 외로움과 적막감, 그리고 가족에 대한 그리움과 선비의 한을 진술하고 있기 때문이다. 따라서 시를 제대로 이해하기 위해서는 몇 가지 다산의 전기적 사실에 대한 지식이 필요하다.

편지의 수신자인 '학연'은 다산의 장남이다. 1783년 9월생이니 다산이 강진에 유배가던 1801년에는 열아홉의 청년이었다. 다산이 두 번째 거처인 보은산방에 머물던 1805년 겨울에는 다산에게로 가서 함께 기거하며 周易과 禮記를 배우기도 했다.

정약전은 다산의 둘째 형님으로 그의 학문을 알아주고 격려해주던 지기이기도 하다. 그는 황사영백서사건으로 인해 다산과 함께 귀양길에 올라 흑산도로 유배를 가게 되며, 그곳 적소에서 유명을 달리하게 된다.

詩經講義補는 유배 기간에 쓴 시경에 대한 3권으로 된 책이다.

四宜齋는 다산이 강진으로 유배를 가서 처음 4년을 기거한 오두막이다. 이에 대해서는 다음 글을 참고하는 것이 유용하다.

강진에 도착했을 때, 유배초기인지라 인심은 싸늘했다. 한 늙은 주모의 도움으로 머무른 곳이 동문 밖 주막(酒家)이었다. 이곳에서 1805년 겨울까지 약 4년간 거처했다. 감시의 눈도 심했고 무고도 있었다.

다산은 주막 골방에서 머물면서 주막집을 '동천여사(東泉旅舍)'라 일컬었는데, 42세 때 동짓날 자기가 묵던 작은 방을 사의재(四宜齋)라 불렀다. 생각을

담백하게 하고, 외모를 장엄하게 하고, 언어를 과묵하게 하고, 행동을 신중하게 하겠다는 뜻이다.[79]

또한 다산은 유배 생활 중에도 개인적 불행을 비관하기보다는 나라와 백성들에 대한 근심이 더 많았다. 유배생활 중 이룩한 학문적 성취는 이런 그의 시대의식의 소산이다.

다산은 유배생활의 고초를 묵묵히 받아들이고 독서와 저술에 열중했다. 다산은 먼저 예학과 주역을 공부했다. 경학에 힘써 당시의 지배이데올로기였던 주자 성리학을 극복하고자 했다. 관념론이 아닌 실천론으로서의 경학이었다.

다산은 개인적 슬픔에 빠져 있지 않고 어두운 시대에 아파했다. 사실 다산이 겪는 고초는 개인의 잘못이 아니라 불의(不義)의 시대에 태어난 탓이었다. 그의 시문은 민초들의 고통을 그대로 담아내었다. 농민들의 착취와 압제의 실상을 목격하고, 농촌현실에 근거한 문제의식과 그 해결을 위한 저술에 몰두했다.[80]

이처럼 다산은 자신이 처한 시대의 모순과 부조리를 투철하게 인식한 한국사에서는 가장 탁월한 지식인이었다.

인용한 작품은 정일근의 첫 시집인 『바다가 보이는 교실』에 실려 있다. 그 첫 시집의 後記에서 그는 다음과 같이 말하고 있다.

시는 나의 발언이다. 내가 보고, 듣고, 느끼고, 생각한 모든 것을 시라는 형식을 통해 발언하는 것이다. 내가 살고 있는 이 시대에 대해 정직하게, 성실하게 발언하는 것이다. 나의 발언의 대부분이 슬픔과 절망, 좌절이 주조를 이루고 있지만 나는 이 발언을 멈추지 않을 것이다. 이 숭고한 작업은 이미 오래 전부터 많은 분들에 의해 오늘에 이어지고 있고 우리가 죽어 사라진 먼 훗날에도 또 누군가에 의해 끊임없이 이어질 것이다.[81]

시인은 동시대인들이 느끼는 슬픔과 절망과 좌절에 대해 발언하고자 한다. 이런 시적 의도가 오랜 역사적 시간을 거슬러 올라가 한국사의 가

---

79) http://www.edasan.or.kr의 다산연구소가 소개한 「다산의 생애」 중 '유배시절'에서 발췌한 내용임.
80) 앞의 글에서 인용한 내용임.
81) 정일근, 『바다가 보이는 교실』, 창비, 2005, 141쪽.

장 탁월한 지식인이었던 정약용의 인간적인 슬픔과 절망에 대해 말하게 하는 것이다. 유배지에 갇힌 신세로서 고향에 있는 장남인 '학연'에게 보내는 편지 형식으로 되어 있는 시에는 가족에 대한 절절한 그리움과 현실 상황에 절망한 한이 절묘하게 교직되어 다산의 인간적인 면모를 잘 형상화하고 있다.

제1신에 나오는 '죽로차를 달이는 치운 계절'은 다산이 견디고 있는 고통스러운 현실을 암시한다. 그런 겨울 추위를 견디며 그는 '부질없이 서울의 기별이 그립고, 흑산도로 끌려가신 약전 형님의 안부가 그립다.'고 토로한다. '謫所의 밤'이 몰아오는 '깊은 어둠'과 외로움을 달래줄 수 있는 가족들의 안부와 세상 돌아가는 소식들을 조바심치며 기다리는 것이다. 그러나 기다려도 오지 않는 '기별' 때문에 '강진의 밤은 너무 깊고 어둡구나'라는 탄식을 하게 되고, '처음도 끝도 찾을 수 없는 미명' 속을 헤매게 되며, 결국 '바람소리 머리 풀어 온 강진 벌판이 우는 것 같구나'라는 비애의 정조 속으로 함몰하게 되는 것이다.

제2신에는 그런 비애를 극복하려는 다산의 구체적인 노력들이 제시된다. 외로움을 견디기 힘든 '긴 겨울밤들을 예감'하고 '봄날 텃밭에 무우를 심'고, '고드름이 열리는 새벽까지 밤을 재워 무우채를' 썬다. 그렇게 '절망을 썰면' '유배보다 더 독한 어둠이 두렵지 않'게 되는 것이다. '詩經講義補를 엮'고, '四宜齋에 앉아 시 몇 줄을 읽'는 것도 그런 노력의 일부이다. 다산은 그런 노력을 통해 마침내 '그리움이며 한이라는 것도 속절이 없'다는 달관과, '세상의 법도 왕가의 법도 흘러가는 법, 힘줄 고운 한들이 삭아서 흘러가고 그리움도 남해바다로 흘러가 섬을 만드'는 초월과 깨달음의 경지에 도달한다.

시를 읽노라면 200 여년의 시간을 거슬러 올라가 있는 아득한 시공간에서 이루어진 다산의 슬픔과 절망이 마치 나의 슬픔처럼 다가온다. 다산초당에서 강진만을 하염없이 바라보며 가족에 대한 그리움과 세상에 대한 한을 삭히고 있는 다산의 모습이 떠올라 더욱 큰 감동을 느끼게 하는 것이다. 우리는 시인의 탁월한 상상력에 의해 역사적 기록물 속에서는 만날 수 없는 진실한 인간을 비로소 만나게 된다. 박제된 인간이 아니라 외로움과 그리움에 사무쳐 잠을 못 이루며, 그 절망적 심사를 달래고 극복하기 위해 시를 쓰고 학문에 정진하는 진실한 인간, 곧 시적 인간을 발견하게 되는 것이다.

Ⅳ. 결론

역사나 문학은 시대 상황 속에 내재하는 진실을 증언한다는 점에서 본질적으로 동일한 소명을 지니고 지만, 그 방법론에 있어서는 매우 다르다. 역사는 사실에 의존하지만 문학은 상상력에 의존하기 때문이다. 그런데 비록 상상력에 의존하기는 하지만 시대상황 속에 갇힌 인간의 진실을 포착하여 증언하는 기능에 있어서는 문학이 훨씬 구체적이고 설득적이다. 이를테면 전쟁의 비극성을 역사적 교훈으로 삼기 위해 인명피해 정도를 기술할 경우, 역사는 단순하게 전쟁의 과정과 사망자의 숫자를 나열하는 식으로 언급하여 그 비극의 실체를 감지하기 어렵지만, 문학은 대표적 개인을 등장시켜 그가 전쟁을 통해 얼마나 고통당하고 절망하다 죽었는지를 사실적으로 보여줌으로써 전쟁의 비극성을 훨씬 더 생생하고 강도 높게 인식시킬 수 있는 것이다.

이러한 문학과 역사의 변별성을 고찰하기 위해, 본고에서는 다산 정약용이라는 조선 후기 사회의 선구적 지식인에 대한 기술에 있어서 역사적 기록물과 문학적 기록물의 차이를 분석해 보았다. 인간은 이성과 감성의 복합체인 만큼 인물에 대한 평가는 당연히 이 두 가지 측면이 동시에 고려되어야 함에도 불구하고, 역사적 기록물은 대부분 감성적 요소는 증발해 버린 박제된 인간에 대해서만 기술하고 있었다. 이를 입증하기 위해 한국사를 기술하고 있는 역사서와, 각 시대의 중요 인물들을 선정하여 기술한 인물 한국사류, 그리고 전문 사전류를 예시하며 분석했다.

한편 이와 대조적으로 한 시대의 역사를 이끈 주도적 인물이 시인의 탁월한 상상력에 의해 어떻게 시공을 초월하여 진실한 인간으로 재현될 수 있는 지를 대표적인 시작품을 예시하여 분석했다. 비록 상상력의 개입에 의한 가공의 세계에 대한 진술이지만 시를 통해 비로소 봉건적 질곡 속에서 고뇌하고, 슬퍼하고 그리워하는 진실한 인간 곧 시적 인간을 발견할 수 있었다. 다산이 펼친 위대한 개혁사상도 결국 그런 감성적 사고의 결과물인 것이다.

본 연구를 통해 시적 상상력은 시대의 진실을 예리하게 포착할 수 있는 세련된 문화적 장치임을 확인할 수 있었다. 따라서 역사적 기록물들도 각 시대의 진실을 충실히 재현하기 위해서는 문학의 이러한 기능을 활용할 수 있어야 할 것이다.

참고문헌

國語國文學編纂委員會 編, 『國語國文學資料事典』, 한국사전연구사, 2002
박석무, 『다산 정약용 유배지에서 만나다』, 한길사, 2003
李基白, 『韓國史新論』, 一潮閣, 1990
이이화, 『이야기 인물한국사 1』, 한길사, 1995
이현희, 『인물 한국사』, 청아출판사, 1986
정일근, 『바다가 보이는 교실』, 창비, 2005
　　　　『유배지에서 보내는 정약용의 편지』, 새로운 눈, 2004
한국정신문화연구원, 『디지털 한국민족문화대백과사전』, 동방미디어주식회사, 2001
한영우, 『다시 찾는 우리 역사』, 경세원, 2001

金烈圭 外, 『現代文學批評論』, 學研社, 1987.
金永三 편저, 『韓國詩大事典』, 乙支出版公社, 1994.
金容稷, 『現代詩原論』, 學研社, 2001.
金禹昌, 『궁핍한 시대의 詩人』, 民音社, 1978.
金允植, 『文學批評用語事典』, 一志社, 1978.
金埈五, 『詩論』, 도서출판 문장, 1984.
杜幸傲옮김, 『헤겔미학 1』, 나남출판, 1997.
루카치 外, 『리얼리즘 美學의 기초이론』, 이춘길 편역, 한길사, 1991.
李商燮, 『文學批評用語事典』, 民音社, 1980.
李昇薰, 『詩論』, 高麗苑, 1982.
쟈끄 마리땡, 『詩와 美와 創造的 直觀』, 성바오로출판사, 1982.
鄭良殷, 『社會心理學』, 法文社, 1981.
鄭漢模, 『現代詩論』, 普成文化社, 1982.

鄭漢模 · 金載弘 編著, 『韓國代表詩評設』, 文學世界社, 1988.

정효구, 『시 읽는 기쁨』, 작가정신, 2001.

　　　『시 읽는 기쁨 2』, 작가정신, 2003.

하르트만, 『美學』, 田元培 譯, 乙酉文化社, 1983.

Borklunt, Elmer, 『Contemporary Literary Critics』, St. Martin's Press, 1977.

Cassirer, Ernst, 『인간이란 무엇인가?』, 최명관 역, 訓福文化社, 1969.

Danziger, M. K. and Johnson, W. S., 『An Introduction to Literary Criticism』, D.C. Health and Company, 1961.

Eagleton, Terry, 『Literary Theory』, Basil Blackwell, 1983.

Fowler, Roger ed., 『A Dictionary of Modern Critical Terms』, Routledtge & Kegan Paul Ltd., 1973.

Goldmann, Lucien, 『The Hidden God』, Trans. Lw Dieu Caché. Routledge & Kegan Paul Ltd., 1976.

Lukacs, Georg, 『Realism in Our Time』, Trans. John and Necke Mander. Harper Torchbooks, 1971.

Muecke, D. C., 『아이러니』, 文祥得 譯, 서울大學校 出版部, 1984.

Ogden, C.K. and Richards, I.A., 『The meaning of meaning』, Harcourt Brace Jovanovich, 1946.

Pollard, Arthur, 『諷刺』, 宋洛憲 譯, 서울大學校 出版部, 1982.

Smith, Barbara H., 『Poetic Closure』, The Univ. of Chicago Press, 1974.

Stallmann, Robert W., 『The Critic's Notebook』, The Univ. of Minnesota Press, 1950.

Wellek, R. and Warren, A., 『Theory of Literature』, Penguin Books Ltd., 1970.

Wheelwright, Philip, 『Metaphor and Reality』, Indiana University Press, 1962.

절망의 시대를 초극하는 종교적 靜觀

I. 머리말

1950년대는 우리 민족사에서 가장 불행하고 고통스러웠던 시대였다. 해방 이후의 극심한 사회적 혼란과 불안 속에 조장된 첨예한 이데올로기의 대립은 결국 동족상잔의 전쟁으로 치달아 한반도를 초토화하고 국민들로 하여금 그 폐허 위에서 생존의 고통으로 신음하게 했다. 또한 전후에 계속된 사회적 불안과 부패한 독재정권의 실정에 시달려온 민중들에 의한 4월 혁명은 한국의 정치, 경제, 사회면에 뿌리 깊게 자리잡고 있었던 모든 부조리와 모순에 대한 총체적인 결산의 의미를 갖는 역사적 사건이었다.

이러한 전쟁과 혁명으로 점철된 절망과 불안의 시대를 견디고 감당하기에는 우리의 현대시는 매우 허약했다. 전쟁이라는 극한상황에 대한 문학적 응전력을 갖추지 못했던 시적 지성들은 생존의 고통에 급급한 채 절망과 탄식의 언어로 절규할 수밖에 없었던 것이다. 김현승은 이 절망과 불안의 시대를 견고한 신앙과 휴머니즘적인 시정신으로 극복한 시인 중의 한사람이다. 즉 그는 현실적 삶의 고통 속에 허덕이는 인간을 폐허와 절망 속에 유기하지 않고 종교적인 정관을 통해 미래에 대한 희망과 구원의 열림 세계로 나아가도록 일깨워 주었던 것이다.

성숙된 기독교 신앙을 토대로 한, 인간과 삶에 대한 종교적 정관은 현실의 폭압적 상황을 초극하는 김현승의 시적 대응 방법이다. 그는 현실적 삶의 고통에 좌절하거나 분노하기보다는 그것을 견고한 신앙의 자세로 겸허하게 받아들여 긍정함으로써 오히려 인간의 본질적 가치를 추구하는 계기로 삼는다. 1950년대에 쓰여진 그의 시는 바로 이러한 인식과 태도를 형상화한 작품이다. 이 시기의 시작품들에서 산견되는 시적 미숙성에도 불구하고 한국 현대시사에서 그가 거둔 시적 성과는 절망의 시대를 초극하려는 이런 그의 시적 노력에서 비롯된다고 할 수있다.

본고는 1950년대를 전후하여 쓰여진 김현승의 시작품을 중심으로 그의 시적 노력과 성과의 실체를 분석하여 평가해보려는 글이다. 이는 1950년대라는 민족사에 있어서 절망의 시대를 문학이 어떻게 반영하고 극복하는 지를 고찰하는데 있어서 좋은 단서를 제공할 수 있다. 즉 전후의 폐허 위에서 생존의 고통에 시달리고 있는 민족에게 필요한 것은 좌절과 체념, 또는 분노의 언어보다는 위로와 격려, 그리고 희망의 언어이다. 김현승은 바로 이러한 시대적 요구에 부응하여 가장 성실하게 시적 사명을 이행한 시인이다. 따라서 그의 시는 절망의 시대에 대한 한국 현대시의 문학적 응전력을 가늠해 볼 수 있는 좋은 예가 될 수 있는 것이다.

이를 위해 본고에서는 1950년대를 전후하여 발표된 김현승의 시와 산문들을 분석하여 그가 시에서 구현하고자 한 신념이나 시적 관심과 태도를 고찰해 보고, 이들이 시작품의 내용과 형식을 통해 어떻게 형상화되는 지를 논의하게 될 것이다. 아울러 내용적, 형식적 특성의 분석을 통해 그의 시가 시대적 상황이나 현실적 삶의 문제에 대해 얼마나 진지하게 대면하고 있는지도 논의함으로써 시적 성공과 실패 여부도 살피고자 한다.

김현승의 문학을 구명하고자 하는 연구는 꾸준히 진행되어 그 동안 발표된 논문, 평론, 학위논문 등이 상당수에 이른다. 이들 연구는 대부분 고독, 신앙, 휴머니즘 등을 중심으로 한 내용적 특징 분석이나, 시어나 스타일, 이미지 분석을 중심으로 한 형식적 특성 분석에 집중되고 있으며, 그밖에 시적 변모과정을 추적하거나 동시대 시인들과 비교한 연구가 주종을 이룬다. 그런데 기존의 연구는 김현승의 시와 산문에 나타나는 내용적 특성의 분석이나, 기독교 신앙의 구현 양상에 편중되어 있어서 그의 문학이 시대상황이나 현실적 삶의 문제와 맺고 있는 관계에 대한 해명에는 미흡하다. 시적 진술은 시인 자신의 삶의 체험이나 자신의 생애가 놓여 있는 시대와 사회의 역사적 상황과 밀접히 관련된다. 따라서 현실과 괴리된 문학적 논의는 공허한 추상론에 빠지기 쉽다. 본고는 이러한 인식을 바탕으로 김현승의 시가 절망의 시대에 어떻게 대응하여 그것을 극복하는지에 논의의 초점을 맞추게 될 것이다.

II. 휴머니즘 지향의 시정신

김현승의 문학세계를 형성하는 두 가지 본질적 요소는 휴머니즘과 기독교 신앙이다. 그런데 그의 문학을 연구한 상당수의 논자들은 지나치게 기독교적 신앙에 집착한 나머지 그의 시를 종교적 세계 속에 가두어 두려는 오류를 범하고 있다. 이는 그의 시가 포괄하고 있는 무한한 시인의 정신세계를 좁은 신앙의 테두리 안에서만 해석하려는 결과를 가져오기 쉽다. 김현승의 문학에서 기독교적 정신을 배제하고 논의한다는 것은 불가능하지만 그의 문학세계를 올바로 구명하기 위해서는 그러한 지적인 편견이나 고정관념을 버려야 하며 문학작품에 대한 도식적인 논의를 경계해야 한다. 김현승은 독실한 기독교 가정에 태어나 유아세례를 받았으며, 목사인 부친으로부터 엄격한 신앙교육을 받으며 자랐다. 이는 다음과 같은 그자신의 회고에서 확인할 수 있다.

목사인 아버지와, 아버지의 가정교육에 전적으로 동조하시는 어머니는 3남 2녀나 되는 자식들을 신앙적으로 기르고 가르치시는데 특별히 관심을 가지고 엄한 종교 교육으로 우리 형제들에게 임하셨다. 아버지의 자식들에 대한 가정교육은 신약 성경에 씌어 있는 그대로였다. 예수님은 행동으로 나타난 죄보다도 마음으로 범하는 근본적인 죄악을 다스려야 한다고 성경에서 분명히 가르치셨는데, 나의 아버지의 신앙적 엄격주의는 이 예수님의 교훈에서 조금도 어긋나지 않으셨다. 이러한 가정교육으로 인하여 나는 중학교 1, 2학년 때까지는 기

독교에서 강조하는 순결성을 지켰고, 또 지키려고 본성적으로 노력하였다.[82]

이런 그의 회고를 통해 볼 때 그의 삶을 지배하는 기독교적 세계관은 유·소년기의 엄격한 가정교육을 통해 형성된 것임을 알 수 있으며, 시에 나타나는 언어와 이미지의 순결성도 이에서 비롯됨을 짐작케 한다. 후기시에 나타나는 신앙에 대한 회의와 고독의 문제는 보다 완전한 신앙에 도달하기 위한 변증법적 사유과정의 일부로 볼 수 있다. 기독교적 정신은 김현승 문학의 원형질적 요소의 하나이며 동시에 그가 구현하고자 한 신념이기도 한 것이다.

이러한 기독교적 정신은 김현승 시의 곳곳에서 읽을 수 있다. 특히 기도 문적인 수사와 문체를 보여주는 작품들에서는 그의 신앙의 자세가 표면적 의미로 그대로 드러나있는 경우가 많다. 그러나 기독교적 정신이 강조된 작품들 때문에 그의 시 전체를 종교시나 신앙시로 범주화하는 것은 부분적인 현상을 전체로 해석하는 준거를 사용하는 오류를 범하기 쉽다. 오히려 김현승의 시를 꼼꼼히 읽다 보면 그의 시가 종교적인 엄격성이나 신중심의 세계관으로부터 벗어나 있음을 발견하게 된다. 그 자신도 "전문학교 재학 때 문단에 발을 디디면서부터 나의 인생관은 점점 시상으로 기울어지면서 신 중심에서 인간 중심으로 변화를 일으키고 있었다."[83]라고 말한 바 있다. 즉 그의 문학은 애초부터 기독교적 세계관을 지향하기보다는 인간 중심의 휴머니즘을 지향하고 있었음을 파악케 하는 것이다. 자신의 시정신에 대한 다음 진술은 이를 뒷받침할 수 있는 중요한 단서가 된다.

시에 있어 정신이라 하면 대개는 구체적인 어떤 정신 즉 불교라든지 기독교의 정신 혹은 무슨 주의에 입각한 정신 – 이런 것들을 말하게 되고 또 듣고자할 것이다. 그러나 나는 인간의 정신을 기본적인 일반정신과 구체적인 특수정신의 두 가지로 나누고 나의 시에 있어서는 기본적인 정신을 매우 가치 있는 것

---

82) 김현승, 「종교와 문학」, 『김현승전집 산문 2』, 시인사, 1985, 303쪽, 이하 전집 2로 약칭함.
83) 같은 글, 303쪽.

으로 믿고 그 바탕 위에서 나의 구체적인 시정신을 건설하여 나가고 있다. 기본적인 정신이란, 인간의 인간다운 본질을 이루고 기초적인 가치를 의미한다. 공리적 입장을 떠난 순수가치를 추구하고 실현하는 정신이라고 말할 것이다.[84]

위의 진술 속에는 김현승이 자신의 시에서 기독교의 정신보다는 '인간의 인간다운 본질을 이루는 기초적인 가치'나 '공리적 입장을 떠난 순수가치'를 추구하고 실현하는데 주력하고 있다는 의미가 내포되어 있다. 그가 비록 독실한 기독교 신앙인으로서 생활에 있어서도 교리를 실천하며 살아가기 위해 노력한 시인이지만 그의 내밀한 정신세계는 늘 인간 중심의 휴머니즘을 지향하고 있었던 것이다.

물론 그의 이러한 휴머니즘 지향성은 기독교적 세계관과 유기적 관계를 갖고 있다. "내가 믿는 바 나의 신앙과 생명의 세계를 시로써 형상화할 수 없을까 함이 내 최근의 염원이다. 그러면서도 합치되지 않는 신의 의지와 인간의 이성 사이의 모순을 어떻게 극복할 수 없을까 함이 또한 내 고민의 주제이다."[85]라고 한 그의 말에서 알 수 있듯이 신앙에 대한 갈등과 회의가 바로 휴머니즘 지향의 동인이기 때문이다. 그가 50대에 겪게 되는 기독교 신앙에 대한 본질적인 회의도 이러한 고민의 결과이다. 기독교적 유일신과 일원론에 대한 부정에까지 이르게 되는 본질적인 회의는 그자신의 사상적 변화와 타락한 사회 현실의 복합적인 작용에 의한 것으로 볼 수 있지만, 보다 근원적인 것은 애초부터 인간 중심을 지향한 시적 노력과 사유에 의해 도달한 필연적 결론임을 간과해서는 안된다. 다음 진술은 그의 휴머니즘 지향성이 기독교적 세계관에 대한 회의와 밀접하게 관련됨을 보여주는 증거이다.

나는 이렇게 신과 기독교에 대한 회의를 일으키게 되면서, 점점 인간에 대한 이해와 동정으로 기울어지게 되었다. 나는 인간의 현실에서 살면서도 너무

---

84) 김현승, 「인간다운 기본정신」, 『현대문학』, 1964. 9월호, 42쪽.
85) 김현승, 「시인으로서의 '나'에 대하여」, 『전집 2』, 285쪽.

인간이라는 것을 선험적(선험적)으로만, 관념적으로만 생각하고 있었다. 나의 관심은 점점 천국에서 지상으로, 신에서 인간으로 갈등을 느끼고 있었다. 나는 나의 이러한 내부의 절실한 변화를 그대로 감춰둘 수 없었다. 인간에게는 무엇보다 자기 표현의 본능이 있고 이 본능으로부터 문학이 발생하고 성장해 온 것이 사실이라면, 나도 이 내부의 절실한 동요를 감춰만 둘 수는 없는 것이었다.[86]

위의 진술 속에는 문단 등단 시절부터 인간 중심을 지향한 김현승의 시적 노력이 기독교에 대한 회의를 통해 심화되는 과정과 그 문학적 현현 과정을 추론할 수 있는 단서들이 내포되어 있다. 그의 후기시에 나타나는 인간의 고독에 대한 탐구나 정의와 양심에 입각한 인간 정신의 옹호도 바로 이러한 갈등과 회의의 산물임을 짐작케 한다. 그는 외적인 삶에 있어서는 철저한 기독교 신앙인의 자세를 견지했지만 내적인 정신에 있어서는 신 중심의 기독교적 세계관에 회의를 품은 시인으로 볼 수 있다. 자신의 시의 특성을 언급한 다음 말은 그의 태도를 분명하게 드러내고 있다.

　　가장 현저한 특징은 내게는 일정한 사상이나 독특한 경향이 없다. 이것 자체가 벌써 하나의 특징일지는 모르나, 어떻든 나는 인생 모든 것에 절대적인 진리는 존재하지 않는다고 생각하기 때문에 이런 인생관이 시정신에 반영되는 것인지도 모르겠다.……
　　나는 결국은 상대적이고 가변적인 것에 불과한 어느 사상을 내 시정신의 지표로 삼기보다는, 그리하여 그러한 특색을 가지고 한 시대를 획(획)하기보다는, 그것이 비록 막연은 할 망정 보다 영원하고 근본적인 진실이나, 생명감을 바위 그늘 아래에서나마 샘물같이 노래하고 싶은 것이다.[87]

현실적 삶에서 기독교적 신앙인의 자세를 철저히 실천했던 그가 자신에게는 사상이 없다고 말한다거나 절대적인 진리의 존재를 부정한다는 것은 그의 내적인 시정신이 기독교적 세계관과 대립, 갈등하고 있다는 것을 의미

---

86) 김현승, 「나의 문학백서」, 『전집 2』, 275~276쪽.
87) 김현승, 「나는 시를 이렇게 쓴다.」, 『전집 2』, 291~292.

한다.

휴머니즘과 기독교적 세계관은 김현승의 시정신이 방전되는 두개의 극이다. 이들은 서로 유기적인 관계를 맺고 있으면서도 부단히 대립 갈등하며 그의 시작품 속에 형상화된다. 그런데 김현승의 시적 태도를 이상주의로 규정한 이승훈은 그의 시세계에 대해 다음과 같이 말한 바 있다.

> 그러나 그의 이상주의가 보여주는 특수성, 예컨대 생명존중사상이나 휴머니즘 및 이런 사상에 회의하는 실존주의 사상은 모두가 그의 말에 따르면 「기독의 진지 열렬한 신앙」을 체득하려는 모태로서의 신앙을 계기로 한다. 그런 점에서 그가 궁극적으로 노래하려던 진리의 세계는 기독교적 진리라 할 수 있고, 이런 진리에 닿기 위한 방법들이 위에서 말한 휴머니즘과 실존주의 사상이라고 할 수 있다.[88]

이승훈이 김현승 문학에 있어서 기독교적 진리와 휴머니즘의 유기적 관계를 파악한 점은 타당하나 휴머니즘이 기독교적 진리에 닿기 위한 방법이라는 견해는 논리적 결함을 내포하고 있다. 인간 중심을 지향하는 휴머니즘과 신 중심을 지향하는 기독교적 세계관은 본질적으로 대립 갈등하는 사상이며 김현승은 오히려 휴머니즘의 구현을 위해 기독교적 정신에 의지한 시인으로 평가해야 한다. 김현승이 한 다음 말이 이를 뒷받침해 준다.

> 더우기 앞으로의 나의 시는 아무래도 기독교의 신을 상대로 형이상적인 세계로 나가기 쉬울 것같이 나 자신이 느낀다. 그것은 기독교의 바탕에서 낳고 자라난 나의 년령과 시의 년조가 불혹을 넘어선 지금 필연적으로 그러한 단계로 나의 시를 발전시키지 않을 수 없을 것이기 때문이다. 그러한 나는 또한 신앙에 순응하기만 하는 시인은 아니다. 인간의 내재적인 것과 신의 초월적인 것이, 나의 시 안에서 부딪쳐 충돌하고 소용돌이치는, 말하자면 회의와 반항과 갈등과 이해와 **으로 몸부림치는, 정상적인 신앙과는 자못 용모가 다른 추구의 세계를 나는 나대로 걸어가볼 것이다.[89]

---

88) 이승훈, 『한국 현대 시론사』, 고려원, 1993, 144쪽.
89) 김현승, 「인간다운 기본정신」, 『현대문학』, 1964년 9월호, 43쪽.

위의 진술 속에는 어릴 때부터의 가정교육을 통해 그의 정신세계 속에 형성된 기독교적 세계관이 시작품에 부단히 작용하고 있지만 그가 추구하는 세계는 오히려 그에 대한 회의와 반항과 갈등의 세계임이 드러나 있다. 즉 그는 본질적으로 인간 중심의 휴머니즘적인 태도를 견지하고 있는 것이다. 이런 점에서 김현승 시의 기본정신을 휴머니즘으로 규정하며 기독교 정신을 특수정신으로 수용하고 있다고 한 조태일의 다음 주장은 김현승의 문학을 이해하는데 유용하다.

> 김현승의 시를 해명함에 있어서 그저 단순히 그를 기독교 시인이라 부르기에는 여러 가지 난점이 있으며 오히려 그가 인간본연의 정신을 기본축으로 하여 시작을 계속하였고 거기에 기독교라는 특수한 정신이 이를 보완 혹은 보충하는 정신적 기재라는 점을 확인하는 것이 김현승 시에 대한 온당한 접근의 통로라는 점이다.[90]

이상에서 고찰해 본 김현승이 견지하고 있는 인간 중심의 휴머니즘적인 태도와 삶의 준거로서의 기독교적 세계관은 1950년대의 그의 시를 이해하는데 매우 중요하다. 1950년대의 절망적 시대상황과는 다소 괴리된 듯한 그의 시는 이를 고려할 때 비로소 제대로 읽힐 수 있기 때문이다. 그가 추구하는 것은 절망적 시대상황이나 그것으로 인해 고통당하고 있는 인간의 비극성을 드러내는 것이 아니라 그렇나 절망과 비극으로부터 인간을 구원해내는 것이다. 따라서 그의 시는 비극적 현실 인식을 드러내는 언어보다는 미래의 희망을 기도하며 삶의 현실적 고통으로부터 벗어난 인간 존재의 근원적이고 내면적인 모습의 성찰로 수렴해가게 되는 것이다. 다음 말에서 이러한 그의 시적 태도가 잘 드러나 있다.

> 앞으로의 시는 현대의 불안과 고민을 한갓 반영함에 만족하는 시가 되지 말고, 그러한 창백한 주지성이나 환각성을 벗어나 주의적(주의적)인 적극성과 인

---

90) 조태일, 『김현승 시정신 연구』, 경희대 대학원 박사학위 논문, 1991, 29쪽.

격적인 창의성을 발휘하여 현대의 절망과 위기를 해결하여 나가는 내면적인 건강성을 견지하여야 하리라.[91]

문학의 보다 위대한 궁극적 사명은 보다 예언자적인 곳에 있지 않을까 생각하며, 또한 그 예언론적인 역할이 가장 요구되는 시대가 있다면 그것은 20세기의 후반에 들어선 오늘의 현실일 것이다. 그리고 모든 시대의 뛰어난 작품은 이러한 사명에 충실하였다는 사실을 우리는 시대에 선행한 모든 고난의 선구자들에게서 발견할 수 있는 것이다. 그럴진대 현대와 같이 인류의 최후의 위기를 고하고 있는 시대에 선 문학은 인간의 구제를 위하여 더욱 과감하고 적극적인 사명감을 느끼지 않으면 아니되리라고 생각한다.
소경이 소경을 이끌 수 없는 것과 같이 시대의 불안이나 절망을 재현하여 보여주는 문학만으로써는 인류의 위기와 시대의 불안은 해소되지 않을 것이다.[92]

김현승이 현대의 절망과 위기를 해결하기 위하여 견지하고자 하는 '내면적 건강성'이란 바로 인간다운 본질을 이루는 '기본적인 일반정신'을 의미한다. 즉 양심, 정의, 자선, 겸허, 미적 지각 등과 같은 인간이 갖추어야 할 기본정신을 말하는 것이며, 이는 곧 그의 휴머니즘지향성을 반영한 것이기도 하다. 이에 반해 그가 문학의 궁극적 사명으로 주장한 '예언론적인 역할'은 인간을 절망 속에 유기하지 않고, 구원의 열린 세계로 끌어올리려는 기독교적인 세계관의 반영으로 볼 수 있다. 이와 같이 김현승의 문학은 휴머니즘을 지향하면서도 그 한계성을 인식하게 될 때는 기독교적 세계관으로 극복하려고 하는, 양자가 갈등하면서도 상호보완적 관계 속에 통합되는 변증법적인 종합의 세계라고도 할 수 있는 것이다.

---

91) 김현승, 「현대시에 관한 성찰」, 『전집 2』, 25쪽.
92) 김현승, 「문학의 장래」, 『전집 2』, 206쪽.

III. 절망의 시대에 대한 종교적 정관

문학 작품은 시대나 사회의 역사적 상황과 분리되어 해석될 수 없다. 작가는 자신의 삶이 놓여 있는 환경으로부터 자유로울 수가 없으며, 그의 작품은 어떤 방식으로든 그 시대나 사회의 아픔과 은밀히 연결되어 있다. 특히 우리 민족사의 가장 처절한 비극의 시대였던 1950년대는 우리 문학사에도 폐허와 불모의 시간으로밖에 자리 매김 할 수 없는 절망과 혼돈의 시기였다. 전쟁의 고통과 상처, 그리고 그 후유증에 시달리며 생존에 급급해야 했던 그 시대는 한 인간으로서의 작가가 감당하기에는 너무도 버겁고 절박한 현실의 연속이었다. 대부분의 작가들이 그저 어리둥절한 눈으로 바라보고만 있을 수밖에 없는 비극적 현실을 김현승은 새로운 문학적 출발의 계기로 삼게 된다. 생존에 허덕이는 인간의 외면적 세계로부터 보다 근원적인 내면적 정신세계에 대한 탐구를 시작하게 되는 것이다.

김현승은 해방 전에 쓰여진 자신의 초기시의 시풍을 민족적 로맨티시즘이 아니면 민족적 센티멘탈리즘이라고 말한 바 있다.[93] 동시대의 시적 경향이기도 한 이러한 시풍은 그의 초기시가 식민지적 상황의 고통 속에서 신음한 비애와 절망을 반영하고 있음을 말한다. 즉 그의 시적 출발이 식민지 상황에 대한 비극적 인식에 있음을 알 수 있는 것이다. 그러나 1930년대의 정치적 상황은 문학작품에서 식민지 상황에 대한 민족의식의 표현을 용납하지 않는다. 따라서 그의 시는 스스로 말하고 있듯이 자연미에 대한 예찬과 동경을 짙게 풍기며, 거기에다 기지와 풍자와 유우머 같은 것들을 직조(직조)한 것들이 주류를 이루게 된다.[94] 자신의 청순한 기질과 순수한 민족적 정기를 표현하는 데 있어서 자연미는 가장 알맞은 소재였기 때문이다.

그런데 김현승의 초기시는 전통 서정시의 감각으로부터 매우 일탈되어 있다. 즉 그의 시는 당시로서는 새로운 수법인 김기림류의 모더니즘에 의해

---

93) 김현승, 「굽이쳐가는 물굽이같이」, 『전집 2』, 257쪽.
94) 같은 글, 257쪽.

크게 영향받고 있기때문이다. 엄격한 기독교 가정에서 자가 서구식 교육을 받은 그로서는 외국시풍을 흉내낸 모더니스틱한 시적 기법들이 체질에도 잘 맞았으며, 그의 작품에 대한 김기림의 격려와 충고는 그쪽으로 기울어지게 하는 결정적인 요소로 작용하게 되는 것이다. 이러한 시적 출발은 그의 문학이 서구적인 취향과 정신으로 시종일관하는 시세계를 형성하는 결정적 동인이 된다. 그의 시에서 흔하게 볼 수 있는 한국적 정서에 맞지 않는 생경한 서구적 이미지나 언어도 이에서 비롯된다고 할 수 있다.

해방 전의 1930년대에 쓰여진 김현승의 초기시의 중심 이미지는 '새벽'이다. 시의 제목이나 구절 속에 빈번하게 등장하는 시어인 '새벽'은 식민지 상황의 고통과 어둠을 내몰고 다가올 조국의 해방과 광복을 상징한다.

밤을 뚫고 수천 수백리를 걸어 나가면 광명한 아침의 선구자인 어린 새벽이 희미한 등불을 들고 또한 우리를 맞으로 온다고 말하지 않았읍니까?
－「어린 새벽은 우리를 찾아온다 합니다」

그러면 여보, 아침과 하늘에 애닲고 찬란한 시를 쓰는 예술지상주의자인 태양이 우리들의 사랑하는 풀밭에 내려와 맑고 귀여운 이슬을 죄다 꾀여 가기 전에 당신은 새벽이 부르는 저 푸른 들에 나가지 않으렵니까?

새벽은 위대한 보물을 저 들에 숨겨 놓고 밤의 슬픈 이야기를 계속하는 우리를 부른다 합니다.
－「새벽은 당신을 부르고 있읍니다」

유리창 － 금빛 태양이 물결치는 빌딩의 아침 해협을 열고
젊은 ***들은 서재의 탄산가스와 새벽을 우주로부터 바꿉니다.
폭탄과 같이 태양은 멀리 밤을 깨뜨립니다.
아아 여보세요. 새 날은 승리를 안고 －
아세아 또 지구의 들을 용맹스럽게 달릴 광명의 젊은 피더스여 어둡고 쓸쓸한 당신의 투숙 －
세기의 창을 열고
새 날의 經綸과 謳歌로 우렁차게 돌파하는 새벽을 바라보지 않으렵니까?

아아 얼마나 아름답고 씩씩한 당신들의 새벽입니까!
떠들며 웃으며 다시 지껄이며
저기 검은 제복을 입은 젊은이들이 달려옵니다그려.
그렇지요, 우리들 머리 위에는 눈내리듯 쓸쓸한 과거는 쌓여도
우리는 새벽의 교실로부터 영원히 퇴학을 하고
돌아갈 수 없는 젊은이들입니다그려.

─「새벽 교실」

　위에서 인용한 시들에서 볼 수 있듯이 '새벽'의 이미지는 그의 처녀작에
서부터 등장하여 해방 전에 쓴 초기작들의 중심적인 이미지로 자리잡고
있다. 식민지 상황을 '저녁'이나 '밤'이라는 자연적 현상으로 상징화한 그는
그 어둠을 몰아내고 ****닥아서는 새벽을 민족의 해방과 독립이 예비된
시간으로 은유한다. '새벽'은 '밤을 뚫고', '희미한 등불을 들고', '우리를 맞
으러 오는', '광명한 아침의 선구자'이다. 새벽은 또한 희망이 있는 삶이 예
비된 시간이며, 동경하는 세계가 열리는 시간이기도 하다. 그러나 새벽에
대한 환상과 동경은 식민지 현실의 폭압성에 의해 좌절된다. '새벽의 교실
로부터 영원히 퇴학을 하고/ 돌아갈 수 없는 젊은이'라는 자조적 진술이 새
벽이 잉태하고 있는 무한한 가능성의 세계로 가는 통로가 차단된 절망과 비
애를 내포하고 있기 때문이다.
　대체로 해방 전에 쓴 김현승의 초기작품들에서는 김기림의 격려에 값할
만한 문학적 가치를 논의하기가 어렵다. 시를 쓰고자 한 열정만 앞서 있고
그에 대한 방법론과 형상력의 결여로 인해 시적인 미숙성이 곳곳에 드러나
있기 때문이다. 즉 모더니스틱한 것에 대한 모방충동의 과잉, 시대의 질곡
과 어둠을 인식하는 진지성이 결여된 어조, 산만한 이미지와 이로 인한 주
제의 시적 형상화 실패, 국적 불명의 이국정서로 채색된 어색한 시적 분위
기 등은 1950년대의 시에서도 여전히 나타나는 그의 시의 치명적 결함들
이다. 그러나 이러한 초기시의 미숙성에도 불구하고 이시기에 보여준 시에
대한 열정과 자신의 신념을 구현하고자 한 시적 노력은 1950년대의 보다
성숙된 시세계로 나아가는데 든든한 바탕이 된다.

생계유지를 위해 시로부터 격리된 삶을 살았던 일제 말기를 지나 해방을 맞으면서 그는 새로운 시적 출발을 시도하게 된다. 다음 진술은 해방이라는 역사적 사건과 더불어 변모된 그의 시세계를 파악하는데 중요한 단서가 된다.

민족적 상황이 달라진 터에 1930년대 풍의 민족적 센티멘탈리즘의 연장은 허용될 리 없었다. 그렇다고 불순한 현실 치중의 시를 쓰기도 싫었으며 내 기질에도 맞지 않았다.

나는 지금까지 내가 등한히 하였던 나의 인간의 내면의 세계에로 눈길을 돌렸다. 나는 너무도 외계적(외계적)인 자연에만 치우친 나머지 인간의 내면적인 자연은 몰각하고 있었던 것이다.

그리하여 나는 자연으로부터 인간으로, 외계로부터 내면의 세계로 관심을 돌렸다.[95]

그가 인간의 내면세계에 대한 탐구로서 새로운 시적 출발을 시도하는 데에는 몇 가지 원인을 추론해 볼 수 있다. 그중 하나는 휴머니즘을 지향한 그의 시정신에서 찾을 수 있다. 모더니즘에 대한 투철한 인식도 없이 단순한 모방 충동에 의해 쓴 시작품들에 대한 회의와 반성도 고려할 수 있지만 무엇보다도 자연의 아름다움의 일부로서 존재하는 인간이 아니라 그 중심적 존재로서의 인간에 대한 새로운 인식에 기인한다고 볼 수 있는 것이다. 정치적 금제의 상황으로부터 해방된 그의 앞에 펼쳐진 세계에서 그는 혼란한 세상을 살아가고 있는 인간의 본질적인 모습에 관심을 기울이게 된다. 그중에서도 특히 극단적인 이데올로기의 싸움이나 역악한 생존의 조건 속에서 허우적대는 삶에 지친 인간의 모습이 아니라 인간으로 하여금 인간다움을 보장하는 본질적이고 기본적인 내면세계에 대한 시적 탐구를 시도하게 되는 것이다.

또다른 한 가지 원인으로는 기독교적 가정교육에 의해 형성된 기질적인

---

95) 같은 글, 262쪽.

순결성을 들 수 있다. 위의 인용문에서도 그는 "불순한 현실 치중의 시를 쓰기도 싫었으며 내 기질에도 맞지 않았다"고 말하고 있다. 즉 허황된 이데올로기의 싸움이나 치열한 생존경쟁이 벌어지고 있는 타락한 현실적 삶의 모습은 그에게 혐오감만 줄 뿐, 시적 관심의 대상으로 부각되지 않는 것이다. 이 시기에 쓴 그의 대부분 시가 시대적 상황과는 격리되어 있는듯이 보이는 이유도 부분적으로 이러한 그의 기질과 관련이 있는 것으로 판단된다.

　김현승이 견지하고 있는 기독교적 세계관도 내면세계 탐구의 중요한 동인이 될 수 있다. 기독교의 궁극적인 목표는 인간의 세속적인 삶에 대한 만족이나 행복의 성취에 있는 것이 아니라 영원한 생명에 대한 희망에 의해 이루어지는 영혼의 구원에 있다. 따라서 세속적인 삶의 태도나 방법보다는 굳건한 신앙을 토대로한 내면적 정신의 정결성이 더 중요하다. 또한 회개하고 믿으면 누구나 구원받을 수 있다는 종교적인 구원관은 세속적 삶의 질에 대한 논의를 도외시하기가 쉬운 것이다. 인간의 능력으로는 변경이 불가능해 보이는 절망적인 사회 현실에 대한 불안과 고민은 신의 섭리와 구원 계획에 의해서만이 해결될 수 있으므로 자신은 기독교적 정신을 바탕으로 하여 인간의 내면세계에 대해 관심을 집중하게 되는 것이다.

　그렇다고 해서 1950년대의 시에서 자연이 철저히 배제되어 있는 것은 아니다. 자연은 여전히 그의 시의 중요한 객관적 상관물로 제시된다. 그러나 초기시에서의 자연은 그 자체가 자신의 민족적 센티멘탈리즘이 투사된 상징체로서 기능하는 경우가 많았으나, 이 시기에 쓴 시 속의 자연은 인간의 내면 속에 슬픔이나 고독, 사랑이나 희열, 그리고 꿈과 희망을 촉발시키는 매체로서 기능을 갖는 시적 대상으로 전환된다.

　　기억의 가장 중후한 도시의
　　밤을 젖게 하던, 음악을 아는 비가,
　　오늘은 우리들의 도시에 피아니시모로 나린다.

잊었던 목소리로
잊었던 목소리로 울리어 주면
이렇게도 부드러운 땅의 가슴인 것을,
삼월까지는 우리 모두
척박한 도시에서 카랑카랑 바람과 같이 울었다!
　　　　　　　　－「봄비는 음악의 상태로」

　위의 시에 등장하는 '밤'이나 '비', '부드러운 땅'이나 '바람' 등의 시어는 초기시에서처럼 식민지 상황과 관련된 시어들이 아니다. 그것은 단지 봄밤의 정감을 촉발시키는 매개물로서의 기능을 가질 뿐이다. 즉 인간의 내면 속에 특정한 정서를 환기시키는 시적 대상으로서 포착되고 있는 것이다.
　김현승 자신은 1950년대를 전후하여 쓴 작품들을 내용면에서 다음 네 가지 성질로 분류한다.

　　① 불행이나 인고(인고)나 우울의 진실을 소재로 한 것(「눈물」「푸라타나스」
　　　「가로수」 등)
　　② 사회정의를 소재로 한 것(「슬픈 아버지」「호소」「갈구자」 등)
　　③ 인생의 고독을 소재로 한 것(「내 마음은 마른 나무가지」「건강체」「독신
　　　자」 등)
　　④ 사물의 본질 자체를 소재로 한 것(「보석」「슬픔」 등)[96]

　위와 같이 분류하면서 그는 또한 작품들 중에서도 ①과 ④가 자신의 기질에 가장 가깝고, 애착이 가는 시간이 오래인 것들이라고 말했다. 이러한 진술을 고려한다면 일부 논자들이 이 시기의 작품들에 대해 "인간성을 유린하고 억압하는 사회의 부조리와 불의·부패를 비판하면서 인간 자유의 실현과 사회 정의의 의지를 시를 통해 적극적으로 형상화하는 실천적 면모를 보여준다."[97]라는 주장이나 "다형은 정의의 시인으로서 진정한 참여시의 모범

─────────────
96) 김현승, 「나는 詩를 이렇게 쓴다」, 『전집 2』, 291쪽.
97) 조태일, 앞의 글, 53쪽.

을 보여 주었다."[98]는 평가는 다소 과장된 것으로 보인다. 비록 그의 일부 작품들에서 사회 정의에 대한 참여적 성격이 드러나기는 하지만 그의 주된 시적 관심은 영원하고 근본적인 진실이나 생명감, 사물의 본질을 파악하는 데 집중되고 있었기 때문이다.

꿈을 아느냐 네게 물으면,
푸라타나스,
너의 머리는 어느덧 파아란 하늘에 젖어 있다.

너는 사모할 줄을 모르나,
푸라타나스,
너는 네게 있는 것으로 그늘을 늘린다.

먼 길에 올 제,
홀로 되어 외로울 제,
푸라타나스,
너는 그길을 나와 같이 걸었다.
　　　　　　　　　　　　　　　－「푸라타나스」

그것이 비록 병들어 죽고 썩어 버릴
육체의 꽃일지언정,

주여, 우리가 당신을 향하여 때로는 대결의 자세를
지을 수도 있는, 우리가 가진 최선의 작은 무기는
사랑이외다!
　　　　　　　　　　　　　　　－「사랑을 말함」

슬픔은 나를
어리게 한다.

---

98) 이운룡, 「김현승」, 『한국현대시인연구 10』, 문학세계사, 1993, 219쪽.

슬픔은
죄를 모른다.
사랑하는 시간보다도 오히려,

슬픔은 내가
나를 안다.
아무도 개입할 수 없다.

슬픔은 나를
목욕시켜 준다.
나를 다시 한번 깨끗하게 하여 준다.
— 「슬픔」

위에서 인용한 시들에서 볼 수 있듯이 김현승의 시적 관심은 주로 인간들이 짊어지고 있는 외로운 삶과 꿈, 인간이 견지해야 할 사랑의 정신, 일상적 삶에서 부딪히게 되는 슬픔의 의미와 같은 것들에 기울여지고 있다. 이러한 꿈과 사랑, 외로움과 슬픔이야말로 인간 만이 지니고 있는, 인간다움을 보장하는 본질적인 요소들이다. 이러한 인간의 근본을 이루는 요소들 가운데서 김현승이 가장 소중히 여기는 것은 양심이다. 그는 생의 참 가치와 보람도 양심을 지키는데 있다고 생각한다.

　나는 기독교 신교(신교)의 목사의 집안에서 태어나 어려서부터 천국과 지옥이 있음을 배웠고, 현세보다 내세가 더 소중함을 배웠다. 신이 언제나 인간의 행동을 내려다 보고 인간은 그 감시 아래서 언제나 신앙과 양심과 도덕을 지켜야 한다고 꾸준한 가정교육을 받았다. 나라는 인간은 비교적 단순하고 고지식한 데가 있는 것 같다. 나는 나이가 먹은 뒤에도 이 신앙과 양심과 도덕을 곧이 곧대로 믿고 지키려고 노력하여 왔다. 그중에서도 양심의 명령에 쫓는 행동을 나는 가장 값있고 소중한 것으로 알고 있다.[99]

---

99) 김현승, 「나의 文學白書」, 『전집 2』, 271쪽.

후기로 가면서 기독교에 대한 회의에 빠질 때에도 그는 "윤리적으로 현실적으로 신을 부정할 수 있으면서도 내 안에서 활동하고 명령하고 있는 양심은 부정할 길이 없다"고 말하면서 "양심은 너무도 존귀하고 너무도 신성에 가득 차 잇다."고 하여 양심을 인간 존재의 절대적인 조건으로 인식한다. 김현승의 시적 특성으로 볼 수 있는 이미지의 순결성도 양심을 소중히 여기는 그의 정신과 관련이 깊다. 다음 시에는 이러한 그의 정신이 잘 드러나 있다.

> 모든 것은 나의 안에서
> 물과 피로 육체를 이루어 가도,
>
> 너의 밝은 은빛은 모나고 분쇄되지 않아,
>
> 드디어는 무형하리마큼 부드러운
> 나의 꿈과 사랑과 나의 비밀을,
> 살에 박힌 파편처럼 쉬지 않고 찌른다.
>
> 모든 것은 연소되고 취하여 등불을 향하여도,
> 너만은 물러나와 호올로 눈물을 맺는 달밤……
>
> 너의 차거운 금속성으로
> 오늘의 무기를 다져가도 좋을,
>
> 그것은 가장 동지적이고 격렬한 싸움!
> ―「양심의 금속성」

　　위의 시에서 인간다움을 규정하는 절대적인 조건으로서의 양심에 대한 시인의 태도가 잘 나타나 있다 양심은 인간의 내면세계에 존재하며 '밝은 은빛'의 '모나고 분쇄되지' 않는 속성을 지니고 있는 것으로 진술된다. 그것은 양심의 빛남과 강직함, 그리고 견고함을 비유한 것이다. 양심은 인간이 세속적 욕망에 급급할 때마다 도덕성을 일깨워 바른 삶을 살도록 이끈다. 그것은 '나의 꿈과 사랑과 나의 비밀을,/ 살에 박힌 파편처럼 쉬지 않고 찌르'는 아픔과 같은 정신적 고통을 수반한다. 인간이 향락과 욕망의 타락된 삶에 빠지더라도 양심은 '물러나와 호올로 눈물을 맺는' 즉 인간의 존엄성을 지키는 마지막 보루이기도 하다. 그러므로 인간의 내면세계에서 벌어지는 양심의 갈등은 '가장 동지적이고 격렬한 싸움'이 될 수 있는 것이다. '차거운 금속성'과 '오늘의 무기'는 양심이야말로 인간의 타락된 삶을 단죄하여 인간성을 회복시켜 줄 수 있는 엄정한 도덕적 장치라느 시인의 인식을 반영한 것으로 볼 수 있다.

김현승이 신앙에 있어서나 일상적 삶에 있어서나 이렇듯 양심의 문제를 소중히 행각하고 있었으므로, 그가 추구한 문학적 주제들에도 이러한 그의 태도가 직접, 또는 간접적으로 반영되었을 것으로 보인다.

> 말할 수 없는 모든 언어가
> 노래할 수 있는 모든 선택된 *****가
> 소통할 수 있는 모든 침묵들이
> 고갈하는 날,
> 나는 노래하련다!
>
> 모든 우리의 무형한 것들이 허물어지는 날
> 모든 그윽한 꽃향기들이 해체되는 날
> 모든 신앙들이 입증의 칼날 위에 서는 날
> 나는 옹호자들을 노해하련다!
>
> 티끌과 상식으로 충만한 거리여,
> 수량의 허다한 신뢰자들이여,
> 모든 사람들이 돌아오는 길을
> 모든 사람들이 결론에 이르는 길을
> 바꾸어 나는 새삼 떠나련다.

아로사긴 상아와 유한의 층계로는 미치지 못할
구름의 사다리로, 구름의 사다리로,
보다 광활한 영역을 나는 가련다!
싸늘한 $의 시대여,
나는 나의 우울한 혈액순환을 노래하지 아니치 못하련다.

- 「옹호자의 노래」

위에서 인용된 시는 김현승의 두번째 시집의 제목이 된 작품이다. 그만큼 그에게는 중요한 의미를 갖는 작품이기도 하다. 그는 "인간의 존엄성을 비리와 압제로부터 옹호하려는 예술보다 더 순수한 예술이 있을 수 있는가! 인간의 존엄성을 지킨다는 것은 인간의 인간다운 순수성을 지키는 그밖의 다른 것이 아니지 않은가"[100]라고 말한 바 있다. 따라서 '옹호자의 노래'는 인간의 존엄성을, 즉 인간다운 순수성을 보장하는 절대적 조건으로 인식하고 있으므로 결국 그것은 양심을 지키고 살려는 자들을 위한 노래로도 해석할 수 있는 것이다. 혼탁한 세상일수록 양심을 소중히 지키며 살아가려는 사람은 외롭게 마련이다. 위의 시에는 혼돈되고 타락한 세상을 살아가고 있는 이러한 시인의 정신적 위상이 극명하게 드러나 있다. 따라서 후기시에서 치열하게 추구하게되는 고독의 문제도 본원적으로는 이러한 그의 삶의 태도에서 기인한다고 볼 수 있다.

1950년대의 한국사회가 직면하고 있는 비극적이고도 절망적인 현실을 김현승은 남다른 통찰력으로 투시하고 있었다. 그럼에도 불구하고 이 시기에 쓰여진 그의 작품들에서 민족의 비극과 고통을 증언하는 현실인식의 치열한 시정신을 대면하기가 어려운 것은 바로 그가 견지하고 있는 기독교적 세계관 때문이다. 대부분의 작품들이 전쟁이라는 극한 상황 속에 놓여 있는 시인의 삶으로는 이해하기 어려울 정도로 시대정신과 격리되어 있는 것처럼 보인다. 이는 앞에서도 부분적으로 언급한 바 있지만 기독교적인 구원관을 신봉하고 있는 그로서는 신이 결코 인간을 저버리지 않고 구원해 줄 것

---

100) 김현승, 「왜 쓰는가?」, 『知性』, 1972년 2월호, 175쪽.

이라는 것을 굳게 믿고 있기 때문에 고통스럽고, 타락되 세속적 삶의 문제에 대한 논의는 무의미한 것이라는 잠재의식을 지니고 있었던 것으로 볼 수 있다. 그는 현실적 삶에서 부딪히게 되는 비애와 절망에 좌절하지 않고, 그것을 오히려 종교적인, 신앙적인 차원으로 끌어 올려 희망으로 전환시킨다. 즉 종교적인 정관을 통해 혼돈된 삶의 질서속에서 오묘한 신의 섭리와 구원사업을 터득함으로써 고난에 처해있는 동시대인들을 희망의 열린 세계로 이끌 수 있게 되는 것이다.

  아버지는 흙벽을 핥으며 자랐고
  너는 외인부대의 깡통을 가지고 노는구나,
  라이프지에는 오늘도
  장난감 없는 나라의 아기야, 네 이야기가 쓰여져 있다.

  그것이 반드시 생명의 근원에 궁핍을 가져 오는 것도 아니련만,
  그러면 나는 장난감 없는 나라의 초라한 아버지 -
  아기야, 오늘따라 그 값진 장난감 - 경쾌한 에메랄드빛 세단차와
  선연한 저 수은빛 날개들을 갖고파 조르는,
  못구멍 난 깡통 따위는 인제는 그만 싫증나버린
  네 마음을 아버지는 알겠구나!

  그러나 너를 위하여 너에게 먼저 이 잉여의 도구들보다
  저 보라빛 산둘레와 진달래빛 구름을 가리키는 아버지의 마음 -
  그것은 떡을 달라 조르는 아들에게
  돌을 쥐어 주는 모진 아버지의 쓰라림일지도 모른다.

  그러나 아버지의 아들인 내 사랑하는 아기야,
  너는 로우마의 폐허와 히로시마의 티끌 위에서 딩구는
  한낱 깨어져 버린 장난감! 금속성의 파편을 사랑하기 전
  너는 먼저 저 자연의 완구들을 사랑할 줄을 알아라!

  저 구름을 보아라, 저 구름 넘어 더욱 빛나는 얼굴들을 너는 보았느냐,

저 무지개를 보아라. 저 성문 밖에 열린 더욱 황홀한 나라들을 너는 보았느냐.
저 새소리를 들으라. 저 노래소리보다 더욱 약동하는
새로운 지휘자의 호흡소리가 네 귀에는 들리지 않느냐.
저 아지랑이를 보아라. 저 아지랑이보다 더 그윽한
영원의 시간들이 네 눈앞에는 바라다 보이지 않느냐.
아기야, 네가 그렇게 밤낮으로 조르던 그 트로이성의 목마도.
그 연통 고운 증기선도, Z機도,
그리고 그보다도 몇백배나 되는 더 많은 장난감들이 저절로 담겨져 있느니라.
아니, 우리가 모은 이 모든 제한된 보화를 저 자연의 풍성한 울안에 드리면,
그것은 땅에 떨어진 한낱 작은 이삭들에 지나지 않느니라!

-「슬픈 아버지」

위의 시는 현실적 삶에서 부딪히게 되는 비애와 절망을 종교적인 정관에
의해 극복하는 시인의 정신을 잘 보여주고 있다. 이 시를 '역사적 사실을 바
탕으로 드러난 비애'나 '전쟁이라는 비극적 체험 뒤 폐허로 남은 현실과 그
현실에서 다음 세대에게 아무러 희망도 주지 못하는 기성세대의 비애'를
느끼게 하는 시라는 견해는 잘못된 평가로 볼 수 있다. 이는 시를 꼼꼼히 읽
지 않았거나 김현승의 기독교적인 세계관을 고려하지 않고 시를 분석한 오
독의 결과라고 할 수 있다. 시에는 물론 비애의 정서가 바탕에 깔려 있기는
하지만 중요한 것은 그런 슬픔의 정서가 아니라 기독교적 세계가 바탕에 깔
려 있기는 하지만 중요한 것은 그런 슬픔의 정서가 아니라 기독교적 세계관
에 의해 비애와 절망을 극복하는 시인의 정신이다. 시인은 자신이 전쟁의
폐허 속에서 고통당하고 있는 '장난감 없는 나라의 초라한 아버지'이며, '떡
을 달라 조르는 아들에게 / 돌을 쥐어 주는 모진 아버지의 쓰라림'을 잘 알
고 있다. 기독교 성서의 비유를 인유한 이런 구절 속에는 자식에게 기본적인
욕구조차 해결해 주지 못하는 아버지의 슬픔과 사랑이 내포되어 있다. 그
러나 '장난감'이나 '떡'과 같은 인간의 본능적인 욕망의 대상들이 본질적으
로 '생명의 근원에 궁핍을 가져오는 것'이 아니라는 것을 시인은 극명하게
인식하고 있다. 바로 이러한 종교적인 정관과 인식에 의해 '한낱 깨어져 버

린 장난감! 금속성의 파편을 사랑하기 전 / 너는 먼저 저 자연의 완구들을 사랑할 줄을 알아라!'하는 의식의 전환이 가능해 지는 것이다. 이런 의식의 전환이 곧절망의 초월이며, 그 결과 '아니, 우리가 모은 이 모든 제한된 보화를 저 자연의 풍성한 울안에 들이면, / 그것은 땅에 떨어진 한낱 작은 이삭들에 지나지 않느니라!'는 초월의 경지에 도달하게 되는 것이다. 그리하여 피폐한 현실적 삶의 고통과 절망을 시인은 든든한 기독교 신앙에 의해 극복하면서 오히려 동시대인들의 고통까지도 위로하면서 희망의 열린 세계로 이끈다.

　　무엇이 슬프랴.
　　무엇이 황량하랴.
　　역사들 썩어 가슴에 흙을 쌓으면
　　희망은 묻혀 새로운 종자가 되는
　　지금은 수목들의 체온도 뿌리에서 뿌리로 흐른다.

　　피로 멍든 땅.
　　상처 깊은 가슴들에
　　사랑과 눈물과 스미는 햇빛으로 덮은
　　너의 하얀 축복의 손이 걷히는 날.

　　우리들의 산하여,
　　더 푸르고 더욱 요원하라!

　눈덮힌 겨울의 한 가운데, 황량한 폐허의 시대의 한 가운데에 천한 시인의 정신이'무엇이 슬프랴. / 무엇이 황량하랴'고 외치고 있다. 이것은 결코 반어법이 아니다. '희망'이 '새로운 종자'로 차가운 눈 밑의 흙 속에 묻혀 있음을 시인은 잘 알고 있기 때문이다. 시인은 종교적인 정관에 의해 현실적으로는 보이지 않는 얼어붙은 흙 속까지도 투시하고 있다. 그리하여 '수목들의 체온이 뿌리에서 뿌리로' 흐르고 있음을 명료하게 인식하고 있는 것이다. 지금은 비록 '피로 멍든 땅. / 상처 깊은 가슴들'이지만 언젠가는 '사랑과 눈물과 스미는 햇빛'에 의해 '더 푸르고 더욱 요원'한 산하가 되리라는 믿음을 굳게 견지하고 있음이 잘 나타나 있다. 이는 바로 기독교적인 구원 관과 직결될 수 있는 김현승의 종교적 신념이기도 한 것이다. 다음 시는 이러한 그의 신념이 구체적으로 제시되어 있다.

봄빛이 스며드는 썩은 원수의 살더미 속에
**을 헤치고 신생하는 금속의 거리와 광장들에
부활을 의미하는 참혹한 마지막 시간에
일으켜야 할 제목은
신성과 자유이다.

불꺼진 높은 곳의 추억에 등대들에
영광의 도시 – 허물어진 첨탑과 향상의 계단들에
일으켜야 할 별들은
신성과 자유이다.

무덤과 같이 음산한 십대의 가슴들에
희망을 잃은 노병들의 두 눈에
일으켜야 할 노래는
신성과 자유이다.

내일이면 꽃이 피고,
후일에 자라선 애인들이 될,
더 자라면 지도자와 엄격한 부모들이 될,
오늘의 눈물 – 방황하는 세대들에
일으켜야 할 신앙은
신성과 자유이다.

구원을 호소하던 부다페스트 – 마지막 떨리던 음파들에
항거하는 평범한 영웅들에
굴복을 모르는 아세아와 구리파의 용감한 지역들에
일으켜 할 동맥의 손길은

신성과 자유의 힘이다.

침략자들이 말굽소리보다
모든 독재자들의 쇠사슬소리보다 더욱 큰 분노로
일으켜아 할 제목은
신성과 자유이다.

골짜기에
벼랑에
무기보다 빵보다
앞서가야 할 우리들의 건밀한 보급로는
신성과 자유의 마음들이다.

보라, 피로 물든 강기슭에
이그러진 황토 산비탈에
눈물로 세우는 모든 십자가의 경건한 제목도,
그리고 들으라.
우리들의 온갖 사랑과 정열과
모든 절망과 몸부림과 싸움의 동기를 역설하여 주는
폭탄같은 외침도
신성과 자유이다.

위의 시에서 김현승은 전쟁의 참화와 그로인한 절망에 빠져 있는 우리 사회에 가장 시급하고 절실한 것은 '무기보다 빵보다' '신성과 자유'라고 역설하고 있다. 이는 그가 인간의 세속적, 현실적 삶의 고통보다는 파괴된 내면적 정신의 회복에 더 관심을 기울이고 있다는 징표이다. 매연마다 후렴처럼 반복되고 있는 구호적 성격의 이 구절은 신의 섭리와 구원에 대한 절대적인 신앙의 회복과 신에 의해 모든 인간에게 평등하게 부여되어 있는 존재의 기본 조건으로서의 자유를 소망하는 시인의 의지의 열도를 반영한 것이다. 모든 것이 결핍되어 있는 사회에서 인간은 결코 자유로운 존재가 될 수 있다는 그의 기독교적 세계관이 신성과 자유의 회복을 부르짖게 하는 것이다.

『김현승 전집』에 실려 있는 시집 『옹호자의 노래』에 수록된 77편의 시 중에서 신에 대한 간절한 기도나 호소, 또는 고백이나 감사의 형식으로 쓰여진 시가 12편 정도 된다. 연도별로 꾸준히 발표되고 있는 이러한 신앙시들은 김현승이 현실적 삶에서 느끼는 절망을 극복하기 위해 그만큼 신앙에 크게 의지하고 있음을 나타내는 것이다.

　　　　천사들의 가벼운 나래를 주신 그 은혜로
　　　　내게는 자욱이 퍼지는 언어의 무게를 주시어,
　　　　때때로 나의 슬픔을 위로하여 주시는
　　　　오오, 지상의 신이여, 지상의 시여!
　　　　　　　　　　　　　　　　　　　　　－「지상의 시」

　　　　가을에는
　　　　기도하게 하소서……
　　　　낙엽들이 지는 때를 기다려 내게 주신
　　　　겸허한 모국어로 나를 채우소서.

　　　　가을에는
　　　　사랑하게 하소서……
　　　　　　　　　　　　　　　　　　　　　－「가을의 기도」

　　　　사랑의 기름 부음 없이
　　　　꺼져가는 내 생명의 쇠잔한 횃불을
　　　　더 멀리 태워 날갈 수 없나이다.
　　　　사랑의 기름 부음 없이는……

　　　　배불리 먹고 마시고, 지금은 깊은 밤.
　　　　모든 지식의 **들은 이 따위에
　　　　가득히 버리워져 있나이다.
　　　　이제 우리를 풍성케 하는 길은
　　　　한 사람의 깊은 신앙 사랑함으로 신의 이름을 부르는 것이외다.
　　　　　　　　　　　　　　　　　　　　　－「호소」

빵을 부르짖는 아들에게 돌을 주지 않으시는 자비의 신이여.
해방의 더운 눈물이 마르기도 전에 당신은 삼팔선의 검은 장막을
우리 이마위에 두루 치셨나이다.
찬 겨울의 갈까마귀 떼처럼 형제들을 남북으로 흩으셨나이다.

그러나 당신은 선하오이다!
우리를 위하여 당신이 택하시는 길은 일만 가지가 옳으오이다.
우리는 다만 오늘의 시련을 거쳐 새로운 신앙을 창조해 나아갈 뿐,
이것만이 당신의 결의를 따라 전진하는 우리의 모습이외다!
- 「一九六O년의 悲歌」

기도나 고백은 가장 순결한 언어이며 영혼의 목소리이다. 인간의 내면 속에 고여 있는 가장 순수한, 신에게 바쳐지는 제물과 같은 언어이다. 그것은 한편으로는 시련에 처한 인간의 절실한 소망의 표현이기도 하다. 위에 인용된 시들은 절망의 시대를 견디는 견고한 김현승의 신앙적 태도를 잘 보여주고 있다. 그는 우리 민족의 역사적 비극까지도 신의 섭리에 의한 것으로 인식하고 있으며, 아울러 신이 결코 인간을 저버리지 않고 구원해 주리라는 확고한 신앙을 가지고 있는 것이다.

인간의 가슴 속에 응어리져 있는 고통의 정서는 그것을 언어로 표현함으로써 정화시킬 수 있다. 즉 가슴 속에 품고 있는 자신이 해결할 수 없는 고통스러운 문제들을 신뢰성 있는 상담자에게 말함으로써 심리적인 안정을 회복할 수 있는 것이다. 견고한 신앙을 가진 사람으로서 전능한 신에 대한 기도는 바로 고통의 정서를 치유할 수 있는 효과적인 수단이다. 따라서 이 시기에 쓰여진 신에 대한 기도와 고백의 시는 김현승이 현실적 삶에서 느끼는 비애와 절망을 초극하는 방법으로 볼 수 있다. 그는 전후의 혼돈된 사회 속에서 고통스럽고 불안한 삶을 영위하고 있는 인간의 내면 세계를 투시함으로써 현실적 삶의 고통과 절망을 초월할 수 있는 방법을 터득한 것이다. 나아가 종교적인 정관을 통해 부조리와 모순으로 가득 찬 세계에서 신의 섭리와 구원계획의 오묘한 질서를 깨닫게 됨으로써 동시대인들에게 희망을

일깨우게 되는 것이다.

　비록 김현승이 1950년대의 비극적 상황의 극복을 위해 기독교적 세계관에 크게 의지하고 있지만 기본적인 시정신은 늘 인간 중심의 휴머니즘을 지향하고 있음을 간과해서는 안된다. 그의 시는 결코 인간의 타락된 삶을 심판하고 단죄하는 신의 엄격성을 무한한 사랑과 자비의 신에 대한 간절한 기도이기 때문이다. 또한 인간에게 종교적인 계율을 지키는 삶을 강조하는 것이 아니라 인간다운 삶을 보장하는 기본정신에 대한 성찰에 관심을 기울이는 것은 그의 시정신이 신 중심이 아니라 인간 중심을 지향하고 있다는 것을 입증하는 것이다.

VI. 서구적 이미지와 리듬의 跛行性

　1950년대 전후하여 쓰여진 김현승의 시에는 견고한 기독교 신앙을 바탕으로 비극적인 시대상황에 대한 종교적인 정관을 통해 현실적 삶에서의 비애와 절망을 초월하려는 의도가 잘 나타나고 있기는 하지만, 이러한 시적 주제가 작품을 통해 효과적으로 형상화 되고 있는지는 다소 의문을 갖게 한다. 시를 읽을 때마다 한국적 정서나 모국어 운률에 맞지 않는 형식상의 서구적 이미지의 어색한 사용과 시의 구조미를 깨뜨리는 부적절한 리듬은 시의 형식적 결함으로 지적되기 쉽다.

　김현승도 물론 "시란 말할 나위도 없이 우수한 언어나 탁월한 형식 없이는 그러한 내용마저 구상화될 수 없다고 말함이 옳을 것이다." 라고 말할 정도로 언어와 형식에 대한 관심을 가지고 있었다. 그러나 서구문화적 성격의 어휘만을 문화라고 생각하는 문화어에 대한 잘못된 인식과, 시에서 서정과 감각보다는 주지성을 중요시하는 어설픈 그의 모더니즘이 그런 관심의 시적 실천에 장애가 된 것으로 보인다.

　김종길은 김현승의 시풍을 "1950년대에 와서야 발견된 1930년대의 우리 시단의 모더니스트"라고 하면서 "그러한 시풍과 집념 때문에 주로 우리말과 우리말의 리듬에 대한 감각에 둔한 편이었고 흔히 시의 구성의 허약함을 드러냈다"고 지적한 바 있다. 金禹昌도 "金顯承씨는 드물게 보는 知性의 시인이지만 이상하게도 시에 수미일관한 구조를 주는 데에는 실패하는 경우가 많다."고 하면서 관념의 시녀로 전락해버리는 이미지나 상투적인 사고, 추상화 경향 등을 김현승 시의 중요한 시적 결함으로 논의하고 있다. 김현승의 시에 광범위하게 나타나는 이러한 형식상의 결함들은 그의 시적 성공을 훼손시키는 요소들이다.

김현승의 시를 읽을 때마다 느끼게 되는 정서적인 공감을 방해하는 중요한 장애 요소는 서구적 이미지이다. 한국적 정서로부터는 매우 일탈되어 있는 이러한 이국취미적인 서구적 이미지는 시적 감동을 감소시키는 부정적 요소로 작용한다.

우리의 마음들은 馬車가 되어 버린다.
우리의 마음들은 벌써 구름처럼
地平線가에 몰려 선다.
에머랄드빛 하늘이 멀어지는 가을이 오면……

해변에선
별장들의 덧문을 닫고.
사람마다 사람마다
찬란턴 마음의 산데리야를 졸이고,
저녁에 우는 쓰르라미가 되는
지금은 폐회와 귀로의 시간……
                    ―「가을이 오는 시간」

가을에는
호올로 있게 하소서……

나의 영혼,
굽이치는 바다와
百合의 골짜기를 지나,

마른 나무가지 위에 다다른 까마귀같이.
- 「가을의 기도」

오랜 악기의 줄을 쓰는 쓰르라미는
섬돌 위에 山茱의 향기를 가다듬고,

참회하는 이스라엘의 여인처럼
누리는 이으고 재를 무릅쓸 때……
- 「가을의 소묘」

김현승은 가을의 시인이라고 할 정도로 가을이라는 계절을 좋아했으며 그만큼 가을에 관한 시도 많이 썼다. 위에 인용된 시는 그중에서도 대표적인 시들이다. 그런데 인용된 시 속의 가을은 결코 한국의 가을은 아니다. 그것은 국적 불명의 이국의 가을이다. '馬車', '地平線', '에머랄드빛', '샨데리아'. '百合의 골짜기'. '참회하는 이스라엘의 여인' 등은 한국적 가을의 정취나 아름다움과는 도무지 어울리지 않는 서구적 이미지들이다. 1930년대의 모더니즘 시에서 나 볼 수 있던 이러한 어설프고 설익은 서구적 이미지들은 김현승의 시적 미학을 깨뜨리는 부정적 요소로 작용한다. 언어만 모국어를 구사했을 뿐, 시정신은 이국정서에 치유가 불가능할 정도로 감염되어 있기 때문이다. 특히 「가을의 소묘」에 나오는 '섬돌 위에 山茱의 향기'와 '참회하는 이스라엘의 여인'이라는 이미지의 결합은 부조화의 극치이며, 그가 시종일관한 서구적 이미지의 시적 가치와 진실성을 의심스럽게 한다. 한국적 정서로부터 일탈된 이런 어색한 서구적 이미지들은 그만큼 시적 감동을 반감시킬 수 밖에 없다.

이러한 서구적 이미지에의 경도는 상대적으로 그의 모국어 탐구 의식을 약화시킬 수 밖에 없으며, 그 결과 모국어의 시적 구사에 있어서 미숙함을 드러내게 된다. 모국어의 운율과 조화를 이루지 못하는 서구적 이미지들과 주지성의 추구로 인한 운률에 대한 배려의 부족은 시에서 어색한 리듬을 가져 오게 되는 것이다. 또한 줄표(−)와 줄임표(…)의 빈번한 사용도 리듬의 파행성을 조장하는데 크게 기여한다. 김현승의 시에서 흔하게 볼 수 있는 이러한 리듬의 파행성은 모국어의 운율에 대한 감각의 부족에서 기인한다고 볼 수 있다.

김현승이 견지하고 있는 기독교적 세계관이 시의 형식에 반영된 것이 바로 기도문적인 어조와 문체이다. 이는 비극적이고 절망적인 시대상황의 극복을 위한 시적 노력을 반영한 것이기도 하다. 즉 인간의 능력으로서는 극복 불가능해 보이는 한계상황으로부터 인간의 구원의 열린 세계로 이끌기 위해 신의 섭리와 구원계획에 의지하고자 하는 것이다. 이것은 또한 그시대에 필요한 것은 좌절과 비애로 물든 절망의 언어가 아니라 따뜻한 격려와 사랑이 담긴 희망의 언어라는 투철한 인식의 결과이기도 하다.

엄격한 기독교 가정에서 태어나 어려서부터 서구식 교육에 익숙되어 온 김현승으로서는 모더니즘에의 경도가 운명적인 것이었다고 볼 수 있다. 또한 일제 말기의 조선어 말살정책과 해방과 전쟁으로 이어진 사회적 혼란은 그가 모국어로 시를 쓰는 훈련에 부실함을 가져올 수 밖에 없었을 것이다. 그러나 모더니즘에 대한 어설픈 이해와 모국어에 대한 감각의 부족은 시에서의 형식적 결함으로 그대로 노출됨으로서 그에 대한 부정적 평가의 근거가 된다. 부분적으로는 기독교 성서의 영향도 고려할 수 있는 한국적 정서로부터 일탈된 서구적 이미지들의 빈번한 사용과 리듬의 파행성은 김현승의 시적 미학을 깨뜨리는 결정적 요소라 할 수 있다.

V. 맺음말

문학은 사회가 처한 시대 상황이나 그 구성원의 삶과 격리될 수 없다. 문학의 사명은 사회의 구조적 모순과 갈등에 대한 성찰을 통해 그 구성원들이 꿈꾸고 있는 바람직한 사회에 대한 전망을 제시하는 것이다. 1950년대를 전후하여 쓰여진 김현승의 시들도 그 시대의 사람들이 견디어야 했던 피폐한 현실적 삶의 비애와 절망을 반영하고 있으며, 그러한 고통으로부터 그들을 희망의 열린 세계로 이끌기 위한 노력을 보여준다.

김현승의 시정신을 지탱하는 두 개의 기둥은 휴머니즘과 기독교적 세계관이다. 그는 일상적 삶에 있어서는 기독교적 세계관에 매우 투철했지만 그의 내면적 정신은 그것에 회의하면서 늘 인간 중시의 휴머니즘을 지향했다. 따라서 그의 문학은 이 두 요소의 대립과 갈등의 변증법적으로 종합되는 세계라 할 수 있다. 즉 기본적인 시정신은 인간 중심의 휴머니즘을 견지하고 있으나, 인간의 능력으로는 극복 불가능한 비극적이고 절망적인 상황의 극복을 위해서는 신 중심의 기독교적인 세계관에 의자하고 있는 것이다.

1950년대에 쓰여진 김현승의 시들은 대부분 인간의 내면세계에 대한 탐구에 집중되고 있다. 즉 그가 관심을 기울이는 것은 현실적 삶의 고통스러운 모습들보다는 인간다움을 보장하는 본질적인 요소라 할 수 있는 꿈, 사랑, 고독, 슬픔과 같은 것들이며 특히 양심을 인간 존재의 절대적 조건으로 인식하고 있음을 보여준다. 그는 이러한 내면적 성찰을 바탕으로 피폐한 현실적 삶의 고통과 절망에 대한 종교적인 靜觀을 통해 동시대인들을 위로하면서 희망과 구원의 열린 세계로 이끌기 위해 노력하고 잇는 것이다.

김현승의 시에 나타나는 두드러진 형식적 특징은 한국적 정서로부터 매우 일탈되어 있는 서구적인 이미지이다. 모더니즘에 대한 어설픈 이해와 경도의 산물이기도 한 생경한 서구적 이미지들은 모국어에 대한 감각의 부족으로 인해 야기되는 리듬의 파행성과 더불어 그의 시적 미학을 깨뜨리는 부정적 요소로 작용하게 된다.

비록 김현승의 시가 구조와 형식미에 있어서 다소 미숙성을 드러내기는 했지만, 든든한 기독교적 신앙을 바탕으로 한 간절한 기도의 언어들은 정말 속에서 고통당하고 있는 동시대인들을 희망구원의 세계로 이끔으로써 누구보다도 시적 사명을 충실히 이행했다고 할 수 있을 것이다.

참고문헌

金顯承, 『金顯承 全集 1:時』, 시인사, 1985.
  『全集 2 散文』, 시인사, 1985.
  『全集 3』, 시인사, 1986.
高 銀, 『1950年代』, 民音社, 1973.
권영민, 『한국현대문학사』, 민음사, 1993.
김용성, 『한국현대문학사탐방』, 玄岩社, 1991.
김용 외, 『한국현대사상연구』, 일지사, 1983.
김용직 · 박철희 편, 『한국현대시 작품론』, 문장사, 1981.
김우창, 『지상의 尺度』, 민음사, 1981.
김윤식, 『한국현대시론비교』, 일지사, 1976.
김윤식 · 김현, 『한국문학사』, 민음사, 1973.
김종철, 『시와 역상상력』, 문학과 지성사, 1983.
레온 이델, 『작가론의 방법』, 김윤식역, 삼영사, 1983.
풀빛 편집부 옮김, 『현대의 휴머니즘』, 풀빛, 1983.
이盛부, 「김현승 스승의 단선」, 『시문학』1975년 6월호.
이윤룡 편저, 『김현승. 한국현대시인연구 10』, 문학세계사, 1993.
이승훈, 『한국현대시론사』, 고려원, 1993.
장백일, 『한국신문학시선』, 관동출판사, 1983.
장 폴 사르트르, 『실존주의는 휴머니즘이다』, 왕사영 역, 청아출판사, 1989.
정태용, 『한국현대시인연구』, 어문각, 1976.
정한모 · 김재홍 편저, 『한국대표시평설』, 문학세계사, 1985.
조연현, 『한국현대작가론』, 문명사, 1970.
조태일, 『김현승 시정신 연구』, 경희대학교 대학원 박사학위 논문, 1991.
진덕규 외, 『1950년대의 인식』, 한길사, 1981.
테리 이글턴, 『문학이론입문』, 김명환 · 장남수 공역, 창작과 비평사, 1992.
한국휴머니스트회 편, 『휴머니즘과 현대사상』, 범조사, 1964.
Rene Wellek and Austin Warren, 『Theory of Literature』, Penguin Books, 1970.

전쟁체험과 실존적 불안의식

I. 序論

同族相殘의 전쟁으로 시작된 1950년대는 우리 민족사에서 가장 고통스럽고 비극적인 시대였다. 한국사에서 다시는 그러한 처참한 비극이 반복되지 않도록 하기 위해 우리는 그 시대의 역사적 진실에 대해 성찰하여야 한다. 전쟁의 파괴성이 갖는 위력은 국토의 폐허화나 물질적, 경제적 손실보다는 사회 구성원의 정신적 황폐화를 초래한다는 점에서 더욱 치명적이다. 전쟁을 통해 겪은 실존적 고통은 치유되지 않는 깊은 상처로 남아 오늘날도 여전히 그 후유증으로 온 민족이 고통당하고 있는 것이다.

문학 작품은 민족이 처해 있는 시대 상황을 총체적으로 반영하여 그 시대의 진실을 드러내는 문화적 장치라고 할 수 있다. 문학은 그러한 기능을 통해 인간에게 도덕성이나 윤리성을 환기시키고 나아가 사회의 개량과 진보, 그리고 사회 구성원의 삶의 질적 향상에 기여하게 되는 것이다. 따라서 문학 작품에 대한 독서는 한 시대를 이해하는 가장 훌륭한 역사 탐구이기도 하다. 그런데 1950년대의 이땅의 시적 지성들은 전쟁이라는 극한상황에 대한 문학적 응전력을 제대로 갖추고 있지 못했다. 전쟁의 폐허 위에서 생존의 고통에 급급한채 절망과 탄식의 언어로 그저 절규할 수밖에 없었던 것이다. 그만큼 한국전쟁은 이성의 언어로는 표현 불가능한, 지성의 한계를 넘어서는 처절한 비극이었다.

박인환의 문학은 1950년대의 역사적 상황과 동시대인의 실존적 고통을 반영하는 하나의 거울이다. 우리는 그의 삶과 문학을 통해 사회의 개량을 위한 동시대인들의 노력과 그들이 견디어야 했던 고통과 절망의 무게를 가늠할 수 있으며, 허망한 그의 夭折을 통해 동시대 지식인들의 황폐한 정신의 실상을 파악할 수 있다. 따라서 본 연구의 목적은 박인환의 시 세계에 대한 분석과 평가를 통해 1950년대의 역사적 의미를 밝히며, 민족이 견디어야 했던 불안과 절망의 무게를 정신적 측면에서 계량해 보는데 있다. 전쟁의 비극성에 대한 고통의 체험이야말로 살아있는 역사적 교훈이 될 수 있기 때문이다.

이를 위해 본고에서는 박인환의 시와 산문을 분석하여 그가 자신의 문학을 통해 구현하고자 한 신념과 태도를 고찰해 보고, 시 작품을 통해 나타나는 현실 인식과 고뇌의 의미를 논의하고자 한다. 또한 그가 전쟁 체험으로 끌어 안게되는 실존적 불안의식이 시의 내용과 형식을 통해 어떻게 형상화 되는지도 논의하게 될 것이다. 이를 통해 그가 전후의 시대 상황을 얼마나 진실되게 증언하고 있는지, 또 그에 대해 어떻게 대응하고 있는지를 알게 될 것이다.

박인환의 문학세계를 규명하려는 본격적인 연구는 아직까지는 매우 미흡하다. 그동안 발표된 대부분의 연구 논문들이 그의 문학이 지닌 모더니즘적인 성격 고찰이나 時代苦와 관련된 센티멘탈리즘의 논의에 집중된 단편적인 글들이어서 그의 문학세계에 대한 총체적이고 본질적인 연구로는 보기 어렵다. 또한 그에 대한 평가도 "다른 모더니스트들과 달리 박인환의 시는 도시 문명의 허울을 묘사하는데 중점이 있는 것이 아니라 전쟁으로 인해 떠나는 모든 것들, 죽어가는 것들에 대한 슬픔을 근원적인 인간의 비극으로 치환하여 지적 절제의 깊이와 균형을 보여 주고 있다는 점에서 비교적 높이 평가될 수 있다."[101]라고 한 김재홍의 긍정적 견해나, "요컨대 박인환의 시

---

101) 金載弘, 「모더니즘의 功過」, 박인환, 이동하 편저, 『한국현대시인연구12』, 문학세계사, 1993, 189쪽.

는 그의 문학론에서 우리가 고찰한 바처럼, 엄밀한 개념의 서구 모더니즘을 실천하지는 못하였다. 그는 다만, 피상적이고 분위기적인 서구 모더니즘을 수용하여 도시적 소재와 문명어를 통해 삶의 허무의식을 자기 체념적 감상주의로 노래했을 따름이다."[102]라고 한 오세영의 부정적 견해에서 볼 수 있듯이 문학사적으로 정리되어 있지 않다. 이는 박인환의 문학이 1950년대 문학사에서 차지하는 중요성에 비추어 정당한 대접을 받고 있지 못함을 반영하는 것이며, 그에 따른 총체적 연구와 문학사적 평가의 필요성을 제기하는 동기를 제공하는 것이기도 하다. 본고에서는 이러한 인식을 바탕으로 박인환의 시 세계를 논의하게 될 것이다.

II. 모더니즘적 성향과 현실 인식의 피상성

박인환이 태어나서 교육을 받으며 성장하여 시를 쓰다 죽은 1926년에서 1956년에 이르는 시기는 우리 민족사에서 가장 고통스러웠던 시대이다. 즉 식민지 탄압과 해방의 혼란, 그리고 전쟁의 비극으로 점철된 민족적 시련기인 것이다. 그러나 한편으로 이시기는 한국사회가 서구의 문화에 무방비 상태로 감염되어 가는 문화적 전환기로도 볼 수 있다. 전쟁은 물질적 파괴 뿐만이 아니라 기존의 가치 질서 일체를 무너뜨리고 무력화 시키며, 그 폐허 위에 미국식 실용주의와 저질의 모방된 서구 문화가 유행하는 시대적 분위기를 만연시키게 되기 때문이다.

따라서 박인환이야말로 가장 불행한 시대의 시인이라고 할 수 있다. 그는 우리말의 아름다움이나 섬세한 정감, 미적 효과에 대한 모국어 훈련을 제대로 받을 수 없었으며, 전통문화의 아름다움과 가치를 인식할 수 있는 미적 감각을 터득할 기회를 갖지 못했다. 그의 시가 토속적 정감의 세계와는 거리가 먼, 도시 문명의 그늘진 세계로 몰입한다든가, 시의 언어 구사에 있

---

102) 吳世榮, 「後半紀 동인의 詩史的 위치」, 박인환, 이동하 편저, 『한국현대시인연구12』, 문학세계
     사, 1993, 202쪽.

어서 생경한 관념어의 사용이 빈번한 것은 이에서 비롯하는 것으로 볼 수 있다. 특히 그가 보통학교 4학년까지 두메 산골이라고 할 수 있는 강원도 인제에서 생활하며 유년시절을 보냈음에도 불구하고 향토적 정감을 노래한 시가 거의 없는 것도 이를 입증하는 것이라 할 수 있다.

박인환의 시가 1930년대의 모더니즘 운동의 정신을 계승하고 있다는 것은 재론할 필요가 없는 사실이다. 그런데 식민 통치라는 정치·사회적 현실 속에 전개된 1930년대의 한국의 모더니즘 운동은 한국 사회의 내적 갈등과 극복의 필요성에 의한 것이 아니고 단순한 외래 문화의 수용에 지나지 않았다. 즉 거기에는 서구 사회의 문화적 전통이나 위기적 상황에 대한 총체적 인식이 결여된채 도시 문명으로 인한 새로운 감각과 정서를 표현하는 수사학적인 방법론만이 차용된 것이다. 따라서 한국과 서구 사회의 문화적 상황의 차이와 그로 인한 이념적 괴리 때문에 한국의 모더니즘 시 운동은 실패할 수 밖에 없었다. 모더니티의 추구가 민족의 문화적 전통을 토대로 하여 문화적·언어적 차이라는 변수를 고려하지 않은채 맹목적인 서구 문화의 모방 충동에 의한 것일 때에는 필연적으로 파탄에 직면할 수 밖에 없는 것이다. 그러나 1930년대의 모더니즘이 하나의 운동으로는 실패했다고 하더라도 그것이 한국 현대시의 성장을 촉진시킨 활력소가 된 점은 결코 부정할 수 없다. "다다이즘으로부터는 기성관념의 파괴와 새로운 형식추구의 정신을, 초현실주의로부터는 무의식 세계의 개척을, 이미지즘으로부터는 이미지의 조형성 등을, 그리고 이들 유파들이 공통적으로 시도해온 언어의 기능 개발 등에 걸친 영향이 오늘날의 현대시에 미친 활력요소"[103]라는 김경린의 주장이 이를 뒷받침해 준다.

박인환이 지니게 되는 모더니즘적인 성향은 그의 성장 환경에 의해 형성된 이국정서 취미가 그 動因이 되었을 것으로 판단된다. 그는 비록 산골 출신이지만 11세에 가족과 함께 서울로 이사하여, 서울의 중심가라고 할 수 있는 종로구 원서동에서 청소년시절을 보내게 된다. 감수성이 예민한 시골

---

103) 김경린, 「모더니즘의 實像과 歷史的 發展過程」, 『모더니즘 詩選集』, 靑談文學社, 1986, 466쪽.

소년이 서울 생활에 적응하기 위해서는 정신적 혼란과 위기가 있었을 것으로 예상되며, 이의 극복 과정에서 형성된 이상성격이 바로 댄디이즘으로 발전되었을 것으로 보인다. 後半紀 同人으로 함께 활동하며 박인환과 의기투합이 잘 되었던 이봉래의 다음 말은 이러한 추론이 가능함을 시사해준다. "박인환은 강원도 두메 산골에서 태어났다. 흔히들 말하는 촌놈이다. 그는 소위 촌놈티를 벗기 위해서 의식적으로 도시를 동경했고, 일상의 행동을 모던하게 하기 위해서 무진 애를 썼다. 그러나 그를 지배한 것은 어쩔 수 없는 컴플렉스였다."[104] 촌놈으로서의 열등감을 극복하기 위한 심리적인 방어 행위들이 도시 문화에 대한 맹목적인 적응을 가속화시켰을 것이고, 아울러 이국정서 취미를 조장했을 것으로 보인다. 또한 이 시기에 그가 다니던 경기공립중학교를 자퇴하면서까지 탐닉한 영화 구경도 자신의 이국정서 취미를 더욱 부추겼을 것으로 판단된다. 영화를 통해 접한 서구 사회와 문화는 그에게 환상과 도취의 세계로 인식되기에 충분했을 것이기 때문이다. 이런 영화에 대한 관심은 훗날까지 계속되 환도이후에도 그는 외국영화 감상에 열중했으며, 일간지에 영화평을 쓰기도 했다. 이렇게 형성된 도시 문화에 대한 동경 심리와 이국정서 취미가 박인환의 모더니즘적인 성향을 결정짓는 중요한 원인이 되는 것이다.

박인환의 시에 나타나는 모더니즘의 성격은 "轉換하는 歷史의 움직임을 모더니즘을 통해 思考해 보자는"[105] 의도로 결성된 新詩論 동인지에 실린 다음 글 속에 잘 나타나 있다.

나는 不毛의 文明, 資本과 思想의 不均整한 싸움속에서 市民精神에 離反된 言語作用만의 어리석음을 깨달았다.

資本의 軍隊가 進駐한 市街地는 지금은 憎惡와 안개낀 現實이 있을뿐…… 더욱 멀리 지낸날 노래하였든 植民地의 哀歌이며 土俗의 노래는 이러한 地區에 가란겨 간다.

---

104) 李奉來, 「박인환과 댄디즘」, 박인환, 이동하 편저, 『한국현대시인연구선, 문학세계사, 1993, 18쪽에서 재인용.
105) 林虎權, 「새로운 都市와 市民들의 合唱」, 都市文化社, 1949, 31쪽.

그러나 永遠의 日曜日이 내 가슴 속에 찾어든다. 그러할 때에는 사랑하든 사람과 詩의 散策의 발을 옮겼든 郊外의 原始林으로 간다. 風土와 個性과 思考의 自由를 즐겼든 詩의 原始林으로 간다.[106]

박인환은 해방이후의 정치·사회적으로 극도로 혼란했던 시기를 '不毛의 文明, 資本과 思想의 不均整한 싸움'이 벌어지고 있는 시대로, 또한 그 사회 내에도 '憎惡와 안개낀 現實이 있을뿐'인 불안과 절망으로 가득찬 위기의 상황으로 인식하고 있다. 이는 서구의 모더니즘이 기독교적 세계관의 붕괴와 세계 종말론의 대두로 인한 위기의식과 이로 인한 정신적 황폐화를 극복하기 위한 노력에 의해 추구된 문화현상임을 염두에 둘 때, 박인환의 모더니즘도 시대적 불안을 극복하려는 시적 대응 방법과 노력의 일부임을 짐작케 한다. 즉 그는 동시대의 문학이 '市民精神에 離反된 言語作用만의 어리석음을' 일삼고 있기 때문에, 이를 극복하기 위해서는 '植民地의 哀歌이며 土俗의 노래'와 같은 기존의 문학을 버리고 '風土와 個性과 思考의 自由를' 구현할 수 있는 시를 써야 함을 강조하고 있는 것이다. 다시 말하면 그는 비애적 정조 일색의 식민지 시대의 시문학이나 토속적 정서를 노래한 전통시가문학의 답습은 동시대의 진실을 올바로 반영한 시문학이 될 수 없다는 인식을 토대로, 그에 대한 반역과 극복의 방법으로서 서구의 모더니즘을 차용하게 되는 것이다.

박인환이 추구한 '風土와 個性과 思考의 自由를' 구현한 시의 모범은 T. S. Eliot의 「황무지」로 볼 수 있다. 이는 그가 후반기 동인의 입장을 밝힌 시론에서 "우리들의 현실의 시야에 전개되어 있는 모순과 살육과 허구와 황폐와 참혹과 절망을, 현대의 문명을 통해 반영할 적에 우리들로 하여금 강요케 하는 것은 '황무지적 반동 The waste land's reaction'이며, 전후적(戰後的)인 황무지 현상과 광신에서 더욱 인간의 영속적 가치를 발견하는 데 현대시의 의의가 존재된다고 생각된다."[107]라고 한 말에서 추론할 수 있다.

---

106) 朴寅煥, 『새로운 都市와 市民들의 合唱』, 都市文化社, 1949, 53쪽.
107) 박인환, 「현대시의 불행한 단면」, 『朴寅煥 全集』, 文學世界社, 1986, 170쪽. 이하 전집이라 칭함.

그는 제1차 대전이 끝난 후 현대 문명과 사회의 불안정, 붕괴되어 가는 낡은 서구 문화의 전통을 그려낸 「황무지」를 격찬해마지 않고 있다.

　　재래의 시의 형식과 사고를 전면적으로 거부한 엘리어트는 현대의 불모와 파멸되어 가는 인간의 풍경에서 새로운 세대의 시의 방향을 가리키었다. 암흑과 불안과 정신적인 반항은 외형에 있어서는 혼란된 관념처럼 생각되었으나, 그는 세계의 제 경향을 그의 전통의 완고한 암석과 대비시켜 측량하고, 현대가 지니고 있는 일체의 결함이 더욱 인간 앞에 명확히 나타나 있는 것을 지적하였다.
　　"우리의 문명 속에 있는 시인은 우리들의 문명이 현재와 같은 것처럼 난해하지 않으면 안된다. 우리들의 문명은 많은 변화와 복잡을 포함하고 있다." 현대와 같이 예기치 않은 변화와 복잡이 연속되고 있는 세계에 있어서 엘리어트가 말하고 있는 평론과 그의 시작(詩作)은 구라파 현대 문명(문학)에 커다란 투영이 되었다. 아메리카 인이었으나, 대전 후의 서구의 모든 문화를 몸에 걸치고 예리한 비판적 정신과 창조력으로서 현대의 지적 환멸을 노래한 「황무지」는 그 수법에 있어서 시의 전연 새로운 기축(機軸)이었을 뿐만 아니라, 과거의 시에 대한 이단(異端), 또한 일체의 권위에 대한 반역이기도 했다.[108]

　위에 인용된 글에는 박인환의 시가 지닌 모더니즘적 성향의 실체를 밝힐 수 있는 모든 내용이 내포되어 있다. 즉 재래의 시의 형식과 사고에 대한 전면적인 거부, 현대의 불모와 파멸되어 가는 인간의 풍경 묘사, 암흑과 불안과 정신적인 반항의 표현, 변화와 복잡을 포함하는 현대 문명을 반영하는 난해성과 이에 대한 비판적 정신 등이야말로 박인환의 시세계에 나타나는 특성과 일치하는 요소들인 것이다. 같은 글에서 그는 W. H. Auden과 S. Spender의 시도 본받아야 할 작품으로 소개하면서 그들의 작품에 나타나는 불안과 전통 문명에 대한 비판, 순수한 표현과 새타이어의 정신, 새로운 휴머니즘의 추구, 독자적인 표현과 이미지를 현대시만이 가질 수 있었던 자랑이라고 평가하고 있다. 따라서 박인환 문학의 궁극적인 지향점은 바로 이들의 시적 방법론을 한국 현대시에 접목시키는 것으로 볼 수 있다.

---

108) 같은 글, 162~163쪽.

그러나 박인환의 문학이 서구 모더니즘의 정신과 방법론을 올바로 인식하여 수용하고 있다고 보기는 어렵다. 그는 서구 사회의 문화적 상황이나 한국 사회의 역사적 현실 모두에 대해 피상적으로 인식하고 있었으므로 그에 대한 수사적 모방에 급급했을 뿐 문화적 차이를 고려한 창조적 수용의 세계로 나아가지 못했기 때문이다. 즉 그의 시가 비록 서구 모더니즘과 유사한 성격을 지니고 있기는 하지만 시대적 불안과 위기에 대한 인식이 지적인 성찰에 의해 시적 형상화 되지 못하고 대부분 개인적인 센티멘탈리즘의 차원에 머문다는 점에서 그 한계를 드러내고 있는 것이다.

박인환이 추구한 모더니즘 시 운동이 실패하게 되는 근본적 원인은 현실 인식의 피상성에 있다. 전쟁이라는 엄청난 비극을 견디고 있는 민족의 역사적 상황을 통찰하는데 있어서 그가 지닌 외국문화나 문학에 대한 지식은 매우 어설픈 것이어서 자신의 비판적 정신을 구체화하기에는 역부족이었다. 그가 시대적 불안과 절망을 남다르게 인식하고 있음에도 불구하고 그에 대한 지성적·비판적 성찰을 통한 극복의 세계로 나아가지 못하고, 정서적·체념적인 감상주의로 일관하는 것도 이 때문이다. 불안과 절망의 언어만을 늘어 놓을 뿐, 투철한 역사의식이나 소명의식으로 민족의 고통을 치유하기 위한 시적 성찰이나 방향 제시에는 이르지 못하고 있는 것이다.

나는 十餘年 동안 詩를 써 왔다. 이 世代는 世界史가 그러한 것과 같이 참으로 奇妙한 不安定한 年代였다. 그것은 내가 이 世上에 태여나고 成長해온 그 어떠한 時代보다 混亂하였으며 精神的으로 苦痛을 준 것이었다.

詩를 쓴다는 것은 내가 社會를 살아가는데 있어서 가장 依支할 수 있는 마지막 것이었다. 나는 指導者도 아니며 政治家도 아닌 것을 잘 알면서 社會와 싸웠다.

信條치고 動搖되지 아니한 것이 없고 公認되어온 敎理치고 마침내 缺陷을 露呈하지 아니한 것이 없고 또 容認된 傳統치고 危殆에 臨하지 아니한 것이 없는 것처럼 나의 詩의 모든 作用도 이 十年 동안에 여러 가지로 변하였으나 本質的인 詩에 대한 情操와 信念만을 무척 지켜 온 것 으로 생각한다.

……中略……

여하튼 나는 우리가 걸어 온 길과 갈 길, 그리고 우리들 自身의 分裂한 精神을 우리가 사는 現代社會에서 어떻게 나타내 보이며 純粹한 本能과 體驗을 通해 본 不安과 希望의 두 世界에서 어떠한 것을 써야 하는가를 항상 생각하면서 여기에 실은 作品들을 發表했었다.[109]

위에 인용된 내용에서 볼 수 있듯이 박인환은 자신의 세대를 '참으로 奇妙한 不安定한 年代', '그 어떠한 時代보다 混亂하였으며, 精神的으로 苦痛을 준' 시대로 인식하고 있다. 또한 시를 쓰는 행위가 시대적 혼란과 고통을 극복할 수 있는 구원의 의미를 지닌 싸움임을 잘 알고 있으며, 시인은 '本質的인 詩에 대한 情操와 信念'을 지켜야 하고, 시를 통해 사회 구성원들에게 '不安과 希望의 두 世界'를 올바로 제시할 수 있어야 함을 소명으로 생각하고 있다. 그런데 문제는 그가 이러한 인식을 지니고 있음에도 불구하고, 자신의 시 작품을 통해서는 대 사회적 싸움을 드러내는 현실참여적인 모습을 도무지 보여주지 않으며, 사회 구성원들에게 열린 희망의 세계를 제시하지 못하는데 있다. 즉 불행한 현실 앞에 탄식만 할 뿐, 불행을 딛고 일어서려는 의지적 인간의 모습을 제시한다거나, 고통의 원인을 탐구하고 사회의 개량을 위해 분투하는 정신을 일깨우지 못하고 있는 것이다.

이 모든 것은 역사의식의 결여로 인해 현실의 假相만을 볼 뿐, 그 실체를 꿰뚫어 보지 못하는 데에서 기인한다. 문화적 주체성을 견지할만한 소양이나 모국어 훈련과 전통의 가치 체험이 결여된 허약한 지성으로 인해 서구 모더니즘에 대한 모방 충동만 앞섰지, 이를 한국적 문화로 재창조하려는 시적 능력의 부족에 박인환의 시적 한계가 놓이는 것이다. 뿐만 아니라 그가 소개하고 있는 서구의 모더니스트 시인들과 사르트르의 실존주의에 대한 글이나 영화평들에 나타나는 논리적 粗惡性은 서구의 문화와 모더니즘에 대한 인식조차도 깊이가 결여되어 있음을 알 수 있다.

그러나 우리는 문화적 주체성과 역사의식의 결여나 지성의 허약성으로 인해 박인환의 문학을 유기할 수는 없다. 그것은 박인환의 개인적 노력의

---

109) 朴寅煥, 『選詩集』, 珊瑚莊, 1955, 238~239쪽.

부족보다는 불행한 시대의 현실적 조건이 시인의 정상적인 성장에 장애를 초래한데 있다. 따라서 박인환 문학의 가치는 모더니즘 시학의 성공 여부 보다는 동시대의 진실을 얼마나 잘 증언하고 있는지에 논의의 초점이 놓아 지는 것이 바람직하다. 문학작품의 가치는 역사의식의 유무에 의해 결정되는 것이 아니고 독자에게 어떤 감동을 주느냐에 달려있기 때문이다.

Ⅲ. 전쟁 체험과 실존적 불안의식

문학은 시대 상황에 가장 민감하게 반응하는 예술이다. 또한 그것은 민족이 처한 역사적 상황을 투시하는 가장 치열한 정신의 산물이기도 하다. 한국문학사에서 가장 충격적이며 중요한 의미를 지닌 역사적 사건인 한국전쟁은 국토의 대부분을 폐허화시켰고, 민족을 절박한 생존의 고통에 시달리게 했으며, 윤리 의식을 마비시키는 정신의 황폐화를 초래했다. 인간의 이성적 사고의 세계를 넘어서는 엄청난 비극 앞에 무기력하게 노출된 동시대의 작가들은 인간 존재의 극한상황을 미학적으로 수용할 적절한 응전력을 갖추지 못한채 그저 개인의 생존에만 급급할 수 밖에 없었다. 그러나 그들의 절규와 신음의 언어들은 동시대의 역사에 대한 생생한 증언이다. 그들의 시를 통해 우리는 기록된 역사에 가리워져 있는 민족의 고통을 체험할 수 있으며, 결코 반복되어서는 안 될 비극의 전모를 감지할 수 있다.

한국전쟁 이전에 쓰여진 박인환의 초기시들은 모더니즘 시에 대한 의욕만 앞서 있을 뿐 내용과 형식 모두에서 미숙성을 드러낸다. 어설픈 이국정서 취미만 드러날 뿐, 전통시에 대한 반역을 위한 구체적인 방법론을 체득하지 못한 시정신은 도시 문명에 대한 비판도, 시민정신의 표현에도 실패한채 서구 모더니즘 시에 대한 모방만을 일삼고 있다.

> 나의 시간에 스코올과 같은 슬픔
> 붉은 지붕 밑으로 鄕愁가 광선을 따라가고

한없이 아름다운 계절이
運河의 물결에 씻겨 갔다

아무 말도 하지 말고
지나간 날의 童話를 운율에 맞춰
거리에 花液을 뿌리자
따뜻한 풀잎은 젊은 너의 탄력같이
밤을 地球 밖으로 끌고 간다

지금 그곳에는 코코아의 시장이 있고
과실처럼 기억만을 아는 너의 음향이 들린다
少年들은 뒷골목을 지나 교회에 몸을 감춘다
아세틸렌 냄새는 내가 가는 곳마다
陰影같이 따른다

거리는 매일 맥박을 닮아 갔다
베링 해안 같은 나의 마을이
떨어지는 꽃을 그리워한다
황혼처럼 장식한 女人들은 언덕을 지나
바다로 가는 거리를 순백한 式場으로 만든다

戰庭의 樹木 같은 나의 가슴은
베고니아를 끼어안고 氣流 속을 나온다
망원경으로 보던 千萬의 미소를 회색 외투에 싸아
얼은 크리스마스의 밤길로 걸어 보내자

─「거리」

위에 인용한 시는 박인환이 1946년 12월에 『국제신보』에 발표한 처녀작
이다. 처녀작인 만큼 그의 시적 미숙성이 그대로 드러나 있다. 그가 반역한
전통시가의 토속적 정서만 배제되어 있을 뿐, 이국정서 취미를 반영하는 서
구적 이미지를 담은 어휘의 나열에 급급하고 있는 시이다. 모국어 훈련을
제대로 받지 못한 탓으로 정서적 환기력을 지니지 못한 어휘들이 자신이 체

험해 보지도 못한 공상의 세계를 표현하기 위해 동원되고 있다. 시적 효과를 노린 리듬을 배려한 흔적을 도무지 감지할 수 없으며, 일상적 어법의 문장을 단지 시의 모양을 갖추기 위해 적당히 행과 연을 구분해 놓은 듯한 시이다. 또한 이미지도 난삽하기 짝이 없다. '스코올과 같은 슬픔', '코코아의 시장', '아세틸렌 냄새', '베링 해안 같은 나의 마을', '베고니아를 끼어안고 氣流 속을 나온다' 등은 신기하고 서구적인 분위기를 풍기게 할려는 저급한 의도만 노출시키며, 애매모호성과 난해성만 조장하고 있다. 후반기 동인들이 추구하고 있는 일관성 있는 시적 주제나 불안과 절망의 정서도 효과적으로 형상화되지 못한 습작시의 수준에 머물고 있는 작품인 것이다. 어느 나라 무슨 도시의 거리인지 분별되지 않는 국적 불명의 거리 풍경이 산만하고 모호한 이미지들의 나열에 의해 난해한 추상화처럼 제시되고 있을 뿐이다.

이러한 시적 미숙성은 1949년에 간행된 新詩論 동인들의 합동 시집인 『새로운 都市와 市民들의 合唱』에 오면 상당히 제거된다. S. Spender의 「급행열차 The Express」를 모방한 다음 시는 모더니즘을 지향한 그의 시정신이 어느 정도 확립되어 가고 있음을 보여준다.

> 暴風이 머문 정거장 거기가 出發點
> 精力과 새로운 意慾 아래
> 列車는 움직인다
> 激動의 時間
> 꽃의 秩序를 버리고
> 空閨한 運命처럼
> 列車는 떠난다
> 검은 記憶은 田園에 흘러가고
> 速力은 서슴없이 죽엄의 傾斜를 지난다
>
> 靑春의 복바침을
> 나의 視野에 던진채
> 未來에의 外接線을 눈부시게 그으며
> 背景은 핑크빛 香기로운 對話

깨진 유리창밖 荒廢한 都市의 雜音을 차고
律動하는 風景으로
滑走하는 列車

가난한 사람들의 슬픈 慣習과
封建의 턴넬 特權의 帳幕을 뚫고
핏비린 언덕 너머 곧
光線의 進路를 따른다
다음 헐벗은 樹木의 集團 바람의 呼吸을 안고
눈이 타오르는 처음의 綠地帶
거기엔 우리들의 恍惚한 永遠의 거리가 있고
밤이면 列車가 지나온
커다란 苦難과 勞動의 불이 빛난다
彗星보다도
아름다운 새날보담도 밝게

ㅡ「列車」

　　신시론 동인들이 추구하는 모더니즘의 정신을 형상화한 듯한 위의 시에
는 선명한 시적 주제와 이를 효과적으로 전달하기 위한 리듬의 배려, 비유
적 표현 등에서 처녀작에서 진일보한 느낌을 준다. '검은 記憶'과 '죽엄의 傾
斜'를 지나, '가난한 사람들의 슬픈 慣習과 / 封建의 턴넬 特權의 帳幕을 뚫
고' '恍惚한 永遠의 거리'를 향해 '精力과 새로운 意慾'으로 달려 가는 列車
는 바로 시인 자신의 시정신을 상징한다. 비록 한자어의 남용과 의미가 불
투명한 몇몇 시구들이 불필요한 지적 조작으로 느껴져 거슬리기는 하지만,
전통과 인습에 반역하여 모더니즘의 세계로 나아가려는 자신의 시적 지향을
드러내는 데에는 어느 정도 성공하고 있다. 그런데 이 시의 중요성은 시적
인 세련됨보다는 박인환의 시정신이 불안과 절망의 세계에 침몰하지 않고,
'苦難과 勞動의 불이 빛나'는 '恍惚한 永遠의 거리'와 같은 밝은 희망의 세
계를 지향하고 있다는 점에 있다. 이는 늘 저급한 센티멘탈리즘의 시로 평
가되어 온 그의 문학에 대한 재고의 필요성을 제기하기 때문이다. 즉 밝은

희망의 세계를 지향하는 그의 시정신이 전쟁이라는 비극적 사건을 통해 불안과 절망의 세계 속으로 가라앉게 됨을 이 시가 보여주고 있는 것이다.

박인환의 시의 내용을 구성하는 주제는 전쟁에 대한 비극적 체험과 이의 결과로서 시달리게 되는 실존적 불안의식이다. 전후에 쓰여진 대부분의 시에서 우리는 전쟁이라는 절망적 상황을 견디고 있는 시인의 위태로운 정신을 확인할 수 있다. 다음에 인용한 戰場詩들에는 전쟁을 온몸으로 겪고 있는 시인의 모습이 잘 나타나 있다.

> 高地奪還戰
> 제트기 박격포 수류탄
> 어머니! 마지막 그가 부를 때
> 하늘에서 비가 내리기 시작했다.
>
> 옛날은 화려한 그림책
> 한 장 한 장마다 그리운 이야기
> 만세소리도 없이 떠나
> 흰 붕대에 감겨
> 그는 남 모르는 토지에서 죽는다.
>
> 한 줄기 눈물도 없이
> 인간이라는 이름으로서
> 그는 피와 청춘을
> 자유를 위해 바쳤다.
> 음산한 잡초가 무성한 들판엔
> 지금 찾아오는 사람도 없다.
>   - 「한 줄기 눈물도 없이」
>
> 갈대만이 한없이 무성한 土地가
> 지금은 내 고향.
>
> 山과 강물은 어느 날의 繪畵

피 묻은 전신주 위에
태극기 또는 작업모가 걸렸다.
학교도 군청도 내 집도
무수한 포탄의 작열과 함께
세상엔 없다.

인간이 사라진 고독한 神의 토지
거기 나는 동상처럼 서 있었다.
내 귓전엔 싸늘한 바람이 설레이고
그림자는 망령과도 같이 무섭다.

어려서 그땐 확실히 평화로왔다.
운동장을 뛰다니며
미래와 살던 나와 내 동무들은
지금은 없고
연기 한 줄기 나지 않는다.

—「고향에 가서」

「敵을 쏘라
침략자 공산군을 사격하라.
내 몸뚱어리가 벌집처럼 터지고
뻘건 피로 化할 때까지
자장가를 불러주신 어머니
어머니 나를 중심으로 한 주변에
機銃을 소사하시오. 敵은 나를 둘러쌌소」

生과 死의 눈부신 外接線을 그으며
하늘에 구멍을 뚫은 신호탄
그가 침묵한 후
구멍으로 끊임없이 비가 내렸다.
單純에서 더욱 주검으로
그는 나와 자유의 그늘에서 산다.

—「신호탄」

『경향신문』의 종군기자로서 전쟁이 휩쓸고 간 참혹한 폐허나 격렬한 전투가 벌어졌던 살육의 현장을 답사할 기회를 가질 수 있었을 박인환이 쓴 전장시들에는 그 처절한 풍경들이 잘 나타나 있다. 「한 줄기 눈물도 없이」에는 치열한 고지 탈환 전투에서 죽은 한 무명 용사의 시신을 통해 전쟁의 잔인성을 고발하고 있다. '음산한 잡초가 무성한 들판에' 방치되어 있는 용사의 시체를 보면서 어머니를 부르며 처절하게 죽어갔을 그의 최후의 순간과 그가 그리워했을 과거의 일들을 회상하고 있다. 또한 '피와 청춘을 / 자유를 위해 바쳤' 지만 찾아와 통곡해 주는 사람도 없는 그의 죽음을 통해서는 전쟁에 의해 야기되는 비인간성과 허망함을 드러내고 있다.

「고향에 가서」에는 전쟁으로 폐허화한 고향의 풍경이 제시되고 있다. '무수한 포탄의 작열' 은 '학교도 군청도 내 집도' 모두 파괴해 버렸고, 시인의 유년의 꿈이 자라던 평화로운 마을을 '갈대만이 한없이 무성한' '인간이 사라진 고독한 神의 토지' 로 만들어버렸다. 그러한 폐허 위에 '동상처럼 서 있' 는 시인의 모습과 '싸늘한 바람' 과 '그림자는 망령과도 같이 무섭다.' 는 시구는 황량한 분위기를 더욱 증폭시키며 전쟁의 비정성을 강하게 표출하고 있다.

「신호탄」은 적군에 포위되어 아군에게 진내사격을 요구하는 신호탄을 올리고 장렬히 산화한 수색대장의 이야기를 시로 쓴 작품이다. 생과 사의 갈림길에서 어머니를 절규하며 자유를 지키기 위한 소명을 완수하기 위해 적군과 함께 '벌집처럼 터지고 / 뻘건 피로 化' 한 그의 주검의 의미를 통해 전쟁의 비참함을 보여주고 있다.

다소 시적인 논리를 벗어나 있거나 언어와 운율에서 시적인 미숙성이 나타나기는 하지만 그것이 오히려 전쟁의 비논리성과 비인간성을 고발하려는 시인의 정신의 황폐함을 반영하고 있다. 시인의 눈 앞에 전개되는 처참한 폐허의 풍경들은 시적인 논리를 초월하는 비극이었으며, 그저 망연자실할 수 밖에 없는 한계상황이었던 것이다. 이러한 전쟁의 현장 체험은 그의 시 세계를 관류하는 실존적 불안의식의 동인으로 작용하게 된다. 인간의 능력으로는 감당할 수 없는 전쟁의 폭력성과 비극성은 신의 구원이나 미래에 대한 일체의 희망을 차단한다. 인간을 절망의 어둠 속에 유기하게 되는 것이다. 다음 시는 이점을 극명하게 보여준다.

機銃과 砲聲의 요란함을 받아 가면서
너는 세상에 태어났다 주검의 세계로
그리하여 너는 잘 울지도 못하고
힘없이 자란다.

엄마는 너를 껴안고 3개월간에
일곱 번이나 이사를 했다.

서울에 피의 비와
눈바람이 섞여 추위가 닥쳐오던 날
너는 입은 옷도 없이 벌거숭이로
貨車 위 별을 헤아리면서 南으로 왔다.

나의 어린 딸이여 고통스러워도 哀訴도 없이
그대로 젖만 먹고 웃으며 자라는 너는
무엇을 그리우느냐.

너의 호수처럼 푸른 눈
지금 멀리 敵을 격멸하러 바늘처럼 가느다란
機械는 간다. 그러나 그림자는 없다.

엄마는 전쟁이 끝나면 너를 호강시킨다 하나
언제 전쟁이 끝날 것이며
나의 어린 딸이여 너는 언제까지나
행복할 것이가.

전쟁이 끝나면 너는 더욱 자라고
우리들이 서울에 남은 집에 돌아갈 적에
너는 네가 어데서 태어났는지도 모르는

그런 계집애.

나의 어린 딸이여
너의 고향과 너의 나라가 어데 있느냐
그때까지 너에게 알려 줄 사람이
살아 있을 것이가.
– 「어린 딸에게」

위의 시에는 전쟁의 비극성이 딸의 운명을 걱정하는 시적 화자의 진술을 통해 잘 표현되고 있다. 전쟁의 폭력성 앞에 '입은 옷도 없이 벌거숭이로' 노출되어 있는 무기력한 딸의 운명은 바로 전쟁을 겪고 있는 동시대인들 모두의 운명이다. '機銃과 砲聲의 요란함', '주검의 세계', '서울에 피의 비와 / 눈바람에 섞여 추위가 닥쳐오던 날' 등의 시구에는 전쟁 상황의 가혹성이 잘 암시되어 있다. 그런 가혹성 앞에 벌거숭이로 노출되어 '잘 울지도 못하고 / 힘없이 자라'고 있는 딸에 대한 연민은 바로 전쟁으로 인해 극한의 고통을 견디고 있는 민족 모두에 대한 연민의 정서인 것이다. 이러한 연민의 정서가 '고통스러워도 哀訴도 없이 / 그대로 젖만 먹고 웃으며 자라는 너는 / 무엇을 그리우느냐.'에 나타나는 반어법적인 진술에 의해 더욱 증폭된다. 이는 한편으로는 민족의 운명을 말살해 가고 있는 전쟁에 속수무책으로 당하고 있는 무기력한 동시대인들을 바라보고 있는 시적 화자의 시선을 감지시킨다.

이러한 연민의 정서가 전쟁의 공포성에 압도당하게 됨으로써 미래에 대한 전망을 상실한 실존적 불안의식으로 심화되게 된다. 이와 같은 의식의 전이과정이 '엄마는 전쟁이 끝나면 너를 호강시킨다 하나 / 언제 전쟁이 끝날 것이며 / 나의 어린 딸이여 너는 언제까지나 / 행복할 것인가.'라는 불확실한 미래에 대한 전망과 '너의 고향과 너의 나라가 어데 있느냐 / 그때까지 너에게 알려 줄 사람이 / 살아 있을 것인가.'에 나타나는 강한 부정적 회의를 통해 여실히 드러나고 있는 것이다.

구원이나 미래에 대한 전망을 상실한 인간은 불안과 공포의 세계로 추락할 수 밖에 없다. 박인환은 이와 같이 전후의 폐허 속에서 불안과 절망으로 신음하고 있는 동시대인들의 고통을 증언하기 위해 시를 쓴 것이다. 그가 모더니즘의 시적 정신에 끌리게 되는 근원적인 이유도 그것이 "황폐와 광신과 절망과 불신의 현실이 가로놓인 오늘의 세계"와 그 안에서 불안의식에 시달리고 있는 현대인의 정신 세계를 반영하고 있기 때문이다.[110] 또한 그가 전후의 한국사회와 문화에 정신적으로 커다란 영향을 준 사르트르의 실존주의에 관심을 기울이게 되는 것도 같은 이유에서이다. 다소 피상적이기는 하나 사르트르의 실존주의를 소개한 글에서 "정치나 경제 뿐만 아니라 문화면에 있어서 전쟁이 던져 주는 영향은 재언(再言)할 바도 없이 막대한 것이다. 그것은 형태의 여하를 막론하고 전후의 불안을 반영 또는 표현하고 있다고 볼 수 있다." 라고 한 말이나, "『구토』에 나타난 사르트르가 암시하는 것은 실존이란 무동기(無動機), 불합리, 추괴(醜怪)이며 인간은 이 실존의 일원으로서 불안 · 공포의 심연에 있다는 것이다." 라고 한 언급에서 그의 이러한 의식을 엿볼 수 있다.[111] 박인환의 시세계는 바로 이러한 실존적 불안의식의 심화과정이다.

> 토르소의 그늘 밑에서
> 나의 불운한 편력인 일기책이 떨고
> 그 하나 하나의 紙面은
> 음울한 回想의 지대로 날아갔다
>
> 아 창백한 세상과 나의 생애에
> 종말이 오기 전에
> 나는 고독한 피로에서
> 氷花처럼 잠들은 지나간 세월을 위해
> 詩를 써 본다.

---

110) 박인환, 「현대시의 불행한 단면」, 전집 167쪽에서 오든의 시를 소개하면서 그러한 세계 풍조의 묘사가 '후반기' 멤버의 당면한 의무라고 말하고 있다.
111) 박인환, 「사르트르의 實存主義」, 전집 171~ 178쪽.

그러나 窓 밖
암담한 商街
고통과 嘔吐가 동결된 밤의 쇼우윈도우
그 곁에는
절망과 기아의 행렬이 밤을 새우고
내일이 온다면
이 정막의 거리에 폭풍이 분다.
                    ― 「세 사람의 家族」

아무 잡음도 없이 멸망하는
도시의 그림자
무수한 印象과
전환하는 연대의 그늘에서
아 영원히 흘러가는 것
신문지의 傾斜에 얽혀진
그러한 불안의 格鬪.
― 「최후의 會話」

한 걸음 한 걸음 나는 허물어지는
靜寂과 硝煙의 도시 그 암흑 속으로……
명상과 또다시 오지 않을 영원한 내일로……
살아 있는 것이 있다면
流刑의 애인처럼 손잡기 위하여
이미 소멸된 청춘의 반역을 회상하면서
懷疑와 불안만이 다정스러운
모멸의 오늘을 살아나간다.
                    ― 「살아 있는 것이 있다면」

　　위에 인용한 세편의 시에는 박인환의 실존적 불안의식이 잘 나타나 있다.
「세 사람의 家族」에서 그는 자신의 생애를 '불운한 편력'으로 규정한다. 그
의 삶은 '음울한 回想의 지대'와 같은 '창백한 세상'에서 늘 '고독한 피로'
에 시달려왔기 때문이다. 그 '고독한 피로'의 원인이 바로 실존적 불안의

식임이 시적 결구의 기능을 갖는 다음 연에 암시되어 있다. '窓 밖 / 암담한 商街 / 고통과 嘔吐가 동결된 밤의 쇼우윈도우 / 그 곁에는 / 절망과 기아의 행렬이 밤을 새우고'로 표현된 전후의 참담한 삶의 모습에서 이를 감지할 수 있으며, '내일이 온다면 / 이 정막의 거리에 폭풍이 분다.'가 제시하고 있는 미래에 대한 기대나 희망의 차단과 절망의 심화가 이를 입증하는 것이다. 또한 '氷花처럼 잠들은 지나간 세월을 위해 / 詩를 써 본다.'에는 그의 시를 쓰는 행위가 바로 그러한 불안의식의 극복을 위한 것임이 시사되어 있다.

「최후의 會話」에서는 '멸망하는 / 도시'와 '전환하는 연대의 그늘에서' 전후 사회의 인간들은 '영원히' '불안의 格鬪'만을 계속할 수 밖에 없음을 말하고 있으며, 「살아 있는 것이 있다면」에서는 '허물어지는 / 靜寂과 硝煙의 도시 그 암흑 속'에서 '소멸된 청춘의 반역을 회상하면서 / 懷疑와 불안만이 다정스러운 / 모멸의 오늘을' 살아가고 있는 그들의 모습을 제시하고 있다. 또 실존적 불안의식의 심화를 시인은 '懷疑와 불안만이 다정스러운'이라는 반어법으로 표현함으로써 전후 사회가 얼마나 암담한 상황에 놓여 있었는지를 효과적으로 제시하고 있는 것이다.

박인환이 이러한 실존적 불안의식에서 헤어나지 못하는 궁극적인 이유는 미래에 대한 전망의 부재에 있다. 미래에 대한 희망은 인간이 현실적 고통을 견딜 수 있게 하는 원동력이다. 따라서 보다 나은 내일에 대한 기대를 상실한 인간은 불안과 절망에서 헤어날 수 없는 것이다.

> 여윈 목소리로 바람과 함께
> 우리는 내일을 약속하지 않는다.
> — 「미래의 娼婦」

> 밤은 이 어두운 밤은
> 안테나로 형성되었다
> 구름과 感情의 經緯度에서
> 나는 영원히 약속될

미래에의 절망에 관하여 이야기도 하였다.

—「밤의 노래」

불이 보이지 않아도
거저 간직한 페시미즘의 미래를 위하여
우리는 처량한 木馬 소리를 기억하여야 한다

—「木馬와 淑女」

위에 인용된 시는 박인환의 미래에 대한 전망이 절망적임을 보여준다. 시적 화자가 '내일을 약속하지 않는' 이유는 자신이 미래에 대해 희망을 가질 수 없기 때문이다. '영원히 약속될 / 미래에의 절망'이나 '거저 간직한 페시미즘의 미래'가 시인의 그러한 의식을 여실히 반영한다. 이처럼 미래에 대한 전망마저도 상실한 실존적 불안의식은 박인환 시의 곳곳에서 죽음에 대한 강박관념으로 전이되어 나타나기도 한다.

날개 없는 女神이 죽어버린 아침
나는 폭풍에 싸여
주검의 일요일을 올라간다.

—「영원한 일요일」

오늘 나는 모든 욕망과
사물에 작별하였읍니다.
그래서 더욱 친한 죽음과 가까와집니다.
과거는 무수한 내일에
잠이 들었읍니다.
불행한 神
어데서나 나와 함께 사는
불행한 神
당신은 나와 단둘이서
얼굴을 비벼대고 비밀을 터놓고
오해나

인간의 체험이나
孤絶된 의식에
후회ㅎ지 않을 겁니다.
또다시 우리는 결속되었읍니다.
황제의 신하처럼 우리는 죽음을 약속합니다.
                                    ―「불행한 神」

슬픔 대신에 나에게 죽음을 주시오
                              ―「검은 神이여」

日常이 그러한 것과 같이
주검은 친우와도 같이
   다정스러웠다.

                            ―「미스터 某의 生과 死」

　전쟁은 죽음에 대한 인간의 가치관을 경박하게 만든다. 윤리적 판단과는
무관하게 무자비한 살육이 저질러지는 전쟁의 폭력성 앞에 생명의 고귀성
은 무의미해진다. 무수한 파괴와 살육의 현장 체험은 죽음에 대한 공포의
정서를 둔화시킴으로서 죽음을 고통스러운 현실적 삶의 도피 수단으로 쉽
게 수긍해버리는 사고를 조장하게 되는 것이다. 위에 인용된 시에는 박인
환이 가지고 있는 죽음에 대한 의식의 경박화 현상이 잘 나타나 있다. '슬픔
대신에 나에게 죽음을 주시오.' 나 '주검은 친우와도 같이 / 다정스러웠다.'
같은 시구가 이를 입증하는 것이다.
　미래에 대한 전망을 차단당한 실존적 불안의식은 시인으로 하여금 늘 죽
음을 예감하는 강박관념에 시달리게 한다. 그의 시에 빈번하게 등장하는 죽
음과 관련된 시어들은 바로 이런 강박관념의 소산이다. '女神이 죽어버린
아침', '주검의 일요일' 등에 남용되고 있는 죽음과 관련된 시어들도 시인이
지니고 있는 죽음에 대한 강박관념 때문이다. 그런데 문제는 박인환의 시에
나타나는 대부분의 죽음이 현실과의 대결을 통해 그 고통을 극복하고자 하
는 결연한 의지의 천명이 되지 못하고, 패배주의적이고 현실 도피적인 성격

을 지닌다는데 있다. 그에 있어서는 신도 행복이나 구원을 가능하게 하는 권능의 신이 아니라 죽음과 불행을 가져오는 재앙의 신이다. 이는 그가 실존적 불안의식을 극복하기 위해 의지할 수 있는 방법이 죽음으로의 도피 외에는 선택의 여지가 없다는 것을 뜻한다.

「불행한 神」은 박인환의 정신적 내면세계를 잘 드러내고 있는 작품이다. 그가 끊임없이 시달리게 되는 실존적 불안의식은 삶에 대한 의욕을 상실하게 한다. '모든 욕망과 / 사물에 작별하였습니다.' 라는 시구에는 이런 의미가 내포되어 있다. 또한 오늘보다 더 나은 미래에 대한 전망의 부재는 미래가 현재의 반복이나 보다 악화된 상태일 것으로 예감하게 되기 때문에 '과거는 무수한 내일에 / 잠이 들었습니다.' 라는 진술을 가능하게 하는 것이다. 박인환의 대부분의 시가 과거지향적인 정서로 일관하는 이유도 여기에 있다. 그러므로 전지전능하여 인간을 구원해주어야 할 신도 그에게는 죽음 밖에 약속해 줄 것이 없는 '불행한 神'으로 인식될 수 밖에 없는 것이다.

박인환이 지닌 극도의 실존적 불안의식이 한편으로는 관능적 세계에 대한 탐닉으로 표출되기도 한다. 현실에 대해 이성적, 논리적 대응 방법을 갖추지 못한 정신은 자칫 현실 도피의 수단으로 도취적인 세계를 지향하기 쉽다.

함부로 개최되는 酒場의 謝肉祭
黑人의 트럼펫
구라파 新婦의 비명
정신의 황제!
내 비밀을 누가 압니까?
체험만이 늘고
실내는 잔잔한 이러한
환영의 침대에서.
　　　　　　　－「최후의 會話」

……處女의 손과 나의 장갑을

구름의 의상과 나의 더럽힌 입술을……
이런 유행가의 구절을
새벽녘 싸늘한 피부가 나의 육체와 마주칠 때까지
노래하였다.
노래가 멈춘 다음
내 죽음의 幕이 오를 때
　　　　　　　　　　　　－「종말」

사랑하는 당신의 부드러운 젖과 가슴을 내 품안에 안고
나는 당신이 죽는 곳에서 내가 살며
내가 죽는 곳에서 당신의 출발이 시작된다고……
황홀히 생각합니다.
그리고 저기 무지개처럼 허공에 그려진
감촉과 향기만이 짙었던 청춘의 날을 바라봅니다.
　　　　　　　　　　　　－「밤의 未埋葬」

이 시간 전쟁은 나와 관련이 없다.
광란된 의식과 不毛의 육체…… 그리고
일방적인 대화로 충만된 나의 무도회.
나는 더욱 밤 속에 가랁아 간다.
石膏의 여자를 힘있게 껴안고
　　　　　　　　　　　　－「무도회」

위에 인용한 시에서는 전쟁으로 인해 피폐해진 시인의 정신이 빠져드
는 관능적 세계의 모습이 잘 나타나 있다. 「최후의 會話」에 나타나는 '酒場
의 謝肉祭', '新婦의 비명', '환영의 침대' 등의 시구들이 어우러져 이루어내
는 분위기는 바로 도취적인 관능의 세계이다. 그런데 이러한 도취적인 관
능은 「종말」이나 「밤의 未埋葬」에서처럼 죽음에 대한 강박관념과 결합되어
있다. 이는 관능적 세계에 대한 탐닉이 실존적 불안의식과 밀접히 관련됨을
입증하는 것이다. 관능적 쾌락의 세계에 대한 탐닉은 전쟁으로 파괴된 인
간성의 회복을 꿈꾸는 시인의 본능적 노력의 일부일 수도 있다. 그것은 단

순한 성적 욕구의 분출이나 저급한 퇴폐적 행위가 아니라 실존적 불안의식에 고통당하고 있는 자아가 자신의 존재를 확인하고 상실된 인간성을 회복하기 위해 시도하는 일종의 자기 구제 행위로 해석할 수도 있는 것이다. 그런데 박인환의 경우 그것은 자기 구제를 위한 적극적 노력이라기보다는 불안의식으로부터의 도피를 위한 충동적인 행위일 가능성이 크다. 역사를 투시할 수 있는 통찰력이나 전후의 정신적 위기 상황을 극복할 수 있는 예언자적 지성을 갖추지 못한 섬약한 그의 정신은 현실과의 대결보다는 도피를 선택하게 되는 것이다. 관능은 불안과 절망을 감지하는 의식의 촉각을 마비시킬 수 있기 때문이다. 「무도회」에 나타나는 '이 시간 전쟁은 나와 관련이 없다. / 광란된 의식과 不毛의 육체', '나는 더욱 밤 속에 가랁아 간다. / 石膏의 여자를 힘있게 껴안고' 라는 시구에는 그러한 도피적 성향이 잘 드러나 있다.

그런데 이러한 관능적 세계에 대한 몰입을 보여주는 대담한 표현은 한편으로는 전통과 인습에 반역하려는 박인환의 시적 의도를 반영한 것으로도 볼 수 있다. 그것은 서구적인 모더니즘을 지향하는 그의 시정신이 유교적 윤리관을 중심으로 하는 전통적 가치관의 허구성을 야유할 수 있는 가장 효과적인 방법이기 때문이다. 이는 보들레르나 랭보의 시에 나타나는 관능적 요소에서도 어느 정도 영향받았을 것으로 짐작된다.

이상에서 박인환의 시 세계의 내용적 특성을 이루는 전쟁에 대한 비극적 체험과 이로 인해 시달리게 되는 실존적 불안의식에 대해 고찰해 보았다. 미래에 대한 전망을 상실한 실존적 불안의식은 죽음에 대한 강박관념으로 전이되게 되며, 이를 극복하기 위한 대결적 의지를 무산시키고 도취적인 관능의 세계로의 도피를 시도하게 하기도 한다. 이러한 시적 특성은 필연적으로 感傷과 허무의 정서를 동반하게 됨으로써 그를 저급한 센티멘탈리즘의 시인으로 폄하하는 빌미를 제공하게 되는 것이다. 그러나 몇가지 시적 미숙성과 실패한 모더니즘에도 불구하고 우리는 결코 그의 시를 과소평가해서는 안된다. 박인환의 시적 특성을 분석한 다음과 같은 결론은 문학작품을 시대와의 상관관계 속에서 파악하지 않은 논리적 결함을 지닌다.

결론적으로 말하다면 「검은 준열의 시대」로 파악한 50년대의 사회의식은 朴寅煥의 시의 포용에 있어 그렇게 깊은 관계는 아니라고 보여지며 50년대의 파괴된 도시의 질서에 그의 시가 定礎되었다 해도 그의 현실의식은 전쟁상황과는 무관하다고 판단된다. 그의 현실의식은 모더니즘의 시가 요구하는 최소한의 등식으로서 차용되었을 뿐 전쟁의 고통, 그로 인한 민족의 아픔은 그의 시에 있어 본질적으로 외면되어 있다. 그래서 몰락하는 문화 일반성에 대하여, 서구 사회의 병리적 측면에서 그의 불안, 허무, 갈등의 시적 單子가 출현한다. 그의 내면적 갈등은 근원적으로 서구적 발상이다. 고도의 기계 문명, 완숙한 자본주의가 인간에게 남기는 문명악의 정서들인 것이다.[112]

박인환의 문학은 결코 1950년대의 전후사회와 분리해서 생각할 수 없다. 그가 비록 서구 모더니즘의 시정신을 차용하고 있기는 하나 그의 시에 나타나는 불안, 허무, 갈등은 전쟁의 비극적 체험의 소산이다. 위에 인용한 글의 논리 속에는 박인환의 문학을 서구 모더니즘의 아류로만 취급하려는 선입관이 작용하고 있다. 그의 시 속에 등장하는 시적 화자는 예외적 개인이 아니라 동시대의 진실을 드러내는 대표적 개인이다. 따라서 시에 나타나는 실존적 불안의식은 시인 개인의 불안의식이 아니라 민족 모두의 불안의식으로 해석할 때 우리는 그의 문학에 대한 온전한 이해에 도달하게 되는 것이다.

IV. 소멸적 이미지와 猶豫的 語法

본장에서는 박인환의 시의 형식적 특성에 대해 논의해 보고자 한다. 한 시인에 나타나는 동시대의 다른 시인과의 차별성은 내용보다는 형식에 의해 드러난다. 문학 작품이란 작가가 독자에게 전달하고자 하는 내용적 요소들이 미적 목적을 위해 유기적으로 결합된 하나의 구조로 볼 수 있는데, 작

---

112) 白承喆, 「時代苦의 西歐主義」, 『心象』 1974년 2월호, 131쪽.

가는 미적 목적을 달성하기 위해 내용을 담을 수 있는 효과적인 형식을 의식, 또는 무의식적으로 선택하게 되는 것이다. 시의 내용적 특성들은 그것을 독자들에게 전달하기에 효과적인 형식과 조화를 이룰 때 비로소 문학적 감동이나 가치를 획득할 수 있게 된다. 루카치의 "내용이 형식을 결정한다."[113]는 견해나, 돌레젤 (Lubomir Doležel)이 "내용은 형식에 의해 통제된다."[114]고 한 말들은 형식과 내용의 유기적 관계를 강조한 말들이다. 따라서 문학 작품에 관한 논의는 항상 내용과 형식에 대한 분석이 병행되어야 작품을 온전히 해석할 수 있다.

지금까지 박인환에 대한 연구는 대부분 내용 분석이나 모더니즘적 성격 분석에 집중되었을 뿐, 형식적 특성에 대한 연구는 매우 미진하였다. 즉 내용적 연구에서 단편적으로 언급되고 있을 뿐이며 구체적이고 분석적인 논의는 이루어지지 않고 있는 것이다.

박인환의 시에 나타나는 두드러진 형식적 특징으로는 소멸적 이미지와 유예적 어법을 들 수 있다. 시의 내용과 밀접하게 관련되는 이러한 형식적 특성들은 그의 시정신을 드러내는 효과적인 장치들이다. 그의 시적 주제들은 바로 이런 형식적 특성들에 의해 독자들에게 더욱 효과적으로 전달되는 것이다.

박인환의 시를 물들이고 있는 감상과 허무의 정조들은 바로 소멸적 이미지에 의해 형성된 시적 효과이다. 전쟁의 비인간성이나 폭력성으로 인한 실존적 불안의식과 죽음에 대한 강박관념은 소멸적 이미지들에 의해 그 구체성을 획득하고 있다.

> 木馬는 주인을 버리고 거저 방울소리만 울리며
> 가을 속으로 떠났다 술병에서 별이 떨어진다
> 傷心한 별은 내 가슴에 가벼웁게 부서진다.

---

113) G. Lukacs, Realism in Our Time (Harper Torchbooks, 1971), P.19.
"Content determines form."
114) 金烈圭 外, 『現代文學批評論』, 學研社, 1987, 101쪽.

그러한 잠시 내가 알던 少女는
정원의 草木 옆에서 자라고
문학이 죽고 인생이 죽고
사랑의 진리마저 愛憎의 그림자를 버릴 때
木馬를 탄 사랑의 사람은 보이지 않는다
세월은 가고 오는 것
한때는 孤立을 피하여 시들어 가고
이제 우리는 작별하여야 한다
술병이 바람에 쓰러지는 소리를 들으며
늙은 여류작가의 눈을 바라다보아야 한다
　　　　　　　　　－「木馬와 淑女」

　박인환의 대표작으로 평가되고 있는 위의 시는 전후의 폐허를 반영하는
황량한 풍경과 애수의 정조로 인해 많은 사람들에 의해 애송되는 작품이기
도 하다. 다소 감상적이고 사랑과 죽음, 문학과 인생이라는 대명제들을 가
볍게 처리함으로써 진지성이 결여된 점이 있으나, 유연한 리듬의 시적 효과
는 우수와 고독의 정서 유발에 성공함으로써 독자로 하여금 시적 분위기에
저항없이 빠져들게 하고 있다. 사실 시에는 사상과 의미가 중요시 되는 작
품이 있는가 하면 분위기나 정조가 중요시 되는 작품이 있다. 즉 시적 주제
의 전달보다는 이미지들의 유기적 결합에 의한 정서의 전달에 성공함으로
써 문학적 감동을 유발하는 작품들도 있는 것이다. 「木馬와 淑女」가 바로 이
런 시의 대표적인 예이다. 전후의 시대적 분위기와 동시대인들의 정서를 반
영하는 우수와 고독의 정서를 자아내는데 탁월한 성공을 거두고 있는 작품
이기 때문이다.
　그런데 이런 우수와 고독의 정서를 환기시키는데 기여하고 있는 결정적
요소가 바로 시에서 빈번하게 사용되고 있는 소멸적 이미지들이다. ‘주인을
버리고’, ‘가을 속으로 떠났다’, ‘별이 떨어진다’, ‘가벼웁게 부서진다’, ‘문학
이 죽고 인생이 죽고’, ‘사랑의 사람은 보이지 않는다’, ‘시들어 가고’, ‘작별
하여야 한다’, ‘바람에 쓰러지는 소리를 들으며’ 등의 시구에서처럼 소멸적

이미지들의 합주에 의해 시적 정서가 유발되고 있는 것이다. 이러한 소멸적 이미지들은 박인환의 시의 중핵적 이미지이다.

> 멀리선 灰色斜面과
> 불안한 밤의 전쟁
> 인류의 傷痕과 고뇌만이 늘고
> 아무도 인식하지 못할
> 망각의 이 지상에서
> 더욱 더욱 가랁아 간다.
> ─「落下」

> 아름답고 사랑처럼 무한히 슬픈
> 回想의 긴 계곡
> 그랜드 쇼우처럼 인간의 운명이 허물어지고
> 검은 연기여 올라라
> 검은 幻影이여 살아라.
> ─「回想의 긴 계곡」

> 진정코 내가 바라던 하늘과 그 계절은
> 푸르고 맑은 내 가슴을 눈물로 스치고
> 한때 청춘과 바꾼 반항도
> 이젠 서적처럼 불타버렸다.

> 가고 오는 그러한 諸相과 평범 속에서
> 술과 어지러움을 恨하는 나는
> 어느 해 여름처럼 공포에 시달려
> 지금은 하염없이 죽는다.
> ─「부드러운 목소리로 이야기할 때」

위에 인용한 시에 나오는 회색이나 검은색 같은 수식어나, 연기와 幻影, 밤, 망각과 回想 등의 시어와 '가랁아 간다', '허물어지고', '불타 버렸다', '죽는다' 등의 서술어는 박인환의 시에 빈번히 등장하는 대표적인 소멸적 이미지를 환기시키는 시어들이다. 이런 소멸적 이미지들은 결국은 사라져서 없어진다는 속성을 지니고 있기 때문에 인간에게 슬픔과 아쉬움의 정서를 촉발하는데는 효과적이다. 또한 미래에 대한 희망을 상실한 실존적 불안의식과 죽음에 대한 강박관념의 표현과도 잘 어울린다. 이것은 바로 전쟁이라는 한계상황에 부딪혀 난파당한 시인의 정신을 드러내는 것이며, 현실과의 대결 의지를 상실하고 죽음의 세계로 도피하려는 잠재의식의 반영인 것이다.

이러한 소멸적 이미지들은 자칫 시를 체념적인 感傷의 정서에 빠트리기 쉽다. 혹자는 감상적 정서를 시에서는 금기시해야 하는 부정적인 요소로 치부하지만 그것은 논리적으로 정당화될 수는 없다. 오히려 感傷은 대상을 진실하고 순수하게 인식할 수 있게 하는 심적 태도를 가능하게 하기 때문에 적절한 지적인 통제에 의해 절제되고 극복될 수만 있다면 시에서 긍정적인 가치를 지닐 수가 있다. 물론 박인환의 시에 나타나는 感傷的 요소들은 작품에서 부정적인 요소로 작용하는 경우가 많다. 그러나 그것은 전후의 시대 상황에 민감하게 반응한 결과이며, 진실하고 순수한 시정신의 발로임을 간과해서는 안된다.

박인환의 시에 나타나는 또 하나의 형식적 특성으로 유예적인 어법을 들 수 있다. 이는 대상에 대한 확신의 결여로 인해 단정적인 어투로 말하지 못하고 망설이므로써 판단을 유예하는 어법을 말한다. 즉 미래에 대한 전망의 불투명으로 인해 불안해 하며 동요하는 심리적 상태가 시적 진술로 나타난 것이 바로 유예적 어법인 것이다.

> 인생은 외롭지도 않고
> 거저 잡지의 표지처럼 通俗하거늘
> 한탄할 그 무엇이 무서워서 우리는 떠나는 것일까
> 木馬는 하늘에 있고
> 방울소리는 귓전에 철렁거리는데
> 가을 바람 소리는
> 내 쓰러진 술병 속에서 목메여 우는데
> ─「木馬와 淑女」

……아 최후로 이 聖者의 세계에
살아 있는 것이 있다면 분명히
그것은 속죄의 繪畵 속의 裸女와
회상도 고뇌도 이제는 망령에게 팔은
철없는 詩人
나의 눈감지 못한
단순한 상태의 시체일 것이다……
                    － 「살아 있는 것이 있다면」

나의 어린 딸이여
너의 고향과 너의 나라가 어데 있느냐
그때까지 너에게 알려 줄 사람이
살아 있을 것인가.
                    － 「어린 딸에게」

폐허와 배고픈 거리에는
지나간 싸움을 비웃듯이 비가 내리고
우리들은 울고 있다
어찌하여?
所期의 것은 아무것도 얻지 못했다.
원수들은 아직도 살아 있지 않은가.
                    － 「새로운 決意를 위하여」

　위에 인용한 시들은 모두 해당 작품에서 마지막 연으로서 시적 주제를 결론 짓는 종결연들이다. 즉 의미 구조를 중심으로 볼 때 결말 단락에 해당하는 연들인 것이다. 그런데 시적 주제가 표출되어야 할 종결연임에도 불구하고 결론은 유보되어 있다. 이것은 결론의 유보가 바로 시인이 의도임을 드러내는 것이다. 시인은 어떤 대답을 심중에 가지고 있으면서도 그것을 의문문이나 추측문 속에 숨겨 놓은 채 시를 종결하고 있다.
　「木馬와 淑女」의 '한탄할 그 무엇이 무서워서 우리는 떠나는 것일까' 라는 구절에는 현실의 가혹성에 압도당한 시인의 신념과 대결 의지가 함축되어 있다. 시인은 이런 유예적 어법을 통해 미래에 대한 전망을 상실한 채 현실적 삶에 안주하지 못하고 방황하는 정신을 보여준다. '인생은 외롭지도 않고 / 거저 잡지의 표지처럼 通俗하거늘' 이란 시구는 시인이 현실적 삶의 모순과 부조리성을 잘 인식하고 있음을 암시한다. 그럼에도 불구하고 떠나야 하는 이유는 미래에 대해 희망을 가질 수 없기 때문인 것이다. '가을 바람 소리는 / 내 쓰러진 술병 속에서 목메어 우는데' 라는 시적 결구에서처럼 현실적 삶의 고통과 슬픔은 지속되고 있고 희망의 징후는 보이지 않는 것이다. 결국 스스로 던진 물음에 대한 대답은 유예한 채 시를 종결하게 된다.

이러한 유예적인 태도는 「살아 있는 것이 있다면」의 시적 결구인 '단순한 상태의 시체일 것이다……' 라는 시구에 나타나는 미래에 대한 불확실한 추측이나, 「어린 딸에게」의 '살아 있을 것인가' 와 「새로운 決意를 위하여」의 '원수들은 아직도 살아 있지 않은가.' 라는 결구에 나타난 강한 회의를 내포한 의문문에서도 확인할 수 있다. 이것도 또한 시인이 미래에 대해 확신을 갖고 있지 못하다는 것을 내포한다. 특히 '새로운 決意를 위하여' 쓴 시의 결론에 아무런 결의도 표명되지 않는 것은 시인이 결의의 내용을 유예하고 있음을 극명하게 드러내는 것이다.

이러한 유예적인 어법은 박인환의 의식 내부에 존재하는 심리적 억압이나 강박관념으로 인한 정서적인 긴장과 관련된다. "50년대초의 정신의 기반과 세계의 꿈과 현실이 조직된 착란과 불안의 推移를 넘어서서 비통한 회의와 비애를 의식하는 곳에 파멸과 배신의 단절된 시대를 쓴 박인환의 인간적 테마는 있었던 것이다."[115]라고 한 김규동의 말에서도 유추할 수 있듯이 1950년대는 냉혹하고 고통스러운 현실만이 엄연히 존재할 뿐 모든 것이 불확실한 시대였다. 특히 오늘의 고통을 견딜 수 있게 하는 원동력이 되는 미래에 대한 희망의 불확실성이야말로 가장 심각한 심리적 억압체로 작용할

---

115) 金奎東, 「朴寅煥論」, 『박인환』, 이동하 편저, 문학세계사, 1993, 126쪽.

수 있다. 따라서 박인환의 시에서 흔하게 볼 수 있는 유예적 어법도 결국은 미래에 대한 전망을 상실한 실존적 불안의식으로 인한 것임을 알 수 있는 것이다.

V. 結論

1950년대는 한국사에서 가장 고통스럽고 불행한 시대였다. 박인환의 시는 기록된 역사에 가리워져 있는 그 시대인들의 고통스러운 삶의 실상을 이해할 수 있는 좋은 자료로서 사용될 수 있다. 그의 문학은 1950년대의 역사적 상황과 동시대인들의 실존적 고통을 불안과 절망의 언어를 통해 증언하고 있기 때문이다. 전쟁의 비극성은 국토의 폐허화나 물질적, 경제적 손실보다는 사회적 혼란에 의해 야기되는 정신적 황폐화에 있다. 박인환의 문학은 전후의 폐허 속에서 민족이 견디어야 했던 정신적 황폐화 현상을 여실히 보여주고 있으므로, 그의 문학에 대한 이해야말로 전쟁의 비극성에 대한 역사적 교훈을 얻을 수 있는 훌륭한 역사 탐구가 될 수 있는 것이다.

이러한 박인환의 문학에 대한 올바른 이해를 위해 본고에서는 그가 구현하고자 한 문학적 신념과 태도가 무엇이며 그것들이 시의 내용과 형식을 통해 어떻게 형상화되고 있는지를 분석해 보았다.

박인환이 구현하고자 한 문학적 신념과 태도는 1930년대의 모더니즘 시 운동의 정신과 방법을 계승하는 것이다. 즉 그는 1950년대를 위기의 상황으로 인식하고 그것의 극복을 위해 T. S. Eliot, W. H. Auden, S. Spender 등을 중심으로 한 서구 모더니즘의 시적 방법론을 차용하고자 한 것이다. 재래의 시 형식과 사고에 대한 전면적 거부, 현대의 문명이 지닌 불모성과 파멸되어 가는 인간의 풍경 묘사, 암흑과 불안과 정신적인 반항의 표현, 현대 문명의 복잡성을 반영하는 난해성과 비판적 정신 등은 그들로부터 영향받아 박인환이 추구하고자 한 시세계의 특성이기도 하다. 이러한 모더니즘적 성향은 그의 성장 환경에 의해 형성된 이국정서 취미가 動因으로 작용했을 가능성이 크다. 그의 모더니즘 시 운동은 한국 현대시의 성장을 촉진시킨 활력소가 되기는 했으나 역사의식의 결여와 현실인식의 피상성으로 인해 문학 운동으로는 실패할 수 밖에 없었다.

박인환의 시 세계를 구성하는 내용적 특성은 전쟁에 대한 비극적 체험과 이의 결과로서 시달리게 되는 실존적 불안의식이다. 전쟁의 가혹성은 미래에 대한 전망을 상실하게 하고, 이로 인해 심화된 실존적 불안의식은 죽음에 대한 강박관념으로 전이되어 나타나기도 한다. 또 한편으로는 현실과의 대결 의지를 무산시키고 도취적인 관능적 세계에 대한 탐닉으로 표출되기도 한다.

이러한 내용적 특성을 효과적으로 형상화하기 위해 박인환이 선택하고 있는 시의 형식적 특성으로는 소멸적 이미지와 유예적 어법을 들 수 있다. 전쟁의 비인간성이나 폭력성에 의해 야기되는 실존적 불안의식과 죽음에 대한 강박관념은 소멸적 이미지에 의해 구체성을 획득하고 있으며, 그의 시를 물들이고 있는 비애의 정조도 소멸적 이미지에 의한 시적 효과이다. 한편 유예적 어법은 대상에 대한 확신의 결여로 인해 판단을 망설이고 유예하는 어법으로, 이는 실존적 불안의식으로 인해 동요하는 시인의 심리 상태가 시적 진술로 나타난 것이다. 이는 또한 박인환의 의식 내부에 존재하고 있는 심리적 억압이나 강박관념으로 인한 정서적 긴장과 관련되는 것으로서, 그는 유예적 어법을 통해 미래에 대한 전망을 상실한 채 현실적 삶에 뿌리 내리지 못하고 방황하는 시정신을 보여주고 있다.

지금까지 박인환의 문학에 대해서는 서구 모더니즘 시의 아류로서 실패한 감상주의 문학이라는 평가가 일반적이었다. 그런데 우리는 박인환의 문학을 모더니즘 시 운동의 성공 여부와 관련해서 평가하는 오류를 피해야 한다. 전후 사회의 문학적 환경을 고려하여 그가 동시대의 진실을 얼마나 잘 드러내고 있는지에 논의의 초점이 놓여질 때 우리는 박인환을 정당하게 평가할 수 있는 것이다. 이렇게 볼 때 박인환은 1950년대의 전쟁의 폐허 위에서 실존적 불안의식으로 신음하고 있는 민족의 비애를 시로 형상화하는 데 성공한 시인이라는 평가가 가능해진다. 비록 모국어 훈련의 부족으로 인

한 시어 구사의 미숙성이 나타나고, 감상적 정서의 과잉과 미래에 대한 예
언적 지성의 결여가 흠이 되기는 하지만 동시대인들의 삶의 고통을 증언하
는 그의 시정신은 작품 속에서 살아 숨쉬고 있다. 앞으로 그의 문학이 지닌
긍정적 요소들에 대한 연구와 그의 문학적 성과에 대한 재평가 작업이 이루
어질 때, 그는 우리 문학사에서 새롭게 자리매김될 것이다.

참고문헌

金璟麟 外, 『새로운 都市와 市民들의 合唱』, 都市文化社, 1949.

朴寅煥, 『選詩集』, 珊瑚莊, 1955.

박인환, 『朴寅煥 全集』, 文學世界社, 1986.

강만길 외, 『해방전후사의 인식 2』, 한길사, 1985.

高 銀, 『1950年代』, 民音社, 1973.

金璟麟, 「모더니즘의 實像과 歷史的 發展過程」, 『모더니즘 詩選集』, 靑談文學社, 1986.

金烈圭 外, 『現代文學批評論』, 學研社, 1987.

金容誠, 『韓國現代文學史探訪』, 국민서관, 1973.

金裕中, 『1930년대 후반기 한국 모더니즘 문학의 세계관 연구』, 서울대학교 대학원, 1995.

金埈五, 『詩論』, 도서출판 문장, 1984.

白承喆, 「時代苦의 西歐主義」, 『心象』, 1974년 2월호.

이동하 편저, 『박인환』, 문학세계사, 1993.

鄭良殷, 『社會心理學』, 法文社, 1981.

曺永福, 「1950년대 모더니즘 시에 있어서 '내적 체험'의 기호화 연구」, 서울대학교 대학원, 1992.

陳德奎 外, 『1950年代의 認識』, 한길사, 1981.

Eagleton, Terry. Literary Theory, Basil Blackwell, 1983.

Goldmann, Lucien, The Hidden God, Trans. Lw Dieu Caché, Routledge & Kegan Paul Ltd., 1976.

Lukacs, Georg, Realism in Our Time, Trans. John and Necke Mander, Harper Torchbooks, 1971.

Smith, Barbara H., Poetic Closure, The Univ. of Chicago Press, 1974.

Spears, Monroe K., Dionysus and The City, Oxford Univ. Press, 1970.

Stallmann, Robert W., The Critic's Notebook, The Univ. of Minnesota Press, 1950.

Wheelwright, Philip, Metaphor and Reality, Indiana Univ. Press, 1962.

민중적 서정과 간결성
Popular Lyricism and Laconism

I. 서론

정희성이 1970년 동아일보 신춘문예를 통해 등단하여 본격적으로 작품 활동을 한 1970년대와 1980년대는 우리의 현대사에서 중대한 전환기로 볼 수 있다. 1960년대에 강력하게 추진된 경제개발계획은 지속적인 경제 성장을 가능하게 함으로써 현대적인 산업사회로 진입하는 동력을 제공하며, 아울러 동시대인들의 의식 구조와 가치관에도 커다란 변화를 초래하기 때문이다.

이러한 산업사회화 과정에서 한국 사회가 직면하게 되는 중요한 문제들로는 물질주의와 이기주의의 팽배, 도덕성과 인간성의 상실에서 오는 비인간화, 전통적 가치관이나 기성 윤리의 붕괴로 인한 가치관의 혼란, 부의 편중화와 분배의 불균형이 가져오는 계층간의 갈등 심화, 농촌 사회의 붕괴와 가족 공동체의 해체 현상 등을 들 수 있다. 전쟁으로 인한 물질적 파괴와 사회적 혼란으로부터 미처 헤어나지 못한 상황 속에서, 분단체제의 고착으로 인한 극한적인 이데올로기의 대립과 위협을 감당해야 했던 한국 사회는 그러한 사회적 변화에 효과적으로 대응할 수 있는 문화적 응전력을 갖추고 있지 못했기 때문에 사회의 구조적 모순과 부조리가 그대로 방치되어 치유하기 힘든 질병으로 동시대인들의 의식 구조 속에 자리잡게 된다. 특히 경제적 성장이 가져온 경제적 근대화와 산업사회에 합당한 정치적 근대화의 어긋남은 한국 사회의 제반 병리적 현상들이 더욱 만연하는 빌미를 제공했고, 지식인들의 고통과 저항정신을 가증시켰으며, 사회 구성원들간에 심각한 갈등과 억압의 요인이 되었다.

그런데 사회의 올바른 발전을 위해서는 지식인들이 늘 깨어 있어야 한다. 우리 사회가 앓고 있는 환부를 정확히 진단하고 그 치유의 방법들을 제시할 수 있는 지식인들의 지적인 모험과 용기가 살아 있을 때 우리는 미래에 대해 희망을 가질 수 있기 때문이다. 시인들이 침묵하는 시대는 곧 절망의 시대이다. 따라서 동시대의 역사와 진실을 이해하기 위해 우리는 시를 읽어야 하고, 시인의 시정신을 탐구해야 하는 것이다.

정희성은 이러한 전환기 사회가 안고 있는 여러 가지 모순과 부조리를 자신의 비판적 성찰을 통해 드러냄으로써 이에 대한 동시대인들의 관심과 각성을 촉구하기 위해 노력한 시인이다. 그는 각종 문화적 창조 행위가 엄격히 규제되는 정치적 상황 속에서도 시대의 어둠을 꿰뚫어 보는 예리한 저항적 지성으로 경제 성장으로부터 소외된 민중 계층의 고통스러운 삶과 억압받는 정신의 시적 형상화에 성공한 시인 중의 한 사람이다. 특히 현실비판적인 주제를 시의 서정성과 결합함으로써 주지적이고 관념적인 경향 속에 갇혀 있던 현대시에 새로운 생명력을 부여한 점은 그의 중요한 시적 성과라고 할 수 있다.

정희성이 아직은 다양한 문학적 가능성을 지닌 동시대의 살아 있는 시인이라는 사실은 그에 대한 본격적인 평가 작업이나 연구를 유보하게 한다. 『시와 시학』지에서 그의 시적 공과에 대해 종합적인 정리와 평가를 시도한 적이 있으나 아직은 중간 평가적인 성격의 작업일 수밖에 없었다.[116] 대체로 정희성을 평가함에 있어서 그의 시에 나타나는 짙은 절망과 어둠[117], 상투적

---

116) 『시와 시학』 1997년 겨울호에서 「시와 시학상」 작품상을 수여하며 그에 대한 특집을 꾸몄다.
117) 김영무, 「시에 있어서의 두 겹의 시각」, 세계의 문학, 1982 봄호.

상상력[118], 창조적 감성의 미흡[119], 소시민적 무기력증[120] 등이 부정적 요소로 지적되고는 있으나, 그가 1970년대 시의 한 경향을 대표하는 시인으로 "민중들의 삶과 역사 현장을 예리한 통찰력으로 형상화"[121] 했다는 점에는 공감하고 있다. 특히 절제된 전통 미학적 감각과 모국어에 대한 관심[122], 강인한 비판정신[123] 등을 통해 "민중적 정서를 바탕으로 현실세계에 대한 회의주의를 새로운 세계의 형성에 관한 희망의 진지한 언술로 표출"[124]하고 있는 점은 긍정적인 요소로 평가되고 있다.

본고에서는 지금까지 간행된 정희성의 세 권의 시집을 중심으로 하여, 일관성 있게 나타나는 시적 주제와 시정신을 분석함과 동시에 이를 형상화하는 형식적, 구조적 특성도 논의하고자 한다. 이러한 분석을 통해 그의 문학에 대한 동시대적 의미와 한계, 그리고 시적 성과와 가능성도 전망하게 될 것이다. 아울러 사회의 발전 과정에서 지식인들, 특히 시인의 사명과 시의 기능에 대해서도 음미해 볼 수 있을 것이다.

II. 민중의 삶에 대한 연민과 저항 정신

정희성의 시적 관심은 주로 민중적 삶의 서정적 표현에 집중되고 있다. 첫 시집인『踏靑』에서는 고전적이고 풍속적인 세계에 대한 관심이 다소 관념적인 언어에 의해 형상화되고 있는 점이 두드러지게 나타나고 있지만, 시적 관심의 초점은 민중적 삶에 대한 연민과 사랑에 놓여 있다. 이는 두 번째

---

118) 김현, 「숨김과 드러남의 변증법」, 『문학과 지성』, 1978 봄호.
119) 권영민, 「자기 인식에서 일상성의 회복까지」, 『한국 현대시 연구』(민음사, 1989).
120) 오성호, 「새 세계의 문 앞에 선 시정신」, 『한길문학』, 1991 여름호.
　　이상의 논문들에 그런 점들이 언급되고 있다.
121) 김영철, 「민중시의 지평과 고전적 상상력」, 『시와 시학』, 1997 겨울호.
122) 정의홍, 「개성적인 시영토의 모색」, 『문학과 지성』, 1975 봄호.
123) 김재홍, 「고전적 품격과 민중적 상상력」, 『현대시학』, 1989 4월호.
124) 구모룡, 「회의주의의 두 양상」, 『세계의 문학』, 1991 가을호.
　　이상의 글에 그런 점들이 논의되어 있다.

시집인 『저문 강에 삽을 씻고』의 후기(後記)에 나오는 다음 말에서 확인할
수 있다.

　　최근 몇 년 동안 나는 주로 내가 사는 시대의 모순과 그 속에서 핍박받는 사
　람들의 슬픔에 관해 써왔지만, 그것이 진정한 신념과 희망과 용기를 주는 데 이
　르지 못했음을 부끄럽게 여긴다. 이러한 성과가 하루 아침에 갑자기 이루어지
　는 것은 아니리라. 그러나 한 시대의 사회적 모순이야말로 바로 새로운 역사를
　만드는 원동력이며 억압받는 사람들의 슬픔이 어느 땐가는 밝은 웃음으로 꽃필
　것임을 나는 믿는다.[125]

　그의 시적 관심은 주로 자신이 사는 '시대의 모순과 그 속에서 핍박받는
사람들의 슬픔'에 집중되고 있음을 스스로 밝히고 있는 것이다.

　그러나 이러한 민중적 삶에 대한 관심이 단순히 슬픔의 정서에 의해 토
로되는 절망적이고 폐쇄적인 것이 아니라 '어느 땐가는 밝은 웃음으로 꽃필
것'이라는 믿음에 의해 고양됨으로써 희망의 열린 세계를 지향한다는 점에
정희성 시의 미학이 자리잡고 있다.

　1970-80년대에 이룩한 급격한 경제 성장은 국민들로 하여금 전쟁의 후
유증과 절대적 빈곤으로부터 벗어날 수 있게 함으로써 전반적인 생활 수준
의 향상에 크게 기여했다. 그러나 아직도 봉건적인 윤리 의식이 지배하던
사회가 미처 자본주의 경제 질서에 적응할 겨를도 없이 이룩한 경제적 성장
은 오히려 부의 편중화와 분배의 불균형을 초래하게 되고, 비민주적인 정치
세력들에 의해 더욱 조장됨으로써 사회의 대다수의 구성원을 이루는 민중
계층은 억압과 상대적 빈곤감에 시달리게 됨에 따라 계층 간의 갈등도 심화
된다. 정희성은 바로 이런 민중 계층의 고통스러운 삶과 슬픔을 노래한다.
이것은 한 편으로는 그들에 대한 관심과 사랑을 통해 더불어 잘 사는 사회
를 이루고자 하는 시인의 꿈과 열망을 드러내는 것이기도 하다.

　이러한 시인의 의도가 가장 직접적으로 드러나는 것이 바로 시에 빈번히

---

125) 정희성, 『저문 강에 삽을 씻고』, 創作과 批評社, 1978, 105쪽.

등장하는 민중적인 시적 화자나 대상들이다. 경제적 성장이 가져다 준 풍요로움이나 문화적 혜택을 누리지 못하고, 사회의 중심으로부터 소외되어 가난하고 고통스러운 삶을 살아가는 민중 계층의 인물들이 시적 주제를 전달하는 핵심적인 기능을 담당하고 있는 것이다.

1)삽을 깔고 앉아
　시청 청사 위 비둘기 집을 본다
　쩡쩡한 여름 하늘에
　손뼉을 치며 날아오르는 비둘기떼
　그 너머 붉은 산비탈엔
　엊저녁 철거당한 내 집터가
　내 손의 흠집처럼 불볕에 탄다
　손뼉을 쳐라
　너는 숨죽여 울지 않아도 좋다
　엊저녁 아궁지에 숨겨둔 불씨
　땡볕에 주저앉은 풀포기만큼
　비둘기야, 나는 울어도 좋으냐
　엎드려서 짐승같이 울어도 좋으냐
　　　　　　　　　　　　 －「露天」

2)어제는 시래기국에서
　달을 건져내며 울었다
　밤새 수저로 떠낸 달이
　떠내도 떠내도 남아 있다
　광한전도 옥토끼도 보이지 않는
　수저에 뜬 맹물달
　어쩌면 내 생애 같은
　국물을 한 순갈 떠 들고
　나는 낯선 내 얼굴을 들여다본다
　보아도 보아도
　숟갈을 든 채 잠든
　자식의 얼굴에 달은 보이지 않고

빈 사발에 한 그릇
　　달이 지고 있다
- 「추석달」

3)어쩌면 그렇게 제 애비를 빼다 박아
　　밉살스런 내 아들 석아
　　이제 한 자 두어 치나 더 멀어진 바늘귀
　　그만치 가차와진 하늘로
　　오늘따라 괘씸한 네 애비 얼굴 어룽지며
　　수수롭게 지나기도 한다마는
　　좁은 바늘귀로
　　평생 어미가 들여다본 하늘이
　　설마한들 늘 흐린 세상은 아니었을라
　　늘 흐린 것 아니었을라
- 「바늘귀를 꿰면서」

4)석탄은 묻어 있다
　　추억에 꿈에 어두운 지붕 위에
　　죽음에 삶의 가장 깊은 곳에
　　석탄은 묻어 있다
　　보다 나은 삶을 위한 몸부림
　　더 큰 사랑을 꿈꾸는 마음 위에
　　석탄은 묻어 있다
　　갔다 오마 하고 언제나처럼
　　한 마디 무뚝뚝한 말을 남긴채
　　그이는 가서 돌아오지 않고
　　몇 푼 안되는 보상금 되어
　　탄광에서 죽어 온 남편의
　　피묻은 작업복과
　　마을의 키 큰 사철나무 잎에도
　　석탄은 묻어 있다
- 「석탄」

5) 나 혼자 대장간에 남아서
　고향 멀리 두고온 어머니를 생각하며
　식모살이 떠났다는 누이를 생각하며
　팔려가던 소를 생각하며
　추운 만주벌에서 죽었다는 아버지를 생각하며
　밤새도록 불에 달군 쇠를 친다
　떡을 칠 놈의 세상, 골백번 생각해도
　이 망치로 이 팔뚝으로 내려칠 것은
　쇠가 아니라고 말 못하는 바위가 아니라고
　문고리가 아니라고 생각하며 밤새도록
　불에 달군 쇠를 친다
　　　　　　　　　　　　　　 －「쇠를 치면서」

6) 눈덮여 얼어붙은 허허 강벌
　새벽종 울리면 어둠 걷히고
　난지도 취로사업장 강바닥엔 까마귀떼처럼
　삽을 든 사람들 뒤덮인다
　……중략……
　호각 불면 엎져져 강바닥을 찍고
　허리 펴면 노을 붉은 강둑이 우뚝한데
　노임 틀켜줜 인부들은
　강바닥보다 깊이 패인 얼굴
　다 저녁 삽을 들고 어디로 가나
　게딱지같이 강바닥에 엎디어
　언 땅 후벼 파 흙밥이나 먹으련만
　내일은 동서기가 일을 줄지 모르겠다며
　군에 나간 아들놈 걱정을 하고
　몸서리쳐 돌아보는 강바닥은 전쟁터
　　　　　　　　　　　　　　 －「언 땅을 파며」

7) 서구 괴정동 바닥에 밤이 오면
　저 파도소리도 이젠 무서워
　시골서 올라와 이 막벌이판에서

보세공장 실밥마냥 떠돌면서
일당 450원에 살자고 하는 짓이
몸이나 성한가, 아침은 자주 굶고
저녁엔 돌아와 국수로 때우고

어쩌다 쌀을 팔아 밥을 지어도
먹새가 좋은 애는 그래도 허기져
가게엔 잔뜩 빚만 지고
끝내는 어디로 꺼져버리고
서구 괴정동바닥엔
끈끈한 바닷바람에 몰려
보세공장 실밥마냥 소문만 떠돌고
ㅡ「들리는 말로는」

위에 인용된 시에는 산업사회화 과정에서 경제적 성장의 혜택으로부터 소외된 민중 계층의 궁핍한 삶의 모습들이 제시되고 있다. 시 1) ~ 5)에서는 시적 화자가 각각 1)은 달동네 판자촌 철거민, 2)는 허기져 잠든 자식을 바라보는 가난한 아버지, 3)은 젊어서 혼자 되어 애비 없는 자식 키우느라 온갖 풍상 다 겪은 어머니, 4)는 탄광에서 일하다 죽은 남편의 한스런 삶을 통곡하고 있는 아내, 5)는 잘살아보자고 고향 떠나왔지만 세상만 원망하며 여전히 고통스러운 삶을 살 수밖에 없는 대장쟁이로 설정되어 있다. 반면에 6) ~ 7)은 시적 대상이 각각 6)은 일당이라도 받을 수 있는 하루 일거리를 걱정해야 하는 취로사업장 인부로, 7)은 시골에서 올라와 보세 공장 막노동자로 살다가 결국은 창녀로 전락하게 되는 여공으로 설정되어 있다.

정희성이 이러한 시적 화자나 대상을 자신의 시에 자주 등장시키는 이유는 그들에 대한 연민과 사랑 때문이다. 시인은 가난과 절망으로 얼룩진 그들의 삶의 피폐한 모습을 제시함으로써 동시대인들로 하여금 그들의 고통에 대한 관심과 애정을 환기시키고자 하는 것이다. 인간은 편안해지면 고통스러웠던 과거를 쉽게 잊는 습성이 있다. 경제적 성장이 가져다 준 부유함을 즐기게된 사람들은 그것이 자신의 노력의 결과라고만 생각할 뿐, 무수한 타인의 수고나 고통을 동반하고 있다는 사실은 쉽게 망각해버린다. 가난할 때는 오히려 가진 것을 나눌 줄 알던 사람들도 부의 효용성과 쾌적함에 중독되게 되면 그것에 더욱 집착하게 되는 것이다. 따라서 개인의 행복에만 급급할 뿐 소외 계층의 슬픔과 고통에는 무관심하게 되고, 계층 간의 갈등은 더욱 심화됨으로써 사회적 불안은 증폭된다. 시인은 바로 이런 점들을 통찰하고 있으며, 심각하게 우려하고 있는 것이다.

첫 시집인 『踏靑』에 실려 있는 시 1)에는 생활의 근거가 되는 집을 철거당한 시적 화자가 공사장에서 삽을 깔고 앉아 그 집터를 바라보고 있는 처연한 심사가 잘 드러나 있다. 시의 행간에는 그가 감당해야 할 가족의 생계에 대한 무기력함과 절망이 숨어 있으며, 시적 결구인 '엎드려 짐승같이 울어도 좋으냐'에는 이런 정서를 그대로 노출시킴으로써 강한 호소력을 얻고 있다. 시 2)에는 추석 명절이 됐는데도 시래기국으로 연명할 수밖에 없는 가난한 가장의 슬픔이 제시되어 있다. 특히 '숟갈을 든 채 잠든/자식의 얼굴에 달은 보이지 않고'에는 자식들의 배고픔조차도 해결해주지 못하는 가장으로서의 심적 고통과 암담한 미래가 투영되어 아픔을 증폭시킨다. 시 3)에는 젊어서 혼자되어 삯바느질로 아들 뒷바라지해온 시적 화자의 한많은 삶이 묘사되어 있다. '제 애비를 빼다 박아/밉살스런 내 아들 석아'와 '오늘따라 괘씸한 네 애비 얼굴 어룽지며'에는 젊어 사별한 남편에 대한 절절한 그리움이 반어적으로 표현되어 있고, '좁은 바늘귀로/평생 어미가 들여다본 하늘이/설마한들 늘 흐린 세상은 아니었을라'에는 고단한 인생에 대한 회한과 미래에 대한 희망이 응축되어 그만큼 한의 깊이를 확장하고 있다.

이와 같은 소외된 민중 계층의 삶에 대한 통찰은 두 번째 시집인 『저문 강에 삽을 씻고』에 오면 훨씬 예리해지면서 그들의 고통을 방관하고 있는 지배 계층에 대한 증오와 분노의 정서가 실리게 되는데 그 예가 4)-7)의 시들이다. 시 4)에는 석탄더미 속에 묻혀버린 광부의 한스런 삶과 그의 죽음을 통곡하고 있는 아내의 슬픔이 묘사되어 있다. '보다 나은 삶을 위한 몸부림/더 큰 사랑을 꿈꾸는 마음 위에/석탄은 묻어 있다'라는 시구에는 가족의 행복을 위한 치열한 노력이 이루기 힘든 꿈이라는 불길한 명제가 암시되어 있다. 이는 곧 '몇 푼 안되는 보상금이 되어/ 탄광에서 죽어 온 남편의/피문은 작업복'으로 현실화되며, 이를 통해 시인은 그들의 열악한 삶이 방치되는 탄광촌의 현실을 고발하고 있는 것이다. 인용문에는 제시 되지 않았지만 시적 결구인 '울지 마라 간다/가다가 쓰러져 석탄이 되더라도/ 이것들 어린 꿈에 더는/석탄을 묻힐 수 없다'에는 생존마저 위협받는 열악한 생활 여건에 대한 분노가 함축되어 있다. 시 5)에는 잘살아 보려고 고향을 떠나와 도시의 변두리에서 대장쟁이질로 연명하고 있는 시적 화자의 고통스러운 삶이 은유된다. '고향 멀리 두고온 어머니', '식모살이 떠났다는 누이', '팔려가던 소' 등에는 해체되어 가는 농촌 공동체의 편린들이 제시되고 있으며, '떡을 칠 놈의 세상, 골백번 생각해도/이 망치로 이 팔뚝으로 내려칠 것은/쇠가 아니라고 말 못하는 바위가 아니라고/문고리가 아니라고 생각하며 밤새도록/ 불에 달군 쇠를 친다'에는 견디기 힘든 현실에 대한 분노와 사회의 비정성에 대한 증오가 격한 어조로 표현되어 있다. 또 시 6)에는 살을 에는 겨울 바람이 몰아치는 난지도 취로사업장 인부들의 고단한 삶의 일상이 묘사되어 있다. '강바닥보다 깊이 패인 얼굴'은 그들의 고통스러운 삶의 깊이를 은유하며, '내일은 동서기가 일을 줄지 모르겠다며/ 군에 나간 아들놈 걱정을 하고'에는 일당이라도 벌 수 있는 일거리를 걱정하며 살아가는 불안한 생활 현실이 드러나 있다. 또한 '몸서리쳐 돌아보는 강바닥은 전쟁터'라는 진술 속에는 그러한 삶에 대한 분노와 증오의 정서가 내포되어 있다. 시 7)에는 보세공장 여공들의 비참한 생활이 다소 경박한 문체에 의해 표현됨으로써 오히려 아이러니의 효과를 극대화하고 있다. 즉 가볍게 처리된 문체에 의해 여공들의 고통스러운 삶의 실상이 더욱 현실감있게 전달되는 효과를 거두고 있는 것이다. '시골에서 올라와 이 막벌이판에서/보세공장 실밥마냥 떠돌면서/일당 450원에 살자고 하는 짓이/몸이나 성한가, 아침은 자주 굶고/저녁엔 돌아와 국수로 때우고' 에는 막벌이 노동자들의 비참한 삶의 실상이 제시되어 있다. 1970년대 이후 산업사회로 이행하면서 가난을 면하기 위해 도시로 이주하는 농민들이 급격히 증가하게 되는데 위의 시에서도 그 편린을 엿볼 수 있다. 도시로 간 사람들은 결국은 '가게엔 잔뜩 빚만 지고/

끝내는 어디로 꺼져버리고'가 암시하듯이 적응에 실패하고 도시의 변두리 하층민으로 전락하게 되는 것이다. 시에는 그러한 계층의 가난과 고통이 방치되는 사회에 대한 시인의 분노와 그들에 대한 관심과 애정을 촉구하고자 하는 의도가 내포되어 있는 것이다.

그런데 정희성이 부단히 추구하고 있는 민중적 삶의 고통에 대한 성찰은 간과할 수 없는 한계를 지니고 있다. 이동하의 다음 말은 이에 대한 좋은 단서를 제공한다.

그런데 정희성의 시에서 또 한 가지 간과할 수 없는 특징은 이 시인이 끊임없이 노동 혹은 노동자의 세계를 이야기하며 그들의 고통과 상처를 대변하려 애쓰고 있지만 그것을 말하는 목소리는 어디까지나 단아하고 절제된 선비의 음조를 담고 있다는 사실이다.

정희성의 시가 안고 있는 '노동자 ― 선비'의 이중성은 작품의 성과를 위해서는 상당히 불리한 조건으로 작용하고 있음이 사실이다.

그런데 정희성의 성공적인 시들이 일반적으로 지니고 있는 제재면에서의 특징은 비록 두 가지 이질적 요소를 조화시키는 데 기여한다는 점에서 상당한 가치가 인정되기는 하나, 다분히 도식적이요 상투적이라는 비판을 초래할 가능성도 없지 않다. 그러한 비판에 설득력을 더해 주는 것은 그의 작품들에 나타난 노동자의 세계가 어디까지나 제3자로서의 상상에 의해 구축된 세계일 뿐 절실한 체험의 무게를 담지 못하고 있다는 사실이다.[126]

노동자의 고통과 상처를 대변하는 목소리가 '어디까지나 단아하고 절제된 선비의 음조를 담고 있다'는 지적은 일부 작품에서는 그런 점을 논의할 수 있으나, 전 작품에 일반화하기에는 다소 문제가 있다. 그러나 '작품들에 나타난 노동자의 세계가 어디까지나 제3자로서의 상상에 의해 구축된 세계일 뿐 절실한 체험의 무게를 담지 못하고 있다'는 점은 상당한 설득력을 지

---

126) 李東夏, "노동자와 선비의 두 목소리," 韓國代表詩 評說, 文學世界社, 1995, 636-638쪽.

닌다. 정희성 시의 도처에서 행동적 지성보다는 관찰자적 지성이 강하게 느껴지는 것도 이에 기인한다고 볼 수 있다. 이런 문제에 대한 논의는 다음 장에서 상론하고자 한다.

따라서 정희성의 시에 빈번히 등장하는 자아 성찰적 요소들은 이러한 한계를 극복하고자 하는 시인 자신의 노력의 일부로 보인다. 즉 그는 자신의 삶에 대한 성찰을 통해 민중적 삶에 대한 고통의 실상을 드러내고자 하는 것이다.

> 아버지는 내가 법관이 되기를 원하셨고
> 가난으로 평생을 찌드신 어머니는
> 아들이 돈을 잘 벌기를 바라셨다
> 그러나 어쩌다 시에 눈이 뜨고
> 애들에게 국어를 가르치는 선생이 되어
> 나는 부모의 뜻과는 먼 길을 걸어왔다
> 나이 사십에도 궁티를 못 벗은 나를
> 살 붙이고 살아온 당신마저 비웃지만
> 서러운 것은 가난만이 아니다
> 우리들의 시대는 없는 사람이 없는대로
> 맘 편하게 살도록 가만두지 않는다
> 세상 사는 일에 길들지 않은
> 나에게는 그것이 그렇게도 노엽다
> 내 사람아, 울지 말고 고개 들어 하늘을 보아라
> 평생에 죄나 짓지 않고 살면 좋으련만
> 그렇게 살기가 죽기보다 어렵구나
> 어쩌랴, 바람이 딴 데서 불어와도
> 마음 단단히 먹고
> 한치도 얼굴을 돌리지 말아야지
>
> — 「길」

위에 인용된 시에 나타나듯이 자신의 삶에 대한 투시는 정희성의 시세계를 형성하는 중요한 부분이다. 이러한 자아 성찰적인 요소는 민중적 삶의 고통을 대변하고자 하는 시인의 노력을 반영하고 있는 시적 의장으로 볼 수 있다. 법관이 되기를 원하는 아버지나 돈 잘 벌기를 바라는 어머니는 고통스러운 세월을 살아온 동시대의 부모들의 전형이다. 현실 생활에서 고통과 설움이 클수록 그만큼 신분 상승이나 부의 축적에 대한 욕구도 크다. 그러한 간절한 욕구를 배반하고 여전히 소시민으로 살아갈 수밖에 없는 시적 화자의 슬픔이 인용한 시에 잘 나타나 있다. '가난으로 평생을 찌드신 어머니'와 '나이 사십에도 궁티를 못 벗은 나'에는 생활고에 시달리는 시인의 모습이 투영되어 있다. 또한 '나이 사십에도 궁티를 못 벗은 나를/살 붙이고 살아온 당신마저 비웃지만/ 서러운 것은 가난만이 아니다/ 우리들의 시대는 없는 사람이 없는 대로/ 맘 편하게 살도록 가만두지 않는다'에는 자신의 무기력함에 대한 자조와 연민, 그리고 모순과 부조리로 가득찬 세상에 대한 분노의 정서가 표출되고 있으며, '평생에 죄나 짓지 않고 살면 좋으련만/그렇게 살기가 죽기보다 어렵구나'에는 현실적 삶에 의해 짓눌리고 있는 시인의 정신적 고통의 무게가 실려 있다.

이러한 감당하기 어려운 현실적 삶의 고통이 심화되면서 때로는 격렬한 자기 야유의 언어로 표출되기도 한다. 제정신으로 살아가기에는 너무도 힘든 세상이 시인에게 강한 패배의식과 자기학대의 정서를 증폭시키게 되기 때문이다.

> 시만 쓰면 다냐
> 살림이 기우는데
> 시만 쓰면 다냐
> 공자 말씀에 토나 달고 앉아서
> 술잔에 코를 박고 졸기나 하고
> 남들이 술값 낼 때
> 구두끈만 매면 다냐
> 나라가 꼬이면
> 말이 어지럽고
> 말이 헷갈리면

넋도 달아나느니
네 말은 뉘 집 개가 물어 가서
거렁뱅이 맨발로 떠도느냐
　　　　　　　　　－「넋두리」

　어조에서 김수영의 목소리가 느껴지는 듯한 위의 시에는 현실의 중압을 견디지 못하고 있는, 그래서 형편없이 이완된 시인의 정신이 형상화되어 있다. 통렬한 야유의 대상이 되고 있는 시인 자신은 바로 현실적 삶의 고통에 시달리고 있는 동시대인들의 자화상이다. 가장으로서 살림을 지탱할 능력이 없는 무기력함과 '남들이 술값 낼 때/ 구두끈만 매면 다냐'에 나타나는 비굴함까지도 꿰뚫어 보고 있는 시인의 정신이 오히려 애처롭게 느껴진다. 시인은 현실의 중압에 짓눌려 있는 자신을 '말이 헷갈리면/넋도 달아나느니/네 말은 뉘집 개가 물어 가서/거렁뱅이 맨발로 떠도느냐'라고　비하하면서 통렬한 야유를 서슴치 않는다. 그런데 그런 자기 야유의 이면에는 세상에 대한 분노와 저항의 의지가 숨어 있다. 시인이 분개하고 있는 궁극적인 대상은 시에 나타난 자기 자신이 아니라, 자신이 그런 삶을 살 수밖에 없도록 만드는 사회적 상황인 것이다.

　이와 같은 정희성의 민중적 삶에 대한 연민과 사랑은 자연스럽게 민중의 고통스러운 삶이 강요되고 방치되는 사회 제도에 대한 분노와 저항으로 발전된다. 정희성 시의 중심축을 이루는 이러한 분노와 저항의 시정신은 다분히 김수영의 시적 영향권에 놓여 있다는 것을 감지할 수 있다.[127] 그런데 정희성의 분노와 저항은 대부분 민중에 대한 부단한 억압체로 작용하는 지배 계층을 향한다.

　1)한밤에 일어나
　　얼음을 끈다
　　누구는 소용없는 일이라지만

─────────────
127) 이에 대해서는 별도의 논문에서 논의해 볼 생각이다.

보라, 얼음 밑에서 어떻게
물고기가 숨쉬고 있는가
나는 물고기가 눈을 감을 줄 모르는 것이 무섭다
증오에 대해서
나도 알 만큼은 안다
이곳에 살기 위해
온갖 굴욕과 어둠과 압제 속에서
싸우다 죽은 나의 친구는 왜 눈을 감지 못하는가
누구는 소용없는 일이라지만
봄이 오기 전에 나는
얼음을 꺼야 한다
누구는 소용없는 일이라지만
나는 자유를 위해
증오할 것을 증오한다

　　　　　　　　　　　　　－「이곳에 살기 위하여」

2) 북을 치되 잡스러이 치지 말고 똑 이렇게 치렸다
　쿵
　부자유를 위해
　쿵딱
　식민주의와 그 모든 괴뢰를 위해

　하나가 되려는
　우리들의 꿈
　우리들의 사랑을 갈라놓는
　저들의 음모를 위해
　쉬
　저들의 부동산과 평화로운 잠을 위해

　쿵
　우리들의 피어린 희생을 위해
　가진 것 없는 우리
　하나뿐인 영혼

하나뿐인 몸을 던져
쿵

외진 땅 서러운 아들딸들아
아닌 밤 네 형제가 없어져도
북채 잡고
세상의 모든 압제자를 위해
눈물 삼켜
딱 한번
쿵

……중략……

북을 쳐라
새벽이 온다
새벽이 오면 이방인과 그 추종자들이
무서움에 떨며 물으리니
누가 아침으로 가는 길을 묻거든
눈들어 타오르는 해를 보게 하라
오오 영광 조국
동방에 나라가 있어
거기 사람이 살고 있다 하라
때가 오면 어둠에 지친 사람들이
강변으로 나가 머리를 감고
밝은 웃음과 사랑 노래로
새로운 하늘과 땅을 경배하리니
북을 쳐라
바다여 춤춰라
오오 그날이 오면
겨울이 우리에게 가르쳐준
모든 언어, 모든 은유를 폐하리라.

                              − 「8 · 15를 위한 북소리」

시 1)에는 폭압적 사회 상황에 저항하고자 하는 시정신이 잘 나타나 있다. '한밤에 일어나/얼음을 끈다'는 행위는 바로 시대를 덮고 있는 어둠과 압제에 저항하려는 시인의 의지를 은유한 것이다. 이 시가 쓰여지던 1970년대 후반기는 유신체제가 공고하게 확립됨으로써 독재정권에 의한 문화적 규제가 엄격하던 시기이다. 민주주의를 염원하는 모든 지식인들이 감시의 대상이되어 시달리던 때인 것이다. 그러나 '온갖 굴욕과 어둠과 압제 속에서'도 시인의 정신은 깨어 있어야 한다. 현실의 어둠을 꿰뚫어 볼 수 있는 예리한 통찰력으로 시대의 진실을 노래하여야 하는 것이다. 얼음 밑에서 살아 숨쉬며, 눈을 감을 줄 모르는 물고기처럼 시대의 진실을 응시하며, 동시대인들을 일깨워 희망과 용기를 북돋을 수 있어야 한다. 민중들의 자유를 위한 그러한 노력은 결코 '소용없는 일'이 아니다. '봄이 오기 전에 나는/얼음을 꺼야한다'에는 저절로 오는 봄을 기다릴 것이 아니라, '온갖 굴욕과 어둠과 압제'를 깨뜨리기 위해 노력함으로써 더욱 찬란한 봄을 맞고자 하는 저항적 의지가 숨어 있다.

시 2)에는 시인이 분노하고 증오하며 저항하고자 하는 대상이 구체적으로 제시되어 있다. 즉 민중의 자유를 억압하는 '식민주의와 그 모든 괴뢰들'인 위정자들, 민중들의 꿈과 사랑을 짓밟으며 늘어나는 자신의 '부동산과 평화로운 잠'에만 급급하는 부유층들, 민중들의 '피어린 희생', '영혼'과 '몸'을 유린하는 '세상의 모든 압제자'들이 바로 그 대상인 것이다. 1980년대에 들어서서도 계속되는 독재정권 체제는 사회에 부정 부패를 만연시키고, 저항적인 민중 세력에 대한 억압은 증대된다. 또한 경제 성장이 가져다 준 가난으로부터의 해방에도 불구하고 분배의 불균형과 부의 편중화 현상에 의한 상대적 빈곤감이 계층간의 갈등을 심화시킨다. 시에서 북을 치는 행위는 민중들의 고통과 눈물을 정화하고, 그들의 희생과 고통을 외면하고 있는 지배 계층의 탐욕과 죄악에 대한 단죄를 상징한다. 그리하여 시인은 새로운 세상이 열리는 새벽이 와서 '어둠에 지친 사람들이/강변으로 나가 머리를 감고/밝은 웃음과 사랑 노래로/새로운 하늘과 땅을 경배'할 날을 꿈꾼다. '겨울이 우리에게 가르쳐준/모든 언어, 모든 은유를 폐하리라'에는 다시는 이러한 혹독한 시련의 삶이 없는 세상을 꿈꾸는 시인의 염원이 내포되어 있는 것이다. 결국 정희성의 시가 지향하는 세계는 억압당하는 민중 계층이 맘 편하게 살 수 있는 민중들의 유토피아라고 할 수 있을 것이다.

Ⅲ. 행동적 지성을 지향하는 관찰자적 지성

정희성은 「시와 시학 작품상」을 수상하는 소감을 밝히는 "문학적 자전"에서 다음과 같이 말했다.

> 내가 현실주의자가 되어 우리를 억압하는 자들에게 맞설 수밖에 없었던 것은 그들이 우리의 낭만적인 환상을 가로막고 있었기 때문이지 현실주의 자체가 문학적 이상이라서 그런 것은 아니었다. 시인은 불가피하게 현실주의자가 되기는 하여도 본질적으로는 천진한 낭만주의자라는게 나의 생각이다. 그러나 그렇다고 해서 처음부터 현실이야 어찌 되든 나는 모르쇠 하던 이들이 현실주의자의 자기 반성을 두고 그저 봐라 하는 식으로 고소해 할 일은 아니다. 나의 시는 한 시대의 불의와 맞서서 싸우다 죽은 용감한 사람들의 영혼에 바쳐진 것이었다. 내 시 가운데 추모시의 형식으로 된 것이 유난히 많은 것도 그 때문이다. 그러나 정작 내 자신이 정치권력과 정면으로 맞서서 싸울 만큼 용감하지는 못해서, 그 심리적 보상으로 이러한 시가 쓰여졌을지도 모른다. 시인은 시를 통해서 싸울 수밖에 다른 방법이 없는 터이기도 했다.[128]

위의 인용문에는 정희성의 시정신이 '낭만적인 환상'을 가로막고 있는 '억압하는 자들'에게 맞서는데 있다는 것이 천명되어 있다. 즉 그는 소외되어 고통스러운 삶을 살고 있는 모든 민중 계층이 더불어 함께 행복하게 살 수 있는 세상에 대한 꿈을 실현하기 위해 '시대의 불의'에 맞서서 싸우고자 하는 것이다. 그러나 이러한 그의 싸움은 극복하기 힘든 한계를 지닐 수밖에 없다. 스스로 실토하고 있듯이 '정치권력과 정면으로 맞서서 싸울 만큼 용

---

128) 정희성, 「문학적 자전」, 『시와 시학』, 1997년 겨울호, 65쪽.

감하지는 못'하기 때문이다. 이것은 대부분의 지식인들이 지닌 치명적인 한계이기도 하다. '한 시대의 불의와 맞서서 싸우다 죽은 용감한 사람들의 영혼에 바쳐진' '추모시'들은 바로 정희성이 자신의 무기력함과 이로 인한 절망을 극복하기 위한 심리적 보상행위의 결과인 것이다. 따라서 '시인은 시를 통해서 싸울 수밖에 다른 방법이 없는 터이기도 했다.'는 말에서는 방법적 정당성보다는 그럴 수밖에 없는 자신의 처지에 대한 연민의 정서가 더 강하게 느껴진다.

이러한 것들은 정희성의 시가 궁극적으로는 행동적 지성을 지향하면서도 현실적으로는 관찰자적 지성에 머무는 한계를 지니고 있음을 드러낸다. 즉 불의와 맞서 싸우는 행동적 지성을 꿈꾸면서도, 자신은 늘 현실의 부조리와 모순을 폭로하고 그에 대한 분노와 증오의 정서만을 토로할 뿐 구체적 행동화로 나아가지 못하는 관찰자로서만 머무는 것이다.

> 오늘처럼 눈보라가 치는 날이면
> 겨울바다가 보고 싶다는
> 아내의 말을 떠올리며
> 나는 원고를 들고 마포길을 걸어
> 제 이름도 빼앗긴 출판사로 간다
> 낯익은 이 길이 웬지 낯설어지고
> 싸우듯 뺨을 부비듯 휘몰아치는 눈보라 속에서
> 나는 눈시울이 뜨겁구나
> 시는 아무래도 내 아내가 써야 할는지도 모른다
> 나의 눈에는 아름다움이 온전히
> 아름다움으로 보이지가 않는다
> 박종철군의 죽음이 보도된 신문을 펼쳐 들며
> 이 참담한 시대에
> 시를 쓴다는 것이 무엇일까를 생각한다
> 살아 남기 위하여 죽어 있는 나의 영혼
> 싸움도 사랑도 아닌 나의 일상이
> 지금 마포 강변에 떨어져

누구의 발길에 채이고 있을까
단 한번, 빛나는 사랑을 위해
아아 가뭇없이 사라지는
저 눈물겨운 눈발 눈발 눈발
　　　　　－「눈보라 속에서」

　인용된 시에는 정희성이 지닌 관찰자적 지성의 면모가 잘 나타나 있다. '눈보라가 치는 날'과 '제 이름도 빼앗긴 출판사'에는 지식인이 견디어야 하는 시대의 폭압적 상황이 암시되어 있다. 그런 시대적 상황 속에서 '겨울 바다가 보고 싶다는 /아내의 말'이야말로 낭만적 환상이라고 할 수 있다. 시인의 '눈시울'이 뜨거워지는 이유는 그런 폭압적 상황에 대해 행동적으로 저항하지 못하고 절망적 심사로 시나 쓰고 있는 무기력한 자신의 모습 때문이다. '박종철군의 죽음이 보도된 신문을 펼쳐 들며/이 참담한 시대에/시를 쓴다는 것이 무엇일까를 생각한다/살아남기 위하여 죽어 있는 나의 영혼'이란 시구에 나타나는 강한 자기 모멸적인 정서는 바로 그런 자신에 대한 질책인 것이다. 이러한 자신에 대한 질책이 결국은 자신의 삶의 무의미성에 대한 인식으로 확대된다. '싸움도 사랑도 아닌 나의 일상이/지금 마포 강변에 떨어져/누구의 발길에 채이고 있을까'에는 폭력 집단에 대한 저항도 억압받는 계층에 대한 사랑도 실천하지 못하고 있는 자신의 삶의 무가치성이 제시되어 있으며, 그런 시대상황을 그저 바라보고만 있다가 결국은 시인 자신도 그 피해자로 전락하게 되리라는 불안한 전망이 암시되어 있다.

　이와 같이 현실의 폭압적 상황에 대해 적극적이고 능동적인 행동으로 개입하지 못하고 관찰자적인 자세를 견지하게 되는 자신에 대한 갈등은 행동적 지성인들에 대한 추모와 찬양의 언어로 심리적 보상을 얻게 된다. 이미 앞에서도 인용했지만 정희성의 시에 자주 등장하는 민주 투사들에 대한 격려와 추모의 시들은 그 좋은 예다.

　1)나는 보리라
　　얼음 위에서 어떻게 불꽃이 튀는가를

겨울의 어둠과 싸우기 위해
동지들의 무참한 죽음과
보다 값진 사랑과
우리들의 피맺힌 자유를 위해
                    —「새벽이 오기까지는」

2)오늘밤 벌판에 나가
  나는 불을 지펴야 한다
  이곳에 살기 위하여
  목숨 바친 친구 머리맡에
  불을 지펴야 한다
  무덤이 그 영혼을 어떻게 가두었는지
  내 눈으로 보리라
                    —「불을 지피며」

3)내 자식이 제 운명을
  스스로 개척해 나갈 수 있는 길을 터주고
  참세상 함께 만들어 가는
  이것은 시가 아니라 싸움임을
  분명하게 보마

  강철노조의 조합원들이
  파업한 지하철 노조의 조합원들이
  갇혀 있는 현대중공업 노동자들이
  한때는 우리의 교실에서
  우리와 함께 눈물로 시를 읽던 시절이 있었음을
  아프게 기억하마
                    —「이것은 시가 아니다」

  위에 부분적으로 인용한 세 편의 시에는 공통적으로 현실을 직시하여 민
주화와 자유를 위해 싸우다 희생된 사람들의 진실을 밝히고자 하는 시인의
의지가 잘 나타나 있다. 문제는 그러한 의지가 '보리라' 또는 '보마'라는 서

술어가 의미하듯이 함께 싸우겠다는 행동적 결의로 나아가지 못하고 관찰자적인 자세에 머무는데 있다. 이것이 바로 정희성의 저항의식이 갖는 한계인 것이다.

그렇다고 행동적 지성만이 정당하며 시적 가치를 지니는 것은 아니다. 시대의 진실을 밝히고 증언하려는 치열한 노력이야말로 시인의 사명이다. 그런데 인용된 시들에 나타난 우리 사회의 민주화와 자유를 위해 희생된 사람들에 대한 추모와 격려의 언어들에는 정희성의 시가 궁극적으로는 행동적 지성을 지향하고 있음이 내포되어 있다. 이는 시 3)에 나오는 '참세상 함께 만들어가는/이것은 시가 아니라 싸움임을'이라는 시구에서도 확인할 수 있다. 즉 시인의 낭만적 환상을 실현시켜주는 것은 시적 진술이 아니라 구체적 행동이라는 인식에 도달하게 되는 것이다. 이를 통해 정희성의 시는 현실에 대한 정확한 관찰을 통해 그 부조리와 모순을 밝힘으로써 동시대인들로 하여금 '참세상 함께 만들어 만들어가는' '싸움'에 동참시키고자 하는 행동적 지성을 지향하고 있음을 확인할 수 있는 것이다.

Ⅳ. 절제와 간결성의 미학

정희성의 시를 읽으며 느끼게 되는 구조적 특성으로는 언어의 절제와 형식의 간결성을 들 수 있다. 즉 그는 현대시로 오면서 두드러지게 나타나는 산문화, 장시화의 경향으로부터 벗어나 서정시의 본래 모습인 압축과 절제를 생명으로 하는 단시형의 미학으로 회귀할려는 시도를 보여주는 것이다. 이에 대해서는 그 자신도 다음과 같이 말하고 있다.

시는 소설과는 달라서 말줄이기 훈련이 필요한 장르라고 생각한 게 있지요. 어떻게 하면 적게 쓰느냐, 짧게 쓰느냐 하다보니까 그렇게 되었다고나 할까⋯⋯. 그나마도 써놓고 나면 그 말이 제 발목을 잡는 경우가 많지요. 자기 말에 대해 책임을 져야하고⋯⋯. 그러니 되도록 적게 쓰고 짧게 쓰는 것이 시인으로서는 바른 태도라는 생각이 있었던 듯도 하군요. 시 한 편을 쓰게 되면 그걸 16절지 정도의 종이에 베껴서 들고 다니며 그 모서리가 닳아 없어질 때까지 보고 읽어가며 입에 붙지 않는 말은 거두어 내고, 시를 잘 모르는 주변 사람들에게도 읽혀보아 그들에 의해 이해되지 않는 곳이 있으면 많이 다듬고 고치는 편입니다.[129]

위의 글에는 정희성이 시의 창작과정에서 시어를 다듬기 위해 얼마나 노력하고 있는지가 잘 설명되어 있다. 그는 시를 이해하기 쉬운 말로 그리고 가능하면 적은 어휘로 짧게 쓰기 위해 부단히 노력하는 것이다. 이는 자신이 한 말에 대해서는 책임을 져야한다는 그의 투철한 언어의식의 소산이기도 하다.

대체로 시가 짧아지거나 어휘가 적어지게 되면 고도의 비유나 상징이 가미되기 쉽다. 적은 어휘로 시적 주제를 전달하여 감동을 유발하기 위해서는 그런 시적 의장이 사용되는 것이 효과적이기 때문이다. 그러나 정희성은 시를 간결하게 압축시키면서도 이해하기 쉬운 말을 가려 쓴다. 이는 민중적인 삶에 대한 연민과 사랑의 정서를 전달하기 위해서는 관념적이거나 상징적인 언어보다는 민중들이 쉽게 이해할 수 있는 일상적 언어가 더 적합하기 때문인 것으로 보인다. 관념적이거나 비유적이고 상징적인 언어는 본질적으로 내포하게 되는 모호성이나 추상성으로 인해 진실이 은폐되기 쉽다. 따라서 현실비판적인 주제의 전달에는 현란한 수사나 상징보다는 삶의 진실을 있는 그대로 전달할 수 있는 일상적 언어의 사실성과 직접성이 더 효과적인 것이다.

이러한 언어의식 때문에 정희성의 시 작품에는 단연체로 된 단시형의 시가 압도적으로 많다. 이는 한편으로는 10구체 향가의 완결미를 현대시에 원용해보려고 시도했던 그의 시적 노력과도 관련된다고 볼 수 있다. 즉 그는 "우리 서정시의 원류는 향가에 있다고 보았고 10구체 향가는 그 중에서도

---

129) 방민호, 「시의 길, 저자 거리 걷는 우바이의 길」, 『시와 시학』 1997년 겨울호, 44쪽.

형식적 완결성이 돋보이는 시형태"[130]라고 하면서 자신의 시에서 그것을 창조적으로 수용해보고자 노력한 것이다. 그의 대표작으로 거론되는 작품들이 향가의 형식과 유사성을 보이는 단연체의 구조를 지니고 있는 점이 이를 뒷받침해 준다.

1)흐르는 것이 물뿐이랴
　우리가 저와 같아서
　강변에 나가 삽을 씻으며
　거기 슬픔도 퍼다 버린다
　일이 끝나 저물어
　스스로 깊어가는 강을 보며
　쭈그려 앉아 담배나 피우고
　나는 돌아갈 뿐이다
　삽자루에 맡긴 한 생애가
　이렇게 저물고, 저물어서
　샛강바닥 썩은 물에
　달이 뜨는구나
　우리가 저와 같아서
　흐르는 물에 삽을 씻고
　먹을 것 없는 사람들의 마을로
　다시 어두워 돌아가야 한다
　　　　　　－「저문 강에 삽을 씻고」 전문

2) 황하도 맑아진다는 청명날
　강머리에 나가 술을 마신다
　봄도 오면 무엇하리
　온 나라 저무느니
　버드나무에 몸을 기대
　머리칼 날려 강변에 서면
　저물어 깊어가는 강물 위엔

130) 같은 글, 45쪽.

아련하여라 술취한 눈에도
물 머금어 일렁이는 불빛
                    - 「청명」 전문

　인용한 두 개의 시에서 언어의 절제와 형식의 간결성을 느낄 수 있다. 현대시에서는 보기 힘든 단연체로 된 단시들임에도 불구하고 시가 주는 감동과 울림은 매우 크다. 또한 주제의 전달에도 성공하고 있다.
　시 1)에는 공사 현장에서 일하는 육체 노동자가 시적 화자로 설정되어 있다. 그는 우울하고 실의에 찬 가난하고 소외된 인간으로 보인다. 그러나 비록 현실적 삶에 대해 수동적이며 절망적인 인식을 지니고 있으나, 그런 고통스러운 삶의 체험을 통해 체념과 달관의 지혜를 지닌 사람이다. 삽을 씻는 행위는 하루의 노동을 마감하고 육체적 휴식을 예비하는 행위이지만, 그것은 현실적 삶의 모순과 부조리로 찌든 정신적 피로를 씻어냄으로써 일상적 삶의 고통과 슬픔을 풀어버리는 정화의식이기도 하다. '쭈그려 앉아 담배나 피우고/나는 돌아갈 뿐이다'라는 시구는 현실적 삶의 고통에 대해 효과적이고 적절한 극복 방법을 갖고 있지 못한 무력한 자신에 대한 모멸과 연민의 이중적 정서를 유발한다. 또 결말 부분인 '먹을 것 없는 사람들의 마을로/다시 어두워 돌아가야 한다'에는 현실적 삶의 고통이 계속될 수밖에 없는 절망적 상황이 제시되지만, 민중계층의 연대의식을 나타냄으로써 현실적 삶의 개선에 대한 희망과 결의를 암시하고 있다. 이러한 시적 주제가 단연으로 처리한, 물의 흐름처럼 막히지 않고 유연하게 흐르는 운율과 잘 어울리고 있다. 그리하여 물의 흐름과 삶의 흐름이 일체화 됨으로써 덧없이 저물어가는 고달픈 인생에 대한 회한과 연민의 정서를 효과적으로 형상화하고 있는 것이다.
　시 2)는 시조의 정형적 율격이 느껴질 정도로 정제된 운율을 지닌 단연체형 작품이다. 우리말 운율의 효과적인 배열이 토속적 정서의 표현에 기여하고 있으며, 특히 시의 마지막 행을 명사로 종결함으로써 여운을 강하게 남기는 효과를 얻고 있다. 청명은 세시풍속적으로는 날이 풀리고 화창하여 농가에서는 봄일을 시작하는 시기이며, 청명주라는 술을 빚기도 한다. 그런데 '봄도 오면 무엇하리/온 나라 저무느니'에는 계절은 화창하여 꽃피는 봄이 되었으나 우리 사회는 여전히 어둡고 고통스러운 상황 속에 놓여 있다는 위기의식이 제시된다. 따라서 '강머리에 나가 술을 마신다'는 행위는 우리 사회의 모순과 부조리를 직시하고 있는 지식인으로서의 무력감과 그로 인한 슬픔과 고통을 망각하려는 행위임을 알 수 있다. 그러나 시적 결말을 이루는 '아련하여라 술취한 눈에도/물 머금어 일렁이는 불빛'에는 강물에 투사되는 저녁 노을이 시적 화자의 마비된 지성을 일깨우는 매체, 또는 각성제로서의 기능을 지님으로써 새로운 결의나 정신적 각성의 의미가 내포되어 있다. 어두운 시대를 살고 있는 지식인의 정신적 고뇌가 절제된 언어와 정제된 운율을 지닌 간결한 형식 속에 잘 나타나 있는 것이다.

이처럼 정희성은 산문화, 장시화의 경향이 두드러진 현대시에서 절제된 언어와 간결한 단연체형 시의 미학을 정립하기 위해 노력하는 시인으로 볼 수 있다.

V. 결론

정희성은 한국사회가 본격적으로 산업사회로 진입함으로써 현대사에서 중대한 전환기를 이루게 되는 1970년대 이후의 현대시사를 대표할 수 있는 시인 중의 한 사람이다. 그는 산업사회화 과정에 있는 전환기 사회가 안고 있는 여러 가지 모순과 부조리를 비판적 성찰을 통해 드러냄으로써 동시대인들의 관심과 각성을 촉구하기 위해 노력했다. 특히 각종 문화적 창조행위가 엄격하게 규제되는 정치적 상황 속에서도 시대의 어둠을 꿰뚫어 보는 예리한 저항적 지성으로 경제 성장의 혜택으로부터 소외된 민중 계층의 고통스러운 삶과 억압받는 정신의 시적 형상화에 성공한 시인이다.

그는 주로 민중적 삶에 대한 성찰을 통해 그들의 고통스러운 삶의 모습을 조명함으로써 그들에 대한 연민과 사랑을 노래했다. 이는 그의 시에 등장하는 시적 대상이나 시적 화자가 대부분 민중 계층의 인물들인 점에서 확인할 수 있다. 그가 민중들의 고통스러운 삶에 관심을 기울이는 이유는 동시대인들로 하여금 그들에 대한 관심과 애정을 환기시켜 더불어 함께 행복하게 살 수 있는 세상을 실현하고자 하는 열망 때문이다. 이러한 열망이 좌절될 때, 그는 민중들의 고통스러운 삶을 방치하는 사회제도나 그들의 자유를 억압하는 지배 계층에 대한 분노와 저항의 시정신을 드러낸다.

그런데 이러한 정희성의 시가 갖는 한계는 그의 저항적 시정신이 구체적인 행동의 세계로 나아가지 못하고 늘 고통스러운 현실에 대한 관찰자적 지성으로서 머문다는 점이다. 이는 민주 투사들과 같은 행동적 지성들에 대한 찬양과 추모를 통해 심리적 보상을 얻으려 한다는 점에서 궁극적으로는 행동적 지성을 지향한다고 볼 수 있으나, 한편으로는 그의 정신적 허약성을 드러낸다는 부정적 평가를 가능하게 한다.

정희성의 시에 나타나는 구조적 특성으로는 언어의 절제와 형식의 간결성을 들 수 있다. 그는 쉬운 우리말을 효과적으로 구사하여 적은 어휘의 짧은 시를 쓰기 위해 노력했다. 그의 시 작품의 대부분이 10구체 향가의 완결미를 창조적으로 수용한 단연체라는 점이 이를 입증한다. 이는 산문화, 장시화 경향을 보이는 현대시에 전통적인 단시형의 미학을 회복하려는 노력으로 볼 수 있다.

정희성에 대한 총체적인 평가는 유보할 수밖에 없다. 그가 아직은 무한한 가능성을 지닌 동시대의 살아 있는 시인이기 때문이다. 그러나 동시대의 진실을 증언하기 위해 그가 이룬 시적 성과는 한국 현대시사에 의미있게 자리매김 될 것이다.

참고문헌

정희성, 『답청』, 도서출판 문학동네, 1997.

　　　　『저문 강에 삽을 씻고』, 創作과 批評社, 1978.

　　　　『한 그리움이 다른 그리움에게』, 창작과 비평사, 1991.

권영민, 『한국현대문학사』, 민음사, 1993.

김용직 외, 『韓國現代詩研究』, 一茅 鄭漢模博士 退任記念論文集, 民音社, 1989.

김종윤, 『김수영 문학 연구』, 한샘출판사, 1994.

鄭漢模·金載弘 編著, 『韓國代表詩評說』, 文學世界社, 1983.

정희성, 「시와 시인을 찾아서 24」, 『시와 시학』, 1997년 겨울호.

구모룡, 「회의주의의 두 양상」, 『세계의 문학』, 1991년 가을호.

김영무, 「시에 있어서의 두 겹의 시각」, 『세계의 문학』, 1982년 봄호.

김재홍, 「고전적 품격과 민중적 상상력」, 『현대시학』, 1989년 4월호.

김 현, 「숨김과 드러남의 변증법」, 『문학과 지성』, 1978년 봄호.

오성호, 「새 세계의 문 앞에 선 시정신」, 『한길문학』, 1991년 여름호.

정의홍, 「개성적인 시 영토의 모색」, 『문학과 지성』, 1975년 봄호.

Booth, Wayne C., A Rhetoric of Irony, The University of Chicago Press, 1974.

Eagleton, Terry, Literary Theory, Basil Blackwell, 1983.

芝溶 문학에 대한 몇 가지 의문

I. 문제의 제기

　한동안 금제의 영역 속에 유폐되어 있던 정지용의 문학이 이제는 한국 현대시문학사의 중심에 자리잡은 듯 하다. 그의 문학에 가해졌던 몇몇 부정적 평가[131]에도 불구하고 해금 이후 이루어진 그에 대한 연구 성과들이 그들의 비난이나 혹평을 극복할 수 있었기 때문일 것이다. 본고에서는 이미 많은 연구자들에 의해 논의된 그런 찬사나 비난들에 대해서는 재론하지 않겠다. 다만 전문적 연구자로서보다는 일상적인 독자의 입장에서 정지용의 시를 읽으면서 느끼게 되는 몇 가지 의문들에 대해 논의하고자 한다. 따라서 일방적인 자기 주장식의 논지 전개보다는 지용 문학의 한계나 의문점들에 대해 함께 토론해 보기 위한 문제 제기를 중심으로 기술하고자 한다.

　사실 『鄭芝溶全集』을 읽으면서 기대했던 감동보다는 실망이 더 컸다. 본인의 시에 대한 미적 인식력이 부족한 탓이겠지만, 한국현대시문학사의 중심축을 형성하는 시인으로 인정하기에는 은근히 불만스러운 점이 한 두 가지가 아니었다. 이러한 불만은 자연스럽게 지용의 문학에 대해 몇 가지 의문을 떠오르게 했다. 특히 그의 언어의식이나 시정신에 나타나는 시적 전달을 불가능하게 하는 요소들이나 민족의 현실을 철저히 외면한 정신적 고

---

131) 임화의 「曇天下의 詩壇一年」, 『신동아』 1935.12., 송욱의 「鄭芝溶 즉 모더니즘의 自己否定」, 『詩學評傳』, 일조각, 1971. 등이 대표적이다.

답성 등은 그의 문학에 대한 찬사가 과연 정당한 것인지에 대해 회의를 느끼지 않을 수 없었다. 따라서 본고에서는 지용 문학에 대해 갖게 되는 의문점들을 문학사적 정리, 역사의식과 현실인식, 언어의식, 시적 기교, 동양적시정신 등 5가지 범주로 나누어 논의하고자 한다.

일반적으로 작가론과 관련된 우리의 문학 연구는 한 작가의 장단점에 대한 객관적 평가라기보다는 연구자의 주관에 의한 찬양이나 미화 작업에 치우치는 경향이 있다. 그러나 상찬만 늘어놓는 것이 문학 연구의 목적이 아닐 것이며, 지용의 문학적 한계와 의문점들에 대한 논의가 오히려 그에 대한 정당한 문학사적 평가를 가능하게 할 수 있을 것으로 믿는다.

II.문학사적 정리에 대한 의문

정지용 문학을 연구하는 대부분의 연구자들은 그가 1920년대 후반부터 본격적인 작품활동을 시작했다는 사실을 인정하면서도 그를 1930년대의 시인으로 취급한다. 따라서 대부분의 문학사에서도 그를 그렇게 정리해놓고 있다. 예를 들어 김윤식 · 김현의『韓國文學史』, 조동일의『한국문학통사』, 28인이 공동으로 집필하여 現代文學에서 간행한『韓國現代文學史』등에서도 그를 1930년대의 시인으로 분류하여 기술하고 있다. 그런데『鄭芝溶詩集』에 실린 90여 편의 작품 중에서 반수 정도는 1920년대에 발표된것들이다. 게다가 그의 대표작으로 자주 인용되는「鄕愁」,「琉璃窓1」등도 1920년대 작품이다. 이런 점을 고려할 때 그를 1930년대 시인으로 정리하는 것은 다소 논리적 정당성을 인정하기가 어렵다. 이점에 대해서는 정지용연구에 탁월한 성과를 거두고 있는 김학동 교수도 지적한 바 있다.

한 마디로 해서 鄭芝溶이 한국근대시사에 커다란 발자취를 남겨놓았다는 것은 그 누구도 부인 못할 사실이다. 그러나 그의 시사적 위치를 오로지 1930년대에만 국한했기 때문에 나타나는 문제성은 다시 논의돼야만 할 것 같다. 그의

詩作年譜로 보아 『詩文學』지 이전에 발표된 작품들이 50편 가까이 될 뿐만 아니라, 「鄕愁」나 「風浪夢」등 일련의 시편들이 1922~3년경에 제작되었고, 또 그들이 대개 1920년대 중엽부터 발표되었다는 점을 중요시하지 않으면 안된다.[132]

물론 그가 본격적인 비평을 통해서 찬사의 대상이 되는 것이 1930년대에 와서야 이루어지며, 첫 시집도 1935년에 간행되었지만, 그의 시적 경향이나 특성을 보여주는 작품들이 이미 1920년대에 발표되었음에도 불구하고 1930년대의 시인으로 분류하는 것은 이해하기 어렵다.

시인은 작품으로 평가되고, 그것에 의해 문학사에 자리매김되어야 한다. 작품에 대한 비평가들의 평가나 문단에서 발휘한 영향력으로 문학사에서의 위치를 결정한다면, 그것은 결국 작품외적 사실로 한 작가의 문학세계를 평가하는 오류를 범하는 셈이 된다. 그러므로 1920년대 후반의 문학사에서 정지용 문학의 등장과 그 의미를 평가해 주는 것이 논리적으로 타당하다고 생각한다.

III. 역사의식과 현실인식에 대한 의문

김현은 『韓國文學史』에서 정지용을 감정의 절제를 가능한 한도까지 감행해 본 한국 최초의 시인으로 평가하면서 그 이유 중의 하나로 식민지 현실에 대한 날카로운 인식을 가정하고 있다. 즉 "일반적으로 그의 시는 현실과 아무런 관련을 맺고 있지 않은 유희의 시라고 말해지고 있다. 그러나 「카페 프란스」, 「슬픈 印象畵」, 「故鄕」 등은 그의 현실인식이 소박한 것이 아니었음을 밝히 보여준다. ……그의 시의 대부분이 바다와 여행을 다루고 있는 것도 식민지 치하의 폐쇄성에 대한 저항으로 볼 수도 있다."는 것이다.[133]

또한 김은자도 정지용 시에 나타나는 고향상실감을 분석한 글에서 다음

---

132) 金澤東, 『鄭芝溶研究』, 民音社, 1987, 83쪽.
133) 金允植・김현, 『韓國文學史』, 民音社, 1973, 202~205쪽.

과 같은 결론에 도달하고 있다.

> 그의 문학이 현실과 갖는 관련이 내면적이고 소극적인 것이긴 하나, 이 현실
> 과의 관련과 그에 대한 의식의 추이에 의해 그의 문학이 전개된다는 사실에 유
> 의할 필요가 있다. 이러한 고찰을 통해 소재적 차이에 의한 연구의 한계가 극복
> 될 수 있고 또한 현실에의 지향과 단절, 초극과 회귀라는 정지용 시세계의 구조
> 에 어느 정도 접근할 수 있을 것이다.
> 30년대적 현실에 대한 이 깊고 무거운 의식은 이후 종교적 인식과 동양정신
> 에의 침잠을 통해 변모, 승화하게 된다.[134]

문학과 현실은 결코 유리될 수 없다. 한 작가가 창조하는 문학세계는 작
가의 현실적 체험의 산물이기 때문이다. 위에 인용한 논자들의 소론은 이런
일반론적인 차원에서 논의한다면 정당하다. 그러나 과연 정지용이 투철한
역사의식을 견지하며 민족이 견디고 있는 현실적 고통을 적극적으로 성찰
했는지를 묻는다면 대답은 회의적일 수밖에 없다. 일시적인 감상적 정서의
토로와 현실을 투시하는 치열한 시정신은 엄격히 구별되어야 한다. 특히 김
은자가 종교적 인식과 동양정신에의 침잠을 현실인식의 변모와 승화로 본
것은 납득하기 어렵다. 그의 시에서는 민족이 처한 역사적 상황이나 현실적
고통에 대한 깊은 성찰과 현실에 맞서는 치열한 시정신을 감지할 수 없기
때문이다. 이는 오히려 그가 의도적으로 시에서 이런 문제들을 철저히 배제
했을 것이라는 판단을 가능하게 한다.

물론 역사의식이 문학적 가치를 창조하는 필수적 조건이 될 수는 없다.
그러나 식민지 지식인으로서 민족의 현실과 고통을 철저히 외면한 것은 그
의 문학의 치명적인 약점이 될 수밖에 없다. 지용 자신이 해방 후에 발표한
「朝鮮詩의 反省」이라는 글에는 그의 문학의 실체를 감지할 수 있는 진술이
내포되어 있다.

---

134) 김은자, 「정지용 시의 現實과 悲哀」, 「정지용」, 새미, 1996, 322쪽.

일제 경찰은 고사하고 문인협회에 모였던 조선인 文士輩에게 협박과 곤욕을 받았던 것이니 끝까지 버티어 보려고 한 것은 그래도 소수 비정치성의 예술파 뿐이요 푸롤레타리아 예술파는 그 이전에 탄압으로 잠적하여 버린 것이니 당시의 비정치적 예술파를 자본주의의 무슨 보호나 받아온 것처럼 비난한 것은 심히 부당한 일이었다.

위축된 정신이나마 정신이 조선의 자연풍토와 조선인적 정서 감정과 최후로 언어 문자를 고수하였던 것이요, 정치감각과 투쟁의욕을 시에 집중시키기에는 日警의 총검을 대항하여야 하였고 또 예술인 그 자신도 무력한 인테리 소시민층이었던 까닭이다.

그러니까 당시 비정치성의 예술파가 적극적으로 무슨 크고 놀라운 일을 한 것이 아니라 소극적이나마 어찌할 수 없는 위축된 업적을 남긴 것이니 문학사에서 이것을 수용하기에 구태어 인색히 굴 까닭은 없을까 한다.[135]

위의 글에는 日警의 총검 앞에서 살아남기 위해 비정치성의 예술파가 될 수밖에 없었다는 고백과 그렇게 위축된 정신으로나마 이룩한 시적 성취를 문학사적으로 인정해달라는 호소가 내포되어 있다. 결국 자신의 문학에 대한 변명인 셈이다. 이는 그가 추구한 감각적인 언어와 이미지를 중심으로 한 기교적 표현이 치열한 시정신의 소산이 아니라 현실적 상황의 억압에 의한 불가피한 선택일 수도 있다는 추론을 가능하게 한다. 이런 식으로 해방 이후에야 개진된 민족적 현실에 대한 관심의 표명과 시인의 소명에 대한 자각이 결코 그의 문학이 결여하고 있는 역사의식을 정당화할 수는 없다. 오히려 자신의 허약성과 소시민성, 나아가 지식인으로서의 위선성만을 드러낼 뿐이다.

혹자는 그의 시에 간간이 나타나는 실향의식을 민족의 역사적 상황에 대한 인식으로 확대 해석하기도 한다. 여기에는 다음과 같은 시구들도 동원된다.

나는 나라도 집도 없단다

135) 鄭芝溶, 「朝鮮詩의 反省」, 『鄭芝溶全集2 散文』, 民音社, 1988, 266~267쪽.

大理石 테이블에 닷는 내 뺨이 슬프구나!

오오, 異國種강아지야
내발을 빨어다오.
내발을 빨어다오.
　　　　　　　　　　　　　－「카페 프란스」

海峽午前二時의 孤獨은 오롯한 圓光을 쓰다.
설어울리 없는 눈물을 少女처럼 짓쟈.

나의 靑春은 나의 祖國!
다음날 港口의 개인 날세여!
　　　　　　　　　　　　　－「海峽」

　위에서처럼 '나는 나라도 집도 없단다'나 '나의 靑春은 나의 祖國'처럼 단편적으로 나타나는 진술로 역사의식이나 현실인식을 해석하려는 시도는 논리적 비약이 되기 쉽다. 시세계를 형성하는 주제들은 지속적이고 반복적으로 나타날 때 유효한 논거가 될 수 있는데, 위의 시구는 단편적으로 나타날 뿐만 아니라 일시적 기분에 의한 감상적 진술이기 때문에 그러한 논거로 사용하는 것은 부적절하다.
　이처럼 민족이 처한 비극적 상황에 대한 철저한 외면과 그에 따른 역사의식의 부재는 정지용을 현대시사의 중심축을 형성하는 시인으로 평가하는 것을 망설이게 한다. 더욱이 조선·동아일보의 청탁으로 국토를 순례하며 기행문을 쓰기도 하고, 경향신문의 주간을 지낸 그의 시나 산문에서 고통받는 민족의 현실을 직시하고 고뇌한 흔적을 찾아보기 어려운 점은 그의 문학에 대한 비난을 극복하기 어렵게 만든다. "사춘기를 훨석 지나서부텀은 일본놈이 무서워서 산으로 바다로 회피하야 시를 썼다."[136]는 그의 말은 동시대 지식인들의 정신적 위상과 1930년대 순수문학의 본질을 파악하는데 시

---

136) 같은 책, 220쪽.

사하는 바가 크다. 이는 결국 그가 추구한 감각적 이미지즘이나 동양적 산수시의 세계가 현실 도피였다는 고백이기 때문이다. 그것은 정지용 개인의 비극이 아니라 식민지 백성으로서 노예적 삶을 살아야했던 민족 모두의 비극이기도 하다.

Ⅳ. 언어의식에 대한 의문

『鄭芝溶全集』을 찬찬히 읽어가면서 참으로 곤혹스러웠던 점은 그렇게 찬사의 대상이 되었던 시인이면서도 막상 시적 감동의 유발에 성공한 작품은 매우 드물다는 사실이다. 문학작품은 독자의 감동을 유발할 때 비로소 그 가치가 창조된다. 그렇다면 비평가들의 찬탄을 받은 감각적 언어나 이미지들이 독자에게 제대로 전달되거나 이해되지 못함으로써 시적 감동의 유발에 성공하지 못하고 있다는 말이 된다.

정지용 자신은 다소 추상적이기는 하나 시의 언어에 대해 남다른 인식을 피력한 바 있다.

> 시의 신비는 언어의 신비다. 시는 언어와 Incarnation적 일치다. 그러므로 시의 정신적 심도는 필연으로 언어의 정령을 잡지 않고서는 표현 제작에 오를 수 없다. 다만 시의 심도가 자연 인간생활 사상에 뿌리를 깊이 서림을 따라서 다시 시에 긴밀히 혈육화되지 않은 언어는 결국 시를 사산시킨다. 詩神이 居하는 궁전이 언어요, 이를 다시 放逐하는 것도 언어다.[137]

그런데 이러한 언어의 중요성에 대한 인식에도 불구하고 정작 자신의 시에서는 언어의 본질적 속성을 무시한 사용을 곳곳에서 볼 수 있다.

언어의 가장 중요한 기능은 의미의 전달이다. 따라서 그것이 비유든, 상징이든, 이미지든 의미 전달에 실패한다면 적절한 언어 사용으로 인정할 수

---

137) 같은 책, 253쪽.

없다. 이는 독자에게 전달되어 상상력을 자극하고 정서적 환기력을 지녀야
하는 시에서는 더욱 그렇다. 그런데 정지용의 시에서는 그렇지 못한 경우가
많다.

 특히 그가 즐겨 사용한 고유어나 토속어, 의성어와 의태어, 사전에 등록
되지 않은 정체불명의 어휘들이 의미 전달에 실패함으로써 시적 감동을 유
발하지 못하는 결과를 초래하고 있다.

> 골에 하늘이
> 따로 트이고,
>
> 瀑布 소리 하잔히
> 봄우뢰를 울다.
>
> 날가지 겹겹이
> 모란꽃닢 포기이는 듯.
> 자위 돌아 사폿 질ㅅ듯
> 위태로히 솟은 봉오리들.
>
> 골이 속 속 접히어 들어
> 이내(晴嵐)가 새포롬 서그러거리는 숫도림.
>   ―「玉流洞」
>
> 얼룩백이 황소가
> 해설피 금빛 게으른 울음을 우는 곳,
>   ―「鄕愁」

 시골 출신으로 고전에서 현대에 이르는 문학물들을 꽤 읽은 필자로서도
이해할 수 없는 어휘들 투성이이다. '하잔히', '자위 돌아 사폿 질ㅅ듯', '이
내(晴嵐)가 새포롬 서그러거리는 숫도림' 등 한글 사전을 뒤적여도 의미 해
석이 불가능한 시구들이다. 그저 '玉流洞'이라는 제목으로 계곡의 풍경을
추상할 수 있을 뿐이다.

또 '얼룩백이 황소'도 도무지 그림이 떠오르지 않는다. 용처럼 상상 속의 동물은 아닌가 하는 의아한 느낌이 들기도 한다. 많은 연구자들이 탁월한 이미지로 극찬한 '해설피 금빛 게으른 울음'도 발표자의 상상력으로는 구체적 심상이 떠오르지 않는다. '해설피'란 시어가 감이 잡히지 않기 때문이다. 이미지는 독자의 상상력 속에 환기되어 감각되어야 하는데, 이런 식의 언어 사용에 대한 안이한 태도는 결국 신선한 이미지 창조에도 실패할 수밖에 없다. 이런 식의 언어 사용은 그의 시 곳곳에서 볼 수 있다.

> 白樺수풀 앙당한 속에
> 季節이 쪼그리고 있다.
>
> 이곳은 肉體없는 寥寂한 饗宴場
> 이마에 시며드는 香料로운 滋養!
>
> 海拔五千피이트 卷雲層우에
> 그싯는 성냥불!
>
> 東海는 푸른 揷畫처럼 옴직 않고
> 누뤼 알이 참벌처럼 옴겨 간다.
>
> 戀情은 그림자 마자 벗쟈
> 산드랗게 얼어라! 귀뜨람이 처럼.
> —「毘盧峯 1」

毘盧峯을 오르면서 느끼는 정서를 형상화한 위의 시도 사전에서조차도 규명이 불가능한 몇몇 어휘로 인해 시적 전달에 큰 장애를 일으키고 있다. '앙당한', '香料로운', '산드랗게 얼어라! 귀뜨람이처럼.' 등의 시구가 대표적인 예다. 게다가 '東海는 푸른 揷畫처럼 옴직 않고 / 누뤼 알이 참벌처럼 옴겨 간다.'고 한 진술도 납득하기 어렵다. 우박이 쏟아지는 흐린 날씨에 동해의 푸른 바다 풍경을 상상하는 것이 도무지 어색하기 때문이다. 이는 시적 허용의 차원이 아니라 무책임하고 안일한 언어 사용으로 볼 수밖에 없다.

이처럼 정지용의 시에 자주 구사되고 있는 고유어나 토속어, 시적 효과를 위해 조어한 의성어나 의태어, 사전에 등록되지 않은 정체불명의 어휘들은 독자들이 그의 문학에 다가가는데 커다란 장애 요소가 될 수밖에 없다. 더욱이 그런 어휘들이 후세 시인들에 의해 사용되지 않음으로써 사전에 등록되지도 못하고 사멸해 버린 점은 그것이 공감 획득에 실패한 일회용 시어였음을 입증한다. 탁월한 언어 감각으로 극찬을 받은 그가 시도한, 의미 전달이라는 언어의 본질적 기능을 무시한 시어 구사는 그의 언어의식에 의문을 제기하게 만드는 것이다.

정지용의 시어 구사에 나타나는 또 하나의 특이성은 시적 효과를 위해 띄어쓰기를 무시한 표기법을 들 수 있다. 그는 의도한 정서적 리듬의 창조를 위해 조사와 어미까지도 띄어쓰고 있다.

> 여인들 은 팔구비 가 동글 도다. 이마 가 희 도다.
> 머리는 봄풀 이로다. 억개 는 보름ㅅ달 이로다.
> ─「우리나라 여인들은」

> 얼골 하나 야
> 손바닥 둘 로
> 폭 가리지 만,

> 보고 싶은 마음
> 湖水 만 하니
> 눈 감을 밖에.
> ─「湖水1」

비록 조선어학회의 「한글 맞춤법 통일안」(1933.10.)이 제정되기 이전의 작품들이기는 하나, 위에 나타나는 조사와 어미의 띄어쓰기는 정서적 리듬을 배려한 것으로 보인다. 그런데 이러한 언어의 고유한 본질적 리듬을 파괴한 띄어쓰기가 과연 시의 리듬 창조에 효과적인지는 깊은 성찰을 요한다.

언어 규범이란 오랜 세월을 두고 한 민족의 생활과 정서에 깊이 침윤하여 응결된 것이다. 그러므로 그런 규범의 파괴는 부자연스럽게 느껴져 독자에게 생동감 있는 리듬을 감지시키는데 장애를 일으키기 쉽다. 위의 시에서도 의도하고 있는 시적 효과보다는 리듬의 부자연스러움이 더 크게 느껴진다.

그런데 이러한 언어 규범을 파괴한 띄어쓰기는『文章』지의 시부문 심사위원으로서, 응모한 시인들에게 맞춤법의 정확한 구사를 강조한 그의 태도와도 모순된다.

> 선이 활달하기는 하나 치밀하지 못한 것이 흠이다. 의와 에를 틀리지 마시오. 외국단어가 그렇게 쓰고 싶을 것일까?

> 경상도에서 오는 詩稿가 흔히 조사와 철자에 정신없이 틀린다.

> 경상도 사람들은 哭할 때 갖은 사설을 늘어 놓는데 당신의 슬픔에는 다행히 사설은 없으나, 흉악한 사투리가 통체로 나오는 일이 있으니, 이러한 점에 주의 하시요.[138]

위의 심사평에는 한글맞춤법의 정확한 사용에 대한 강조와, 외래어 사용에 대한 경계, 그리고 사투리 사용에 대한 부정적 의식이 잘 드러나 있다. 그런데 이런 요소들이 정작 정지용 자신의 시에서는 빈번하게 나타나고 있다. 이런 점을 고려한다면 그의 언어 감각이 찬사의 대상이 될 수 있었던 것은 그가 이미 문단에 대가로 자리잡고 있었기 때문은 아닌가 하는 의문이 생긴다. 만일 초보자나 무명 시인이 그런 언어 구사를 했더라도 긍정적 평가가 가능했을 것인지는 미지수이기 때문이다. 그의 시에는 향가 해독처럼 교주나 해설이 필요한 시구들이 많다. 이런 점은 지용 시의 생명력에 치명적인 한계로 작용할 수 있는 것이다.

---

138) 같은 책, 279~283쪽.

V. 시적 기교에 대한 의문

정지용은 일반적으로 감각적 언어와 이미지 구사에 의해 감정의 절제에 성공한 시인으로 평가된다. 그러나 이상하게도 우리는 감정이 잘 절제된 시편들보다는 「鄕愁」, 「故鄕」, 「琉璃窓1」 같은 감정이 덜 절제되거나 오히려 시의 전면에 노출된 시들을 그의 대표작으로 즐긴다. 이는 강한 정서적 환기력을 지닌 시가 독자에게 더 큰 시적 감동을 유발함을 나타낸다. 그렇다면 정지용이 시에서 추구한 기법들이 그의 시적 의도를 제대로 살리지 못한 것일 수도 있다는 추측을 가능하게 한다.

사실 정지용은 시작 태도나 시적 신념에 있어서 일관성을 견지했다고 보기 어렵다. 예를 들어, 김학동 교수는 지용이 초기시 「카페 프란스」, 「슬픈 印象畵」, 「爬虫類動物」 등에서 사용했던 포말리즘 기법들을 시집에 수록하면서 모두 제거해버려 평범한 시로 만들었음을 밝힌 바 있다.[139] 필자의 소견으로는 이것은 정지용이 자신의 실험적 의도의 치기성을 스스로 인정했기 때문에 그렇게 수정한 것으로 보인다. 또 그의 작품 중에는 제목이 바뀐 것도 여러 편이다. 이런 점들이 그가 진지하고 일관성 있게 시세계를 개척해 나갔다고 보기 어렵게 하는 것이다. 특히 해방이후에 쓰여진 작품들에서 고통스러운 세월을 통해 강인해지고 성숙된 시정신을 포착하기 어렵고, 오히려 혼란스러운 세상을 견디고 있는 처량한 시인의 모습이 감지되어 연민의 정서를 불러일으킨다.

정지용의 작품 중에서 독자를 실망시키는 중요한 두 가지 요소로 산문시 형태의 시편들과 작품 도처에서 산견되는 모호한 이미지들을 들 수 있다. 특히 시로 인식하기 어려울 정도의 산문투의 문장을 나열해 간 시편들은 정지용의 작품이 아니라면 도저히 긍정적인 평가가 불가능한 수준의 작품들이다.

---

139) 金澤東, 앞의 책, 28~31쪽.

이제 마악 돌아 나가는 곳은 時計집 모롱이, 낮에는 처마 끝에 달어맨 종달새란 놈이 都會바람에 나이를 먹어 조금 연기 끼인듯한 소리로 사람 흘러나려가는쪽으로 그저 지줄 지줄거립데다.

그 고달픈 듯이 깜박 깜박 졸고 있는 모양이 ─ 가여운 잠의 한점이랄지요 ─ 부칠데 없는 내맘에 떠오릅니다. 쓰다듬어 주고 싶은, 쓰다듬을 받고 싶은 마음이올시다. 가엾은 내그림자는 검은 喪服처럼 지향없이 흘러나려 갑니다. 촉촉이 젖은 리본 떨어진 浪漫風의 帽子밑에는 金붕어의 奔流와 같은 밤경치가 흘러 나려갑니다. 길옆에 늘어슨 어린 銀杏나무들은 異國斥候兵의 걸음제로 조용 조용히 흘러 나려갑니다.

슬픈 銀眼鏡이 흐릿하게
밤비는 옆으로 무지개를 그린다.

이따금 지나가는 늦인 電車가 끼이익 돌아나가는 소리에 내 조고만 魂이 놀란 듯이 파다거리나이다. 가고 싶어 따뜻한 화로갚를 찾어가고싶어. 좋아하는 코─란經을 읽으면서 南京콩이나 까먹고 싶어, 그러나 나는 찾어 돌아갈데가 있을나구요?

─「幌馬車」

첫 시집인『鄭芝溶詩集』에서는 유일하게 발견되는, 산문시 형태를 보여주는 위의 시에서는 시로 창작하고자 한 의도나 미의식을 감지하기 어렵다. 그저 이국의 밤거리를 방황하는 피곤한 뇌리 속에 떠오르는 상념들을 두서 없이 늘어놓고 있을 뿐이다. 게다가 '밤비는 옆으로 무지개를 그린다'고 했는데, 도대체 밤에 무지개가 보일 수 있는가? 물론 시에서 과학적, 논리적 진술을 요구하는 것은 아니다. 시적 진술은 얼마든지 그것을 초월할 수 있다는 것을 인정한다. 그러나 시적 허용에도 한계가 있다. 독자가 공감할 수 있어야 하기 때문이다. 시로서의 형식이나 리듬에 대한 배려를 감지하기 어려운 위의 시를 산문시에 대한 미의식을 가지고 쓴 시라고는 볼 수 없으며, 어설프게 산문시를 염두에 두고 쓴 실험적 의도의 시로 판단된다.

정지용이 산문시에 대해 뚜렷한 미의식을 갖고 있지 않았다는 점은 시집『白鹿潭』에 실린 「슬픈 偶像」이 입증한다. 시집의 4쪽을 가득 채우는 장시인

「슬픈 偶像」은 산문인 「愁誰語Ⅲ-4」와 동일한 작품이다.

그대는 이밤에 안식하시옵니까.

서령 내가 홀로 속엣소리로 그대의 기거를 문의할사머도 어찌 흔한 말로 부칠법도 한 일이 아니오니까.

무슨 말슴으로나 좀더 노필만한 좀더 그대께 마땅한 언사가 업스오리까.

눈감고 자는 비달기보다도 꼿그림자 옴기는 겨를에 봉오리를 염이며 자는 꼿보다도 더 어여삐 자실 그대여!

그대의 눈을 들어 풀이 하오리까.

속속드리 맑고 푸른 호수가 한쌍. 밤은 한폭 그대의 호수에 깃드리기 위하야 잇는 것이오리까. 내가 어찌 감히 金星 노릇하야 그대 호수에 잠길 법도 한 일이오니까.

— 산문 「愁誰語 Ⅲ-4」 서두 부분

이밤에 安息하시옵니까.

내가 홀로 속엣소리로 그대의 起居를 間議할삼아도 어찌 홀한 말로 붙일법도 한 일이오니까.

무슨 말슴으로나 좀더 높일만한 좀더 그대께 마땅한 言辭사 없사오리까.

눈감고 자는 비달기보담도, 꽃그림자 옮기는 겨를에 여미며 자는 꽃봉오리보담도, 어여삐 자시올 그대여!

그대의 눈을 들어 푸리 하오리까.

속속드리 맑고 푸른 湖水가 한쌍.

밤은 함폭 그대의 湖水에 깃드리기 위하야 있는 것이오리까.

내가 감히 金星노릇하야 그대의 湖水에 잠길법도 한 일이오리까.

— 시 「슬픈 偶像」 1~4연

위에 인용한 부분을 서로 비교해 보면, 시로 만들기 위해 몇 개의 어휘를 생략하거나 바꾸고, 중요한 시어들을 漢字로 표기하였으며, 행과 연을 구분하였을 뿐 동일한 작품이라는 것을 알 수 있다. 물론 앞의 산문에서도 행갈이나 수사적 표현에서 다분히 시적인 요소들이 몇 가지 나타난다. 그런데 문제는 이런 점들이 산문시에 대한 정지용의 미의식을 드러낸다는 데 있다. 이는 정지용이 산문을 어휘만 좀 가다듬고, 적당히 행과 연만 구분하면 시가 될 수 있다고 생각했음을 드러내기 때문이다. 이런 사실은 정지용의 산문시에 대한 미의식이 형편없이 빈약한 것이었으며, 그가 외국시를 번역하면서 그 문체를 모방하여 산문시를 실험한 것은 아닌지 하는 의문을 떠오르게 한다. 뿐만 아니라 이런 의혹들은 언어 규범을 파괴한 시어 구사나 형식과 기법에 대한 시도들이 치열한 시정신의 결과가 아니고 어설픈 실험정신의 소산일 수도 있다는 심증을 강하게 하는 것이다.

정지용의 시에서 산견되는 모호한 이미지들도 독자를 당혹스럽게 만드는 요소 중의 하나이다. 비평가들의 찬사를 받을 정도로 대상 묘사에 성공한 개성적 이미지들의 다른 한편에는 시적 전달을 불가능하게 하는 모호하고 난해한 이미지들이 존재한다.

> 귀에 설은 새소리가 새여 들어와
> 참한 은시계로 자근자근 얻어맞은듯,
> 마음이 이일 저일 보살필 일로 갈러저,
> 수은방울처럼 동글동글 나동그라저,
> 춥기는 하고 진정 일어나기 싫어라.
> — 「이른봄 아침」

> 눈보라는 꿀벌떼 처럼
> 닝닝거리고 설레는데,
> 어느 마을에서는 紅疫이 躑躅처럼 爛漫하다.
> — 「紅疫」

「이른봄 아침」은 새소리에 잠이 깼으나 추위 때문에 일어나기를 머뭇거리는 시적 화자의 어수선한 마음과 모습이 연상되기는 하지만, '참한 은시계로 자근자근 얻어맞은듯'이나 '수은방울처럼 동글동글 나동그라저'는 어떤 모습을 형용하는 것인지가 불투명하다. 따라서 장식적 이미지들이 중심적 이미지를 더욱 모호하게 만드는 역효과를 초래하고 말았다.

「紅疫」의 인용한 부분은 한 비평가에 의해 비범한 시각적 상상력으로 찬사를 받은 연이기도 하다. 그러나 눈보라치는 한 겨울에 난데없이 꿀벌떼를 등장시키고, 눈보라 휘몰아치는 소리를 꿀벌떼의 닝닝거리는 소리로 비유한 것은 별로 효과적인 표현이라고 하기 어렵다. 또 紅疫이라는 전염병이 창궐하는 마을을 철쭉꽃이 만발한 풍경으로 비유한 것도 결코 적절한 표현이라고 할 수 없다. 시적 주제와 어울리지 않는 부적절한 이미지들의 결합으로 인해 전체적인 이미지가 모호해져 시적 전달에도 실패하고 있다. 뿐만 아니라 이것은 오히려 그가 대상을 관찰함에 있어서 현실의 가상만을 보고 있음을 드러낸다.

이처럼 모호하고 난해한 이미지의 극치가 시「流線哀傷」이라고 할 수 있다.

생김생김이 피아노보담 낫다.
얼마나 뛰어난 燕尾服맵시냐.

산뜻한 이 紳士를 아스팔트우로 꼰돌라인듯
몰고들 다니길래 하도 딱하길래 하로 청해왔다.

손에 맞는 품이 길이 아조 들었다.
열고보니 허술히도 半音키—가 하나 남었더라.

줄창 練習을 시켜도 이건 철로판에서 밴 소리로구나.
舞臺로 내보낼 생각을 아예 아니했다.

애초 달랑거리는 버릇 때문에 굿인날 막잡어부렸다.
함초롬 젖여 새초롬하기는새레 회회 떨어 다듬고 나선다.

대체 슬퍼하는 때는 언제길래

아장아장 팩팩거리기가 위주냐.

허리가 모조리 가느래지도록 슬픈 行列에 끼여
아조 천연스레 굴든게 옆으로 솔쳐나자 —

春川三百里 벼루ㅅ길을 냅다 뽑는데
그런 喪章을 두른 表情은 그만하겠다고 팩— 팩—

몇킬로 휘달리고나서 거북처럼 興奮한다.
징징거리는 神經방석우에 소스듬 이대로 견딜 밖에.

쌍쌍이 날러오는 風景들을 뺨으로 헤치며
내처 살폿 엉긴 꿈을 깨여 진저리를 쳤다.

어늬 花園으로 꾀여내어 바눌로 찔렀더니만
그만 蝴蝶 같이 죽드라.
                              －「流線哀傷」

　위의 시가 환기시키고자 하는 이미지를 떠올려보기 위해 여러 차례 정독
했지만 필자의 독해력으로는 좀처럼 '流線'의 형상이 잡히지 않았다. 행이
나 연 구분, 리듬에서도 별로 대가다운 미의식이 감지되지 않는다. 이숭원
의 분석처럼 "위트와 기상을 동원하여 다른 사람들의 평면적인 감정 노출의
시와는 판이한 작품을 쓰려고 했던"[140] 의도의 산물로 보인다. 지용문학에
대한 전문적인 연구자들조차도 '流線'이 현악기 중의 하나라거나[141], 오리라
거나[142], 자동차라는[143] 등으로 견해가 엇갈리고 있을 정도이니 일상적인 독
자의 수준에서는 이미지 파악이 어려울 수밖에 없을 것이다. 이렇게 난해
하고 모호한 이미지의 세계는 지용이 추구한 시세계와는 다소 이질적인 것

---

140) 이숭원, 『정지용 시의 심층적 탐구』, 태학사, 1999, 139쪽.
141) 신범순, 『한국 현대시의 퇴폐와 작은 주체』, 신구문화사, 1998, 67쪽.
142) 이숭원, 앞의 책, 140~142쪽.
143) 황현산, 「정지용의 '누뤼'와 '연미복의 신사」, 『현대시학』, 2000.4., 197~202쪽.

이다. 어쩐지 독자들의 당혹감을 즐기고 있는 듯한 지용의 시적 유희가 감지되기도 한다.

이상에서 언급한 정지용의 시에 나타나는 언어 규범을 파괴한 시어 구사나 형식이나 기법을 실험한 듯한 시편들, 그리고 시적 전달을 불가능하게 하는 모호한 이미지 등과 같은 몇 가지 기교적인 결함들은 시적 허용의 한계가 어디까지인지를 알 수 없게 만든다. 시적 허용의 한계는 분명 이해와 전달이 가능해야 한다는 점일 것이다. 따라서 시적 허용을 넘어서는 언어나 기법들은 결코 바람직한 시도라고 할 수 없는 것이다.

Ⅵ. 동양적 시정신에 대한 의문

대부분의 정지용 연구자나 비평가들이 정지용은 영문학 전공자로서 서구의 이미지즘이나 모더니즘의 영향을 받기는 했지만, 그의 시정신의 바탕은 漢詩나 時調에 나타나는 동양적 정신이라는 점에 동의하고 있다. 이것은 그의 문학이 서구문학의 아류로 전락하지 않고 오히려 서구의 문학을 소화하여 한국적 문학으로 재창조하는데 성공한 시인이라는 평가를 가능하게 하는 것이다. 필자도 그런 점에는 이의가 없다. 문제는 그것이 내포하고 있는 내용이다. 그의 동양적 시정신은 다분히 귀족주의 취향과 정신적 고답성을 내포하고 있기 때문이다.

漢詩나 時調가 우리의 전통문학의 본류였음은 부정할 수 없다. 그러나 그것은 현대문학 이전까지의 문제이지 그들이 현대문학에서도 주류를 형성한다고는 결코 말할 수 없다. 오히려 그것은 현대문학이 극복해야 하는 대상이다. 한시나 시조는 사대부나 양반 계층의 문학이지 사회의 주류를 형성하는 민중들의 문학은 아니기 때문이다. 내용도 吟風弄月이나 유교적 윤리관을 주조로 하는 교훈적 주제가 대부분이기 때문에 민중적 정서나 삶의 애환과는 거리가 멀다. 문학사에서 근대문학의 기점을 논의할 때 서민문학이나 서민예술의 발흥이 고려되는 이유도 이 때문이다. 그러므로 정지용의 문학세계에 나타나는 귀족주의 취향이나 정신적 고답성은 자칫하면 봉건시대 문학으로의 회귀로 인식될 수도 있다. 실제로 해방 후에 쓴 「愛國의 노래」나 「四四調五首」를 읽을 때는 마치 開化歌辭를 읽고 있는 듯한 착각을 떨칠 수가 없었다.

> 챗직 아레 옳은 道理
> 三十六年 피와 눈물
> 나종까지 견뎠거니
> 自由 이제 바로 왔네
>
> 東奔西馳 革命同志
> 密林속의 百戰義兵
> 獨立軍의 銃부리로
> 世界彈丸 쏳았노라
>
> 王이 없이 살았건만
> 正義만을 모시었고
> 信義로서 盟邦 얻어
> 犧牲으로 이기었네
>
> 敵이 바로 降伏하니
> 石器 적의 어린 神話
> 漁村으로 도라가고
> 東과 西는 이제 兄弟
>
> 원수 애초 맺지 말고
> 남의 손짓 미리 막어
> 우리끼리 굳셀뿐가
> 남의 恩惠 잊지 마세
>   －「愛國의 노래」

고전시가의 한 갈래인 歌辭의 4·4조를 그대로 차용해서 시를 쓴 지용의 의도가 잘 이해되지 않는다. 이는 사회적 혼란 속에서 현실을 직시하는 그의 시정신이 형편없이 쇠퇴했음을 드러내는 것으로 볼 수 있다. 김기림에 의해 "실로 우리의 시 속에 「현대의 호흡과 맥박」을 불어넣은 최초의 시인"[144]이라고 극찬을 받았고, 김현에 의해서는 "무한한 정열을 가지고 詩形式을 실험"[145]한 시인으로 평가받은 그의 동양적 시정신은 귀족주의 취향이나 정신적 고답성을 극복하지 못함으로써 결국 말년에는 구태의연한 古歌辭調의 세계로 추락하게 되는 것이다.

현대문학에서는 더 이상 漢詩와 時調의 정신이나 상상력이 전통 문화의 중심축이 될 수 없다. 그들은 소수의 지배계층의 문학이기 때문이다. 풍자와 해학이든, 恨이든 그런 민중적 정서가 반영된 문학이야말로 전통문학의 중심에 놓여야 할 것이다.

그런데 정지용의 문학에서는 도무지 민중적 정서나 민중들의 삶의 애환과 관련된 기미를 찾기 어렵다. 그가 창작한 민요나 동요 형태의 작품들에서조차도 이런 점들이 감지되지 않는다. 그가 즐긴 무용이나 연극, 음악도 대부분 귀족주의 취향에 맞는 것들이다. 일본 유학까지 다녀온 지식인으로서, 오랫동안 학생을 가르친 교사로서, 신문의 주간과 잡지의 편집인으로서 다양한 전통문화를 접할 기회가 많았을 정지용이 사회의 주류를 이루는 민중들의 삶과 예술에 그렇게 무관심했다는 것이 좀처럼 납득이 가지 않는다. 더욱이 조선과 동아일보의 청탁으로 국토를 순례하며 기행문까지 쓴 그가 본 것은 민족의 생명력이 아니라 현실의 가상이나 금수강산의 풍광이었다는 사실이 안타깝기만 하다. 이것이 정지용의 문학에 민족문학으로서의 가치를 부여하는데 커다란 장애가 될 수 있기 때문이다.

---

144) 金起林, 『金起林全集 2 詩論』, 심설당, 1988, 62쪽.
145) 金允植 · 김현, 앞의 책, 207쪽.

VII. 결론

한 시인이 쓴 모든 작품이 다 독자의 심금을 울리는 명작이 되고 대표작이 되는 것은 아니다. 일생 동안 쓴 작품 중에서 소수의 작품만이 독자들로부터 두고두고 사랑 받으며 읽히는 생명력을 지니게 되는 것이다. 필자도 정지용의 모든 시가 주옥같은 명편일 것이라는 기대를 하지 않았으며, 그것은 불가능 한 일이란 것도 잘 알고 있다. 그런데 정지용 문학을 우리 문학사에 제대로 자리잡게 하기 위해서는 그의 문학에서 결핍되어 있거나 바람직하지 못한 요소까지도 평가되어야 한다. 작가론에서 문학사적 평가를 위해 대상 작가의 문학적 한계를 논의하는 것도 그 때문이다.

본고에서는 정지용의 작품들을 읽으면서 갖게 되는 몇 가지 의문들을 5가지 로 범주화하여 논의했다. 문학사적으로는 그를 1920년대 후반의 시인으로 재정리하는 것이 필요하며, 역사의식과 현실인식의 결여, 의미 전달에 실패한 시어 구사와 모호한 이미지, 시적 기교에 나타나는 결함들, 그리고 귀족주의와 정신적 고답성을 지향한 시정신이 그들이다.

필자는 그의 전집을 읽고 나서, 정지용은 연구자들의 무수한 찬사에도 불구하고 시작품보다는 문장지의 시부문 심사위원으로서 동시대의 시단에 끼친 영향력으로 인해 중요성이 다소 과장된 것은 아닌가 하는 생각이 들었다. 여기에는 납북으로 인해 그의 문학이 한동안 금제의 영역 속에 유폐됨으로서 신비화를 조장한 점과, 그에 의해 추천된 시인이나 친지들이 해방이후 시단과 강단의 중심에 있었던 점도 어느 정도 영향을 주었을 것으로 짐작된다.

시인은 독자에게 주는 시적 감동과 시간과 공간을 초월하는 작품 자체의 생명력에 의해 평가되어야 한다. 비록 깊이 있는 논의가 되지 못한 아쉬움이 남지만 위에서 제기한 의문들이 명쾌하게 해명될 때 정지용은 한국문학사에서 정당하게 평가될 수 있을 것이라고 믿는다.

참고문헌

鄭芝溶, 『鄭芝溶全集 1-2』, 民音社, 1988.
甘泰俊 外, 『韓國現代文學史』, 現代文學社, 1989.
金起林, 『金起林全集』, 심설당, 1988.
김신정, 『정지용 문학의 현대성』, 소명출판, 2000.
金允植 · 김현, 『韓國文學史』, 民音社, 1973.
김은자 편, 『정지용』, 새미작가론총서6, 도서출판 새미, 1996.
金㶚東, 『鄭芝溶研究』, 民音社, 1987.
민병기, 『정지용』, 건국대학교출판부, 1996.
宋稶, 『詩學評傳』, 一潮閣, 1971.
신범순, 『한국 현대시의 퇴폐와 작은 주체』, 신구문화사, 1998.
梁汪容, 『鄭芝溶詩研究』, 三知院, 1988.
이숭원, 『정지용 시의 심층적 탐구』, 태학사, 1999.
이숭원 편저, 『정지용』, 문학세계사, 1996.
조동일, 『한국문학통사』, 지식산업사, 1988.
장도준, 『정지용 시 연구』, 태학사, 1994.

죽음에 대한 인식과 시적 형상화
The Perception of Death and Poetic Expression

Ⅰ. 서론

모든 인간은 죽음을 전제로 한 삶을 살고 있다. 한 인간이 자신의 삶의 과정에서 죽음을 명증하게 인식하고 있든 무의식적으로 망각하고 있든 인생의 종착점은 늘 죽음을 향하고 있는 것이다. 삶에서 이룩한 성취의 내용과 질에 상관없이 죽음은 모든 인간에게 평등하게 부여되지만, 그 의미는 그가 이룩한 인생의 성공과 실패에 따라 큰 차이를 보이게 된다. 그런가 하면 인생에서 성취한 모든 내용들이 죽음과 더불어 무화되어버리는 허무에 직면하기도 한다.

그러다 보니 죽음은 때로는 거대한 공포가 되기도 하고, 완전한 사랑의 실천을 위한 자기희생의 방법이 되기도 하며, 자신의 이념과 주장을 입증하는 궁극적인 수단이 되기도 하고, 종교적으로는 영생과 부활의 조건이 되기도 한다. 특히 군인들에게는 조국에 대한 사랑과 충성을 구현하는 숭고한 목적이 되기도 하는 것이다.

이러한 속성으로 인해 죽음은 철학적 사유의 중요 명제가 되어왔으며, 많은 문학 작품들의 주제로 끊임없이 다루어져 오고 있는 것이다. 현대의 철학자들은 죽음에 대해 다음과 같은 인식을 표명하고 있다.

니체에 의하면, '超人은 항상 죽음을 인식하면서 산다.' 그것도 죽음이 마치 인생에 있어서 가장 자연스럽고 유일한 목적인 양 즐겁고 자연스럽게 죽음을 인식하면서 산다. 하이데거와 사르트르도 대부분의 實存主義者들과 마찬가지로 우리 인생의 의미를 강화하는 수단으로써 죽음에 대한 認識을 개발하도록 촉구하였다. 죽음에 대한 인식은 인생에 緊迫感을 주고 그렇지 않으면 인생은 萎縮되는 것인 양 論及하였다. 사르트르가 동조하고 하이데거가 주장했던 말 —죽음에 대한 인식이야말로 인간에게 자기의 *存在意味*를 부여하는 것이다— 은, 죽음이 공포로 우리 앞에 다가옴에도 불구하고 , 그리고 죽음에 대한 아무런 것도 알아내지 못했음에도 불구하고 우리 인간에게 살아가는 용기와 일하는 의욕과 힘을 부어 주는 것이다. 죽는다는 것은 아무도 손 쓸 수 없는 유일한 것이며, 또 우리들은 누구나 다 자기 혼자 죽지 않으면 안 된다. 그리하여 우리가 만일 죽음에 대한 意識을 우리에게서 빼 버린다면 그것은 자기의 人間個體를 거부하는 것이고, 가장 불성실한 인생으로 자신을 이끌어가게 되는 것이다.[146]

위의 글에 언급된 것처럼 죽음에 대한 인식은 '인간에게 자기의 *存在意味*를 부여하는 것'이고, '살아가는 용기와 일하는 의욕과 힘을 부어주는 것'이며, 성실한 인생으로 이끄는 원동력을 제공한다. 즉 죽음을 인식할 때 인간은 삶에 더욱 진지하고 성실하게 임하게 되는 것이다.

그럼에도 불구하고 대부분의 인간은 죽음을 의식적으로든 무의식적으로든 망각한 상태에서 살아간다. 그 결과 인생이 무책임하고 불성실해지며, 본능적 욕망의 충족에 탐닉하는 삶으로 전락하기 쉬운 것이다. 따라서 자신의 인생에 가치와 의미를 부여하기 위해서는 죽음에 대한 명증한 인식이 필요하다. 죽음을 염두에 둘 때 인간은 생명의 고귀함을 인지하는 동시에 삶에 대한 무한한 애착을 지니게 되며, 존재 의미 구현을 위한 치열한 노력을 경주하게 되기 때문이다.

이러한 인식을 바탕으로 본고에서는 몇몇 현대시에 나타나는 시인들의 죽음에 대한 태도와 의식을 분석해 보고자 한다. 시인들의 죽음에 대한 인식에서 일상적인 인간들이 지니고 있는 죽음에 대한 보편적 인식의 틀을 추출해낼 수 있으며, 죽음에 대한 명증한 인식을 통해 삶에 가치와 의미를 부

---

146) 李仁福, 『韓國文學에 나타난 죽음意識의 史的研究』, 悅話堂, 1979, 42쪽에서 재인용.

여하고자 하는 진지한 노력을 분석할 수 있기 때문이다.

이를 위해 죽음에 대해 긍정적인 인식과 부정적인 인식의 양면성을 논의할 수 있는 시인을 대상으로 선정하여 각 시인의 죽음의식이 어떻게 시작품으로 형상화되는지를 고찰하고자 한다.

II. 윤동주의 「序詩」

> 죽는 날까지 하늘을 우러러
> 한점 부끄럼이 없기를
> 잎새에 이는 바람에도
> 나는 괴로워했다.
> 별을 노래하는 마음으로
> 모든 죽어가는 것을 사랑해야지
> 그리고 나한테 주어진 길을
> 걸어가야겠다.
>
> 오늘 밤에도 별이 바람에 스치운다.

윤동주는 식민지의 시대 상황을 누구보다도 명료히 파악하여 자신의 삶의 내부에서 벌어지고 있는 자아의 고통스러운 갈등과 번민을 시화하는데 성공한 시인이다. 폭압적 시대 상황에 고통스러워하면서도 강인한 저항정신을 내면화할 수 있었던 용기와 의지의 바탕은 바로 죽음에 대한 명증한 인식을 통해 그 공포를 초월하여 도달한 순결한 정신이다.

1~4행에 등장하는 '나'는 스스로 존재하는 절대적 자아인 동시에 도덕적으로 결백한 삶을 지향하는 본질적이고 내면적 자아이다. 그러나 5~8행에 등장하는 '나'는 대타관계 속에 정립되는 상대적 자아이며 모든 것을 사랑하면서 자아에게 주어진 소명적 삶을 살아가야 하는 사회적이며 표면적 자아이다. 윤동주의 대부분 시에 나타나는 부끄러움과 괴로움의 고통은 바로 이

본질적 자아와 사회적 자아가 조화로운 관계를 이루지 못하고 대립 갈등하는 데서 기인한다.

이렇게 현실적으로 해소가 불가능한 갈등 관계는 결말 행에서 '오늘 밤'이라는 식민지 상황에 대한 어둠의 인식과 더불어 시련을 상징하는 '바람'부는 공간 저편에 빛나고 있는 이상세계이자 본질적 자아와 사회적 자아의 조화로운 공존이 가능한 공간으로서의 '별'에 대한 그리움으로 승화되고 있는 것이다.

이러한 그리움으로의 승화를 가능하게 하는 것이 바로 죽음에 대한 명증한 인식이다. 시인은 인생이 죽음으로 가는 과정임을 전제한다. '모든 죽어가는 것을 사랑해야지'에는 이러한 인식이 내포되어 있다. 즉 모든 존재는 '죽어가는' 과정에 있다는 것을 명료하게 인지하고 있는 것이다.

죽음은 존재의 절대적 조건이며 인간은 바로 죽음이라는 유한성 속에 갇힌 존재라는 진실을 인정하고 수용할 수 있을 때 삶에 대한 진지하고 성실한 태도를 견지할 수 있다. 윤동주가 "한점 부끄럼이 없'는 삶을 살면서 '나한테 주어진 길을 / 걸어" 갈 수 있는 의지와 신념의 근원은 바로 '죽는 날'에 대한 명증한 인식인 것이다. 그에게 있어서 죽음은 단순한 삶의 종말이나 중단이 아니라 삶의 총체적 의미를 드러내는 성스러운 祭儀같은 것이다. 즉 윤동주는 죽음을 통해 자기 존재의 가치와 의미를 드러내고자 함을 시를 통해 진술하고 있는 것이다.

李仁福은 「序詩」를 "尹東柱가 스스로 왜 시인이어야 하느냐는 自己存在의 당위성을 밝힌 詩的 선언이다. 이 선언은 그의 詩를 이해하는 출발점이 될 것인데, 아마도 이 선언은 동시에 그의 詩世界의 종착점이 될지도 모를 일이다."[147]라고 평가하고 있다. 이는 「序詩」에 형상화된 죽음에 대한 명료한 인식과 수용이 윤동주 시세계의 중심 제재임을 언급한 것이다. 「序詩」가 주는 시적 감동도 바로 죽음을 초월한 순결하고 고뇌에 찬 시적 화자의 목소리를 감지할 수 있기 때문인 것이다.

---

147) 같은 책, 175쪽.

III. 김수영의 「孔子의 生活難」

꽃이 열매의 上部에 피었을 때
너는 줄넘기 作亂을 한다

나는 發散한 形象을 求하였으나
그것은 作戰같은 것이기에 어려웁다

국수— 伊太利語로는 마카로니라고
먹기 쉬운 것은 나의 叛亂性일까

동무여 이제 나는 바로 보마
事物과 事物의 生理와
事物의 數量과 限度와
事物의 愚昧와 事物의 明晰性을

그리고 나는 죽을 것이다

　　김수영은 해방 이후의 한국 현대시사에 가장 강력한 영향력을 행사하고
있는 시인 중의 한 사람으로, 1970년대 이후로 많은 비평가와 시인들의 관
심의 대상이 되어왔다. 그는 8·15 해방 이후 전쟁과 그 폐허 속에 신음한
1950년대와, 혁명의 열기와 조국근대화의 구조적 모순들이 충돌한 1960년
대의 한국문학을 대표할 수 있는 시인이기도 하다. 식민지 탄압과 해방, 전
쟁과 혁명으로 점철된 한국사에서 가장 불안하고 고통스러운 시기에 속하
는 이 시기에 자아의 진실을 구현하기 위해 누구보다도 치열한 정신의 긴장
과 저항정신을 보여줌으로써 역사적 상황 속에 갇힌 존재의 비극적인 모습
을 잘 보여주고 있기 때문이다.[148]
　　「孔子의 生活難」은 그의 초기시의 대표작으로 연구자들의 논의가 집중되

---

148) 김수영은 한국시인협회가 선정한 한국 현대시 100년을 대표하는 시인 10 명 중 한 사람이기
　　도 하다. (한국일보 2007.10.15. 31면 참조)

고 있는 작품이다. 김수영은 자신의 산문에서 "나에게는 아직도 해결하지 못하고 있는, 그리고 앞으로도 좀처럼 해결하지 못할 것같은 세 가지 문제가 있다. 죽음과 가난과 賣名이다. 죽음의 구원. 아직도 나는 시를 통한 구원을 받지 못하고 있는 것처럼 죽음에 대한 구원을 받지 못하고 있다. 그런 의미에서 40여년을 문자 그대로 헛 산 셈이다."[149]라고 말한 바 있다. 그의 최초의 발표작인 「廟庭의 노래」는 바로 죽음에 대한 불길한 예감이 주조를 이루는 작품이다. 이는 그의 죽음에 대한 인식의 중요성과 심각성을 입증하는 것이다. '죽음의 구원'이라는 문제에 집착하면서, 세상의 허위성에 농락당하지 않으려는 그의 치열한 정신을 죽음으로 보장하려는 결의가 드러난 작품이 바로 「孔子의 生活難」이다.

김수영의 초기 작품들에 나타나면서 그의 문학 세계의 전반적인 특성으로 자리잡게 되는 강한 풍자성이 「孔子의 生活難」에 잘 나타나고 있다. 풍자는 자신에게 고통을 주는 대상에 대해 저항하려는 의지의 소산이며, 이는 곧 문학적 저항이라고 할 수 있다. 따라서 풍자에는 현실에 대한 도덕적 비판을 통해 사회악을 제거하고자 하는 목적의식이 개입하는 경우가 많다. 인용한 작품은 제목에서부터 강한 풍자적 의도가 감지된다. 즉 자신을 성인 孔子와 동일시한 진술과, 지고한 정신의 소유자인 공자가 생활적인 면에서는 무기력했다는 것에 대한 빈정거림이 느껴지는 어조, 그리고 자신도 현실과 타협하기보다는 공자와 같은 고고한 정신의 풍요를 누리며 살고자 하는 도덕적 善에 대한 욕구 등이 풍자적 의도를 내포하고 있는 것이다.

사실 이 시를 쓸 무렵의 (1945년) 김수영은 자신들이 놓여 있는 현실과 괴리된 지적 포우즈의 시에 취해 있는 박인환류의 모더니즘의 허위성을 인식하고 그들을 불신하고 있었다.[150] 시에 진술된 삶의 조건이 되는 일체의 사물을 '바로 보마'라고 하는 결의는 예술가의 양심과 세상의 허위를 망각하고 시적 장난만을 일삼고 있는 그들에 대한 불신이 계기가 되었을 가능성이 크다. 당대의 시대상황 속에서 살아가는 자체를 어렵고 고통스러운 일로

---

149) 金洙鳴 編, 『金洙暎全集2』, 民音社, 1981, 73쪽. 이하 '전집 2'로 약칭.
150) 『전집 2』, 228쪽.

인식하고 있는 김수영으로서는 세상의 허위성에 기만당하고 있는 자신의 어리석음 때문에 더욱 고통스러웠다. 따라서 그런 세상의 허위에 기만당하지 않기 위해서는 "事物과 事物의 生理와 / 事物의 數量과 限度와 / 事物의 愚昧와 事物의 明晰性을" 바로 볼 수 있는 정신적 태도가 요구되는 것이다.

그런데 그러한 태도가 죽음과 직결될 수 있는 것은, 진실을 노래해야 하는 시인의정신과 양심이 그만큼 절대적인 요소라는 것을 그가 투철하게 인식하고 있음을 의미하는 것이다. 그는 앞에 인용한 글에서 스스로 피력했듯이 죽음을 구원의 대상으로 인식하고 있다. 이는 죽음이 자신의 양심과 도덕성을 보장하는 마지막 수단임을 선언하는 동시에, 현실의 부조리와 모순에 강력하게 저항하는 치열한 시정신을 구현함으로써 죽음의 부담으로부터 해방되려는 의지의 진술이기도 하다. 김수영의 시세계가 정직성과 비극적 현실인식을 기반으로 하여 강한 현실 저항성을 드러내게 되는 원동력은 바로 죽음에 대한 명증한 인식과 결의에 기인하는 것이다.

현실 상황에 대한 강력한 저항은 늘 죽음을 담보로 하게 된다. 따라서 죽음의 공포를 초월하기 위해서는 죽음에 대한 명증한 인식과 자신의 신념과 양심을 죽음으로 보장하려는 결단과 용기가 필요한 것이다. 김수영은 자신의 시세계를 통해 이러한 정신의 강인함을 보여준 대표적 시인이다. 김수영 시인에 대한 애정과 관심도 바로 이런 자유로운 정신에 대한 흠모 때문이다.

Ⅳ. 박인환의 「불행한 神」

오늘 나는 모든 욕망과
사물에 작별하였습니다.
그래서 더욱 친한 죽음과 가까와집니다.
과거는 무수한 내일에
잠이 들었습니다.

불행한 神
어데서나 나와 함께 사는
불행한 神
당신은 나와 단둘이서
얼굴을 비벼대고 비밀을 터놓고
오해나
인간의 체험이나
孤絕된 의식에
후회ㅎ지 않을 겁니다.
또다시 우리는 결속되었습니다.
황제의 신하처럼 우리는 죽음을 약속합니다.
지금 저 광장의 電柱처럼 우리는 존재됩니다.
쉴새없이 내 귀에 울려 오는 것은
불행한 神 당신이 부르시는
폭풍입니다.
그러나 허망한 天地 사이를
내가 있고 엄연히 주검이 가로놓이고
불행한 당신이 있으므로
나는 최후의 안정을 즐깁니다.

　同族相殘의 전쟁으로 시작한 1950년대는 우리 민족사에서 가장 고통스럽고 비극적인 시대였다. 그런데 1950년대의 이땅의 시적 지성들은 전쟁이라는 극한상황에 대한 문학적 응전력을 제대로 갖추고 있지 못했다. 전쟁의 폐허 위에서 생존의 고통에 시달리며 절망과 탄식의 언어로 그저 절규할 수밖에 없었던 것이다. 그만큼 한국전쟁은 이성의 언어로는 표현 불가능한, 지성의 한계를 넘어서는 처절한 비극이었다.

　박인환의 문학은 1950년대의 역사적 상황과 동시대인의 실존적 고통을 반영하는 하나의 거울이다. 우리는 그의 삶과 문학을 통해 사회의 개량을 위한 동시대인들의 노력과 그들이 견디어야 했던 고통과 절망의 무게를 가늠할 수 있으며, 허망한 그의 夭折을 통해 동시대인들의 황폐한 정신의 실상을 들여다볼 수 있기 때문이다.

박인환 시의 내용을 구성하는 주제는 전쟁에 대한 비극적 체험과 이 결과로 시달리게 되는 실존적 불안의식이다. 전후에 발표된 대부분의 작품에서 우리는 전쟁이라는 절망적 상황을 견디고 있는 시인의 위태로운 정신을 확인할 수 있다. 『경향신문』 종군기자로서 전쟁이 휩쓸고 간 참혹한 폐허나 전투가 벌어졌던 살육의 현장을 답사할 기회를 가질 수 있었던 박인환은 전쟁의 폭력성과 비인간성을 누구보다도 절실하게 체험할 수 있었다. 눈앞에 전개되는 처참한 폐허와 살육의 풍경들은 시적인 논리를 초월하는 비극이었으며, 그저 망연자실할 수밖에 없는 한계상황이었던 것이다. 이러한 전쟁의 현장체험이 그의 시세계를 관류하는 실존적 불안의식의 動因으로 작용한다. 인간의 능력으로서는 감당할 수 없는 전쟁의 폭력성과 비극성은 신의 구원이나 미래에 대한 일체의 희망을 차단하고 인간을 절망의 어둠 속에 유기하게 되는 것이다.

구원이나 미래에 대한 전망을 상실한 인간은 불안과 공포의 세계로 추락할 수밖에 없다. 박인환은 이러한 전후의 폐허 속에서 불안과 절망으로 신음하고 있는 동시대인들의 고통을 증언하기 위해 시를 썼다. 그가 모더니즘의 시적 방법과 정신에 끌리게 되는 이유도, 그것이 "황폐와 광신과 절망과 불신의 현실이 가로놓인 오늘의 세계"와 그 안에서 불안의식에 시달리고 있는 현대인들의 정신세계를 잘 반영하고 있기 때문이다.[151]

그런데 전쟁은 죽음에 대한 인간의 가치관을 경박하게 만들기 쉽다. 윤리적 판단과는 무관하게 무자비한 살육이 저질러지는 전쟁의 폭력성 앞에 생명의 고귀성은 무의미해지기 때문이다. 따라서 무수한 파괴와 살육의 현장체험은 죽음에 대한 공포의 정서를 둔화시킴으로써 죽음을 고통스러운 현실적 삶의 도피 수단으로 쉽게 수긍해버리는 사고를 조장하게 되는 것이다. 박인환의 시에는 죽음에 대한 의식의 경박화 현상이 잘 나타나 있다.

미래에 대한 전망을 차단당한 실존적 불안의식은 시인으로 하여금 늘 죽음을 예감하는 강박관념에 시달리게 한다. 그의 시에 빈번하게 등장하는 죽

---

151) 박인환, 「현대시의 불행한 단면」, 『朴寅煥全集』, 文學世界社, 1986, 167쪽에서 오든의 시를 논하면서 그러한 세계 풍조의 묘사가 '후반기' 멤버의 당연한 의미라고 말하고 있다.

음과 관련된 시어들은 바로 이런 강박관념의 소산이다. 그런데 문제는 박인환의 시에 나타나는 대부분의 죽음이 현실과의 대결을 통해 그 고통을 극복하고자 하는 결연한 의지의 천명이 되지 못하고, 패배주의적이고 현실도피적인 성격을 지닌다는 데 있다. 그에게 있어서는 신도 행복이나 구원을 가능하게 하는 절대적 권능의 신이 아니라 인용한 시에서처럼 죽음과 불행을 가져오는 재앙의 신이다.

「불행한 神」은 박인환의 정신적 내면세계를 잘 드러내고 있는 작품이다. 그가 끊임없이 시달리게 되는 실존적 불안의식은 삶에 대한 의욕을 상실하게 한다. '오늘 나는 모든 욕망과 / 사물에 작별하였습니다.'라는 시구에는 이런 정신 상태가 내포되어 있는 것이다. 또한 오늘보다 더 나은 미래에 대한 전망의 부재는 미래가 현재의 반복이나 그보다 악화된 상태일 것으로 예감하게 되기 때문에 '과거는 무수한 내일에 / 잠이 들었습니다.'라는 진술을 가능하게 하는 것이다. 박인환의 대부분 시가 과거지향적인 정서로 채색되는 이유도 여기에 있다. 시에 남용되고 있는 죽음과 관련된 이미지와 '허망한 天地 사이를 / 내가 있고 엄연히 주검이 가로놓이고 / 불행한 당신이 있으므로 / 나는 최후의 안정을 즐깁니다.'에는 죽음에 대한 강박관념과 경박한 인식이 잘 드러나 있다. 그러므로 전지전능하여 인간을 구원해주어야 할 신도 그에게는 죽음밖에 약속해 줄 것이 없는 '불행한 神'으로 인식될 수밖에 없는 것이다.

비록 절망적 시대상황에 대한 인식의 결과이기는 하나 시인이 죽음을 자신의 신념과 양심을 지키고, 시대적 소명을 구현하려는 의지와 용기를 보장하는 수단으로 삼지 못하고 현실도피의 수단으로 인식하고 있는 것은 지성인으로서는 바람직한 태도가 아니다. 박인환의 죽음에 대한 이러한 부정적 태도와 인식이 일부 비평가들로부터 "피상적이고 분위기적인 서구 모더니즘을 수용하여 도시적 소재와 문명어를 통해 삶의 허무의식을 자기 체념적 감상주의로 노래했을 따름이다."[152]라는 부정적 평가의 빌미를 제공하는 것

---

152) 吳世榮, 「後半期 동인의 詩史的 위치」, 박인환, 이동하 편저, 『한국현대시인연구 12』, 문학세계사, 1993, 202쪽.

으로 볼 수 있다.

V. 도종환의 「접시꽃 당신」

옥수수잎에 빗방울이 나립니다
오늘도 또 하루를 살았습니다
낙엽이 지고 찬바람이 부는 때까지
우리에게 남아 있는 날들은
참으로 짧습니다
아침이면 머리맡에 흔적없이 빠진 머리칼이 쌓이듯
생명은 당신의 몸을 우수수 빠져나갑니다
씨앗들도 열매로 크기엔
아직 많은 날을 기다려야 하고
당신과 내가 갈아엎어야 할
저 많은 묵정밭은 그대로 남았는데
논두렁을 덮는 망촛대와 잡풀가에
넋을 놓고 한참을 앉았다 일어섭니다
마음놓고 큰 약 한번 써보기를 주저하며
남루한 살림의 한구석을 같이 꾸려오는 동안
당신은 벌레 한 마리 함부로 죽일 줄 모르고
악한 얼굴 한 번 짓지 않으며 살려 했습니다
그러나 당신과 내가 함께 받아들여야 할
남은 하루하루의 하늘은
끝없이 밀려오는 가득한 먹장구름입니다
처음엔 접시꽃 같은 당신을 생각하며
무너지는 담벼락을 껴안은 듯
주체할 수 없는 신열로 떨려왔습니다
그러나 이것이 우리에게 최선의 삶을
살아온 날처럼, 부끄럼없이 살아가야 한다는
마지막 말씀으로 받아들여야 함을 압니다
우리가 버리지 못했던

보잘것없는 눈높음과 영욕까지도
이제는 스스럼없이 버리고
내 마음의 모두를 더욱 아리고 슬픈 사람에게
줄 수 있는 날들이 짧아진 것을 아파해야 합니다
남은 날은 참으로 짧지만
남겨진 하루하루를 마지막 날인 듯 살 수 있는 길은
우리가 곪고 썩은 상처의 가운데에
있는 힘을 다해 맞서는 길입니다
보다 큰 아픔을 껴안고 죽어가는 사람들이
우리 주위엔 언제나 많은데
나 하나 육신의 절망과 질병으로 쓰러져야 하는 것이
가슴아픈 일임을 생각해야 합니다
콩댐한 장판같이 바래어 가는 노랑꽃 핀 얼굴 보며
이것이 차마 입에 떠올릴 수 있는 말은 아니지만
마지막 성한 몸뚱아리 어느 곳 있다면
그것조차 끼워넣어야 살아갈 수 있는 사람에게
뿌듯이 주고 갑시다
기꺼이 살의 어느 부분도 떼어주고 가는 삶을
나도 살다가 가고 싶습니다
옥수수잎을 때리는 빗소리가 굵어집니다
이제 또 한 번의 저무는 밤을 어둠 속에서 지우지만
이 어둠이 다하고 새로운 새벽이 오는 순간까지
나는 당신의 손을 잡고 당신 곁에 영원히 있습니다.

이 작품은 도종환이 1986년에 간행한 두 번째 시집 『접시꽃 당신』에 실려 있는 시이다. 작품 속에 등장하는 아내의 영전에 바쳐진 이 시집은 간행되자마자 많은 독자들의 눈시울을 뜨겁게 하여, 시인들이 먹고살기조차 힘들던 문단 풍토에 시집도 베스트셀러가 될 수 있음을 보여주었고, 나중에는 영화로까지 만들어진 화제작이다.

사랑하는 아내의 죽음에 대한 절망적 심사를 극복하기 위한 자기 위안의 상념들을 독백적 진술로 형상화한 이 시는 설화적인 구조를 지니고 있다.

즉 도입 부분에서 사랑하는 아내의 현재의 상태와 죽어가고 있는 아내를 바라보는 시적 화자의 심정을 제시한 다음, 전개 부분에서 시적 화자와 아내의 삶을 현재 – 미래 순으로 기술하고, 결말 부분에서 아내에 대한 당부의 말과 자신의 결의에 대해 서술하고 있는 것이다. 이를 좀 더 구체적으로 분석해보면 다음과 같이 정리할 수 있다.

1~13행까지는 병상을 지키는 시적 화자의 현재의 심정을 보여주는 이미지들이다. 임종을 앞두고 있는 아내의 모습과, 그를 바라보며 미처 완성하지 못한 일과 사랑에 대한 아쉬움이 토로되고 있다. "씨앗들도 열매로 크기엔 / 아직 많은 날을 기다려야 하고 / 당신과 내가 갈아엎어야 할 / 저 많은 묵정밭은 그대로 남았는데"가 그것이다.

14~23행까지는 가난하지만 착하게 열심히 살아온 아내가 이렇게 허망하게 죽어야 하는 것에 대한 절망과 분노를 나타낸 이미지들이다. 아내의 과거의 삶을 "마음놓고 큰 약 한번 써보기를 주저하며 / 남루한 살림의 한 구석을 같이 꾸려오는 동안 / 당신은 벌레 한 마리 함부로 죽일 줄 모르고 / 악한 얼굴 한 번 짓지 않으며 살려 했습니다"로 표현했으나, 그런 아내의 미래는 '끝없이 밀려오는 가득한 먹장구름'으로 제시했다. 그에 대한 분노로 시적 화자는 '주체할 수 없는 신열로 떨'고 있는 것이다.

24~46행까지는 사랑하는 아내의 죽음이라는 절망을 수용하려는 시적 화자의 태도를 보여주는 이미지들이다. "그러나 이것이 우리에게 최선의 삶을 / 살아온 날처럼, 부끄럼없이 살아가야 한다는 / 마지막 말씀으로 받아들여야 함을 압니다" 이하의 행들이 모두 그렇다. 여기에는 "마지막 성한 몸뚱아리 어느 곳 있다면 / 그것조차 끼워넣어야 살아갈 수 있는 사람에게 / 뿌듯이 주고 갑시다"처럼 자신들의 사랑을 완성하기 위해 아내에게 당부하는 말도 포함되어 있다. 또한 여기에는 아내의 허망한 죽음을 의미 있는, 가치 있는 죽음으로 완성하고자 하는, 그리하여 사랑을 더욱 순결하고 고귀한 것으로 승화시키고자 하는 시인의 의도가 내포되어 있다.

47~50행까지는 시적 결말 부분으로, 아내에 대한 시적 화자의 사랑의 영원함과 이를 지키고자 하는 결의를 제시한 이미지이다. "이 어둠이 다하

고 새로운 새벽이 오는 순간까지 / 나는 당신의 손을 잡고 당신 곁에 영원히 있"을 것을 다짐하는 것이다.

사랑하는 아내의 허망한 죽음을 지켜보면서 아내의 삶과 사랑에 대한 인식과 연민, 그리고 자신의 무력함에 대한 자책감, 그런 절망적 상황을 극복하려는 정신적 노력, 아내에 대한 영원한 사랑의 다짐 등을 차분하고 절제된 어조로 형상화한 이 작품에는 죽음에 반응하는 인간의 심리적 단계가 잘 드러나 있다.

쿠불러 로스(Kübler Ross)는 임종환자의 면담을 통해 죽음을 수용하는 인간의 공통적인 심리과정을 다섯 단계로 요약했는데, 부정(Denial) - 분노(Anger) - 협상(Bargain) - 우울(Depression) - 수용(Acceptance)의 단계가 그것이다.[153]

이를 작품에서 분석해보면, 1-17행에는 아내의 죽음을 도저히 받아들일 수 없는, 죽음에 대한 부정적 심사가 들어나 있고, 18-23행은 아내의 죽음을 엄연한 사실로 받아들일 수밖에 없는 상황에서 느끼는 분노의 정서이며, 24-35행은 죽음을 인정할 수밖에 없으므로 도달하게 되는 죽음과의 협상 심리를 드러내고 있고, 36-46행에는 아내의 죽음으로 인한 극도의 우울을 극복하기 위한 심리적 노력이 제시되어 있고, 47-50행의 결말 부분에서는 비로소 아내의 죽음을 수용하고, 아내에 대한 사랑의 영원함과 이에 대한 자신의 결의를 표명하고 있는 것이다.

인간의 삶은 죽음이 전제되어 있기에 고귀할 수 있다. 도종환은 「접시꽃 당신」에서 죽음을 자신의 순결한 사랑을 완성할 수 있는 의미 있는 순간으로 전환시키고자 한다. 즉 그는 죽음을 착하고 성실하게 살아온 삶의 허망한 중단이 아니라, 삶의 의미를 완성하는 시간으로 인식하고 있으며, 아내에 대한 일상적 사랑을 至高至純한 사랑으로 승화시킬 수 있는 삶의 마지막 과정으로 인식하는 것이다. 도종환의 시가 독자들의 심금을 울린 감동을 줄 수 있었던 것도 바로 죽음에 대한 이러한 인식과 관련된다고 볼 수 있다.

---

153) 李時炯, 「臨床에서 지켜보는 죽음」, 『죽음의 思索』, 書堂, 1989, 283~286쪽 참조.

Ⅵ. 허만하의 「낙동강 하구에서」

바다에 이르러
강은 이름을 잃어버린다.
강과 바다 사이에서
흐름은 잠시 머뭇거린다.

그때 강은 슬프게도 아름다운
연한 초록빛 물이 된다.

물결 틈으로
잠시 모습을 비쳤다 사라지는
섭섭함 같은 빛깔.
적멸의 아름다움.

미지에 대한 두려움과
커다란 긍정 사이에서
서걱이는 갈숲에 떨어지는
가을 햇살처럼
강의 최후는
부드럽고 해맑고 침착하다.

두려워 말라, 흐름이여
너는 어머니 품에 돌아가리니
일곱 가지 슬픔의 어머니.

죽음을 매개로 한 조용한 轉身.
강은 바다의 일부가 되어
비로소 자기를 완성한다.

시인 허만하는 우리에겐 다소 익숙지 않은 이름이다. 1957년 『문학예술』
지의 추천으로 문단에 등단하여 1969년에 첫 시집인『海藻』를 상자한 이후,

30여년 만에 두 번째 시집인 『비는 수직으로 서서 죽는다』를 펴냈다. 인용한 작품은 이 두 번째 시집에 실려 있다. 의과대학 출신의 의사이기도한 그의 시에서는 인간과 삶에 대한 깊은 성찰을 보여주는 작품들이 많다. 시집 제목에 '죽는다'는 어휘가 사용된 것도 의사로서 죽음을 보는 남다른 시각을 예감하게 한다. 인용한 작품에서 거대한 바다에 이르러 그 흔적조차 사라지며 흐름을 완성하는 강의 공간적 의미에서 인간의 왜소한 삶의 모습을 관조하는 시인의 시선이 바로 그것이다.

일반적으로 인간은 강물의 유연한 흐름에서 무상한 세월의 흐름을 유추하곤 한다. 한번 흘러가버리면 다시는 돌이킬 수 없는 흐름의 동질성이 그런 유추를 가능하게 하는 것이다. 그런데 허만하가 관조하고 있는 강물의 흐름은 그런 상투성에서 벗어나 있다. 그저 끊임없이 흘러만 가는 것이 아니라 흐름의 소멸과 동시에 그 흐름을 완성하는 과정에 대한 관조를 통해 흐름의 의미를 성찰하고 있는 것이다. 이것은 곧 삶의 과정으로 전이된다. 즉 삶의 과정은 소멸의 순간인 죽음을 통해 완성되는 것이기 때문이다.

"바다에 이르러 / 강은 이름을 잃어버린다. / 강과 바다 사이에서 / 흐름은 잠시 머뭇거린다."에 묘사된, 바다와 만나면서 그 존재가 소멸되는 강의 흐름은 이승에서의 인연을 다 떨쳐버리지 못해 삶에 대한 미련을 간직하고 있는 죽음을 연상시킨다. 그리하여 "강은 슬프게도 아름다운 / 연한 초록빛 물이" 되고, "섭섭함 같은 빛깔. / 적멸의 아름다움."이 되는 것이다. 이는 곧 죽음의 순간을 예감하는 사람의 정서 상태를 드러내는 회상과 그리움과 한의 빛깔이기도 하다.

그런데 깊고 거대한 바다로 빨려 들어가 그 존재를 상실하는 '미지에 대한 두려움'을 '커다란 긍정'으로 수용함으로써 "강의 최후는 / 부드럽고 해맑고 침착"하게 된다. 이는 죽음에 직면한 인간의 심리과정이 처음에는 분노하다가, 분노와 협상과 우울의 단계를 거쳐 마침내 수용의 단계에 이르러 죽음을 긍정하고 내적 평화의 경지에 도달하는 과정과 유사하다.[154] 그러므

---

154) 李時炯, 「臨床에서 지켜보는 죽음」, 『죽음의 사색』, 書堂, 1989, 283~286쪽 참조.

로 "두려워 말라, 흐름이여 / 너는 어머니 품에 돌아가리니"라는 말을 할 수 있는 것이다. 즉 흐름의 종말이 고통스러운 것이 아니라 어머니의 품으로 돌아가는 매우 아늑하고 편안한 것임을 단언한다. 인간은 삶에 대한 본능과 동시에 죽음에 대한 본능도 가지고 있다. 생명체에게 가장 쾌적하고 편안한 공간이 바로 모태인데, 그 모태로 회귀하고자 하는 것이 곧 죽음에 대한 본능이기도 한 것이다.

인간의 삶은 죽음이라는 필연적인 결말을 지니고 있기에 더욱 고귀한 것이 될 수 있다. 죽음은 단순한 존재의 소멸이나 고통스러운 순간이 아니다. 인간의 삶은 어떤 방식으로든 죽음에 의해서 완성된다. 비록 상처투성이의 얼룩진 인생이라고 하더라도 죽음은 그 삶에 고귀한 가치와 의미를 부여한다. '죽음을 매개로 한 조용한 轉身'이 이루어지는 것이다. 그리하여 "강은 바다의 일부가 되어 / 비로소 자기를 완성" 하듯이 인간의 삶도 죽음에 의해 그 의미와 가치를 완성하는 것이다.

「낙동강 하구에서」를 음미하노라면 거대한 바다의 출렁이는 물결 속으로 흡입되어 소멸되는 유유한 강물의 흐름을 바라보고 있는 시인의 시선이 느껴진다. 그런 흐름의 소멸을 존재의 소멸로 보지 않고 흐름의 완성으로 인식하는 시인의 혜안이 감동적이다. 이것은 죽음을 거대한 공포로 여기고, 그것으로부터 벗어나기 위해 온갖 노력을 기울이며 발버둥치는 인간의 삶의 과정을 반성하게 한다. 죽음은 삶의 과정의 영원한 중단이나 존재의 소멸이 아니라, 삶의 의미와 가치를 완성하는 것이라는 점을 깨닫게 되기 때문이다.

Ⅶ. 결 론

죽음은 인생의 절대적 조건이다. 인간은 결코 죽음을 거부하거나 부정할 수 없다. 또한 인간은 자신의 삶에 죽음이 전제되어 있다는 것을 인지하고 있는 유일한 존재이기도 하다. 그러기에 죽음을 예감하고 미리 준비하기도 하는 것이다. 한 인간이 유년기를 지나 이루는 정신적 성숙은 대부분 죽음의 인식과 관련되는 경우가 많다. 인생에서 터득하게 되는 삶의 진실에 대한 발견은 죽음에 대한 사유와 은밀하게 연결되어 있기 때문이다.

그런데 인간의 삶은 죽음이 전제되어 있기 때문에 가치와 아름다움을 누릴 수 있다. 죽음을 극복하고자 하는 인간의 노력이 문화와 예술을 꽃피게 하고, 종교를 존재케 하며, 생명에 대한 외경과 사랑을 고양시키는 것이다. 그러므로 죽음에 대한 명증한 인식이야말로 삶에 대한 성실하고 진지한 태도를 가능하게 한다. 본고에서는 이러한 인식을 토대로 다섯 명의 대표적 시인들의 작품에 나타나는 죽음에 대한 인식을 고찰했다.

윤동주는 「序詩」에서 죽음이 단순한 삶의 종말이나 중단이 아니라 삶의 총체적 의미를 드러내는 성스러운 祭儀로 인식하고 있으며, 죽음을 통해 자기 존재의 가치와 의미를 구현하고자 하는 의도를 진술하고 있다.

김수영은 「孔子의 生活難」에서 세상의 허위성에 농락당하지 않으려는 치열한 정신을 죽음으로 보장하려는 결의를 표명하고 있는데, 이는 죽음을 구원의 대상으로 인식함으로써 자신의 양심과 도덕성을 지키는 마지막 수단으로 선언함과 동시에, 현실의 모순과 부조리에 강력하게 저항할 수 있는 원동력으로 삼고자 한다.

박인환은 「불행한 神」에서 미래에 대한 전망을 차단당한 실존적 불안의식으로 인해 늘 죽음을 예감하는 강박관념에 시달림으로써, 죽음을 단순한 현실도피의 수단으로 인식하는 수준에 머물고 있다.

도종환은 「접시꽃 당신」에서 죽음을 착하고 성실하게 살아온 삶의 허망한 중단이 아니라, 삶의 의미를 완성하는 시간으로 인식하고 있으며, 아내에 대한 일상적 사랑을 至高至純한 사랑으로 승화시킬 수 있는 삶의 마지막 과정으로 인식하고 있다.

허만하는 「낙동강 하구에서」라는 작품을 통해 흐름의 소멸이 존재의 소멸이 아니라 흐름의 완성이라는 인식을 드러내며, 이는 죽음이 삶의 과정의 영원한 중단이나 존재의 소멸이 아니라, 삶의 의미와 가치를 완성하는 것이라는 인식을 형상화한 것이다.

이상의 분석을 통해 삶의 진실과 아름다움을 증언하고, 현실의 모순과 부조리에 저항하는 시인의 치열한 정신은 죽음에 대한 명증한 인식과 밀접하게 관련됨을 고찰할 수 있었고, 아울러 삶에 가치와 의미를 부여하고자 하는 진지한 노력을 성찰할 수 있었다.

참고문헌

〈시집〉
김수영, 『金洙暎全集 I 詩』, 民音社, 1981.
도종환, 『접시꽃 당신』, 실천문학사, 1986.
박인환, 『朴寅煥 全集』, 文學世界社, 1986.
尹東柱, 『하늘과 바람과 별과 詩』, 정음사, 1968.
허만하, 『비는 수직으로 서서 죽는다』, 솔출판사, 2001.

〈단행본〉
강만길 외, 『해방전후사의 인식 2』, 한길사, 1985.
金烈圭 외, 『죽음의 思索』, 書堂, 1989.
金容稷, 『現代詩原論』, 學硏社, 2001.
金允植·김현, 『韓國文學史』, 民音社, 1973.
김재홍, 『한국 현대시의 사적 탐구』, 一志社, 1998.
김종윤, 『김수영 문학 연구』, 한샘출판사, 1994.
          『시적 감동의 자기체험화』, 鳳鳴, 2004.
이동하 편저, 『박인환』, 문학세계사, 1993.
李商燮, 『文學批評用語事典』, 民音社, 1980.
李昇薰, 『詩論』, 高麗苑, 1982.
金埈五, 『詩論』, 도서출판 문장, 1984.
李仁福, 『韓國文學에 나타난 죽음意識의 史的 硏究』, 悅話堂, 1987.
鄭良殷, 『社會心理學』, 法文社, 1981.
Booth, Wayne C., A Rhetoric of Irony, The University of Chicago Press, 1974.
Cassirer, Ernst, 『인간이란 무엇인가?』, 최명관 역, 訓福文化社, 1969.
Pollard, Arthur, 『諷刺』, 宋洛憲譯, 서울大學校 出版部, 1982.
Smith, Barbara H., Poetic Closure. The Univ. of Chicago Press, 1974.
Stallmann, Robert W., The Critic's Notebook. The Univ. of Minnesota Press, 1950.
Wellek, R. and Warren, A., Theory of Literature. Penguin Books Ltd., 1970.
Wheelwright, Philip. Metaphor and Reality. Indiana University Press, 1962.

제 4 부

전쟁에 대한 문학적 해석

전쟁문학에 나타나는 전장체험 연구

Ⅰ. 序論

D. MacArthur는 유명한 West Point 방문 연설에서 군인은 호전주의자가 아니라 누구보다도 평화를 위해 기도하는 사람이라고 말했다. 왜냐하면 전쟁의 폭력성에 맞서 싸우며 견디어야 하는 직접적인 당사자가 바로 군인이며, 전쟁의 상처로 가장 고통받는 사람도 바로 군인이기 때문이다. 전쟁으로 인한 상처와 그 고통의 심각성은 물질적인 파괴나 경제적인 손실에 있는 것이 아니라 인간의 정신과 영혼을 파괴하여 인간으로 하여금 끊임없이 실존적 고통에 시달리게 한다는데 있다.

전쟁은 인간이 이룩한 모든 문화를 파괴할 뿐만 아니라 인간다움을 보장하는 일체의 도덕적, 윤리적 규범으로부터의 일탈을 가능하게 함으로써 인간성의 상실이라는 비극적 결말을 초래한다. 따라서 전장에서는 이성적이고 윤리적 존재로서의 인간의 모습보다는 본능적이고 동물적인 인간의 모습이 드러나는 경우가 더 많다. 우리는 이러한 전쟁으로 인한 인간적 파멸을 예방하기 위해 그 악마성과 파괴성을 연구하여야 한다. 전쟁이 벌어지고 있는 현장인 전장이야말로 그러한 연구를 가능하게 하는 실험실이며, 전장체험은 전쟁에 대한 지혜를 풍부하게 하는 가치있는 교훈이 될 수 있다.

전쟁에 대비하기 위한 연습으로서의 훈련에는 한계가 있다. 그것은 단순한 연습에 그칠 뿐, 실제 전쟁의 극한상황은 전쟁이 발발하기 전에는 결코 실습할 수 없는 비극이다. 따라서 전쟁의 비극성에 대한 성찰과 이해가 필요한 것이다. 즉 전쟁이라는 한계상황에 처한 인간의 적나라한 모습과, 죽음의 공포와 그로 인한 정신적 후유 장애의 심각성과 같은 전쟁의 파괴성이나 악마성에 대한 이해를 통해 전쟁 방지를 위한 구체적인 노력을 시도할 수 있게 되는 것이다. 따라서 본 연구의 목적은 전장체험에 대한 연구를 통해 전쟁에 대한 진정한 이해와 그 비극성을 방지할 수 있는 교훈을 음미하는데 있다. 다음에 인용된 글은 이러한 연구의 필요성을 이해하는데 시사하는 바가 크다.

한번 전쟁을 겪은 사람에게는 그 전쟁이 영원히 끝나지 않는다. 성숙이 시작되는 시기에 의식의 밑바닥으로 스며드는 전쟁터에서의 경험, 감각을 마비시키는 그런 경험은 깨어나면 홀가분하게 없어지는 악몽과 같지 않다. 인간의 과거란 잇몸에 낀 찐득거리는 더러움이나 마찬가지로 불쾌하고 끈질기다. 과거는 현재를 파먹고 덮어버리는 침전물이다. 그래서 과거에 겪은 전쟁은 현재의 기억에서 지워버릴 수가 없다. 전쟁 때문에 타의해 의해 파괴된 영혼은 십 년이 지나도 본디 상태로 재생되지 못하는 까닭에서이다. 교실에 앉아서 코울릿지와 드라이덴의 시가 어떻다고 선생님의 강의를 부지런히 받아 쓰던 나는 대학을 졸업한 지 일 년쯤 후에 총을 들고 월남의 어둑어둑한 정글로 가서 인간사냥을 다녔다. 월남에서 보낸 그 일 년 동안에 벌어진 사건들은 영혼을 불에 달군 쇠로 지진 낙인(烙印)이었다. 살아서 돌아온 다음에도 여러 해 동안 나는 전쟁터에서 겪었던 수많은 일들을 하나하나 머릿속에 그려 보고 되새기면서 수십 번도 더 그 상황을 다시 살았다. 그때 적이, 우리들이, 그리고 내가 왜 어떻게 그런 행동을 할 수가 있었는지 아무리 따져 보아도 납득이 가지 않았다. 대단위 집단을 이루고 편을 짜서 살인을 위한 기계를 만들어 조직적으로 대량 살육을 할 능력은 동물들 가운데 오직 인간만이 지녔다.[155]

전쟁으로 인한 물질적 파괴는 복구가 가능하지만 정신적 황폐화는 복구가 불가능하다. 영혼에 낙인된 상처는 인간을 끊임없는 고통의 사슬에서 풀

---

155) 안정효, 『하얀 전쟁 제1부』, 고려원, 1993, 32~33쪽.

려나오지 못하게 하는 족쇄와 같은 것이다. 인간에게 그러한 고통의 족쇄를 채우지 않도록 하기 위해 우리는 전쟁의 비극성에 대한 체험을 깊이 음미해야 한다. 또한 인간의 자유와 평화를 수호한다는 명분 아래 저질러지는 대량 살육의 모순과 참혹한 비극을 방지하기 위해 전쟁 연출자들의 비인간성을 규탄해야 하는 것이다.

그런데 전쟁의 비극성과 비인간성을 고발하는 각종 전쟁문학 작품들은 좋은 전장체험 연구의 사례집이 될 수 있다. 역사적 기록은 전쟁의 악마성과 그로 인한 개인의 실존적 고통을 구체적으로 규명하는데는 한계가 있다. 그러나 허구의 세계이면서도 동시대의 진실을 가장 잘 반영하는 역사적 산물로서의 문학작품은 역사적 기록물보다 오히려 역사적 상황을 충실히 재현함으로서 전쟁의 의미와 본질에 대한 총체적이고 종합적인 통찰을 가능하게 한다. 뿐만 아니라 작가는 역사적 진실에 대한 충실하고도 신념있는 증언자라고 할 수 있다. 그는 자신의 작품을 통해 사회의 구조적 모순이나 불합리성을 비판적으로 성찰함으로써 그 사회의 진보와 개량에 기여하는 것이다. 따라서 전쟁문학 작품에 형상화된 다양한 전장체험적 사건들은 전쟁의 비극성을 이해하는데 필요한 적절한 예화(例話)가 될 수 있는 것이다.

이런 점에서 월남전을 소재로 한 소설 작품들은 한국 사회의 근대화 과정에서 벌어진 전쟁의 양상과 의미를 이해하고 그 비극성을 음미하는데 좋은 자료를 제공한다. 월남전은 세계사에서 뿐만 아니라 한국의 현대사에서도 매우 중요한 의미를 갖는 전쟁이다. 그것은 남의 나라 전쟁이면서도 한국사회의 근대화와 경제적 성장에 커다란 영향을 주었으며, 특히 "越南參戰 8年간에 總312,853名의 兵力이 파월되었으며 이들中 約 4,900여명의 將兵이 戰死 또는 殉職"[156]한 우리들의 전쟁이기도 하기 때문이다. 따라서 우리는 월남전의 의미와 체험을 중요한 역사적 교훈으로 삼아야 할 것이다.

월남전의 비극성이나 전장체험에 대한 문학적 연구는 매우 미미하다. 월남전을 소재로 한 작품들에 대한 작품론으로 쓰여진 단편적인 글들이 몇 편

---

156) 駐越韓國軍司令部, 「越南戰綜合硏究」, 駐越韓國軍司令部, 1974, 1154쪽.

있을 뿐이다. 이원규의 「훈장과 굴레」에대한 해설인 田英泰의 평론 「속박에서 영광으로 이르는 길」과 李相文의 「黃色人」에 대한 작품론인 박덕규의 「문제성과 대중성」, 그리고 송승철의 「베트남전쟁 소설론: 용병의 교훈」 같은 것이 그 예다. 그런데 미국 작가에 의해 쓰여진 월남전을 소재로 한 소설들을 분석한, 정연선의 「월남전에 관한 미국소설 속에 나타난 주제와 태도의 문제」라는 글은 월남전의 성격과 비극성을 이해하는데 좋은 참고자료가 될 수 있다.[157] 비록 본질적인 사고방식이나 문화적 차이는 존재하지만, 미국군이나 한국군 둘 다 같은 전장에서 같은 입장에 서서, 우방으로 함께 싸웠기 때문에 월남전의 전장체험을 동질적인 차원에서의 논의하는 것이 가능한 것이다.

전장체험에 대한 연구를 통해 전쟁에 대한 진정한 이해와 전쟁의 비극성을 고찰하기 위해 본 연구에서는 먼저 월남전의 성격과 역사적 의미, 그리고 한국군에 대한 교훈적 의미를 논의하게 될 것이다. 그 다음에는 월남전을 소재로 한 대표적 작품들에 나타나는 전장체험적 사건들을 죽음에 대한 공포, 도덕적 갈등과 가치관의 혼란, 휴머니즘 등을 중심으로 분석하고자 한다.

이를 위해 분석의 대상이 될 작품은 박영한의 「머나먼 쏭바강」, 이원규의 「훈장과 굴레」, 황석영의 「무기의 그늘」, 이상문의 「황색인」, 안정효의 「하얀 전쟁」 등이다. 이들 작가중 이원규는 장교로, 나머지 네 사람은 사병으로 각각 월남전에 종군한 참전용사일 뿐만 아니라, 앞에 열거한 작품들은 모두 발표되자 문단의 화제작으로서 많은 독자들에 의해 관심의 대상이 되었던 작가의 대표적 작품에 속한다. 따라서 작품 속에는 작가가 월남전에서 보고 느낀, 그리고 스스로 겪은 생생한 현장 체험이 리얼리즘적인 태도에 의해

---

157) 田英泰, 「속박에서 영광으로 이르는 길」, 『훈장과 굴레』, 現代文學社, 1987, 345~356쪽.
　　「월남전쟁 인식의 심화와 확대」, 『黃色人』, 韓國文學社, 1987, 350~359쪽.
　　박덕규, 「문제성과 대중성」, 『黃色人』, 현암사, 1989, 302~311쪽.
　　송승철, 「베트남전쟁 소설론: 용병의 교훈」, 『창작과 비평』, 1993년 여름호, 77~94쪽.
　　정연선, 「월남전에 관한 미국소설 속에 나타난 주제와 태도의 문제」, 화랑대 연구소, 1995, 연구보고서.

잘 형상화되고 있다.

그런데 전쟁 문학 작품을 통한 전장체험의 연구는 몇 가지 한계성을 지닐 수밖에 없다. 작품 수도 매우 제한될 뿐만 아니라, 전장체험과 관련된 각종 사건들이 비록 소설 속의 이야기이기는 하지만 군에 미칠 역작용을 고려하지 않을 수 없기 때문이다. 뿐만 아니라 작품 속에 묘사된 사건과 인물이 비록 작가 자신의 생생한 체험의 산물이기는 하지만, 작가의 주관성이 강하게 개입하고 있고, 상상적으로 창조된 허구의 세계에 속한다는 엄연한 사실도 논리적이고 과학적인 분석을 가로막는 중요한 장애물이다. 그러나 허구의 세계이면서도 현실의 모순과 비극성을 충실하게 재현하여 증언하는 것이 또한 문학의 사명이라는 점에 본 연구의 가능성이 열리는 것이다. 한편으로는 이제 한국군도 과거의 역사적 과오를 겸허하게 반성하여, 그 교훈을 민주 시민 군대로 발전하기 위한 지혜로 삼을 줄 아는 성숙된 군대사회를 이루고 있다는 믿음이 본 연구에 대한 몇 가지 우려를 불식시킬 수 있을 것으로 생각한다.

사실 월남전이 종식된지 20여년 이상이 경과한 지금까지도 파월 한국군에 대한 비판적 성찰은 그러한 연구에 대한 몇 가지 제한적 요소들로 인해 어려움이 많았다. 그러나 이제는 한국군이 올린 혁혁한 전과와 업적, 그리고 국가 발전에 기여한 공로의 이면에 가리워져 있는 각개 병사들의 개인적인 고뇌와 고통의 체험들에 대해서도 면밀한 분석이 필요하다. 이런 모든 것들을 하나의 역사적 교훈으로 제대로 평가할 수 있을 때 우리 군도 성숙된 민주 시민 군대로 발전할 수 있기 때문이다.

II. 월남전의 성격과 교훈

ROTC 출신 장교로서 월남전에 참전하여 종군한 이원규는 『현대문학』창간 30주년 기념 공모 당선작인 장편소설 「훈장과 굴레」의 머리말에서 "삼십만 명이 바다를 건너가 삼천이 넘는 청춘이 피 흘리고 죽었으며, 우리 문제에 대한 많은 점을 시사해 주고 있는데도 베트남 전쟁은 한국인들에게 올바로 이해되지 못한 채 망각의 강 저쪽으로 묻혀져가고 있다."[158]고 개탄하고 있다. 그것은 월남 민족의 전쟁인 동시에 한국군이 참전하여 피흘리며 싸운 우리의 전쟁이기도 하다. 기억하고 싶지 않은 비극적인 전쟁으로 망각해 버리기에는 파월된 한국군의 엄청난 희생과 이국땅에 원혼으로 떠돌 고귀한 젊은이들의 죽음이 너무도 허망해진다. 몇몇 진보적인 인사나 학자들의 공허한 정치 논리나 경제 논리에 휘말려 자칫 비도덕적이고 비인간적인 전쟁에 용병으로 개입하여 실패한 전쟁의 책임만을 전가당한 실추된 군의 위상을 바로잡기 위해서라도 우리는 월남전에서 한국군이 겪었던 엄청난 고통과 희생의 의미와 그 교훈성을 깊이 음미해야 하는 것이다.

"미국이라는 강대국이 6천만 톤 이상의 폭탄을 소비하고 3천억 달러 이상의 전비를 투입했고, 30만 명 이상이 부상하고 5만 7천여 명이 전사했어도 결국은 패배로 돌아간 전쟁",[159] 그리고 "세계 제1의 군사·경제·과학의 총력을 동원한 국가와 그 지원하에 세계 제4위의 군사력을 갖는 현지집단이 상식으로써는 이해할 수 없는 패배를 당한 전쟁의 최초의 예로 전사에 길이 남을 것이다. 그리고 보면 그 패배에서의 교훈은 단순히 〈군사력〉의 강약이나, 〈군사적 방위태세〉의 우열의 측면에서 찾을 수 없을 것 같다."[160]는 전쟁인 월남전의 성격을 이해하기 위해서는 드골 프랑스 대통령의 다음 예언을 음미해 볼 필요가 있다.

인도차이나 전쟁에서 프랑스가 패망하고 떠난 뒤, 미국은 고 딘 디엠 정권을 뒷받침하면서 경제원조라는 표면적 간판 아래 미국의 원정군의 제1진을 베트남에 들여놓기 시작했다. 존 케네디는 나에게, 미국의 목적은 그곳에 소련 포위용 기지를 건설하려는 것임을 이해해 달라고 요청했다. 나는 그가 요청하는 승인과 동의 대신에 (케네디 대통령에게) 그가 잘못된 길을 택하고 있다고 말했다.

나는 그에게 다음과 같이 말해 주었다. 이 지역에 한번 발을 들여 놓으면 당

---

158) 이원규, 『훈장과 굴레』, 現代文學社, 1987, 10쪽.
159) 田英泰, 「속박에서 영광으로 이르는 길」, 『훈장과 굴레』, 現代文學社, 1987, 346쪽.
160) 李泳禧, 『베트남 戰爭』, 두레, 1985, 103~104쪽.

신은 끝없는 미로에 빠져들 것이다. 민족이라는 것이 한번 눈을 뜨고 궐기한 다음에는 아무리 강대한 외부 세력도 그 의사를 강요할 수는 없는 것이다. 당신은 스스로 이 사실을 깨닫게 될 것이다. 일부의 현지 지도자들이 순전히 이기적인 이유와 목적에서 당신을 섬길 생각이라 하더라도 민중은 그들을 따르지 않을 것이며, 더구나 당신을 원치는 않을 것이다. 당신이 내세우는 이데올로기는 그들에게 아무런 관심도 불러일으킬 수 없을 것이다. 오히려 인도차이나의 민중은 당신이 말하는 이데올로기를 당신의 지배욕과 동일시할 것이다. 당신이 그곳에서 반공주의를 내세워 깊이 개입하면 할수록 그곳 민중에게는 공산주의야 말로 그들의 민족적 독립의 기수로 보이게 되리라는 것이 바로 이 때문이다. 그러면 그럴수록 민중은 공산주의자들을 더욱 따르고 지지하게 될 것이다. 당신은 지금 우리 프랑스가 떠난 그 지점에 들어서려 하고 있고, 우리가 끝맺은 전쟁을 다시 되살리려 하고 있다. 한마디로 당신네 미국인들은 인도차이나에서 과거의 프랑스의 자리를 차지하고 있다. 우리는 싫도록 그것을 경험했다. 당신에게 한마디 충고하고 싶은데, 그것은 아무리 돈과 인원을 인도차이나에 쏟아넣어도, 오히려 그럴수록 당신네들은 그곳에서 밑이 없는 군사적 정치적 늪 속으로 몸을 가눌 수 없게끔 한 발 한 발 빠져 들어갈 것이라는 분명한 사실이다. 불행한 아시아와 아시아의 민족들을 위해서 당신이나 우리나 그리고 딴 사람들이 해야 할 일은, 그들 민족이나 국가의 살림살이를 우리가 떠맡는 일이 아니라, 그곳에서뿐 아니라 세계 어디서나 전횡적이고 억압적인 정권을 낳게 하는 원인인 인간적 고통과 욕된 상태에서 그들이 빠져나올 수 있게끔 도와주는 일이다.[161]

스페인 전쟁과 더불어 현대사에서 인류의 양심을 시험하고 그것에 지울 수 없는 상처를 남긴 것으로 평가되는 베트남 전쟁은 결국 드골의 충고대로 끝난 것이다. 미국은 애초부터 이길수 없는 전쟁에 개입하여 베트남증후군이라는 지울 수 없는 정신적 상처만 안고 철군하여 전사에 길이 패전의 불명예를 남기고 만 것이다. 이영희는 월남전의 원인과 전개, 그리고 결과를 분석한 그의 저서에서 월남전의 종결에 대해 다음과 같이 언급하고 있다.

미국의 압도적인 물량과 과학무기에도 불구하고, 오히려 물질적 위력이 강

---

161) 같은 책, 78~79쪽에서 재인용.

해지면 질수록, 인도차이나 민족의 민족해방세력은 강대해지기만 했다. 인도차이나 전역에 대한 비치사성(非致死性) 각종 독가스와 식물고사(枯死)용의 화학무기가 광범위하게 사용됨으로써, 인도차이나전은 처음으로 생태학적 대량파괴의 문제를 인류에게 제기하였다. 해방전선측을 돕는 소련과 중공은, 상호간의 대립관계에도 불구하고 베트남 공화국을 통한 현대무기 원조의 필요성으로 미국과의 전쟁 일보전 상태에까지 깊이 관련되었다. 쌍방 전쟁방법의 잔인성은 세계의 양심과 국제여론을 자극하여 미국에게 날로 불리한 국제적 조건으로 굳어져 갔다. 미국내의 국론분열과 반전세력은 내부에서 국가적 일체성을 파괴하는 작용을 하여, 미국은 마침내 닉슨으로 하여금 70년, '미국의 국력에도 한계가 있다'는 선언과 함께 20년에 걸쳤던 정치 · 군사간섭 정책에서 물러나기 시작하도록 했다. 세계 최강의 군사력으로 무장한 거인은 만신창이가 되어 일개 후진 약소민족과 협정을 맺고 73년 2월, 27년 만에 이 파란 많은 땅에서 물러서기를 약속했다.[162]

위에 인용된 두 개의 글 속에는 월남전의 성격을 추론할 수 있는 사항들이 내포되어 있다. 즉 프랑스가 패배할 수밖에 없었던 이유와 경제원조라는 명분 아래 소련의 팽창을 저지하려는 의도로 시작된 미국의 월남전 개입, 그리고 드골의 충고처럼 엄청난 전비와 병력을 투입하고도 정치적이고 군사적인 수렁에서 허우적대다 인도차이나 민족의 민족주의 앞에 참담한 패배자로 철수할 수밖에 없었던 미국의 입장이 잘 나타나 있는 것이다. 월남이 패망하고 국제사회에서 미국의 명예를 실추시킨 패전의 배경에 대해, 주월미군사령관으로 월남전을 주도했으며 육군참모총장을 지낸 웨스트모어랜드 장군은 「野戰軍司令官의 報告書」에서 다음과 같은 몇 가지로 분석하고 있다. 첫째는 워싱턴 정부를 지배하고 있는 민간관리들의 부당한 간섭과 우유부단, 그리고 비능률과 불화이다. 둘째는 전쟁의 참상만을 집중적으로 보도하여 반전 분위기를 확산시킴으로써 정치인과 시민들에게 패배의식을 심화시킨 언론의 편파적 보도이다. 셋째는 경제적 지원에 대한 권한을 가지고 있으면서 선거구민의 여론과 인기도에 연연하여 전시하의 월남원조에 개입

---

162) 같은 책, 77~78쪽.

한 국회의원들의 태도이다. 넷째는 쿠데타와 데모의 악순환으로 인한 월남의 정치적 불안정과 국력총화의 결여, 그리고 군부지도자들의 파벌싸움과 부정부패이다.[163] "軍人은 정부를 위하여 贖罪羊으로 희생되는 것을 감수하지 않을 수 없다. 그러한 정도의 상처라면 그가 軍의 길을 택한 이상 당연히 각오해야 한다."[164]라고 체념하면서도 그의 보고서 곳곳에는 대담한 확전과 물량투입을 통해 전쟁을 승리로 이끌지 못한 군인으로서의 안타까움이 잘 나타나 있다.

그런데 전장에서 전투를 수행 중인 장병들에게 직접적인 영향을 주는 것은 위에 제시된 정책적이거나 국가적 차원의 문제보다도 개인의 전투의지를 약화시키는 개인적이면서도 본질적인 차원의 문제들이다. 즉 왜 자신이 이 전쟁에서 싸우며 고통을 견디어야 하는지에 대한 회의와 심리적 갈등이 바로 그것이다. 월남전이 월남군에게는 자신의 조국을 위한 의미있는 전쟁이지만 미군이나 한국군에게는 결코 동일한 의미를 가질 수 없는 전쟁이었다. 이는 월남전을 소재로 한 대부분의 미국 소설 속에 등장하는 미군 장병들이 명분이 없는 전쟁의 도덕성과 개인적 양심에 대한 갈등으로 엄청난 심리적 고통을 견디지 않으면 안되었음을 나타내고 있는 점에서 입증된다. 정연선도 월남전에 관한 미국소설의 주제와 태도를 분석한 글에서 "대부분의 미국인들에게 월남전의 경험은 악몽이며 도덕적 황폐를 가져오는 하나의 정신적 상태가 된다. 다시 말하면 월남전 소설은 명분 없는 전쟁을 싸우도록 강요당한 병사가 겪은 도덕적 혼란과 이로 인한 심리적 충격을 밝히고 정의하는데 그 의도가 있다고 볼 수 있고 이러한 관점에서 이전의 전쟁소설들과 구별지을 수 있을 것이다."[165]라고 말한 바 있다. 자신의 조국을 위한 것이 아닌 명분 없는 전쟁을 싸우도록 강요당하는 병사들은 전쟁을 단지 자신의 생존을 위한 싸움으로 생각하는 개인적 차원으로 끌어내리게 된다. 다

---

163) 윌리암 C. 웨스트모어랜드, 『왜 越南은 敗亡했는가: 野戰軍司令官의 報告書』, 崔鍾起 譯, 光明出版社, 1976의 내용에서 간추림.
164) 같은 책, 7쪽.
165) 정연선, 앞의 글, 8쪽.

음 인용은 이를 이해하는데 좋은 단서를 제공한다.

　　전쟁 명분의 부재, 월남에 온 병사들의 각기 다른 참전 동기, 똑같은 장소
에서 계속 반복되는 전투, 정글 속에서의 오랜 고립, 개인의 행동에 대한 도덕
적 책임 등등이 바로 각개 병사들로 하여금 자신이 월남에서 싸워야 하는 명분
에 회의를 갖게 하고 전쟁을 개인의 차원으로 격하시키는 요인이 되었다. 그러
나 월남전을 사적인 전쟁으로 격하시킨 가장 중요한 요인은 참전 복무기간이 1
년이었다고 하는 사실이다. 한 군대사회 학자는 전쟁기간 동안 월남에서의 연
구 시찰을 통해서 각개 병사에게 있어서 참전 동기에 영향을 미치는 가장 중요
한 요인은 순환근무제도임을 발견하였다. 이 제도 하에서는 모든 병사들이 언
제 자신이 월남을 떠날 것인가를 정확히 알고 있으며, 그렇기 때문에 그들에
게 있어서 전쟁은 시간과의 싸움이 된다. 다시 말해 자신이 월남을 떠나는 날
이 곧 전쟁이 끝나는 날이다. 따라서 그의 관심은 그의 '예상 귀국 일자'(Date
Expected Return Overseas)에 집중되어 있다. 따라서 그 군대사회 학자는 순
환근무제도가 근본적으로 전쟁을 사적이며 자기중심적인 관점으로 보게하는
요인이 되었다고 결론을 맺는다. 각개 병사는 커다란 전쟁 명분과는 관계 없이
365일 동안 자신의 복무기간을 살아있기 위한 전쟁을 벌려야 했다.[166]

　월남전에 참전하고 있는 미군 병사들이 대부분 명분 없는 전쟁의 의미에
대해 깊이 회의하며 참전기간 동안 오로지 살아남기 위한, 개인의 생존을
위한 싸움을 벌릴 수밖에 없었다는 사실은 파월된 한국군 병사들의 전장 심
리를 이해하는데도 시사하는 바가 크다.

　파월되어 직접적으로 전투에 투입된 한국군 장병들이 인식하고 있는 월
남전의 성격을 이해하기 위해서는 다음 견해를 고려해 볼 필요가 있다.

　　돌이켜 보면, 당시에 사람들은, 심지어 야당과 학생들조차도 이 명분없는 참
전에 거세게 저항하지 않았다. 대다수 사람들은 베트남 파병을 경제적 · 외교
적 과실을 얻는 대가로 우리가 치러야 할 불가피한 희생으로 보았고, 따라서 당
연한 일이겠지만 전쟁이 끝나자마자 파병 자체를, 그리고 그와 함께 전쟁의 희

---

166) 같은 글, 15쪽.

생자들을 잊어버렸다. 이와는 달리 베트남전쟁이 끝나갈 무렵에 진보적 시각을 가진 사람들은 안보논리의 위압 속에서 베트남전쟁을 부도덕한 전쟁으로 비판했는데, 이 시각에 따르면 한국의 베트남 참전은 자주성 없는 정부가 미국의 압력에 굴복한 탓으로 이민족의 문제에 멋모르고 참가해서 마구 총을 쏘아댄 부끄러운 경험이었다. 과실이 목적이었던 압력에 굴복했든, 지금 대다수의 사람들이 받아들이는 이 두 가지 일반적 견해는 은연중에 우리는 오직 '당신들의 전쟁'에 '용병'으로 참가했음을 사실로 시인하고 있다.[167]

몇몇 진보적인 지식인들에 의해 월남 파병의 비자주성이나 부도덕성이 비판의 대상이 된다 하더라도, 월남파병이 한국군의 발전에 획기적인 전환점을 이루는 계기가 되었으며, 인류의 자유와 평화를 수호하는데 기여하고자 하는 한국군의 국제적 위상을 높이고, 국가경제 발전의 원동력을 제공한 역사적 의의는 결코 과소 평가되어서는 안된다. 그러나 그 전쟁이 우리의 땅에서 벌어진, 우리 민족 자신을 위한 전쟁이 아니라, 비록 국가를 위한 것이기는 하지만 일정한 목적과 대가를 얻기 위해 남의 나라의 전쟁에 참전했다는 사실은 결국 '용병론'을 부인할 수 없게 하는 것이다.

그런데 이러한 용병론적 의식은 전쟁의 명분과 의미에 대한 강한 회의를 일으킴으로써 병사들의 전투의지에도 심각한 영향을 미칠 수 있다. 한국의 월남전 소설에도 이러한 병사들의 심리적 갈등이 잘 나타나 있다.

사수? 황은 생각했다. 무엇을, 누구를 위해서 기를 쓰고 다리를 지킨단 말인가. 문제는…… 황은 우울하게 생각했다. 설사 저 다리가 폭파당한다고 해도 누구 하나 진실로 마음 아파하지 않을 것이란 것. 그것이 이 전쟁의 골칫거리다. 알 게 뭐냐라고 누군가는 말할 것이다. 저것은 내 교량, 우리의 교량이 아닌 것이다, 본질적으로는. 머지않아 미군의 보급로가 될 것이고, 더 먼 먼 훗날이면 우리가 철수해 버리고 난 뒤에 월남인들이 사용하게 될 것이다. 그 월남인들이란 뻔뻔스럽고 태평하며 한편 퇴폐적인 족속들이다.[168]

---

167) 송승철, 앞의 글, 77~78쪽.
168) 朴榮漢, 『머나먼 쏭바강』, 민음사, 1993, 71쪽.

이것은 미군의 물자 수송에 중요한 교량의 복구 공사를 위해 경계 임무를 수행하고 있는 소대에 소속되어 있는 주인공 황일천 병장이 야간 매복 중에 중얼거리는 독백의 일부다. 이 독백 속에는 월남전의 성격에 대한 한국군 병사들의 보편적인 인식이 상징화되어 있다. 그것은 바로 월남전이 참전의 명분과는 달리 병사들 각자에게는 자신이나 조국을 위한 우리의 전쟁이 아니라 남의 나라에서 벌어진 이민족을 위한 전쟁이라는 의식이 지배적이라는 사실이다. 게다가 월남인들에 대한 부정적 인식은 참전의 명분을 더욱 희석시키는 중요한 요인이 된다.

이상에서 고찰해 본 바와 같이 미국군이든 한국군이든 월남전은 전쟁이라는 정책을 담당하는 집단과 그것을 전투를 통해 수행하는 군인들 사이에는 명분상에 커다란 간극이 발견된다. 즉 세계 평화나 국가적 이익 추구라는 명분은 각개 병사에게는 매우 허구적이고 비현실적인 것으로 인식되고 있는 것이다. 한국군의 월남 참전 명분도 '대공 투쟁과 집단 안전보장 체제의 강화, 국민의 단결과 해외 진출, 반공의식 제고와 국토통일의 실력 배양을 포함한 국제적 지위향상에 기여'라는 정치적 의의와, ' 미군 계속 주둔과 한국 방위 보장, 국방력 강화, 안정된 방위력 유지'라는 군사적 의의[169]와 같은 국가적 이익과 관련된 중요성에도 불구하고, 실제 파월되어 전투에 참여한 장병들에게는 용병으로서 별로 동정의 여지도 없는 이민족을 위해 고통스러운 싸움을 벌려야 하는 남의 나라 전쟁이라는 의식이 지배적이었던 것이다. 따라서 월남전에서 미국의 패전의 궁극적인 원인 분석에는 바로 이러한 전투 담당자로서의 장병들이 지니고 있는 전쟁의 성격에 대한 인식 차이도 심각하게 고려하여야 할 것이며, 이는 또한 한국군도 의미있는 교훈으로 받아들여야 할 것이다. 전쟁의 성격이나 명분을 병사들이 어떻게 인식하느냐에 따라 전투 의지나 역량의 발휘가 현저하게 다른 모습으로 나타날 수 있기 때문이다.

---

169) 駐越韓國軍司令部, 앞의 책, 31쪽.

III. 전장 체험 사례 분석

군인은 조국을 위해서라면 생명까지도 바칠 수 있는 희생정신과 죽음도 두려워하지 않는 용기와 불굴의 투지, 그리고 어떠한 역경이나 극한적 고통도 참고 이겨낼 수 있는 인내력을 지닌 초인적 존재이어야 한다는 것이 사회적 통념이다. 그러나 그것은 하나의 이상적이고 영웅적인 군인상일 뿐, 실제로 전투에 참가하는 군인은 평범한 인간 중의 한사람일 수밖에 없다. 즉 대부분의 군인도 죽음에 대한 공포와 두려움에 시달리며, 명령에 대한 복종과 생존의 위협 사이에서 고뇌해야 하며, 전장의 상처와 아픔으로 절규하는 지극히 현실적이고 정상적인 인간인 것이다. 따라서 우리는 이상적이고 영웅적인 군인상만을 추구할 것이 아니라 전투 상황 속에서 고뇌하는 평범한 군인들에 대해서도 주의를 기울여야 한다. 전투력의 대부분은 그들에 의해 유지되고 발휘되기 때문이다.

그런데 전투 상황은 대부분 인간의 이성을 초월하는 고통과 비극의 한계 상황이다. 즉 전장은 인간의 이성이나 감성으로는 감당하기 어려운 공포와 일체의 도덕적 가치 기준이 무시되는 비인간적 행위가 자행되는 살육의 현장인 것이다. 그러므로 훈련은 어디까지나 훈련으로 그칠 뿐, 전쟁이 발발하여 전투 상황이 일어나기 전에는 전장 체험을 겪을 수가 없다. 전투 의지나 전투력 발휘에 심각한 영향을 미치는 몇 가지 본질적인 요소들은 훈련으로는 배양할 수 없는 것들인 것이다. 이것이 바로 전장 체험에 대한 연구와 이해가 필요한 이유이기도 하다. 전장 체험에 대한 올바른 이해는 전장에 대한 적응력을 길러줌으로써 그만큼 전투력의 발휘를 극대화할 수 있기 때문이다. 따라서 본장에서는 전투력 발휘에 직접적으로 영향을 미칠 수 있는 몇 가지 본질적인 요소들을 사례별로 고찰해보고자 한다. 비록 월남전이 한국적인 전투 상황과는 매우 이질적인 요소들이 개입되고 있는 특수한 전쟁이기는 하지만, 우리가 교훈으로 삼아야 할 전장 체험들은 동질적인 차원에서 고려할 수 있다.

1. 죽음에 대한 공포

전쟁이 인간에게 가능하면 일어나서는 안되는 사건으로서 기피되는 가장 중요한 이유는 그것이 지닌 가공할 파괴력 때문이다. 전쟁은 인간이 이룩한 모든 문화를 한순간에 잿더미로 만들 수 있으며, 인간의 생명 뿐만이 아니라 영혼까지도 유린할 수 있는 상상을 초월하는 입체적인 파괴력을 지니고 있다. 그런데 이러한 파괴력이 인간에게 공포와 두려움의 대상이 되는 근본적인 이유는 그것이 대부분 죽음과 관련되기 때문이다. 죽음이란 인간으로서는 피할 수 없는 불가항력적인 운명 같은 것이면서도, 누구나 도망가고 싶은 고통과 공포의 체험인 것이다.

군인은 본질적으로 죽음을 초월한 존재이어야 하지만 결코 죽음으로부터 자유로울 수는 없다. 그가 조국을 위해 고귀한 생명을 바칠 수 있는 희생정신과 애국심을 발휘하기 위해서는 평범한 인간으로서 죽음의 고통과 두려움에 대한 끊임없는 사유와 갈등을 겪어야 한다. 순교적 정신이란 결국 그러한 사유와 갈등의 변증법적 종합이며, 용기있는 결단에 의해 얻어지는 결론적 행위라고 할 수 있는 것이다.

이러한 죽음에 대한 공포와 두려움을 올바로 이해하기 위해서는 그에 대한 철학적 사색을 몇 가지 음미해 볼 필요가 있다. 세네카는 "죽음의 공포를 극복하기 위하여 항상 죽음을 생각해야 한다."는 역설적인 말을 했다.[170] 죽음은 단순한 의식의 상실이나 깨지 않는 잠같은 것이 아니다. 인간의 삶은 어쩌면 죽음이 전제되어 있기에 더욱 고귀하고 가치있는 것이 될 수 있으며, 죽음이야말로 삶의 완성이라고 할 수도 있다. 인간이 이룩한 찬란한 예술이나 심오한 종교도 어떤 점에서는 죽음에 대한 인간의 공포를 극복하기 위한 창조적 노력의 산물일 수도 있다. 철학자들의 궁극적 사색도 죽음의 문제를 떠날 수가 없다.

니체에 의하면, '超人은 항상 죽음을 인식하면서 산다.' 그것도 죽음이 마치

---

170) 李仁福, 「韓國文學에 나타난 죽음意識의 史的硏究」, 열화당, 1987, 39쪽에서 재인용.

인생에 있어서 가장 자연스럽고 유일한 목적인 양 즐겁고 자연스럽게 죽음을 인식하며 산다. 하이데거와 사르트르도 대부분의 實存主義者들과 마찬가지로 우리 인생의 의미를 강화하는 수단으로서 죽음에 관한 認識을 개발하도록 촉구하였다. 죽음에 대한 인식은 인생에 緊迫感을 주고 그렇지 않으면 인생은 萎縮되는 것인 양 論及하였다. 사르트르가 동조하고 하이데거가 주장했던 말 ―죽음에 대한 인식이야말로 인간에게 자기의 存在意味를 부여하는 것이다― 은, 죽음이 공포로 우리 앞에 다가옴에도 불구하고, 그리고 죽음에 대한 아무런 것도 알아내지 못했음에도 불구하고 우리 인간에게 살아가는 용기와 일하는 의욕과 힘을 부어 주는 것이다. 죽는다는 것은 아무도 손 쓸 수 없는 유일한 것이며, 또 우리들은 누구나 다 자기 혼자 죽지 않으면 안된다. 그리하여 우리가 만일 죽음에 대한 意識을 우리에게서 빼 버린다면 그것은 자기의 人間個體를 거부하는 것이고, 가장 불성실한 인생으로 자신을 이끌어가게 되는 것이다.[171]

위에 인용한 글에는 죽음이 공포의 대상이기도 하지만 죽음에 대한 인식이야말로 인간에게 존재의미를 부여하며, 인생을 가치있게 하는 원동력임이 내포되어 있다. 죽음은 존재의 양면이면서 그 의미를 규정하는 두 가지 구성 요소라고 할 수 있다. 죽음을 인식할 때 비로소 삶의 의미가 더욱 절실하고 고귀한 것으로 정립될 수 있는 것이다. 따라서 군인이 초인적인 존재가 될 수 있고, 고귀하고 명예로운 인생을 사는 존재가 될 수 있는 당위성은 바로 누구보다도 죽음에 대해 냉철한 인식을 지닌 인간이라는 점에 있다. 죽음에 대한 냉철한 인식을 통해 죽음의 공포를 초월한 사람만이 진정한 군인이 될 수 있는 것이다.

그런데 죽음에 대한 공포를 초월하기 위해서는 그에 대한 사유와 갈등의 체험이 전제되기 마련이다. 전장에서 겪게 되는 무수한 죽음에 대한 공포의 체험이야말로 진정한 군인이 되기 위한 통과의례라고 할 수 있을 것이다. 죽음을 임상적으로 관찰한 정신과 의사인 李時炯은 "죽음은 두렵다. 누가 뭐래도 모든 인간은 여기서 예외일 수 없다. 죽음에의 불안, 공포는 개체 보존의 본능적인 의미가 있기 때문이다. 죽음이 두렵지 않다면 산다는 게

---

171) 같은 책, 42쪽에서 재인용.

가능하지 않을 것이다. 자살을 생각하는 많은 사람들이 죽는 순간의 두려움 때문에 생각을 고쳐먹곤 한다. 죽는게 두렵지 않다면 참으로 험악한 세상이 되고 말 것이다."[172]라고 하면서, 그 두려움을 구체적으로 '미지(未知)에의 두려움', '고독에의 두려움', '가족이나 친구와 같은 사랑하는 사람을 상실 하는 두려움', '신체의 상실에 대한 두려움', '자기 통제의 상실에 대한 두려움', '동통(疼痛)에의 두려움', '아이덴티티(identity)의 상실에 대한 두려움', '퇴행(退行)에의 두려움', '지옥행의 공포', '소외감의 두려움' 등 열 가지로 정리하여 설명하고 있다.[173] 따라서 죽음에 대한 공포는 이러한 두려움들이 복합된 정서 상태이며, 전투가 벌어지는 전장은 그러한 정서의 과잉 현상이 극단적으로 표출되는 현장이라고 할 수 있다. 이러한 죽음에 대한 공포가 얼마나 처절하고 절망적인 체험인지 월남전 소설 속의 사건들은 이에 대한 좋은 예화가 될 수 있다.

천사백 명의 한국군 파월 교체병력을 실은 미 해군 수송함 바레트 호는 한국 영해를 벗어나 동지나해를 항진하고 있었다. 세사람은 점심 후 클럽으로 갔다. 중위 한 사람이 피아노로 「예스터데이」를 연주하고 있었다. 그들은 코코아를 마 셨다.

광호가 한국군의 베트남전사(戰史) 중 해병대의 짜빈둥 전투 이야기를 했다.
「중대 전술기지에 적의 연대병력이 밤새두룩 파상공격을 해오는 걸 백병전까 지 해서 막아낸거야. 사살 삼백팔십 명에 아군 전사자는 열 명 미만이었대.」
「그렇게 달려드는 죽음과 맞설지두 모르는 우리가 지금 가져야 할 각오는 어 떤 것일까?」
마준의 말에 광호는 무쇠처럼 단단한 표정을 해 보였다.
「용기와 이성의 기능을 마비시키는 공포를 물리치는 거지.」
성우는 컵에 남은 코코아를 모두 마셔버리고 머리를 끄덕였다.
「비슷한 이야기를 헤밍웨이의 에쎄이 〈싸우는 사람들〉이란 글에서 읽은 적이 있어. 전장에서의 위험은 그 위험의 순간에 존재할 뿐이며 위험을 두려워하는 잠재적 위험을 떨쳐버려야 한다고.」

---

172) 金烈圭·鄭柄朝·鄭鎭弘·李時炯, 「죽음의 思索」, 書堂, 1989, 260~261쪽.
173) 같은 책, 261~269쪽.

마준 소위가 고개를 끄덕였다.

「죽음, 불행에 대한 원시적 공포를 극복하기 위해선 목석의 심장이 되어야 할 거야.」

성우는 테이블에 팔꿈치를 괴고 두 친구를 바라보았다.[174]

이상은 이원규의 「훈장과 굴레」의 발단 부분에 속하는 장면이다. 고교시절 역사연구반에서 알게되어 친해진 박성우와 윤광호와 마준은 대학도 같은 학교에 진학하였을 뿐만 아니라, 함께 ROTC에 지원하여 임관했고, 월남 참전도 함께 결의한 소위들이다. 그들이 파월 병력 수송선에서 나누는 대화에는 배경을 이루는 낭만적 분위기와는 대조적으로 죽음의 공포에 대한 두려움과 불안한 예감이 짙게 드리워져 있다. 죽음의 공포에 맞서기 위한 각오를 다지려는 '마준'의 말에도, 그 공포를 부수어버릴 듯한 '윤광호'의 단단한 표정 속에도, 그리고 위험을 두려워하는 것이 더 큰 잠재적 위험임을 강조하는 '박성우'의 말에도 '용기와 이성의 기능을 마비시키는 공포'에 대한 불안과 두려움이 내포되어 있다. 인간이 죽기 전에는 결코 '목석의 심장'이 될 수 없듯이, 죽음이라는 원시적인 공포의 마수를 인간은 결코 벗어날 수 없는 것이다. 전쟁이란 이렇듯이 죽음의 공포에 대한 두려움으로 시작하여 그것에 시달리다가 마침내는 그 상처의 후유증으로 종결되는, 곧 죽음에 대한 공포와의 싸움이기도 한 것이다.

그럴 리야 없겠지만 만약…… 놈들이 멋모르고 오늘밤 기습을 가해 온다면 어떨까. 우리로선 충분히 방어태세가 갖추어진 걸까. 3.5인치 로켓트포 1문. M 유탄발사기 3정. M-LMG 2정. 고작해야 제3사관학교 출신인 중위 한 명. 그외에 전투경험이 좀 있고 후각이 예민하달 뿐 별다른 전술교육을 받지 못한 농촌 출신의 작달막한 중사 하나가 고작이지. 아니 하사가 두엇 있어. 하지만 그들은 고참병이나 다를 게 없지. 유하사를 빼면 모두가 신참이거든.

전방이 훤히 노출되어 있는 여기다 돗자리를 까는 건 좋지 않아. 건너편 정글에서 보면 근사한 타겟이지. 그래, 이 가슴 서늘한 불안을 타겟으로 들이대고

---

174) 이원규, 「훈장과 굴레」, 現代文學社, 1987, 31쪽.

무슨 수로 놈들과 응사한단 말이냐. 상부에선 하필 왜 여기에다 매복지를 설정했단 말인가. 일이 터지면 우린 다만 희생물일 따름…….

아아아, 황은 속으로 가느다란 비명을 질렀다. 이따위 말라빠진 불안은 이제 지겹다. 그건 이미 한두 번이 아니며, 야간 매복을 나갈 때마다 맞닥뜨리는 불안이 아니더냐. 그러면서도 번번이 우리는 무사했지 않느냐. 뭘 근심하느냐, 황일천.

확실한 건 다만, 지금, 내가, 흙내 물씬한 매복호 속에서, 소총 한 자루와 수류탄 몇 발을 갖고서, 불투명한 밤안개에 휩싸여 살아 있다는 거야. 살아 있다는 것, 안개, 그리고 지금 저 이웃 호에서 철모를 투덕이며 들려주는 소대원의 가느다란 유행가 소리, 두근거리는 가슴. 이것이 나의 모두이며, 나의 현재와 연관된 모든 것이다. 자아 쓸데없는 걱정이여, 썩 물러가라. 언젠가 혼헤오에서 적과 한판 접전이 있고 난 후의 신(申)병장마냥, 불안에 짓눌린 나머지 고래고래 고함을 지르며 정글을 미쳐 날뛰는 짓 따윈 하고 싶지 않아. 호랑이가 물어가도 정신을 바짝 차릴 것.[175]

위의 인용문에 나오는 황일천 병장은 대학을 다니다 입대하여 동해안의 부대에서 근무 중, 파월을 지원하여 참전하였으며, 이미 스무 차례 이상 매복작전을 수행한 고참병이다. 우람한 거구에 성격도 좋으며, 영어를 잘하고 기타도 잘치는 그가 매복 중에 내뱉는 위의 독백 속에는 전장에서의 공포가 얼마나 절박한 것인지를 잘 알게 해준다. 번번이 무사했으면서도 야간매복 때마다 엄습해오는 불안의식은 떨쳐버릴려고 노력하면 할수록 더욱 끈적하게 달라붙는 끈끈이 같은 속성을 지니고 있다. 자신의 존재를 확인하려는 모든 사고나 행위의 본질은 죽음에 대한 공포와 밀접하게 관련되어 있다. 매복호에서 속으로 지를 수밖에 없는 비명, 접전 후 미쳐 날뛰며 고래고래 지르는 고함 이 모든 것이 바로 불안에 짓눌린 긴장의 결과인 것이다.

그런데 위의 인용문에는 전장에서 전투력에 막대한 영향을 주는 병사들의 불안 심리를 감소시키기 위해 부대 지휘시 고려해야 할 몇 가지 사항들도 암시되어 있다. 가장 중요한 것은 전투력 발휘에 직접적인 영향을 주는

---

175) 朴榮漢, 『머나먼 쏭바강』, 民音社, 1993, 59~60쪽.

인원과 장비이다. 전투를 지휘할 장교와 하사관의 역량과 전투에서 자신들을 지켜줄 화력과 장비에 대한 신뢰도가 병사들의 불안심리에 중요한 요소가 되는 것이다. 또한 전투에 불리한 지형적 여건도 불안감을 증폭시키는 심각한 요소이다. 따라서 지휘자는 전투시 이러한 요소들의 중요성을 깊이 인식하여 치밀하게 준비하여야 한다. 뿐만 아니라 아무리 전투 경험이 풍부한 고참병이라고 하더라도 죽음에 대한 공포와 불안의식은 전투를 하면 할수록 더욱 심화된다는 사실도 유념하여야 할 것이다.

> 또다시 적의 포격이 시작되었다. 머리통이 떨어져 나가는 충격에 황은 샌드백을 끌어안았다. 뒤이어 뱃가죽이 질질 끌려가는 느낌이었고, 에라 될대로 되라. 난 지금 기분 나쁘게 질컥질컥한 어딘가로 사정없이 빠져들고 있다. 이젠 끝이다라고 황은 몸부림치며 생각했다.
> 포성에 이어 명주올같이 질긴 신음이 날카롭게 찢겨올랐다가 뚝 끊겼다. 또 한 개의 목숨이 사라졌다고 황은 생각했다. 황은 그 순간, 자신의 몸뚱이가 허공으로 치솟아 산산조각이 나면서 사라져 버리는 환영을 보았다. 무서움증에 짓눌린 나머지, 어머니 하고 속으로 울부짖었다.
> ……중략……
> 어둠이여 물러가라. 어서 태양이여 떠라. 살려주기만 한다면, 오오 살려주기만 한다면…… 아군의 포병대대는 왜 소식이 깜깜한가. 무전병 자식은 잠을 자고 있단 말인가. 헬리콥터는 왜 빨랑 와주지 않는거냐. 개자식들. 우린 지금 이 허허벌판에서 쥐도 새도 모르게 죽어가고 있지 않느냐. 여긴 월남땅이란 말이다. 억울한! 빌어먹을.[176)

스무 번 이상의 매복 작전 참가 경험에도 불구하고 전투 중에 느끼는 황병장의 불안과 공포는 자신의 몸이 산산조각이 나서 사라지는 환각에 빠질 정도로 심화된다. 그가 내뱉는 욕설도 이러한 죽음에 대한 공포의 반작용이다. 이러한 공포가 전투력 발휘에 심각한 영향을 주는 이유는 각개 병사들이 자신의 임무나 책임을 망각하고 오로지 생존에만 급급하게 만드는데

---

176) 같은 책, 77~78쪽.

있다. 그러기에 자신의 죽음을 임무 완수를 위한 거룩하고 명예로운 죽음이 아닌 '억울한!' '빌어먹을' 죽음으로 생각하게 만드는 것이다. 따라서 우리 군도 이제는 병사들에 대해 사격이나 전술 훈련에만 치중할 것이 아니라 이러한 죽음에 대한 공포를 극복할 수 있는 심리적 훈련의 필요성이 제기된다. 죽음에 대한 공포를 극복할 수 있을 때만이 전투 역량은 극대화 될 수 있기 때문이다.

전투 중에 느끼는 죽음에 대한 공포가 얼마나 절실하고 심각한 것인지는 체험해보지 않은 사람은 이해하기가 어렵다. 그것은 인간이 지닌 지극히 정상적인 정서의 표출임에도 불구하고 공포감으로 인해 이상 행동을 하는 병사들을 마치 정신이상자나 겁쟁이로 취급하거나 심지어는 비겁한 인간으로 매도하는 경우가 많다. 훌륭한 리더십이란 병사들이 가지고 있는 일상적이고 본능적인 다양한 심리적 갈등들을 이해하고 그러한 갈등이 해소될 수 있도록 세심하게 배려할 수 있을 때 가능해진다.

> 유하사는 방탄조끼를 뒤집어 입고 있으면서도 그걸 알아차릴 겨를이 없었다. 바짓가랑이가 찢겨져 허벅지가 내다보였고, 이따금씩 팬티 속의 묵직한 것이 덜렁대며 바지 밖으로 기어나와도 알아차리지 못했다. 팔다리를 동여맨 병사, 기절했다 깨어난 병사, 생똥을 싼 바지를 갈아입는 병사, 팬티차림에다 탄띠만 걸친 우스꽝스러운 병사, 구멍난 파이버를 거꾸로 쓴 병사…… 그들은 한결같이 멍하게 입을 벌리고서 정신나간 사람마냥 건성으로 움직이고 있었다.[177]

> 무언가가 발목을 심하게 잡아당기고 있다고 느꼈으므로, 황은 거푸 발길질을 하며 잡풀 속을 팔굽으로 내달렸다. 흙덩이가 눈앞으로 쏟아져 내렸다. 허리에 묵직한 충격이 왔다. 황의 발길에 머리통을 걷어채인 하사가 뒤따라 포복해 오고 있었지만, 그 북새통 속에서 그들은 아무 것도 헤아리지 못했다. 전쟁이고 무엇이고 우선 살아야 한다는 집념에 이끌리고 있었으므로…….[178]

이상은 매복지에서 소대장까지 전사하는 치열한 교전 후의 소대원들의

---

177) 같은 책, 79~80쪽.
178) 같은 책, 78쪽.

모습을 묘사한 부분이다. 희극영화의 한 장면같은 묘사는 전투 중에 느끼는 공포가 인간의 이성을 마비시킬 정도로 심각한 증상임을 알게 해 준다. 그들에게는 오직 살아남겠다는 생존에 대한 동물적 욕구만이 존재할 뿐이다. 장교는 전투 중의 이러한 공황적 상황에 대처할 수 있어야 한다. 전투가 시작되면 곧 망각해버리게 되는 용기있는 행동만을 강조할 것이 아니라, 이러한 상황 속에서도 적절한 통솔력을 발휘할 수 있도록 인간의 심리와 정서에 대한 이해를 통해 효과적인 통제 방법을 터득하고 있어야 하는 것이다. 안정효의 「하얀 전쟁」에 등장하는 변진수 일병은 전장에서의 공포와 불안의식이 병사들에게 얼마나 치명적인 정신적 장애를 일으키는지를 알 수 있는 대표적 인물이다.

극장 간판을 그리다가 입대한 그는 철원에서 복무를 하다가 어느날 술취한 기분에 고참 하사가 당나귀와 흘레를 하는 그림을 그려 내무반에 붙여 놓았다가 들켜서 그 고참에게 꽤나 시달렸고, 견디다 못해 파월 복무를 지원했지만 정말로 전쟁터에 가고 싶은 마음은 전혀 없었다. 그는 꿈을 꾸기만 하면 월남을 보았다. 그래서 잠을 자기도 두려웠다. 하지만 유격훈련을 받은 전우들은 전쟁 따위는 무서워하지도 않는 씩씩한 군인들이어서 용감한 그들 앞에서 혼자 벌벌 떨기가 창피했고, 마음 속에서는 점점 더 공포가 응결되어 항상 뱃살이 당기고 설사를 자주했다. 그의 꿈에 나타나는 월남은 온통 수렁이었고 뱀이 많았다. 그리고 그는 진흙에 파묻혀 허우적거렸고 베트콩의 죽창이 아랫배에 깊이 박혀 빠지지를 않았다. 미지의 세계에 대한 불안감이 끊임없이 그의 뱃속에서 꿈틀거렸다.[179]

파월 지원 자체가 자신을 괴롭히는 고참으로부터 도망가기 위한 도피적 행동이기도 했지만, 씩씩한 전우들 사이에서 남몰래 전장에 대한 공포와 불안으로 악몽과 설사에 시달리는 변진수 일병이야말로 파월 병사들의 심리적 불안의식을 상징화한 인물이라고 할 수 있다. 사실 훈련시에 나타나는 용기있는 행동이나 대담성은 자신의 허약성을 은폐하기 위한 작위적인 행

---

179) 안정효, 앞의 책, 42쪽.

위인 경우가 많다. 따라서 변일병의 이상 행동은 오히려 전쟁과 죽음의 공포성에 반응하는 인간의 진실된 모습을 적나라하게 노출시킨 상징적 인물로 분석할 수 있는 것이다. 파월된 변일병은 전투시마다 죽음에 대한 강박관념으로 불안에 시달리며 이상 행동을 일으킨다.

밤이되자 나는 소대장에게로 가서 변일병 얘기를 했다. 아무래도 정신이 이상해진 것 같으니까 중대로 돌려보내자고 했더니 최소위는 "그 새끼 겁이 나고 전투를 하기 싫으니까 꾀병을 부리는 거야"라고 화를 벌컥 냈다.

그날 밤에도 나는 변일병의 징징거리는 얘기를 날이 샐 때까지 들어야 했다. 그는 며칠이나 잠을 제대로 못 자서 얼굴이 송장처럼 헬쓱했고, 목소리는 속이 빈 대롱에서 울려나오는 듯 공허했다.

"아까 마을 사람들 봤죠? 꼭 무슨 철천지 원수라도 쳐다보는 그런 눈초리데요. 난 왜 그들이 그런 눈으로 우리들을 쳐다보는지 알아요. 월남인들은 이 전쟁이 우리들 탓이라고 생각해요. 그렇죠? 우리들하고 미군만 돌아가면 당장 전쟁이 끝나리라고 생각하는 거예요. 헌데 우린 무엇 때문에 이 고생을 하며 싸우다 죽나요? 고마워하지도 않는데 말이예요. 왜 쓸데없이 이런 나라에 와서 아까운 목숨이 죽나요?" 그러더니 그는 별안간 숨이 차오는지 말이 빨라졌다. "난 속살이 자꾸만 썩어가는데 왜 전쟁이 어서 끝나지를 않죠? 보세요. 내가 잠이 들면 누가 이 구덩이에다 나를 묻어 죽일 거예요." 그는 힐끔 내 눈치를 살피더니 경마를 끝낸 말처럼 헉헉거리고 두어 번 호흡을 몰더니 몸을 앞으로 당기고 나지막한 목소리로 말했다. "난 무섭기만 해요. 아무리 총을 쏴도 적이 맞아 떨어질 것 같지 않고, 베트콩들이 곧장 나한테로만 달려온다는 생각이 들어요. 왜 이렇죠? 난 왜 이렇게 됐나요? 왜 나만 죽어야 해요?"[180]

죽음에 대한 공포로 결국 정신이상 증세를 나타내는 변일병은 결코 특별한 인간이 아니다. 처참하게 찢기고 피흘리며 죽어가는 전우들의 모습과 그들의 고통스러운 절규를 곁에서 보고 들어야 한다면 누구나 다 같은 심리 상태에 빠질 것이다. 제정신을 가지고는 바라볼 수 없는 참혹한 살육의 장면들과 그 비인간성에 전율할 수밖에 없는 병사들은 사고의 혼란을 겪지 않

---

180) 같은 책, 146~147쪽.

을 수 없는 것이다. 다만 그 증상이 사람에 따라서 표출되거나 잠재하는 차이일 뿐, 정신적 충격으로 인한 영혼의 상처는 누구나 입게 마련이다. 그러므로 변일병의 이러한 행동을 '겁이나고 전투를 하기 싫으니까 꾀병을 부리는 것'으로 화를 내는 소대장의 판단은 인간 이해에 바탕을 두어야 하는 지휘 통솔의 미숙성을 드러내는 것으로 볼 수밖에 없다. 그는 각개 병사들이 지닌 능력이나 정신력의 차이를 인정하지 않고, 모든 병사들을 동일한 용기와 대담성, 그리고 전투의지를 지닌 마치 기계적 인간들인 것처럼 생각하고 있는 것이다. 변일병은 결국 매복호를 이탈하다가 적탄에 허리를 맞아 후송되게 된다. 변일병과 같은 소대원이며, 같은 매복호에서 전투 임무를 수행하며 그의 모든 이상 행동들을 관찰해온 주인공 한기주 병장은 혼자 남은 호 속에서 '머리카락이 모두 빠지는 듯한 공포'[181]를 느끼면서 그를 귀찮아했다는 죄의식에 사로잡힌다. 소설의 서술자이기도 한 그의 다음 독백에는 몇 가지 의미있는 명제가 내포되어 있다.

전쟁에서는 인간이 모두 죽는다. 비록 육체는 살아 있더라도 타인의 죽음을 통해 모든 병사의 영혼이 마르고 죽어 버린다. 하나의 개인을 인정하지 않는 무차별 살인의 마당에서는 보람찬 도전조차도 없다. 전쟁에서는 목숨을 바치더라도 병사가 망각될 따름이고, 전투를 승리와 패배의 승부로 여기는 장군들의 개념에서는 변일병이나, 죽어간 다른 병사들이나, 지금 영혼이 죽어가는 나는 의미를 잃는다. 언젠가 내가 그런 얘기를 했더니 소대장은 이런 말을 했다. "병사는 명령만 따르면 그만이지만 다른 인간의 생명을 좌우하는 결정을 내려야 하는 지휘관들이 더 고통스러운 거야. 내가 채찍을 맞는 것보다 나 때문에 남이 채찍을 맞으면 훨씬 더 괴롭지 않겠어?"
하지만 실제로 죽음을 겪는 것은 소총병들이었다. 철학자들이 얘기하는 죽음의 환상적인 공포는 오리떼가 내장을 뜯어 먹는 시체를 목격하는 전율과는 거리가 멀다. 인간은 숭고하고 특수한 종(種)이어서 똥을 눈다는 생리작용도 부끄러운 비밀인데, 짐승처럼 몰려다니며 죽고 죽이다니 그 얼마나 야비한가. 총검술을 하느라고 칼을 꽂을 때마다, 인간의 배를 찔러 후벼 파서 죽이라고 만든 대검을 볼 때마다 나는 그 살인 도구가 얼마나 노골적이고 야비한가를 생각했

---

181) 같은 책, 153쪽.

었다. 그것은 수치스러운 인간의 비밀을 상징했다.[182]

　죽음에 대한 공포도 고통스럽지만 자신의 죽음의 의미에 대한 회의는 한층 더 고통을 증폭시킨다. 교육받은 인간도 대의명분을 위해서는 기꺼이 죽을 수도 있지만, 죽음의 의미가 헛된 것이 될 경우에는 적극적으로 죽음을 회피하려고 노력하게 된다. 즉 삶에의 욕구가 강해지면 질수록 죽음에 대한 두려움도 그만큼 커지는 것이다. 따라서 지휘자들은 전투 임무를 수행하기 전에 각개 병사들이 전쟁의 의미나 중요성, 그리고 자신의 책무의 막중함을 인식할 수 있도록 체계적인 정신 교육을 반드시 실시하여야 하는 것이다. 또한 소대장의 말에서처럼 장교는 전장에서 자신의 판단에 따라 희생되게 될 병사의 고통까지도 헤아릴 수 있어야 한다. 하물며 장군이라면 작전 지시에 따라 증감될 수 있는 말단 소총병의 죽음과 고통을 최소화하기 위해 늘 냉철하고 명석한 판단을 내릴 수 있어야 하며, 그들의 희생을 자신의 아픔으로 인식할 줄 아는 인간성을 지녀야 할 것이다.

　한병장의 독백에서처럼 전장에서의 죽음에 대한 공포의 심각성은 우리가 영화나 소설에서 대하게 되는 장렬하고 낭만적인 죽음의 환상과는 거리가 멀다. 뿐만 아니라 죽음에 대한 철학자들의 심오한 사색의 명제들과도 도무지 어울리지 않는다. 그것은 오직 치열한 전투의 현장에서 참혹한 고통을 견디어 본 자만이 이해할 수 있는 비논리적이고 모순된 체험이다. 철학자들의 지적인 논리 속에는 죽음에 대한 공포나 두려움의 현실감은 제거되고 공허한 언어의 울림만 남게 되는 것이다. 인간의 야만성과 수치스러운 비밀들이 여지없이 폭로되는 전쟁의 비극성을 깊이 통찰하여 이땅에 그러한 비극이 벌어지지 않도록 하는 것만이 유일한 해결책이다. 우리는 그것을 위해 전쟁의 비극성을 탐구해야 하는 것이다.

　「하얀 전쟁」에서 절정 부분을 이루는 주인공 한기주 병장 소대의 혼바산 죽음의 계곡에 대한 수색 정찰은 죽음의 공포에 대한 병사들의 심리를 가장

---

182) 같은 책, 154쪽.

극적으로 표출한 사건이다. 베트콩의 집결지를 찾기 위해 그의 소대는 죽음의 계곡이라 일컬어지는 혼바산 일대에 대한 수색 정찰 임무를 수행하게 된다.

> 용감하고 경험이 많은 군인은 항상 위험한 임무를 도맡게 된다. 그래서 결국 용감한 영웅은 비겁한 도망자보다 먼저 죽게 마련이다. 아마도 우리 소대가 그토록 많은 희생자를 내어야 했던 이유가 그것이었는지도 모른다. 닌호아 벌판에서 적의 공격을 받고도 놀라울 만큼 잘 버티며 공훈을 세워 우리 중대는 대통령 부대 표창을 받았고, 그래서 혼바산 수색 정찰 임무가 9중대 3소대에 떨어졌다.[183]

용감하고 경험이 많은 군인에게 중요한 임무를 부여하는 것은 당연하다. 그리고 전투에서의 중요한 임무는 그만큼 위험도도 높을 수밖에 없다. 또 전쟁에서는 죽은 자만이 진정한 영웅이 될 수 있다. 왜냐하면 살아 남은 사람에게는 살아 남았다는 그 자체보다 더 큰 보상은 없기 때문이다. 전쟁은 본질적으로 '용감한 영웅이 비겁한 도망자보다 먼저 죽게 마련'인 모순과 아이러니를 내포할 수밖에 없다. 그러나 지휘자들은 병사들이 그런 모순과 아이러니에 의해 왜곡된 심리상태에 빠지지 않도록 주의해야 할 것이다. 그런데 위의 인용문에는 병사들이 중요한 임무를 부여받을 때마다 항상 자신들이 치를 희생과 고통, 특히 죽음의 가능성에 대한 두려움을 먼저 떠올린다는 사실을 감지할 수 있다. 이는 앞에서도 언급한 바 있듯이 전쟁이나 전투는 바로 죽음에 대한 공포로 시작하여 그것을 견디기 위해 고통당하다가 그 상처로 종결되는 것임을 확인시켜 주는 것이다.

소대장 최상준 소위의 지휘 하에 죽음의 계곡에 대한 수색 정찰 임무를 수행하기 위해 투입된 3소대원 44명은 첫날부터 윤주식 일병이 함정에 설치된 죽창에 처참하게 찔려 죽는 사건에 직면하게 된다. 계속해서 부비 트랩에 걸려 김하사가 전사하고, 그다음에는 지뢰를 밟아 3명이 폭사하고 1명

---

183) 같은 책, 288쪽.

은 오른 팔이 떨어져나가는 중상을 입는 피해를 입게 된다. 이렇게 전상자가 속출하면서 소대원들은 극도의 공포감에 빠지게 되는데, 지뢰 폭발 사고 직후의 상황을 묘사한 다음 장면에는 이런 공포 심리가 잘 표현되어 있다.

소름이 끼칠 만큼 싸늘한 적막감이 눌러내렸고, 금방이라도 비가 쏟아지려는지 날씨가 무더웠다. 땀이 마구 흘러 눈이 쓰라렸다. 신음 소리가 가끔 들려왔다.

15분쯤 기다릴 때까지 아무런 적의 움직임이 눈에 띄지를 않자 소대장은 이동을 명령했다. "될 수 있는 대로 빨리 이 지역을 벗어나야 한다. 아직은 놈들이 우리 위치를 모르는 것 같으니까 날이 저물 때까지 가능한 한 멀리 이동한다."

우리는 허둥지둥이라는 표현이 더할 나위 없이 어울릴 만큼 길을 서둘렀다. 마치 죽음과 경주라도 벌이듯, 빨리 달아나지 않으면 죽음이 따라와 목덜미라도 나꿔 채기라도 할 듯 정신없이 뛰다시피 숲길을 따라 도망쳤다. 정글 속 어딘가 가까운 곳에서 죽음이 만족한 표정을 짓고 덩굴들 사이로 우리를 지켜보는 듯한 섬뜩한 착각을 느끼며 나는 숨이 턱에 차도록 서둘러 걸었다. 죽음은 빙그레 미소를 지으며, 이쑤시개를 물고 숲속에서 천천히 뒤를 따라왔고, 바깥으로의 탈출은 용납이 안 되는 절망적인 상황 속에서 우리들은 무작정 한 발자국이라도 더 멀리 적을 찾아 가까이 가야만 했다.[184]

곳곳에 부비 트랩과 지뢰, 그리고 함정과 올가미들이 호시탐탐 그들의 목숨을 노려보고 있는 적의 작전지역인 정글은 그 자체가 바로 죽음의 세계이다. 게다가 지뢰 폭발로 위치가 노출된 그들의 운명은 '죽음과 경주'를 벌이는 절박한 위기에 놓여 있다. 뿐만 아니라 '바깥으로의 탈출은 용납이 안 되는 절망적인 상황 속'에 빠져있는 병사들은 이미 이성으로는 자신을 통제할 수 없을 정도의 공포감에 사로잡혀, 오로지 생존을 위해 동물적인 본능에 의해 움직이고 있는 것이다. 그럼에도 불구하고 적의 본거지를 찾기 전에는 철수하지 못하게 되어 있는 명령과 임무로 인해 그들은 그러한 죽음의 정글 속으로 더 깊숙이 전진할 수밖에 없다.

---

184) 같은 책, 305쪽.

그러다가 지뢰 폭발로 부상당한 병사로 인해 이동에 많은 제한을 받게 되자 소대장은 윤명철 병장에게 부상자와 현위치에 남아 있다가 환자후송을 위한 구조 헬리콥터가 오면 함께 전술기지로 돌아가라고 명령한다.

윤명철 병장은 사형선고라도 받은 것처럼 얼굴이 핏기를 잃었다. 깊은 정글 속에서 한쪽 팔이 잘려나간 부상병의 신음을 들으며 단둘이 밤을 지낸다는 것은 상상만 해도 등골이 싸늘해질 일이었다. 더구나 지뢰의 폭발 소리를 듣고 지금쯤은 베트콩이 뒤쫓아 오고 있을지도 모를 노릇이었다. 하지만 명령은 떨어졌고, 군인은 명령을 따라야 한다. 전쟁이란 목숨을 건 게임이고, 전체의 목적을 위해서라면 개인의 생명은 소모품이 된다.[185]

위와 같은 상황에서 윤명철 병장이 감당해야 할 공포의 무게는 상상을 초월한다. 명령은 정당하고 합리적일 때만이 부하들의 자발적인 복종과 협조를 기대할 수 있다. 그러므로 지휘자는 항상 정당하고 합리적인 명령을 내리도록 해야 한다. 병사들이 자신의 생명은 소모품에 지나지 않는다고 생각하는 부대는 결코 단결될 수 없으며, 최상의 전투력도 발휘하기 어렵다. 불합리한 명령을 내리는 지휘관은 부하들에게 자신의 목숨을 담보하는 신뢰감을 형성할 수가 없기 때문에 그의 부대 지휘는 실패하기 쉬운 것이다. 위와 같은 상황이라면 적어도 2명은 남겨 두는 것이 합리적이다. 부하들은 자기를 인정해 주고, 자신이 겪고 있는 고통에 대해 따뜻한 인간적인 이해와 배려를 해주는 상관에 대해서는 목숨을 건 충성을 다짐한다. 죽음이 목전에 있는 공포 속에 부상자와 혼자 남도록 명령한다는 것은 임무 수행에만 급급한 나머지 부하의 정신적 고통을 간과한 결과이다. 그런 불합리한 명령은 더 큰 사고의 원인이 될 수 있는 것이다. 윤명철 병장은 본대가 떠난 40분쯤 후에 부상병이 죽자, 시체와 베트콩의 출현에 대한 공포를 견디지 못해 본대와 합류하고자 뒤쫓아 오다가 오히려 베트콩으로 오인되어 동료인 채무겸 상병에 의해 대검에 찔려 죽게 된다. 뿐만 아니라 채무겸 상병도 동

---

185) 같은 책, 306쪽.

료를 찔러 죽인 양심의 가책과 악몽에 시달리다가 정글에서 실종되고 만다. 이 모든 사건은 지휘관의 정확한 상황판단과 인간에 대한 이해와 애정에 바탕을 둔 정당하고 합리적인 명령의 중요성을 음미해볼 수 있는 좋은 예화인 것이다.

개미와 산악에 사는 게와 전갈과 독파리와 실뱀, 거머리가 우글거리는 죽음의 계곡, 그리고 그들의 목숨을 노리고 있는 부비 트랩과 함정과 올가미와 베트콩이 매복해 있는 정글을 수색하며 소대원은 한 두 명씩 죽어가고, 때로는 1개 분대가 몰사하는 상황을 겪으면서 소설의 주인공인 한기주 병장은 엄청난 정신적 고통과 공포를 체험하게 된다.

> 병사들의 물 묻은 얼굴은 아무런 욕망도, 어떤 생명의 빛깔이나 숨결도, 그리고 어떠한 환희의 가능성도 보여 주지를 않았다. 그들은 유령처럼 빗속을 무작정 걷기만 했다. 무언가 처절하고 외로운 광경이었다.
>
> 나는 내가 정신이상이 되어간다는 착각을 느꼈다. 철버덕거리며 숲길을 걸어가는 동안에 내 머릿속에는 너무나 해괴하고 소름끼치는 상상들이 떠올랐다. 어째서 그런 집요하고 끔찍한 생각들을 하게 되었는지는 나도 몰랐고, 그러다가는 별안간 비명을 지르고 순간적으로 머리가 돌아버릴 것 같아서 나는 자꾸만 다른 생각을 하려고 애썼다. 한국이 너무 멀고 실감이 안나서 나는 중대장이 슬라이드로 찍어 와서 보여준 싸이공을 머릿속에 그려 보려고 했다.[186]

> 나는 의무병에게 진정제를 달라고 해서 두 알을 먹었지만 무시무시한 환상들은 머릿속에서 얼른 사라지지를 않았다. 그러더니 차츰차츰 눈앞이 희미해졌고 얼굴에 흘러내리는 빗물을 의식하지 않게 되었다. 나는 가사상태에 이르렀다. 아침 내내 걷기는 분명히 걸었지만 나는 그날 아침의 일을 전혀 기억하지 못한다.[187]

> 출발한 44명 가운데 21명만이 남아서 수색 정찰을 계속했다. 차례로 쓰러지는 전우를 지켜 보며 나는 전쟁을 심하게 않았다. 온몸이 병균으로 들끓어 열이 오르고 떨며 환각을 일으키듯. 쉴새없이 뒤쫓아오는 죽음의 벌레들이 우글거리

---

186) 같은 책, 312쪽.
187) 같은 책, 313~314쪽.

는 정글 속에서 헤멘다는 것은 소름끼치는 경험이었다.

정글은 원시의 땅, 로마 격투기장에서처럼 지극히 단순하고 명확한 생존의 공식이 그곳을 다스렸다. 생존과 방어를 위한 추적과 살인을 수행하는 남자들의 세계에서 동물적인 본능과 순발력만이 지배했다. 이 격투기장에서의 가장 큰 무기는 공포와 방어본능, 서로 생존을 빼앗기 위해 싸웠다.[188]

위의 인용문을 음미하다 보면 전쟁 또는 전투란 적과의 싸움이라기보다는 자신에 가해지는 죽음에의 공포와의 싸움임을 실감하게 된다. 정신이상 증세나 가사상태, 그리고 환각 증상은 어쩌면 진정제처럼 정신적 공포를 극복하기 위해 인간의 육체가 스스로 조절하는 일종의 방어기제일 수도 있다. 그 순간만은 공포를 망각할 수 있기 때문이다. 그러나 한병장의 경우 그것은 공포를 주체하지 못해 일어나는 증상이면서, 더욱 공포를 심화시키는 결과를 가져온다. 이런 극단적인 공포가 병사들의 이성을 마비시킴으로써 자신의 임무나 사명에 대한 의지는 무화되고 오로지 생존에만 급급하는 '동물적 본능과 순발력만이 지배'하는 세계로 자신을 몰고가게 한다. 어떠한 가치 판단이나 윤리적 분별이 불가능한 상태가 되며, 따라서 이성이나 양심의 통제를 벗어난 행동이 나타나게 되는 것이다.

지금까지 전장에서 겪게 되는 병사들의 죽음에 대한 공포 체험에 대해 고찰해 보았다. 전쟁은 인간의 육체 뿐만이 아니라 정신까지도 철저히 파괴한다. 전쟁이 두렵고 무서운 이유는 그것이 죽음과 밀접히 관련되기 때문이다. 각개 병사에게 있어서 전투란 죽음에 대한 공포로 시작해서 그것을 견디기 위해 발버둥치다 마침내는 죽음에 의해 종결되는 과정, 즉 죽음에 대한 공포와의 싸움이기도 하다. 문제는 그러한 죽음에 대한 공포가 인간의 본능적 요소라는데 있다. 그러므로 장교는 병사들의 공포 심리를 경멸하거나 매도해서는 않된다. 오히려 그것을 이해하고 그들이 그러한 공포를 잘 극복할 수 있도록 세심하게 배려할 줄 알아야 한다.

---

188) 같은 책, 328~329쪽.

인간이 지닌 본능적 요소들은 교육이나 훈련을 통해 개선되거나 변경되는 것이 아니다. 훈련을 통해 담력은 증진시킬 수 있지만, 자신의 생존과 직결된 죽음에 대한 공포를 불식시킬 수는 없다. 전투시 이러한 죽음에 대한 공포가 얼마나 절박한 것이며, 전투력의 발휘에 얼마나 심각한 영향을 미치는지를 깊이 인식하여만 부대의 전투력을 극대화할 수 있음을 지휘관들은 유념하여야 할 것이다.

2. 도덕적 갈등과 가치관의 혼란

전쟁이 인간에게 미치는 치명적인 영향의 또 하나는 인간성의 상실을 초래하는 비인간화 현상이다. 전쟁에서는 인간다움을 보장해 온 도덕이나 윤리적 규범은 그 구속력을 상실한다. 전쟁을 승리로 이끌기 위해서는 모든 수단과 방법이 정당화 될 수 있으며, 승리하기 위해 치른 어떠한 희생도 감수할 수밖에 없다. 전투 중인 군인에게는 부여된 임무와 책임만이 중요하며, 그것의 완수를 위한 어떤 행동도 결코 부도덕성이나 비윤리성이 규탄되지 않는다. 자신이 살아 남기 위해 적을 죽여야 하는 생존의 게임인 전쟁은 살인이라는 행위까지도 정당화함으로써 결국 인간성의 상실을 가져오게 되는 것이다. 따라서 전투를 수행하는 병사들은 심각한 도덕적 갈등과 인간으로서 지켜야 할 가치관의 혼란을 겪게 마련이다. 전쟁이 어떻게든 적극적으로 억제되어야 하는 또 다른 중요한 이유가 바로 인간을 도덕적이고 윤리적인 파탄에 직면하게 하는데 있다. 파월 병력을 수송하는 함상에서 월남 참전 경험이 있는 해병대 중위가 처음으로 파월되는 소위들에게 들려준 다음 말은 이를 확인시켜 준다.

「이 전쟁에는 내가 차마 입으로 말할 수 없는 또다른 진실이 있소. 나는 그걸 깨닫고 미칠 것 같았소. 그러나, 살아남기 위해서 모든 걸 잊을 수밖에 없었소. 전쟁은 그것이 가진 위험보다 더 큰, 인간을 벼랑 끝까지 몰아 비인간화시키는 무서움을 가지고 있었소. 그 앞에선 어떤 거룩한 명분두, 이데올로기두 무색해질 수밖에 없소. 난 명분이나 이념 같은 건 잊어버리구 나 자신이 살기 위해 죽이구 또 죽여야 했소. 분명한 건 당신들 세 사람 모두가 며칠 뒤부터는 살아남기 위해서 사람을 죽이게 되리라는 거요. 세 사람의 무운을 빌겠소.」[189]

전쟁이 인간에게 남기는 가장 심각한 정신적 상처는 비록 적이기는 하지만 인간을 죽여야 하는 살인 행위에 대한 가책일 것이다. 인간의 존엄성과 생명의 고귀함이 인간 스스로에 의해 무차별하게 파괴되는 전쟁은 전투에서 살아 남은 병사에게도 씻을 수 없는 영혼의 상처를 남기게 된다. 이렇게 사람을 죽이는 행위가 얼마나 깊은 정신적 상처를 남기는 것인지를 전쟁소설들은 잘 나타내 준다. 「하얀 전쟁」의 한기주 병장은 동굴 수색 중 은신해 있는 베트콩을 발견하고 공포에 질려 엉겁결에 무차별 사격과 수류탄으로 사살한 후, 처음으로 사람을 죽였다는 가책으로 인해 한동안 악몽에 시달리며 정신적 혼란에 빠진다.

처음 며칠 동안은 내가 정말로 사람을 죽였다는 사실이 믿어지지가 않았고, 동굴 속에서 수류탄을 까 던지던 순간이 머릿속에 떠오를 때마다 나는 경기를 일으키는 아이처럼 숨이 막혔다. 조금만 호흡의 박자가 맞지를 않아도 코가 꽉 막히고 가슴이 답답했다.

온갖 생각들이 머릿속에서 분주했다. 비록 그것이 의무이기는 했지만 나는 인간을 죽였다는 데 대해서 수치심을 느꼈다. 나는 명령에 따라 움직이는 군인이었다. 나는 사람을 죽이는 훈련을 받았고 그 일을 하라고 보수도 받았으며, 죽여야 한다는 명령을 결국은 충실히 실행하기에 이르렀다. 그 행위에 있어서는 '나'라는 개체가 존재하지 못한다. 내가 나를 모르고, 나는 내가 아니기 때문이다. 어째서 무엇을 하는지 모르면서 동기가 없이도 행동이 가능한 것이 병사이다. 전장의 병사는 엄청나게 커다란 전쟁이라는 기계의 움직임에 따라 타인의 동기와 목적에 따라 돌아가는 조그마한 바퀴이다. 작전의 전체적인 흐름을 파악할 수도 없는 노릇이며, 그럴 필요도 없다. 순간에 본능으로 동물처럼 움직여야 생존한다. 고지를 점령하라는 명령을 받으면 그 필요성을 따지지 않고 목숨을 내걸고는 그 고지를 빼앗아야 한다.[190]

189) 이원규, 앞의 책, 43~44쪽.
190) 안정효, 앞의 책, 209~210쪽.

사람을 죽인 정신적인 충격이 육체적인 이상 증세까지 유발한다. 또한 자신이 살인 행위를 저질렀다는 엄연한 사실에 대해 인간으로서의 수치심에 사로잡힌다. 이는 인간에 대한 존경과 신뢰의 상실이며, 한편으로는 인간의 양심에 대한 부끄러움이기도 하다. 병사들은 이런 수치심을 극복하기 위해 자신의 행동을 명령에 의한 것으로 정당화한다. 명령을 수행하는 '나'는 자율적인 의지를 지닌 인간 개체로서의 '나'가 아니라 '타인의 동기와 목적에 따라 돌아가는 바퀴'와 같은 기계적 존재이다. 따라서 살인 행위를 저지른 '나'는 '내가 나를 모르고, 나는 내가 아닌' 전혀 다른 이질적 인간이라는 의식의 분열에 도달하게 되는 것이다.

그런데 전투에서의 임무 수행에는 그러한 인간성이나 양심이 상황 판단의 기준이 될 수 없다. 전투를 승리로 이끌기 위해서는 주어진 명령만이 행동의 기준이 될 수 있다. 군인이 갖는 고통과 어려움이 바로 여기에 있다. 인간다움을 보장하는 윤리와 양심을 지켜야 하면서도, 때로는 그것들을 초월한 상황윤리에 더 충실할 수밖에 없어, 그로 인한 갈등으로 깊이 고뇌해야 하는 것이 바로 군인인 것이다.

따라서 전투 임무를 수행하는 지휘관들은 병사들의 이러한 정신적 충격을 잘 완화시킬 수 있도록 적절한 정신 교육을 실시해야 한다. 또한 병사들이 명령에 대해 맹목적으로 복종하는 것이 아니라 그 필요성을 스스로 인정하고 행동할 수 있도록 설득하여야 한다. 명령에 따라 수동적으로 움직이는 병사와 필요성을 인식하여 자발적으로 움직이는 병사의 전투력은 엄청난 차이가 있다. 인용문에 제시되어 있는 한병장이 진술하고 있는 병사들의 일반적인 의식 성향은 결코 바람직한 것으로 볼 수 없지만, 부대 지휘를 위해서는 참고해야 할 내용이다. 사람을 죽인다는 것이 그만큼 충격적인 체험이며, 인간이 이룩한 모든 것에 대해 회의와 반성을 제기하는 계기가 되기 때문이다.

이러한 살인 행위에 대한 인간적 갈등이 우려되는 이유는 그것이 자칫하면 군의 조직과 생리에 대한 부정적 사고로 발전되기 쉽기 때문이다. 뿐만 아니라 그러한 정신적 충격이 적절한 방법에 의해 해소되지 않을 경우에는 정신이상이나 극단적인 이상 행동으로 악화되어 각종 사고의 원인이 될 수도 있다는 점을 지휘자들은 특별히 유념하여야 한다. 위의 인용문에도 그러한 사고의 진행을 읽을 수 있으며, 다음에 제시된 내용도 이와 관련지어 논의해 볼 수 있다.

나는 가장 잔인하고 동물적인 행위를 통해 타인의 생명을 파괴했고, 스스로 인간으로서의 격을 상실한 셈이다. 그 행위가 아무런 선택의 여지가 없는 조건반사였다는 핑계는 성립되지 않았다.

그렇다, 나는 많은 죽음을 보았다. 삶이 끝나 마지막 기나긴 휴식의 잠이 찾아오는 죽음이 아니라 혼란의 세계에서 소음과 파괴의 목졸린 비명 같은 죽음을. 9개월 동안 나는 그런 죽음을 공부했다. 그래서 차라리 알지 못했더라면 더 좋았을지도 모르는 진실들을 보고 배웠다. 베트남의 정글과 광기 속에서 벌어지는 전쟁을 통해 배운 죽음이란 그때까지 내가 알고 있었던 죽음에 대한 고상하고 엄숙한 개념들을 모조리 까 뒤집어 버렸다. 죽음은 전혀 신비하지도 않고, 장엄하지도 않고, 비극적이지조차 못하다는 생각이 닌호아 전투를 거친 이후로 내 관념세계를 지배했었다. 어느 사회에 있어서나, 천주교를 믿는 현대의 도시 사회이거나 울긋불긋 칠을 한 무당이 과학의 첨단에 선 아프리카의 원시 사회이거나 간에, 죽음의 예식은 인간에게 가장 중대한 행사의 하나이고, 죽음을 맞는 마지막 순간이 가장 인간다운 진실을 보여준다고 사람들은 얘기했고, 나도 그렇게 믿었었다. 잘 죽는다는 것은 잘 산다는 것보다 더 많은 정신력이 요구된다고 몽떼뉴는 말했다. 하지만 나는 멋진 죽음은 커녕 유언 한마디라도 제대로 하며 죽은 자를 단 한 명도 보지 못했다. 모두가 갑작스럽고, 납득이 안 가고, 설명도 되지를 않는 죽음들 뿐이었다. 그리고 이제, 나는 바로 그런 어처구니 없고 지극히 인간적이지 못한 죽음을 연출해 낸 자가 된 것이다. 만물의 영장이, 그중에서도 상위권에 속하는 지능지수의 소유자이며 지성인으로 분류되는 내가.[191]

전쟁은 죽음에 대한 인간의 가치관을 경박하게 만들기도 한다. 윤리적 판단과는 무관하게 무자비한 살육이 저질러지는 전쟁의 폭력성 앞에 생명의 고귀성은 무의미해지기 때문이다. 비록 전투 임무를 수행 중에 적을 발

---

191) 같은 책, 208~209쪽.

견하고 공포에 질려 조건반사적으로 사살한 것이긴 하지만 자신이 사람을 죽였다는 엄연한 사실을 인식하고 한병장은 엄청난 인간적 고뇌에 빠지게 된다. 대학에서 문학을 전공하여 휴머니즘에 경도되어 있는 그의 지성이 살인이라는 충격적인 행위를 용납하지 못하는 것이다. 상황 윤리로는 해소될 수 없는 인간적 양심의 고통이 자신에 대한 야유와 조소로 나타나고 있으며, 아울러 죽음에 대한 관념의 변화까지 가져오고 있다.

월남전에서 그가 목격한 죽음은 지금까지 지니고 있던 죽음에 대한 그의 생각들을 '모조리 까 뒤집어 버렸다.' 한 인간의 삶의 완성이되어야 할 죽음, 그래서 경건하고 장엄해야할 죽음이 '갑작스럽고, 납득이 안 가고, 설명도 되지 않는 죽음'으로 어처구니 없이 도처에 널브러져 있는 것이다. 그것도 대부분 인간에 의해 저질러졌다고 생각하기 힘들 정도로 처참하고 참혹한 모습의 죽음이다. 그런 광경이 죽음에 대한 공포를 더욱 증폭시키게 되며, 역설적으로 죽음을 '혼란의 세계에서 소음과 파괴의 목졸린 비명 같은 죽음'처럼 추악하고 소름끼치는 것으로 천박화하는 것이다. 이런 죽음의 천박화 현상이야말로 인간을 '잔인하고 동물적인 행위를 통해 타인의 생명을 파괴'하는 야만적인 존재로 추락시키며, 스스로 생명의 존엄성을 폐기하는 비인간성을 드러내는 원인이다. 위의 인용문에서 한병장이 내뱉는 살인을 저지른 자신에 대한 야유와 조소는 그런 어처구니 없고 추악한 죽음을 연출한 인간들의 잔인성과 비인간성에 대한 규탄이기도 하다.

미국의 월남전 소설을 분석한 정연선도 "월남전에서 살육과 잔학 행위는 많은 경우에 면전에서 직접 이루어졌다. 이때 병사들은 자신들이 저지른 행위를 직접 볼 수가 있었다. 바로 그러한 광경은 병사들에게 많은 충격을 주게 되었고 이로 인한 병사들의 심리적 탈선과 정신적 와해가 광범위하게 진행되었다. 더구나 이러한 과정을 거치면서 병사들은 자신들이 도덕적으로 정신적으로 더 이상 정상적인 존재가 아니며 악의 화신으로 보게 된다."[192] 고 하면서 병사들이 도덕적 감각의 마비로 인해 잔학행위자로 전락됨을 분

---

192) 정연선, 앞의 글, 16쪽.

석한 바 있다.

그런데 만일 병사들이 죽음을 이렇게 천박한 것으로 인식한다면, 전투 중이란 미명하에 사람을 죽이는 것을 너무도 가볍게 생각하도록 만들 수 있다. 이것이야말로 '인간으로서의 격을 상실'하는 것이며, 군대를 무모하고 잔학한 살인 집단으로 전락시키는 결과를 초래하게 된다. 그렇게 된다면 국가와 민족을 위한 숭고한 죽음도 맹목적이고 무의미한 죽음으로 변질되기 쉽다. 자신의 죽음이 국가와 민족을 위한 명예롭고 거룩한 죽음으로 인정을 받지 못한다면 어떤 병사도 생명을 바치는 희생을 감수하려고 하지 않을 것이다. 자신의 죽음이 의미있는 죽음이라는 확신이 있을 때, 병사들은 임무 완수를 위해 기꺼이 생명을 바치는 순교적 정신을 발휘하게 되는 것이다. 따라서 지휘관은 병사들이 죽음을 천박하게 생각하거나 인명을 경시하는 풍조가 조성되지 않도록 주의를 기울여야 할 것이다.

비록 전쟁 상황이라고 하더라도 사람을 죽이는 행위는 휴머니즘에 투철한 인간에게는 깊은 정신적 상처를 남길 수밖에 없다. 하물며 그것이 고의든 착오에 의한 것이든 대상이 양민으로 확인되는 경우에는 그 충격이 더 크게 마련이다. 「훈장과 굴레」의 박성우 소위는 교전 중 게릴라로 오인되어 사살된 양민들로 인해 엄청난 양심적 고뇌와 혼란을 체험하게 된다.

성우는 눈을 휘둥그렇게 뜨고 손 중사를 바라보았다.
「이건 게릴라가 아니잖소?」
「놀라 달아나기에 적으루 여길 수밖에 없었읍니다.」
성우는 앞이 캄캄했다. 양민을 죽이다니. 그는 후들후들 떨리는 다리로 서서 외쳤다.
「의무병은 뭘 하는 거야, 빨리 응급처치 안하구? 무전병, 택씨피(TAC CP:야전지휘소)를 불러라. 구급 헬기를 요청해야겠다.」
달려가 무전병의 어깨에서 핸드셋을 꺼내는 그의 팔을 손 중사가 잡았다.
「죄송합니다. 무전을 해서는 안됩니다.」
「그게 무슨 말이오?」

손 중사는 입을 꾹 다물고 완곡한 시선으로 그를 쳐다보다가 핸드셋을 그의 손에서 빼앗았다.

「CP두 대책이 없읍니다. 후송하면 문제가 확대되구, 저와 소대장님과 중대장님은 군법회의에 회부되거나 징계를 받게 됩니다.」

「그래서 그냥 덮어두잔 말이오?」

네 명의 분대장이 침울한 표정으로 다가와 그를 둘러쌌다. 선임분대장 장 하사가 입을 열었다.

「식스틴에 저렇게 맞으면 후송해두 어차피 죽읍니다. 저 사람들은 게릴라가 아닌 듯 보이지만, 게릴라라는 증거가 없듯이 게릴라가 아니라는 증거도 없읍니다. 그리고, 연대는 사전에 작전전개를 포고했읍니다. 저 사람들은 작전지역에서 게릴라 용의자로 사살된 것으루 해석할 수 있읍니다.」

성우는 하사관들의 의도가 이 일을 덮어두고 생존자마저 죽여야 한다는 쪽으로 일치되고 있음을 알았다. 그는 판단력을 잃은채 가슴이 옥죄어옴을 느끼며 생존자 앞으로 걸어갔다.

그때, 손 중사가 앞장서 달려가 자동소총의 자물쇠를 풀며 의무병에게 명령했다.

「비켜라. 어차피 죽을 사람이다」

의무병이 구급낭을 안고 비켜섰다.

「안 돼요, 손 중사!」

성우는 중사의 총을 빼앗으려 했다.

「죄송합니다. 우린 어쩔 수 없읍니다. 책임은 제가 지겠읍니다.」

순간, 사내는 사태를 짐작한 듯 옆구리에서 창자가 흘러나오는 채로 땅을 두 손으로 짚고 힘을 썼다. 그러더니 벌떡 일어나 성우를 향해 합장하고 오체투지하듯 엎드려 절했다.

「또이 노오 브엣꽁(나는 베트콩이 아닙니다).」

사내는 다시 무릎을 꿇고 그를 우러러보았다. 이때, 손 중사의 소총이 불을 뿜고, 사내는 만세를 부르듯이 허공을 안고 치솟았다가 풀썩 쓰러졌다.

성우는 그 자리를 떠나 손바닥으로 얼굴을 싸고 나무둥치에 어깨를 기댔다. 그는 한심한 이 나라 전쟁 가운데 자신이 한심스러운 모습으로 서 있음을 알았다. 내가 어찌 이런 일을 저지를 수 있단 말인가. 그는 깊은 자괴에 빠져 자신을 원망했다. 얼마 후 눈을 떠보니 그의 앞에 손 중사와 분대장들이 부동자세로 서 있었다. 손 중사가 말했다.

「저희들의 무례를 용서하십시오. 저희는 소대장님이 죽을 길로 이끄시더라두

기꺼이 따른다는 각오를 언제나 가지고 있습니다.」

성우는 천천히 머리를 흔들었다.

「모두 내가 지휘를 잘못했기 때문이오.」

「아닙니다, 제 잘못입니다.」

손 중사는 분대장들에게 차렷 구령을 내리고 대표 경례를 하고 돌아섰다.

연대 작전의 남은 며칠을 성우는 깊은 참괴와 회의 속에서 보내야 했다.[193]

위에서 소설의 내용을 그대로 길게 인용한 이유는 그것이 전장에서의 군
인들이 지녀야 할 윤리 의식에 대한 중요한 교훈을 내포하고 있을 뿐만 아
니라, 사건의 전개에 따른 소대장의 의식과 행동 변화를 분석해 볼 필요가
있기 때문이다. 성우는 그가 지니고 있는 휴머니즘적인 정신과 인간적 양심
에 따라 중상을 입은 사내의 후송을 위한 구급 헬기를 요청하고자 한다. 그
러나 양민 학살이라는 범법행위로 군법회의에 회부되거나 징계를 받는 것
이 두려운 손 중사와 분대장들은 죽은 자들은 게릴라 용의자로 처리하고,
중상자도 사살할 것을 주장한다. 더불어 이미 작전전개를 포고한 지역이기
때문에 사살하는 것이 잘못이 아니라는 식으로 정당화한다. 성우는 도덕적
갈등과 가치관의 혼란으로 판단력을 잃고 머뭇거리며 사살을 말리지만, 손
중사는 중상을 입은 사내를 사살한다. 비록 소대장의 지시를 어기기는 했
지만 손 중사는 사건의 원만한 해결에만 급급하여 양민 학살에 대한 어떠한
도덕적 갈등도 보이지 않는 반면에, 성우는 깊은 참괴와 회의에 빠지며, 자
신의 한심함을 원망하게 된다. 뿐만 아니라 이것은 그의 잠재의식 속에 인
간으로서의 양심과 도리에 씻을 수 없는 상처로서 각인되어 끊임없이 악몽
으로 재현된다.

이 사건을 통해 우리는 매우 의미있는 교훈을 음미할 수 있다. 소대장이
지니고 있는 휴머니즘적인 태도와 부하들이 요구하는 현실적인 논리가 갈
등할 경우 결국 전장에서의 상황 윤리에 압도될 수밖에 없다는 사실이 그것
이다. 즉 소대장 박성우 소위가 지닌 휴머니즘적 태도와 손중사와 분대장들

---

193) 이원규, 앞의 책, 58~60쪽.

이 지닌 현실적인 논리 사이에서, 소대장은 결국 전장이라는 특수한 상황 속에서나 가능한 현실적 논리와 타협하고 마는 것이다. 부상당한 양민을 사살하는 행위는 분명히 정의롭지 못한 것이며 인간적인 양심을 배반하는 행위이다. 그러나 전투 중에 일어난 우발적 사고에 의해 자신과 생사고락을 함께하며 충성을 다해온 부하들을 군법회의에 회부당하게 하는 것도 또 다른 인간적 갈등을 일으키는 요소이다. 전투 상황에서는 비전투 상황과는 다른 윤리가 있다. 부여된 전투 임무 수행을 위해서는 모든 행위가, 심지어는 살인 행위조차도 정당화될 수 있는 것이다. 손 중사의 행동은 인간적으로는 규탄되어야 마땅하지만, 부대의 성공적인 임무 수행을 위해서는 용기있는 결단으로 취급될 수도 있다. 어쩌면 모두가 바라는 것을 그가 대역한 행동일 뿐인 것이다. 성우의 참괴와 회의는 바로 이러한 상황 윤리가 지배하는 전쟁의 비도덕성에 대한 심리적 갈등과 이로 인한 가치관의 혼란에서 기인하는 것으로 볼 수 있다.

월남전에서 병사들의 극심한 가치관의 혼란을 조장하는 또 한 가지 중요한 요인은 파월 근무자들의 부패상이다. 소총수들이 정글 속에서 목숨을 걸고 싸우며 고통당하고 있는 동안, 후방 지원부대에 근무하는 병사들은 돈벌이와 퇴폐적인 환락을 탐하는 행위에 빠져들었던 것이다. 국내의 한국군에서는 불가능한 각종 비리가 월남에서는 공공연히 벌어지고 있었다.

> 월남 와서 요직을 맡아본 자라면, 장사병(將士兵)을 막론하고 누구나 한번쯤은 〈통 크게 놀아보자〉는 속셈을 가지기에 충분했다. 왜냐하면 첩첩이 쌓아놓고 뿌려대는 저 어마어마한 군수물자란, 가난한 월남인의 것도 우리네 것도 아닐 것이었기 때문에. 그래서 목돈이나 잡은 자들은, 오늘 콘툼이 어제는 후에 시(市)가 함락됐다거나, 동료의 팔다리가 까뭉개지건 말건 아랑곳없는 치들이었다. 겉으론 〈더러운 월남땅〉이라고 툴툴거리면서도, 속으로는 은근히 좋아라 하고 있었다.[194]

하기야 딱히 많이 떨어낸대서 나쁘다고 욕할 건덕지는 없었다. 저 기름지고

---

194) 朴榮漢, 앞의 책, 94쪽.

풍성한 바다에서 물 한 됫박 떠내는 격이었기 때문에, 롱빈이나 캄란의 미군 보급창을 한번 구경해 본 자라면, 도대체 먹고 마시지 않으면 아낀다는 짓이 얼마나 우스꽝스러운 것인가를 알 터였다.[195]

월남전에 조달된 군수물자는 대부분 미국의 원조에 의한 것이라는 인식이 장병들의 부패심리를 부추기는 원인이기도 했지만, 상당수의 병사들이 목숨을 담보로 돈벌이를 위해 파월을 지원했으므로 전장에 넘쳐나는 군수물자들은 부정 축재의 수단으로 사용되기가 용이했다. 즉 월남전의 특수한 상황이 정상적인 상황에서는 있을 수 없는 장병들의 부정한 행위를 조장한 셈인 것이다. 그러나 어떠한 이유에서든 그런 부정 행위가 저질러져서는 안 된다. 전장에서의 부정 부패 행위는 전투력의 손실과 직결될 뿐만 아니라 전투 임무를 수행하는 병사들의 사기와 전투의지에도 심각한 영향을 미치기 때문이다. 사실 열악한 한국군의 부대 생활에 비해 미국군대의 물질적 풍요로움은 부러움의 대상일 수밖에 없었으며, 이에 대한 반작용으로 여러 가지 부조리가 발생하는 경우도 많았다. 문제는 이러한 부정 부패 행위가 병사들에게 도덕적인 불감증을 초래하는데 있다. '동료의 팔다리가 까뭉개지건 말건 아랑곳없는' 인간, 그리고 그런 부정한 행위를 저질러도 '나쁘다고 욕할 건덕지'가 없는 인간으로의 타락을 가져오는 것이다. 「훈장과 굴레」의 마준 중위는 군수장교라는 직책을 이용하여 C레이션과 피엑스 기호품을 암시장에 내다 팔아 거액을 벌어들인다. 그는 파월 전에는 파월 귀국자들이 일제 녹음기나 카메라를 메고 으스대며 다니는 것을 보면 경멸하던 장교였다. 그는 그러한 자신의 부도덕한 행위에 양심의 가책을 느끼고 있음을 친구인 박성우 중위에게 고백한다.

「나는 파월 한 달쯤 지나서 이 전쟁의 참모습에 대해서 비로서 알기 시작했다. 피 어린 항쟁으로 얼룩진 이 나라의 근대사를 알게 되었고, 항쟁의 주체가 누구인가를 알았다. 항쟁의 대상이 누군가를 알고, 내가 어떤 위치에 있는가

---

195) 같은 책, 95쪽.

를 알았다. 나는 어떤 논리로도 합리화될 수 없었다. 윤광호가 처음부터 그런 걸 외면해 버리고 훈장만을 노리다가 죽고, 성우 네가 기어이 민사심리전 장교가 되어 이 나라 민중의 아픔 속으로 뛰어든 데 비해 나는 이것도 저것도 아니었다. 미칠 듯이 고민하다가 타협하였다. 이성이나 양심은 땅에 묻어버렸다. 내 목표는 돈벌이로 귀착되어버렸다. 윤광호가 죽고, 네가 심리전 장교가 되기 위해 막 어학공부에 뛰어들 때, 난 모든 지혜를 다해 돈벌이 궁리에 나섰다.」[196]

전우들이 피흘리면서 싸우는 뒤에서 돈벌이에만 급급했던 자신에 대한 질책이기도 한 위의 고백에는 월남전의 성격과 실상을 드러내는 내용도 함축되어 있다. 월남 전쟁이 월남 민족들에 의한 해방과 독립을 위한 전쟁이며, 자신은 그런 남의 나라 전쟁에 용병으로 참가한 사실을 인식하게 된 것이다. 그러나 그런 전쟁의 의미에 대한 깨달음이 결코 그의 돈벌이 행위를 정당화할 수는 없다. 그것은 단순한 현실 타협 행위로만 치부할 수는 없는, 분명히 자신의 말처럼 '이성이나 양심은 땅에 묻어버리는' 부정한 행위인 것이다. 마준 중위는 결국 암시장에 피엑스 물품을 팔러 가다가 차량이 전복되어 인과응보(因果應報) 같은 죽음을 당하고 만다. 전장을 지배하는 특수한 상황 윤리로 인해 도덕적으로 타락한 인간들의 비극적 결말을 그는 여실히 보여준 셈이다.

월남 근무자들의 구조적 비리의 원인에는 남의 나라에서 미국이라는 경제 대국이 제공하는 풍부한 군수물자를 펑펑 써가며 남을 위해 피 흘리며 싸우는 전쟁이라는 전쟁 자체에 대한 왜곡된 인식도 중요한 역할을 한다. 또한 일부 미군들의 부도덕하고 비인간적 행동과 월남군의 반민족적 부패 행위들은 한국군 병사들에게도 파급효과가 매우 컸다. 특히 월남군의 부패상은 한국군 장병들에게 주는 심리적 효과가 더욱 커서 한국 국내에서는 도저히 불가능한 비리 행위들이 월남전이라는 특수 상황아래서 빈번히 일어나고 있었다. 다음 예는 이를 잘 반영하고 있다.

---

196) 이원규, 앞의 책, 246~247쪽.

이와 같은 훈장제도의 어려움을 이용해서 교묘하게 득을 보는 자가 간혹 있긴 했다. 이를테면 연대 상벌계놈이, 당연히 훈장이 돌아가야 할 장병의 명단을 쥐고 수상한 장난을 한다거나, 훈장상신서를 묵은 서류서랍 속에 쑤셔박아 놓고 날짜를 끌면서 돈을 우려내고 골탕을 먹이는…… 작전지구에서 고생한 장병은 이 사실에 분개하곤 하지만, 상대가 상급부대라 처분만을 기다릴 수밖에 없는 경우가 왕왕 생기는 것이다. 그래서 작전을 몸소 지휘한 연대장이나 사단장은 이런 사실을 알게 되면 노발대발할 게 당연하지만, 그렇다고 지휘관의 손이 구석구석까지 미칠 순 없는 노릇이었다.[197]

「한데 여태껏 쭈욱 기마다 전통적으로 그렇게 공제해 왔단 거지요. 앞 기 애들은 자진해서 공제를 제의해 왔는데 늬들은 가만 있을 수 있느냐. 협조해주면 알아서 편의들을 봐주겠다. 외박 나가는 거 눈감아주겠다. 술마시는 거 눈감아주겠다. 특효제 약 구해다 주겠다…… 내 얘긴 우리 기는 거긴 소총중대서 온 사람들 아니냐. 고생하던 애들한텐 너무 심한 요구다.」[198]

나쁜 놈은 이런 놈이다. 돌아가는 게 빠안한데 제 배를 채우는 놈, 애들의 수당에서 빼먹으려 드는 저 올챙이 같은 놈. 조기 귀국을 시켜 준답시고, 귀국계를 만나 쑤석거려 준다는 조건으로, 덤을 붙여 수당에서 가로채 가는 10중대 서무계 같은 놈. 파월 동기인 저 연대본부의 일종계 같은 놈. 그놈은 레이션과 쌀을 빼돌려 고국의 시골에다 논을 몇 마지기나 사놓았대지 아마. 그건 너무했어. 처먹어도 양심껏 해처먹어야지. 그 자식이 창고에서 레이션 10박스를 덜어내면 애들이 먹는 국에서 고깃토막이 몇 개씩 빠지거든.[199]

위에 열거한 비리 행위들은 병사들은 다 알고 있는 사실들임에도 불구하고 지휘관들은 좀처럼 파악하기 힘든 유형들이다. 이런 연구가 필요한 이유도 바로 그 때문이다. 지휘관들은 전장에서 발생할 수 있는 전투력 발휘에 대한 장애 요소들을 속속들이 알고 있어야 하며, 그것들이 발생하지 않도록 미리미리 대책을 강구해 두어야 하는 것이다. 첫째 예문은 진급과 포상 휴가의 특전이 따르는 훈장을 받으려고 노력하는 장병들의 심리를 이용하여

---

197) 朴榮漢, 앞의 책, 115~116쪽.
198) 같은 책, 158쪽.
199) 같은 책, 254쪽.

돈을 우려내려고 하는 연대 상벌계의 비리를 언급한 것이고, 둘째 예문은 성병환자 수용소에서 성병 감염 판정을 받아 귀국이 보류되어 수용된 병사들로부터 각종 편의를 봐주는 대가로 전투수당에서 일정액을 공제하여 착복하려고 하는 선임하사와 서무계의 비리를 지적한 것이며, 셋째 예문은 병사들에게 먹여야 할 레이션과 쌀을 빼돌려 착복하는 연대 일종계의 비리를 고발한 것이다. 그런데 이 모든 비리가 지휘관들이 알아챌 수 없게 음성적으로 이루어지면서도 병사들은 공공연하게 알고 있는 행위들이라는데 문제의 심각성이 있다. 그에 대한 병사들의 불평불만은 부대 지휘에 커다란 장애 요소일 뿐만 아니라 전장에서의 전투력의 발휘에도 심각한 부정적 영향을 미치기 때문이다.

이상에서 월남전이라는 특수한 상황 속에서 장병들이 겪게되는 도덕적인 갈등과 가치관의 혼란 양상에 대해 고찰해 보았다. 전투 상황은 일상적인 상황과는 엄연히 다른 논리가 지배한다. 자신에게 부여되는 임무와 명령은 모든 것에 우선하는 행동의 기준이 된다. 즉 인간다움을 보장하는 양심이나 도덕조차도 전장에서는 행동을 규제하는 규범적 기능을 상실하게 되는 것이다. 이것은 병사들로 하여금 비인간화 현상을 초래하여 자포자기적인 일탈 행위들을 촉발하기 쉽다. 그런데 전쟁 상황에서 저질러진 도덕이나 윤리로부터의 일탈 행위들은 정상적인 생활로 복귀했을 때, 인간으로서의 양심에 대한 가책으로 고통스러워 하게 하는 정신적인 상처로 남기가 쉽다. 특히 사람을 죽이는 끔찍한 체험이나 전장에서의 부정부패나 비리 행위들은 병사들로 하여금 도덕적 갈등과 가치관의 혼란을 조장함으로써 전투력 발휘에 치명적인 부정적 영향을 미치게 된다는 사실을 우리는 깊이 인식하여야 한다. 미군의 월남전 참전 용사들 중 1/3 이상이 이런 심리적 갈등으로 인해, 제대 후 시민생활에의 적응에 실패하게 하는 공포와 불안, 편집증, 불신, 자기 소외, 죄책감, 폭력적 분노, 약물 및 알코올 남용, 범죄 행위, 정신병 등과 같은 각종 정신적 장애 현상을 나타내는 베트남 증후군으로 시달렸다는 뉴욕 정책연구소의 연구는 이를 입증하는 좋은 예인 것이다.[200]

---

200) 이재윤, 『군사심리학』, 집문당, 1995, 31~32쪽.

3. 휴머니즘

전장에는 죽음에 대한 공포와 비인간적 행동들 같은 악마적인 요소들만 이 가득차 있는 것은 아니다. 오히려 처참하고 절망적인 상황 속에서 진한 감동으로 인간다움을 확인시켜 주는 휴머니즘적인 행동들도 얼마든지 체험할 수 있다. 전쟁이라는 파괴적이고 악마적인 한계상황에 처한 인간들에게 휴머니즘은 더욱 절실한 명제로 다가오게 마련인 것이다.

이미 앞에서도 인용한 바 있지만 일찌기 드골은 소련의 팽창정책을 저지하기 위해 월남에 개입하려는 케네디에게 "불행한 아시아와 아시아 민족들을 위해서 당신이나 우리나 그리고 딴 사람들이 해야 할 일은, 그들 민족이나 국가의 살림살이를 우리가 떠맡는 일이 아니라, 그곳에서뿐 아니라 세계 어디서나 전횡적이고 억압적인 정권을 낳게 하는 원인인 인간적 고통과 욕된 상태에서 그들이 빠져나올 수 있게끔 도와주는 일이다."[201]라고 충고한 바 있다. 이는 전쟁을 위한 제반 정책이나 전략이 휴머니즘적인 정신에 기반을 두어야 함을 강조한 것으로 볼 수 있다. 만일 이러한 휴머니즘적 정신이 제거된다면 전쟁은 목적 달성을 위한 그야말로 무모하고 잔인한 살인 행위로 전락하고 말 것이다. 인류의 자유와 평화를 수호하고 인간의 양심과 가치를 지키기 위한 전쟁이 한갖 비극적인 살육과 파괴의 범죄적인 행위로 변질된다면 이것이야말로 가장 악마적인 모순이다. 인간은 어떠한 비극적이고 절망적인 상황에 놓이더라도 결코 인간다움을 잃어서는 안된다. 그 인간다움을 보장하는 토대가 바로 휴머니즘인 것이다.

휴머니즘의 본질은 인간에 대한 신뢰와 사랑에 있다. 아무런 조건이나 보상이 필요없이, 존재하는 그대로의 인간의 가치와 의미를 온전하게 인정할 때 휴머니즘은 가능하다. 따라서 민족이나 인종을 초월하여 인간의 고귀함을 지키려는 정신이야말로 휴머니즘의 극치라고 할 수 있다. 「훈장과 굴레」의 박성우는 전투소대장 시절 작전 임무를 수행 중에 양민을 게릴라로 오인하여 사살한 과오로 인해 끊임없이 양심의 가책을 느낀다. 이것이 계기

---

201) 李泳禧, 앞의 책, 79쪽.

가 되어 그는 월남전의 실상과 의미를 인식하게 되고, 월남인들의 고통과 희망을 이해하게 됨에 따라 민사심리전 장교가 되어 평정사업에 몰두하게 된다. 베트콩들이 자신의 부하와 가장 가까운 친구들까지도 죽게한 적대적 존재임에도 불구하고 그는 월남인들에 대한 이해와 애정으로서 전략촌 건설과 평정 사업에 정성을 다하게 되는 것이다.

> 마준의 죽음이 가져다준 절망을 극복하려는 자세로 성우는 다이풍 촌의 일에 마지막 힘을 다해 뛰어들었다. 그것은 책임자로서의 임무나 사명을 뛰어넘는 것이었다. 응웬 티 미야와의 하룻밤이 그랬던 것처럼 그것도 역시 슬픔과 절망을 극복하기 위해 역으로 솟아오르는 열정 같은 것이었다. 마침 그의 파월생활이 열 달을 넘어 완숙을 향해 치닫는 때였으므로 그의 노력은 번쩍번쩍 빛을 발하며 사람들의 시선을 끌었다.
> 그는 학교 공사장에서 계단의 돌 하나를 놓는 일, 나무 한 그루 심는 일에도 심혈을 기울였다. 정부 소유토지의 재분배가 공정하게 이루어지도록 확인하였으며, 주민의 어려움을 청취하고 해결해주는 일, 심지어는 폭우로 무너진 초옥의 담벼락을 고치는 일까지 마음을 다해 도와주었다. 그러한 그의 태도는 완공을 앞두고 언덕 위에 번듯하게 모습을 드러낸 학교건물과 함께 주민들 모두의 마음을 사로잡아버렸다.[202]

이러한 박성우 중위의 헌신적인 봉사와 노력에 감동한 다이풍 촌의 월남인들은 한국군에 대한 적대적인 태도를 버리고 협조적이고 순응적인 태도를 보임에 따라 그 지역은 A급 평정지역이 된다. 비록 베트콩의 습격으로 한국군에 협조한 다이풍 촌의 주민들이 살육을 당하는 파국으로 소설이 전개되면서 월남전의 비극이 심화되기는 하지만, 박중위의 휴머니즘적 정신은 월남인들에게 강렬한 인상으로 남게되어, 한국군에 대한 인식을 새롭게 하는 계기가 된다.

이러한 평정사업과 병행하여 전개되는 박성우 중위와 응웬 티 미야와의 순결하고도 열정적인 사랑 이야기도 전쟁이라는 극한상황 속에서 휴머니즘

---

202) 이원규, 앞의 책, 269쪽.

을 발견하게 하는 또 하나의 감동이다. 그것은 단순한 육체적 욕망 충족이나 향수와 외로움을 달래기 위한 한시적 사랑이 아니라 월남인들에 대한 이해와 애정을 토대로 한 순수하고 절대적인 사랑이다. 그들의 사랑은 인간성이 파괴되고 도덕적인 규범들이 무력해지는 전쟁터에서 서로의 존재 의미를 확인하고 인간다움을 잃지 않도록 노력하게 하는 원동력이다. 박성우 중위는 미야라는 여인의 삶의 고통을 통해서 월남인들의 고통을 확인하며, 그녀의 죽음을 통해서 월남전의 비극성을 실감하게 된다. 전장의 폐허 위에 피어나는 들꽃 같은 싱그러움과 아름다움을 느끼게 하는 그들의 사랑 이야기는 우리가 전쟁이라는 상황 속에서도 잃어서는 안되는 것들이 무엇인지를 암시하는 것이다. 이에 대해 田英泰는 다음과 같이 평하고 있다.

> 도덕적으로 훼손된 상황을 복원하기 위해서는 사랑의 감각 마비현상을 극복해야 한다. 이데올로기의 강변과 물리적 폭력을 세상의 전부인 양 착각하는 전쟁 상황에서 이데올로기도 폭력도 물리칠 수 있는 사랑이 있다는 것은 막힌 가슴을 뚫어주는 숨통 같은 것이다. 미야는 성우에게 있어 그런 숨통 같은, 안전핀 같은 역할을 하다 죽었다. 그리고 죽어서도 성우에게 영혼의 불망비 같은 역할을 하여 베트남 전쟁의 의미를 그의 마음속에 새겨놓았다. [203]

인간에 대한 신뢰와 사랑을 전제로 하는 휴머니즘이야말로 전쟁이라는 한계상황에서 인간을 구원해 낼 수 있는 유일한 희망이다. 어떠한 절망적인 상황에 처하드라도 자신을 사랑하는 사람이 존재한다는 믿음이 있는 한 인간은 절대로 역경에 굴하지 않는다. 조국이든 연인이든 부모형제든 사랑할 대상이 존재하는 한 인간은 희망을 잃지 않으며, 죽음의 공포도 극복할 수 있는 의지력을 발휘할 수 있다. 전쟁이라는 살육과 파괴의 처참함 속에서 오히려 더 절실하게 휴머니즘적 정신을 필요로 하는 이유도 그 때문이다. 성우와 미야의 순결한 사랑을 통해 우리는 전장에서의 고통과 외로움을 어루만져 주는 진한 휴머니즘을 느낄 수 있는 것이다.

---

203) 田英泰, 「속박에서 영광으로 이르는 길」, 『훈장과 굴레』, 現代文學社, 1987, 355쪽.

진정한 휴머니즘은 상대가 어떤 인간이든 있는 그대로를 인정할 수 있을 때 가능하다. 「머나먼 쏭바강」의 주인공 황일천 병장도 베트콩들과의 무수한 전투를 통해 월남인들에 대한 환멸과 증오심을 느끼면서도, 전쟁 상황 속에서도 이루어지는 월남인들의 생생하고도 집요한 삶의 모습들을 관찰하면서 다음과 같은 인식에 도달하게 된다.

바로 이것이다라고 황은 생각했다. 여태까지 우리들은 부대 앞의 운치 없는 민숭한 들판이나 사이공 따위의 퇴폐적인 도시만이 이 나라의 모두라고 알고 있었다. 보초나 서고 정글만 기는 병사들은 이들에게도 이런 마을과 이런 적나라한 생활이 있음을 이해할 수 없는 것이다.

여지껏 한국군으로서의 내 사고와 저들의 저 사실적인 생활이 서로 굳게 묶여져 있었던 것은 거의 없다. 가슴과 가슴이 뜨겁게 만나야 하는 것이 중요하다. 우리가 전쟁에 한몫 끼여든 목적이, 저들의 저 전통적이며 끈질긴 생활을 보호하기 위한 것이라는, 인간적인 바탕이야말로 유익하며 또한 전쟁에도 유리하다. 아니라면 나처럼 최소한 한 여자와의 연애의 과정을 통해서나마 그걸 이해할 수도 있다. 주월 사령부는 총 쏘는 법과 정글을 헤쳐나가는 법뿐만 아니라 이런 마을과 생활을 우리한테 보여주었어야 마땅하다. 할 수만 있다면 〈월남인의 전통적인 사고방식과 생활〉을 전술과목에 포함시키는 것도 좋을 것이다.[204]

월남은 지겹고 더러운 나라라고 불평하던 황병장은 빅 뚜이라는 월남 여대생을 만나 사랑에 빠지면서 월남인의 전통적인 사고 방식과 생활 태도에 대해 이해하게 된다. 그의 휴머니즘도 바로 한 여인과의 사랑을 매개로 하여 촉발되는 것이다. 베트콩을 격멸해야 할 적으로 증오하면서 그들을 죽이기 위한 전투기술만을 훈련해온 병사들에게는 그들을 인간으로 인정할 수 있는 정신적인 여유가 없다. 또한 약소 민족으로서 오랜 기간을 제국주의의 침략과 전쟁에 시달려 온 월남인들의 비천한 생활은 그들의 문화와 역사에 대한 진정한 이해가 없이는 애정을 갖기가 어렵다. 황병장은 이 전쟁이 그들 민족의 자유와 독립을 돕기 위한 것이라면 무엇보다도 그들에 대한 인

---

204) 朴英漢, 앞의 책, 211~212쪽.

간적인 이해와 애정이 전제되어야 함을 인식하게 된 것이다. 그러한 이해가 없었기 때문에 미군들이 저지른 밀라이촌의 대량학살 사건 같은 것이 발생하게 되는 것이다. 전쟁이 잔인한 살인 행위가 되지 않기 위해서는 대상이 적이든 아군이든 인간으로서의 존엄성에 대한 상호 존중이 필요하다. 전쟁의 목적을 제대로 달성하기 위해서는 '인간적인 바탕이야말로 유익하며 또한 전쟁에도 유리하다'는 황병장의 인식이야말로 병사들이 깊이 음미해야 할 휴머니즘적 정신의 한 양상이다.

지휘관들은 병사들이 지녀야 할 이러한 휴머니즘적 정신을 어설픈 동정심이나 전투의지의 결여 같은 부정적 성향으로만 판단해서는 안된다. 인간의 생명에 대한 존엄성의 이해와 인간에 대한 신뢰와 사랑을 바탕으로 하는 휴머니즘은 죽음이 교차하는 전장에서의 전우애, 부대의 성공적인 임무 수행을 위한 희생정신, 고통당하고 있는 동포를 위한 순교적 행동과 같은 것으로도 발휘되기 때문이다. 「하얀 전쟁」의 변진수 일병은 앞에서도 몇 차례 언급했듯이 소대의 골치거리다. 그는 전투만 벌어지면 죽음에 대한 강박관념과 공포로 정신이상 증세를 드러내는 문제 사병이다. 그런 그를 소대원들은 놀리거나 욕하기도 하지만 결코 죽도록 방치하지는 않는다. 소대장은 오히려 경험이 많은 병사를 늘 함께 행동하게 하여 그를 돌본다. 특히 그와 대부분의 근무를 함께하는 한기주 병장은 전투 중 변일병이 엉겁결에 휘두른 대검에 허벅지를 찔리는 부상을 당했으면서도 막상 그가 총상을 입고 후송되자 연민의 정서에 빠진다.

> 변진수가 적탄에 허리를 맞아 후송이 되어 호에 혼자만 남게된 나는 이튿날 밤 달빛이 쌀쌀하게 비친 들판을 물끄러미 쳐다보며 오히려 외롭다는 기분을 느꼈다. 두서 없이 떠들어대던 그가 없어지니 어쩐지 허전했다. 그리고 그를 귀찮아 했다는 죄의식이 답답하게 마음속에 퇴적했다.[205]

휴머니즘은 무슨 특별하고 초인적인 정신이 아니다. 그것은 인간 누구나

---

205) 안정효, 앞의 책, 153쪽.

가 공유하고 있는 기본적인 정서의 표현이다. 그렇게도 골치를 썩이던 변진수 일병이 교전 중에 중상을 입고 후송되자 한병장은 비로소 죽음에 대한 공포로 괴로워하던 그를 이해하게 된다. 이와 같이 이제 죽을지도 모르는 변일병에 대한 연민의 정서야말로 휴머니즘의 또다른 모습이다. 전우들 간에 이해타산을 떠나서 순수한 마음으로 애정과 관심을 기울이는 행동은 부대의 단결과 전투력 발휘의 필수적인 요건이다. 부하들에게 휴머니즘적인 정신을 일깨워야 하는 근본적인 이유도 여기에 있다.

「하얀 전쟁」의 결말 부분에서 죽음의 계곡에 대한 수색 정찰 임무를 종결하는 마지막 전투를 끝내고 소대장이 인원점검을 하면서 터뜨리는 울음 또한 휴머니즘의 극치를 보여 준다.

> 총성이 완전히 멎은 것은 두 시간 후였다. 적의 시체는 14구가 확인 되었지만, 살았거나 부상을 당한 포로는 하나도 잡지 못했다. 살려 놓고 잡기에는 모든 병사가 너무나 짙은 분노에 휘말려 있었기 때문이었으리라. 적어도 나는 그랬다. 나는 총을 쏘면서 지난 한 달 동안에 죽어간 전우들을 생각하며 슬펐고, 끊임없이 죽음에 쫓기던 전율이 분했고, 한병장의 슬픔이 억울했다. 나는 콩의 모습이 보이기만 하면 긁어대었다. 그 총성은 분노의 절규였다.
>
> ……중략……
>
> 그리고 전투가 끝나서 개울가에 집합한 우리들의 숫자가 소대장까지 합해서 겨우 일곱 명만 남았을 때, 최소위는 인원점검을 하면서 울기 시작했고, 살아남은 한 줌의 병사들도 같이 울기 시작했으며, 나도 울었다. 우리들은 그 울음이 전혀 부끄럽지 않았으며, 그 순간에 우리들 사이에 그보다 솔직하고 강렬한 언어가 없었다. 최소위는 병사들의 이름을 하나씩 불렀고, 살아남은 병사들은 울먹이는 목소리로 대답을 했지만, 대답이 없는 병사들의 숫자가 훨씬 많았다. [206]

한 달여 동안 죽음의 계곡에 대한 수색 정찰 임무를 수행하면서 소대장 최상준 소위는 탁월한 지휘 통솔력을 발휘한다. 죽음의 악령들이 우글거리

---

206) 같은 책, 337쪽.

는 적군 통제하에 있는 정글 속에서 죽음에 대한 공포로 전율하는 소대원들을 지휘하여 작전 임무를 수행하는 그의 리더십은 몇 가지 미숙성에도 불구하고 경탄스러울 정도로 탁월했다. 소대원들에 대한 세심한 교육과 배려 뿐만이 아니라 절박한 상황에 대처하는 그의 냉철한 판단과 적절한 조치 능력은 초급장교들이 본받아야 할 점이 많다. 한 인간으로서 그가 느꼈을 공포와 고통을 억제하고, 과감하고 단호한 행동으로 위기 상황들을 극복하며 소대원들의 절대적인 신뢰를 유지하는 소대장으로서의 그의 모습은 군인의 멋과 자랑스러움을 느끼기에 충분하다. 그러나 비록 부여된 임무는 성공적으로 수행했으나 작전 시작 시 44명이었던 소대원이 7명밖에 남지 않은 엄연한 사실 앞에서는 그도 감정의 북바침을 억제할 수 없었던 것이다. 그것은 단순한 죽은 자에 대한 예의가 아니라 살아남은 사람을 대신해서 죽을 수밖에 없었던 전사자들의 생명의 존엄성에 대한 외경과 사랑의 표현이다. 그들은 무수한 전투에서 생사고락을 함께한 전우요 자신의 분신이기도 했으므로 그들의 죽음은 더욱 통렬한 아픔으로 느껴질 수밖에 없으며, 이는 다른 한편으로는 전쟁에 대한 증오와 저주의 눈물이기도 한 것이다. 살아남은 일곱 명의 통곡 속에는 함께 살아남지 못한 전우들에 대한 미안함과 부끄러움, 그들에 대해 못다한 사랑의 마음들이 뒤범벅이 되어 있다. 인간에 대한 순수하고도 조건 없는 사랑과 그 존엄성에 대한 외경과 눈물, 이것이 바로 휴머니즘인 것이다.

인간의 사회활동에 영향을 주는 인종, 종교, 직업, 교육 정도, 경제적 능력 등 다양한 제한 요소들을 초월하여 인간에 대한 순수한 사랑과 신뢰를 드러내는 휴머니즘은 인간다움을 보장하는 기본적 정신이다. 전장은 죽음과 파괴로 직결되는 절망적 상황이기는 하지만, 그것 때문에 오히려 휴머니즘이 가장 감동적으로 표출되는 상황이기도 하다. 인간이 이러한 휴머니즘을 상실한다면 전쟁은 그야말로 목적 달성을 위한 잔인한 대량 살육과 파괴 행위로 전락하게 될 것이다. 지휘관들은 병사들이 발휘하는 제반 휴머니즘적인 정신에 입각한 행동을 잘 이해하여 격려하여야 하며, 그런 행동들이 용기나 전투의지의 결여와 같은 부정적 요소로 비난하지 않도록 유의하여야 할 것이다.

IV. 結論

훌륭한 리더십은 인간에 대한 이해가 전제된다. 그것은 목적을 달성하기 위해 인간의 능력을 효과적으로 조직하고 관리하며, 통합하는 능력이기 때문이다. 따라서 지휘관은 전투라는 처절한 한계상황 속에 놓여 있는 장병들의 공포와 절망, 그리고 도덕적 갈등과 가치관의 혼란에 대해 이해할 수 있어야 한다. 그래야만 전투 상황에서 적절한 지휘 능력의 발휘가 가능한 것이다.

한편으로 전투 상황에서 병사들이 느끼는 죽음에 대한 공포와 다양한 심리적 갈등은 전쟁의 악마성과 파괴성을 이해하는데 좋은 자료가 될 수 있다. 그것을 통해 전쟁의 비극성을 명료하게 인식할 때, 평화롭고 자유로운 삶의 가치도 그만큼 더 실감할 수 있으며, 전쟁이 왜 적극적으로 억제되어야 하는지를 인식할 수 있는 것이다.

전쟁은 본질적으로 폭력성과 비인간성, 그리고 악마적 모순을 내포한다. 그것은 늘 인류의 자유와 평화의 수호를 목적으로 하면서도 인간이 이룩한 모든 것들에 대한 물질적 파괴 뿐만이 아니라, 인간의 정신과 영혼까지도 유린하여 일체의 도덕과 양심으로부터 일탈을 조장함으로써 인간성의 상실을 초래하는 것이다. 우리는 인류가 이러한 전쟁의 악마적인 모순과 비극을 반복하지 않도록 전쟁에 대해 연구해야 한다. 전장 체험에 대한 연구의 필요성도 여기에 있는 것이다. 전투라는 극한 상황 속에서 병사들이 감당해야 하는 고통과 절망에 대한 이해야말로 전쟁의 비극성을 제대로 인식하는 첩경인 것이다. 본 연구에서는 이러한 인식을 토대로 현대사에 중요한 의미를 갖는 전쟁인 월남전을 소재로 한 문학작품을 분석했다. 즉 대표적인 월남전 소설에 나타나는 사건과 인물들을 전장 체험적 측면에서 고찰해 본 것이다.

월남전은 공산주의의 팽창을 저지하고 약소 민족을 보호하여 세계 평화와 인류의 번영에 기여하기 위한 전쟁 명분에도 불구하고 궁극적으로는 월남인들에 의한 제국주의로부터의 해방전쟁이다. 한국군도 이러한 명분과 몇 가지 국가적 이익 추구를 위해 참전하였지만 월남인들의 민족주의를 극복하지 못한 미국의 패전과 더불어 철군하고 말았다. 그런데 실제로 파월되어 전투에 참여한 병사들에게는 용병으로서 별로 동정의 여지도 없는 이민족을 위해 고통스러운 싸움을 벌려야 하는 남의 나라 전쟁이라는 의식이 지배적이었다. 따라서 각개 병사들이 지닌 이러한 전쟁의 명분과 의미에 대한 회의가 전장에서의 전투 의지나 역량의 발휘에 심각한 부정적 요소로 작용했을 것으로 판단된다.

전투 중에 병사들이 겪는 가장 극심한 고통은 바로 죽음에 대한 공포이다. 전쟁이 무섭고 두려운 근본적인 이유가 바로 그것이 죽음과 직결되기 때문이다. 작품 분석을 통해 전쟁이란 결국 죽음에 대한 공포로 시작해서 그것에 시달리다가 마침내는 죽음이나 그 후유증으로 종결되는 죽음에 대한 공포와의 싸움임을 확인할 수 있었다. 이런 죽음에 대한 공포는 인간의 본능적 요소이므로 지휘관은 부하들의 공포 심리를 경멸하거나 매도할 것이 아니라, 잘 극복하여 효율적으로 전투력을 발휘할 수 있도록 세심하게 배려하여야 한다.

전쟁이 병사들에게 미치는 또 하나의 치명적인 비극과 고통은 도덕적 갈등과 가치관의 혼란이다. 전투 상황은 일상적인 상황과는 다른 논리가 지배한다. 인간다움의 근거가 되는 양심이나 도덕과 윤리의식은 전장에서의 행동을 규제하는 규범적 기능이 상실되며, 부여되는 임무와 명령이 모든 것에 우선하는 행동 기준이 된다. 따라서 전투 상황 속의 병사들은 극심한 가치관의 혼란을 체험하게 되는 것이다. 작품 속에 등장하는 주인공들도 사람을 죽인 행위에 대한 양심의 가책으로 괴로워하고 있으며, 월남전이라는 특수한 상황으로 인해 저질러지는 각종 부정부패와 비리를 목격하고 심한 가치관의 혼란을 겪고 있음을 확인할 수 있었다. 그런데 이런 도덕적 갈등과 가치관의 혼란은 전투력의 발휘에 치명적인 부정적 영향을 미치게 되므로 병사들로 하여금 도덕이나 윤리로부터의 일탈 행위들이 조장되지 않도록 유의하여야 한다.

전쟁이 단순한 파괴와 살육의 범죄 행위가 되지 않을 수 있는 유일한 희망은 휴머니즘이다. 만일 전투 상황에 있는 병사들이 휴머니즘을 상실한다면 전쟁은 목적 달성을 위한 무모한 대량 살육과 파괴 행위로 전락할 것이다. 인간을 구속하는 모든 제한 요소들을 초월하여 인간에 대한 사랑과 신뢰의 표현인 휴머니즘이야말로 인간다움을 보장하는 기본적 정신이다. 전장 체험은 죽음에 대한 공포의 체험인 동시에 바로 휴머니즘의 체험이라고도 할 수 있다. 전쟁은 죽음과 파괴로 직결되는 절망적 상황이기에 오히려 휴머니즘이 가장 감동적으로 표출될 수 있는 상황이기도 한 것이다. 작품에서 읽을 수 있었던 월남인들에 대한 이해와 애정, 인종을 초월한 순결한 사랑, 전장에서의 전우애와 희생정신은 모두가 휴머니즘의 다른 모습이다.

월남전이라는 특수한 상황에서 겪게 되는 전장 체험을 문학 작품을 통해 분석해보려고 했지만, 군대에 미칠 역작용을 고려하다 보니 한계에 부딪힐 수밖에 없었다. 무엇보다도 문학적 진실과 역사적 사실의 차이를 염두에 두지 않을 수 없는 것이 이 연구의 근본적인 한계임을 인정한다. 따라서 본격적인 문학 연구도, 과학적인 군사 연구도 되지 못한 아쉬움이 있다. 그러나 작품에 제시된 다양한 사건들이 전장 체험 사례로서 부대 지휘에 좋은 참고 사항들이 될 수 있으리라 믿는다.

참고문헌

朴榮漢, 『머나먼 쏭바강 1-2』, 民音社, 1993.
안정효, 『하얀 전쟁』, 고려원, 1993.
李相文, 『黃色人 1-3』, 韓國文學社, 1989.
이원규, 『훈장과 굴레』, 現代文學社, 1987.
황석영, 『무기의 그늘 상-하』, 形成社, 1989.

國防部 戰史編纂委員會, 『越南 最後의 崩壞』, 高麗書籍, 1985.

보 우옌 지압, 『인민의 전쟁, 인민의 군대』, 한기철 옮김, 백두, 1988.

윌리암 C. 웨스트모어랜드, 『왜 越南은 敗亡했는가 : 野戰軍司令官의 報告書』, 崔鍾起 譯, 光明出版社, 1976.

柳濟鉉, 『越南戰爭』, 韓元, 1992.

李泳禧, 『베트남 戰爭』, 두레, 1985.

駐越韓國軍司令部, 『越南戰綜合研究』, 駐越韓國軍司令部, 1974.

金烈圭 · 鄭柄朝 · 鄭鎭弘 · 李時炯, 『죽음의 思索』, 書堂, 1989.

李基潤, 『戰爭과 人間』, 한샘, 1992.

李仁福, 『韓國文學에 나타난 죽음意識의 史的研究』, 열화당, 1987.

이재윤, 『군사심리학』, 집문당, 1995.

Kirtland C. Peterson 등, 『외상 후 스트레스 장애의 통합적 접근』, 신응섭 · 채정민 공역, 하나의학사, 1996.

박덕규, 「문제성과 대중성」, 『黃色人』, 현암사, 1989.

송승철, 「베트남전쟁 소설론: 용병의 교훈」, 『창작과 비평』1993년 여름호.

田英泰, 「속박에서 영광으로 이르는 길」, 『훈장과 굴레』, 現代文學社,1987.

　　　「월남전쟁 인식의 심화와 확대」, 『黃色人』, 韓國文學社, 1987.

정연선, 『월남전에 관한 미국소설 속에 나타난 주제와 태도의 문제』, 화랑대 연구소, 1995.

Eagleton, Terry, Literary Theory, Basil Blackwell, 1983.

Lukacs, Georg, Realism in Our Time, Trans. John and Necke Mander, Harper Torchbooks, 1971.

Fussell, Paul, The Great War And Modern Memory, Oxford University Press, 1975.

문학작품에 나타나는 병영체험 연구

Ⅰ. 서론

해방이후의 현대사에서 한국 사회의 발전과 경제적 성장에 끼친 한국군의 영향은 절대적인 것이었다고 할 수 있다. 즉 해방 이후의 사회적 혼란과 한국전쟁으로 인한 同族相殘의 비극적 체험, 그로 인한 이데올로기의 극한적 대립과 분단 체제의 지속이라는 위기 상황은 민족의 생존과 직결됨으로써 군이 국가 권력의 중추적 역할을 담당하면서 사회 전반에 대해 막강한 영향력을 행사할 수 있는 개연성을 제공했던 것이다. 특히 1960년대 이후 경제적 성장을 토대로 한 사회 발전에는 군의 기능과 역할이 한 동력으로 작용했음을 부인할 수 없다.

이렇게 한국 사회의 경제적 성장과 발전에 기여한 한국군의 절대적인 영향과 공적에도 불구하고 한국군에 대한 객관적이고도 정당한 평가는 아직도 유보적이다. 이는 국민의 정서에 광범위하게 확산되어 있는 군사 문화에 대한 부정적 인식이 그 중요한 원인 중의 하나라고 할 수 있다. 이러한 군사 문화에 대한 부정적 인식은 병역의 의무를 수행해야 하는 대다수 국민의 병영 체험과 밀접하게 관련된다. 따라서 국민들의 병영 체험에 대한 고찰과 분석은 바람직한 군사 문화의 정립을 위해 매우 필요한 작업이라고 할 수 있는 것이다.

문학 작품은 사회적 현상에 가장 예민하게 반응하는 문화적 장치이다. 그것은 각종 제도나 규범 속에 갇혀있는 인간의 적나라한 모습과 삶의 양상들을 포착하여 그 진실을 드러냄으로써 사회의 개량과 진보에 기여하게 된다. 따라서 본고의 목적은 군대를 소재로 한 각종 문학 작품에 대한 분석을 통해 병역의 의무를 수행하고 있는 등장인물들의 다양한 병영 체험들을 고찰해 봄으로써 바람직한 군사 문화의 방향을 탐색하는데 있다.

문학 작품 속에 등장하는 인물은 단순한 개인이 아니라 자신이 소속된 집단이나 계층, 또는 시대를 적절한 방법을 통해 대변하는 대표적 개인으로 볼 수 있다. 그러므로 작품 속에 나타난 다양한 병영 체험들은 군사 문화의 가려진 속성들을 밝히는 유용한 자료로 사용될 수 있는 것이다. 또한 시대나 사회, 집단이 안고 있는 구조적 모순들을 누구보다도 예리하게 분석해내는 지식인으로서의 작가가 작품을 통해 이루어 놓은 대 사회적 발언은 사회나 집단의 풍속과 문화를 집약적으로 반영하는 것이므로 진보의 방향을 설정하는 논리적 근거가 될 수 있다. 나아가 바람직한 군사 문화의 정립에도 매우 유용한 자료로 사용할 수 있을 것이다.

한국 사회의 민주화 운동이 사회의 각분야로 확산되면서 그 동안 군사 기밀 또는 군사 보안의 울타리 속에 갇혀 禁制의 영역 속에 있던 군대 생활을 소재로 한 작품들이 상당수 발표되었으나, 이들에 대한 본격적인 연구는 거의 이루어지지 않았다. 이는 禁忌에 대한 두려움이 아직도 잠재 의식 속에 강하게 자리잡고 있기 때문인지도 모른다.

본고에서는 군대 생활을 소재로 한 문학 작품의 분석을 통해 청년기의 병영 체험이 가치관 확립과 사회 의식의 정립에 미치는 영향을 고찰하게 될 것이다. 이를 위해 다양한 병영 체험의 사례를 몇 가지로 범주화하여 분석할 것이며, 이들의 종합을 토대로 바람직한 병영 문화의 방향도 논의하고자 한다.

그런데 문학 작품을 통한 병영 체험의 연구는 몇 가지 한계성을 지닐 수밖에 없다. 비록 소설 속의 이야기이긴 하지만 병영 체험과 관련된 각종 사건들이 군에 미칠 역작용을 고려하지 않을 수 없기 때문이다. 뿐만 아니라 비록 장교나 사병으로서 군에 복무했던 작가 자신의 체험의 산물이기는 하지만, 작품 속에 묘사된 사건이나 인물에는 작가의 주관성이 강하게 개입하고 있고, 그것들이 상상적으로 창조된 허구의 세계에 속한다는 엄연한 사실이 논리적이고 과학적인 분석을 가로막기 때문이다. 그러나 허구의 세계이면서도 현실의 모순과 비극성을 충실히 재현하여 증언하는 것이 바로 문학의 사명임을 염두에 두어야 한다. 본 연구도 바로 이런 인식을 토대로 하고 있다. 아울러 한국군도 이제는 지식인들의 비판을 겸허하게 받아들여 민주 시민 군대로 발전하기 위한 지혜로 삼을 줄 아는 성숙된 군대 사회를 이루고 있다는 믿음으로 본 연구를 수행하면서 부딪히게 될 몇 가지 우려를 극복하려고 한다.

해방이후 전쟁과 변혁의 소용돌이 속에서 군에 의해 야기된 몇 가지 비극적 사건에도 불구하고 한국군은 이데올로기의 극한적 대립과 분단 체제의 긴장을 지탱하며 민족의 생존을 수호해야 하는 사명을 충실히 수행해왔다. 그러나 한국 사회의 민주화 과정 속에서 때로는 민군 관계가 악화되어 국민들로부터 불신의 대상이 되기도 했지만, 군의 본질적인 기능과 역할은 결코 부정될 수 없다.

또한 창군이후 반세기나 되는 세월이 흘러 눈부신 성장을 했음에도 불구하고 한국군에 대한 비판적 성찰은 여러 가지 제한 요소로 인해 어려움이 많았다. 민주 시민 군대로 발전해 나가기 위해서는 군에 대한 비판적 목소리에도 귀를 기울여야 한다. 그래서 바람직한 병영 문화를 창조함으로써 국민들로부터 신뢰와 사랑을 받는 국민의 군대로 발전해 나가야 한다. 그래야만 폐쇄되고 정체된 집단에서 벗어나 열린 사회로 나갈 수 있다.

II. 청년기 병영 체험의 의미와 가치

군에 징집되는 연령은 각 개인의 인생에서는 매우 중요한 시기이다. 육체적으로나 정신적으로 왕성한 성장을 하게되는 청년기일 뿐만 아니라, 자신의 삶을 유지시켜 주고 든든한 울타리가 되었던 가정과 학교로부터 벗어나 스스로의 능력에 의해 생존해야 하는 절박한 상황 속으로 들어가게 됨으로써, 부모의 그늘에서 벗어나 스스로 결정하고 책임질 줄 아는 사회적 인간으로 자립할 수 있는 능력을 갖추는 기간이기도 하기 때문이다. 특히 한국과 같이 입시 위주의 학교 교육으로 인해 사회화 체험의 기회가 부여되지 않는 부실한 교육 제도와 환경은 군 생활을 사회화 체험의 좋은 기회로 만들 수가 있다. 주위에서 자주 듣게되는 "남자는 군대 갔다 와야 사람된다."라는 말이나, "군대 갔다 오더니 사람됐다."라는 말은 군 복무가 바람직한 사회인이 되는 좋은 훈련 과정임을 입증하는 것이다.

또한 한국군의 이미지를 조사한 한 연구에서도 응답자들의 80.5%가 군 복무가 사회생활에 도움이 된다고 긍정적인 평가를 하고 있으며, 그 유익성의 내용으로는 강한 의지력과 정신력 함양, 단체 생활을 통한 대인 관계 터득, 규율과 질서 및 준법정신 습득, 건강과 체력 증진, 성인으로서의 정신적 성장, 지식과 기술 습득 등의 순서로 응답하고 있다.[207] 그런데 이러한 조사 결과는 군 복무를 이미 끝냈기 때문에 그것을 과거의 경험으로 적절한 거리를 두고 바라볼 수 있는 이성적 평가가 가능한 사람들의 견해를 토대로 한 것이다. 그러므로 막상 현재 군에 복무하고 있는 당사자들의 생각은 그렇게 긍정적이라고 할 수만은 없다. 같은 질문에 대해 현역들은 62% 정도가 군 복무 경험이 사회 생활에 유익하다고 응답하고 있기 때문이다.[208]

자의에 의한 선택이 아니라 타의에 의해 강요되는 의무적인 군 복무는 엄청난 고통의 체험이기 때문에 장병들에게는 끊임없는 갈등과 회의를 야기할 수밖에 없다. ROTC 출신 장교의 군 복무 체험을 소설화 한 「그리고 남은 자의 눈빛」에는 병역 의무를 수행하기 위해 군에 복무하고 있는 젊은이들의 심리가 잘 나타나 있다.

군 복무의 의미는 무엇일까? 사람이 태어난 순간부터 세월의 순환이 어김없이 공평하게 주어지듯, 우리 나라는 군대라는 필연적 계절이 주어진다. 계절에

---

207) 김동식, 「한국군의 이미지 조사」, 화랑대연구소, 1993, 83~84쪽.
208) 같은 책, 48쪽.

맞춰 옷을 갈아입어야 하듯 우리는 군복을 입고, 군대의 사고 방식과 교육과 체험을 각자의 책에 몇 쪽씩은 채워야 한다. 그런 우리가 과연 군대를 어떻게 받아들여야 할 것인가. 초로의 고비를 바라보는 나이도 아닌, 젊은 우리가 어디까지 군대를 인생의 의미로 받아들여야 할 것인가. 흘러버리면 그만인가. 2년이란, 없는 셈치고 버리기만 하면 되는가. 어차피 피해갈 수 없으면 그것을 즐겨라. 이 얼마나 무책임한 말인가. 무엇을 어떻게? 군대가 그렇게 단순한 곳인가. 어차피 피할 수 없는 것은 군대 말고도 얼마든지 있다. 결혼·자식·취직·부모…… 인생 모두가 그러하고 죽음까지도 그러할진대, 왜 유독 군대에서만 그것을 강조하는가. 좀 더 진지해질 수는 없는가. 좀 더 냉철해질 수는 없는가. 인생에서의 가장 황금기는 20대의 젊은 시절이다. 그래서 혹자는 30대 이후의 인생은 20대만 회고하다가 죽을 뿐이라고 했다.[209]

대부분의 병사들은 단지 국방의 의무를 때우기 위해 군에 왔다고 생각하기 때문에 국방의 중요함에 대한 인식이나 사명감은 결여될 수밖에 없다. 그러다 보니 군 생활을 단지 지루하고 괴로운 과정의 연속으로만 생각하게 되어, 자신의 인생에서는 무의미한 공백 기간처럼 생활하려고 한다. 위의 인용문에는 그러한 병사들의 태도에 대한 회의와 장교로서 군 복무를 젊은 시절의 의미 있는 시간으로 만들고자 하는 깨달음과 반성이 잘 나타나 있다. 이는 주인공 민유수 중위의 다음과 같은 고뇌에서도 잘 나타난다.

'물이 흐르고 또 흐르고 끊임없이 흐르지만, 언제나 그곳에 존재하고 있다. 물은 언제나 똑같은 존재이면서도 순간 순간 새로운 존재였다.'라고. 나는 이렇게 군대에서 살아가고 싶은 거다. 나는 이렇게 내 군 인생을 장식하고 싶은 거다. 늘 새로운 인생의 맛, 그 중의 하나인 군대의 맛, 그 맛을 내는 것은 나의 선택 의지? 그러나, 그러나 흐르는 물과 같은 군대가 아닐 수 있다면? 만약에 고인 웅덩이에 불과하다면? 대부분이 이렇게 군 생활을 보낸다면? 만약에 정말 그렇다면 김원일이 표현했던 '마음의 감옥'보다 더 한 인생의 감옥이잖은가. 우리 나라 남자 누구나 짐질 인생의 감옥. 이 얼마나 비극인가. 치유 받기도 거부할 아픔의 감옥이라면?[210]

---

209) 이동규, 『그리고 남은 자의 눈빛』, 도서출판 天山, 1993, 201~202쪽.
210) 같은 책, 203쪽.

그는 싯달타가 강을 보고 깨달은 것처럼 인생의 매 순간마다 자신의 의지대로 새롭게 살아가기를 꿈꾸지만 현실은 늘 '인생의 감옥' 또는 '아픔의 감옥' 같은 상황이 계속된다. 군 복무는 스스로의 선택에 의한 것이 아니고 타의에 의해 강요된 의무이기 때문에 각종 업무 수행이나 교육과 훈련에서 성취감이나 보람을 느끼도록 하는 동기 유발이 어렵다. 특히 개인의 자유에 대한 엄격한 통제와 구속, 그리고 끊임없이 요구되는 정신적이고 육체적인 고통은 병사들로 하여금 사고의 경직화나 수동적인 삶의 태도를 고질화시키기 쉽다. 따라서 대부분의 병사들은 군대라는 조직 집단이 엄연히 사회의 일부이며 그 구성 요소라는 것을 인정하면서도 현실적으로는 사회적 통념이나 가치 의식이 통용되지 않는 매우 특수하고 이질적인 집단인 것처럼 생활하려고 한다. 병사들이 일상적으로 사용하고 있는 군 생활의 특징을 암시하는 몇 가지 비속어적인 표현들은 이러한 병사들의 의식을 드러내는 좋은 예다.

사회에선 안 그랬었는데 어쩐지 군대에 팔려오자 얼뻘뻘해졌던 나는 내무반장이 던져준 몇 벌 찢어진 옷가지들을 딴 놈들에게 다 빼앗겨 버렸던 것이다.[211]

"건호야. 너 하나쯤은 얌전히 있다가 제대해도 좋잖을까. 좋은 놈들 모두 군대 와서 버린다잖니. 군대 와서 술 배워, 담배 배워, 게다가 계집까지 배워, 그렇지만 너만은 말야"
"군대 다녀와야 사람된다는 말도 있잖아요. 그리고 나는 사내 아닌가요. 게다가 더 이상 참을 수가 없어요"[212]

첫 번째 인용문은 대학에서 영문학을 전공하다 입대한 주인공이 신병교육대에서 이약 주머니를 만들면서 겪게 되는 당혹스러움을 묘사한 글이다. 이처럼 상당수의 병사들이 군에 입대하여 신병 생활을 거치면서 일반 사

211) 金臣, 「쫄병시대」, 실천문학사, 1988, 7쪽.
212) 같은 책, 267쪽.

회에서는 똑똑하다고 인정받던 자신이 군대와서는 다소 바보스러워진 듯하다는 생각을 한다. 그런데 이는 군대의 엄격한 규율과 질서 속으로 편입되는 과정에서 겪게되는 필연적 현상이다. 자유분방하던 세계에서 명령과 복종이라는 엄정한 군기가 요구되는 통제된 세계로의 진입 과정에서 생기는 일시적인 현상인 것이다. 두 번째 인용문은 사단장 관사 경비병들이 야간에 몰래 마을에 나가기 위해 모의하는 과정에서 당번병과 나누는 대화이다. 군대 생활의 허술한 점을 악용하는 이들의 일탈 행동들은 엄격한 통제나 부자유에 대한 반항이라기보다는 쾌락을 탐하는 본능적 욕구에 의한 행동이며 명백한 군무이탈 행동이다. 그들 자신도 그것이 범법 행위임을 인지하고 있으면서도 그런 일탈 행동이 주는 쾌감을 즐기고 있는 것이다. '좋은 놈들 모두 군대와서 버린다'는 말도 군대가 그렇게 만드는 것이 아니라 군대의 규율과 질서에 대한 적응에 실패한 병사들의 자기 변명임을 유념해야 한다.

신병 생활을 거쳐 군대 생활에 익숙해지면서 대부분의 병사들은 나름대로의 생활 방식을 정립하게 된다. 그런데 그들의 행동 양식을 결정하는 사고 방식은 합리적이고 윤리적이기보다는 임기응변적인 성향이 강하다. 즉 자신이 현실적으로 책임져야 할 고통의 경중에 따라 행동의 내용을 판단하는 것이다. 다음 인용문에는 이런 점이 잘 나타나 있다.

'군따이와 요오료오다(군대는 요령이다)'라는 말을 자주 해 '요오료오' 상병이라 불리는 무전병이었다.[213]

군대 생활만큼은 장교든 병사든 '요령과 눈치 외에는 모두 개털'이라는 소리를 익히 들어 온 나였지만, 이것은 그 어떤 요령과 눈치라도 감잡을 수 없는 성질이었다.[214]

'군대는 요령이다'라는 말은 신병 시절에 고참병들로부터 무수히 들게되

---

213) 李文烈, 「塞下曲」, 『이문열 중단편전집 1』, 도서출판 둥지, 1997, 96쪽.
214) 이동규, 앞의 책, 93쪽.

는 군 생활에서는 고전적인 말이다. 그런데 자신이 처한 위기 상황에 적절하게 대처할 수 있는 최선의 방법으로서의 '요령'은 군 생활에서만 요구되는 것은 아니다. 그것은 어떤 집단에 소속되더라도 필요한 상황 조치 능력이다. 그런데도 유독 군대에서 이런 말이 격언처럼 통용되는 현상은 대부분의 병사들이 군 복무 전에는 위기 상황에 직면하여 고통스러워해 본 경험이 별로 없었다는 것을 반증하는 것이다. 군 생활에서 직면하게 되는 여러 가지 상황들은 대부분 고통과 인내를 수반함으로써 제대 후 사회 생활에서 부딪히게 되는 다양한 시련들을 극복할 수 있는 잠재 능력을 계발하는 좋은 훈련이 된다. 그러나 그 고통의 순간을 모면하거나 회피하고자 하는 병사들의 심리가 '요령'이라는 언어를 부정적 의미로 왜곡하여 사용하게 되는 것이다.

이러한 이상 심리의 확산이 마치 군대는 일반 사회와는 전혀 다른 특수한 가치관이 통용되는 집단인 것처럼 생각하는 통념을 유포시킨다. 다음 인용문에는 그런 통념이 잘 나타나 있다.

"내가 보기에, 인생에서 다른 모든 것은 책이나 영화나 선조들에게서 배울 수 있지만, 단 두 가지만은 그런 것들에게서 배울 수 없는 것이 있어. 그건 사랑과 군대야. 사랑은 오직 사랑만이, 군대는 오직 군대만이 가르쳐 줄 수 있는 거야."[215]

"……처음에 대대장은 나를 보고 말이 많다고 하더군요. '말이 많으면 빨갱이'래요. 나는 처음에 그 말뜻을 이해하지 못했소. 그런데 나중에 알고 보니 그것은 비판문화가 강한 인민군을 빗대어 한 말이더군요. 그리고 그것은 '까라면 무조건 까라.'는 군대의 단순한 사고 방식, 말은 필요 없고 오로지 육체적으로 땀 흘리며 빡빡 기는 것만을 능사로 여기는 군인들의 사고 방식이더군요. 내가 군에서 적응하기 힘든 부분이 바로 이것이었어요. …이하 생략…"[216]

---

215) 같은 책, 194쪽.
216) 같은 책, 240쪽.

훈련 시험이건 경연 대회건, 포병은 사격 효과를 놓고 따졌다. 사격 효과가 좋으면, 그것으로 끝이었다. 포탄이 표적을 맞히지 못하면, 다른 것들이 아무리 좋아도, 별볼일이 없었다. 누구 얘기였던가, '포병은 포탄이 말하는' 것이었다. 연락 장교가 나서는 바람에 관측 점수가 깎이는 것쯤은 신경 쓸 일도 못되었다. 우스운 것은, 사격 효과가 좋으면, 관측 점수도 덩달아 후하게 나온다는 점이었다. 언제나 결과만 따지지 과정을 묻지 않는 것이 군대의 생리였다.[217]

위의 인용문에는 세 가지 통념이 암시되어 있다. 첫째 글에는 군대에는 군인들만이 이해할 수 있는 특수한 요소들이 많다는 점이 언급되어 있고, 둘째 글에는 상관의 명령이나 지시에는 무조건 복종해야지 그에 반하는 의사를 개진하거나 불평을 해서는 안되는 것이 군인들의 보편적인 사고 방식이라는 것을 강조하고 있으며, 셋째 글에는 결과만 중요시하지 과정은 중요시하지 않는 것이 군대의 생리임을 단언하고 있다. 사실 군대에는 그러한 특성들이 강하게 나타남을 부인할 수는 없다. 그러나 그런 점들이 꼭 군대에만 강조된다는 견해에는 동의할 수가 없다. 정도의 차이가 있을 뿐 어떤 조직 집단에서도 공통적으로 나타나는 현상이라고 할 수 있기 때문이다. 즉 위계 질서를 지니고 있는 모든 조직 집단에는 그 집단만이 공유하고 있는 특수한 가치들이 존재하게 마련이며, 상사의 생각을 거스르는 하급자는 어느 집단에서건 환영받지 못하고, 과정보다는 결과를 중시하는 것은 인간의 보편적인 성향이기도 한 것이다. 결국 군대도 사회의 일부로서 그 구성원들의 사고 방식이 그대로 통용되는 곳이지 결코 이질적이거나 특별한 집단일 수는 없는 것이다.

이문열의 작품『塞下曲』에 나오는 ROTC 출신 포병대대 통신과장인 이중위와 대학원에서 석사 과정까지 마친 암호병인 박상병의 다음 대화는 이를 이해하는데 중요한 단서를 제공한다.

「군대가 아주 특수한 사회란 생각 — 박상병도 그런가?」

---

217) 복거일,『높은 땅 낮은 이야기』, 文學과 知性社, 1988, 225~226쪽.

「예, 약간은.」

「그런데 나는 달라. 이건 오히려 평범하기 짝이 없는 집단이라고 생각해. 그걸 특수하게 만든 것은 어떤 사회의 왜곡된 의식 구조나 관찰자의 편견같단 말이야.」

「…….」

「박상병도 입대 전에는 지금보다 훨씬 자유롭고 행복했다고 생각하나?」

「예, 대체로.」

「그런데 나는 도무지 그게 이해 안돼. 먼저 자유의 문제. 내가 보기에는 본질적으로 달라진 건 아무 것도 없어. 입대 전에도 우리는 분명 복종해야 할 권위가 있었고, 때로는 불합리한 줄 알면서도 시인해야 할 규율이 있었어. 외관은 달라도 본질적으로는 지금 우리가 복종하고 시인하는 것과 똑같은 것이었어. 그리고 보면 결국 달라진 것은 우리의 식사와 의복이 좀 거칠어지고 주거 환경이 좀 딱딱해졌을 뿐이야. 하지만 그것이 행복의 유일한 척도는 될 수 없지…….」

「…….」

「결국 입대와 함께 우리에게는 갑작스런 의식의 과장이 일어난 거야. 바깥의 것은 무조건 크고 화려하고, 안의 것은 무조건 작고 초라하다는 식의 — 그리고 그것은 너희들도 일부 인정하고 있더군. 집에 금송아지 안 매둔 놈 없다는 얘기 말이야.」[218]

『塞下曲』은 이문열이 서부전선에서 통신 보급병으로 근무했던 병영 체험을 소설화한 작품이다. 위의 대화에는 군대를 특수하고 이질적인 집단으로 생각하는 사회의 왜곡된 통념에 대한 날카로운 비판이 내포되어 있다. 장교와 사병이라는 신분적 차이로 인해 군 생활에 대한 태도와 관점에 있어서의 현저한 차이를 고려해야 하지만, 우리 사회의 왜곡된 의식 구조에 대한 성찰은 논리적이며 설득력을 지니고 있다. 입대로 인해 야기된 정신적인 굴절 현상, 즉 급격한 환경의 변화로 인한 불안과 긴장으로 인해 일어나는 의식의 과장이 군대를 왜곡된 시각으로 바라보게 만든 것이지, 본질적으로 군대나 일반 사회는 다를 바가 없다는 것을 강조하고 있는 것이다. 특히 입대 전

---

218) 이문열, 앞의 책, 76~77쪽.

에는 '복종해야 할 권위'나 '시인해야 할 규율'에 대해 자신의 의지대로 선택하여 행동하고 그 결과에 대해서도 책임을 회피할 수 있는 자유가 부여되어 있었으나, 군대에서는 그들을 무조건 지켜야 하는 엄격성으로 인해 극심한 자유의 구속과 제한을 느끼게 됨으로써 '의식의 과장' 현상이 심화되게 되는 것이다.

군대가 결코 특수한 사회가 아니라는 이중위의 생각은 다음 대화 속에 보다 분명하게 드러난다.

> 「마찬가지로 — 우리가 제대를 한다는 것, 그것도 너희들이 믿는 것처럼 전혀 새로운 세계에로의 출발은 아닌 것 같아.」
> 「아마…… 반드시는 아닐 테지요.」
> 「아니야, 전혀. 그것 역시도 우리 식으로 표현하면 여기보다 더 좀 관례가 다른 부대로 전입을 가는 정도에 불과해. 이 시대에는 이미 순수한 개인이란 존재할 수가 없어. 어디를 가든 집단에 소속하게 되어 있고, 그 집단은 또 나름대로의 위계와 규율을 우리에게 강요할 거야. 예를 들어 우리가 취직을 한다는 것은 대대장이나 사단장이 전무나 사장으로 바뀌는 정도야. 명칭은 감봉이나 징계 따위로 다르지만, 그곳에도 빳다와 기합 같은 게 있지. 그리고 때로 그것은 우리가 이곳에서 체험하는 것보다 몇 배나 더 잔인하고 철저해.」
> 「그렇지만 거기에는 선택의 자유라든가 창의의 개발 같은 게 있지 않습니까?」
> 「선택의 자유라고? 그렇지만 한 집의 가장으로서 생계가 걸린 직장을 팽개치기가 이곳에서 탈영하는 것보다 더 쉬울 것 같은가? 또 수천 수만의 종업원이 있는 회사에서 한 말단 사원의 창의라는 것이 포대 소원 수리보다 대단할 거 같은가?[219]」

이중위의 말에는 자신의 처지를 고려한 주관적인 논리가 다소 나타나기도 하지만 거기에는 병사들의 고정 관념을 깨뜨릴 수 있는 진실이 내포되어 있다. 제대를 하면서 엄청난 해방감에 흥분하지만 실상 구성원으로서 몸담고 살아가야 하는 사회의 어느 집단에나 — 그것이 가정이든 학교든 직장이

---

219) 같은 책, 77~78쪽.

든, 개인의 자유를 구속하고 제한하는 규칙과 질서가 있다. 단지 그것을 지키도록 요구하는 엄격성과 강도의 차이가 있을 뿐인 것이다. 해방의 기쁨은 잠시 동안일 뿐, 오히려 치열한 생존 경쟁으로 인해 더 냉혹한 현실에 직면하게 되며, 비정하고 잔인한 생존의 원리에 압도당하게 되는 것이다.

따라서 병영 생활은 쓸데없는 고생을 하는 기간이 아니라 제대 후 사회에 적응하는데 필요한 잠재 능력을 계발하는 훈련 기간이라고 할 수 있다. 장교들, 특히 지휘관들은 바로 이런 점들을 착안하여 병사들을 교육해야 한다. 군대 생활에서 겪게 되는 무수한 고통의 체험이 제대 후의 사회 생활에서 부딪히게 되는 다양한 시련을 극복할 수 있는 지혜와 능력을 배양시켜 준다는 사실을 인식시킨다면 군 복무에 대한 동기화가 가능할 것이다. 우리가 일상적으로 주위에서 듣게되는 "군대갔다 오더니 철들었다."라는 말은 병영 생활에서 겪은 고통의 체험이 사회 생활에 매우 유용한 경험임을 입증한다. 그것을 통해 병사들은 바람직한 가치관과 사회 의식을 확립하게 되며 복잡한 인간 관계의 갈등을 해소하는 방법을 터득하게 되는 것이다.

Ⅲ. 병영 체험의 사례 분석

이상에서 우리는 군대 생활이 결코 일반 사회 생활과는 다른 이질적이고 특수한 것이 아니라 동질적인 것임을 고찰했다. 따라서 병영 생활에도 일상 생활에서 겪게되는 다양한 갈등과 번뇌가 상존하게 마련이다. 그러나 군인으로서의 삶은 평범한 사회인의 삶과는 상당히 다른 중요한 속성을 가지고 있다. 군인은 국가를 위해 생명을 바칠 수 있는 희생정신과 죽음을 두려워하지 않는 百折不屈의 용기와 투지, 그리고 어떠한 역경과 극한적 상황도 이겨낼 수 있는 무한한 인내력의 소유자여야 하기 때문이다. 이러한 사회적 통념과 기대에 부응하기 위해 병사들은 다양한 임무를 수행하면서 부단한 교육과 훈련의 고통을 감수해야 한다. 본장에서는 이러한 고통의 체험 중에서 개인의 정신적 성장이나 사회화에 중요한 영향을 줄 수 있는 본질적인 체험들을 몇 가지 유형으로 나누어 분석하고자 한다.

1. 육체적 고통의 체험

군 복무 시절의 갖가지 체험이 청년기의 의식 속에 깊게 각인되어 수시로 추억담으로 재생되는 근원적인 이유는 그것이 항상 엄청난 육체적 고통을 동반하고 있기 때문이다. 정신적으로나 육체적으로 왕성한 성장을 하게 되는 청년기에 건강한 사내라면 누구나 의무적으로 복무해야 하는 병영 체험은 사회적 인간으로 성장하기 위한 필수적인 통과의례라고 할 수 있다. 그것은 두려움을 무릅쓰고 도전하지 않을 수 없는 용기와 때로는 감각을 마비시키는 듯한 공포와 고통에 대한 무한한 인내를 요구하는 체험 과정이며, 아무런 경제적 · 물질적 보상이 주어지지 않을 뿐만 아니라, 오히려 온전한 자기희생에 보람과 가치와 행복을 느껴야 하는 순교자적 삶의 태도가 요구된다. 그러다 보니 국민들 사이에는 군대는 별로 쓸데없는 고생만 하는 곳이라는 의식이 보편화되기 쉬운 것이다. 많은 젊은이들이 군 복무를 면제받거나 기피할려고 하는 근본적인 원인이 바로 이러한 점에 있다.

> 편지마다 "옷을 따숩게 입어라. 강원도는 춥다는데" 하고 쓰는 어머니였다. 동네 청년들로부터 군대에서 고생한 얘기를 들어서, '강원도' 하면 어머니에겐 추워서 고생하는 데였다.[220]

위의 인용문에 언급된 어머니는 어느 특정한 어머니가 아니다. 귀한 아들을 군대에 보내 놓고 걱정하고 눈물을 흘리지 않는 어머니는 없을 것이다. 군대에 가면 춥고 배고프고, 모진 고생을 한다는 것은 대부분의 국민들의 보편적인 인식이다. 이러한 의식의 심화가 전방 지역의 대명사처럼 사용되는 '강원도'라는 특정한 지역을 그저 '추워서 고생하는 데'라는 부정적 심상으로 고정시키게 되는 것이다. 이는 군대라는 곳이 곧 고생하는 곳으로 인식됨을 입증하는 단적인 예다.

---

220) 복거일, 앞의 책, 156쪽.

사단의 사 개 포병 대대 병력은 사단 작업병들이었다. 철책 작업, 기관총 진지 작업, 대전차 장벽 작업, 사계 청소 작업 —작업은 끝이 없었다. 새벽 다섯시에 아이들을 깨워서 아침을 먹여 보내면, 밤 여덟시가 넘어야 녹초가 된 아이들이 돌아와서 저녁을 먹었다.

그래도 포병은 편하다는 것이었다. ……중략……

훈련도 고되었다. 무거운 포를 다루어야 하는 까닭에, 여간 어려운 게 아니었다. 155밀리 곡사포를 포차에 매달거나 떼어낼 때는, 한쪽 가신에 세 사람씩 붙도록 야전 교범에 되어 있었다. 체격이 좋은 미군들 얘기였다. 어쩌다 시간에 쫓기게 되면, 덩지 큰 녀석 혼자 그 무거운 가신을 어깨로 버티는 일이 흔했다. 어떻게 어깨가 견디는지 모를 일이었다. 사탄이 정확해진다고 해서, 땅에 구덩이를 깊게 파고 가신 끝을 완전히 묻은 다음에 사격했다. 한겨울엔 땅이 얼어붙어서, 곡괭이가 튀었다. 그래서 도끼로 떡을 썰어내듯 땅을 파냈다.[221]

물론 위의 인용문에 제시된 상황은 현재의 군의 모습은 아니다. 그러나 군 복무를 체험한 사람이라면 누구나 쉽게 이해할 수 있는 매우 낯익은 이야기이다. 포병 부대의 일상적인 작업과 훈련에 대한 이야기지만 대부분의 부대에 보편화시킬 수 있는 내용이라고 할 수 있다. 그런데 그 이야기 속에는 우리가 유념해야 할 몇 가지 중요한 사실이 내포되어 있다. 외관상으로 볼 때는 막강한 전력을 지니고 있는 듯이 보이는 우리 군이 국민들을 안심시킬 수 있는 전력을 유지하기 위해서는, 인용문에서처럼 병사들은 열악한 근무 환경 속에서 끊임없는 작업과 훈련의 고통을 감수하지 않으면 안 되는 것이다. 그리고 그러한 작업과 훈련이 개인의 행복이나 보람과는 별로 상관이 없고, 그러한 일을 왜 해야하는지에 대해 회의하게 만들며, 순전히 국가와 민족을 위한다는 대의명분으로 자위할 수밖에 없기 때문에 그 고통의 무게는 배가된다. 더욱이 이러한 고통이 다른 부대에서는 겪지 않을 수도 있는 것이라는 잘못된 인식과 결합될 경우에는 군 생활에 대한 회의와 불평불만으로 전이되기 쉽다.

---

221) 같은 책, 76~77쪽.

"군가 그만안. 이 말코 같은 놈들아. 그걸 군가라고 부르고 있어? 눈깔을 내리뜨고, 지금 서있는 곳이 어딘가 똑똑히 봐라. 지피다, 지피. 하고 많은 후방 부대들 다 놔두고, 밀리고 밀려서 전방 사단의 일반 전초 연대에 떨어져, 그것도 부족해서, 비무장 지대 안까지 밀려들어온 팔자 한번 더러운 놈들, 그게 바로 네놈들이다. 돈 없고, 빽 없고, 재수까지 없는 놈들이다. 그런 놈들에게 남은 것이 있다면, 악밖에 더 있겠나? 악을 써라 이놈들아, 악을 써. 저 건너 오스카 지피의 인민군놈들이 시끄러워 잠 못 자겠다고 지랄하도록, 소리를 질러."[222]

위의 상황은 지피에 근무하는 병사들의 해이된 군기를 바로잡기 위해서 포대장인 현중위가 점호 시간에 군가를 부르게 하며 호통을 치는 장면이다. 병사들의 주의를 환기시키기 위해 내뱉는 비속한 어투 속에는 비무장지대에서의 근무에 대한 장병들의 잘못된 의식이 드러나 있다. 군 복무 중 가장 힘드는 곳이라고 할 수 있는 비무장지대에 근무하는 병사들은 "돈 없고, 빽 없고, 재수까지 없는 놈들"이라는 말이 바로 그것이다. 이는 다른 부대에 가면 지피에서 하는 고생 같은 것은 면할 수도 있다는 생각을 반증하는 것이다. 그런 잠재적인 생각을 하고 있기 때문에 비무장지대에서의 근무는 그만큼 더 고생스럽게 느껴질 수밖에 없다. 지오피 근무 체험을 소설화한 또 다른 작품에도 이런 점이 나타난다.

'누구나 고생은 하지. 특히 자신의 고생은 상대방보다 크게 느껴지기 마련이지. 나는 전방의 고생도 이런 범주라고 생각했어. 누구나 어디서든 고생을 한다. 군대도 예외는 아니다. 군대에 온 이상 고생을 하는 것은 환경이 변한 인간으로서 당연한 것이다. 고로 그것은 상대적일 수밖에 없는 것이다. 단지 개인에 따라 그 앓는 소리가 다를 뿐이다, 라고 나는 생각했지. 하지만 지오피의 고생은 개인이 생각하기에 따라 다른 상대적인 것이 아니라 절대적인 성질이었어. 비교도 평가도 할 수 없는 절대적인 고생.'[223]

222) 같은 책, 80쪽.
223) 이동규, 앞의 책, 156쪽.

지오피에 근무하는 정훈 장교들의 대화 내용인 위의 인용문에는 '자신의 고생은 상대방보다 크게 느껴지게 마련'인 병사들의 심리가 잘 나타나 있다. 비록 적군과 정면으로 대치하면서 一觸卽發의 위험하고 긴장된 상황 속의 근무이기는 하지만 비무장지대의 근무가 특별히 더 고생스럽다고 단정하기는 어렵다. 후방에서 교육과 훈련에 시달리는 병사들은 오히려 지오피 근무를 부러워하기도 하기 때문이다. 그러므로 이미 앞에서 언급한 것과 같은 잘못된 의식이 그 고통의 무게를 배가시킨다는 점을 고려해야 한다. 자신이 견디어야 하는 육체적 고통의 명분이나 가치에 대해 회의할 때, 병사들은 마치 자기만이 특별한 고통의 상황 속에 놓여 있는 것으로 생각하고, 행동하기 쉬운 것이다.

군 복무는 끊임없는 육체적 고통을 통해 자신의 정신을 단련하는 좋은 기회라고 할 수 있다. 각급 제대의 지휘관들은 병사들이 견디어야 하는 육체적 고통에 대한 명분과 가치를 인식시킴으로써 쓸데없는 고생을 한다는 통념을 불식시키도록 노력하여야 한다. 그러기 위해서는 지루하고도 힘든 교육과 훈련, 그리고 업무 수행에 동기화를 부여할 수 있는 고도의 정훈 교육 능력이 요구된다.

2. 인간 관계의 갈등 체험

군 복무를 고통스러운 과정으로 인식하게 만드는 또 다른 중요한 요소의 하나로 사회적인 고립감을 들 수 있다. 즉 군 복무 기간 동안 일반 사회로부터 격리되어 철저하게 통제되고 차단된 세계에서 살아야 한다는 중압감이 그만큼 군 생활을 힘들게 하는 것이다. 이러한 사회적인 고립감은 근본적으로 부모와 형제, 친지나 연인과 같은 사랑하는 사람들로부터 격리되어 낯선 세계에서 낯선 사람들과 새로운 관계를 형성하고, 그에 적응하며 살아야 한다는 점에 대한 불안의식에서 기인한다. 특히 명령과 복종이라는 엄격한 규율에 의해 상·하급자 간의 행동 방식이 규정되어 있는 군대에서는 그러한 불안의식이 더욱 증폭될 수밖에 없다. 그런데 복잡한 인간 관계의 갈등은 인간을 정신적으로 성장시키는 매우 중요한 경험 요소이다. 그런 점에서 군 복무는 성인이 되어 조직 사회에 편입되면서 겪게 될 다양한 인간 관계의 갈등을 체험하는 과정으로서의 의미도 크다고 할 수 있다.

한국군의 이미지를 조사한 연구에서 병사들의 복무 의욕을 저하시키는 요인으로 열거하고 있는 중요한 것들에는 구타, 가혹 행위, 인격 모독, 고참병의 횡포, 상급자에 의한 차별 대우, 친구나 애인과의 불화 등이 포함되어 있는데 이는 대부분 인간 관계의 갈등과 관련되는 것으로 볼 수 있다.[224] 물론 인간 관계의 갈등은 사회적 동물로서의 인간에 의해 구성되고 있는 모든 집단의 보편적 현상이다. 그러나 엄정한 계급적 질서에 의해 조직이 유지되는 군대 집단에는 다른 집단에서와는 본질적으로 다른 갈등 요소들이 존재하는 것이다.

> 되바라져? 이 얼마나 듣기 싫은 소린가? 내가 무얼 어떻게 했길래? 이건 쉽게 말해서 내가 건방지다는 뜻인데……. 내가? 미치고 환장할 노릇이었다.
> '민소위는 이걸 알아야 해. 군대에서는 일 못하고 능력이 부족한 것은 웃으면서 흘려버릴 수 있는 거다. 하지만 아무리 일 잘하고 능력 있더라도 상급자에게 건방지다는 느낌을 주게 되면 그것만큼 낭패인 경우도 없지. 더욱이 군대에서는 똑똑한 사람일수록 그런 오해를 받기 십상이지.'[225]

군대에 존재하는 전형적인 인간 관계의 갈등 양상은 상급자에 대한 하급자의 갈등이다. 엄격한 위계 질서로 인해 상급자의 진의 파악이나 상급자와의 갈등 관계를 해소할 수 있는 적절한 방법의 모색이 어렵기 때문에 하급자로선 극심한 정신적 고통을 혼자서 감당할 수밖에 없는 경우가 많다. 위의 인용문도 철책 근무의 문제점을 파악하기 위해 하루에 두 번씩 철책선을 순찰하고, 그 결과를 보고서로 제출하도록 명한 대대장의 진의를 미처 깨닫지 못하고, 손상된 자존심으로 인해 심한 모멸감으로 괴로워하는 정훈 장교 민소위의 모습을 제시하고 있다. 평등한 인간 관계에서의 갈등이 아니라 계급적 권위에 무조건 복종해야 하는 종속적인 인간 관계에 있어서의 갈등이

---

224) 김동식, 앞의 논문, 68쪽.
225) 이동규, 앞의 책, 126쪽.

므로 상급자로 향한 해결의 통로가 차단되어 있기 때문에 하급자만 정신적 고통을 감수할 수밖에 없는 것이다.

이러한 인간 관계의 갈등이 병사와 장교 사이의 문제일 경우에는 매우 심각한 위기 상황으로 발전되기 쉽다. 『塞下曲』에 나오는 박상병과 심소위의 관계가 그 좋은 예다.

심소위는 비정규 사관 학교 출신으로 금년 봄에 임관된 이른바 '신삥 소위'였다. 군인으로는 대개 충실한 편이었는데, 계급을 지나치게 따지는 게 흠이어서 처음에는 마흔이 넘은 하사관들까지 함부로 다루다가 물의를 빚을 정도였다.

그러다가 차차 실무를 경험하면서 그들에게 다소 부드러워졌지만 일반 사병들에게는 여전히 엄하고 거칠게 대했다. 특히 그런 그의 엄격함은 참모부의 대학 출신 사병들에게 심해, 그들 중 한번쯤 심소위에게 당하지 않은 사람은 별로 없었다.

강병장은 그 원인을 심소위의 '대학 콤플렉스'로 분석했는데, 그 예외 중의 하나가 박상병이었다. 나이가 나이인 데다, 암호병이란 직책이 원래 눈에 잘 뜨이지 않는 것이었기 때문이었다. 그러나 강병장은 오히려 그 점을 더 염려했다. 그것은 박상병이 석사 과정까지 수료한 대학이 심소위가 입대하기 전에 두 번이나 낙방한 바로 그 대학이라는 점 때문이었다. 강병장의 판단이 옳았는지 모르지만, 하여튼 결과는 엄청난 것이었다.[226]

이미 인용문에도 불행한 사고가 암시되어 있지만, 상황실로 급한 전문을 전달하러 뛰어가던 박상병은 복장이 불량하다는 이유로 심소위로부터 심한 주먹과 발길질을 당해 실신을 하게 되고, 전문이 제때에 전달되지 못한 결과 포대는 연대의 지원 사격 요청에 치명적인 실수를 저지르게 된다. 이로 인해 화가 난 통신과장인 이중위로부터 구타를 당한 심소위는 박상병을 더욱 괴롭히다가 결국은 사병들의 복수 계획에 걸려 큰 부상을 당하게 된다. 군대에서는 있을 수 없는, 일어나서는 안 되는 사건이지만 이는 인간 관계

---

226) 이문열, 앞의 책, 58~59쪽.

의 갈등이 악화될 경우 야기될 수 있는 사고의 심각성을 제시한다.

이러한 부류의 갈등은 비록 모습은 조금씩 다르지만 군대 내에 무수히 존재한다. 장교와 장교, 장교와 하사관, 장교와 병사, 하사관과 병사, 병사와 병사 사이에 다양한 갈등의 양상들이 상존하지만, 그것이 동일 계급 간의 수평적인 것이 아니라, 상급자와 하급자 간의 수직적인 것일 경우 적절한 해소 방법의 부재로 인해 갈등 관계가 더욱 악화되기 쉽다. 어쩌면 군대에서 발생하는 사고의 상당한 부분이 본질적으로 이와 같은 인간 관계의 갈등이 악화되는 데에서 기인한다고 할 수 있다. 뿐만 아니라 이러한 인간 관계의 갈등은 부대의 전투력을 감퇴시키는 치명적인 요인이다. 따라서 지휘관들은 인간 관계의 갈등을 해소할 수 있는 적절한 통로와 효과적인 방법에 대한 구체적인 대책을 반드시 수립해야 한다.

3. 공동체적 삶의 체험

해방이후 한국 사회의 현대적 발전에 한국군은 매우 중요한 역할을 담당했다. 국가 발전의 초석이 될 청년들을 소집하여 병역의 의무를 수행케 하는 동안 교육과 훈련을 통해 국가에 기여할 수 있는 다양한 잠재 능력을 배양해 준 것은 결코 부정될 수 없는 역사적 사실이다. 즉 군대는 국가의식과 민족의식, 반공 이데올로기 교육과 현대 사회에 적합한 윤리와 질서의식 교육, 국가 정책에 대한 홍보와 계몽 등을 통한 국민 교육 기관으로서의 역할과, 각종 국토 개발과 건설 사업 참여, 기술 및 고급 관리 인력의 양성과 공급 등 근대화 추진을 위해 필요한 역할들을 충실히 수행함으로써 이 시기에 이룩되는 사회적 발전의 원동력을 제공했던 것이다.

이러한 사회 발전에 기여하게 되는 군의 역할의 토대를 이루는 요소가 바로 병사들의 공동체적 삶의 체험이라고 할 수 있다. 한국 사회는 현대화 과정에서 각종 교육제도의 파행적 운영으로 인해 정상적인 국민 교육의 기회가 제공되었다고 보기 어렵다. 즉 대학 입시에 종속된 각종 학교 교육은 좋은 대학에 입학시키기 위한 학과 성적 위주의 교육에 집중됨으로서 학생들의 적성에 맞는 교육이 되지 못하고, 민주 시민으로서의 인성 계발을 소홀히 함으로써 인간 교육에 실패를 거듭하게 되는 것이다. 이에는 미래 사회의 주역이 될 청소년 교육에 대한 정부의 효율적이고 일관된 정책의 부재와 부적절한 대응에도 그 책임이 있다. 대학 입시에 필요한 지식만 풍부할 뿐, 전혀 사회화 체험을 가져보지 않은 이기적 인간만을 양산하는 학교 교육이 지금도 계속되고 있는 것이다.

이러한 잘못된 학교 교육 풍토에도 불구하고 한국 사회가 지탱될 수 있었던 중요한 이유는 바로 한국군이 청년들에게 효과적인 사회화 체험의 기회를 제공했기 때문이다. 즉 자신의 이익과 행복에만 급급해 살아가는 청소년들로 하여금 병영 생활이나 각종 교육과 훈련을 통해 자신의 이웃들과 더불어 잘 살아가는 생활 태도의 필요성과 가치를 인식시키고, 국가와 민족을 위한 자기희생적인 숭고한 삶의 보람과 긍지를 체험시킴으로써 사회적 인간으로서 자질을 배양하는데 기여한 것이다.

> 대한민국의 남자는 두 번 태어난다. 먼저 어머니에게서 태어나고, 그 다음은 군대에서 태어난다. 이 두 탄생의 차이점은 어머니로부터는 인생에 대한 그 어떤 선입견도 없이 태어나서 살아가지만, 군대에 대해서는 군 생활에 대한 선입견을 갖고 입대해서 복무한다는 것이다.[227]

> "이제 와서 생각해 보면, 군대 생활에서 얻은 것이 많은 것 같습니다. 책을 한 장도 읽지 않았더라도 말입니다."
> "철이 들어서 나간다, 그런 생각인가?"
> "예, 바로 그겁니다. 이렇게 전방에서 군대 생활을 한 것이 차라리 잘 된 것 같습니다. 후방에서 편하게 근무한 친구들을 보면 ……."[228]

첫 번째 인용문에 언급된, 남자는 군대에서 다시 한번 태어난다고 한 말은 군대 생활을 통해 사회에 대한 새로운 인식을 가진 각성한 인간으로 새롭게 태어나게 된다는 것을 의미한다. 비록 군 생활에 대한 여러 가지 부정

---

227) 이동규, 앞의 책, 117쪽.
228) 복거일, 앞의 책, 186쪽.

적인 선입견을 가지고 입대하게 되지만 군 복무를 통해 사회적 각성을 한 인간으로 변화하게 됨을 비유한 것이다. 두 번째 인용문에 나오는 "군대 생활에서 얻은 것이 많은 것 같습니다."라는 말은 결코 물질적인 소득이나 지식의 축적 같은 것을 암시하는 것이 아니라, 자신의 정신적인 성숙됨에 대한 깨달음을 의미하는 말이다. "철이 들어서 나간다"는 말이 이를 입증한다. 철이 든다는 것은 개인의 이익과 행복만을 생각하는 이기적인 사고에서 벗어나 타인의 입장과 행복도 배려할 줄 아는, 사회적인 각성을 한 존재가 되는 것을 의미하기 때문이다.

군 복무라는 것은 본질적으로 자기희생의 삶이다. 자신의 이익이나 행복을 위한 것이 아니고 국가와 국민을 위해서 희생하고 봉사하는 기간이기 때문이다. 그것은 자신의 이익을 초월해야 하는 생활이기 때문에 오히려 강한 휴머니즘이 발동할 수 있는 생활이기도 하다.

> 거기다가 이중위가 또 하나 감탄하는 것은 강병장의 깊이 모를 능력이었다. 이중위는 이 부대에 통신 장교로 근무한 이래 그가 모른다거나 할 수 없다고 하는 것을 한 번도 본 기억이 없다. 특히 통신 분야에서는 이십 년이 가까운 선임 하사도 혀를 내두를 정도였다. 장비는 물론 작전면에까지 그의 능력이 미치지 않는 곳은 없었다. 심지어는 과원들의 통솔까지도 그는 어떻게 된 일인지 사십 명이 넘는 과원들의 신상을 상세하게 파악하고 있어, 청원 휴가나 포상 휴가의 재량이 이중위에게 돌아올 때 그에게 자문을 청하면, 대개 그가 정해 주는 서열이 가장 적절한 것이었다.
>
> 따라서 통신과에는 이중위와 임상사 외에도 분대장인 세 명의 하사와 다섯 명의 고참이 있었지만 모든 일은 사실상 거의 그를 중심으로 이뤄지고 있었다. 가끔씩 이중위마저도 통신과의 정신적인 과장은 그라는 생각이 들 때가 있었다.[229]

「강병장은?」
「지금 경계 나가 있습니다.」
「교환 근무를 하면 추운 데 나가서 떨지 않아도 될 텐데 ……」

---

229) 이문열, 앞의 책, 39쪽.

「유선병 김상병이 몸이 좀 불편해 바꿔 준 겁니다.」[230]

인용문에 등장하는 강병장은 『塞下曲』의 주인공으로서 육군사관학교를 자퇴하고 군에 입대하여 포병 대대 통신과의 기재계(器材係)로 복무하고 있는 탁월한 능력을 지닌 병사이다. 인용문에도 잘 설명되어 있지만, 실제 과장인 이중위가 '통신과의 정신적인 과장'이라고 생각할 정도로 그는 '깊이 모를 능력'의 소유자인 것이다. 그런데 이렇게 능력을 인정받게 된 본질적인 이유가 두 번째 인용문에 잘 드러나 있다. 혹한 속에 이루어지는 야외 부대 훈련 중 몸이 불편한, 그것도 자신보다 계급이 낮은 병사를 대신하여 경계 근무를 서는 그의 행동이 이를 설명해주는 것이다. 병영 생활에서 흔하게 볼 수 있는 지극히 사소하고 평범한 행동으로 보이지만, 이러한 생활 태도야말로 공동체적 삶의 기본 정신이다. 타인의 고통을 이해하고, 그 고통을 덜어주기 위해 자신을 희생할 수 있는 전우애적인 정신이 강병장을 '통신과의 정신적인 과장'이라는 존경의 대상으로 만들고 있는 것이다.

이처럼 병사들은 병영 생활이나 각종 교육과 훈련을 통해 전우애를 발휘해야 하는 다양한 상황에 직면하게 되며, 이를 통해 자기 희생의 보람과 가치를 인식하게 되고, 나아가 더불어 행복하게 사는 공동체적 삶의 태도를 정립하게 되는 것이다. 따라서 군 생활은 이기적인 세계관에서 벗어나 휴머니즘의 세계관을 체득할 수 있는 훌륭한 사회화의 체험 과정이 되기도 하는 것이다.

4. 관료적 조직 세계의 체험

현대 사회가 일반적으로 관료적 세계화하는 현상을 보인다는 것은 사회학자들의 공통된 견해이다. 효과적인 목표 달성을 위해서는 적절한 조직과 규칙이 필요하기 마련인데, 현대 사회와 같은 무한 경쟁 시대에 관료적 조직체는 완벽한 조직 체계와 엄격한 규칙을 토대로 합리적이고 능률적으로

---

230) 같은 책, 75쪽.

업무를 수행할 수 있는 장점을 지니고 있기 때문이다.

그런 점에서 군대야말로 가장 전형적인 관료적 조직체라고 할 수 있다. 명령에 대한 복종을 생명으로 하는 엄격한 규율과 효과적인 임무 수행을 위한 완벽한 조직 체계는 관료제도의 가장 완성된 모습이라고도 할 수 있는 것이다. 따라서 병영 생활은 관료적 조직 세계의 경험을 통해 복잡한 현대 사회의 질서와 윤리에 적응할 수 있는 잠재적 능력을 배양하는 좋은 기회가 될 수 있다. 뿐만 아니라 관료제도가 지니고 있는 장점과 단점, 그리고 구조적인 모순과 역기능까지도 깊이 체험해 봄으로써 오히려 한국 사회의 개량과 진보를 위해 능동적으로 행동할 수 있는 의식의 형성에도 기여하는 바가 크다.

> 다음 또 하나 이중위에게 인상적이었던 것은 현대전의 정묘한 메카니즘이었다. 그들은 바쁘게 이동하고 포를 쏘았지만, 기실 그것은 일관된 공정과도 같은 것이었다. 예정된 시간에 일정한 거리를 이동해 이미 핀이 꽂힌 지도상의 한 지점으로 역시 일정량의 포탄을 퍼붓는 것은 피스톤의 왕복이나 톱니바퀴의 회전같이, 전쟁이란 거대한 메카니즘의 부분 동작에 지나지 않았다. 그 시각 다른 병과는 그들대로 주어진 그들 몫의 부분 동작에 열중해 있을 것이다. 거기서 문득 이중위는 이상하게 왜소해진 개인과 소집단을 보았다.[231]

병영 생활 중 깨닫게 되는 중요한 것 중의 하나가 군 조직의 효율성이다. 이는 대부대급 전술 훈련을 해보면 쉽게 이해할 수 있는 일이다. 위의 인용문에서처럼 '현대전의 정묘한 메카니즘'을 실감할 수 있기 때문이다. 확실한 지휘 체계 속에서 一絲不亂하게 이루어지는 각종 상황 처치는 유기적이며 극도로 능률적인 조직체가 아니면 불가능하다. 하물며 전쟁이라는 국가적 위기 상황에 대한 효율적인 대응을 위해서는 그러한 조직 체계가 필수적이다. 국가의 위기 관리를 위해서 군대가 필요한 것도 이 때문인 것이다.

그런데 이러한 관료적 조직체는 목표 달성을 위해 규칙과 절차에 대한 준

---

231) 같은 책, 69쪽.

수를 엄격히 요구하게 되기 때문에 필연적으로 관료적 병리현상을 유발하게 된다. 즉 효율적인 목표 달성을 위한 수단으로서의 규칙이나 절차가 오히려 효율적인 임무 수행에 장애가 된다거나, 업무 수행과 관련된 관료적 조직인들의 경직성으로 인해 업무 수행이나 상황 처리에 지장을 초래하는 역기능적 결과를 초래하게 되는 것이다. 뿐만 아니라 '이상하게 왜소해진 개인과 소집단'이란 말에서처럼 관료 조직의 비대화에서 오는 인간 소외나 비인간화 현상도 관료제도의 능률성을 저하시키는 중요한 요인이다.

> "성 중위, 포병 테스트장에 나가게."
> "지금 후송수속을 밟고 있습니다."
> "뭐? 어디가 아퍼서?"
> " 귀 … 귀가 고장입니다."
> "귀가 어쨌단말야. 괜찮아, 아무렇지도 않은 걸 가지고 …."
> "수도 육군병원에서 진찰을 받았습니다."
> "그래서?"
> "곧 후송 입원하라는 진단을 내렸습니다."
> "왜 하필 바쁠 때 아프냔말야."
> 한가할 때도 안 아픈 것이 좋을 텐데요…. 성 중위는 그러나 그것이 그의 책임인 듯 잠자코 서 있었다. 참모장은 잠시 담배만 빨고 있다가 말을 이었다.
> "좋아. 우선 나가 있어. 곧 교대시켜 줄 테니까."[232]

관료 조직의 최우선 과제는 목표 달성이다. 따라서 개인적인 사정은 임무 수행을 위해 무시되거나 배제될 수밖에 없다. 서정인의『思想界』신인문학상 수상작인 단편 소설「後送」은 군대에서의 후송 과정을 통해 관료제도의 병리적 현상과 역기능적인 측면을 예리하게 비판한 작품이다. 위의 인용문에서도 고막 파열로 인한 耳鳴症으로 인해 당장 후송을 가야 하는 개인적인 고통은 포병 사격장 파견 근무를 나가야 하는 임무로 인해 무시당하고 있다. 뿐만 아니라 오히려 상급자로부터 질책을 당하며, 인격적인 모욕까지

---

232) 서정인,「後送」,『徐廷仁文學選 별판』, 도서출판 나남, 1984, 15~16쪽.

감수해야 하는 것이다. 결국 일주일이 지나도록 교대 근무자가 오지 않자 초조하게 기다리던 성중위 스스로가 부대로 복귀하여 후송갈 수 있는 방법을 모색하게 된다. 관료제도가 갖는 비인간적인 속성이 잘 나타나 있다.

관료제도의 경직성은 때로는 조직의 구성원들로 하여금 자신에게 부여되는 임무 수행을 위해 수단과 방법의 정당성을 무시하고 다양한 편법을 사용하게 하는 빌미를 제공하기도 한다.

> 지난 여름 전방의 야전선을 재래식 화기의 화력이 미치지 못하는 지하로 매설할 때, 이중위와 강병장은 약 팔 마일의 야전선을 빼돌렸다. 사단에 보고할 선로도(線路圖)는 매설 곤란을 이유로 곡선으로 그리고 실제 매설이 일치하는 지점을 몇 군데 표시해 두었다가 적당히 구워 삶은 검열관으로 하여금 형식적으로 확인케 했던 것이다.
>
> 그러나 그들이 그렇게 힘들여 또 시가로도 몇 십만 원이 되는 야전선을 빼돌린 데에 딴 뜻이 있는 것은 아니었다. 한 번의 훈련이 끝나면 보통 상당한 감량이 생기는데 사단 보급소는 그 감량 인정에 인색했다. 거기다가 때로 지상 가설에서 절취당하는 수도 있어 자칫하면 통신 장교가 몇 마일 씩 변상해야 하는 경우도 있었다. 따라서 그런 때를 위해 부대 뒷산의 쓰지 않는 방공호에 은밀히 감추어 둔 것인데, 이제 강병장이 그걸 쓰자는 것이었다.[233]

위의 인용문은 부대 훈련을 위해 출동 준비를 하는 상황의 일부다. 훈련 중에 일상적으로 발생할 수 있는 장비의 손실이나 불가피한 우발적 사고에 대한 정상을 참작해주지 않는 사단 보급소 담당관들의 경직성으로 인해, 오히려 물자를 빼돌려 감추어 두었다가 후에 발생할지도 모르는 억울하게 책임져야 하는 사고에 대비할려고 하는 구성원들의 심리가 잘 드러나 있다. 효율적이고 합리적인 업무 수행을 위해 이룩된 제도가 오히려 구성원들의 부정 행위를 방조하는 관료제도의 역기능적인 결과를 이해할 수 있는 좋은 예인 것이다.

이상에서 고찰해 본 것처럼 군 복무는 관료적 조직체의 장점과 단점, 그

---

233) 이문열, 앞의 책, 35~36쪽.

리고 관료적 병리현상으로 인한 역기능적 결과까지도 체험해 볼 수 있는 기회를 제공한다. 이는 대부분의 병사들이 제대 후 크던 작던 관료적인 속성을 지닌 조직체에 소속되는 점을 고려한다면 매우 훌륭한 사회화 훈련 과정이라고도 할 수 있다. 이러한 관료적 조직 세계의 체험은 전반적으로 관료제화 되어 가는 현대 사회에 능동적으로 적응하면서, 사회의 개량과 발전에 기여할 수 있는 효과적인 방법의 터득과 가치관의 정립에도 영향을 준다. 물론 여러 가지 현실적인 장애 요소들로 인해 그런 병리적 현상을 불식시키기가 어렵기는 하지만 지휘관들은 이러한 관료제도의 역기능적인 요소를 최소화하기 위해 노력해야 할 것이다.

5. 병역의 신성성 체험

병역의 의무는 한국에 태어난 건강한 남자는 누구나 이행해야 하는 것이지만, 그것이 가지고 있는 고통스러운 내용들과 생활에 미치는 막대한 영향 때문에 누구나 피하고 싶어하는 것이기도 하다. 이는 청년기에 이르기까지의 학교 교육이 국방의 의무에 대한 중요성과 가치를 인식시키는데 매우 미흡하기 때문이기도 하지만, 근본적인 원인은 병역의 의무를 별로 탐탁하게 생각하지 않는 사회적 통념 때문이라고 할 수 있다. 즉 그런 통념의 배경에는 오랜 역사적인 인습이 자리잡고 있는 것이다.

국가를 형성하고 있는 어떤 민족도 자기 보존과 국력의 신장을 위해서는 다른 민족과의 투쟁에서 승리해야 하므로 국방력은 국력의 가장 중요한 요소일 수밖에 없다. 특히 지정학적으로 대륙과 해양을 연결하는 길목에 위치해 있는 우리 나라로서는 영토 확장이나 식민지 획득을 노리는 강대국들의 침략에 끊임없이 시달리게 됨으로써 상대적으로 국방에 대한 의식도 높아질 수밖에 없었다. 고대에 국가가 형성된 이후 오랜 역사를 통해 단일 국가로서의 고유한 민족 문화와 전통을 계승, 발전시켜 올 수 있었던 것은 외세의 침략에 대한 강인한 저항정신을 바탕으로 하는 투철한 호국정신이 있었기 때문이다.

그런데 고려시대 이후로 오면서 국민들의 군대에 대한 가치 인식에 있어서 심각한 부정적 요소가 개입하게 된다. 유교를 지배 이념으로 하는 조선 사회에서 군대에 대한 가치 인식이 어떠했는지는 『增補文獻備考』의 兵考 序 틀 부분에 잘 나타나 있다.

하늘은 만물을 생산하는 것으로써 그 본연의 마음으로 삼으나 서리와 눈이 아니면 만물을 성숙되게 할 수 없고, 나라는 백성을 양육하는 것으로써 그 근본을 삼으나 갑병(甲兵: 갑옷과 병기)이 아니면 백성을 보호할 수 없다. 옛날 성인(聖人)이 나라를 창건하고 임금을 세우고는 반드시 병사(兵事)를 수립(樹立)하는 것은 부득이해서일 뿐만 아니라 이는 대개 하늘의 도(道)를 본받아서 그러한 것이다. … 중략 … 생각하건대, 우리 조정에서 왕업(王業)을 창건하고 대통(大統)을 드리우시매, 성자신손(聖子神孫)이 대대로 계승하면서 오위(五衛)의 병제만은 대략 고려의 제도를 모방하여 장구지술(長久之術)로는 문, 무(文武)를 아울러 쓰려고 하였으나, 오직 나라를 세우는 큰 규범은 오로지 예악(禮樂)만을 숭상하여 진신사부(搢紳士夫: 모든 벼슬아치와 사대부를 일컬음)가 넓은 소매와 높은 갓을 착용하고 말과 행동을 법도에만 따르며, 읽는 것은 시, 서(詩書)의 글이요 강(講)하는 것은 왕도(王道)와 패도(覇道)만 따질 뿐이라, 군사의 일에 이르러서는 탐탁하게 여기지 않을 뿐만 아니라 문득 수치스러운 일로 여기니 주(周)나라의 빛나는 제도와 송(宋)나라의 인후(仁厚)한 기풍으로도 능히 무력(武力)을 겸하지 못한 것은 본래 이치가 그러한 것이다. 임진왜란(壬辰倭亂)과 병자호란(丙子胡亂)이 있음으로부터 임금은 위에서 격분하고 백성들은 아래에서 징계하여, 우리의 무략(武略)을 닦아서 국난을 미리 방비하는 일에 극진히 힘쓰지 아니한 바가 없었으니, 이에 오위(五衛)를 혁파하고 여러 군문(軍門)을 만든 것이다. 아아! 공자(孔子)가 진법(陳法)에 대해서는 아직 배우지 아니하였다고 위령공(衛靈公)에게 답한 것은 특별한 까닭이 있어서 발언한 것이다. 그렇지 아니 하면 공자가 삼가는 것에 전쟁을 어찌하여 그 첫째로 하였겠는가? 이것이 곧 우리 성상께서 병제(兵制)를 예악(禮樂) 다음에 두도록 명하신 바이며 신등이 이를 수집 망라하여 편집한 것이니, 대저 이 뒤에 나라를 다스리는 자로 하여금 예악(禮樂)과 군려(軍旅)는 수레의 두 바퀴와 새의 두 날개와 같아서 하나라도 빠뜨릴 수 없는 것을 알게 하려는 것이다. ……하략……[234]

---

234) 세종대왕 기념사업회, 「국역 증보문헌비고」, 『병고 1』, 세종대왕기념사업회, 1985, 13~14쪽.

인용문에는 조선 사회에서 군대에 대한 가치 인식이 역사적으로 어떻게 변천했는지가 잘 나타나 있다. 유교를 통치 이념으로 禮樂만을 숭상하고 軍事는 천시하여 힘쓰지 않다가, 임진왜란과 병자호란의 국난을 당하고 나서 비로소 "武略을 닦아서 국난을 미리 방비하는 일에 힘쓰"게 되는 것이다. 즉 민족 수난의 비극적 전쟁을 통해 국가를 수호할 수 있는 강한 군사력의 필요성을 절감하게 되는 것이다. 그런데 兵考의 편찬자들이 "뒤에 나라를 다스리는 자로 하여금 禮樂과 軍旅는 수레의 두 바퀴와 새의 두 날개와 같아서 하나라도 빠뜨릴 수 없는 것을 알게 하려는 것"이라고 국난에 대비하기 위한 군사력 배양의 필요성을 강조하고 있음에도 불구하고 현실적 상황은 여의치 못했던 것으로 보인다. 군사력의 필요성에 대한 가치 인식이 "군사의 일에 이르러서는 탐탁하게 여기지 않았을 뿐만 아니라 문득 수치스러운 일로 여기"는 사대부들의 유교적인 통념을 극복하지 못했기 때문이다. 물론 여기에는 병역 제도 자체의 모순과 그 운용상에 나타나는 부조리, 그리고 무엇보다도 강력한 군사력을 유지하는데 필요한 경제적인 능력의 결핍도 고려되어야 할 것이다. 결국 조선 왕조의 몰락은 근대화 과정에서 외세를 감당할 수 있는 군사력의 不備에 그 중요한 원인이 있음을 간과할 수 없다.

지정학적으로 끊임없이 외세의 침략에 시달려온 우리 나라는 일찍부터 국가 구성원의 호국정신과 상무정신을 바탕으로 한 군사제도를 발전시켜왔다. 그러나 문신 귀족 중심의 고려 사회나 전쟁을 삼가라는 공자의 가르침을 받드는 유교를 통치 이념으로 하는 조선 사회에서는 지배 계층 내에서 국가 수호를 위한 군사력의 절대적 필요성을 인지하면서도 이율배반적으로 무신이나 군사는 천시하거나 탐탁하지 않게 생각하는 통념이 지배적이게 됨으로써 결국 국가를 지탱할 수 없을 정도로 군사력의 약화를 가져오게 되는 것이다. 이들 왕조 국가들의 몰락을 촉진시키는 근본적인 원인이 되는 각종 병역 제도의 모순과 부조리도 본질적으로는 이러한 군사를 탐탁하게 여기지 않는 지배 계급의 가치 인식에 기인한다고 할 수 있을 것이다. 이러한 유교적인 통념은 근대사를 관류하여 오늘날까지도 우리 사회를 강하게 지배하고 있다. 민족의 생존을 위태롭게 한 각종 전쟁의 비극적 체험을 통해 고통을 직접적으로 감당해야 했던 국가 구성원들의 호국정신은 가열된 반면에 고통을 간접적으로 체험할 수밖에 없는 국가 관리자로서의 지배 계층은 공허한 이념이나 논리의 환상에 사로잡혀 있었던 것이다.[235)]

이처럼 식민지 체험과 한국전쟁을 통해 국가를 수호하기 위한 군사력의 필요성을 누구보다도 강렬하게 인지하고 있으면서도 막상 군대 문제에 대해서는 부정적인 태도를 보이며, 병역 기피를 일삼는 한국의 모순된 사회 풍조 속에서 군 복무는 국가를 수호하고 국민의 생명과 재산을 수호하는 병역 의무의 신성성을 체험해 볼 수 있는 기간이기도 하다. 이를 통해 나라 사랑과 국가를 위해 희생하고 봉사하는 삶의 숭고한 가치를 체득하게 되는 것이다.

'저기 철책선에 무수히 매달려 있는 투광등이 정훈 장교님은 무엇이라고 생각하십니까?'

웃던 그가 무거운 음성으로 고쳐 물어 나는 적잖이 당황했다. 나일만 일병이 초소 밖에서 전투화로 땅을 쿡쿡 밟았다.

'저 투광등은 바로 저희 초병들이랍니다. 철책선에 매달려 있는 투광등이나 경계 근무에 매달려 있는 저희들이나 다를 바가 없는 거죠. 낮에는 자고 밤에는 투광등처럼 나트륨 빛을 발해야 하는 저희들의 입장을 생각해 보셨습니까?'

나는 말이 나오지 않았다.

'무엇에도 놀라거나, 감탄하거나, 슬퍼하거나, 기뻐하지도 못하는 무기력한 경우를 생각해 보셨습니까? 생에 대해 들끓던 피가 멈춰버리고 이제는 오직 눈만 뜨고 그날그날을 지내야 하는 저희들의 처지를 생각해 보신 적이 있습니까?'

……중략……

'네 발언은 군인의 신분으로서 비판을 받아야 하는 나태주의와 비관주의의 말이다. 피끓는 정열을 조국에 바쳐야 할 군인으로서 얼마나 역행된 발언인지 너는 아느냐? 네 발언은 못들은 걸로 하겠다. 다음부터는 조심해 주길 바란다.'

---

235) 이상에 나오는 본절의 내용은 拙稿, 「社會 變動과 對軍 價値 認識의 변화」, 『사회의 민주화 과정에 있어서 한국군의 위상정립에 관한 연구』, 화랑대연구소, 1990, 2~7쪽의 내용 중에서 일부를 요약한 것임.

나는 그의 경례도 받지 않고 초소에서 나와버렸다. 그것은 나 자신에 대한 힐 책이었음을 양호한 순찰로로 접어들었을 때에야 알 수 있었다. 아, 이 밑도 끝 도 없는 날카로운 감정은 어디서 온 것일까? 조국애와 민족애? 얼마나 공허한 말인가? 내가 서정익 병장을 비판할 만큼 과연 나 자신은 조국애로 철저히 무 장된 장교인가? 나에게, 병장인 그 만큼의 고민이 있었는가?[236]

정훈 교육을 통해 무수하게 국가에 대한 충성, 조국애와 민족애, 군인정 신 등에 대해 교육을 받지만 그런 내용들이 병사들의 의식 속에 가치관으로 정립되기 위해서는 오랜 갈등과 회의, 그리고 고통에 대한 인내의 시간을 필요로 한다. 병사들을 사로잡는 것은 추상적이고 정신적인 가치들이 아니 라 현실적인 근무의 고통이나 지루함이다. 위의 인용문에도 철책선 근무를 군인으로서의 조국에 대한 충성심과 사명감으로 임하기보다는 경계 근무 의 지루함과 고통을 견딜 수 없어 하는 병사들의 심리가 드러나 있다. "생 에 대해 들끓던 피가 멈춰버리고 이제는 오직 눈만 뜨고 그날그날을 지내야 하는" 마치 철책선의 밤을 밝히는 나트륨 '투광등'이나 다름없는 병사들의 자조적이고 절망적인 심사가 토로되어 있는 것이다. 이는 의무 복무를 하고 있는 장교들에게도 마찬가지다. 병사들에게 정훈 교육을 통해 민족애와 조 국애, 사명감과 군인정신 같은 것들을 강조해야 할 정훈 장교조차도 "내가 서정익 병장을 비판할 만큼 과연 나 자신은 조국애로 철저히 무장된 장교인 가?"라고 회의하고 있는 것이 이를 입증하는 것이다.

그런데 바로 이런 절망과 회의, 고통과 인내의 과정을 견디면서 병사들 은 정신적으로 성숙되게 된다. 군대 생활에 적응하여 그런 고통들에 익숙해 지면서 그 고통의 의미를 터득하고 보람과 긍지를 인식하는 고참병으로 성 장하게 되는 것이다. 즉 병사들은 "네 발언은 군인의 신분으로서 비판을 받 아야 하는 나태주의와 비관주의의 말이다. 피끓는 정열을 조국에 바쳐야 할 군인으로서 얼마나 역행된 발언인지 너는 아느냐?"라는 말에서처럼 자신의 잘못된 군 복무 자세에 대해 각종 교육과 훈련을 통해 부단히 시정받게 됨

---

236) 이동규, 앞의 책, 113~114쪽.

으로써 올바른 가치관을 정립하게 되는 것이다.

"우린 나라를 지키려고 여기까지 올라왔다. 나라를 위해선 목숨도 기꺼이 바치겠노라고 노래엔 나오지만, 나는 내 발로 걸어서 이 구공오 지피를 내려가고 싶다. 너희들도 마찬가질 거다. 그러기 위해선, 우리 지피가 훌륭한 지피가 되야 하고 훌륭한 지피가 되려면, 먼저 군기가 서야 한다. 만일 군인답지 못한 행동을 하는 사람이 눈에 띄면, 나는 선임하사에게 책임을 묻겠다. 김하사는 오늘 낮에도 군기를 세우지 못했다고 나에게 야단맞았다. 앞으로 선임하사를 중심으로 단결해서, 군기가 엄정한 부대가 되길 바란다. 모두 알겠나?"
"예에."
"한 번 더 얘기하지만, 여긴 지피다. 아차 했다 하면, 늦는 곳이다. 하소연 할데가 없는 곳이다. 다들 그걸 명심해야 한다. 알겠나?"
"예에."[237]

군대 생활에서 흔하게 볼 수 있는 점호 행사의 일부로서, 다소 해이해진 지피 근무자들의 군기를 바로잡기 위해 포대장이 군가를 부르게 하며 정신 훈화를 하고 있는 장면이다. 군 복무는 어쩌면 이러한 상황의 무수한 반복이다. 이를 통해 입대 전에는 도무지 추상적이기만 했던 국가와 민족, 충성심과 군인정신을 매우 고통스럽고도 구체적인 현실로 체험하게 되며, 자기 희생적인 삶의 가치와 숭고성을 깨닫게 되는 것이다.

군 복무에 대한 사명감도 없이 입대하여, 고통스럽고 지루한 근무와 엄청난 체력 소모를 요구하는 각종 훈련과 교육을 받으며, 또 그런 고통을 견디어야 하는 명분을 인식하지 못해 불평 불만을 터뜨리기도 하면서, 그렇게 병사들은 성숙되어 간다. 그리하여 국방의 의미와 가치의 신성성을 스스로 발견하게 되는 것이다. 다음 인용문은 이러한 사고의 성숙됨을 보여주는 좋은 예다.

전방에 배치된 다음, 이립이 새삼 느낀 것은 자신이 살고 있는 땅이 너무

---

237) 복거일, 앞의 책, 80~81쪽.

좁다는 사실이었다. 군용 지도나 화력 계획을 볼 때마다, 그런 생각이 들었다. 작전을 나가게 되어 부대를 벗어나면, 답답한 느낌은 오히려 더했다. 일개 야전 포병 부대 155밀리 곡사포 18문이 마음놓고 터를 잡을 땅이 흔치 않았다.

모두 '155마일 전선'이란 말을 썼다. 칠백 리가 채 안 된다는 얘기였다. 거기에 백만 명이 넘는 병력이 십리 폭의 이름뿐인 비무장지대를 사이에 두고 마주보고 있었다. 백리만 밀리면, 수도가 싸움터가 될 터였다. 그런 판에서 전략이고 뭐고 없었다. 한니발이나 제갈공명이 살아서 돌아온다 해도, 별수 없을 터였다. 전략적 후퇴는 고사하고 전술적 이동도 쉽지 않은 좁은 땅, 작은 봉우리엔 기관총 진지가 있고, 좀 크다 싶은 봉우리엔 관측소가 자리잡은 살벌한 땅—거기서 전쟁이 나면, 그 자리에서 서로 죽이고 죽을 수밖에 없었다. 같은 민족끼리. 생각은 언제나 거기서 멈췄다. 가슴 속 손가락으로 짚을 수 없는 어느 구석에 묵직한 아픔을 남기고.

어떤 때는, 만주 벌판에서 더도 말고 일개 군단만 거느리고 작전을 해봤으면, 하는 생각이 들기도 했다. 흥안령 산맥을 넘어온 눈보라가 매섭게 몰아치고, 흑룡강 긴 줄기가 흘러흘러 동쪽으로 가는 땅에서. 옛적 선비와 고구려의 굳센 무사들이 말타고 달리던 그 광막한 벌판에서.[238]

위의 인용문에는 등장하는 현이립중위는 지피에 포대장으로 복무하는 학도군사훈련단 출신 장교이다. 대학 시절에 사월혁명과 5·16을 겪었고, 사회적인 좌절도 경험해 본 사람이며, 군에 대해서는 다소 회의적이기는 하나 관측장교로서의 임무에 매우 성실한 군인이다. 야외 훈련을 통해 '일개 야전 포병 대대 155밀리 곡사포 18문이 마음놓고 터를 잡을 땅이 흔치 않은' 국토의 협소함을 절감하며, "백만 명이 넘는 병력이 십리 폭의 이름뿐인 비무장지대를 사이에 두고 마주보고 있"으면서 同族相殘의 전쟁을 준비하고 있는 비극성을 "가슴속 손가락으로 짚을 수 없는 어느 구석에 묵직한 아픔"으로 인식한다. 이러한 의식의 전이는 "옛적 선비와 고구려의 굳센 무사들이 말타고 달리던 그 광막한" "만주 벌판에서 더도 덜도 말고 일개 군단만 거느리고 작전을 해"보고 싶어하는 소망으로까지 발전된다. 이는 군 복무를 통해서 병사들이 무의식적으로 터득하게 되는 병역 의무의 가치와 의미에

---

238) 같은 책, 127쪽.

대한 깨달음이며, 나아가 병역의 신성성에 대한 자각을 표현한 것으로 해석할 수 있는 것이다.

병역 의무는 어떠한 물질적인 보상도 주어지지 않는, 국가를 위한 순수한 자기 희생적 생활 태도가 요구되기 때문에 국민으로서 해야하는 가장 신성한 일이라고 할 수 있다. 인생에서 가장 중요한 시기에 군 복무에 임하여, 청춘을 불사르며 엄청난 고통의 순간들을 감수했으면서도 아무런 보상도 없이 제대하여 사회로 복귀할 수 있게 되는 것은 바로 병역의 신성성을 인식했기 때문으로 볼 수 있는 것이다.

6. 민족 분단의 비극성 체험

한국 사회가 지구상의 유일한 분단 국가로 남아 있음에도 불구하고 국민들은 민족 분단의 비극적 의미에 대해서는 점점 무감각해져 가고 있다. 월남한 실향민들만이 사무치는 그리움으로 고통스러워 할 뿐, 전쟁의 악몽과 그 비극적 체험으로부터 멀어지면서 그만큼 아픔과 상처도 아물어 가고 있기 때문이다. 특히 전쟁을 체험해보지 못한 세대들이 사회를 이끌어 가는 중심 세력으로 자리잡게 됨에 따라 민족 분단이 안고 있는 본질적인 문제들의 심각성도 그만큼 약화될 수밖에 없다. 그들은 분단 문제를 절박한 현실적 고통으로 받아들이지 않고 추상적인 논리와 어설픈 감정적 차원의 문제로 이해하고 해결하려 하기 때문이다.

그런데 우리는 민족 분단의 비극성이 사라지지 않는 한 한국전쟁은 아직도 끝나지 않았음을 명확히 인식해야 한다. 월남한 실향민들의 골수에 사무친 한과 전쟁의 후유증에 시달리고 있는 무수한 동포들의 고통이 진정되지 않는 한 전쟁은 끝났다고 할 수 없는 것이다. 그러므로 전쟁의 참혹성을 겪어보지 못한 오늘의 세대들이 이룩해야 할 가장 중요한 역사적, 민족적 사명은 바로 민족의 평화 통일이다. 이런 점에서 군대는 민족 통일의 역사적 사명을 이룩해야 할 세대들에게 민족 분단의 비극성을 생생한 현장 체험을 통해 환기시킬 수 있는 훌륭한 교육기관으로서의 역할을 수행할 수 있다. 학교에서의 상투적이고 진부한 반공 교육으로는 실감시킬 수 없는 진실들을 체득하게 할 수 있는 것이다.

　제2땅굴은 두 명의 초병만 엄폐하고 있을 뿐, 그저 음울했다. 발견 당시 역갱
도를 파내려가다가 순국한 병사 8명의 혼령들이 살아나올 것만 같았다. 중무장
한 3만 명의 병력과 야포가 한 시간만에 통과할 수 있다는 높이 2미터, 총 연
장 3.5킬로미터의 아치형 땅굴. 상식의 범주에서는 도저히 믿어질 수 없는 희극
과도 같은 사실. 어릴 적부터 받았던 반공 교육이 대학 시절에는 여간 유치하고
우습지않던 내가 지금만큼은 피부에 와닿는 이유가 무엇일까? 나도 군바리가
되어서 사고 방식이 단순해졌기 때문일까? 땅굴을 파는 북한의 발상 자체가 유
치하기 때문에 그 해답 역시 유치할 수밖에 없기 때문일까? 땅굴은 어둠 속으
로 움츠리기만 했다.[239]

　위의 인용문은 대대 정훈 장교인 민소위가 철책선 순찰 중 제2땅굴을 보
고 느낀 상념을 서술한 부분이다. "상식의 범주에서는 믿어질 수 없는 희극
과도 같은 사실"을 구체적 현실로 확인하면서, 대학 시절에는 그저 유치하
게만 생각했던 '어릴 적부터 받았던 반공 교육'을 진실로 받아들이게 된다.
이처럼 군 복무는 추상적으로만 느껴왔던 반공 이데올로기 교육과 민족 분
단의 비극성을 생생한 현실로 체험해 볼 수 있는 기회를 제공하게 되는 것
이다.

　한국 전쟁이 다른 어떤 전쟁보다도 비참한 전쟁이 될 수밖에 없었던 이유
는 그것이 同族相殘의 전쟁이었기 때문이다. 이데올로기의 극한적 대립이
가져온 처절한 전쟁의 고통과 상처로 절규하고 분노하면서도, 한편으로는
연민의 정서를 금할 수 없는 것도 그들이 같은 피를 나눈 민족이기 때문인
것이다.

　게다가 휴전선을 사이에 두고 서로 총을 겨누고 있는 양쪽 군대들이 같은 민
족이라는 사실이 있었다. 아이들을 훌륭한 군인들로 만들려고 애쓰다가도, 그
생각이 들면, 쓰디쓴 기운이 목을 타고 올라왔다. 일차대전 때 죽은 영국 시인

239) 이동규, 앞의 책, 99쪽.

들이 남긴 글을 읽었을 때, 그는 그들의 처지가 무척 부러웠다. 비록 그들이 전쟁을 혐오하는 시들을 남겼지만, 아끼는 사람들을 위해서 패배시켜야 할 적과 싸웠다는 것이 결코 작지 않은 행운으로 여겨졌다.[240)]

위의 인용문에는 철책선 근무를 하면서 장교로서 느끼게 되는 민족 분단과 동족상잔의 비극성에 대한 인식이 잘 나타나 있다. 전쟁을 일으켜 엄청난 고통과 피해를 준 적에 대한 분노나 적대감은 무화되고, 동족끼리 '서로 총을 겨누고 있는' 현실에 대한 비감한 마음이 앞서고 있다. 이러한 인식이 부하들의 훈련까지도 동족과의 전쟁을 위한 준비 행위의 일부로 생각하게 만들며, 군인으로서는 '패배시켜야 할 적과' 싸울 수 있는 것이 '결코 작지 않은 행운'으로까지 여기게 하는 것이다. 이것은 결코 감상적인 반전론이나 사회주의자적인 사고로 치부해서는 안 된다. 우리의 역사와 공동체적인 민족의 운명을 직시하고 있는 지식인이라면, 아니 한국인이라면 누구나 공감할 수밖에 없는 엄연한 사실이기 때문이다.

'언제부터 내가 통일이 되리라고 믿게 되었나?' 다시 일을 시작한 아이들을 내려다보며, 그는 스스로에게 물었다. '그것도 이 험악한 곳에서?' 가슴이 뻐근해지는 것을 느끼면서, 그는 새삼스런 눈길로 둘레의 풍경을 둘러다보았다.
한 민족이니 양단된 조국이니 하는 말들이 교과서에서와는 다른 칙칙한 빛깔을 띠고, 엉뚱한 자리에서 불쑥불쑥 나타나는 곳; '공산당 치하에서 신음하는 북한 동포들'이 무공 훈장 두 개씩으로 보이는 곳; 다른 사람들의 얘기로 안 것들을 모두 다시 몸살로 앓게 되는 곳; 반듯반듯하게 정의된 추상적 낱말 몇 개로 매끈하게 설명되기엔, 이 세상이 너무 거칠고, 결이 거세고, 더럽고, 냄새나고, 피가 묻어 끈적거리는 것이 아닌가, 하는 생각이 들지 않을 수 없는 곳; ……중략…… —정말로 험악한 곳이었다.
'도대체 내가 이곳에서 무엇을 보고, 그런 믿음을 갖게 되었나? 교통호들로 빤한 곳이 드문 저 등성이들을, 지뢰들이 숨죽이고 기다리는 저 들판을, 덤불로 덮인 마을 터들을, 잘 빗겨진 모래 장벽을, 아침 저녁으로 보고. 오래 들으면 자장가처럼 들릴 수도 있는 기관총 소리를, 날이면 날마다 악을 써대는 대남 방송

---

240) 복거일, 앞의 책, 31쪽.

을, 밤낮으로 들으며. 아이를 여섯이나 죽이고서…… 어쩌면 바로 그것들 때문인지도 모르지. 너희들은 너희들이고 우린 우리다 하면서, 그냥 놔두지 못하고, 서로 아픈 곳을 찔러 피를 내야만 하는 것. 바로 그것이 우리가 언제까지나 둘로 갈라져서 살 수가 없음을 역설적으로 말하는 것은 아닐까?"[241]

위의 인용문은 지피 보수 작업을 하면서 포대장 현중위가 주변 풍경을 바라보며 떠오르는 상념을 기술한 부분이다. 그는 고통스럽고 열악한 지피 생활과 동족상잔의 전쟁 상흔이 곳곳에 드러나 있는 분단 현장에 대한 깊은 성찰, 그리고 동족끼리 서로를 공격하여 죽이고 피흘리게 하는 비무장지대의 대치 상황에 대한 비극적 인식을 토대로 그것들이 역설적으로 민족 통일의 당위성을 제공하는 것으로 이해하고 있다. 즉 이런 모든 고통과 비극을 극복하기 위해 통일은 반드시 이룩되어야 한다는 신념을 갖게 되는 것이다.

이상에서 고찰해 본 것처럼 병영 체험은 병사들로 하여금 민족 분단의 비극성을 생생한 현장 체험을 통해 깊이 인식시킴으로써, 막연한 추상론에 머물고 있는 통일에 대한 생각들을 구체적이고 실현성 있는 실천적 과제로 인식하게 만들 수 있다. 전쟁의 고통을 온몸으로 감당해 본 사람만이 전쟁은 적극적으로 억제되어야 함을 절대적인 명제로 이해하게 되는 것이다.

Ⅳ. 병영 체험과 병영 문화

앞장에서 군 복무를 통해 겪게 되는 다양한 병영 체험의 양상들을 몇 가지 범주로 나누어 고찰해 보았다. 그런데 이러한 생산적이고 가치 있는 병영 체험이 되기 위해서는 거기에 걸맞은 병영 문화의 조성이 전제되어야 한다. 병영 체험은 바로 병영 문화의 결과물이기 때문이다.

이미 앞에서도 언급한 바가 있지만 군 복무는 자발적인 지원이 아니고 강제적인 의무이며, 생활 자체도 엄청난 육체적 고통이 강요될 뿐만 아니라,

---

241) 같은 책, 184쪽.

제대중 외에는 별다른 물질적 보상도 받지 못하는 자기 희생의 기간이기 때문에 능동적이고 적극적인 임무 수행을 위한 동기 유발이 매우 어렵다. 따라서 대부분의 병사들은 군 생활을 그저 고통스러운 순간의 연속으로만 생각하기 쉽다. 병영 생활에서 흔하게 들을 수 있는 다음의 비속어적인 표현들은 그러한 병사들의 의식을 드러내는 단적인 징표이다.

"아아. 쓰팔놈의 군발이 신세"[242]

"씨팔, 그때 북진 통일을 했으면, 이 몸이 이 좆 같은 곳에서 썩지 않아도 됐을 거 아냐."[243]

위의 비속어적 표현 속에는 병사들이 자신의 신분이나 생활에 대해 매우 부정적이고 자포자기적인 생각을 하고 있다는 사실이 내포되어 있다. 즉 국가를 수호하는 신성한 병역의 의무를 수행하고 있다는 사명감은 사라지고, 그저 무의미한 고생만 하고 있다는 잠재의식을 반영하고 있는 것이다. 다음에 제시된 인용문은 군 복무에 대한 병사들의 심리 상태를 이해할 수 있는 좋은 단서를 제공한다.

「그런데 말이야, 강병장. 나는 장교로서 이 년째 근무하면서도 도무지 너희들을 이해할 수 없는 게 하나 있어.」
「뭔데요?」
강병장은 정말로 궁금하다는 듯 물었다.
「너희들의 ―그 무어랄까…… 이를테면 모든 것을 방기해버린 것 같은 자세 말이야.」
「구체적으로 어떤 것 말씀입니까?」
「예를 들면 너희들의 탐식. 너희들은 이상하게도 먹는 것에 집착한다. 이미 우리 군대에는 아무도 배고픈 사람이 없을 텐데도 말이다.」
「먹는다는 건 분명 즐거운 일입니다. 그 다음은요?」
「너희들의 나태. 너희들은 병적으로 움직이는 걸 싫어한다. 훈련이나 작업은

---

242) 金臣, 앞의 책, 97쪽.
243) 복거일, 앞의 책, 74쪽.

물론이지만, 분명 너희들에게 유리한 일도 시키기 전에는 안한다. 대신 기회만 있으면 자고, 그래도 시간이 남으면 멍청히 있기를 좋아한다.」

「사실 배부른 사병이 가장 열렬히 바라는 게 그 두 가집니다.」

「또 있다. 그것은 너희들의 집요한 탐락. 한 번 술잔을 들면 쓰러질 때까지 놓지 않고 여자를 얻으면 날이 새기 전에는 그 배 위에서 내려오지 않는다. 너희들이 용감하고 부지런해지는 것은 그 둘을 위해서뿐이다.」

「대개 총기 사고는 그 둘 중의 하나 때문이죠.」

「너무 철저한 자기 방기다. 더구나 그것이 학력이나 인격, 연령에 관계없이 너희들에게 공통되는 것을 보면 아연할 때마저 있다.」[244]

위의 인용문에서 과장인 이중위가 병사들의 철저한 자기 방기의 징후로 제시하고 있는 탐식, 나태, 탐락의 생활 태도는 "학력이나 인격, 연령에 관계없이" 대부분의 병사들에게 일반화할 수 있는 현상이다. 이에 대한 원인으로 이중위는 남의 나라를 위해 죽음을 강요당해야 했던 일제의 나쁜 유산, 와전된 쾌락주의, 개인주의와 현실 숭배의 기형적 결합 등으로 다소 추상적인 설명을 하고 있다. 반면에 강병장은 그 원인으로 존재를 부여하는 생명까지도 자기 것이 아닌 병사들의 절망적 의식을 제시하며, 이에 부연하여 박상병은 의무적으로 군에 온 병사들에게 효과적인 동기 부여를 해주지 못하는 정훈 교육과 하사관들의 원인 모를 가학 성향(加虐性向), 장교들의 귀족주의(貴族主義) 등이 병사들의 절망을 깊어지게 한다고 말한다. 즉 병영 문화 속에 잠재해 있는 그러한 나쁜 인습들이 병사들을 절망에 빠지게 함에 따라 '철저한 자기 방기'적인 생활 태도를 조장하게 되는 것이다.

이러한 자기 방기적인 생활 태도는 바람직한 병영 문화의 정립에 커다란 장애 요소가 될 수밖에 없다. 따라서 병사들을 절망시키는 병영 생활의 잘못된 인습들을 제거하기 위해 지휘관들은 세심한 배려를 하여야 한다. 뿐만 아니라 병영 체험이 좋은 사회화 훈련이 될 수 있도록 각종 교육과 훈련에 제대후의 사회 생활에 도움을 줄 수 있는 전문 직업 교육 내용을 가미한다든지, 군 복무에 보람과 긍지와 즐거움을 느낄 수 있도록 근무 분위기와 환

---

244) 이문열, 앞의 책, 51~52쪽.

경을 조성하도록 노력하며, 자발적인 동기 유발이 될 수 있도록 현실적 여건과 병사들의 수준에 맞는 정훈 교육 프로그램을 개발하여 시행하도록 창의력을 발휘하여야 한다. 아래 인용문은 이런 노력이 얼마나 절실한 것인지를 암시하는 좋은 예다.

> 내무반엔 아이들이 곤히 자고 있었다. 침상 한쪽에 앉은 불침번 녀석이 몰려오는 졸음을 간신히 참고 있었다. 나가다 보니, 녀석의 뒤에 죽은 세 아이들의 관물들이 쌓여 있었다. 철모, 대검, 탄띠, 수통 같은 것들이었다. 총은 없었다. 습격한 놈들이 가져간 것이었다. 한 옆에 철모에서 벗겨진 내피가 뒹굴고 있었는데, 그 옆구리에 흰 페인트로 '참자'라고 씌어 있었다.
> 경황없는 그 날의 일들 가운데서 그 서투르게 씌어진 흰 글씨가 마룻바닥에서 솟은 못대가리처럼 자꾸 그의 마음에 걸렸다. '그것을 쓴 녀석은 무엇을 참자고 자신에게 이르고 있었을까? 전방에서 근무하는 병사의 어쩔 수 없는 고생을? 웃사람들과 고참들로부터 받는 거친 대접을? 하고 한 날 똑같은 지피 생활의 지루함을? 다신 오지 못할 젊은 날들을 이 뭣같은 곳에서 속절없이 보내는 안타까움을?'[245]

위의 인용문은 지피에서 전화 선로 보수 작업을 나갔다가 적의 습격을 받아 세 명의 병사가 죽은 사건이 있은 직후에 포대장 현중위가 내무반 안에서 느끼는 상념을 기술한 장면이다. 죽은 병사 중의 한 명은 제대 특명을 받은 고참병이었으므로 안타까움과 허무함이 더욱 크게 느껴지고 있다. 그런데 중요한 것은 그들의 철모 내피에 씌어 있는 '참자'라는 말이다. 이는 병사들이 군 복무를 끊임없는 고통스러운 시간의 연속으로 인식하고 있음을 입증하기 때문이다. 국가에 대한 봉사와 희생적인 생활 태도를 강요하면서 그들이 치르고 있는 엄청난 정신적이고 육체적인 고통을 도외시하는 한, 바람직한 병영 문화는 이룩될 수 없다. 그러므로 병영 생활은 그들의 고통과 인내에 대해 충분한 심리적 보상이 이루어지도록 개선되어야 한다. 인용문에도 언급되어 있는 그러한 요소들의 시정과 개선은 물론이고, 무엇보다도

---

245) 복거일, 앞의 책, 119쪽.

병영 체험이 "다신 오지 못할 젊은 날들을 이 뭣같은 곳에서 속절없이 보내는 안타까움"으로 남지 않도록, 병영 문화의 신선한 개혁이 요구되는 것이다. 따라서 이와 같은 바람직한 병영 문화의 정립을 위한 보다 구체적이고 실천적인 방법론들에 대한 연구는 군으로서는 매우 필요하고 시급한 과제라 하지 않을 수 없다.

V. 결론

1980년대에 들어서면서 한국 사회에는 급격한 민주화의 열기가 일어나 사회의 각 분야로 확산되기 시작했다. 이러한 사회의 민주화 과정에 편승하여 그 동안 봉건적이고 구시대적인 문화 속에 안주하고 있던 한국군도 민주 시민 군대로서의 위상을 정립하기 위한 다각적인 노력을 기울였다. 그 결과 광주사태 이후 심각한 갈등 관계에 놓여 있던 민군 관계의 긴장을 어느 정도 극복하고, 군 내부의 부조리와 불합리한 요소들도 상당히 제거되었다. 그러나 국민의 사랑과 신뢰를 받는 진정한 민주 시민 군대로 자리잡기 위해서는 아직도 해결해야 할 과제들이 많다. 그 중에서도 병영 문화 속에 광범위하게 잔존하고 있는 봉건적이고 비민주적인 요소들을 개선하고, 병영 생활을 국민들의 사회화를 위한 좋은 훈련 과정으로 만드는 노력은 매우 시급하다고 할 수 있다.

본 연구는 한국 사회의 경제적 성장과 발전에 기여한 절대적인 영향과 공적에도 불구하고 아직도 객관적이고 정당한 평가를 받지 못하고 있는 한국군의 위상을 제고하기 위한 노력의 일부이다. 그런데 한국군에 대한 정당한 평가가 유보되는 중요한 이유 중의 하나로 국민의 정서 속에 광범위하게 확산되어 있는 군사 문화에 대한 부정적 인식을 들 수 있다. 그리고 이런 군사 문화에 대한 부정적 인식은 병역 의무를 수행해야 하는 국민들의 병영 체험과 밀접하게 관련되므로, 병영 체험의 실상을 밝히는 것은 군사 문화에 대한 부정적 인식을 불식시켜 한국군의 위상을 제고할 수 있는 논리적 근거가 될 수 있을 것이다.

　따라서 본고에서는 군 복무 체험을 형상화한 대표적인 문학 작품의 분석을 통해 다양한 병영 체험의 양상에 대한 분석을 시도했다. 이를 위해 먼저 건강한 청년이면 누구나 의무적으로 수행해야 하는 병영 체험의 의미와 가치를 분석하여, 병영 생활은 고통의 체험을 통해 바람직한 가치관과 사회 의식을 확립하고, 제대 후 사회에 적응하는데 필요한 잠재 능력을 계발하는 좋은 훈련기간임을 밝혔다.

　그리고 병영 생활에서 겪게 되는 경험 중에서 개인의 정신적 성장이나 사회화에 중요한 영향을 줄 수 있는 본질적 체험들을 여섯 가지 유형으로 범주화하여 고찰했다. 그 결과 첫째로는, 군 생활을 기피하게 하는 근원적 원인이면서도 개인의 정신을 단련하여 제대 후의 인생에서 부딪히게 될 다양한 시련을 극복할 수 있는 능력을 배양시켜 주는 육체적 고통의 체험을 고찰했다. 둘째로는, 조직 사회에 편입되면서 겪게 되는 다양한 인간 관계의 갈등 체험을 주로 상·하급자간의 수직적 갈등을 중심으로 분석했다. 셋째로는, 병영 생활이나 각종 교육과 훈련을 통해 전우애를 발휘해야 하는 다양한 상황에 직면하게 됨으로써 자기 희생의 보람과 가치를 인식하게 되고, 나아가 더불어 행복하게 살아가는 공동체적 삶의 태도를 체험하게 됨을 살폈다. 그리고 넷째로는, 전형적인 관료적 조직체라고 할 수 있는 군대 생활을 통해 관료적 조직체의 장점과 단점, 관료적 병리 현상으로 인한 역기능적 결과까지도 체험해 봄으로써 관료제화 하는 경향을 보이고 있는 현대 사회에 능동적으로 적응할 수 있는 능력을 배양하게 됨을 밝혔다. 다섯째로는, 고통스러운 병영 생활을 통해 병역의 의무는 어떠한 물질적 보상도 주어지지 않는, 국가를 위한 순수한 자기희생적 생활 태도가 요구되는 신성한 과업이라는 명제를 인식하게 되고, 여섯째로는 병사들로 하여금 민족 분단의 비극성을 생생한 현장 체험을 통해 깊이 인식시킴으로써 막연한 추상론에 머물고 있는 통일에 대한 생각들을 구체적이고 실현성 있는 실천적 과제로 인식하게 됨을 분석했다.

　이를 토대로 생산적이고 가치 있는 병영 체험이 되기 위해서는 이에 걸맞는 병영 문화의 조성이 전제되어야 함을 밝혔고, 아울러 바람직한 병영 문화의 정립에 커다란 장애 요소가 되는 병사들의 자기 방기적 생활 태도와 절망 의식을 극복하기 위한 병영 문화에 대한 신선한 개혁의 필요성과 그 방향을 논의했다.

육체적으로나 정신적으로 가장 중요한 성장기인 청년기에 수행해야 하는 병영 체험은 관료적 조직 사회로 편입되기 위한 통과의례 같은 것이라고 할 수 있다. 그것이 갖는 개인의 사회화 과정에 미치는 엄청난 기여도에도 불구하고 군 복무에 대한 국민들의 왜곡되고 부정적인 인식으로 인해 그 가치를 제대로 인정받지 못했다. 본고가 의도했던 가장 중요한 목적은 바로 국민들에게 개인의 사회화에 미치는 병영 체험의 가치와 중요성을 인식시키는 것이었다. 그것이 한국군의 위상을 제고하는데 지름길과 같은 역할을 할 수 있기 때문이다.

그러나 연구가 군 복무 체험을 형상화한 문학 작품의 분석에 의존하다 보니 여러 가지 한계에 부딪힐 수밖에 없었다. 문학 작품에는 병영 생활에 대한 예리한 성찰이 잘 표현되어 있지만, 연구 자료로 선택하여 분석할 때는 그것이 군에 미칠 역작용을 고려하지 않을 수 없었는데, 이는 상당수의 작품들이 병영 생활의 긍정적이고 유익한 측면보다는 부정적이고 부조리한 측면을 강조하고 있기 때문이다. 따라서 본고와 같은 연구가 풍성한 결실을 거두기 위해서는 병영 체험을 다각도에서 조명한 좀더 많은 작품들이 유능한 작가들에 의해 발표되는 것을 기다려야 할 것이다. 비록 부족한 연구이기는 하지만 청년기 병영 체험의 중요성과 가치에 대한 논의가 한국군의 위상을 제고하는데 작은 보탬이 되기를 희망해 본다.

참고문헌

고원정, 『빙벽 1-9』, 현암사, 1990.

김신, 『쫄병시대』, 실천문학사, 1988.

김영현, 『깊은 강은 멀리 흐른다』, 실천문학사, 1990.

김원일, 『겨울 골짜기 상-하』, 민음사, 1987.

김제철, 「고향의 푸른 잔디」, 『문학사상』, 1989 8월호.

박상우, 「적도기단」, 『문학과 사회』, 1990, 여름호.

朴榮漢, 『머나먼 쏭바강 1-2』, 民音社, 1993.

복거일, 『높은 땅 낮은 이야기』, 文學과 知性社, 1988.

서정인, 「後送」, 『서정인 문학선』, 도서출판 나남, 1984.

송기숙, 「우투리」, 『창작과 비평』, 1988 여름호.

안정효, 『하얀 전쟁』, 고려원, 1993.

유시민, 「달」, 『창작과 비평』, 1988 여름호.

유정룡, 「폭설」, 『한국문학』, 1989 12월호.

이동규, 『그리고 남은 자의 눈빛』, 도서출판 天山, 1993.

이문열, 「塞下曲」, 『이문열 중단편전집 1』, 도서출판 둥지, 1997.

李相文, 『黃色人 1-3』, 韓國文學社, 1989.

이원규, 『훈장과 굴레』, 現代文學社, 1987.

이호철, 『異端者』, 創作과 批評社, 1976.

임철우, 「불의 얼굴」, 『문학과 사회』, 1990 여름호.

홍성원, 『디 데이의 병촌』, 창우사, 1966.

홍희담, 「깃발」, 『창작과 비평』, 1988 봄호.

황석영, 『무기의 그늘 상-하』, 形成社, 1989.

김경동, 『현대의 사회학』, 박영사, 1978.

김동식, 『한국 군의 이미지 조사』, 화랑대연구소, 1992.

김붕구, 『작가와 사회』, 일조각, 1973.

김열규 외, 『현대문학비평론』, 학연사, 1987.

김영명, 『군부정치론』, 도서출판 녹두, 1986.

김현, 『문학사회학』, 민음사, 1983.

朴在夏, 『韓國의 軍 文化 硏究』, 韓國 國防硏究院, 1989.

백낙서 · 이상희 편역, 『군대와 사회』, 법문사, 1974.

신동욱 편, 『문예비평론』, 고려원, 1984.

육군사관학교, 『군인 이미지 조사 자료』, 육군사관학교, 1983.

이기윤, 『전쟁과 인간』, 한샘출판주식회사, 1992.

이재윤, 『군사심리학』, 집문당, 1995.

林永煥, 『韓國現代小說硏究』, 태학사, 1995.

Abrams, M., A Glossary of Literary Terms, Holt, Rinehart and Winston INC., 1971.

Booth, Wayne C., A Rhetoric of Irony, The University of Chicago Press, 1974.

Borklunt, Elmer, Contemporary Literary Critics, St. Martin's Press, 1977.

Danziger, M. K. and Johnson, W. S., An Introduction to Literary Criticism, D.C. Health and Company, 1961.

Eagleton, Terry, Literary Theory, Basil Blackwell, 1983.

Fowler, Roger ed., A Dictionary of Modern Critical Terms, Routledtge & Kegan Paul Ltd., 1973.

Fussell, Paul. The Great War And Modern Memory. Oxford University Press, 1975.

Goldmann, Lucien, Trans.. Lw Dieu Caché, The Hidden God, Poutledge & Kegan Paul Ltd., 1976.

Lukács, Georg, Trans. John and Necke Mander, Realism in Our Time, Harper & Row Publishers, 1971.

Ogden, C.K. and Richards, I.A., The meaning of meaning, Harcourt Brace Jovanovich, 1946.

Stallmann, Robert W., The Critic's Notebook, The University of Minnesota Press, 1950.

Weisstein, Ulrich, Comparative Literature and Literary Theory, Indiana University Press, 1073.

Wellek, R. and Warren, A., Theory of Literature, Penguin Books Ltd., 1970.

Wheelwright, Philip, Metaphor and Reality, Indiana University Press, 1962.

제 5 부

시읽기의 즐거움

우리 시대의 젊음이 앓고 있는 꿈과 사랑

– 허수경 시집 『혼자 가는 먼 집』 –

이 풍진 세상에 시를 읽는다는 것이 무슨 의미가 있을까? 물질의 풍요와 돈의 위력이 우리의 정신을 위태롭게 하고, 현란한 대중 문화의 쾌락이 우리의 육신을 간지럽히는 시대에 시를 읽는 것이 무슨 소용이 있을까? 늘 바쁘고 할 일 많은, 그래서 늘 졸립고 피로한 생도생활에서 시를 읽어야 한다는 것은 도대체 어떤 한가한 자의 잠꼬대같은 소리인가? 시 속에 나열된 그 여리고 감상적인 언어가 강인하고 용감해야 하는 군인정신의 배양에 무슨 도움이 된다는 말인가?

우리의 시대를 덮고 있는 어둠의 장막을 걷어내고 현실을 직시하기 위해 우리는 시를 읽어야 한다. 우리가 사랑해야 하는 겨레와 그들의 사회가 앓고 있는 상처를 아물게 하기 위해 우리는 시인들의 순결한 언어에 귀를 기울여야 한다. 유년시절의 꿈과 우리가 차지해야할 사랑과 행복의 실체를 가늠하기 위해 우리의 서가에는 시집이 꽂혀 있어야 한다. 그래서 늘 바쁜 듯 쫓겨다니는 시행착오적인 삶을 마감하고 불확실한 미래와 이루어야 할 꿈을 위해 성실히 준비하는 삶이 되기 위해, 늘 졸립고 피로한 우리들의 영혼을 정화하기 위해 우리는 시를 읽어야 하는 것이다. 그래야만 우리는 비로소 가치와 보람과 아름다움을 느끼며 살 줄 아는 인생을 즐기게 될 것이다.

춥고 스산한 겨울 같은 세상살이에서 허수경의 시를 읽는 것은 좋은 친구의 이야기를 듣는 즐거움을 준다. 혹자는 그녀의 시가 강력한 개성을 지녔다느니, 우리말의 섬세한 심부를 건드릴 줄 알고 시 전편에 자기 가락을 실을 줄 안다고 칭찬하지만 그녀의 시가 주는 감동과 즐거움의 원천은 자신이 앓고 있는 꿈과 사랑을 통해 우리 모두의 불우한 세월에 대해 남다른 통찰을 보여주는데 있다.

허수경은 1964년 경남 진주에서 출생했으며, 1987년『실천문학』을 통해 등단한 젊은 시인이다. 자칫 그녀의 시에 나타나는 개성은 전통 서정시나 교과서적인 시에 길들여진 독자들에게는 어색하고 난해하며 거칠게 느껴지기 십상이다. 그러나 그것이 바로 시인이 자신의 아픔을 노래하는 시적 방법임을 독자는 유의하여야 한다.

허수경이 시를 통해 부단히 제기하고 있는 시적 주제는 우리 시대의 젊은이가 앓고 있는 꿈과 사랑, 그리고 그 아픔과 관련된다. "사랑은 나를 버리고 그대에게로 간다 / 사랑은 그대를 버리고 세월로 간다 // 잊혀진 상처의 늙은 자리는 환하다 / 환하고 아프다 // 환하고 아픈 자리로 가리라 / 앓는 꿈이 다시 세월을 얻을 때"(『공터의 사랑』) 시집에 수록된 이 첫 번째 시에는 시인의 정신을 차지하고 있는 이러한 시적 주제가 잘 나타나 있다.

추억 속의 과거는 아름답게 채색되기 마련이지만 허수경에게는 늘 아픈 기억의 공간으로 환기되며, 채 아물지 않은 상처로 남아 있다. "한때 연분홍의 시절 / 시절을 기억하는 고약함이여 // 저 나무 아래 내 마음을 기댄다네 / 마음을 다 놓고 갔던 길은 일테면 / 길이 아니고 꿈이었을 터 아련함으로 연명해 온 / 생애는 쓰리더라"(『꽃핀 나무 아래』)나 "생선국에 풀죽은 쑥갓을 건져내며 / 눈가에 차오른 술을 거둬내며 본다 무심하게 건너가 버린 시절 / 아무것도 이루어질 수 없었던 시절"(『무심한 구름』)에는 불우하고 고통스러웠던 과거에 대한 시인의 인식이 잘 나타나 있다. 삭신을 쑤시게 하는 아픔과 울음의 불우한 과거는 세상살이의 고통에 대한 체험과 함께 젊은 나이에 인생의 험난함에 대한 모든 것을 간파한 듯한 조숙성을 드러내기도 한다. "반짝이는 거 / 반짝이면서 슬픈 거 / 현 없이도 우는 거 / 인생을 너무 일찍 누설하여 시시쿠나"(『늙은 가수』) 시인의 현실인식은 이러한 불우한 과거의 기억과 절망, 그리고 그로 인한 조숙성이 바탕이 되고 있다. "한 사람이 한 사랑을 스칠 때 / 한 사랑이 또, 한 사람을 흔들고 갈 때 / 터진 곳 꿰맨 자리가 아무리 순해도 속으로 / 상처는 해마다 겉잎과 속잎을 번갈아내며 / 울울한 나무 그늘이 될 만큼 / 깊이 아팠는데요"(『청년과 함께 이 저녁』)에서처럼 사랑을 늘 아파한다든가, "내일의 노래란 있는 것인가 / 정처없이 물으며 나 운다네"(「늙은 가수」)나, "끝내 희망은 먼 새처럼 꾸벅이며 / 어디 먼 데를 저 먼저 가고 있구나"(「불우한 악기」)에서처럼 미래에 대해 비극적 전망을 지니게 되는 것도 이와 관련된다.

"가수는 노래하고 세월은 흐른다 / 사랑아, 가끔 날 위해 울 수 있었니 / 그러나 울 수 있었던 날들의 따뜻함 / 나도 한때 하릴없이 죽지는 않겠다, / 아무도 살지 않는 집 돌담에 기대 / 햇살처럼 번진 적도 있었다네 / 맹세는 따뜻함처럼 우리를 배반했으나 / 우는 철새의 애처러움 / 우우 애처러움을 타는 마음들 / 우우 마음들이 가여워라 / 마음을 빠져나온 마음이 마음에게로 가기 위해 / 설명할 수 없는 세상의 일들은 나를 울게 한다 / 울 수 있음의 따뜻했음 / 사랑아, 너도 젖었니 / 감추어두었던 단 하나, 그리움의 입구도 젖었니 / 잃어버린 사랑조차 나를 떠난다 / 무정하니 세월아, / 저 사랑의 찬가"(「울고 있는 가수」) 이 시에는 시인이 앓고 있는 우리 시대의 꿈과 사랑이 잘 나타나 있다. 절제되지 않은 자기연민적인 감상의 토로가 오히려 그 아픔을 증폭시키고 있으며, 시인은 바로 자신의 아픔을 통해 우리 모두의 아픔을 확인시켜주고 있다. 이 사회의 무엇이 시인의 사랑을 배반하며 시인을 울게 하는가? 이 물음에 대답될 수 있는 모든 것은 바로 우리 자신을 현실적으로 고통스럽게 하는 원인들이다. 시인은 자신의 개인적 체험의 세계를 통해 우리 모두의 불우한 세월에 대한 남다른 통찰을 보여주고 있는 것이다.

허수경의 시가 주는 즐거움, 그것은 곧 아픔과 절망을 뛰어넘어 우리의 꿈과 사랑이 이루어지는 희망의 세계로 나아가는 길을 발견하는 즐거움이기도 하다.

1993. 2. 10.

일상적 삶 속에 고여 있는 슬픔에 관한 잠언들

– 김영석 시집『썩지 않는 슬픔』–

고통과 실의 속에서도 쓰러지지 않기 위해 늘 허한 육신을 추스르며 버티던 생도시절에 시를 읽는 시간이야말로 그 고통으로부터 해방되어 내 영혼의 정화를 맛보는 즐거움을 만끽하는 시간이었다. 지금은 우체국과 육사 신보사가 들어서 있는 그때의 성냥갑 만한 도서관 문학 서가 사이에 비집고 서서, 희미한 불빛 아래에서 피로한 눈을 부릅뜨며 읽었던 시편들… 내가 생도생활을 온전히 버틸 수 있었던 것은 그렇게 읽은 시의 힘임을 부인할 수 없다. 생도생활에서의 고통과 실의를 잠재우고 내 꿈과 의지를 단련하던 그 은밀한 즐거움은 결코 잊을 수 없는 추억거리인 것이다.

1945년 전북 부안에서 태어나 知天命의 나이에 이르러가는 시인 김영석은 20년 간의 시작생활을 정리한 첫 시집인『썩지 않는 슬픔』의 후기에서 "이제 나이만큼 철이 들고나서, 외롭고 신산한 인생살이를 시에 의지하여 산다는 것이 무엇인지, 시가 인생의 구원이 될 수 있다는 것이 무슨 뜻인지 겨우 알 것 같다. 그리고 삶의 적막함을 알만큼은 알게도 되었다."고 말한다. 그의 시에는 바로 '외롭고 신산한 인생살이'와 '삶의 적막함'에 대한 깨달음이 진술되고 있다.

그러한 깨달음은 "갈대가 흔들리는 사이 / 강물은 제몸으로 길을 내며 스스로 길이 되어 흐르고 / 새는 작은 가슴 날개로 / 넓은 하늘 푸른 빛살이 된다 / 그러나 사람은 / 뜻으로 길을 내어 / 아직 닿지 못한 길 위를 / 홀로 떠도는 나그네로 남는다."(「갈대」)같은 구절에 잘 나타난다. 그는 인생을 '홀로 떠도는 나그네'의 삶으로 파악하고 있는 것이다. 인간은 자연의 일부로 존재하지만 저마다의 '뜻'을 지니고 있기에 다른 존재와 구별된다. 인생은 결국 그러한 '뜻'의 완성을 향해 '홀로 떠도는' 과정인 셈이다. 그의 시에 빈번히 등장하는 감옥도 이 '뜻'과 관련된다. 시인이 세운 뜻은 곧 그의 꿈이며 삶을 규정하는 억압적 조건이기도 하다. "타는 그리움으로 / 노래를 불러본 사람들은 / 모두 감옥에 갇힌다 / 귀를 향한 통로 하나 달린 / 감옥 속에 / 순한 짐승들은 숲 속을 서성이고 / 꿈꾸는 사람들은 / 한평생 감옥 속을 종종이고 / 사람들은 누구나 / 제 키만한 감옥 속에 조만간 갇히게 된다 / 갇혀서 마침내 작은 감옥이 된다."(「감옥」) 뜻을 세워 꿈꾸는 사람들은 결국 그 꿈에 지배당하게 되며, 그 속에 갇히게 된다. 대부분의 인간들은 자신의 영혼 속에 있는 감옥 속에 자신의 꿈을 유폐시킨다. 열악한 삶의 환경에 적응하며 살다보면 순수하고 지고한 가치를 지닌 꿈들은 늘 감금되어 있을 수밖에 없는 것이다. 인간은 저마다 자신의 그러한 꿈이 유폐되어 있는 감옥을 영혼 속에 하나씩 간직하고 있는 존재인 것이다.

김영석의 시에는 또한 어둠의 시대를 꿰뚫어 보며 그와 맞서고자 하는 치열한 대결의 정신도 돋보인다. "얼어붙은 어둠 속에서 나는 / 눈을 부릅뜨고 불을 낳는다 / 빈 들녘 끝을 헤매는 한 마리 이리의 울음소리가 / 푸른 도끼날에 묻어 나오고 / 잃어버린 연대(年代)도 장작처럼 쪼개져 쌓인다 / 간음당한 우리들의 자유를 찍어 넘기고 / 썩어버린 법정의 기둥도 / 이웃들의 소심한 울타리도 태워 버린다 / 진실한 숯을 얻기 위해 나무를 태우고 / 죽고 또 죽기 위해 / 천년의 고목을 쓰러뜨린다 / 불꽃이여 / 가장 아픈 상처에서 열렬한 불꽃이여 / 오오 몸서리치는 나의 사랑을 삶을 / 어버이를 버리고 옛집을 불사른다"(「방화」) 이 시에는 진실을 밝히기 위해 자신의 시대를 덮고 있는 어둠을 몰아내려고 하는 시인의 노력이 방화 행위로 형상화되어 있다. 이러한 행위에는 물론 현실의 모순과 부조리에 대한 예리한 통찰이 전제되어 있다. 한 시대가 앓고 있는 상처와 아픔에 대한 정확한 진단과 처방으로서의 시적 진술이야말로 시인이 온몸으로 감당해야 하는 사회적 책임이다. 시의 형식에 대한 실험이 시도된 「두개의 하늘」, 「지리산에서」, 「독백」, 「마음아, 너는 거름이 되어」 같은 시편들이나, 「잠언」이란 부제를 달고 있는 시편들에 특히 강하게 드러나는 이러한 현실비판과 대결의 정신은 사실 그의 시 전편을 관류하고 있는 시적 주제이기도 하다.

따라서 김영석의 시에 담겨 있는 슬픔의 정서는 현실의 모순과 부조리에 대한 통찰과 대결의 소산이다. 그것은 재래의 서정시에서 흔하게 볼 수 있는 삶에 지친 탄식이나, 님에 대한 그리움으로 채색되어 감성적 눈물을 강요하는 슬픔과는 질이 다르다. 매우 절제되어 행간에 숨어있어 곱씹지 않으면 음미하기가 어렵다. 그것은 마치 저마다 간직하고 있는 슬픔들이 영혼 속에 침전되어 일상적 삶에 의해 가리워져 있는 것과 같다. "멍들거나 / 피흘리는 아픔은 / 이내 삭은 거름이 되어 / 단단한 삶의 옹이를 만들지만 / 슬픔은 결코 썩지 않는다 / 옛 고향집 뒤란 / 살구나무 밑에 / 썩지 않고 묻혀 있던 / 돌아가신 어머니의 흰 고무신처럼 / 그것은 / 어두운 마음 어느 구석에 / 초승달로 걸려 / 오래 오래 흐린 빛을 뿌린다."(「썩지 않는 슬픔」) 우리들의 영혼 속에 침전되어 있는 슬픔이야말로 인간다운 삶을 보장하는 장치이다. 김영석은 바로 이런 슬픔에 대한 잠언들을 우리에게 들려주고 있다.

1993. 4. 10.

농촌의 삶을 바라보는 두 개의 시각

- 고재종 시집 『사람의 등불』 -

지난 4월 하순, 봄비가 촉촉히 내린 텃밭에 상치와 쑥갓과 근대 씨를 뿌리고 호박 모종을 냈었다. 그랬더니 몇차례의 비에 어느새 싹이 터서 올망졸망 고랑을 따라 이쁘게 자라고 있다. 요즈음은 새벽 운동길에 그것들의 자라는 모습을 바라보는 것이 큰 즐거움이다. 대지의 무한한 생명력을 발견하는 한편, 고향에 대한 향수를 달래기도 하며, 언뜻언뜻 산골에 묻혀 영농후계자로 튼튼한 삶을 살아가고 있는 고향 친구가 그리워지기도 한다.

이런 즐거움은 농촌에 묻혀 살며, 꾸준히 농민들의 삶의 애환을 시로 형상화해내고 있는 시인 고재종을 만나는 기쁨과 자연스레 연결된다. 그는 이미 시집 『바람부는 솔숲에 사랑은 머물고』와 『새벽 들』 등으로 우리에게는 낯익은 시인이다. 1957년 전남 담양에서 출생하여, 1984년 『실천문학』을 통해 등단한 그는 향리에 묻혀 오직 농사일과 시쓰기에만 전념하고 있다. 따라서 그의 시에는 농촌의 현실에 대한 구체적 체험을 바탕으로 한 농민들의 슬픔과 기쁨에 대한 남다른 통찰력이 돋보인다. 그것은 바로 우리들의 할아버지와 할머니, 아버지와 어머니의 삶이기에 더욱 아프게 와 닿는다.

고재종은 시집 후기에서 "농민은 우리 민족의 원형이다. 농민도 사람답게 사는 날이 올 때까지 난 농민 시인의 길을 포기하지 않을 것이다."고 결의하면서, "숱한 농민이 오늘의 절망을 떨치고 일어서서 이 땅의 진정한 밥과 삶을 꿈꾸며 시시각각 싸우고 일하는 것처럼" 그렇게 시를 쓰고 싶다고 말한다. 그의 시에는 "농민의 생활 감정과 사상까지를 깊게 천착하여 좀 더 나은 농민 세상에의 꿈을 전망"하고자 하는 시인의 의도가 내장되어 있는 것이다.

농촌의 현실과 농민들의 삶을 바라보는 시인의 눈은 두 개이다. 농민들이 겪고 있는 현실적 삶에서의 고통과 절망에 대한 투시가 하나이고, 그것을 감싸서 진정시키고 있는 농촌생활의 서정과 소박한 희망들이 다른 하나이다. 시인이 일차적으로 관심을 갖고 있는 것은 고통과 절망으로 점철된 농민들의 삶의 황폐함과, 그것들이 속수무책으로 방치되는 우리 사회의 구조적 모순과 부조리이다. "논 안에서 풍년인 가을은 논 밖에서 흉년으로 오네 / 천 근 빚더미보다 더 무거운 골병과 고독으로 오네"(「노동으로 오는가을」)라든가, "늘상 헛살았다고 뉘우치던 나이 사십 세 / 깨꽃 같은 아내는 집 나간지 벌써 두 해째 / 나락 농사만으론 안되어 고추 돼지 무농사 끝의 / 농협빚 칠백여만원에 틈만 나면 노여워했었다 // 문 앞 감나무 끝에 까치 유난히 울어댄 아침 / 에미 없는 두 새끼 보란 듯이 키워보겠다고 / 늦어버린 학자금 걱정하며 공판장에 갔던 그"(「호명」), "꽃이 사람보다 따뜻할 때가 있다 / 늦은 유월의 이곳 저곳 논두렁에 / 우리의 한숨과 탄식과 땀방울을 쓸어 모아 / 해마다 해맑은 눈물방울을 뿌려대는 꽃 / 낫으로 그렇게 잘라내어도 새 순을 내고 / 제초제를 뿌려대도 / 끝내 의연히 살아 / 우리의 가난과 외로움의 자리를 항상 적시며 / 세상보다 더더욱 우리의 아픔을 울어주는 꽃"(「개망초꽃」) 등에는 시인에 의해 포착된 농민들의 고통과 절망의 구체적 모습이 제시되고 있다.

그러나 시인은 결코 농촌을 그러한 황폐한 삶의 현장으로 파악하고 있는 것은 아니다. 현실 고발적 진술의 내부에는 농민들의 꿈과 기쁨이 어우러지는 농촌 사회의 구현에 대한 소망이 내포되어 있다. 농민들의 고통과 절망을 감싸서 어루만지며 끝내는 그것을 극복하고자하는 시인의 소망은 이데올로기의 싸움이나 혁명과 같은 것이 아니다. 그저 서로 정을 나누며 사람답게 살 수 있는 세상에 대한 소박한 믿음이다. "자식놈 입에 밥 들어가는 것과 / 마른 논에 물 들어가는 것이 / 세상에서 가장 보기 좋은 일이라고 / 우리 아버지 언젠 말씀하셨네"(「비 내려 좋은 날」) 나, "어렵사리 모내기 끝내고 / 달빛 젖은 논두렁에 서서 어느새 잔바람에 지극히 흔들거리며 / 뿌리 잡는 어린 모 바라보는 / 그 아득한 순간만큼만 // 벼 온통 샛노랗게 익어 / 가슴속 싱싱한 물결 철썩이면 / 마침내 싹둑싹둑 나락 베다 / 멀리

함박웃음 날리는 그 순간만큼만"(『그 순간만큼만』) 등에는 시인이 꿈꾸고 있는 세상이 어떤 것인지 잘 나타나 있다.

고재종의 시가 불만스러운 현실에 대한 푸념이나 감상에 떨어지지 않는 이유는 농민들의 숙명적인 삶에 대한 인식과 농촌생활에 대한 구체적 체험에서 우러나오는 서정성에 있다.

"저녁 바람 스적이는 빈들에 나서니 밀감빛 노을은 번져 저만큼 둔덕의 억새꽃을 흔들고 벼 그루터기를 쓸고 이윽고 내 살과 그리움과 한 마리의 노여움을 적신다"(『저녁 노을 속』), "저 뒷울 댓이파리에 부서지는 달빛 / 그 맑은 반짝임을 내 홀로 어이보리 // 섬돌 밑에 자지러지는 귀뚜리랑 풀여치 / 그 구슬 묻은 울음 소리를 내 홀로 어이 들으리"(『사람의 등불』) 등에서 엿볼 수 있는 이러한 뛰어난 서정성은 현실 고발적인 서사적 진술들과 결합되어 시적 형상화에 성공하는 요인이 되고 있다.

시집『사람의 등불』은 산업사회로 이행하면서 서구적인 도시문화에 중독되어 가고 있는 세대들에게 우리들의 영원한 고향으로서의 농촌의 현실과 삶에 대한 아픈 진실을 전해준다.

1993. 6. 15.

꾸러기들의 삶을 가꾸는 따뜻한 언어들

– 양정자 시집『아이들의 풀잎노래』–

시집『아이들의 풀잎노래』에는 짓궂고 경망스러우며 툭하면 싸우고 반항하던, 쓸데없이 잘 웃는가 하면 지나치게 감상적이기도 했던 사춘기와 남몰래 애태우며 선생님을 짝사랑하던 여드름 투성이인 우리들의 중학시절이 살아 숨쉬고 있다. 빛바랜 사진첩을 들여다보며 순진했던 시절을 추억해 보는 즐거움과 미처 깨닫지 못했던 그 시절의 따뜻한 이야기들이 어우러져 이 가을에 시를 읽는 기쁨을 배가 시킨다. 20여년간의 중학교 교사 체험을 바탕으로 쓰여진 시들에는 성장기의 아이들을 가르치는 교사로서의 애정과 보람이 가득 담겨 있다.

시집『아이들의 풀잎노래』는 꾸러기들의 列傳이다. 중학시절 작당하여 어울리던 친구들과 간혹 우리들의 수근거림의 대상이 되던 문제아들이 추억의 윤기를 새롭게 하며 시적 대상으로 포착되고 있다. 그들은 모두 그 시절의 슬픔과 기쁨을 함께 한 순수한 우정의 대상들이었기에 그리운 존재로 형상화된다. "몸 속에 흐르는 뜨겁고 사나운 피 / 정녕 못 다스려 / 술주정뱅이 아버지의 가죽 허리띠 채찍질에 / 왼몸이 구렁이 감기듯 멍든채 방에 갇혀도 / 문 부수고 또 가출해버린 / 쇠비름처럼 맵고 당찼던 우리 반 향숙이"(「학교 꽃밭을 가꾸며」), "어릴 때 엄마 아빠 돌아가시고 / 예순 넘은 나이로 새마을 취로사업장 품팔러 다니는 / 할머니랑 단둘이만 살아 / 도시락도 없이 빵 하나로 점심 때우고 / 아이들과 장난도 치지 않고 늘 말없이 / 있는 듯 없는 듯 그림자처럼 혼자 앉아있는 / 늪처럼 고여 있는 알 수 없는 명식이"(「명식이」), "냉수 마시듯 툭하면 거짓말 잘하는 / 온갖 사고뭉치 말썽꾸러기 괘씸한 우리 반 승철이"(「진실 그 자체」), "지금 저렇게 누런 코 줄줄 흘리고 / 손톱 때 새까맣고 / 숙제도 준비물도 제대로 한번 챙겨본적 없는 / 우리 반 칠칠이 준호"(「미래의 남편」), "공부도 신통찮은데 / 남에게 지기 싫어하고 참견 안하는 데가 없어 / 친구들과 유난히 잘 다투는 / 입이 참새처럼 뾰죽 튀어나온 박현주"(「기대」), "자정 넘어 / 길가에 세워둔 남의 오토바이 훔쳐 집어타고 / 무려 두 시간이나 순경에게 쫓겨 / 이 골목 저 골목 쑤셔다니다 붙잡혀온 만중이"(「만중이 아빠」), "열다섯살 중2짜리 김영주 / 수학을 좋아해서 수학선생님도 좋아했네 / 부끄럼 잘 타는 그 총각 선생님 / 여학생 앞에서 자칫 낯 붉어질까봐 / 공연히 엄한 체 한눈 한번 팔지 않는데 / 영주 혼자 남몰래 가슴 태웠네"(「짝사랑」) 등에서처럼 중학시절의 절친했던 친구들의 이야기가 눈가에 번지는 미소로 와 닿는다.

그런데 시집에서 느끼게 되는 시적 감동은 이렇듯 순수했던 시절을 추억하는 즐거움을 감싸안고 있는 시적 주제로부터 온다. 즉 꾸러기들이나 문제아들에 대한 교사로서의 관심과 애정의 따뜻함이 진실성있는 언어에 의해 효과적으로 전달되고 있는 것이다.

이는 "아이들이란 정말 얼마나 풍성하고 다양하고 창조적인 눈부신 존재들인가? 아무리 못나고 지둔한 아이라 할지라도 정체되어 있는 아이들은 단 한 명도 없다. 그들은 하루가 다르게 눈부시게 성장하는 존재들이다. 성장해가는 아이들 한명 한명이 바로 창조적인 삶 자체, 생동하는 시 자체가 아닌가 느껴진다"라는 시인 자신의 인식을 바탕으로 한 것이다. "향그런 5월 학교 꽃밭 앞에서 / 한떼의 소녀들이 재잘거리며 / 사진을 찍고 있네 / 피어나는 꽃보다 훨씬 더 눈부신 / 자기들이 꽃인 줄도 까마득히 모르는 채"에서처럼 시인에게 있어서 아이들은 정성스레 가꾸어야 할 예쁜 꽃이다. "이겨낼 수 없는 큰 잠 / 들끓는 본능과 눈뜨는 인식 사이 / 어린애와 사춘기 / 장난질과 진지함의 갈등 속에서 / 미래 丈夫들의 잔가지가 나날이 굵어진다 / 캄캄한 시간의 늪 속에 온몸을 빠뜨린 채 / 늘 하늘을 꿈꾸는 너희 높은 이마는 / 자라남의 번민으로 어둡게 번뜩이고 / 차디찬 미지의 땅속을 / 한걸음 한걸음 더듬어 내려가는 / 너희 여린 발은 뽑힐 듯 주저하며 흔들린다 / 오, 실뿌리 뿌리까지 뒤흔드는 그런 아픔 없이는 / 어린 잎새 한 잎도 잎새다이 자라나지 않는 것을"에는 그러한 꽃들의 자라남을 관찰하고

있는 시인의 섬세한 정신과 따뜻한 사랑이 잘 나타나 있다. 또한 "제 부모
도 선생도 모두 포기해 버리고 / 잡풀 뽑아 내던지듯 마침내 퇴학시켜버린
때처럼 / 그 어린 잡초들 뿌리째 뽑아내며 꽃밭에서 / 나는 자꾸만 가슴이
아파진다"(「학교 꽃밭을 가꾸며」) 와 같은 시에 나타나는 교사로서의 아픔과
갈등에 대한 정직한 진술이 시적 진실성을 증폭시키고 있다.

간혹 눈에 띄는 문체의 가벼움이나 시적 수사의 미숙성이 옥에 티처럼 걸
리기도 하나 이런 것들은 중학시절의 스승들에 대한 그리움의 환기나 미처
깨닫지 못했던 가르침들에 대한 헤아림에 의해 희석된다. 높아진 푸른 하늘
처럼 그리움도 커지는 이 가을에 『아이들의 풀잎 노래』는 감수성 예민한 사
춘기의 아이들을 가르치는 교사로서의 체험의 진실성이 따뜻하게 와닿는
유쾌한 시편들이다.

1993. 10. 20.

삶의 진실을 탐지하는 신선한 언어의 촉각

– 이기철 시집 『地上에서 부르고 싶은 노래』 –

　시를 알면 삶의 질이 달라진다. 삶의 진실을 깨닫는 통찰력과 사물의 절대가치를 가늠할 수 있는 인식력을 갖게 되기 때문이다. 작고 하찮은 것들의 존재 의미나 아름다움을 발견하는 즐거움은 우리의 삶을 풍요롭게 한다. 자연의 아름다움을 바라보기만 하는 사람보다는 그 아름다움을 시로 노래할 줄 아는 사람이야말로 그 의미와 가치를 온전히 향유하고 있는 사람이다. 그리운 사람을 위해 시를 쓸 수 있는 사람은 그의 사랑을 차지할 수 있다. 그러므로 을씨년스럽고 스산한 풍경의 계절엔 추운 마음을 감싸 안는 따뜻한 시들을 읽을 일이다.

　제12회 〈김수영 문학상〉을 수상한 이기철의 시집 『地上에서 부르고 싶은 노래』에는 일상적 삶 속에 내포된 숨겨진 진실을 포착하는 시인의 섬세한 정신이 신선한 언어에 의해 형상화되고 있다. 知天命의 나이를 넘긴 시인 이기철은 이미 『낱말 추적』, 『청산행』 등의 시집으로 우리에겐 낯익은 중견 시인이다. 그의 시를 읽으면 마음이 편안해진다. 자연이나 삶을 바라보는 관조적 자세를 평화로운 시적 분위기가 감싸고 있기 때문이다. 이런 점은 때로는 그의 시가 자연에 대한 관조나 주관적 삶의 세계에 머물고 있어 현실의 구조적 모순이나 부조리를 밝히려는 치열한 정신이 다소 결여된 듯한 부정적 요소로 작용하기도 한다.

　이기철은 '어떤 노래를 부르면 내 한번도 바라보지 못한 짐승들이 즐거워질까 / 어떤 노래를 부르면 내 아직 만나지 못한 사람들도, 까치도 즐거워질까 / 급히 달려와 내 등뒤에 連坐한 시간들과 / 노동으로 부은 소의 발등을 위해 / 이 세상 가장 청정한 언어를 빌어 살아 있는 모든 것들의 날(日)을 노래하고 싶다'고 말한다. 이는 그가 자연과 인간에 대해 깊은 신뢰와 애정을 지니고 있음을 의미한다. 따라서 자연과 교감하며 친화관계를 이루고 있는 그의 언어는 결코 자연과 대립하거나 갈등하지 않는다. 산과 강, 나무와 새, 하찮은 풀벌레까지도 그의 시에서는 더불어 존재하면서 그에게 삶의 진실과 의미를 일깨워주는 시적 대상으로 포착된다. "우리가 아무리 높이 올라도 / 검은 새가 나는 하늘을 밟을 수는 없고 / 우리가 아무리 정밀을 향해 손짓해도 / 정적으로 날아간 흰 나비의 길을 걸을 수는 없다 / 햇빛을 몰아내는 밤은 늘 기슭에서부터 몰려와 / 대지의 중심을 덮고 / 고갈되기 전에 바다에 닿아야 하는 물들은 / 쉬지 않고 하류로 내려간다 / 病들도 친숙해지면 우리의 외로움을 덮어주는 이불이 된다"(「地上에서 부르고 싶은 노래1」)에는 이러한 시인의 의식이 잘 나타나 있다.

우리가 늘 무심히 지나치는 새와 나비의 움직임, 낮과 밤의 교체와 강물의 흐름에서 겸허한 삶의 자세와 지혜를 배우고 있으며, 병까지도 외로운 영혼의 위로자로 은유함으로써 존재하는 모든 것들과 친화관계를 맺고 있는 시인의 정신을 드러내고 있는 것이다.

시적 대상들에 대한 이러한 고고한 화해의 정신은 세상살이에 대한 달관으로부터 온다. 그것은 삶의 현실적 고통을 충분히 견딘 사람들이 갖는 초월적 정신의 높은 경지이다. "내 정신의 열대, 멱라를 건너가면 / 거기 슬플 것 다 슬퍼해본 사람들이 / 고통을 씻어 햇볕에 널어두고 / 쌀 씻어 밥짓는 마을 있으리 / 더러 초록을 입에 넣으며 초록만큼 푸르러지는 / 사람들 살고 있으리"(「정신의 열대」)에는 이런 달관의 자세가 내포되어 있다. 이는 "슬플 것 다 슬퍼해본 사람"만이 현실적 삶의 고통으로부터 해방될 수 있으며, "초록을 입에 넣으며 초록만큼 푸르러지는" 진실된 삶을 살 수 있음을 의미한다. 자신의 삶을 성찰한 시 「경산 십년」은 시인이 도달하고 있는 이런 달관의 경지를 느끼게 해준다. "산은 지혜 없이도 꽃을 피우고 물은 마음 없이도 / 고기를 키운다 / 너무 큰 소리는 귀에 들리지 않듯이 / 너무 큰 지혜는 무지와 통한다 // 숟가락을 쥐기에 알맞게 길든 손과 / 한 몸무게를 지탱하기에 알맞게 길든 발을 이끌고 / 나는 오늘도 한 개의 내와 두 굽이의 산을 넘었다 // 후박나무 잎새가 떨어지는 곳, 경산 / 거기에 깁고 붙인 내 삶은 응고되어 / 어제 칠판 앞에서 버린 말과 오늘 넘긴 책장 소리가 / 한 그릇 밥이 되어 돌아오는 과정을 이제는 고통 없이 바라본다." 이 시에서는 자연과의 친화력과 세계를 감싸안는 화해의 정신을 바탕으로 한 삶의 진실에 대한 깨달음이 시인의 넉넉한 마음까지도 헤아려 보게 한다.

그리운 것을 그립다고 노래하는 것은 결코 부질없는 감상이 아니다. 이기철의 시집을 읽으면 우리가 삶을 얼마나 무심하게, 덧없이 살아가고 있는지, 그래서 의미 없는 삶을 살고 있는지를 확인할 수 있다. 일상적 삶 속에서 만나게 되는 모든 대상들에게, 그것이 자연이든 인간이든 하찮은 미물이든 그 존재의 의미와 가치를 부여하는 섬세하고 넉넉한 정신의 경지가 우리 자신의 삶을 성찰해보게 하기 때문이다. 또한 자연 속에서 존재하는 모든 것들과 화해로운 관계를 맺고 살아가는 것의 즐거움도 아울러 배울 수 있다.

1993. 12. 11.

절망하는 자들을 어루만지는 시인의 사랑

– 신경림 시집 『쓰러진 자의 꿈』 –

신경림의 시를 대할 때마다 20여년전 그 당시 동숭동에 있던 서울대 문리대 구내서점에서 우연히 집어든 『農舞』라는 시집에 감격하던 추억이 되살아난다. 창작과 비평사에서 볼품없는 모양으로 출간된 단돈 500원짜리 시집에서 내가 받은 감동은 황홀한 전율이었다. 관념의 유희와 난해의 미궁 속을 헤매며 민중적 삶과 독자로부터 유리된 기성시단에 절망하고 있던 나에게 그것은 시에 대한 희망을 촉발한 기폭제였다. 나 자신이 시집 속의 시적 화자가 된 듯한 착각 속에 시를 읽고 또 읽으며 앞으로의 한국시가 이러해야 할 것이라는 성급한 결론을 내리기도 했었다.

신경림은 "시는 궁극적으로 자기탐구요 시의 가장 중요한 주제는 자신일 수밖에 없다는 생각도 많이 하지만, 쓰러지는 자들, 짓밟히는 것들의 상처와 아픔을 어루만지고 흩어지는 것들, 깨어지는 것들을 다독거리는 일, 이 또한 내 시의 숙명인지도 모르겠다."고 말한다. 등단이후 그는 꾸준히 주로 농민들을 중심으로 하여 우리 사회의 소외되고 고통받는 자들의 어두운 삶에 대해 애정과 관심을 기울여왔다. 그의 이러한 시적 노력이 그로 하여금 민족문학의 중심에 놓이게 하는 시적 성취를 이루게 했다. 그의 시가 주는 감동은 민중적 삶에 대한 그의 남다른 통찰력과 이를 효과적으로 형상화하고 있는 질박한 언어와 가락으로부터 온다.

농촌생활, 소시민생활에서 겪게 되는 절망과 실의의 삶을 투시해 온 그의 시정신은 근간된 시집 『쓰러진 자의 꿈』에서도 여전하다. 시집에 실린 작품의 주인공들은 '술청엔 빈대떡을 먹는 소장수,' '면에서 타온 구호미로' 밥을 짓는 두자매, '복덕방에 앉아 졸고 있는 / 귀먹은 퇴직 역장,' '객지 나간 딸들', 기다리는 '늙은 양주,' '빈대떡을 굽고 소주를 파는,' '아흔의 어머니와 일흔의 딸,' '새벽장 보러 가는 / 장꾼,' '새벽 장바닥에 화톳불'을 쬐고 있는 '구두닦이와 우유배달,' '미장이,' '청소원'들이다. 시인은 우리 사회가 이들의 불우한 삶의 고통을 함께 나누기를 소망한다. 이를 위해 시인은 '어둠을 어둠인지 모르고 살아온 사람'과 '아픔도 없이 겨울을 보낸 사람'들에게 소외된 인간들의 "깊이 숨은 소중하고도 은밀한 상처를 꺼내어 / 가만히 햇볕에 내어 말리는 까닭을 / 뜨거운 눈물로 어루만지는 까닭을"(「싹」) 인식시키려 한다. 그가 "쓰러질 것은 쓰러져야 한다 / 무너질 것은 무너지고 뽑힐 것은 뽑혀야 한다"(「빛」)고 절규하면서 "아무래도 혁명은 있어야겠다"(「홍수」)라고 말하는 것도 이러한 의도의 소산이다. 그러나 그러한 시인의 의도가 가진 자들만을 향한 일방적인 것은 아니다. 그는 고통받는 사람들에 대해서도 "알고 있을까 그들 때로 서로 부둥켜안고 / 온몸을 떨며 깊은 울음 터트릴 때 / 멀리서 같이 우는 사람이 있다는 것을"(「裸木」)하고 진실된 위로의 말을 건넨다. 그들이 지니고 있는 절망의 깊이와 아픔에 대한 관심과 애정이야말로 우리 사회의 환부를 치유하는 전제조건임을 시인은 명료하게 인식하고 있는 것이다.

이러한 시인의 주제의식이 독자에게 감동적으로 전달되는 이유는 쓸데없는 감정의 낭비나 이념적 선동을 배제하고, 민중적 삶의 풍경을 효과적으로 형상화한 질박한 이미지와 운율에 있다. "녹슨 갈탄난로가 발갛게 달았다. / 바람에 미루나무 가지 부러지는 소리 / 아낙네들 고무장갑을 끼고 깍두기를 선다"(「大雪前」), "빗물에 젖은 유행가 가락을 떠밀며 / 화물차 언덕을 돌아 뒤뚱거리며 들어설 제 / 붉고 푸른 깃발 흔드는 / 늙은 역무원 굽은 등에 흩뿌리는 가을비"(「가을비」), "마당에 자욱한 솔잎 내음 / 가마솥에 송편을 세 번 쪄내도록 / 객지 나간 딸들 왜 기별 없을까 / 늙은 양주 민화투도 시들해질 쯤엔 / 노란 국화꽃 감으며 드는 / 어스름 땅거미도 서럽고"(「달, 달」) 등에서 볼 수 있는 절제되고 질박한 언어에 의한 이미지와 운율의 구사는 신경림의 시를 성공시키는 구조적 특질이기도 하다.

신경림의 시가 지닌 또 하나의 울림은 절망을 그대로 절망 속에 유기하지 않으려는 그의 신념에서 온다. "어둠이 오는 것이 왜 두렵지 않으랴 / 불어

닥치는 비바람이 왜 무섭지 않으랴 / 잎들 더러 썩고 떨어지는 어둠 속에서 / 가지들 휘고 꺾이는 비바람 속에서 / 보인다 꼭 잡은 너희들 작은 손들이 / 손을 타고 흐르는 숨죽인 흐느낌이 / 어둠과 비바람까지도 삭여서 / 더 단단히 뿌리와 몸통을 키운다면 / 너희 왜 모르랴 밝는 날 어깨와 가슴에 / 더 많은 꽃과 열매를 달게 되리라는 것을"(「나무를 위하여」)에서 볼 수 있는 고통과 절망의 극복을 통해 도달할 가치 있는 삶에 대한 믿음은 그의 시가 현실에 대한 불만이나 탄식의 정서에 빠지지 않도록 적절한 거리를 유지시킨다.

『쓰러진 자의 꿈』은 신경림이 이룬 시적 성과를 두루 보여주고 있다. 그러나 『農舞』에서 나를 전율시키던 치열한 정신은 다소 사그러진 듯한 느낌을 떨칠 수 없다. 이것은 그의 시적 연륜의 쌓임에 의한 성숙됨으로부터 기인하리라 유추해 본다.

1994. 2. 8.

고향에 두고 온 유년의 꿈

- 하종오 시집 『깨끗한 그리움』 -

생도시절 늘 외롭고 허기진 내 영혼의 해안으로 밀려오던 동해의 푸른 파도는 쓰러진 내 꿈을 일깨워 새로운 도전의 용기를 충전시키는 전원 같은 것이었다. 우리가 삶에 지쳐 휘청거릴 때 위로 받을 수 있는 그리운 고향을 가지고 있다는 것은 큰 행복이다. 시간의 흐름은 우리들의 기억 속에 묻혀 있는 가난한 시절의 고통까지도 가슴 설레는 그리움으로 여과해낸다.

하종오는 80년대 민중문학의 중심적 시인이다. 민중시의 이념성에 절망하여 오랫동안 절필하고 지내더니 따뜻한 인정이 넘치는 농촌 공동체에의 바람을 담은 시집 『깨끗한 그리움』으로 다시 문단으로 돌아왔다. 시집은 주로 그의 고향인 경북 의성 안계와 대구에서 보낸 유·소년기의 경험 세계를 담고 있는데 경상도 사투리의 효율적인 구사가 우리의 기억 속에 꽃씨처럼 묻혀있는 유년의 추억들을 일깨워 준다.

모두 6부로 나누어져 있는 시집은 빛 바랜 사진첩을 들여다보는 즐거움을 우리에게 준다. 깨끗한 그리움의 풍경들이 생동감 있는 언어에 의해 싱싱한 이미지로 재구되어 있기 때문이다.

제1부에서는 경상도의 풍광과 사투리 말씨의 절묘한 결합을 통해 고향에 대한 토속적 정서의 환기를 시도하고 있다. "햇볕은 밭고랑에서 달아오르다 식어내린데이 / 소낙빈 얼마나 좋겠노, 얼마나 좋겠노"(「경상도 소낙비」)에서처럼 사투리의 효과적 사용을 통해 멀리서 바라보는 고향이 아니라 현장감 있는 고향에 대한 그리움의 정서를 환기시키고자 하는 것이다.

제2부는 고향 안계의 풍광과 그 속에서 뛰놀던 시인의 유년이 묘사되고 있다. "햇볕이 따가운 여름 낮이면 아이들은 들에 나가 벼줄기를 훑어 메뚜기 한 움큼씩 잡아선 강아지풀을 뽑아 꿰미를 꿴 채 구워 먹었지만, 까만

빤쓰만 입은 채, 어떤 아이들은 봇도랑에서 희한하게도 손으로 메기를 잡아 풀망태에 담아 가져 갔구마."(「여름날」) "햇볕 따슨 날 / 뒷산 잡풀에 불 놓고 앉아 / 우리는 몰래 훔쳐온 풍년초를 말아 피웠제. // 멀리 털벙거지 쓴 장꾼들이 / 달구지 타고 가는 길가 언 무논에서는 / 참새떼들이 와그르르 날아 오르고. // 기슭으로 번져 나가는 불길을 잡으려고 / 솔가지 꺾어 두드려 끄려다 / 산지사방에 불똥 튀어 / 탁탁 타올라 무덤을 태워 나가면 / 동네에서 주인이 고래고래 소리치며 달려왔제."(「겨울날」) 이상의 시에는 우리의 기억 속에 매몰되어있는 고향의 풍경들이 생동감 있는 이미지에 의해 환기되고 있으며 흐뭇하면서도 아늑한 정서가 충만되어 있다.

제3부는 시인과 따뜻한 정을 나누며 살았던 혈육과 이웃사람들에 대한 추억담이다. 그에게 목사가 되기를 강요했던 할부지(「할부지」)와 "오줌에 절여진 오동나무잎을 꺼내서 부어 오른 내 한쪽 다리에 여러 겹 싸 붙이고는 광목으로 칭칭 감아 동여매" 주시던 할무이(「할무이의 오줌」), 어릴 때 간암으로 일찍 돌아가셔서 "피난 갔다 와서 날 낳으시고 지었다는 기와집 뒤뜰에는 / 감나무가 한 그루 자라 / 가을이면 지붕 위에 홍시를 떨어뜨렸고 / 나는 뒷마루에 앉아 날리는 마른 잎사귀를 쳐다보았을 뿐, / 아부지곁을 떠나 / 하늘을 마음대로 볼 수 있게 되어서야 / 아부지 속에서 이슬에 날개 젖어 우는 / 풀벌레 울음을 들을 수 있었습니다."(「죄」)에서처럼 사무치는 그리움으로만 남아있는 아부지, 그리고 '비탈밭에서 지심을 매'시던 어무이와 누나(「어무이와 누나」)와 삼촌들의 이야기가 우리들의 친혈육처럼 포근하게 와닿는다.

제4부에서는 사랑과 세상살이에 조금씩 눈떠 가는 시인의 내밀한 정신적 성장이 몇 개의 삽화적인 추억담에 의해 제시되고 있으며, 제5부에서는 "순희가 처음 찾아온 날은 겨울날이었데이. 자그마한 키에 얼굴이 희고 갸름한 그애는 시린 놀빛을 안고 서서 웃었고, 나는 문지방을 한 걸음 내려와 그애한테서 투명한 심경을 봤데이. 방이 칸칸이 들어찬 하숙집에서 감옥에서 죽은 윤동주와 문둥이 한하운을 읽으며 시인의 서러운 생애에 쓸쓸해하던 열여섯살 나에게 그애는 따뜻한 출현이었데이. 아직 눈이 내리지 않던 하늘에

는 새떼가 날아올라 흩어지고, 정적에 찬 가슴은 경이롭게 뛰었데이." (「기억 속의 하숙방」)에서 볼 수 있듯이 시인이 되기를 꿈꾸던 중학시절까지의 대구 하숙생활을 통해 도시적 삶의 애환과 사회에 대한 성장기의 눈뜸에 대해 추억하고 있다.

제6부는 깨끗한 그리움으로 남아 있는 소년기의 애틋한 사랑과 아픔이 우리의 첫사랑을 넋두리하듯 절절한 연가로 노래되고 있다.

하종오는 시집 후기에서 "정말 꼭 가지고 싶었던, 어린 날에 관한 시집을 비로소 한 권 가지게 되었다. 나이 마흔이 되니 어린 날이 그립다. 그때의 풍광과 미물들과 사람들이 한정 없이 그립다. 그런데 나는 실패해 가고 있지 않은가. 나는 소멸되어 가고 있지 않은가."라고 말하고 있다. 이는 유년시절의 순수함으로부터 빠져나와 세속적 욕망의 성취를 위해 동분서주해온 타락한 삶에 대한 자기성찰의 결과다.

우리가 유년의 꿈을 추억한다는 것은 그에 대한 깨끗한 그리움의 정서를 통해 현실적 삶의 조건들에 의해 영혼에 끼게 되는 더러움의 정화의식이라고 할 수 있다. 시집 『깨끗한 그리움』은 바로 이 점을 극명하게 인식시켜준다.

1994. 4. 20.

상처받은 영혼을 달래는 시적 진술의 당돌함

- 최영미 시집 『서른, 잔치는 끝났다』 -

최영미의 시집 『서른, 잔치는 끝났다』를 읽고 났을 때 문득 20여년쯤 전의 방황하던 젊은 시절에 읽은 잉게보르크 바하만(Ingeborg Bachmann)의 산문집인 『삼십세』가 생각났다. 인생의 진실에 도전하는 30세 주인공의 의식의 갈등과 모험을 그린 그 작품을 음미하며 인간이 서른 살이 되기 전에 삶과 죽음, 사랑과 행복, 희망과 절망 등에 관해 말한다는 것이 얼마나 어리석은 것인가를 터득했었다. 그러기에 공자도 서른이 되어야 세상의 이치를 깨달아 스스로 판단하고 이해할 수 있는 능력을 지니게 된다고(三十而立) 말했던 것이다.

최영미의 시를 읽으면서 도처에서 솔직하면서도 당돌한 시적 진술이 주는 경이로움에 시를 읽는 즐거움도 컸다. 서른 살이 된다는 것은 누구에게나 한번쯤 물같이 흘러가 버린 지난 세월의 삶에 대한 후회와 반성을 통해 남아 있는 인생을 위한 새로운 다짐들을 정리해 보는 다소 흥분되면서도 숙연해지는 마음 상태를 의미한다. 시인도 시집에 실린 시를 통해 끝나버린 잔치와 같은 지나간 세월의 상처받은 삶에 대해 성찰하고 있다. 자신의 삶에서 통과제의적인 의미를 지니고 있는 기억들을 환기하면서 끝나버린 잔치의 공허함에 절망하는 것이 아니라 내일의 삶을 위한 결의를 다진다. "잔치는 끝났다 / 술 떨어지고, 사람들은 하나 둘 지갑을 챙기고 마침내 그도 갔지만 / 마지막 셈을 마치고 제각기 신발을 찾아 신고 떠났지만 / 어렴풋이 나는 알고 있다 / 여기 홀로 누군가 마지막까지 남아 / 주인 대신 상을 치우고 / 그 모든 걸 기억해내며 뜨거운 눈물 흘리리란 걸 / 그가 부르다 만 노래를 마저 고쳐 부르리란 걸 / 어쩌면 나는 알고 있다 / 누군가 그대신 상을 차리고, 새벽이 오기 전에 다시 사람들을 불러 모으리란걸 / 환하게 불

밝히고 무대를 다시 꾸미리라"(『서른, 잔치는 끝났다』)에서처럼 시적 화자는 지나간 시절의 상처받은 삶을 기억하며 뜨거운 눈물로 절망하는 것이 아니라 새로운 잔치상을 마련하기 위해 준비하고자 하는 결연한 의지를 드러내고 있다.

시집에 실린 상당수의 시는 그녀에게 사랑의 상처를 깊게 남기고 떠나가 버린 대상에 대한 연가이다. 시인 자신도 후기에서 "지상에서의 사랑이 어디까지 아름답고 추할 수 있는지 다 보여주고 떠난 그를 잊을 수 없다."고 고백하고 있다. 사랑은 깊은 상처의 아픔을 통해 인간을 성숙시키며 그것의 극복에 의해 완성된다. 시인은 떠나간 사랑에 의해 입은 영혼의 상처를 어루만져 치유하고자 하는 노력을 시를 통해 보여준다.

"그대가 처음 / 내 속에 피어날 때처럼 / 잊는 것 또한 그렇게 / 순간이면 좋겠네 // 멀리서 웃는 그대여 / 산 넘어 가는 그대여 // 꽃이 / 지는 건 쉬워도 / 잊는 건 한참이더군 / 영영 한참이더군"(『선운사에서』) 누군가에게 잊혀지는 대상이 된다는 것은 존재의 의미가 상실되는 비극이다. 비록 아픔을 주고 떠난 부정적 대상이지만 쉽게 잊을 수 없는, 즉 시인의 삶에서 차지하는 의미도 그만큼 큰 존재임이 시적 진술 속에 드러나고 있다.

그는 "바람에 갈대숲이 누울 때처럼 / 먹구름에 달무리질 때처럼 / 남자가 여자를 지나간 자리처럼 / 시리고 아픈 흔적을 남겼을까"(『아도니스를 위한 연가』)에서처럼 시인의 영혼에 시리고 아픈 흔적을 깊게 남겨놓은 존재이다. 따라서 잊기 위한 노력은 오히려 더 끈적한 고통과 연민의 정서를 환기시킬 뿐이다. 결국 시인 자신도 "죽은 살 찢으며 나는 알았네 / 상처도 산 자만이 걸치는 옷 / 더이상 아프지 않겠다는 약속"(『마지막 섹스의 추억』)임을 인식하게 되는 것이다.

이러한 실패한 사랑의 상처는 그녀의 시의 곳곳에서 발견되는 자신의 삶에 대한 모멸과 연민, 그리고 진실이 통하지 않는 우리 사회에 대한 비판적 성찰의 동인이 된다. 사랑을 하고 있는 사람에게는 이 세상이 아름답고 화해로운 공존의 장으로 인식되지만 그것이 상실되는 순간 추하고 적대적인 대립과 갈등의 현장으로 변하게 된다.

"그리하여 이 시대 나는 어떤 노래를 불러야 하나 / 창자를 뒤집어 보여
줘야 하나, 나도 너처럼 썩었다고 / 적당히 시커멓고 적당히 순결하다고 /
버티어온 세월의 굽이만큼 마디마디 꼬여 있다고 / 그러나 심장 한귀퉁은
제법 시퍼렇게 뛰고 있다고 / 동맥에서 흐르는 피만큼은 세상 모르게 깨끗
하다고 / 은근히 힘을 줘서 이야기해야 하나"(「너에게로 가는 길을 나는 모
른다」) 이는 진실이 통하지 않는 세상에 대한 저항이다. 그러나 시인이 의도
하고 있는 것은 세상에 대한 원망이나 탄식이 아니라 삶의 현실적 조건들에
의해 가리워져 있는 진실의 드러냄이다. 사랑의 힘을 누구보다도 극명하게
인식하고 있는 시인은 진실한 사랑의 성취를 위해 상처받은 영혼을 어루만
지고 있는 것이다. 시에서는 다소 금기시되던 성적인 내용의 당돌한 진술들
도 진실을 드러내려는 시인의 의도를 반영한 것이다.
　그녀의 시에서 김수영 시인이 느껴지는 것은 시가 아직은 성숙된 시를 향
한 모색의 과정에 있음을 뜻한다. 그러나 신선하고도 생동감 있는 이미지와
인간다움과 진실성을 드러내는 솔직하고 당돌한 시적 진술들은 그녀가 이
룰 시적 성과를 기대하게 만든다.

1994. 6. 25.

사회적 변화에 대한 비판적 성찰

- 김광규 시집 『물길』 -

교정의 나무들은 이제 여름내 눈이 시리던 푸르름도, 단풍들어 현란하던 빛깔도 고스란히 대지 위에 내려놓고 맨몸으로 스산한 바람을 맞으며 겨울을 차비하고 있다. 만추의 풍경 속으로 밀려가는 허전한 세월의 뒷모습처럼 모두가 쓸쓸해 보이고, 그 쓸쓸함만큼 따뜻한 사람들이 그리워지는 시간이다. 우리는 그런 그리움으로 시를 읽어야 한다. 시는 우리의 삶이 아름답고 풍요로운 결실을 맺도록 이끄는 동력을 지니고 있기 때문이다.

김광규란 시인을 떠올릴 때마다 나는 그의 절창인 「희미한 옛사랑의 그림자」와 60-70년대의 동숭동 대학로의 풍경들을 추억하게 된다. 늘 가난하지만 때묻지 않은 젊음과 낭만이 살아 숨쉬던 그 거리의 다방과 짜장면 먹던 중국집과 값싼 안주로 목청을 높일 수 있던 대폿집들이 빛 바랜 사진으로 떠오른다. 김광규는 70년대 후반에 난해성에 식상해 가던 시의 독자들에게 읽힐 수 있는 쉬운 시로 문단의 관심을 모으며 등장한 시인이다. 그의 시는 대부분 혼란스럽고 타락된 사회와 허위로 가득찬 삶에 대한 비판적 성찰에 집중되고 있다. 그는 그러한 성찰을 통해 모호한 세계 속에 숨겨져 있는 삶의 진실들을 드러내고자 노력한다. 근간된 시집 「물길」에서도 이런 그의 노력을 읽을 수 있다.

시집 『물길』에 실린 작품들에서는 우리 시대가 겪고 있는 사회적 변화를 예의 주시하고 있는 시인의 비판적 지성을 통해 우리들의 삶의 왜곡된 부분들을 성찰해 볼 수 있다. 김광규는 고도 경제성장의 후유증을 앓고 있는 한국사회가 진보의 올바른 방향성을 상실하고 타락의 늪으로 빠져들어 가고 있는 현실을 슬퍼하며 우려하고 있다. 이러한 우려의 밑바닥에는 4 · 19세대로서의 역사적, 민족적 소명의식이 잠재해 있다. "아직도 너희들에게 부끄럽구나 / 수유리에 누워 있는 젊은 친구들아"(「서른세 계단」)나, "사일구 때 죽은 친구들이 여전히 젊은 모습으로 왔다 갔다 하고, 분신 자살한 투사들은 중화상으로 괴로워하고 있다."(「어둠 속 걷기」) 등에는 이런 그의 잠재의식이 드러나 있다.

김광규 시인이 한국사회에 일고 있는 변화의 파장을 부정적 측면에서 가장 심각하게 우려하는 대상은 농촌사회이다. 그는 한국인의 영원한 고향으로서의 농촌 공동체 사회의 붕괴현상을 한국사회의 미래에 대한 경종으로 파악하고 있다. "봉구네 집이 헐값에 팔고 떠난 / 노루목 밭터에 언제부턴가 / 시퍼런 드럼통과 시뻘건 양철 박스 / 하나둘 뒹굴더니 / 옛날 노적가리보다 훨씬 높게 쌓여 / 사방에 응달을 펼치고 / 고약한 냄새 풍겨 / 까마귀조차 내려앉지 않는다." "한밤에도 메밀꽃 환하던 밭터 / 여름에는 우렁을 건지던 논배미 / 두엄 썩는 마당에 쇠방울 소리 / 이제는 모두 TV 화면 속으로 사라졌다."(「노무록 밭터」)에는 우리네 고향의 변해버린 처참한 모습이 은유되고 있다. 이는 "해마다 세금이 되어 나를 찾아오는 폐가를 부동산 중개소에 내놓고 서울로 돌아오는 길, 고향 떠날 때보다 더욱 뭉근히 가슴 저미고 눈물 도는 까닭을 혼자서 헤아려 보는 수밖에 없었다."(「옛동네」)에서처럼 상실된 고향에 대한 우리 모두의 슬픔이기도 하다.

이런 슬픔은 우리 사회의 모순과 부조리에 대한 비판적 진술을 통해 더욱 증폭된다. "때로는 헐벗고 굶주린 사람 / 몇 명을 살리기 위하여 / 한탕 잡은 졸부들이 더욱 떼돈을 / 벌며 날뛰도록 내버려두다니 / 하늘의 뜻이라면 어쩔 수 없지만 / 암세포 퍼져가는 땅과 물 / 흐려지는 머리와 답답한 가슴 / 이대로 내버려 둘 수는 없다."(「교통과 약」)에는 우리 사회의 현실을 바라보는 그의 시각이 드러나 있다. 이런 부정적, 비판적 인식은 타락해가는 도시적 삶과 그것에 길들여지고 있는 새로운 세대의 가치관에 대해서도 동질적인 목소리를 지니게 한다. "사법서사와 모의하여 목도장 몇 개로 / 당신이 묻히신 산소벌을 잡혀먹"고 "플라스틱 포장 인스턴트 식품만 때없이 먹으며 / 비디오 필름과 전자오락 즐기는 철없는 손자들"(「溫古堂 後嗣」)이나, "디스코데크에서 밤새워 춤추면서 / 채소 가게 월수입보다 많은 돈을 / 하루에 다 써버렸다" "이제 낯선 청년이 되어버린 아들"(「박씨의 걱정」), "시집 간 딸은 아버지 문병을 하고 병원에서 돌아오는 길에 법무사 사무실 들러서 재산 상속 비율을 알아보았다. / 친정집 서재에 진열된 / 골동품도 상속의 대상이 되는지 물었다. / 저렇게 고생을 하실 바에야 차라리 일찍 돌아가시 는 것이 낫지 않을 까."(「눈 내리는 날」) 등에서는 변질된 새로운 가치관에 대한 섬뜩한 풍자를 느끼게 한다. 이러한 풍자는 통속적 삶에 마비되어 가 는 시인 자신에 대한 성찰을 표현한 시에도 잘 나타나 있다.

시집 『물길』에는 시인의 서정적 감성이 돋보이는 작품들도 주의를 끈다. 특히 「갈잎나무의 노래」에 묶여져 있는 시편들에서는 시적 대상을 바라보는 시인의 예민한 감수성과 이를 서정시로 형상화하는 상상력의 깊이에 감동 하게 된다.

그런 점에서 이 시집은 사회적 변화에 대한 비판적 성찰과 시적 서정성이 한데 어우러진 한마당이라고 할 수 있을 것이다.